O RETORNO
DO REI

J.R.R. TOLKIEN

O RETORNO DO REI

Tradução de
RONALD KYRMSE

O SENHOR DOS ANÉIS
PARTE 3

Rio de Janeiro, 2022

Título original: *The Return of the King*
Copyright © The Tolkien State Limited 1954, 1966
Edição original por George Allen & Unwin, 1955
Todos os direitos reservados à HarperCollins *Publishers*.
Copyright de tradução © Casa dos Livros Editora LTDA., 2019.

Esta edição é baseada na edição revisada publicada pela primeira vez em 2002, que é uma versão revisada da edição revisada publicada pela primeira vez em 1994.

Os pontos de vista desta obra são de responsabilidade de seus autores, não refletindo necessariamente a posição da HarperCollins Brasil, da HarperCollins *Publishers* ou de sua equipe editorial.

®, TOLKIEN®, THE LORD OF THE RINGS® e THE RETURN OF THE KING® são marcas registradas de J.R.R. Tolkien Estate Limited.

Publisher	*Samuel Coto*
Produção editorial	*Brunna Castanheira Prado*
Produção gráfica	*Lúcio Nöthlich Pimentel*
Preparação de texto	*Leonardo Dantas do Carmo*
Revisão	*Guilherme Mazzafera, Gabriel Oliva Brum, Daniela Vilarinho*
Índice	*Leonardo Dantas do Carmo, Rodolfo Castanheira Prado*
Diagramação	*Sonia Peticov*
Capa	*Alexandre Azevedo, Rafael Brum* (capa tecido)

**CIP-BRASIL. CATALOGAÇÃO NA FONTE
SINDICATO NACIONAL DOS EDITORES DE LIVROS, RJ**

T589s

    Tolkien, J.R.R. (John Ronald Reuel), 1892–1973
    O Retorno do Rei: Terceira Parte de O Senhor dos Anéis / J.R.R. Tolkien; tradução de Ronald Kyrmse. – 1. ed. – Rio de Janeiro: Harper Collins Brasil, 2019.
    608 p.

    Tradução de: *The Return of the King*
    ISBN 978-85-95084-77-3 (versão capa dura)
         978-65-55113-66-2 (versão brochura)

1. Literatura inglesa. 2. Fantasia. 3. Ficção. 4. Tolkien. 5.Hobbit. 6. Terra-média. I. Kyrmse, Ronald. II. Título.

CDD: 820

Aline Graziele Benitez – Bibliotecária – RB-1/3129

HarperCollins Brasil é uma marca licenciada à Casa dos Livros Editora LTDA.
Todos os direitos reservados à Casa dos Livros Editora LTDA.
Rua da Quitanda, 86, sala 218 — Centro
Rio de Janeiro — RJ — CEP 20091-005
Tel.: (21) 3175-1030
www.harpercollins.com.br

Três Anéis para os élficos reis sob o céu,
  Sete para os Anãos em recinto rochoso,
Nove para os Homens, que a morte escolheu,
  Um para o Senhor Sombrio no espaldar tenebroso
Na Terra de Mordor aonde a Sombra desceu.
  Um Anel que a todos rege, Um Anel para achá-los,
  Um Anel que a todos traz para na escuridão atá-los
Na Terra de Mordor aonde a Sombra desceu.

Sumário

Resumo dos Livros Anteriores	1081

O RETORNO DO REI

LIVRO V

1. Minas Tirith	1089
2. A Passagem da Companhia Cinzenta	1124
3. A Convocação de Rohan	1147
4. O Cerco de Gondor	1166
5. A Cavalgada dos Rohirrim	1199
6. A Batalha dos Campos de Pelennor	1212
7. A Pira de Denethor	1227
8. As Casas de Cura	1237
9. O Último Debate	1255
10. O Portão Negro se Abre	1270

LIVRO VI

1. A Torre de Cirith Ungol	1287
2. A Terra da Sombra	1313
3. O Monte da Perdição	1336
4. O Campo de Cormallen	1357
5. O Regente e o Rei	1370
6. Muitas Despedidas	1390
7. Rumo ao Lar	1410
8. O Expurgo do Condado	1421
9. Os Portos Cinzentos	1452

APÊNDICES

A. ANAIS DOS REIS E GOVERNANTES	1467
I. Os Reis Númenóreanos	1468
II. A Casa de Eorl	1511
III. O Povo de Durin	1523
B. O CONTO DOS ANOS	
(CRONOLOGIA DAS TERRAS OCIDENTAIS)	1538
C. ÁRVORES GENEALÓGICAS (HOBBITS)	1562
D. CALENDÁRIOS	1575
E. ESCRITA E GRAFIA	1585
I. Pronúncia de Palavras e Nomes	1585
II. Escrita	1592
F. I. Os Idiomas e Povos da Terceira Era	1605
II. Da Tradução	1614
ÍNDICE REMISSIVO	**1624**
I. Poemas e Canções	1625
II. Poemas e Frases em Idiomas que não a	
Fala Comum	1626
III. Pessoas, Lugares e Objetos	1627
Poemas Originais	1669
Nota sobre as Inscrições em *Tengwar* e em Runas	
e suas Versões em Português	1675
Nota sobre as Ilustrações	1677

Resumo dos Livros Anteriores

Esta é a terceira parte de O Senhor dos Anéis.

A primeira parte, *A Sociedade do Anel*, contou como Gandalf, o Cinzento, descobriu que o anel em posse de Frodo, o Hobbit, era de fato o Um Anel, regente de todos os Anéis de Poder. Narrou a fuga de Frodo e seus companheiros de seu lar, no tranquilo Condado, perseguidos pelo terror dos Cavaleiros Negros de Mordor, até que por fim, com o auxílio de Aragorn, o Caminheiro de Eriador, chegaram, depois de passar por desesperados, perigos à casa de Elrond, em Valfenda.

Ali aconteceu o grande Conselho de Elrond, no qual se decidiu tentar a destruição do Anel, e Frodo foi designado como Portador-do-Anel. Os Companheiros do Anel foram então escolhidos, os que o deviam auxiliar em sua demanda: chegar, se pudesse, à Montanha de Fogo em Mordor, a terra do próprio Inimigo, o único lugar em que o Anel poderia ser destruído. Nessa sociedade estavam Aragorn e Boromir, filho do Senhor de Gondor, representando os Homens; Legolas, filho do rei-élfico de Trevamata, pelos Elfos; Gimli, filho de Glóin, da Montanha Solitária, pelos Anãos; Frodo com seu serviçal Samwise e seus dois jovens parentes Meriadoc e Peregrin, pelos Hobbits; e Gandalf, o Cinzento.

Os Companheiros viajaram em segredo para longe de Valfenda no Norte até que, frustrados em sua tentativa de atravessar no inverno o passo alto de Caradhras, foram levados por Gandalf através do portão oculto e entraram nas vastas Minas de Moria, buscando um caminho por baixo das montanhas. Ali Gandalf, em batalha com um terrível espírito do mundo inferior, caiu em um escuro abismo. Mas Aragorn, agora revelado como herdeiro oculto dos antigos Reis do Oeste, levou a Comitiva avante desde o Portão Leste de Moria, através da terra élfica de Lórien, e descendo pelo grande Rio Anduin até alcançarem as Cataratas de Rauros. Já se haviam dado conta de que sua jornada estava sendo vigiada por espiões e de que a criatura Gollum, que outrora possuíra o Anel e ainda ansiava por ele, seguia o rastro deles.

Então tornou-se necessário que decidissem se deveriam rumar ao leste para Mordor; ou prosseguir com Boromir em auxílio de Minas Tirith, principal cidade de Gondor, na guerra vindoura; ou dividir-se. Quando ficou evidente que o Portador-do-Anel estava resolvido a continuar sua desesperançada viagem à terra do Inimigo, Boromir tentou apossar-se do Anel à força. A primeira parte terminou com Boromir sucumbindo à atração do Anel; com o escape e o desaparecimento de Frodo e seu serviçal Samwise; e com a dispersão do restante da Sociedade por um súbito ataque de soldados-órquicos, alguns a serviço do Senhor Sombrio de Mordor, alguns do traidor Saruman de Isengard. A Demanda do Portador-do-Anel já parecia assolada pelo desastre.

A segunda parte (Livros III e IV), *As Duas Torres*, contou os feitos de toda a Comitiva após o rompimento da Sociedade do Anel. O Livro III contou do arrependimento e morte de Boromir e de seu funeral em um barco entregue às Cataratas de Rauros; da captura de Meriadoc e Peregrin por soldados-órquicos, que os levaram rumo a Isengard, atravessando as planícies orientais de Rohan; e de sua perseguição por Aragorn, Legolas e Gimli.

Então surgiram os Cavaleiros de Rohan. Uma tropa de ginetes liderados pelo Marechal Éomer cercou os Orques na beira da Floresta de Fangorn e os destruiu; mas os hobbits escaparam para a mata e ali encontraram Barbárvore, o Ent, mestre secreto de Fangorn. Em sua companhia, eles testemunharam o despertar da ira do Povo-das-Árvores e sua marcha contra Isengard.

Enquanto isso, Aragorn e seus companheiros encontraram Éomer, que retornava da batalha. Ele lhes forneceu cavalos, e cavalgaram rumo à floresta. Ali, enquanto procuravam em vão pelos hobbits, reencontraram Gandalf, retornado da morte, agora o Cavaleiro Branco, porém ainda velado de cinzento. Com ele atravessaram Rohan até os paços do Rei Théoden da Marca, onde Gandalf curou o idoso rei e o resgatou dos feitiços de Língua-de-Cobra, seu maligno conselheiro e aliado secreto de Saruman. Então cavalgaram com o rei e sua hoste contra as forças de Isengard e tomaram parte na desesperada vitória do Forte-da-Trombeta. Gandalf levou-os então a Isengard, e encontraram a grande fortaleza arruinada pelo Povo-das-Árvores, e Saruman e Língua-de-Cobra sitiados na torre indômita de Orthanc.

Na negociação diante da porta, Saruman recusou-se a se arrepender, e Gandalf o depôs e quebrou seu cajado, deixando-o entregue à vigilância dos Ents. De uma alta janela, Língua-de-Cobra lançou uma pedra em Gandalf; mas ela não o atingiu e foi apanhada por Peregrin. Ela revelou ser uma das quatro *palantíri* sobreviventes, as Pedras-Videntes de Númenor. À noite, mais tarde, Peregrin sucumbiu ao fascínio da Pedra; roubou-a, olhou dentro dela e assim foi revelado a Sauron. O livro terminou com a chegada de um Nazgûl sobre as planícies de Rohan, um Espectro-do-Anel cavalgando uma montaria alada, presságio de guerra iminente. Gandalf entregou a palantír a Aragorn e, levando Peregrin, partiu para Minas Tirith.

O Livro IV voltou-se a Frodo e Samwise, agora perdidos nas áridas colinas das Emyn Muil. Contou como escaparam das colinas e foram alcançados por Sméagol-Gollum; e como Frodo domou Gollum e quase venceu sua malícia, de modo que Gollum os conduziu através dos Pântanos Mortos e das terras arruinadas até o Morannon, o Portão Negro da Terra de Mordor, no Norte.

Ali foi impossível entrar e Frodo aceitou o conselho de Gollum: buscar uma "entrada secreta" que ele conhecia, longe no sul, nas Montanhas de Sombra, as muralhas ocidentais de Mordor. Durante a jornada para lá foram apanhados por um grupo de batedores dos Homens de Gondor liderados por Faramir, irmão de Boromir. Faramir descobriu a natureza da demanda, mas resistiu à tentação à qual Boromir sucumbira e os mandou adiante para a última etapa de sua jornada, a

Cirith Ungol, o Passo da Aranha; porém alertou-os de que era um lugar de perigo mortal, sobre o qual Gollum lhes contara menos do que sabia. No momento em que chegaram à Encruzilhada e tomaram a trilha para a horrível cidade de Minas Morgul, uma grande escuridão emergiu de Mordor, cobrindo todas as terras. Então Sauron enviou seu primeiro exército, liderado pelo sombrio Rei dos Espectros-do-Anel: a Guerra do Anel começara.

Gollum guiou os hobbits a um caminho secreto que evitava Minas Morgul, e na treva chegaram por fim a Cirith Ungol. Ali Gollum recaiu no mal e tentou traí-los, entregando-os à monstruosa guardiã do passo, Laracna. Foi frustrado pelo heroísmo de Samwise, que repeliu seu ataque e feriu Laracna.

A segunda parte termina com as escolhas de Samwise. Frodo, ferroado por Laracna, jaz aparentemente morto: a demanda deverá acabar em desastre, ou Samwise terá de abandonar o mestre. Por fim ele toma o Anel e tenta realizar sozinho a demanda desesperançada. Mas, quando está prestes a atravessar para a terra de Mordor, orques sobem de Minas Morgul e descem da torre de Cirith Ungol, que guarda o cume do passo. Oculto pelo Anel, Samwise fica sabendo pela altercação dos orques que Frodo não está morto, e sim dopado. Persegue-os tarde demais; os orques levam o corpo de Frodo, descendo por um túnel que segue até o portão traseiro de sua torre. Samwise cai desfalecido diante dele, que se fecha com estrépito.

Esta parte, a terceira e última, contará das estratégias opostas de Gandalf e Sauron até a catástrofe final e o fim da grande escuridão. Retornamos primeiro à sorte da batalha no Oeste.

O RETORNO DO REI

O SENHOR DOS ANÉIS

PARTE 3

LIVRO V

1

MINAS TIRITH

Pippin espiou do abrigo da capa de Gandalf. Perguntou-se se estava acordado ou se seguia dormindo, ainda no sonho de rápido movimento em que estivera envolto por tanto tempo desde que começara a grande cavalgada. O mundo escuro passava correndo e o vento cantava alto em seus ouvidos. Não podia ver nada senão as estrelas que rodopiavam e, à sua direita, vastas sombras diante do céu, onde as montanhas do Sul marchavam avante. Sonolento, tentou calcular os tempos e as etapas de sua jornada, mas sua memória estava atordoada e incerta.

Houvera uma primeira cavalgada, em velocidade terrível, sem parada, e então vira ao amanhecer um pálido brilho de ouro, e haviam chegado à cidade silenciosa e à grande casa vazia na colina. E mal haviam atingido esse abrigo quando a sombra alada passara outra vez por cima deles, e os homens murcharam de medo. Mas Gandalf lhe dissera palavras suaves, e ele dormira em um canto, cansado, mas inquieto, remotamente consciente de idas e vindas, de homens falando e de Gandalf dando ordens. E depois outra vez uma cavalgada, uma cavalgada na noite. Aquela era a segunda, não, a terceira noite desde que olhara na Pedra. E com essa lembrança hedionda despertou por completo e teve um calafrio, e o ruído do vento se encheu de vozes ameaçadoras.

Uma luz se inflamou no céu, um lampejo de fogo amarelo por trás de barreiras escuras. Pippin encolheu-se para trás, temeroso por um momento, perguntando-se a que terra pavorosa Gandalf o estava levando. Esfregou os olhos e então viu que era a lua nascendo sobre as sombras do leste, já quase cheia. Então a noite ainda não era velha e a jornada obscura prosseguiria por muitas horas. Remexeu-se e falou:

"Onde estamos, Gandalf?", perguntou.

"No reino de Gondor", respondeu o mago. "A terra de Anórien ainda está passando."

Por algum tempo houve silêncio outra vez. Então Pippin exclamou de repente "O que é aquilo?", agarrando a capa de Gandalf. "Olhe! Fogo, fogo vermelho! Há dragões nesta terra? Olhe, ali há outro!"

Em resposta, Gandalf falou em voz alta com o cavalo. "Avante, Scadufax! Precisamos nos apressar. O tempo é curto. Veja! Os faróis de Gondor estão acesos, chamando ajuda. A guerra se inflamou. Veja, ali está o fogo em Amon Dîn e a chama em Eilenach; e lá vão eles correndo para o oeste: Nardol, Erelas, Min-Rimmon, Calenhad e Halifirien nos limites de Rohan."

Mas Scadufax fez uma pausa na carreira, reduzindo-a ao passo, e então ergueu a cabeça e relinchou. E do escuro veio em resposta o relinchar de outros cavalos; e logo ouviu-se o impacto de cascos, e três cavaleiros surgiram, passaram como fantasmas voadores à luz da lua e desapareceram rumo ao Oeste. Então Scadufax reuniu forças e partiu em um salto, e a noite fluiu por cima dele como um vento que rugia.

Pippin ficou sonolento outra vez e deu pouca atenção a Gandalf, que lhe contava sobre os costumes de Gondor e de como o Senhor da Cidade tinha faróis erguidos nos topos das colinas remotas, ao longo de ambas as bordas da grande cordilheira, e mantinha naqueles lugares postos onde sempre havia cavalos descansados prontos para levar seus mensageiros a Rohan, no Norte, ou a Belfalas, no Sul. "Faz muito tempo que os faróis do Norte não são acesos", disse ele; "e nos dias antigos de Gondor não eram necessários, pois tinham as Sete Pedras." Pippin mexeu-se inquieto.

"Durma outra vez e não tema!", disse Gandalf. "Pois você não vai a Mordor como Frodo, e sim a Minas Tirith, e lá estará tão seguro quanto em qualquer outro lugar nestes dias. Se Gondor cair, ou o Anel for tomado, então o Condado não será refúgio."

"Você não me consola", respondeu Pippin, mas ainda assim o sono insinuou-se sobre ele. A última coisa que recordou antes de cair em sonhos profundos foi um vislumbre de altos picos brancos, reluzindo como ilhas flutuantes por cima das nuvens que apanhavam a luz da lua poente. Perguntou-se onde estaria Frodo, se já estava em Mordor ou se estava morto; e não sabia que Frodo, de longe, olhava para aquela mesma lua que se punha além de Gondor antes da chegada do dia.

Pippin despertou com o som de vozes. Outro dia escondido e uma noite de viagem haviam passado fugazes. Era a aurora: o gélido amanhecer estava chegando outra vez, e havia gélidas névoas cinzentas ao redor deles. Scadufax estava parado, evaporando suor, mas mantinha o pescoço altivo e não dava sinais de cansaço. Muitos homens altos, de capas pesadas, estavam em pé ao seu lado, e atrás deles, na névoa, erguia-se um muro de pedras. Parecia estar parcialmente em ruínas, mas antes de a noite passar já se podia ouvir o som de labuta apressada: o impacto dos martelos, o tinir de pás de pedreiro e o rangido de rodas. Tochas e labaredas luziam foscas aqui e ali na neblina. Gandalf falava aos homens que lhe impediam o caminho, e, ao escutar, Pippin se deu conta de que ele próprio estava sendo discutido.

"Sim, deveras te conhecemos, Mithrandir," disse o líder dos homens, "e conheces as senhas dos Sete Portões e estás livre para ires em frente. Mas não conhecemos teu companheiro. O que é ele? Um anão das montanhas do Norte? Não desejamos estranhos na terra nesta época, a não ser que sejam poderosos homens de armas em cuja fé e ajuda possamos confiar."

"Atestarei por ele diante do assento de Denethor", disse Gandalf. "E quanto à valentia, essa não pode ser computada pela estatura. Ele passou por mais batalhas e perigos do que tu passaste, Ingold, apesar de teres o dobro de sua estatura; e agora ele vem do assalto a Isengard, do qual trazemos novas, e sofre de grande exaustão, do contrário eu o despertaria. Seu nome é Peregrin, um homem muito valoroso."

"Homem?", disse Ingold em dúvida, e os demais riram.

"Homem!", exclamou Pippin, já totalmente desperto. "Homem! Não deveras! Sou um hobbit, e não mais valoroso do que sou homem, exceto talvez uma ou outra vez, por necessidade. Não deixeis que Gandalf vos engane!"

"Muitos que realizam grandes feitos não podem dizer mais que isso", disse Ingold. "Mas o que é um hobbit?"

"Um Pequeno", respondeu Gandalf. "Não, não aquele de que se falou", acrescentou, vendo o espanto nos rostos dos homens. "Não ele, porém um da sua família."

"Sim, e um que viajou com ele", disse Pippin. "E Boromir de vossa Cidade esteve conosco, e me salvou nas neves do Norte, e por fim foi morto defendendo-me de muitos inimigos."

"Silêncio!", exclamou Gandalf. "A notícia desse pesar devia ter sido contada primeiro ao pai."

"Ela já foi adivinhada", disse Ingold; "pois aqui ocorreram estranhos portentos ultimamente. Mas agora prossegui depressa! Pois o Senhor de Minas Tirith estará ansioso por ver alguém que traga as últimas novas do seu filho, seja homem ou…"

"Hobbit", completou Pippin. "Pouco serviço posso oferecer a vosso senhor, mas farei o que puder fazer relembrando Boromir, o bravo."

"Adeus!", disse Ingold; e os homens abriram caminho para Scadufax, e ele passou por um estreito portão no muro. "Que tragas bons conselhos a Denethor em sua aflição e a todos nós, Mithrandir!", exclamou Ingold. "Mas vens com novas de pesar e perigo, como é teu costume, ao que dizem."

"Porque raramente venho senão quando minha ajuda é necessária", respondeu Gandalf. "E quanto ao conselho, a ti eu diria que estás muito atrasado no conserto do muro da Pelennor. Agora a coragem será vossa melhor defesa contra a tempestade que se avizinha — ela e a esperança que trago. Pois nem todas as novas que trago são más. Mas deixai vossas pás de pedreiro e afiai vossas espadas!"

"O trabalho estará terminado antes do anoitecer", disse Ingold. "Esta é a última porção do muro a ser posta em defesa: a menos exposta ao ataque, pois dá para o lado de nossos amigos de Rohan. Sabes algo deles? Responderão à convocação, tu crês?"

"Sim, eles virão. Mas travaram muitas batalhas às vossas costas. Nem esta estrada nem qualquer outra volta-se mais para a segurança. Estai vigilantes! Não fosse por Gandalf Corvo-da-Tempestade, teríeis visto uma hoste de inimigos vindos de Anórien, não Cavaleiros de Rohan. E ainda podereis vê-los. Adeus e não durmais!"

Agora Gandalf estava entrando nas amplas terras além do Rammas Echor. Assim os homens de Gondor chamavam o muro externo que haviam construído com grande labuta depois que Ithilien caíra sob a sombra de seu Inimigo. Por dez léguas ou mais ele se estendia, partindo dos sopés das montanhas e voltando outra vez, envolvendo em seu cerco os campos de Pelennor: belas e férteis propriedades rurais nas longas encostas e terraços que desciam para os níveis mais baixos do Anduin. No ponto mais afastado do Grande Portão da Cidade, a nordeste, o muro estava a quatro léguas de distância e ali, de uma ribanceira carrancuda, vigiava as longas regiões planas junto ao rio, e os homens haviam-no construído alto e forte; pois naquele ponto, por um passadiço murado, entrava a estrada vinda dos vaus e das pontes de Osgiliath, atravessando um portão guardado entre torres ameadas. No ponto mais próximo, o muro estava a pouco mais de uma légua da Cidade, e isso era a sudeste. Ali o Anduin, fazendo uma ampla curva em torno das colinas de Emyn Arnen em Ithilien do Sul, se virava abruptamente para o oeste, e o muro externo se erguia bem na sua margem; e abaixo dele se estendiam os cais e atracadouros de Harlond para embarcações que viessem rio acima dos feudos meridionais.

As propriedades rurais eram ricas, com amplos campos cultivados e muitos pomares, e havia fazendas com fornos de lúpulo e paióis, apriscos e estábulos e muitos regatos que ondulavam através da relva, vindos dos planaltos rumo ao Anduin. Porém não eram numerosos os pastores e fazendeiros que habitavam ali, e a maior parte do povo de Gondor vivia nos sete círculos da Cidade, ou nos altos vales das bordas das montanhas, em Lossarnach, ou mais ao sul, na bela Lebennin com seus cinco rios velozes. Ali habitava uma gente intrépida entre as montanhas e o mar. Eram considerados homens de Gondor, porém tinham o sangue misto, e havia entre eles pessoas baixas e morenas, cujos antepassados vinham mormente dos homens esquecidos que se alojavam na sombra das colinas nos Anos Sombrios antes da chegada dos reis. Mas além, no grande feudo de Belfalas, habitava o Príncipe Imrahil em seu castelo de Dol Amroth, junto ao mar, e era de sangue nobre, e sua gente também, homens altos e orgulhosos de olhos cinzento-marinhos.

Agora, depois de Gandalf ter cavalgado por algum tempo, a luz do dia cresceu no céu, e Pippin despertou e ergueu os olhos. À esquerda estendia-se um mar de névoa, subindo para uma sombra árida no Leste; mas à direita, grandes montanhas erguiam suas cabeças, vindas do Oeste até uma extremidade íngreme e súbita, como se na feitura da paisagem o Rio tivesse irrompido por uma grande barreira, escavando um enorme vale para ser uma terra de batalha e debate em tempos vindouros. E ali, onde chegavam ao fim as Montanhas Brancas de Ered Nimrais, ele viu, como Gandalf prometera, a massa escura do Monte Mindolluin, as fundas sombras púrpuras de seus vales elevados e sua alta face que brilhava branca no dia nascente. E em seu joelho estendido ficava a Cidade Guardada, com suas sete muralhas de pedra tão fortes e antigas, que ela parecia não ter sido construída, e sim esculpida por gigantes nos ossos da terra.

Enquanto Pippin contemplava pasmado, as muralhas passaram de um cinza que assomava para o branco, levemente ruborizadas ao amanhecer; e de súbito o sol se elevou acima da sombra oriental e emitiu um raio que atingiu a face da Cidade. Então Pippin exclamou em voz alta, pois a Torre de Ecthelion, erguendo-se alta no interior da muralha mais superior, reluziu diante do céu, brilhando como um espigão de pérola e prata, elevada, bela e formosa, e seu pináculo cintilou como se fosse feito de cristais; e estandartes brancos se desfraldaram e adejaram das ameias na brisa matutina, e ele ouviu, alto e longínquo, um toque nítido como de trombetas de prata.

Assim Gandalf e Peregrin cavalgaram até o Grande Portão dos Homens de Gondor ao nascer do sol, e suas portas de ferro rodaram abrindo-se diante deles.

"Mithrandir! Mithrandir!", exclamavam as pessoas. "Agora sabemos que a tempestade deveras está próxima!"

"Ela está sobre vós", disse Gandalf. "Eu cavalguei em suas asas. Deixai-me passar! Preciso ir ter com vosso Senhor Denethor enquanto durar sua regência. Não importa o que aconteça, chegastes o fim da Gondor que conhecestes. Deixai-me passar!"

Então recuaram diante do comando de sua voz e não o questionaram mais, apesar de contemplarem maravilhados o hobbit sentado à sua frente e o cavalo que o trazia. Pois a gente da Cidade usava muito poucos cavalos, e estes eram vistos raramente em suas ruas, exceto os montados pelos mensageiros de seu senhor. E diziam: "Certamente é uma das grandes montarias do Rei de Rohan? Quem sabe os Rohirrim venham logo para nos fortalecer." Mas Scadufax caminhava altivo, subindo pela longa estrada que dava voltas.

Pois a maneira de Minas Tirith era tal, que fora construída em sete níveis, cada um deles escavado na colina, e em volta de cada um fora posta uma muralha, e em cada muralha havia um portão. Mas os portões não estavam alinhados: O Grande Portão na Muralha da Cidade ficava no ponto leste do circuito, mas o próximo dava meio para o sul, e o terceiro, meio para o norte, e assim por diante, subindo com idas e voltas; de modo que o caminho calçado que ascendia à Cidadela virava-se primeiro para cá e depois para lá, cruzando a face da colina. E a cada vez que passava pela linha do Grande Portão, ele atravessava um túnel em arco que perfurava uma vasta projeção de pedra, cujo enorme volume estirado dividia ao meio todos os círculos da Cidade, exceto o primeiro. Pois, em parte pela formação primitiva da colina, em parte pela pujante perícia e labuta de outrora, projetava-se dos fundos do largo pátio atrás do Portão um elevado bastião de pedra, de aresta afiada como uma quilha de nau voltada para o leste. Erguia-se até o nível do círculo superior e ali era coroado por uma ameia; de modo que quem estivesse na Cidadela poderia, como marinheiro em uma nau montanhosa, olhar desde seu pico, na vertical, para o Portão, setecentos pés[1]

---

[1]O equivalente a, aproximadamente, 213 metros. [N. T.]

mais abaixo. A entrada da Cidadela também dava para o leste, mas era esculpida no coração da rocha; dali um longo aclive iluminado por lamparinas subia rumo ao sétimo portão. Assim chegava-se por fim ao Pátio Alto e à Praça da Fonte diante dos pés da Torre Branca: alta e formosa, com cinquenta braças da base ao pináculo, onde o estandarte dos Regentes flutuava mil pés[2] acima da planície.

Era deveras uma poderosa cidadela e não podia ser tomada por uma hoste de inimigos enquanto houvesse dentro dela alguém capaz de portar armas; a não ser que um adversário viesse por trás e escalasse os sopés inferiores de Mindolluin, chegando assim até a estreita plataforma que unia a Colina da Guarda à massa montanhosa. Mas essa plataforma, que se erguia à altura da quinta muralha, estava cercada por grandes baluartes até o precipício que se inclinava sobre sua extremidade oeste; e naquele espaço estavam as casas e os túmulos abobadados dos reis e senhores do passado, silentes para sempre entre a montanha e a torre.

Pippin fitou com crescente admiração a grande cidade de pedra, mais vasta e esplêndida que qualquer coisa que tivesse sonhado; maior e mais forte que Isengard, e muito mais linda. Na verdade, porém, declinava ano após ano; e já lhe faltava a metade dos homens que poderiam habitar ali com folga. Em cada rua passavam por alguma grande casa ou pátio cujas portas e portões arqueados tinham gravadas muitas belas letras de formas estranhas e antigas: nomes que Pippin supunha serem de grandes homens e famílias que outrora tivessem habitado ali; e agora, no entanto, estavam em silêncio, e não soavam passadas em seus amplos calçamentos, nem se ouvia voz em seus salões, nem espiava nenhum rosto pelas portas ou janelas vazias.

Finalmente emergiram da sombra para o sétimo portão, e o sol morno que brilhava além do rio, quando Frodo caminhava nas clareiras de Ithilien, luzia ali nos muros lisos, nas colunas

---

[2]O equivalente a, aproximadamente, 305 metros. [N. T.]

enraizadas e no grande arco, cuja pedra-chave era entalhada à semelhança de uma cabeça coroada e régia. Gandalf apeou, pois não era permitido cavalo na Cidadela, e Scadufax deixou-se levar à suave palavra do mestre.

Os Guardas do portão trajavam negro, e seus elmos eram de estranha forma, de copa alta e longos protetores justos no rosto, e acima dos protetores estavam postas as asas brancas de aves marinhas; mas os elmos reluziam com uma chama de prata, pois eram de fato feitos de *mithril*, heranças da glória dos dias antigos. Nas sobrevestes negras estava bordada em branco uma árvore florindo como neve sob uma coroa de prata e estrelas de muitas pontas. Essa era a libré dos herdeiros de Elendil, e já ninguém a usava em toda Gondor, senão os Guardas da Cidadela diante do Pátio da Fonte onde crescera outrora a Árvore Branca.

Já parecia que a notícia de sua chegada os precedera; e foram admitidos de imediato, em silêncio e sem perguntas. Rapidamente Gandalf caminhou atravessando o pátio de calçamento branco. Ali uma doce fonte brincava ao sol matutino e um gramado verde-claro se estendia em volta; mas no meio, pendendo sobre a lagoa, erguia-se uma árvore morta, e as gotas que caíam pingavam tristes por seus ramos estéreis e quebrados, voltando à água límpida.

Pippin lançou-lhe uma olhadela ao correr no encalço de Gandalf. Parecia fúnebre, pensou, e perguntou-se por que a árvore morta fora deixada naquele lugar onde tudo o mais estava bem cuidado.

Sete estrelas e sete pedras, uma árvore branca, já vês.

As palavras que Gandalf murmurara lhe voltaram à mente. E então viu-se diante das portas do grande paço sob a torre reluzente; e atrás do mago passou pelos guardas da porta, altos e silenciosos, e entrou nas sombras frescas e ecoantes da casa de pedra.

Caminharam por uma passagem pavimentada, longa e vazia, e, enquanto andavam, Gandalf falou baixinho a Pippin. "Tenha cuidado com suas palavras, Mestre Peregrin! Não é hora para atrevimento de hobbit. Théoden é um ancião bondoso.

Denethor é de outra espécie, altivo e sutil, um homem de linhagem e poder muito maiores, apesar de não ser chamado de rei. Mas ele falará principalmente com você e o questionará muito, já que você pode lhe contar sobre seu filho Boromir. Ele o amava muitíssimo; talvez demais; e mais porque eles eram diferentes. Mas sob o manto desse amor ele achará mais fácil saber o que deseja através de você do que por mim. Não lhe conte mais do que é preciso e deixe em silêncio o assunto da missão de Frodo. Lidarei com isso a seu tempo. E tampouco diga nada sobre Aragorn, a não ser que seja necessário."

"Por que não? O que há de errado com Passolargo?", sussurrou Pippin. "Ele pretendia vir aqui, não é? E de qualquer modo, ele mesmo vai chegar logo."

"Quem sabe, quem sabe", disse Gandalf. "Porém se ele vier, provavelmente será de alguma maneira que ninguém espera, nem mesmo Denethor. Será melhor assim. Pelo menos ele deveria vir sem ser anunciado por nós."

Gandalf deteve-se diante de uma porta alta de metal polido. "Veja, Mestre Pippin, agora não há tempo para instruí-lo na história de Gondor; mas teria sido melhor se você tivesse aprendido algo a respeito quando ainda estava caçando ninhos de pássaro e vadiando nas matas do Condado. Faça o que mando! Não é muito sábio, quando se traz a um senhor poderoso a notícia da morte de seu herdeiro, falar demais sobre a chegada de alguém que, se vier, reivindicará a realeza. Isso basta?"

"Realeza?", disse Pippin, admirado.

"Sim", disse Gandalf. "Se você caminhou esses dias todos de ouvidos fechados e mente adormecida, acorde agora!" Bateu na porta.

A porta abriu-se, mas não se via ninguém que a tivesse aberto. Pippin olhou para dentro de um grande salão. Era iluminado por janelas fundas nas amplas naves dos dois lados, além das fileiras de colunas altas que sustentavam o teto. Monólitos de mármore negro, elas se erguiam até grandes capitéis esculpidos com muitas figuras estranhas de animais e folhas; e muito no alto, na sombra, a larga abóbada reluzia com ouro fosco.

O piso era de pedra polida, brilhando branco, engastado com filigranas fluentes de muitas cores. Não se viam tapeçarias nem tramas que contassem histórias nem qualquer objeto de material tecido nem de madeira naquele salão longo e solene; mas entre as colunas estava postada uma companhia silenciosa de altas imagens talhadas em pedra fria.

De repente Pippin lembrou-se das rochas esculpidas de Argonath, e o pasmo o dominou ao passar os olhos por aquela avenida de reis mortos havia muito tempo. Na extremidade oposta, sobre um estrado de muitos degraus, estava colocado um trono alto sob um dossel de mármore em forma de elmo coroado; atrás dele estava esculpida na parede e engastada com gemas a imagem de uma árvore em flor. Mas o trono estava vazio. Ao pé do estrado, no degrau inferior, que era largo e fundo, havia uma cadeira de pedra, negra e sem adornos, e nela estava sentado um ancião que fitava o próprio colo. Tinha na mão um bastão branco com castão dourado. Não ergueu os olhos. Solenemente, caminharam em sua direção pelo longo piso até se deterem a três passos de seu escabelo. Então Gandalf falou:

"Salve, Senhor e Regente de Minas Tirith, Denethor, filho de Ecthelion! Vim com conselhos e novas nesta hora sombria."

Então o ancião ergueu os olhos. Pippin viu seu rosto esculpido, com ossos altivos, pele como marfim e o longo nariz curvo entre os olhos escuros e fundos; e lembrou-se não tanto de Boromir quanto de Aragorn. "Deveras sombria é a hora," disse o ancião, "e em tais tempos costumas vir, Mithrandir. Mas, apesar de todos os sinais pressagiarem que a sina de Gondor se avizinha, essa treva já me é menor que minha própria treva. Foi-me dito que trazes contigo alguém que viu morrer meu filho. É este?'

"É", assentiu Gandalf. "Um dos dois. O outro está com Théoden de Rohan e poderá vir depois. São Pequenos, como vês, no entanto, este não é o de que falaram os presságios."

"É um Pequeno assim mesmo," comentou Denethor sombriamente, "e pouco apreço tenho pelo nome, desde que aquelas palavras amaldiçoadas vieram perturbar nossos conselhos e atraíram meu filho à selvagem missão de sua morte. Meu Boromir! Agora precisamos de ti. Faramir deveria ter ido no lugar dele."

"Ele teria ido", disse Gandalf. "Não sejas injusto em teu pesar! Boromir assumiu a missão e não permitiria que mais ninguém a tivesse. Era um homem imperioso, que tomava o que desejava. Viajei longe com ele e soube muito sobre seu humor. Mas falas de sua morte. Tiveste notícia disso antes que chegássemos?"

"Recebi isto", respondeu Denethor e, pousando o bastão, ergueu do colo o objeto que estivera fitando. Segurou em cada mão metade de uma grande trompa partida ao meio: um chifre de boi selvagem enleado em prata.

"Essa é a trompa que Boromir sempre usava!", exclamou Pippin.

"Deveras", disse Denethor. "E eu a usei por minha vez, e também cada primogênito de nossa casa, remontando aos anos desaparecidos antes da malogro dos reis, desde que o próprio Vorondil, pai de Mardil, caçou o gado selvagem de Araw nos longínquos campos de Rhûn. Ouvi-a tocando abafada nas divisas do norte treze dias atrás, e o Rio a trouxe a mim, rompida: ela não soará mais." Parou de falar, e fez-se um profundo silêncio. Repentinamente voltou seu olhar negro para Pippin. "O que dizes disso, Pequeno?"

"Treze, treze dias", repetiu Pippin, hesitante. "Sim, acho que seria isso. Sim, estive em pé ao seu lado quando ele tocou a trompa. Mas não veio ajuda. Só mais orques."

"Então", disse Denethor, olhando atentamente para o rosto de Pippin. "Estiveste lá? Conta-me mais! Por que não veio ajuda? E como escapaste, porém ele não, homem valoroso que era, apenas com orques para enfrentá-lo?"

Pippin enrubesceu e esqueceu seu medo. "O homem mais poderoso pode ser abatido por uma flecha", disse ele; "e Boromir foi trespassado por muitas. Da última vez em que o vi, ele tombou junto a uma árvore e arrancou do flanco uma seta de penas negras. Depois desmaiei e fui aprisionado. Não o vi mais e não sei mais. Mas honro sua memória, pois era muito valente. Morreu para nos salvar, meu parente Meriadoc e a mim, emboscados na mata pela soldadesca do Senhor Sombrio; e, apesar de ele perecer e fracassar, minha gratidão não é menor."

Então Pippin encarou os olhos do ancião, pois o orgulho se agitou estranhamente dentro dele, ainda atingido pelo desprezo e pela suspeita naquela voz fria. "Pouco serviço, sem dúvida, tão grande senhor dos Homens crerá encontrar em um hobbit, um pequeno do Condado no norte; porém esse que tenho eu ofereço em pagamento de minha dívida." Tirando de lado, num gesto súbito, a capa cinzenta, Pippin sacou a pequena espada e a depôs aos pés de Denethor.

Um sorriso pálido, como um raio de sol frio em um entardecer de inverno, perpassou o rosto do ancião; mas ele inclinou a cabeça e estendeu a mão, pondo de lado os fragmentos do chifre. "Dá-me a arma!", disse ele.

Pippin a ergueu e lhe apresentou o punho. "De onde veio isso?", indagou Denethor. "Muitos, muitos anos jazem sobre ela. Certamente esta é uma lâmina forjada por nossa própria gente, no Norte, no passado remoto?"

"Ela veio dos morros que se erguem nos limites de meu país", afirmou Pippin. "Mas lá agora só habitam espectros malignos, e não falarei mais deles de bom grado."

"Vejo que estranhas histórias estão tecidas ao teu redor," disse Denethor, "e mais uma vez se demonstra que a aparência pode desmentir o homem — ou o pequeno. Aceito teu serviço. Pois não te amedrontas com palavras; e tens fala cortês, por muito que seu som nos pareça estranho no Sul. E teremos necessidade de toda gente cortês, seja grande ou pequena, nos dias vindouros. Jura a mim agora!"

"Tome o punho", orientou Gandalf, "e fale após o Senhor, se estiver resolvido a isso."

"Estou", disse Pippin.

O ancião depositou a espada no colo, e Pippin pôs a mão no punho e disse devagar, seguindo Denethor:

"Aqui juro fidelidade e serviço a Gondor e ao Senhor e Regente do reino para falar e silenciar, fazer e deixar, vir e ir, na necessidade ou na abundância, na paz ou na guerra, vivendo ou morrendo, a partir desta hora até que meu senhor me liberte, ou a morte me tome, ou o mundo se acabe. Assim digo eu, Peregrin, filho de Paladin, do Condado dos Pequenos."

"E isto ouço, Denethor, filho de Ecthelion, Senhor de Gondor, Regente do Alto Rei, e não o esquecerei nem deixarei de recompensar o que é dado: fidelidade com amor, valor com honra, perjúrio com vingança." Então Pippin recebeu a espada de volta e a embainhou.

"E agora," prosseguiu Denethor, "meu primeiro comando a ti: fala e não silencies! Conta-me toda a tua história e cuida de recordar tudo o que puderes de meu filho Boromir. Senta-te agora e principia!" Enquanto falava, tocou um pequeno gongo de prata que estava próximo ao seu escabelo, e de imediato serviçais se adiantaram. Então Pippin viu que estiveram de pé em alcovas de ambos os lados da porta, invisíveis quando ele e Gandalf entraram.

"Trazei vinho, comida e assentos para os hóspedes", ordenou Denethor, "e cuidai que ninguém nos perturbe por uma hora. É tudo de que posso dispor, pois há muito mais para dar atenção", disse ele a Gandalf. "Muita coisa de maior importância pode parecer, no entanto, menos urgente para mim. Mas quem sabe possamos voltar a falar no final do dia."

"E mais cedo, espera-se", disse Gandalf. "Pois não cavalguei até aqui desde Isengard, cento e cinquenta léguas à velocidade do vento, apenas para te trazer um pequeno guerreiro, por muito que seja cortês. Para ti nada vale que Théoden tenha travado uma grande batalha, que Isengard esteja derrotada e que eu tenha rompido o cajado de Saruman?"

"Muito me vale. Mas já sei o bastante desses feitos para meu próprio conselho contra a ameaça do Leste." Voltou os olhos escuros para Gandalf, e então Pippin viu a semelhança entre os dois e sentiu a tensão entre eles, quase como se visse uma linha de fogo ardente, traçada de um olho ao outro, que poderia irromper em fogo súbito.

De fato, Denethor parecia-se muito mais com um grande mago do que Gandalf, mais régio, belo e poderoso; e mais velho. Mas por um sentido diverso da visão Pippin percebia que Gandalf tinha maior poder, mais profunda sabedoria e uma majestade que estava velada. E era mais velho, muito mais velho. "Quão mais velho?", perguntou-se, e então pensou como era estranho que jamais pensara nisso antes. Barbárvore dissera algo sobre os magos, mas mesmo aí ele não pensara em Gandalf como um deles. O que era Gandalf? Em que longínquo tempo e lugar ele viera ao mundo e quando o deixaria? E então suas reflexões se interromperam, e ele viu que Denethor e Gandalf ainda se olhavam nos olhos, como quem lê a mente um do outro. Mas foi Denethor o primeiro a desviar o olhar.

"Sim", disse ele; "pois, apesar de as Pedras estarem perdidas, ao que dizem, ainda assim os senhores de Gondor têm visão mais aguçada que os homens menores, e muitas mensagens chegam até eles. Mas sentai-vos agora!"

Então vieram homens trazendo uma cadeira e um banco baixo, e um trouxe uma bandeja com um frasco de prata, taças e bolos brancos. Pippin sentou-se, mas não conseguia afastar os olhos do velho senhor. Era verdade ou ele apenas imaginara que, ao falar das Pedras, um súbito lampejo de seus olhos se dirigira ao rosto de Pippin?

"Agora conta-me tua história, meu vassalo", disse Denethor, meio bondoso e meio zombeteiro. "Pois as palavras de alguém de quem meu filho foi tão amigo serão bem-vindas deveras."

Pippin jamais se esqueceu daquela hora no grande salão, sob o olho penetrante do Senhor de Gondor, perpassado vez por outra pelas suas perguntas astutas, o tempo todo cônscio de Gandalf ao seu lado, observando, escutando e (assim sentia Pippin) refreando uma ira e impaciência crescentes. Quando a hora passou e Denethor voltou a tocar o gongo, Pippin sentia-se extenuado. "Não pode ser mais tarde que nove horas", pensou ele. "Agora eu poderia comer três desjejuns enfileirados."

"Levai o Senhor Mithrandir ao alojamento preparado para ele," disse Denethor, "e seu companheiro pode habitar com ele por ora, se quiser. Mas saibam que agora ele está jurado a meu serviço e há de ser conhecido por Peregrin, filho de Paladin, e lhe serão ensinadas as senhas menores. Enviai notícia aos Capitães para que me encontrem aqui, assim que possível, depois de soar a terceira hora.

"E tu, meu Senhor Mithrandir, também hás de vir, como e quando quiseres. Ninguém há de impedir tua vinda até mim a qualquer hora, exceto em minhas breves horas de sono. Que corra para longe tua ira diante da loucura de um ancião e retorna depois para meu consolo!"

"Loucura?", disse Gandalf. "Não, meu senhor, quando fores caduco irás morrer. Podes mesmo usar teu luto como capa. Crês que não compreendo teu propósito, questionando durante uma hora aquele que menos sabe enquanto estou sentado junto a ti?"

"Se compreendes, contenta-te", retrucou Denethor. "O orgulho seria uma loucura que desdenha a ajuda e o conselho na necessidade; mas tu distribuis tais dádivas de acordo com teus próprios desígnios. Porém o Senhor de Gondor não pode se tornar instrumento dos propósitos de outrem, por muito que sejam dignos. E para ele não há propósito mais elevado, no mundo tal como ora está, que o bem de Gondor; e o domínio de Gondor, meu senhor, é meu e de nenhum outro homem, a não ser que o rei volte outra vez."

"A não ser que o rei volte outra vez?", indagou Gandalf. "Bem, meu senhor Regente, é tua tarefa manter ainda algum reino para essa eventualidade, que já poucos esperam ver. Nessa tarefa hás de ter todo o auxílio que te apraza pedir. Mas direi isto: não é meu o domínio de nenhum reino, nem de Gondor nem de qualquer outro, grande ou pequeno. Mas todas as coisas dignas que estão em perigo do modo que o mundo está, essas são minha incumbência. E de minha parte não hei de falhar totalmente em minha tarefa, por muito que Gondor pereça, se por esta noite passar alguma coisa que ainda possa crescer bela ou dar frutos e voltar a florir nos dias vindouros. Pois também eu sou um regente. Não sabias?" E com essas palavras deu a volta e saiu caminhando do salão com Pippin correndo ao seu lado.

Gandalf não olhou para Pippin nem falou palavra com ele enquanto andavam. Seu guia os levou pelas portas do salão e depois os conduziu através do Pátio da Fonte para uma senda entre altos prédios de pedra. Depois de algumas curvas, chegaram a uma casa próxima da muralha da cidadela, do lado norte, não longe do espigão que ligava a colina à montanha. No interior, no primeiro pavimento acima da rua, subindo por uma larga escada esculpida, ele os introduziu em um belo recinto, claro e arejado, com lindas tapeçarias sem figuras de fosco brilho dourado. Estava mobiliado de maneira frugal e tinha apenas uma mesinha, duas cadeiras e um banco; mas de ambos os lados havia alcovas cortinadas e leitos bem providos dentro delas, com recipientes e bacias para lavar-se. Havia três janelas altas e estreitas que davam para o norte, para a grande curva do Anduin ainda envolta em névoa, na direção das Emyn Muil e de Rauros ao longe. Pippin teve de subir no banco para olhar por cima do alto balaústre de pedra.

"Está irritado comigo, Gandalf?", ele perguntou quando o guia saiu e fechou a porta. "Fiz o melhor que pude."

"Fez mesmo!", respondeu Gandalf, rindo de repente; e veio se postar junto a Pippin, pondo o braço em torno dos ombros do hobbit e olhando para fora da janela. Pippin olhou de relance para o rosto que agora estava próximo ao dele, pois o som daquela risada fora jovial e alegre. Porém de início só viu no rosto do mago linhas de preocupação e pesar; no entanto, olhando mais atentamente, percebeu que por baixo de tudo havia um grande contentamento: uma fonte de alegria suficiente para fazer rir um reino, caso ela jorrasse para fora.

"Deveras você fez o melhor", continuou o mago; "e espero que passe muito tempo antes que você volte a se encontrar em semelhante aperto entre dois anciãos tão terríveis. Ainda assim, o Senhor de Gondor soube por você mais do que você poderia adivinhar, Pippin. Você não conseguiu esconder o fato de que Boromir não liderou a Comitiva depois de Moria e de que havia entre vocês alguém de elevada honra que vinha a Minas Tirith; e de que ele tinha uma espada famosa. Em Gondor os homens pensam muito nas histórias dos velhos tempos; e Denethor meditou longamente no poema e nas palavras *Ruína de Isildur* desde que Boromir partiu.

"Ele não é como outros homens destes tempos, Pippin, e, qualquer que seja sua ascendência de pai para filho, por algum acaso o sangue de Ociente corre nele quase puro; e também em seu outro filho, Faramir, porém não em Boromir, que ele mais amava. Ele tem visão longínqua. Consegue perceber, se direcionar sua vontade, muito do que se passa nas mentes dos homens, mesmo dos que habitam bem longe. É difícil enganá-lo e perigoso tentar.

"Lembre-se disso! Pois agora você está jurado ao serviço dele. Não sei o que convenceu sua cabeça ou seu coração a fazer isso.

Mas foi bem-feito. Não o impedi porque um feito generoso não deve ser reprimido pelo conselho frio. Isso tocou o coração dele e ao mesmo tempo (posso dizer) satisfez seu humor. E agora pelo menos você está livre para se mover como quiser em Minas Tirith — quando não estiver de serviço. Pois a coisa tem outro lado. Você está sob o comando dele; e ele não esquecerá. Cuide-se ainda!"

Silenciou e suspirou. "Bem, não é preciso remoer o que o amanhã poderá trazer. Por um lado, o amanhã certamente trará coisas piores que hoje, por muitos dias a seguir. E não há nada mais que eu possa fazer para impedir isso. O tabuleiro está posto e as peças se movem. Uma peça que muito desejo encontrar é Faramir, que agora é herdeiro de Denethor. Não creio que esteja na Cidade; mas não tive tempo de reunir notícias. Preciso ir, Pippin. Preciso ir a esse conselho de senhores e descobrir o que puder. Mas o lance é do Inimigo, e ele está prestes a abrir todo o seu jogo. E os peões provavelmente verão tanto dele quanto os outros, Peregrin, filho de Paladin, soldado de Gondor. Afie sua lâmina!"

Gandalf foi até a porta e ali se virou. "Estou com pressa, Pippin", disse ele. "Faça-me um favor quando sair. Mesmo antes de descansar, se não estiver exausto demais. Vá encontrar Scadufax e veja como ele está alojado. Esta gente é bondosa com os animais, pois são um povo bom e sábio, mas tem menos habilidade com os cavalos do que alguns outros."

Com essas palavras, Gandalf saiu; e nesse momento veio a nota de um sino nítido e melodioso, soando em uma torre da cidadela. Deu três toques, como prata no ar, e cessou: a terceira hora desde o nascer do sol.

Um minuto depois, Pippin foi até a porta, desceu a escada e olhou em volta na rua. O sol já brilhava morno e claro, e as torres e as casas altas lançavam em direção ao oeste sombras compridas e bem delineadas. No alto do ar azul, o Monte Mindolluin erguia seu elmo branco e seu manto nevado. Homens armados iam e vinham nos caminhos da Cidade, como se ao toque da hora fossem trocar de posto e encargo.

"Diríamos nove horas no Condado", disse Pippin a si mesmo, em voz alta. "A hora certa para um belo desjejum junto à janela aberta ao sol da primavera. E como gostaria de um desjejum! Essa gente come desjejum ou já acabou? E quando jantam, e onde?"

Logo percebeu um homem, trajando preto e branco, que vinha pela rua estreita do centro da cidadela em sua direção. Pippin sentia-se solitário e decidiu-se falar quando o homem passasse; mas não foi necessário. O homem veio direto até ele.

"Tu és Peregrin, o Pequeno?", indagou ele. "Disseram-me que juraste serviço ao Senhor e à Cidade. Bem-vindo!" Estendeu a mão e Pippin a apertou.

"Chamo-me Beregond, filho de Baranor. Não tenho serviço hoje de manhã e fui mandado para ensinar-te as senhas e contar-te algumas das muitas coisas que sem dúvida quererás saber. E quanto a mim, queria também aprender contigo. Pois nunca antes vimos um pequeno nesta terra, e, apesar de termos ouvido alarde deles, pouco se diz sobre eles em qualquer história que conhecemos. Ademais, és amigo de Mithrandir. Tu o conheces bem?"

"Bem", disse Pippin. "Eu tive notícias *dele* toda a minha curta vida, como poderias dizer; e ultimamente viajei longe com ele. Mas há muito para ser lido naquele livro, e não posso afirmar que vi mais do que uma ou duas páginas. Mas quem sabe eu o conheça tão bem como qualquer um, exceto por uns poucos. Aragorn era o único de nossa Comitiva, creio, que realmente o conhecia."

"Aragorn?", indagou Beregond. "Quem é ele?'

"Oh," gaguejou Pippin, "era um homem que viajou conosco. Acho que está em Rohan agora."

"Tu estiveste em Rohan, ao que ouvi. Há muita coisa que gostaria de te perguntar sobre essa terra também; pois muito da pouca esperança que temos reside naquele povo. Mas estou me esquecendo de minha missão, que era responder primeiro ao que perguntasses. O que queres saber, Mestre Peregrin?"

"Eh, bem," disse Pippin, "se posso me arriscar a dizer isso, uma questão bem premente na minha cabeça agora é, bem, e quanto ao desjejum e tudo o mais? Quero dizer, quais são os horários das refeições, se me compreendes, e onde está a sala de jantar, se houver? E as tavernas? Olhei, mas não consegui ver nenhuma quando subimos cavalgando, apesar de ter sido alçado pela esperança de um gole de cerveja assim que chegássemos às casas de homens sábios e corteses."

Beregond olhou-o com gravidade. "Um veterano de campanha, ao que vejo", disse ele. "Dizem que os homens que vão a campo combater sempre buscam a próxima esperança de comida e bebida; apesar de eu mesmo não ser um homem viajado. Então ainda não comeste hoje?"

"Bem, sim, para falar com cortesia, sim", respondeu Pippin. "Porém não mais que uma taça de vinho e um ou dois bolos brancos, graças à bondade de teu senhor; mas por isso ele me torturou durante uma hora de perguntas, e isso é trabalho que dá fome."

Beregond riu. "À mesa os homens pequenos podem realizar os maiores feitos, dizemos nós. Mas quebraste teu jejum tão bem quanto qualquer homem da Cidadela, e com maior honra. Esta é uma fortaleza e uma torre de guarda e está agora em prontidão de guerra. Levantamo-nos antes do Sol, comemos um bocado à luz cinzenta e vamos aos nossos deveres na hora inicial. Mas não te desesperes!" Riu outra vez, vendo a consternação no rosto de Pippin. "Os que fizeram serviço *pesado* comem algo para refazer as forças na metade da manhã. Depois há o lanche matinal, ao meio-dia ou depois, conforme os deveres permitam; e os homens se reúnem para a refeição do dia, e a diversão que ainda é possível, por volta da hora do pôr do sol.

"Vem! Vamos caminhar um pouco e depois achar alguma refeição, comer e beber na ameia e esquadrinhar a bela manhã."

"Um momento!", disse Pippin, enrubescendo. "A avidez, ou a fome, por tua cortesia, afastou isso de minha mente. Mas Gandalf, Mithrandir como o chamais, me pediu para ver o seu cavalo — Scadufax, uma grande montaria de Rohan e a menina dos olhos do rei, ao que me dizem, apesar de ele o ter dado a Mithrandir por seus serviços. Acho que o novo dono gosta mais do animal do que de muitos homens e, se a boa vontade dele valer de algo para esta cidade, tratareis Scadufax com toda a honra: com maior bondade do que tratastes este hobbit, se é que isso é possível."

"Hobbit?", indagou Beregond.

"É assim que nos chamamos", explicou Pippin.

"Estou contente de sabê-lo," comentou Beregond, "pois agora posso dizer que sotaques estranhos não desfiguram a bela fala, e os hobbits são um povo bem-falante. Mas vem! Hás de me apresentar esse bom cavalo. Adoro animais, e raramente os vemos nesta cidade pedregosa; pois meu povo veio dos vales das montanhas e, antes disso, de Ithilien. Mas não temas! A visita há de ser breve, uma mera visita de cortesia, e de lá iremos às despensas."

Pippin descobriu que Scadufax fora bem alojado e tratado. Pois no sexto círculo, fora dos muros da cidadela, havia belos estábulos onde mantinham alguns cavalos velozes, bem junto ao alojamento dos portadores de mensagens do Senhor: mensageiros sempre prontos a partirem ao comando urgente de Denethor ou seus principais capitães. Mas agora todos os cavalos e cavaleiros estavam longe.

Scadufax relinchou quando Pippin entrou no estábulo e virou a cabeça. "Bom dia!", disse Pippin. "Gandalf virá assim que puder. Está ocupado, mas manda saudações, e eu fui encarregado de ver se está tudo bem com você; e se você está descansando, espero, depois de sua longa labuta."

Scadufax meneou a cabeça e pisoteou o chão. Mas deixou que Beregond lhe pegasse a cabeça suavemente e afagasse seus grandes flancos.

"Ele parece estar ansioso por uma corrida, e não recém-chegado de uma grande jornada", disse Beregond. "Como é forte e altivo! Onde está seu arreio? Deve ser rico e bonito."

"Nenhum é rico e bonito o bastante para ele", disse Pippin. "Ele não aceita nenhum. Se concordar em te levar, ele te levará; e se não, bem, nenhum freio, rédea, chicote ou correia o domará. Adeus, Scadufax! Tenha paciência. A batalha está chegando."

Scadufax ergueu a cabeça e relinchou de um modo que o estábulo estremeceu, e eles cobriram as orelhas. Depois se despediram, vendo que a manjedoura estava bem cheia.

"E agora vamos à nossa manjedoura", disse Beregond, e levou Pippin de volta à cidadela, até uma porta do lado norte da grande torre. Ali desceram por uma escada longa e fresca até uma viela larga, iluminada com lamparinas. Havia alçapões nas paredes laterais, e um deles estava aberto.

"Este é o depósito e despensa de minha companhia da Guarda", disse Beregond. "Saudações, Targon!", exclamou através do alçapão. "Ainda é cedo, mas aqui está um recém-chegado que o Senhor tomou a seu serviço. Cavalgou longe e por muito tempo com o cinto apertado, teve dura labuta esta manhã e está faminto. Dá-nos o que tiveres!"

Ali conseguiram pão, manteiga, queijo e maçãs: as últimas do estoque de inverno, enrugadas, mas inteiras e doces; e um frasco de couro com cerveja recém-tirada e pratos e copos de madeira. Puseram tudo em uma cesta de vime e subiram de volta para o sol; e Beregond levou Pippin a um lugar na extremidade leste da grande ameia protuberante, onde havia um vão nas muralhas com um assento de pedra sob o peitoril. Dali podiam observar a manhã sobre o mundo.

Comeram e beberam; e falaram ora de Gondor e seus modos e costumes, ora do Condado e dos estranhos países que Pippin vira. E enquanto falavam, Beregond mais e mais se admirava e olhava com maior pasmo para o hobbit, que balançava as pernas curtas sentado no banco ou se punha sobre ele, na ponta dos pés, para espiar por cima do peitoril as terras lá embaixo.

"Não te esconderei, Mestre Peregrin," disse Beregond, "que para nós quase pareces uma de nossas crianças, um rapaz de nove verões mais ou menos; e, no entanto, suportaste perigos e viste maravilhas de que poucos de nossos barbas-cinzentas poderiam se gabar. Pensei que fosse um capricho de nosso Senhor tomar um pajem nobre, à maneira dos reis de outrora, ao que dizem. Mas vejo que não é assim, e precisas perdoar minha tolice."

"Perdoo-a", respondeu Pippin. "Mas não estás muito longe da verdade. Ainda sou pouco mais que um menino pela contagem de meu próprio povo e ainda levará quatro anos para eu 'atingir a maioridade', como dizemos no Condado. Mas não te preocupas comigo. Vem olhar e conta-me o que posso ver."

O sol já subia, e as névoas do vale lá embaixo haviam-se levantado. As últimas flutuavam para longe, bem acima deles, como fiapos de nuvens brancas levados pela brisa do Leste que se intensificava e já fazia drapejar e impelia as bandeiras e os estandartes brancos da cidadela. Lá longe, no fundo do vale, a umas cinco léguas no salto da visão, o Grande Rio já podia ser visto, cinzento e reluzente, vindo do noroeste e fazendo uma enorme curva para o sul e outra vez para o oeste, até se perder de vista em névoa e clarão, muito além do qual estava o Mar, a cinquenta léguas de distância.

Pippin podia ver toda a Pelennor estendida diante dele, salpicada ao longe com fazendas e pequenos muros, celeiros e estábulos, mas em nenhum lugar podia ver gado ou outros animais. Muitas estradas e trilhas atravessavam os campos verdes, e havia muitas idas e vindas: carroças que se moviam em filas rumo ao Grande Portão e outras que saíam. Vez por outra vinha um cavaleiro, saltava da sela e corria para dentro da Cidade. Mas a maior parte do tráfego saía pela estrada principal, e esta se virava para o sul e, depois, fazendo uma curva mais depressa que o Rio, passava ao largo das colinas e logo desaparecia de vista. Era larga e bem calçada e, ao longo de sua beira oriental, corria uma pista para cavalos, extensa e verde, e uma muralha além dela. Na pista galopavam cavaleiros para lá e para cá, mas toda a estrada parecia apinhada com grandes carroções cobertos que iam para o sul. Mas logo Pippin viu que de fato estava tudo bem ordenado: os carroções se moviam em três filas, uma mais veloz puxada por cavalos; outra mais lenta, de grandes carroças com belos abrigos de muitas cores, puxadas por bois; e pela beira oeste da estrada iam muitos carros menores, arrastados por homens esforçados.

"Essa é a estrada para os vales de Tumladen e Lossarnach, para as aldeias montanhesas e depois até Lebennin", disse Beregond. "Ali vão os últimos carroções que levam para o refúgio os idosos, as crianças e as mulheres que devem acompanhá-los. Todos devem ter deixado o Portão e a estrada livre pelo espaço de uma légua antes do meio-dia: essa foi a ordem. É uma triste necessidade." Suspirou. "Poucos, talvez, dos que agora se separam vão se reencontrar. E sempre houve bem poucas crianças nesta cidade; mas agora não há nenhuma — exceto por alguns jovens rapazes que não querem partir e poderão encontrar alguma tarefa a cumprir: meu próprio filho é um deles."

Silenciaram por alguns instantes. Pippin olhava para o leste ansiosamente, como se a qualquer momento pudesse ver milhares de orques derramando-se pelos campos. "O que posso ver ali?", perguntou ele, apontando para o meio da grande curva do Anduin. "É outra cidade ou o que é?"

"Foi uma cidade," disse Beregond, "a principal cidade de Gondor, da qual éramos apenas uma fortaleza. Pois aquela é a ruína de Osgiliath de ambos os lados do Anduin, que nossos inimigos tomaram e incendiaram muito tempo atrás. Porém nós a reconquistamos nos dias da juventude de Denethor: não para morarmos, e sim para a mantermos como posto avançado e para reconstruirmos a ponte para a passagem de nossas tropas. E então vieram os Cavaleiros Cruéis de Minas Morgul."

"Os Cavaleiros Negros?", disse Pippin, abrindo os olhos, e estavam arregalados e escuros com um velho temor novamente despertado.

"Sim, eram negros," afirmou Beregond, "e vejo que sabes algo sobre eles, apesar de não teres falado neles em nenhuma de tuas histórias."

"Sei sobre eles," comentou Pippin baixinho, "mas não falarei neles agora, tão perto, tão perto." Interrompeu a fala, ergueu os olhos acima do Rio e pareceu-lhe que só podia enxergar uma sombra vasta e ameaçadora. Quem sabe fossem as montanhas erguendo-se no limiar da visão, suas arestas recortadas suavizadas por cerca de vinte léguas de ar nebuloso; quem sabe fosse apenas uma muralha de nuvens, e além dela uma treva ainda mais profunda. Mas, à medida que olhava, parecia aos seus olhos que a treva crescia e se concentrava, subindo devagar, muito devagar, para sufocar as regiões do sol.

"Tão perto de Mordor?", disse Beregond baixinho. "Sim, está ali. Raramente dizemos seu nome; mas habitamos sempre à vista daquela sombra: às vezes parece mais fraca e distante; às vezes mais próxima e escura. Agora está crescendo e se tornando escura; e por isso nosso temor e nossa inquietação também aumentam. E os Cavaleiros Cruéis, há menos de um ano eles reconquistaram as travessias, e foram mortos muitos de nossos melhores homens. Foi Boromir quem finalmente rechaçou o inimigo desta margem ocidental, e ainda ocupamos a metade próxima de Osgiliath. Por pouco tempo. Mas agora esperamos um novo ataque ali. Talvez o principal ataque da guerra que chega."

"Quando?", disse Pippin. "Tens alguma estimativa? Pois vi os faróis duas noites atrás e os mensageiros; e Gandalf disse que era um sinal de que a guerra começara. Ele parecia ter uma pressa desesperada. Mas agora parece que tudo ficou lento outra vez."

"Só porque agora está tudo pronto", comentou Beregond. "É apenas a inspiração funda antes do mergulho."

"Mas por que os faróis estavam acesos duas noites atrás?"

"É demasiado tarde para se pedir ajuda quando já se está sitiado", respondeu Beregond. "Mas não conheço a opinião do Senhor e de seus capitães. Eles têm muitos modos de reunir notícias. E o Senhor Denethor é diferente de outros homens: ele enxerga longe. Alguns dizem que à noite, sentado a sós em seu alto recinto da Torre, dirigindo o pensamento para lá e para cá, ele consegue ler algo que está no futuro; e que às vezes perscruta até a mente do Inimigo, debatendo-se com ele. E é por isso que está velho, desgastado antes do tempo. Mas seja como for, meu senhor Faramir está em campo, além do Rio, em alguma missão arriscada, e ele pode ter mandado novas.

"Mas, se queres saber o que penso que acendeu os faróis, foi a notícia que veio de Lebennin naquela tardinha. Há uma grande frota que se aproxima das fozes do Anduin tripulada pelos corsários de Umbar no Sul. Há muito tempo deixaram de temer o poder de Gondor e aliaram-se ao Inimigo, e agora desferem um pesado golpe a favor dele. Pois esse ataque desviará grande parte do auxílio que esperávamos de Lebennin e Belfalas, onde o povo é robusto e numeroso. Por isso nossos pensamentos mais se dirigem ao norte, para Rohan; e mais nos alegramos com essas novas de vitória que trazes.

"E ainda assim," — fez uma pausa, se levantou e olhou em torno, ao norte, a leste e ao sul — "os feitos em Isengard deveriam nos alertar de que já fomos apanhados em grande teia e estratégia. Não se trata mais de uma briga nos vaus, de assaltos desde Ithilien e Anórien, de emboscadas e pilhagens. Esta é uma grande guerra planejada há muito tempo, e somos apenas uma peça dela, não importa o que diga o orgulho. Relatam que há movimentos no Leste longínquo, além do Mar Interior; e ao norte, em Trevamata e além; e ao sul, em Harad. E agora todos os reinos hão de ser postos à prova, para resistirem ou tombarem — sob a Sombra.

"No entanto, Mestre Peregrin, temos esta honra: sempre suportamos o impacto do principal ódio do Senhor Sombrio, pois esse ódio descende das profundas do tempo e através das profundezas do Mar. Aqui o golpe do martelo cairá com maior força. E por essa razão Mithrandir aqui veio com tanta pressa. Pois se nós cairmos, quem há de ficar em pé? E Mestre Peregrin, vês alguma esperança de que havemos de ficar em pé?"

Pippin não respondeu. Olhou para as grandes muralhas, para as torres e os valorosos estandartes, para o sol alto no céu e depois para a treva que crescia no Leste; e pensou nos longos dedos daquela Sombra: nos orques nas matas e nas montanhas, na traição de Isengard, nas aves de olho mau e nos Cavaleiros Negros mesmo nas alamedas do Condado — e no terror alado, os Nazgûl. Estremeceu, e a esperança pareceu murchar. E naquele mesmo momento, por um segundo, o sol vacilou e ficou obscurecido, como se uma asa sombria tivesse passado à frente dele. Quase além da audição, pensou perceber, alto e longe no firmamento, um grito: abafado, mas de sufocar o coração, cruel e frio. Empalideceu e encolheu-se junto ao muro.

"O que foi isso?", perguntou Beregond. "Também sentiste algo?"

"Sim", murmurou Pippin. "É o sinal de nossa queda e a sombra da sina, um Cavaleiro Cruel do ar."

"Sim, a sombra da sina", comentou Beregond. "Receio que Minas Tirith haja de cair. A noite vem. O próprio calor de meu sangue parece que foi arrebatado."

Durante algum tempo ficaram sentados juntos, com as cabeças inclinadas, e não falaram. Então de súbito Pippin olhou para cima e viu que o sol ainda brilhava e os estandartes ainda voavam na brisa. Sacudiu-se. "Passou", disse ele. "Não, meu coração ainda não se desesperará. Gandalf caiu, retornou e está conosco. Podemos ficar em pé, mesmo que em uma só perna, ou pelo menos ainda ser deixados de joelhos."

"Disse bem!", exclamou Beregond, erguendo-se e andando para lá e para cá. "Não, mesmo que todas as coisas tenham que terminar por completo com o tempo, Gondor não há de perecer ainda. Não, mesmo que as muralhas sejam tomadas por um inimigo implacável que erga um morro de carniça diante delas. Ainda existem outras fortalezas e caminhos secretos de fuga para as montanhas. A esperança e a memória ainda hão de viver em algum vale oculto onde a relva é verde."

"Ainda assim, gostaria que tivesse passado, pelo bem ou pelo mal", disse Pippin. "Não sou nem um pouco guerreiro e me desgosta qualquer ideia de combate; mas esperar à beira de um do qual não posso escapar é o pior de tudo. Já parece ser um dia tão comprido! Eu estaria mais feliz se não fôssemos obrigados a ficar parados, observando, sem nos movermos, sem atacarmos primeiro em lugar algum. Creio que nenhum golpe teria sido desferido em Rohan se não fosse por Gandalf."

"Ah, aí estás pondo o dedo na ferida que muitos sentem!", disse Beregond. "Mas as coisas poderão mudar quando Faramir voltar. É audacioso, mais audacioso do que muitos julgam; pois nestes dias os homens têm dificuldade em crer que um capitão possa ser sábio e erudito nos rolos de sabedoria e canção, assim como ele, e ainda assim ser alguém de ousadia e julgamento rápido em campo. Mas assim é Faramir. Menos intrépido e ávido que Boromir, mas não menos resoluto. Mas o que, de fato, ele pode fazer? Não podemos atacar as montanhas de... daquele reino. Nosso alcance abreviou-se, e não podemos atacar antes que algum inimigo venha até dentro dele. Aí nossa mão terá de ser pesada!" Bateu no punho da espada.

Pippin olhou para ele: alto, orgulhoso e nobre, como todos os homens que já vira naquela terra; e com um brilho no olho quando pensava na batalha. "Ai de mim! minha mão parece leve como uma pena", pensou ele, mas nada disse. "Um peão, Gandalf disse? Quem sabe; mas no tabuleiro de xadrez errado."

Assim eles conversaram até o sol chegar a pino, e, de repente, soaram os sinos do meio-dia, e houve uma agitação na cidadela; pois todos, exceto os vigias, estavam a caminho da refeição.

"Virás comigo?", indagou Beregond. "Podes juntar-te ao meu rancho no dia de hoje. Não sei a qual companhia serás alocado; ou o Senhor poderá manter-te sob seu próprio comando. Mas serás bem-vindo. E será bom que encontres o maior número de homens que puderes enquanto ainda há tempo."

"Irei de bom grado", disse Pippin. "Estou solitário, para dizer a verdade. Deixei meu melhor amigo para trás, em Rohan, e não tenho tido ninguém para conversar nem caçoar. Quem sabe eu realmente possa me juntar à tua companhia? Tu és o capitão? Se fores, poderás admitir-me ou falar em meu favor?"

"Não, não", riu-se Beregond. "Não sou capitão. Não tenho nem cargo, nem patente, nem autoridade, já que sou só um simples homem d'armas da Terceira Companhia da Cidadela. Porém, Mestre Peregrin, ser apenas um homem d'armas da Guarda da Torre de Gondor é algo que traz valor na Cidade, e homens assim têm honra no país."

"Então isso está muito além de meu alcance", disse Pippin. "Leva-me de volta para nosso quarto, e, se Gandalf não estiver lá, eu irei aonde quiseres — como teu convidado."

Gandalf não estava no alojamento e não mandara mensagem; assim, Pippin foi com Beregond e foi apresentado aos homens da Terceira Companhia. E disso pareceu que Beregond granjeou tanta honra quanto seu convidado, pois Pippin foi muito bem-vindo. Já houvera muitos comentários na cidadela sobre o companheiro de Mithrandir e sua longa conversa a sós com o Senhor; e o alarde declarava que um Príncipe dos Pequenos viera do Norte para oferecer a Gondor lealdade e cinco mil espadas. E alguns diziam que, quando os Cavaleiros viessem de Rohan, cada um traria atrás de si um guerreiro Pequeno, quiçá diminuto, mas valente.

Apesar de Pippin, pesaroso, ter de destruir essa história esperançosa, ele não conseguiu livrar-se de sua nova dignidade, bem adequada, assim pensavam, a alguém que fora amigo de Boromir e honrado pelo Senhor Denethor; e lhe agradeceram por vir ter com eles, ficaram fascinados por suas palavras e histórias das terras exteriores e lhe deram tanta comida e cerveja quanto ele podia desejar. Na verdade, seu único problema foi "cuidar-se" conforme o conselho de Gandalf e não deixar a língua tagarelar livremente à maneira de um hobbit entre amigos.

Por fim Beregond ergueu-se. "Adeus por ora!", disse ele. "Agora tenho serviço até o pôr do sol, assim como todos os demais aqui, creio. Mas se estiveres solitário, talvez queiras um alegre guia pela Cidade. Meu filho irá contigo de bom grado. Um bom rapaz, posso dizer. Se isso te agradar, desce ao círculo inferior e pergunta pela Velha Hospedaria em Rath Celerdain, a Rua dos Lampioneiros. Lá o encontrarás com outros rapazes que ficaram na Cidade. Pode haver coisas que valham a pena ver lá embaixo no Grande Portão, antes que seja fechado."

Saiu, e logo depois todos os outros o seguiram. O dia ainda estava bonito, apesar de estar ficando mais nevoento, e fazia calor para março, mesmo tão longe no sul. Pippin sentia-se sonolento, mas o alojamento parecia melancólico, e ele decidiu descer e explorar a Cidade. Levou a Scadufax alguns bocados que guardara, e estes foram graciosamente aceitos, apesar de não parecer que faltasse algo ao cavalo. Depois desceu caminhando por muitas vias tortuosas.

As pessoas o encaravam intensamente quando ele passava. Diante dele, os homens eram gravemente corteses, saudando-o à maneira de Gondor, com a cabeça inclinada e as mãos sobre o peito; mas atrás dele ouviu muitas exclamações, quando os que estavam na rua chamavam os outros de dentro para que viessem ver o Príncipe dos Pequenos, companheiro de Mithrandir. Muitos usavam algum idioma diverso da fala comum, mas não passou muito tempo para ele aprender pelo menos o que queria dizer *Ernil i Pheriannath* e saber que seu título o precedera até a Cidade.

Por fim, através de ruas com arcos e muitas belas veredas e calçadas, chegou ao círculo inferior, o mais amplo, e ali lhe indicaram a Rua dos Lampioneiros, uma larga via que corria para o Grande Portão. Nela encontrou a Velha Hospedaria, um prédio grande de pedras cinzentas e gastas pelo tempo, com duas alas que se afastavam da rua, e entre elas um estreito gramado, atrás do qual ficava a casa de muitas janelas, tendo em toda a largura da fachada uma varanda de colunas e um lance de escada que descia até a grama. Meninos brincavam entre as colunas, as únicas crianças que Pippin vira em Minas Tirith, e ele parou para olhá-los. Logo um deles o avistou e, com um grito, saltou por cima da grama e veio até a rua, seguido por vários outros. Ali se plantou diante de Pippin, olhando-o dos pés à cabeça.

"Saudações!", disse o rapaz. "De onde vens? És um estranho na Cidade."

"Eu era", respondeu Pippin; "mas dizem que me tornei um homem de Gondor."

"Ora vamos!", exclamou o rapaz. "Então aqui somos todos homens. Mas quantos anos tens e qual é teu nome? Já tenho dez anos e logo terei cinco pés[3] de altura. Sou mais alto que tu. Mas claro que meu pai é Guarda, um dos mais altos. Quem é teu pai?"

"Qual pergunta devo responder primeiro?", disse Pippin. "Meu pai cultiva as terras em torno de Poçalvo, perto de Tuqueburgo, no Condado. Tenho quase vinte e nove anos, de modo que aí estou à tua frente; mas tenho só quatro pés[4] de altura e provavelmente não crescerei mais, exceto de lado."

"Vinte e nove!", disse o rapaz e assobiou. "Ora, tu és bem velho! Tão velho como meu tio Iorlas. Ainda assim," acrescentou, esperançoso, "aposto que te poderia pôr de cabeça para baixo ou te deitar de costas."

"Quem sabe pudesses se eu te deixasse", disse Pippin com um riso. "E quem sabe eu te poderia fazer o mesmo: conhecemos alguns truques de luta livre em nosso pequeno país. Onde, deixa-me dizer, sou considerado incomumente grande e forte; e jamais permiti que ninguém me pusesse de cabeça

---

[3]Equivale a, aproximadamente, 1 metro e meio. [N. T.]
[4]Equivale a, aproximadamente, 122 centímetros. [N. T.]

para baixo. Assim, se chegasse a hora da verdade e nada mais servisse, eu poderia ter de te matar. Pois quando ficares mais velho aprenderás que as pessoas nem sempre são o que parecem; e, apesar de poderes ter-me tomado por um rapaz estrangeiro mole, presa fácil, deixa que eu te previna: não sou isso, sou um pequeno, duro, audaz e malvado!" Pippin fez uma careta tão carrancuda que o menino recuou um passo, mas voltou imediatamente com os punhos cerrados e a luz do combate no olho.

"Não!", riu Pippin. "Também não creias o que os estranhos dizem sobre si! Não sou lutador. Mas em todo caso seria mais polido que o desafiante dissesse quem é."

O menino empertigou-se, orgulhoso. "Eu sou Bergil, filho de Beregond dos Guardas", disse ele.

"Assim pensei," respondeu Pippin, "pois te pareces com teu pai. Eu o conheço e ele me mandou à tua procura."

"Então por que não disseste isso de imediato?", disse Bergil, e de repente uma expressão de desalento lhe veio ao rosto. "Não me digas que ele mudou de ideia e que vai me mandar embora com as donzelas! Mas não, as últimas carroças já foram."

"A mensagem dele é menos ruim que isso, se não boa", comentou Pippin. "Ele diz que, se preferires isso a me pôr de cabeça para baixo, poderias passar algum tempo me mostrando a Cidade e alegrando minha solidão. Em troca posso contar-te algumas histórias de países longínquos."

Bergil bateu palmas e riu de alívio. "Está tudo bem", exclamou. "Vem então! Logo estávamos indo ao Portão para olhar. Vamos agora."

"O que está acontecendo lá?"

"Esperam os Capitães das Terras Estrangeiras que vão subir pela Estrada Sul antes do pôr do sol. Vem conosco e verás."

Bergil demonstrou ser boa companhia, a melhor que Pippin tivera desde que se separara de Merry, e logo estavam rindo e conversando alegremente, percorrendo as ruas, indiferentes aos muitos olhares que os homens lhes lançavam. Não passou muito tempo para se encontrarem em uma multidão que rumava para o Grande Portão. Ali Pippin cresceu muito na estima de Bergil, pois quando disse seu nome e a senha, o guarda o saudou e o deixou passar; e mais ainda, deixaram-no levar seu companheiro consigo.

"Isso é bom!", disse Bergil. "Não permitem mais que nós, meninos, passemos pelo Portão sem um adulto. Agora havemos de ver melhor."

Além do Portão havia uma multidão de homens ao longo da beira da estrada e do grande espaço calçado aonde levavam todos os caminhos que vinham para Minas Tirith. Todos os olhos estavam voltados para o sul, e logo se ergueu um murmúrio: "Há uma poeira ali ao longe! Eles estão chegando!"

Pippin e Bergil forçaram passagem para a frente da multidão e esperaram. Soaram trompas a certa distância, e o barulho dos aplausos rolou na direção deles como um vento crescente. Então ouviu-se um forte toque de trombeta, e em toda a volta deles as pessoas gritavam.

"Forlong! Forlong!", Pippin ouviu os homens exclamando. "O que estão dizendo?", perguntou.

"Forlong chegou", respondeu Bergil; "o velho Forlong, o Gordo, Senhor de Lossarnach. É lá que vive meu avô. Hurra! Aí está ele. O bom e velho Forlong!"

Liderando a fila, veio a passo um grande cavalo de pernas grossas, e nele estava sentado um homem de ombros largos e enorme circunferência, mas velho e de barba cinzenta, porém trajando cota de malha e um elmo negro e portando uma lança comprida e pesada. Atrás dele marchava, altiva, uma fileira empoeirada de homens, bem armados e empunhando grandes machados de batalha; tinham os rostos severos e eram mais baixos e um tanto mais morenos que outros homens que Pippin já vira em Gondor.

"Forlong!", gritavam os homens. "Coração fiel, amigo fiel! Forlong!" Mas quando os homens de Lossarnach haviam passado, eles murmuraram: "Tão poucos! Duzentos, é isso? Esperávamos dez vezes esse número. Deve ser a notícia nova da frota negra. Estão dispondo só de um décimo de suas forças. Ainda assim, cada pouquinho é lucro."

E assim as companhias vinham, eram saudadas e aplaudidas e passavam pelo Portão, homens das Terras Estrangeiras em marcha para defenderem a Cidade de Gondor em uma hora sombria; mas sempre muito poucos, sempre menos do que a esperança aguardava ou a necessidade pedia. Os homens do Vale do Ringló, atrás do filho de seu senhor, Dervorin, caminhando a pé: três centenas. Dos planaltos de Morthond, o grande Vale da Raiz Negra, o alto Duinhir com seus filhos Duilin e Derufin e quinhentos arqueiros. De Anfalas, a longínqua Praia-comprida, uma longa fileira de homens de muitos tipos, caçadores, pastores e homens de pequenas aldeias, parcamente equipados, exceto pela casa de seu senhor Golasgil. De Lamedon, alguns poucos montanheses sisudos sem capitão. Pescadores do Ethir, uns cem ou mais dispensados dos navios. Hirluin, o Alvo, das Colinas Verdes de Pinnath Gelin com três centenas de valorosos homens trajando verde. E o último e mais altivo, Imrahil, Príncipe de Dol Amroth, parente do Senhor, com estandartes dourados portando seu símbolo da Nau e do Cisne de Prata e uma companhia de cavaleiros com todos os petrechos, montados em cavalos cinzentos; e atrás deles, sete centenas de homens d'armas, altos como senhores, de olhos cinzentos e cabelos escuros, cantando ao chegar.

E isso era tudo, menos de três milhares no total. Não viriam mais. Suas exclamações e as pisadas de seus pés passaram para dentro da Cidade e se esvaíram. Os espectadores permaneceram em silêncio por algum tempo. A poeira pairava no ar, pois o vento morrera e a tardinha era pesada. A hora do fim do dia já se avizinhava, e o sol vermelho se escondera atrás de Mindolluin. A sombra desceu sobre a Cidade.

Pippin olhou para cima e pareceu-lhe que o céu se tornara cor de cinzas, como se uma vasta poeira e fumaça estivessem suspensas acima deles e a luz as atravessasse baça. Mas, no Oeste, o sol poente já inflamara todos os vapores, e agora Mindolluin se destacava negro diante de um clarão ardente salpicado de brasas. "Assim um belo dia termina em ira!", disse ele, esquecido do rapaz ao seu lado.

"Terminará se eu não tiver voltado antes dos sinos do ocaso", respondeu Bergil. "Vem! Lá vai a trombeta do fechamento do Portão."

De mãos dadas voltaram para dentro da Cidade, os últimos a passarem pelo Portão antes de ele ser fechado; e quando alcançaram a Rua dos Lampioneiros, todos os sinos das torres soaram solenemente. Acenderam-se luzes em muitas janelas, e das casas e dos recintos dos homens d'armas junto às muralhas vinha o som de canções.

"Adeus por ora", disse Bergil. "Leva minha saudação ao meu pai e agradece-lhe pela companhia que enviou. Volta logo, eu te peço. Agora quase desejo que não houvesse guerra, pois poderíamos ter-nos divertido bastante. Poderíamos ter viajado para Lossarnach, à casa de meu avô; é bom estar lá na primavera, as matas e os campos estão repletos de flores. Mas quem sabe ainda iremos para lá juntos. Nunca derrotarão nosso Senhor, e meu pai é muito valente. Adeus e volta!"

Despediram-se, e Pippin voltou apressado à cidadela. Parecia longe, e ele ficou abafado e muito faminto; e a noite desceu veloz e escura. Não havia estrela perfurando o firmamento. Atrasou-se para a refeição do dia no rancho, e Beregond o saudou contente e o pôs sentado ao seu lado para ouvir notícias do filho. Após a refeição, Pippin permaneceu um pouco e depois se despediu, pois uma treva estranha o acometera, e agora desejava muito rever Gandalf.

"Consegues achar o caminho?", disse Beregond à porta do pequeno salão, do lado norte da cidadela, onde estiveram sentados. "É uma noite negra, e ainda mais negra desde que vieram as ordens para reduzir as luzes dentro da Cidade e para que nenhuma brilhe nas muralhas. E posso dar-te notícias de outra ordem: serás convocado ao Senhor Denethor amanhã cedo. Receio que não irás para a Terceira Companhia. Ainda assim podemos esperar nos reencontrarmos. Adeus e dorme em paz!"

O alojamento estava às escuras, exceto por um pequeno lampião posto sobre a mesa. Gandalf não estava lá. A treva abateu-se ainda mais pesadamente sobre Pippin. Subiu no banco e tentou espiar por uma janela, mas era como olhar para dentro de uma lagoa de tinta. Desceu, fechou a veneziana e foi para a cama. Ficou algum tempo deitado, tentando ouvir o som da volta de Gandalf, e depois caiu em um sono inquieto.

Durante a noite foi acordado por uma luz e viu que Gandalf viera e caminhava para lá e para cá no quarto, além da cortina da alcova. Havia velas na mesa e rolos de pergaminho. Ouviu o mago suspirando e murmurando: "Quando Faramir retornará?"

"Alô!", disse Pippin, espiando em torno da cortina. "Pensei que você me tinha esquecido por completo. Estou feliz de vê-lo de volta. Foi um dia comprido."

"Mas a noite será curta demais", afirmou Gandalf. "Voltei aqui porque preciso de um pouco de paz, sozinho. Você devia dormir numa cama enquanto ainda pode. Ao nascer do sol, hei de levá-lo outra vez ao Senhor Denethor. Não, quando vier a convocação, não ao nascer do sol. A Escuridão começou. Não haverá amanhecer."

2

A Passagem da Companhia Cinzenta

Gandalf se fora, e os cascos ressoantes de Scadufax haviam--se perdido na noite, quando Merry voltou a Aragorn. Tinha apenas uma trouxa leve, pois perdera a mochila em Parth Galen e tudo o que trazia eram alguns objetos úteis que apanhara entre os destroços de Isengard. Hasufel já estava selado. Legolas e Gimli, com seu cavalo, estavam por perto.

"Então ainda restam quatro da Comitiva", disse Aragorn. "Prosseguiremos juntos. Mas não iremos sós, como eu pensava. Agora o rei está decidido a partir de imediato. Desde a vinda da sombra alada ele deseja voltar às colinas oculto pela noite."

"E depois aonde?", disse Legolas.

"Ainda não sei dizer", respondeu Aragorn. "Quanto ao rei, ele irá à convocação que ordenou em Edoras, daqui a quatro noites. E lá, creio, ele ouvirá notícias da guerra, e os Cavaleiros de Rohan descerão para Minas Tirith. Mas quanto a mim e a qualquer um que deseje ir comigo…"

"Eu sou um!", exclamou Legolas. "E Gimli com ele!", disse o Anão.

"Bem, quanto a mim," disse Aragorn, "há uma obscuridade diante de meus passos. Também preciso descer para Minas Tirith, mas ainda não vejo a estrada. Uma hora há muito preparada se avizinha."

"Não me deixem para trás!", comentou Merry. "Ainda não fui muito útil; mas não quero ser posto de lado, como bagagem a ser recuperada quando tudo tiver passado. Não creio que os Cavaleiros queiram se incomodar comigo agora. Apesar de que, é claro, o rei disse que eu iria me sentar ao seu lado quando ele chegasse à sua casa para contar-lhe tudo sobre o Condado."

"Sim," disse Aragorn, "e sua estrada corre com a dele, creio, Merry. Mas não espere regozijo no final. Vai levar muito tempo, receio, para que Théoden volte a se sentar em Meduseld com tranquilidade. Muitas esperanças murcharão nesta amarga Primavera."

Logo estavam todos prontos para a partida: vinte e quatro cavalos, com Gimli atrás de Legolas e Merry à frente de Aragorn. Pouco depois estavam cavalgando velozes pela noite. Não fazia muito tempo que passaram os Vaus do Isen quando um Cavaleiro veio galopando da retaguarda da fila.

"Meu senhor," disse ele ao rei, "há cavaleiros atrás de nós. Creio tê-los ouvido ao atravessarmos os vaus. Agora temos certeza. Estão nos ultrapassando, cavalgando muito depressa."

Imediatamente Théoden ordenou uma parada. Os Cavaleiros se viraram e pegaram nas lanças. Aragorn apeou, pôs Merry no chão e, sacando a espada, postou-se junto ao estribo do rei. Éomer e seu escudeiro cavalgaram para a retaguarda. Merry sentiu-se mais do que nunca como bagagem desnecessária e perguntou-se o que faria se houvesse combate. Supondo que a pequena escolta do rei fosse cercada e derrotada, mas que ele escapasse para a escuridão — sozinho nos campos selvagens de Rohan, sem ideia de onde estava em todas as milhas infindas? "Nada bom!", pensou. Sacou a espada e apertou o cinto.

A lua, que estava se pondo, foi obscurecida por uma grande nuvem navegante, mas de súbito voltou a surgir com claridade. Então todos ouviram o som de cascos e no mesmo momento viram vultos escuros que vinham depressa pela trilha dos vaus. Aqui e ali o luar rebrilhava nas pontas das lanças. O número de perseguidores não podia ser estimado, mas não pareciam ser menos que a escolta do rei, no mínimo.

Quando estavam a uns cinquenta passos de distância, Éomer gritou em alta voz: "Parai! Parai! Quem cavalga em Rohan?"

Os perseguidores detiveram as montarias de repente. Seguiu-se um silêncio; e então, ao luar, foi possível ver que um cavaleiro apeava e caminhava lentamente para diante. A mão apareceu branca quando ele a ergueu, de palma para fora como sinal de paz; mas os homens do rei agarraram as armas. A dez passos o homem parou. Era alto, uma escura sombra em pé. Então ressoou sua voz nítida.

"Rohan? Rohan disseste? É uma palavra de júbilo. Buscamos essa terra com pressa, vindos de muito longe."

"Vós a encontrastes", disse Éomer. "Quando atravessastes aqueles vaus vós entrastes nela. Mas é o reino de Théoden, o Rei. Ninguém aqui cavalga senão com sua permissão. Quem sois? E qual é vossa pressa?"

"Halbarad Dúnadan, Caminheiro do Norte eu sou", exclamou o homem. "Buscamos um certo Aragorn, filho de Arathorn, e ouvimos que ele estava em Rohan."

"E o encontrastes também!", exclamou Aragorn. Dando as rédeas a Merry, correu para diante e abraçou o recém-chegado. "Halbarad!", disse ele. "De todas as alegrias esta é a menos esperada!"

Merry deu um suspiro de alívio. Pensava que aquilo fosse algum último truque de Saruman, emboscar o rei enquanto este só tinha alguns poucos homens em seu redor; mas parecia que não seria preciso morrer em defesa de Théoden, pelo menos não ainda. Embainhou a espada.

"Tudo está bem", disse Aragorn, voltando-se para trás. "Eis alguns da minha própria parentela, da terra distante onde eu habitava. Mas por que eles vêm e quantos são, Halbarad há de nos contar."

"Tenho trinta comigo", respondeu Halbarad. "É tudo de nossa parentela que pôde ser reunido na pressa, mas os irmãos Elladan e Elrohir cavalgaram conosco, desejosos de irem à guerra. Viemos o mais depressa que podíamos quando chegou tua convocação."

"Mas não vos convoquei," afirmou Aragorn, "exceto em desejo. Muitas vezes meus pensamentos se voltaram para vós e raras vezes mais que hoje à noite; porém não enviei palavra. Mas vamos! Todos esses assuntos terão de esperar. Vós nos encontrais cavalgando com pressa e perigo. Cavalgai conosco agora, se o rei o permitir."

De fato, Théoden ficou contente com a notícia. "Está bem!", disse ele. "Se estes parentes forem de algum modo parecidos contigo, meu senhor Aragorn, trinta cavaleiros assim serão uma força que não pode ser contada em cabeças."

Então os Cavaleiros partiram de novo, e por algum tempo Aragorn seguiu com os Dúnedain; e quando tinham falado das novas do Norte e do Sul, Elrohir lhe disse:

"Trago-te mensagem de meu pai: 'Os dias são breves. Se estás com pressa, lembra-te das Sendas dos Mortos.'"

"Meus dias sempre me pareceram demasiado curtos para alcançar meu desejo", respondeu Aragorn. "Mas será deveras grande minha pressa para que eu tome essa estrada."

"Isso logo se verá", comentou Elrohir. "Mas não falemos mais dessas coisas na estrada aberta!"

E Aragorn disse a Halbarad: "O que é isso que trazes, parente?" Pois viu que em vez de lança ele trazia um bastão comprido, como estandarte, mas estava bem enrolado em um pano negro, atado com muitas tiras.

"É uma dádiva que te trago da Senhora de Valfenda", respondeu Halbarad. "Elaborou-a em segredo e levou tempo para fazê-la. Mas também te manda uma mensagem: 'Agora os dias são breves. Ou chegará nossa esperança ou o fim de toda esperança. Por isso te envio o que fiz para ti. Boa sorte, Pedra-Élfica!'"

E Aragorn disse: "Agora sei o que trazes. Leva-o ainda um pouco para mim!" E virou-se e olhou em direção ao Norte, sob as grandes estrelas, e então silenciou e não falou mais enquanto durou a jornada daquela noite.

A noite estava terminando e o Leste era cinzento quando finalmente subiram pela Garganta-do-Abismo e retornaram ao Forte-da-Trombeta. Ali pretendiam deitar-se, repousar por breve tempo e aconselhar-se.

Merry dormiu até ser acordado por Legolas e Gimli. "A Sol[1] está alta", disse Legolas. "Todos os demais se levantaram e

---

[1]Segundo o saber dos Elfos e Hobbits, o Sol é uma figura feminina, e a Lua, masculina. [N. T.]

estão ativos. Vamos, Mestre Indolente, e olha para este lugar enquanto podes!"

"Aqui houve uma batalha três noites atrás," disse Gimli, "e aqui Legolas e eu jogamos um jogo que ganhei por um único orque. Vem ver como foi! E há cavernas, Merry, cavernas de maravilha! Vamos visitá-las, tu crês, Legolas?"

"Não! Não há tempo", disse o Elfo. "Não estragues a maravilha com a pressa! Eu te dei minha palavra de que voltaria aqui contigo, se vier mais uma vez um dia de paz e liberdade. Mas agora é quase meio-dia, e nessa hora vamos comer e, ao que ouço, partiremos de novo."

Merry levantou-se e bocejou. Suas poucas horas de sono não tinham bastado nem um pouco; estava cansado e um tanto desolado. Sentia falta de Pippin e sentia que ele era apenas um fardo, enquanto todos estavam fazendo planos urgentes em um assunto que ele não entendia plenamente. "Onde está Aragorn?", perguntou.

"Em um alto recinto do Forte", disse Legolas. "Não descansou nem dormiu, eu creio. Foi para lá algumas horas atrás, dizendo que precisava refletir, e só seu parente Halbarad foi com ele; mas está carregado com alguma sombria dúvida ou preocupação."

"São uma companhia estranha, esses recém-chegados", comentou Gimli. "São homens robustos e nobres, e os Cavaleiros de Rohan parecem quase meninos ao lado deles; pois são severos de rosto, na maioria gastos como rochas expostas ao tempo, como o próprio Aragorn; e são calados."

"Mas como o próprio Aragorn são corteses quando rompem seu silêncio", respondeu Legolas. "E atentaste para os irmãos Elladan e Elrohir? Seu equipamento é menos sombrio que o dos demais e são belos e galantes como senhores-élficos; e isso não é de se admirar nos filhos de Elrond de Valfenda."

"Por que vieram? Vós ouvistes?", perguntou Merry. Agora estava vestido e jogou a capa cinzenta nos ombros; e os três saíram juntos para o portão arruinado do Forte.

"Responderam a uma convocação, como ouviste", disse Gimli. "Dizem que chegou uma mensagem a Valfenda: 'Aragorn precisa de sua parentela. Que os Dúnedain cavalguem para encontrá-lo em Rohan!' Mas de onde veio essa mensagem eles não sabem agora. Gandalf enviou-a, eu diria."

"Não, Galadriel", disse Legolas. "Ela não falou através de Gandalf da cavalgada da Companhia Cinzenta vinda do Norte?"

"Sim, é como dizes", assentiu Gimli. "A Senhora da Floresta! Ela leu muitos corações e desejos. Agora, por que não desejamos alguns dos nossos próprios parentes, Legolas?"

Legolas postou-se diante do portão, voltou os olhos brilhantes para o norte e o leste e seu belo rosto se perturbou. "Não creio que algum deles viria", respondeu. "Não têm necessidade de cavalgarem à guerra; a guerra já marcha em suas próprias terras."

Por algum tempo os três companheiros caminharam juntos, falando deste e daquele episódio da batalha, e desceram do portão rompido, passaram pelos morros dos tombados no gramado junto à estrada, até se encontrarem no Dique de Helm e contemplarem a Garganta. Ali já se erguia a Colina da Morte, negra e alta e rochosa, e podia-se ver com clareza onde a relva fora muito pisoteada e marcada pelos Huorns. Os Terrapardenses e muitos homens da guarnição do Forte trabalhavam no Dique, nos campos ou em torno das muralhas danificadas mais atrás; porém tudo parecia estranhamente quieto: um vale exausto descansando após uma grande tempestade. Logo deram a volta e foram à refeição do meio-dia no salão do Forte.

O rei já estava lá e, assim que entraram, ele chamou Merry e tinha-lhe um assento preparado junto a ele. "Não é como eu gostaria", comentou Théoden; "pois isto pouco se parece com minha bela casa em Edoras. E teu amigo se foi, que também deveria estar aqui. Mas pode levar muito tempo para nos sentarmos, tu e eu, à mesa alta em Meduseld; não haverá tempo para banquetes quando eu voltar para lá. Mas vamos agora! Come e bebe, e conversemos enquanto podemos. E depois hás de cavalgar comigo."

"Posso?", perguntou Merry, surpreso e deleitado. "Isso seria esplêndido!" Jamais se sentira mais grato por nenhuma bondade em palavras. "Receio que só estou estorvando todos", gaguejou; "mas eu gostaria de fazer qualquer coisa que pudesse, vós sabeis."

"Não duvido", disse o rei. "Mandei aprestar para ti um bom pônei das colinas. Ele te levará tão depressa quanto qualquer cavalo pelas estradas que havemos de tomar. Pois partirei do Forte por trilhas das montanhas, não pela planície, para assim chegar a Edoras pelo Fano-da-Colina, onde a Senhora Éowyn me aguarda. Hás de ser meu escudeiro, se quiseres. Há equipamento de guerra neste lugar, Éomer, que meu ajudante d'armas possa usar?"

"Não há grandes estoques de armas aqui, senhor", respondeu Éomer. "Quem sabe um elmo leve possa ser encontrado que lhe sirva; mas não temos cota de malha nem espada para alguém de sua estatura."

"Eu tenho uma espada", disse Merry, descendo do assento e sacando da bainha negra sua pequena lâmina reluzente. Subitamente repleto de amor por aquele ancião, ajoelhou-se em um joelho, tomou-lhe a mão e a beijou. "Posso depositar a espada de Meriadoc do Condado em vosso colo, Théoden Rei?", exclamou ele. "Recebei meu serviço se quiserdes!"

"De bom grado o tomo", disse o rei; e, deitando as velhas mãos compridas nos cabelos castanhos do hobbit, ele o abençoou. "Ergue-te agora, Meriadoc, escudeiro de Rohan da casa de Meduseld!", disse ele. "Toma tua espada e leva-a à boa fortuna!"

"Haveis de ser como um pai para mim", disse Merry.

"Por um breve tempo", disse Théoden.

Então conversaram enquanto comiam, até que por fim Éomer falou: "Está próxima a hora que acertamos para nossa partida, senhor", disse ele. "Devo pedir aos homens que soprem as trompas? Mas onde está Aragorn? Seu lugar está vazio e ele não comeu."

"Aprestar-nos-emos para a cavalgada", afirmou Théoden; "mas que o Senhor Aragorn seja avisado de que a hora se avizinha."

O rei, com sua guarda e Merry ao seu lado, desceu do portão do Forte até o lugar onde os Cavaleiros se reuniam no gramado. Muitos já estavam montados. Seria uma grande companhia; pois o rei estava deixando no Forte somente uma pequena guarnição, e todos os que podiam ser dispensados estavam rumando para o chamado d'armas em Edoras. De fato, mil lanceiros já haviam partido à noite; mas ainda haveria mais uns quinhentos que iriam com o rei, na maioria homens dos campos e vales do Westfolde.

Os Caminheiros estavam sentados um pouco apartados, em silêncio, em companhia ordeira, armados de lança, arco e espada. Estavam vestidos em capas de um cinza escuro, e agora os capuzes estavam baixados sobre os elmos e as cabeças. Seus cavalos eram fortes e de atitude altiva, mas tinham o pelo áspero; e um deles estava postado sem cavaleiro, o próprio cavalo de Aragorn que tinham trazido do Norte; Roheryn era seu nome. Não havia brilho de pedra, nem ouro, nem qualquer objeto belo em todo o seu equipamento e arreio; nem seus cavaleiros traziam qualquer brasão ou sinal, exceto pelo fato de que cada capa estava afixada no ombro esquerdo com um broche de prata em forma de estrela raiada.

O rei montou em seu cavalo Snawmana, e Merry sentou-se ao lado dele em seu pônei: este chamava-se Stybba. Logo Éomer saiu pelo portão, e com ele estavam Aragorn, Halbarad, trazendo o grande bastão bem enrolado em negro, e dois homens altos, nem jovens nem velhos. Eram tão parecidos, os filhos de Elrond, que poucos conseguiam distingui-los: de cabelos escuros, olhos cinzentos e com rostos belos como os dos Elfos, em trajes semelhantes, de luzidia cota de malha sob capas de cinza prateado. Atrás deles caminhavam Legolas e Gimli. Mas Merry só tinha olhos para Aragorn, tão espantosa era a mudança que via nele, como se em uma noite muitos anos lhe tivessem tombado sobre a cabeça. Era carrancudo o seu rosto, acinzentado e exausto.

"Tenho a mente inquieta, senhor", disse Aragorn, de pé junto ao cavalo do rei. "Ouvi estranhas palavras e vejo ao longe novos perigos. Por muito tempo labutei em pensamento e agora receio ter de mudar meu propósito. Conta-me, Théoden, agora que cavalgas rumo ao Fano-da-Colina, quanto tempo levarás para lá chegares?"

"Agora passa uma hora completa do meio-dia", informou Éomer. "Antes da noite do terceiro dia a contar deste deveremos chegar ao Forte. Então a Lua terá passado dois dias da cheia, e a convocação que o rei ordenou terá lugar no dia seguinte. Não podemos ser mais velozes se a força de Rohan tiver de ser reunida."

Por um momento, Aragorn ficou em silêncio. "Três dias", murmurou, "e a convocação de Rohan só terá começado. Mas vejo que agora ela não pode ser apressada." Olhou para cima, e pareceu que ele tinha tomado alguma decisão; seu rosto estava menos inquieto. "Então, senhor, com tua vênia, devo tomar nova decisão para mim e minha parentela. Temos de cavalgar em nossa própria estrada e não mais em segredo. Para mim terminou o tempo da reserva. Cavalgarei rumo ao leste pelo caminho mais rápido e trilharei as Sendas dos Mortos."

"As Sendas dos Mortos!", exclamou Théoden e estremeceu. "Por que falas delas?" Éomer voltou-se e encarou Aragorn, e a Merry pareceu que os rostos dos Cavaleiros que estavam ao alcance dessas palavras empalideceram diante delas. "Se tais sendas existem em verdade," continuou Théoden, "seu portão é no Fano-da-Colina; mas nenhum homem vivente pode passar por ele."

"Ai de ti! Aragorn, meu amigo!", disse Éomer. "Eu esperava que rumássemos juntos para a guerra; mas, se buscas as Sendas dos Mortos, a nossa despedida chegou, e é pouco provável que algum dia voltemos a nos encontrar sob o Sol."

"Não obstante trilharei essa estrada", disse Aragorn. "Mas eu te digo, Éomer, que na batalha ainda poderemos nos reencontrar, mesmo que todas as hostes de Mordor se ponham entre nós."

"Fará o que quiseres, meu senhor Aragorn", disse Théoden. "É tua sina, quem sabe, trilhar estranhas sendas que outros não ousam trilhar. Esta separação me aflige, e minha força diminui por causa dela; mas agora preciso tomar as estradas montanhesas e não me atrasar mais. Adeus!"

"Adeus, senhor!", disse Aragorn. "Cavalga rumo a grande renome! Adeus, Merry! Eu te deixo em boas mãos, melhores do que esperávamos quando caçávamos os orques rumando para Fangorn. Legolas e Gimli ainda caçarão comigo, espero; mas não havemos de esquecê-lo."

"Até logo!", disse Merry. Não conseguiu achar nada mais para dizer. Sentia-se muito pequeno e estava perplexo e deprimido com todas aquelas palavras sombrias. Mais do que nunca, sentia falta da alegria irreprimível de Pippin. Os Cavaleiros estavam prontos, e seus cavalos, impacientes; ele gostaria que partissem e acabassem com aquilo.

Então Théoden falou a Éomer, e ele ergueu a mão e deu um grito intenso, e com essa palavra os Cavaleiros partiram. Passaram sobre o Dique, desceram pela Garganta e depois, voltando-se rapidamente para o leste, tomaram uma trilha que contornava os contrafortes por mais ou menos uma milha, até que, dando a volta para o sul, voltou a entrar entre as colinas e desapareceu de vista. Aragorn cavalgou até o Dique e vigiou até os homens do rei estarem bem avançados na Garganta. Voltou-se então para Halbarad.

"Ali vão três que amo, e o menor deles não menos", disse ele. "Ele não sabe a que fim cavalga; mas se soubesse, avançaria mesmo assim."

"Um povo pequeno, mas de grande valia é o do Condado", afirmou Halbarad. "Pouco sabem de nossa longa labuta para manter seguras as suas fronteiras, e, no entanto, não levo isso a mal."

"E agora nossas sinas estão entretecidas", disse Aragorn. "E, no entanto, ai de nós! aqui temos de nos separar. Bem, preciso comer alguma coisa, e depois também nós temos de partir às pressas. Vinde, Legolas e Gimli! Preciso falar-vos enquanto como."

Juntos voltaram para dentro do Forte; mas durante algum tempo Aragorn esteve sentado em silêncio à mesa do salão, e os demais esperaram que ele falasse. "Vamos!", pediu Legolas por fim. "Fala, consola-te e sacode a sombra! O que ocorreu desde que voltamos a este lugar cruel na manhã cinzenta?"

"Uma luta que de minha parte foi um tanto mais cruel que a batalha do Forte-da-Trombeta", respondeu Aragorn. "Olhei na Pedra de Orthanc, meus amigos."

"Olhaste naquela amaldiçoada pedra de feitiçaria!", exclamou Gimli, mostrando no rosto temor e espanto. "Disseste alguma coisa a... ele? Mesmo Gandalf temia esse embate."

"Esqueces a quem estás falando", respondeu Aragorn gravemente, e seus olhos brilharam. "O que temes que eu lhe diria? Não proclamei abertamente meu título diante das portas de Edoras? Não, Gimli", disse ele em voz mais suave, e a sisudez deixou seu rosto, e ele se parecia com alguém que labutou em dor insone por muitas noites. "Não, meus amigos, eu sou o mestre legítimo da Pedra e tinha o direito e também a força de usá-la, ou assim julguei. O direito não admite dúvida. A força bastou... debilmente."

Inspirou profundamente. "Foi uma luta amarga, e a exaustão leva tempo para passar. Não lhe falei palavra e no fim arrebatei a Pedra com minha própria vontade. Apenas isso ele achará difícil suportar. E ele me contemplou. Sim, Mestre Gimli, ele me viu, mas com outro aspecto do que me vês aqui. Se isso o ajudar, então fiz mal. Mas não creio que seja assim. Saber que eu vivia e caminhava na terra foi um golpe em seu coração, assim julgo; pois ele não o sabia até agora. Os olhos de Orthanc não enxergavam através da armadura de Théoden; mas Sauron não esqueceu Isildur e a espada de Elendil. Agora, na própria hora de seus grandes desígnios, o herdeiro de Isildur e a Espada se revelam; pois mostrei a ele a lâmina reforjada. Ele ainda não é poderoso o bastante para estar acima do medo; não, a dúvida sempre o corrói."

"Mas ainda assim ele comanda uma grande dominação", disse Gimli; "e agora atacará mais depressa."

"O golpe apressado muitas vezes se extravia", comentou Aragorn. "Precisamos pressionar nosso Inimigo, não mais esperar que ele faça seu lance. Vede, meus amigos, quando dominei a Pedra fiquei sabendo de muitas coisas. Vi grave perigo chegando inesperadamente a Gondor, vindo do Sul, que desviará grande força da defesa de Minas Tirith. Se não for enfrentado rapidamente, julgo que a Cidade estará perdida antes que se passem dez dias."

"Então estará perdida", ponderou Gimli. "Pois que auxílio existe para enviar ali e como poderia lá chegar em tempo?"

"Não tenho auxílio para mandar, portanto devo ir eu mesmo", disse Aragorn. "Mas só há um caminho através das montanhas que me levará às regiões costeiras antes que esteja tudo perdido. São as Sendas dos Mortos."

"As Sendas dos Mortos!", exclamou Gimli. "É um nome cruel; e pouco do agrado dos Homens de Rohan, como vi. Podem os vivos usar uma tal estrada sem perecerem? E mesmo que passes por ali, de que servirão tão poucos para se opor aos golpes de Mordor?"

"Os vivos jamais usaram essa estrada desde a vinda dos Rohirrim," disse Aragorn, "pois está fechada para eles. Mas nesta hora sombria o herdeiro de Isildur pode usá-la, se ousar. Ouvi! Estas são as palavras que os filhos de Elrond me trazem de seu pai em Valfenda, do mais sábio no saber: 'Dizei a Aragorn que se lembre das palavras do vidente e das Sendas dos Mortos.'"

"E quais seriam as palavras do vidente?", indagou Legolas.

"Assim falou Malbeth, o Vidente, nos dias de Arvedui, último rei em Fornost", disse Aragorn:

> *Sobre a terra se estende treva longa,*
> *asas obscuras que alcançam o oeste.*
> *A Torre treme; nas tumbas dos reis*
> *o destino se adensa. Despertam os Mortos;*
> *pois eis a hora em que os perjuros se erguem:*
> *na Pedra de Erech de pé ficarão*
> *atentos à trompa que toca nos morros.*
> *De quem é o corno? Quem os convoca*
> *na ocaso gris, a esquecida gente?*
> *O herdeiro do fidalgo a quem deram fiança.*
> *Do Norte virá, o denodo o impele:*
> *e passa a Porta para as Sendas dos Mortos.*[A]

"Caminhos obscuros, sem dúvida," assentiu Gimli, "porém não mais obscuros do que me são esses versos."

"Se queres entendê-los melhor, peço que venhas comigo", disse Aragorn; "pois esse é o caminho que tomarei agora. Mas não vou de bom grado; só a necessidade me impele. Portanto, só te faria vir de livre vontade, pois encontrarás labuta, e também grande temor, e talvez coisa pior."

"Irei contigo mesmo pelas Sendas dos Mortos e a qualquer fim que elas conduzam", disse Gimli.

"Também irei," afirmou Legolas, "pois não temo os Mortos."

"Espero que o povo esquecido não tenha se esquecido de como se luta", disse Gimli; "pois do contrário não vejo por que devemos perturbá-los."

"Isso saberemos se chegarmos a alcançar Erech", disse Aragorn. "Mas o juramento que eles quebraram foi lutar contra Sauron, e portanto terão que lutar se forem cumpri-lo. Pois em Erech ainda se ergue uma pedra negra que, dizem, foi trazida de Númenor por Isildur; e foi posta no alto de uma colina, e sobre ela, o Rei das Montanhas lhe jurou fidelidade no princípio do reino de Gondor. Mas, quando Sauron retornou e outra vez cresceu em poderio, Isildur convocou os Homens das Montanhas a cumprirem seu juramento, e eles não o fizeram: pois haviam adorado Sauron nos Anos Sombrios.

"Então Isildur disse ao seu rei: 'Tu hás de ser o último rei. E se o Oeste demonstrar ser mais poderoso que o Mestre Sombrio, eu imponho esta maldição a ti e a teu povo: jamais repousar enquanto vosso juramento não for cumprido. Pois esta guerra durará por anos incontáveis, e havereis de ser convocados mais uma vez antes do fim.' Então fugiram diante da ira de Isildur e não ousaram sair à guerra do lado de Sauron; esconderam-se em lugares secretos nas montanhas e não se relacionaram com outros homens, mas lentamente minguaram nas colinas áridas. E o terror dos Mortos Insones se estende em torno da Colina de Erech e de todos os lugares onde esse povo subsistiu. Mas esse é o caminho que tenho de percorrer, já que não há nenhum vivente que me auxilie."

Pôs-se de pé. "Vinde!", exclamou, sacando a espada, e ela reluziu na penumbra do salão do Forte. "À Pedra de Erech! Busco as Sendas dos Mortos. Venha comigo quem quiser!"

Legolas e Gimli não deram resposta, mas ergueram-se e seguiram Aragorn que saía do salão. No gramado esperavam, imóveis e silenciosos, os Caminheiros encapuzados. Legolas e Gimli montaram. Aragorn saltou sobre Roheryn. Então Halbarad ergueu uma grande trompa, e seu toque ecoou no Abismo de Helm: e com isso eles partiram de um salto, cavalgando Garganta abaixo como o trovão, enquanto todos os homens restantes no Dique e no Forte os olhavam com pasmo.

E enquanto Théoden ia pelas trilhas lentas das colinas, a Companhia Cinzenta passou veloz sobre a planície, e, na tarde do dia seguinte, chegaram a Edoras; e ali só se detiveram brevemente, antes de subirem pelo vale e assim alcançarem o Fano-da-Colina ao cair da escuridão.

A Senhora Éowyn saudou-os e alegrou-se por terem vindo; pois não vira homens mais poderosos que os Dúnedain e os belos filhos de Elrond; mas seus olhos pousavam mais que tudo em Aragorn. E, quando se sentaram com ela para jantar, conversaram entre si, e ela ouviu falar de tudo o que ocorrera desde que Théoden partira, a respeito do que só notícias apressadas ainda lhe tinham chegado; e quando ouviu da batalha no Abismo de Helm, da grande matança dos seus inimigos e da investida de Théoden e seus cavaleiros, seus olhos brilharam.

Mas ela disse por fim: "Senhores, estais cansados e agora haveis de ir aos leitos com o conforto que for possível arranjar na pressa. Mas amanhã há de vos ser encontrado um alojamento melhor."

Mas Aragorn respondeu: "Não, senhora, não te preocupes conosco! Se pudermos nos deitar aqui esta noite e fazer o desjejum amanhã, será o bastante. Pois cavalgo em missão mui urgente, e com a primeira luz da manhã temos de partir."

Ela lhe sorriu e disse: "Então foi um bondoso feito, senhor, desviardes vossa cavalgada em tantas milhas para trazer novas a Éowyn e para lhe falar em seu exílio."

"Deveras nenhum homem consideraria desperdiçada uma tal jornada", afirmou Aragorn; "e, no entanto, senhora, eu não poderia ter chegado aqui se a estrada que devo trilhar não me levasse ao Fano-da-Colina."

E ela respondeu como quem não gosta do que foi dito: "Então, senhor, extraviaste-te; pois do Vale Harg não parte nenhuma estrada para o leste ou o sul; e seria melhor retornares por onde vieste."

"Não, senhora," respondeu ele, "não me extraviei; pois caminhei nesta terra antes que nascesses para adorná-la. Há uma estrada que sai deste vale, e essa estrada hei de trilhar. Amanhã hei de cavalgar pelas Sendas dos Mortos."

Então ela o encarou como alguém que levou um golpe, e seu rosto empalideceu, e por longo tempo nada mais disse, enquanto todos estavam sentados em silêncio. "Mas Aragorn," retomou ela por fim, "então tua missão é ir em busca da morte? Pois isso é tudo o que encontrarás nessa estrada. Eles não permitem que os viventes passem."

"Poderão permitir que eu passe", afirmou Aragorn; "mas ao menos o arriscarei. Nenhuma outra estrada servirá."

"Mas isso é loucura", disse ela. "Pois eis aqui homens de renome e proeza que não deverias levar para as sombras, e sim conduzir à guerra, onde os homens são necessários. Imploro-te que fiques e cavalgues com meu irmão; pois assim se alegrarão todos os nossos corações e nossa esperança será mais luzidia."

"Não é loucura, senhora", respondeu ele; "pois vou a uma trilha designada. Mas os que me seguem o fazem de livre vontade; e, se agora desejarem ficar e cavalgar com os Rohirrim, podem fazê-lo. Mas hei de tomar as Sendas dos Mortos, a sós se for preciso."

Então nada mais disseram e comeram em silêncio; mas os olhos dela estavam sempre voltados para Aragorn, e os demais viram que sua mente estava muito atormentada. Por fim levantaram-se, despediram-se da Senhora, agradeceram-lhe por seus cuidados e foram repousar.

Mas quando Aragorn chegou à barraca onde devia se alijar com Legolas e Gimli, e seus companheiros tinham entrado, a Senhora Éowyn o seguiu e o chamou. Ele virou-se e a viu como um lampejo na noite, pois ela trajava branco; mas tinha os olhos em fogo.

"Aragorn," disse ela, "por que vais tomar essa estrada mortífera?"

"Porque devo", respondeu ele. "Só assim poderei ver alguma esperança de desempenhar meu papel na guerra contra Sauron. Não escolho trilhas de perigo, Éowyn. Se eu fosse aonde mora meu coração, estaria agora vagando longe, no Norte, no belo vale de Valfenda."

Por certo tempo ela ficou em silêncio, como se ponderasse o que isso poderia significar. Então pôs de súbito a mão no braço dele. "Tu és um senhor sisudo e resoluto", observou ela; "e assim os homens ganham renome." Fez uma pausa. "Senhor," continuou ela, "se tens de ir, deixa-me cavalgar em teu séquito. Pois estou cansada de me esquivar nas colinas e desejo enfrentar o perigo e a batalha."

"Teu dever é para com teu povo", respondeu ele.

"Demasiadas vezes ouvi falar de dever", exclamou ela. "Mas não sou da Casa de Eorl, uma donzela-do-escudo, e não uma ama-seca? Há tempo demais tenho cuidado de pés hesitantes. Já que não hesitam mais, ao que parece, não posso agora passar minha vida como quiser?"

"Poucos podem fazê-lo com honra", respondeu ele. "Mas quanto a ti, senhora, não aceitaste o encargo de governar o povo até a volta de seu senhor? Se não tivesses sido escolhida, então algum marechal ou capitão teria sido posto no mesmo lugar, e ele não poderia se afastar do encargo, estivesse ou não cansado dele."

"Hei de ser escolhida sempre?", indagou ela com amargura. "Hei de ser sempre deixada para trás quando os Cavaleiros partem, para cuidar da casa enquanto eles ganham renome e encontram comida e leitos quando retornam?"

"Poderá chegar logo um tempo", disse ele, "quando nenhum voltará. Então haverá necessidade de valor sem renome, pois ninguém há de recordar os feitos que se fazem na última defesa de vossos lares. Porém os feitos não serão menos valorosos por lhes faltar louvor."

E ela respondeu: "Todas as tuas palavras só querem dizer: és uma mulher e teu papel é na casa. Mas, quando os homens tiverem morrido na batalha e na honra, tens permissão de ser queimada na casa, pois os homens não terão mais necessidade dela. Mas eu sou da Casa de Eorl, não uma serviçal. Sei cavalgar e empunhar a lâmina e não temo nem a dor nem a morte."

"O que temes, senhora?", perguntou ele.

"Uma gaiola", disse ela. "Ficar atrás das barras até que o costume e a velhice as aceitem e que toda oportunidade de fazer grandes feitos tiver-se ido além da recordação ou do desejo."

"E, no entanto, me aconselhaste a não me arriscar na estrada que escolhi porque é perigosa?"

"Assim um pode aconselhar o outro", disse ela. "Porém não te peço para fugir do perigo, e sim para cavalgar à batalha onde tua espada poderá ganhar renome e vitória. Não me agrada ver algo elevado e excelente lançado fora sem necessidade."

"Nem a mim", comentou ele. "Portanto eu te digo, senhora: fica! Pois não tens missão no Sul."

"Nem esses outros que vão contigo. Eles vão somente porque não querem ser apartados de ti — porque te amam." Então ela se voltou e desapareceu na noite.

A PASSAGEM DA COMPANHIA CINZENTA

Quando a luz do dia chegou ao céu, mas o sol ainda não se erguera acima das altas cristas no Leste, Aragorn aprestou-se para partir. Sua companhia estava toda montada, e ele estava prestes a saltar na sela, quando a Senhora Éowyn veio se despedir deles. Estava trajada como um Cavaleiro e cingida com uma espada. Trazia uma taça na mão, encostou-a nos lábios e bebeu um pouco, desejando-lhes boa sorte; e depois deu a taça a Aragorn, e ele bebeu e disse: "Adeus, Senhora de Rohan! Bebo à sorte de tua Casa, à tua e à de todo o teu povo. Dize a teu irmão: para além das sombras quiçá nos reencontramos!"

Então pareceu a Legolas e a Gimli, que estavam próximos, que ela chorou, e em alguém tão severo e altivo isso parecia ainda mais aflitivo. Mas ela disse: "Aragorn, irás?"

"Irei", disse ele.

"Então não me deixarás cavalgar com esta companhia, como pedi?"

"Não deixarei, senhora", respondeu ele. "Pois isso eu não poderia conceder sem permissão do rei e de teu irmão; e eles não retornarão antes de amanhã. Mas agora conto cada hora, deveras cada minuto. Adeus!"

Então ela caiu de joelhos dizendo: "Eu te imploro!"

"Não, senhora", insistiu ele e, tomando-a pela mão, ele a ergueu. Então beijou-lhe a mão, saltou para a sela e partiu em cavalgada sem olhar para trás; e somente os que o conheciam bem e lhe eram próximos viram a dor que suportava.

Mas Éowyn ficou imóvel, como uma figura esculpida em pedra, com as mãos apertadas a seu lado, e observou-os até passarem para dentro das sombras sob a negra Dwimorberg, a Montanha Assombrada, onde estava a Porta dos Mortos. Quando se haviam perdido de vista ela se virou, tropeçando como uma cega, e voltou à sua habitação. Mas ninguém do seu povo viu aquela partida, pois esconderam-se de temor e não saíram antes de o dia estar claro e os estranhos temerários terem partido.

E alguns disseram: "São espectros élficos. Que vão ao lugar a que pertencem, aos locais escuros, e não voltem jamais. Os tempos são malignos o bastante."

A luz ainda estava acinzentada enquanto cavalgavam, pois o sol ainda não subira acima das cristas negras da Montanha Assombrada diante deles. Um temor os assolou, mesmo ao passarem entre as fileiras de antigas pedras, e assim chegaram à Dimholt. Ali, sob a escuridão de árvores negras que nem o próprio Legolas conseguia suportar por muito tempo, encontraram um lugar oco que se abria para a raiz da montanha, e bem no seu trajeto erguia-se uma enorme pedra isolada, como um dedo do destino.

"Meu sangue gela", disse Gimli, mas os demais ficaram em silêncio, e a voz dele tombou morta nos espinhos de abeto úmidos a seus pés. Os cavalos não quiseram passar pela pedra ameaçadora até que os ginetes apeassem e os conduzissem em torno dela. E assim finalmente chegaram à profundeza do vale; e ali se erguia uma parede íngreme de rocha, e na parede escancarava-se a Porta Escura diante deles, como a boca da noite. Sinais e figuras estavam entalhados acima de seu largo arco, demasiado indistintos para serem lidos, e o medo fluía de dentro dela como um vapor cinzento.

A Companhia parou, e não havia entre eles um só coração que não fraquejasse, a não ser o de Legolas dos Elfos, para quem os fantasmas dos Homens não têm terror.

"Esta é uma porta maligna," alertou Halbarad, "e minha morte está para além dela. Ainda assim ousarei passar por ela; mas nenhum cavalo entrará."

"Mas precisamos entrar, e, portanto, os cavalos também terão de ir", disse Aragorn. "Pois, se conseguirmos atravessar esta treva, muitas léguas estarão do outro lado, e cada hora perdida ali trará mais para perto o triunfo de Sauron. Segui-me!"

Então Aragorn os levou adiante e, naquela hora, era tal a força de sua vontade que todos os Dúnedain e seus cavalos o seguiam. E deveras o amor que as montarias dos Caminheiros tinham por seus cavaleiros era tão grande que estavam dispostos a enfrentar o próprio terror da Porta, se os corações de seus donos fossem firmes ao caminharem junto deles. Mas Arod, o cavalo de Rohan, refugou o caminho e parou transpirando e tremendo com um temor que era penoso de se ver.

Então Legolas lhe pôs as mãos nos olhos e cantou algumas palavras que soaram suaves na escuridão até que ele permitisse ser conduzido, e Legolas entrou. E ali ficou Gimli, o Anão, todo sozinho.

Seus joelhos tremiam, e ele estava furioso consigo mesmo. "Eis uma coisa inaudita!", disse ele. "Um Elfo que entra em um subterrâneo e um Anão que não se atreve!" Com essas palavras, precipitou-se para dentro. Mas parecia-lhe que arrastava os pés sobre a soleira como se fossem de chumbo; e de imediato foi acometido por uma cegueira, o mesmo Gimli, filho de Glóin, que caminhara sem medo em muitos lugares profundos do mundo.

Aragorn trouxera tochas do Fano-da-Colina e agora ele ia à frente, carregando uma no alto; e Elladan, com outra, ia na retaguarda, e Gimli, tropeçando atrás deles, esforçou-se para alcançá-lo. Não conseguia ver nada senão a fraca chama das tochas; mas quando a Companhia se detinha parecia haver um infindo sussurro de vozes em toda a sua volta, um murmúrio de palavras em nenhuma língua que ele tivesse ouvido antes.

Nada atacou a Companhia nem se opôs à sua passagem, e ainda assim o temor do Anão crescia continuamente à medida que avançava: principalmente porque agora sabia que não poderia haver retrocesso; todas as sendas atrás dele estavam apinhadas de uma hoste invisível que os seguia na escuridão.

Assim passou um tempo desmedido até Gimli contemplar uma visão que mais tarde relutava em relembrar. O caminho era largo, na medida em que ele conseguia julgar, mas agora a Companhia deparou-se de repente com um grande espaço vazio, e já não havia paredes de ambos os lados. O pavor lhe pesava tanto que mal conseguia andar. Longe, à esquerda, algo reluziu na treva à medida que a tocha de Aragorn se aproximou. Então Aragorn parou e foi ver o que poderia ser.

"Ele não sente medo?", murmurou o Anão. "Em qualquer outra caverna, Gimli, filho de Glóin, teria sido o primeiro a correr na direção do brilho do ouro. Mas não aqui! Deixa estar!"

Ainda assim aproximou-se e viu Aragorn ajoelhado enquanto Elladan erguia no alto as duas tochas. Diante dele estavam os ossos de um homem enorme. Estivera trajado de cota de malha, e seus petrechos ainda jaziam ali inteiros; pois o ar da caverna era seco como pó, e sua cota era dourada. O cinto era de ouro e granadas, e era rico com ouro o elmo em sua cabeça ossuda, de rosto para baixo no chão. Caíra perto da parede oposta da caverna, como podiam ver agora, e diante dele havia uma porta de pedra solidamente fechada: os ossos de seus dedos ainda se aferravam às frestas. Junto dele jazia uma espada chanfrada e rompida, como se tivesse golpeado a rocha em seu último desespero.

Aragorn não o tocou, mas depois de encará-lo em silêncio por algum tempo ergueu-se e suspirou. "Aqui as flores de *simbelmynë* não virão até o fim do mundo", murmurou. "Nove morros e sete estão verdes de relva, e por todos os longos anos ele jazeu junto à porta que não conseguiu destrancar. Aonde ela leva? Por que queria passar? Ninguém jamais há de saber!

"Pois não é essa minha missão!", exclamou ele, virando-se e falando à treva sussurrante mais atrás. "Guardai vossos tesouros e vossos segredos ocultos nos Anos Amaldiçoados! Só pedimos presteza. Deixai-nos passar e depois vinde! Eu vos convoco à Pedra de Erech!"

Não houve resposta, a não ser um silêncio total, mais terrível que os sussurros de antes; e depois veio um sopro gélido em que as tochas oscilaram, se apagaram e não puderam ser reacendidas. Do tempo que se seguiu, uma hora ou muitas, Gimli pouco recordou. Os demais avançaram às pressas, mas ele estava sempre atrás, perseguido por um horror tateante que sempre parecia prestes a agarrá-lo; e vinha atrás dele um alarde como o sombrio ruído de muitos pés. Seguiu aos tropeços até estar engatinhando no chão como um animal e sentir que não conseguia suportar mais: precisava achar o fim e escapar, ou então correr para trás em loucura, ao encontro do pavor que o seguia.

De repente ouviu o tilintar de água, um som duro e nítido como de uma pedra caindo em um sonho de sombra obscura. Uma luz ficou mais intensa, e eis que a Comitiva passou por outro portal, de arco alto e largo, e um regato surgiu ao lado deles; e mais além, em declive íngreme, havia uma estrada entre penhascos escarpados, arestas afiadas diante do céu muito acima. Era tão fundo e estreito aquele abismo que o céu estava escuro, e pequenas estrelas rebrilhavam nele. Porém, como Gimli soube depois, ainda faltavam duas horas para o pôr do sol do dia em que haviam partido do Fano-da-Colina; mas então, por tudo que era capaz de perceber, poderia ser a penumbra de algum ano futuro ou de algum outro mundo.

Então a Companhia voltou a montar, e Gimli retornou para junto de Legolas. Cavalgavam em fila, e o anoitecer veio, e, com ele, um crepúsculo de azul profundo; e ainda o temor os perseguia. Legolas, virando-se para falar com Gimli, olhou para trás, e o Anão viu diante de seu rosto o brilho nos luminosos olhos do Elfo. Atrás deles vinha Elladan, o último da Companhia, mas não o último dos que trilhavam a estrada descendente.

"Os Mortos nos seguem", disse Legolas. "Vejo vultos de Homens e cavalos, pálidos estandartes como farrapos de nuvem e lanças como moitas invernais em noite nevoenta. Os Mortos nos seguem."

"Sim, os Mortos cavalgam atrás. Foram convocados", disse Elladan.

Por fim a Companhia saiu da ravina, tão subitamente como se tivesse emergido de uma fresta em um muro; e ali se estendiam diante deles os planaltos de um grande vale, e o rio ao lado deles descia com voz fria por cima de muitas quedas.

"Em que lugar da Terra-média estamos nós?", perguntou Gimli; e Elladan respondeu: "Descemos da nascente do Morthond, o rio gelado e longo que finalmente flui para o mar que lava as muralhas de Dol Amroth. Depois disto não terás de perguntar de onde vem seu nome: os homens o chamam Raiz Negra."

O Vale do Morthond fazia uma grande enseada que dava contra as escarpadas faces meridionais das montanhas. Suas encostas íngremes eram cobertas de relva; mas naquela hora estava tudo cinzento, pois o sol se fora e, muito abaixo, piscavam as luzes nos lares dos Homens. O vale era rico e muita gente vivia ali.

Então, sem se virar, Aragorn gritou em voz alta que todos conseguiram ouvir: "Amigos, esquecei vosso cansaço! Cavalgai agora, cavalgai! Temos de chegar à Pedra de Erech antes que este dia termine e ainda é longo o caminho." Assim, sem olharem para trás, cavalgaram pelos campos montanhosos até chegarem a uma ponte sobre a correnteza crescente, e encontraram uma estrada que descia pelo terreno.

As luzes se apagavam nas casas e aldeias à chegada deles, e as portas se fechavam, e a gente que estava nos campos gritava de terror e corria incontida, como cervos caçados. Sempre se erguia o mesmo grito na noite que chegava: "O Rei dos Mortos! O Rei dos Mortos veio sobre nós!"

Soavam sinos lá embaixo, e todos os homens fugiam diante do rosto de Aragorn; mas a Companhia Cinzenta, apressada, cavalgou como caçadores até suas montarias tropeçarem de exaustão. E assim, logo antes da meia-noite e em uma escuridão negra como as cavernas das montanhas, vieram ter afinal à Colina de Erech.

Por longo tempo o terror dos Mortos repousara naquela colina e nos campos vazios ao redor. Pois no cume erguia-se uma pedra negra, redonda como um grande globo, da altura de um homem, apesar de ter metade enterrada no chão. Parecia não ser deste mundo, como se tivesse caído do firmamento, como criam alguns; mas os que ainda recordavam o saber de Ociente contavam que fora trazida da ruína de Númenor e posta ali por Isildur quando aportou. Do povo do vale ninguém se atrevia a se aproximar dela, nem habitavam por perto; pois diziam que era um local de encontro dos Homens-da-Sombra e que eles se reuniam ali em tempos de temor, apinhando-se ao redor da Pedra e sussurrando.

A essa Pedra a Companhia chegou e parou no silêncio da noite. Então Elrohir deu a Aragorn uma trompa de prata, e ele a soprou; e aos que estavam próximos pareceu ouvirem um som de trompas em resposta, como que um eco em fundas cavernas muito longínquas. Não ouviram nenhum outro som e, no entanto, estavam conscientes de uma grande hoste reunida em redor da colina onde estavam; e um vento gélido como o hálito de fantasmas desceu das montanhas. Mas Aragorn apeou e, de pé junto à Pedra, gritou em alta voz:

"Perjuros, por que viestes?

E ouviu-se uma voz vinda da noite que lhe respondeu, como que de muito longe:

"Para cumprirmos nosso juramento e termos paz."

Então Aragorn disse: "A hora enfim chegou. Vou agora a Pelargir na margem do Anduin, e vós haveis de vir comigo. E quando toda esta terra estiver limpa dos serviçais de Sauron, considerarei o juramento como cumprido, e haveis de ter paz e partir daí para sempre. Pois eu sou Elessar, herdeiro de Isildur de Gondor."

E com essas palavras mandou Halbarad desenrolar o grande estandarte que trouxera; e eis que era negro e, se havia nele algum emblema, este estava oculto na treva. Então fez-se silêncio e não se ouviu mais nem sussurro nem suspiro durante toda a longa noite. A Companhia acampou junto à Pedra, mas pouco dormiram por causa do pavor das Sombras que os circundavam de todos os lados.

Mas quando veio a aurora, fria e pálida, Aragorn se ergueu de imediato e conduziu a Companhia pela jornada de maior pressa e exaustão que qualquer um deles conhecera, exceto por ele próprio, e somente sua vontade os impeliu a prosseguirem. Nenhum outro Homem mortal poderia tê-la suportado, ninguém senão os Dúnedain do Norte, e com eles Gimli, o Anão, e Legolas dos Elfos.

Passaram pela Garganta de Tarlang e vieram ter em Lamedon; e a Hoste de Sombra corria atrás deles, e o temor os precedia, até chegarem a Calembel, na margem do Ciril, e o sol se pôs como sangue por trás de Pinnath Gelin, longe atrás deles no Oeste. Encontraram desertos o distrito e os vaus do Ciril, pois muitos homens haviam partido para a guerra, e todos os que restavam tinham fugido para as colinas diante do alarde da vinda do Rei dos Mortos. Mas no dia seguinte não houve amanhecer, e a Companhia Cinzenta penetrou na escuridão da Tempestade de Mordor e se perdeu da visão dos mortais; mas os Mortos os seguiam.

3

A Convocação
de Rohan

Agora todas as estradas corriam juntas rumo ao Leste para se encontrarem com a chegada da guerra e o início da Sombra. E, ao mesmo tempo em que Pippin estava junto ao Grande Portão da Cidade e viu a entrada do Príncipe de Dol Amroth com seus estandartes, o Rei de Rohan desceu vindo das colinas.

O dia estava terminando. Aos últimos raios de sol, os Cavaleiros lançavam longas sombras pontiagudas que avançavam diante deles. A escuridão já se esgueirara sob os murmurantes bosques de abetos que revestiam os íngremes flancos das montanhas. Agora o rei cavalgava devagar ao fim do dia. Logo a trilha deu a volta em uma enorme e nua protuberância rochosa e mergulhou na treva das árvores que suspiravam baixinho. Desceram mais e mais em longa fila serpeante. Quando finalmente chegaram ao fundo da garganta, viram que o entardecer tinha caído sobre os lugares profundos. O sol se fora. O crepúsculo se estendia sobre as cascatas.

Durante todo o dia, muito abaixo deles, um riacho saltitante estivera descendo do alto passo mais atrás, forçando sua estreita passagem entre paredes cobertas de pinheiros; e agora ele fluía para fora através de um portão de pedra, passando para um vale mais amplo. Os Cavaleiros o seguiram, e, de repente, o Vale Harg estava diante deles, ressoando com o ruído das águas à tardinha. Ali o branco Riacho-de-Neve, tendo-se unido à correnteza menor, avançava rápido, fumegando nas pedras, descendo rumo a Edoras, às colinas verdes e às planícies. Do lado direito, encabeçando o grande vale, o enorme Picorrijo se erguia acima de seus vastos contrafortes envoltos em nuvens; mas seu cume escarpado, vestido de neve eterna, reluzia muito acima do mundo, sombreado de azul no Leste e tingido de vermelho pelo pôr do sol no Oeste.

Merry contemplou admirado aquela região estranha, de que ouvira muitas histórias na longa estrada. Era um mundo sem firmamento, onde seu olho, através de indistintas extensões de ar sombrio, via apenas encostas que se elevavam sem fim, grandes muralhas de pedra atrás de grandes muralhas e precipícios sisudos enredados em névoa. Por um momento ficou sentado, meio sonhando, escutando o ruído da água, o sussurro das árvores escuras, o estalar das pedras e o vasto silêncio expectante que avultava por trás de todos os sons. Amava as montanhas, ou amara a ideia delas marchando na beira das histórias trazidas de muito longe; mas agora estava sendo oprimido pelo insuportável peso da Terra-média. Ansiava por se isolar da imensidão em um quarto tranquilo, junto a uma lareira.

Estava muito exausto, pois, apesar de terem cavalgado devagar, tinham cavalgado com muito poucos descansos. Hora após hora, durante quase três dias cansativos, havia sido sacudido para lá e para cá, subindo por passos, através de longos vales e cruzando muitos rios. Às vezes, quando o caminho era mais largo, havia cavalgado ao lado do rei, sem notar que muitos Cavaleiros sorriam ao verem os dois juntos: o hobbit em seu pequeno pônei cinzento e desgrenhado e o Senhor de Rohan em seu grande cavalo branco. Nessas ocasiões ele conversara com Théoden, contando-lhe sobre seu lar e os feitos do povo do Condado, ou ouvindo por sua vez histórias da Marca e de seus poderosos homens de outrora. Mas a maior parte do tempo, especialmente naquele último dia, Merry cavalgara sozinho logo atrás do rei, sem nada dizer, e tentando compreender a fala de Rohan, lenta e sonora, que ouvia sendo usada pelos homens atrás de si. Era uma língua em que parecia haver muitas palavras que conhecia, porém pronunciadas de modo mais rico e vigoroso que no Condado, mas ele não conseguia concatenar as palavras. Às vezes um Cavaleiro erguia sua voz nítida em uma canção de incitação, e Merry sentia o coração animar-se, apesar de não saber do que ela tratava.

Ainda assim, estivera solitário, e nunca mais do que agora, ao fim do dia. Perguntou-se aonde fora parar Pippin em todo aquele estranho mundo; e o que seria feito de Aragorn, Legolas e Gimli. Então, de repente, como um toque frio no coração, pensou em Frodo e Sam. "Estou-me esquecendo deles!", disse para si mesmo, em tom de reprovação. "E, no entanto, eles são mais importantes que o resto de nós. E eu vim para ajudá-los; mas agora devem estar a centenas de milhas de distância, se ainda estiverem vivos." Teve um calafrio.

"Finalmente o Vale Harg!", disse Éomer. "Nossa jornada quase chegou ao fim." Detiveram-se. As trilhas que saíam da garganta estreita desciam íngremes. Só se era possível um vislumbre, como através de uma janela alta, do grande vale na penumbra lá embaixo. Via-se junto ao rio uma única luzinha piscando.

"Esta jornada terminou, talvez," comentou Théoden, "mas ainda tenho um longo caminho a percorrer. Duas noites atrás a lua estava cheia, e pela manhã hei de cavalgar a Edoras para a congregação da Marca."

"Mas, se aceitardes meu conselho," disse Éomer em voz baixa, "voltareis depois de lá para cá, até que tenha terminado a guerra, perdida ou ganha."

Théoden sorriu. "Não, meu filho, pois assim te chamarei, não digas as palavras suaves de Língua-de-Cobra em meus velhos ouvidos!" Empertigou-se e olhou para trás, para a longa fileira de seus homens que se desvanecia no crepúsculo. "Parecem ter passado longos anos no espaço de alguns dias desde que parti rumo ao oeste; porém, nunca mais me apoiarei em um cajado. Se a guerra for perdida, de que valerá eu me esconder nas colinas? E se for ganha, qual será seu pesar, mesmo que eu tombe gastando minha última força? Mas agora deixemos disto. Esta noite deitar-me-ei no Forte do Fano-da-Colina. Resta-nos pelo menos uma noite de paz. Cavalguemos avante!"

Na penumbra crescente desceram para o vale. Ali o Riacho--de-Neve corria próximo às muralhas ocidentais do vale, e logo a trilha os conduziu a um vau onde as águas rasas murmuravam ruidosas nas pedras. O vau estava vigiado. Quando o rei se avizinhou, muitos homens surgiram das sombras das rochas; e quando viram o rei, exclamaram com vozes alegres: "Théoden Rei! Théoden Rei! O Rei da Marca retorna!"

Então um deles tocou um longo chamado em uma trompa. Ele ecoou no vale. Outras trompas lhe responderam, e luzes se acenderam do outro lado do rio.

E de súbito ergueu-se um grande coro de trombetas muito do alto, soando, ao que parecia, desde algum local côncavo que reunia suas notas em uma só voz e a enviava rolando e reverberando nas paredes de pedra.

Assim o Rei da Marca retornou vitorioso do Oeste para o Fano-da-Colina sob os pés das Montanhas Brancas. Ali encontrou a força remanescente de seu povo já reunida; pois assim que sua chegada se tornou conhecida, capitães partiram ao seu encontro no vau, trazendo mensagens de Gandalf. Dúnhere, chefe do povo do Vale Harg, os encabeçava.

"Ao amanhecer três dias atrás, senhor," disse ele, "Scadufax veio como o vento do Oeste para Edoras, e Gandalf trouxe novas de vossa vitória para nos alegrar os corações. Mas trouxe também uma mensagem vossa, para apressarmos a reunião dos Cavaleiros. E depois veio a Sombra alada."

"A Sombra alada?", indagou Théoden. "Também a vimos, mas isso foi no meio da noite, antes que Gandalf nos deixasse."

"Pode ser, senhor", disse Dúnhere. "Porém o mesmo, ou outro semelhante, uma escuridão voadora em forma de ave monstruosa, passou sobre Edoras naquela manhã, e todos os homens foram abalados pelo medo. Pois ele mergulhou sobre Meduseld e quando desceu baixo, quase até a cumeeira, veio um grito que nos parou o coração. Foi então que Gandalf nos aconselhou a não nos reunirmos nos campos, e sim a vos encontrarmos aqui no vale sob as montanhas. E mandou que não acendêssemos mais luzes nem fogos do que o exigido pela extrema necessidade. Assim tem sido feito. Gandalf falou com grande autoridade. Confiamos que seja como desejaríeis. No Vale Harg nada foi visto desses seres malignos."

"Está bem", disse Théoden. "Agora cavalgarei ao Forte e lá, antes de repousar, me reunirei com os marechais e os capitães. Que venham ter comigo assim que puderem!"

Agora a estrada levava ao leste, direto através do vale, que naquele ponto tinha pouco mais de meia milha de largura. Planícies e prados de relva grosseira, agora cinzenta na noite minguante, estendiam-se em toda a volta, mas à frente, do lado oposto do vale, Merry viu uma muralha sisuda, um último contraforte das grandes raízes do Picorrijo, fendida pelo rio em eras passadas.

Em todos os espaços planos havia grande reunião de homens. Alguns apinhavam-se à beira da estrada, saudando o rei e os cavaleiros do Oeste com gritos contentes; mas estendendo-se ao longe, atrás deles, havia linhas ordenadas de tendas e cabanas, fileiras de cavalos presos a estacas e grande estoque de armas e lanças empilhadas, eriçadas como capões de árvores recém-plantadas. Agora toda a grande assembleia se perdia na sombra, e, ainda assim, apesar de a brisa noturna soprar gélida das alturas, não luziam lampiões nem ardiam fogueiras. Vigias trajando pesadas capas caminhavam para lá e para cá.

Merry perguntou-se quantos seriam os Cavaleiros. Não podia estimar o número na penumbra crescente, mas parecia-lhe um grande exército com muitos milhares de homens. Enquanto voltava o olhar de um lado para o outro, o séquito do rei chegou ao penhasco que se erguia do lado oriental do vale; e ali, de repente, a trilha começou a subir, e Merry ergueu os olhos com pasmo. Estava em uma estrada como jamais vira semelhante, uma grande obra das mãos dos homens em anos além do alcance das canções. Fazia voltas ao subir, coleando como uma serpente, perfurando o caminho ao longo do escarpado aclive rochoso. Íngreme como uma escada, curvava-se para trás e para a frente enquanto escalava. Era possível subir por ela montado, e carroças podiam ser puxadas devagar; mas nenhum inimigo podia vir por ali, exceto pelo ar, pois era defendida do alto. Em cada curva da estrada havia grandes pedras fincadas que tinham sido esculpidas à semelhança de homens, enormes e de membros grosseiros, acocorados de pernas cruzadas e cruzando os braços atarracados nas gordas barrigas. Algumas, pelo desgaste do tempo, haviam perdido todas as feições, exceto pelos buracos escuros dos olhos, que ainda encaravam

A CONVOCAÇÃO DE ROHAN

tristemente os transeuntes. Os Cavaleiros mal lhes lançaram um olhar. Chamavam-nos Homens-Púkel e pouco atentavam para eles: não restava neles poder nem terror; mas Merry os fitava com pasmo e um sentimento quase de pena, à medida que se erguiam tristemente na penumbra.

Pouco tempo depois olhou para trás e percebeu que já havia subido algumas centenas de pés acima do vale, mas ainda podia ver indistintamente, muito abaixo, uma fileira serpenteante de Cavaleiros que atravessavam o vau e se alinhavam ao longo da estrada que levava ao acampamento que lhes fora preparado. Somente o rei e sua guarda estavam subindo para o Forte.

Por fim a companhia do rei chegou a uma beirada abrupta, e a estrada ascendente entrou em um corte entre paredes rochosas, subiu por uma breve encosta e saiu para um amplo planalto. Os homens o chamavam Firienfeld, um verde campo montês de relva e urze, muito acima dos cursos fundamente escavados do Riacho-de-Neve, jazendo no colo das grandes montanhas mais atrás: o Picorrijo ao sul, e ao norte a massa serrilhada de Serraferro, entre os quais os cavaleiros se defrontavam com a sisuda muralha negra de Dwimorberg, a Montanha Assombrada que se erguia de íngremes encostas de pinheiros sombrios. Dividindo em dois o planalto, marchava ali uma dupla fileira de pedras fincadas, não trabalhadas, que minguavam na penumbra e desapareciam nas árvores. Os que ousassem seguir aquela estrada logo chegavam à negra Dimholt sob Dwimorberg, à ameaça do pilar de pedra e à sombra hiante da porta proibida.

Assim era o obscuro Fano-da-Colina, obra de homens há muito esquecidos. Seu nome se perdera e nenhuma canção nem lenda o recordava. Para qual propósito haviam feito aquele lugar, como cidade, templo secreto ou tumba de reis, ninguém em Rohan sabia dizer. Ali labutaram nos Anos Sombrios, ainda antes que chegasse alguma nau às praias ocidentais ou que fosse construída Gondor dos Dúnedain; e agora haviam desaparecido e só restavam os velhos Homens-Púkel, ainda sentados nas curvas da estrada.

Merry fitou as filas de pedras que marchavam: estavam gastas e negras; algumas se inclinavam, outras haviam caído, algumas estavam rachadas ou quebradas; pareciam fileiras de dentes velhos e famintos. Perguntou-se o que seriam e esperou que o rei não fosse segui-las rumo à escuridão mais adiante. Então viu que havia agrupamentos de tendas e cabanas de ambos os lados da trilha pedregosa; mas não estavam postas junto às árvores, e, na verdade, pareciam aninhar-se longe delas, para o lado da borda do penhasco. O maior número estava à direita, onde era mais largo o Firienfeld; e à esquerda havia um acampamento menor, no meio do qual se erguia um alto pavilhão. Daquele lado veio um cavaleiro ao encontro deles, e desviaram-se da estrada.

Ao se aproximarem, Merry viu que quem vinha a cavalo era uma mulher de longos cabelos trançados que reluziam na penumbra, porém ela usava elmo, estava trajada como guerreira até a cintura e estava cingida com uma espada.

"Salve, Senhor da Marca!", exclamou ela. "Meu coração se alegra com vosso retorno."

"E tu, Éowyn," disse Théoden, "está tudo bem contigo?"

"Tudo está bem", respondeu ela; porém pareceu a Merry que sua voz a desmentia, e acreditaria que ela estivera chorando, se isso fosse crível em alguém de rosto tão severo. "Tudo está bem. Foi um caminho extenuante para o povo trilhar, subitamente arrancado de seus lares. Houve palavras duras, pois faz muito tempo desde que a guerra nos expulsou dos verdes campos; mas não houve feitos de maldade. Agora tudo está arranjado, como vedes. E vosso alojamento foi preparado para vós; pois tive plenas notícias vossas e sabia a hora em que chegaríeis."

"Então Aragorn veio", disse Éomer. "Ainda está aqui?"

"Não, ele se foi", disse Éowyn, dando-lhe as costas e olhando para as montanhas escuras diante do Leste e do Sul.

"Aonde foi?", perguntou Éomer.

"Não sei", ela respondeu. "Chegou à noite e partiu a cavalo ontem pela manhã, antes que o Sol subisse acima do cume das montanhas. Ele se foi."

"Estás desgostosa, filha", comentou Théoden. "O que aconteceu? Conta-me, ele falou daquela estrada?" Apontou para diante, ao longo das fileiras de pedras que se obscureciam rumo a Dwimorberg. "Das Sendas dos Mortos?"

"Sim, senhor", disse Éowyn. "E penetrou na sombra de onde ninguém retornou. Não pude dissuadi-lo. Ele se foi."

"Então nossas trilhas estão separadas", concluiu Éomer. "Ele está perdido. Temos de cavalgar sem ele, e nossa esperança míngua."

Lentamente atravessaram a urze curta e a relva do planalto, sem mais falar até alcançarem o pavilhão do rei. Ali Merry viu que estava tudo pronto e que ele próprio não fora esquecido. Uma pequena tenda fora erguida para ele ao lado do alojamento do rei; e ali sentou-se sozinho, enquanto os homens passavam para lá e para cá, entrando para verem o rei e se aconselharem com ele. A noite chegou, e as cabeças meio visíveis das montanhas a oeste estavam coroadas de estrelas, mas o Leste estava escuro e vazio. As pedras marchantes desvaneceram-se lentamente de vista, mas ainda além delas, mais negra que a treva, espreitava a vasta sombra acocorada de Dwimorberg.

"As Sendas dos Mortos", murmurou para si mesmo. "As Sendas dos Mortos? O que significa tudo isso? Todos me abandonaram agora. Todos foram a algum destino: Gandalf e Pippin à guerra no Leste; e Sam e Frodo para Mordor; e Passolargo, Legolas e Gimli às Sendas dos Mortos. Mas imagino que minha vez chegará bem depressa. Pergunto-me do que todos estão falando e o que o rei pretende fazer. Pois agora devo ir aonde ele for."

No meio desses pensamentos sombrios ele subitamente se lembrou de que tinha muita fome e levantou-se para ir ver se mais alguém sentia o mesmo naquele estranho acampamento. Porém, no mesmo momento soou uma trombeta, e veio um homem para convocá-lo, escudeiro do rei, para servir à mesa real.

Na parte interna do pavilhão havia um pequeno espaço, separado com cortinas bordadas e com peles espalhadas; e ali, a uma mesinha, estava sentado Théoden com Éomer, Éowyn e Dúnhere, senhor do Vale Harg. Merry postou-se junto ao assento do rei e o serviu, até que pouco depois o ancião, emergindo de profundos pensamentos, se virou para ele com um sorriso.

"Vamos, Mestre Meriadoc!", disse ele. "Não hás de ficar em pé. Hás de te sentar ao meu lado, enquanto eu estiver em minhas próprias terras, e aliviar meu coração com histórias."

Abriram espaço para o hobbit à mão esquerda do rei, mas ninguém pediu história alguma. De fato, houve pouca conversa, e comeram e beberam mormente em silêncio, até que por fim, reunindo coragem, Merry fez a pergunta que o atormentava.

"Senhor, acabo de ouvir falar duas vezes nas Sendas dos Mortos", disse ele. "O que são elas? E aonde Passolargo, quero dizer, o Senhor Aragorn, aonde ele foi?"

O rei suspirou, mas ninguém respondeu até que, por fim, Éomer falou. "Não sabemos, e nossos corações estão aflitos", disse ele. "Mas quanto às Sendas dos Mortos, tu mesmo caminhaste em seus primeiros passos. Não, não digo palavras de mau agouro! A estrada pela qual subimos é o acesso da Porta, acolá em Dimholt. Mas o que há atrás dela ninguém sabe."

"Ninguém sabe," disse Théoden, "no entanto, as antigas lendas, já raramente contadas, têm algo a relatar. Se dizem a verdade as antigas histórias que foram repassadas de pai para filho na Casa de Eorl, então a Porta sob Dwimorberg conduz a um caminho secreto que passa por baixo da montanha até um fim olvidado. Mas ninguém jamais se aventurou a entrar para sondar seus segredos, desde que Baldor, filho de Brego, penetrou pela Porta e nunca mais foi visto entre os homens. Pronunciou uma jura audaz quando esvaziou o corno no banquete feito por Brego para consagrar o Meduseld recém-construído e jamais chegou ao elevado assento do qual era herdeiro.

"Dizem que Mortos dos Anos Sombrios guardam o caminho e não permitem que nenhum homem vivente venha aos seus salões ocultos; mas às vezes eles próprios podem ser vistos emergindo da porta como sombras e descendo pela estrada de pedra. Então o povo do Vale Harg tranca as portas, vela as janelas e tem medo. Mas os Mortos raramente se mostram, somente em tempos de grande inquietação e morte iminente."

"Porém dizem no Vale Harg," comentou Éowyn em voz baixa, "que nas noites sem lua, pouco tempo atrás, passou uma grande hoste estranhamente ataviada. De onde vinham ninguém sabia, mas subiram pela estrada de pedra e desapareceram na colina, como se fossem atender a um encontro marcado."

"Então por que Aragorn foi por esse caminho?", perguntou Merry. "Não sabeis de algo que o explique?"

"A não ser que tenha falado a ti, seu amigo, palavras que não ouvimos," disse Éomer, "ninguém que está agora na terra dos viventes pode saber seu propósito."

"Pareceu-me muito mudado desde a primeira vez em que o vi na casa do rei", acrescentou Éowyn; "mais sisudo, mais velho. Parecia condenado, como alguém que os Mortos chamam."

"Quem sabe tenha sido chamado", disse Théoden; "e meu coração me diz que não hei de vê-lo outra vez. Porém é um homem régio de elevado destino. E consola-te com isto, filha, já que pareces precisar de consolo em teu pesar por esse hóspede. Dizem que, quando os Eorlingas saíram do Norte e acabaram subindo pelo Riacho-de-Neve, buscando lugares fortes de refúgio em tempos de necessidade, Brego e seu filho Baldor ascenderam a Escada do Forte e chegaram diante da Porta. Na soleira estava sentado um ancião, velho além da conta dos anos; fora alto e régio, mas já estava murcho como uma pedra antiga. Deveras creram que fosse uma pedra, pois não se moveu e não disse palavra antes que tentassem passar por ele e entrar. E então saiu dele uma voz, como se fosse do chão e, para espanto deles, falou na língua ocidental: 'O caminho está fechado.'

"Então detiveram-se, olharam para ele e viram que ele ainda vivia; mas ele não os olhou. 'O caminho está fechado', disse sua voz outra vez. 'Foi feito pelos que estão Mortos, e os Mortos o guardam até chegar a hora. O caminho está fechado.'

"'E quando será essa hora?', perguntou Baldor. Mas jamais obteve resposta. Pois o ancião morreu naquela hora e caiu de rosto no chão; e nosso povo nunca soube de outras notícias dos antigos moradores das montanhas. Mas quem sabe finalmente tenha chegado a hora prevista e Aragorn possa passar."

"Mas como um homem pode saber se essa hora chegou ou não, exceto enfrentando a Porta?", indagou Éomer. "E eu não tomaria esse caminho mesmo que todas as hostes de Mordor estivessem postadas diante de mim e eu estivesse a sós, sem ter outro refúgio. Ai de nós, que um humor de condenado recaiu em um homem de coração tão grande nesta hora de aflição! Não há suficientes coisas más no mundo sem que as busquemos sob a terra? A guerra está próxima."

Fez uma pausa, pois naquele momento houve um ruído do lado de fora, uma voz de homem gritando o nome de Théoden e a interpelação da guarda.

Logo o capitão da Guarda afastou a cortina para um lado. "Está aqui um homem, senhor," iniciou ele, "um mensageiro de Gondor. Ele deseja vir diante de vós de imediato."

"Que venha!", assentiu Théoden.

Entrou um homem alto, e Merry reprimiu uma exclamação; por um momento pareceu-lhe que Boromir revivera e voltara. Então viu que não era assim; o homem era um estranho, porém tão semelhante a Boromir como se fosse de sua família, alto e de olhos cinzentos e altivos. Estava trajado como cavaleiro, com uma capa verde-escura sobre uma cota de malha fina; na dianteira do elmo estava lavrada uma pequena estrela de prata. Trazia na mão uma única flecha, de penas negras e farpa de aço, mas a ponta era pintada de vermelho.

Ajoelhou-se em um joelho e apresentou a flecha a Théoden. "Salve, Senhor dos Rohirrim, amigo de Gondor!", disse ele. "Hirgon sou eu, mensageiro de Denethor, que vos trago este sinal de guerra. Gondor está em grande apuro. Muitas vezes os Rohirrim nos auxiliaram, mas agora o Senhor Denethor pede toda a vossa força e toda a vossa presteza para que Gondor não acabe caindo."

"A Flecha Vermelha!", exclamou Théoden, segurando-a como quem recebe uma convocação esperada há muito tempo, porém terrível quando chega. Sua mão tremia. "A Flecha Vermelha não foi vista na Marca em todos os meus anos! Chegamos deveras a este ponto? E o que o Senhor Denethor calcula que seja toda a minha força e toda a minha presteza?"

"Isso vós sabeis melhor, senhor", disse Hirgon. "Mas muito em breve bem poderá acontecer que Minas Tirith seja cercada, e, a não ser que tenhais a força de romper um cerco feito por muitos poderes, o Senhor Denethor manda-me dizer que julga que as possantes armas dos Rohirrim seriam melhores no interior de suas muralhas que fora."

"Mas ele sabe que somos um povo que prefere combater a cavalo, em campo aberto, e que somos também um povo disperso, é preciso tempo para reunirmos nossos Cavaleiros. Não é verdade, Hirgon, que o Senhor de Minas Tirith sabe mais do que põe em sua mensagem? Pois já estamos em guerra, como podes ter visto, e não nos encontras de todo despreparados. Gandalf, o Cinzento, esteve entre nós, e agora mesmo estamos em convocação para o combate no Leste."

"O que o Senhor Denethor pode saber ou adivinhar de tudo isso eu não sei dizer", respondeu Hirgon. "Mas nosso caso é deveras desesperador. Meu senhor não vos dá nenhum comando, apenas vos implora que recordeis a antiga amizade e as juras proferidas há muito tempo e que em vosso próprio bem façais tudo que puderdes. Foi-nos relatado que muitos reis vieram do Leste a serviço de Mordor. Do Norte até o campo de Dagorlad há escaramuças e alardes de guerra. No Sul, os Haradrim estão se movimentando, e o medo recaiu sobre todas as nossas terras costeiras, de modo que dali nos virá pouco auxílio. Apressai-vos! Pois é diante das muralhas de Minas Tirith que a sina de nosso tempo será decidida, e, se a maré não for contida, ali ela fluirá sobre todos os belos campos de Rohan, e mesmo neste Forte entre as colinas não haverá refúgio."

"Novas sombrias," lamentou Théoden, "porém não de todo inesperadas. Mas dize a Denethor que, mesmo que Rohan não sentisse perigo para si, ainda assim iríamos em seu auxílio. Mas sofremos pesadas perdas em nossas batalhas contra o traidor Saruman e ainda precisamos pensar em nossa fronteira do norte e do leste, como deixam claro suas próprias novas. Um poder tamanho como o Senhor Sombrio já parece dominar pode muito bem nos deter em combate diante da Cidade e assim mesmo golpear com grande força do outro lado do Rio, além do Portão dos Reis.

"Mas não falaremos mais de conselhos de prudência. Nós iremos. O chamado d'armas foi marcado para amanhã.

Quando estiver tudo ordenado nós partiremos. Eu poderia ter enviado dez mil lanças, cavalgando sobre a planície, para desespero de vossos adversários. Agora serão menos, receio; pois não deixarei meus baluartes de todo sem guarda. Porém pelo menos seis mil hão de cavalgar atrás de mim. Pois dize a Denethor que nesta hora o próprio Rei da Marca descerá à terra de Gondor, por muito que talvez não vá retornar. Mas é uma longa estrada, e os homens e animais devem chegar a seu término com força para lutar. Desde amanhã de manhã poderá se passar uma semana antes que ouças o grito dos Filhos de Eorl vindos do Norte."

"Uma semana!", disse Hirgon. "Se tem de ser assim, que seja. Mas pode ser que encontreis apenas muralhas arruinadas daqui a sete dias, a não ser que venha outro auxílio inesperado. Ainda assim, podeis ao menos perturbar os Orques e os Homens Tisnados em seu festim na Torre Branca."

"Isso pelo menos faremos", afirmou Théoden. "Mas eu próprio estou recém-chegado de batalha e longa jornada e agora irei repousar. Fica aqui esta noite. Então contemplarás a convocação de Rohan e partirás mais contente por tê-la visto e mais veloz pelo descanso. Pela manhã os conselhos são melhores, e a noite muda muitos pensamentos."

Com essas palavras o rei levantou-se, e ergueram-se todos. "Ide agora cada um ao seu repouso", disse ele, "e dormi bem. E de ti, Mestre Meriadoc, não preciso mais esta noite. Mas fica pronto para meu chamado assim que o Sol tiver nascido."

"Estarei pronto," assentiu Merry, "mesmo que me ordeneis cavalgar convosco nas Sendas dos Mortos."

"Não digas palavras de presságio!", disse o rei. "Pois é possível que haja mais de uma estrada que possa levar esse nome. Mas eu não disse que te mandaria cavalgar comigo em qualquer estrada. Boa noite!"

"Não vou ser deixado para trás para ser apanhado na volta!", disse Merry. "Não vou ser deixado, não vou." E, repetindo isto muitas vezes para si mesmo, finalmente caiu no sono em sua tenda.

Foi despertado por um homem que o sacudia. "Acorda, acorda, Mestre Holbytla!", exclamou ele; e finalmente Merry emergiu de sonhos profundos e se sentou de chofre. Pensou que ainda parecia estar muito escuro.

"Qual é o problema?", perguntou.

"O rei te chama."

"Mas a Sol não nasceu, ainda", disse Merry.

"Não, e não nascerá hoje, Mestre Holbytla. Nem nunca mais, poderíamos pensar sob esta nuvem. Mas o tempo não para, apesar de o Sol estar perdido. Apressa-te!"

Vestindo as roupas depressa, Merry olhou para fora. O mundo enegrecia-se. O próprio ar parecia pardo, e tudo em volta estava negro, cinzento e sem sombra; havia um grande silêncio. Não se via forma de nuvem, exceto longe para o oeste, onde os mais remotos dedos tateantes da grande treva ainda se arrastavam para diante, e um pouco de luz vazava entre eles. Por cima deles pendia um pesado teto, sombrio e sem detalhes, e a luz parecia estar mais se apagando que acendendo.

Merry viu muitas pessoas paradas, olhando para cima e murmurando; todas tinham os rostos cinzentos e tristes, e algumas estavam com medo. Com um peso no coração, foi ter com o rei. Hirgon, o cavaleiro de Gondor, estava ali diante dele e ao seu lado estava de pé outro homem, parecido com ele e de trajes semelhantes, porém mais baixo e largo. Quando Merry entrou, ele falava com o rei.

"Vem de Mordor, senhor", disse ele. "Começou ontem à tarde, ao pôr do sol. Das colinas do Eastfolde em vosso reino eu a vi subindo e se arrastando pelo céu e durante toda a noite, enquanto eu cavalgava, ela veio atrás devorando as estrelas. Agora a grande nuvem pende sobre todas as terras entre esta e as Montanhas de Sombra; e está ficando mais intensa. A guerra já começou."

Por algum tempo o rei ficou sentado em silêncio. Por fim ele falou. "Assim chegamos a este ponto, afinal," disse ele, "a grande batalha de nosso tempo, em que muitas coisas hão de se desfazer. Mas ao menos não há mais necessidade de nos escondermos. Cavalgaremos pelo caminho reto e pela estrada aberta com toda a nossa velocidade. A convocação há de começar de imediato e não esperará por ninguém que se atrase. Tendes boas provisões em Minas Tirith? Pois se tivermos de partir agora, com toda a pressa, então teremos de levar pouca carga, com apenas alimento e água que nos bastem até a batalha."

"Temos mui grande provisão, preparada há tempo", respondeu Hirgon. "Cavalgai agora, o mais leve e veloz que puderdes!"

"Então chama os arautos, Éomer", disse Théoden. "Que os Cavaleiros sejam postos em ordem de batalha!"

Éomer saiu, e logo as trombetas soaram no Forte e foram respondidas por muitas outras debaixo; mas suas vozes não soavam mais nítidas e bravas como pareceram a Merry na noite anterior. Pareciam abafadas e ásperas no ar pesado, zurrando agourentas.

O rei voltou-se para Merry. "Parto à guerra, Mestre Meriadoc", iniciou ele. "Em pouco tempo tomarei a estrada. Eu te liberto do meu serviço, mas não de minha amizade. Hás de morar aqui e, se quiseres, poderás servir à Senhora Éowyn, que governará o povo em meu lugar."

"Mas, mas, senhor", gaguejou Merry. "Eu vos ofereci minha espada. Não quero me separar de vós deste modo, Théoden Rei. E como todos os meus amigos partiram à batalha, eu sentiria vergonha de ficar para trás."

"Mas cavalgamos em montarias altas e velozes", disse Théoden; "e por muito que seja grande teu coração, não podes montar tais animais."

"Então amarrai-me no lombo de um, ou deixai-me suspenso em um estribo, ou qualquer coisa", retrucou Merry. "É longe para correr; mas hei de correr se não puder cavalgar, mesmo que gaste meus pés e chegue com semanas de atraso."

Théoden sorriu. "Antes eu te levaria comigo em Snawmana", disse ele. "Mas ao menos virás comigo a Edoras e contemplarás Meduseld; pois é por ali que irei. Até lá Stybba poderá carregar-te: a grande corrida só começará quando alcançarmos as planícies."

Então Éowyn se ergueu. "Vamos, Meriadoc!", disse ela. "Vou mostrar-te o equipamento que preparei para ti." Saíram juntos.

"Só este pedido Aragorn me fez," disse Éowyn, enquanto passavam entre as tendas, "que fosses armado para a batalha. Eu o concedi do modo que pude. Pois meu coração me conta que terás necessidade de tal equipamento antes do fim."

Então levou Merry a uma barraca entre os alojamentos da guarda do rei; e ali um armeiro lhe trouxe um pequeno elmo, um escudo redondo e outras peças.

"Não temos malha que te sirva," disse Éowyn, "nem tempo para que seja forjada tal cota; mas aqui há também um robusto gibão de couro, um cinto e uma faca. Espada tu tens."

Merry fez uma mesura, e a senhora lhe mostrou o escudo, que era semelhante ao que fora dado a Gimli, e trazia o emblema do cavalo branco. "Toma todas estas coisas", disse ela, "e porta-as à boa sorte! Agora adeus, Mestre Meriadoc! Mas quem sabe hajamos de nos reencontrar, tu e eu."

Assim foi que, em meio à escuridão crescente, o Rei da Marca se aprestou para conduzir todos os seus Cavaleiros na estrada para o leste. Os corações estavam consternados, e muitos se acovardaram sob a sombra. Mas era um povo severo, leal a seu senhor, e pouco se ouviu de choro ou murmúrio, mesmo no campo do Forte onde estavam alojados os exilados de Edoras: mulheres, crianças e anciãos. A sina pendia sobre eles, mas encaravam-na em silêncio.

Passaram duas horas velozes, e então o rei se sentou em seu cavalo branco, rebrilhando à meia-luz. Parecia orgulhoso e de grande estatura, apesar de serem como a neve os cabelos que fluíam sob seu alto elmo; e muitos se admiraram dele e se encorajaram por vê-lo ereto e sem temor.

Ali, nas amplas planícies junto ao ruidoso rio, estavam postas em ordem de batalha cerca de cinco e cinquenta centenas de Cavaleiros, plenamente armados, e muitas centenas de outros homens com cavalos de reserva pouco carregados. Soou uma única trombeta. O rei ergueu a mão, e então, em silêncio, a hoste da Marca começou a se mover. Na frente iam doze dos homens da casa do rei, Cavaleiros de renome. Depois seguia o rei com Éomer à sua direita. Dissera adeus a Éowyn no Forte lá em cima, e a lembrança era aflitiva; mas agora voltava a mente para a estrada que se estendia à frente. Atrás dele vinha Merry em Stybba, com os mensageiros de Gondor e atrás deles, por sua vez, mais doze da casa do rei. Passaram pelas longas fileiras de homens expectantes com rostos severos e isentos de emoção. Mas, quando haviam chegado quase ao final da fila, um deles ergueu os olhos relanceando agudamente o hobbit. Um jovem, pensou Merry ao devolver o olhar, menos alto e encorpado que a maioria. Percebeu o brilho de olhos límpidos e cinzentos; e então teve um calafrio, pois lhe ocorreu de súbito que era o rosto de alguém sem esperança que ia em busca da morte.

Prosseguiram pela estrada cinzenta ao lado do Riacho-de-Neve que corria em suas pedras; atravessaram os vilarejos de Sototemplo e Sobrerriacho, onde muitos tristes rostos femininos espiavam pelas portas escuras; e assim, sem trompa, nem harpa, nem música de vozes humanas, começou a grande cavalgada para o Leste, de que depois as canções de Rohan se ocuparam por muitas longas vidas humanas.

> *Do Fano-da-Colina na fria manhã*
> *com fidalgo e alferes sai o filho de Thengel:*
> *a Edoras vem, ao alto paço*
> *dos senhores da cidade que encerra a névoa;*
> *de ouro vero as vigas que vela a treva.*
> *Depois que se despede do povo livre,*
> *do assento, do solar, dos sítios sagrados*
> *onde fez tantas festas antes da fuga da luz,*
> *põe-se em marcha o monarca, o medo abandonando,*
> *seu fado à frente. Fica fiel;*
> *a jura não rejeita nem enjeita promessa.*
> *Sai Théoden na sela. Por cinco noites e dias,*
> *sempre ao nascente seguem os Eorlingas,*
> *pelo Folde e Fenmark e a Floresta Firien,*
> *seis mil lanceiros à Terra do Sol saem,*
> *à magna Mundburg ao pé do Mindolluin,*
> *dos mestres-do-Mar no Reino do Sul,*
> *num cerco acerbo e círculo de fogo.*
> *A sina os incita. A treva os assola,*
> *cavalo e cavaleiro; cascos ao longe,*
> *Esvaem-se em silêncio, eis que cantam as canções.*[A]

A CONVOCAÇÃO DE ROHAN

Foi de fato em treva crescente que o rei chegou a Edoras, apesar de ser apenas meio-dia conforme a hora. Ali parou apenas por pouco tempo e reforçou sua hoste em cerca de três vintenas de Cavaleiros que se haviam atrasado para o chamado d'armas. Em seguida, depois de comer, aprestou-se para partir novamente e despediu-se bondosamente de seu escudeiro. Mas Merry implorou pela última vez para não ser separado dele.

"Esta não é jornada para montarias como Stybba, como te falei", disse Théoden. "E em batalha tal como pretendemos travar nos campos de Gondor, o que farias tu, Mestre Meriadoc, apesar de seres escudeiro, e maior de coração que de estatura?"

"Quanto a isso, quem pode dizer?", respondeu Merry. "Mas por que, senhor, me recebestes como escudeiro, se não for para me manter a vosso lado? E eu não gostaria que só dissessem de mim nas canções que sempre fui deixado para trás!"

"Eu te recebi para te manter a salvo", respondeu Théoden; "e também para fazeres o que eu comandasse. Nenhum de meus Cavaleiros pode levar-te como carga. Se a batalha fosse diante de meus portões, quem sabe teus feitos fossem lembrados pelos menestréis; mas são cento e duas léguas até Mundburg, onde Denethor é o senhor. Nada mais direi."

Merry fez uma mesura, se afastou infeliz e encarou as filas de cavaleiros. As companhias já se preparavam para partir: os homens apertavam correias, cuidavam das selas, acariciavam seus cavalos; alguns olhavam incertos para o céu ameaçador. Sem ser notado, um cavaleiro se aproximou e falou baixinho no ouvido do hobbit.

"'Quando a vontade é bastante, uma trilha se abre', assim dizemos nós", sussurrou ele; "e isso eu mesmo descobri." Merry olhou para cima e viu que era o jovem Cavaleiro que ele notara de manhã. "Tu queres ir aonde vai o Senhor da Marca: eu o vejo em teu rosto."

"Quero", afirmou Merry.

"Então hás de ir comigo", disse o Cavaleiro. "Eu te levarei à minha frente, embaixo de minha capa até estarmos bem longe e esta escuridão se tornar ainda mais escura. Tão boa vontade não deveria ser negada. Não digas mais nada a ninguém, mas vem!"

"Deveras obrigado!", exclamou Merry. "Obrigado, senhor, apesar de eu não saber teu nome."

"Não sabes?", disse o Cavaleiro baixinho. "Então chama-me Dernhelm."

Assim aconteceu que, quando o rei partiu, diante de Dernhelm estava sentado Meriadoc, o hobbit, e a grande montaria cinzenta, Windfola, pouco se importou com a carga; pois Dernhelm pesava menos que a maioria dos homens, apesar de ser ágil e bem feito de corpo.

Para a sombra cavalgaram eles. Nos capões de salgueiros onde o Riacho-de-Neve confluía com o Entágua, doze léguas a leste de Edoras, acamparam naquela noite. E depois prosseguiram pelo Folde; e através de Fenmark, onde, do lado direito, grandes florestas de carvalhos subiam pelos contrafortes das colinas sob a sombra da escura Halifirien, junto às divisas de Gondor; mas à esquerda as névoas se estendiam nos pântanos alimentados pelas fozes do Entágua. E enquanto cavalgavam, vinham alardes da guerra no Norte. Homens solitários, cavalgando desesperados, traziam novas de inimigos que lhes assaltavam os limites orientais, de hostes-órquicas que marchavam no Descampado de Rohan.

"Avante! Avante!", gritava Éomer. "Agora é tarde demais para nos desviarmos. Os charcos do Entágua terão de nos proteger o flanco. Agora precisamos ter pressa. Avante!"

E assim o Rei Théoden partiu de seu próprio reino, e milha após milha a longa estrada ficou para trás, e as colinas dos faróis passaram por eles: Calenhad, Min-Rimmon, Erelas, Nardol. Mas seus fogos estavam apagados. Todas as terras estavam cinzentas e silenciosas; e a sombra sempre se aprofundava diante deles, e a esperança minguava em todos os corações.

4

O Cerco de Gondor

Pippin foi acordado por Gandalf. Havia velas acesas no quarto, pois pelas janelas só vinha uma fraca penumbra; o ar estava pesado, como se um trovão se aproximasse.

"Que horas são?", perguntou Pippin, bocejando.

"Passa da segunda hora", respondeu Gandalf. "Hora de se levantar e tornar-se apresentável. Você foi chamado à presença do Senhor da Cidade para saber de seus novos deveres."

"E ele fornecerá desjejum?"

"Não! Eu o forneci: tudo o que você terá antes do meio-dia. Agora a comida é distribuída por ordens."

Pippin olhou desapontado para o pão pequeno e a porção de manteiga (segundo ele) muito inadequada que lhe fora servida, ao lado de um copo de leite ralo. "Por que você me trouxe aqui?", indagou ele.

"Você sabe muito bem", disse Gandalf. "Para afastá-lo das travessuras; e se não lhe agrada estar aqui, você pode se lembrar de que foi você mesmo que causou isso." Pippin não disse mais nada.

Pouco tempo depois estava outra vez caminhando com Gandalf pelo frio corredor que levava à porta do Salão da Torre. Ali Denethor estava sentado em uma treva cinzenta, como uma aranha velha e paciente, pensou Pippin; ele não parecia ter se mexido desde o dia anterior. Fez um sinal para que Gandalf se sentasse, mas Pippin foi deixado de pé, sem atenção, por alguns momentos. Logo o ancião se voltou para ele:

"Bem, Mestre Peregrin, espero que tenhas usado o dia de ontem de modo lucrativo e de modo agradável. Porém receio que nesta cidade a mesa seja mais desprovida do que desejas."

Pippin teve a desconfortável sensação de que a maior parte do que dissera ou fizera era conhecido, de algum modo, pelo Senhor da Cidade e de que muita coisa do que ele pensava também era adivinhado. Ele não respondeu.

"O que farias a meu serviço?"

"Pensei, senhor, que me diríeis quais são meus deveres."

"Eu direi quando descobrir para que serves", disse Denethor. "Mas isso, talvez, eu saberei mais cedo se te mantiver junto a mim. O escudeiro de minha câmara pediu licença para ir com a guarnição externa, portanto, hás de tomar seu lugar por algum tempo. Vais me servir, levar mensagens e conversar comigo, se a guerra e o conselho me deixarem algum lazer. Sabes cantar?"

"Sim", respondeu Pippin. "Bem, sim, bastante bem para meu próprio povo. Mas não temos canções adequadas para grandes salões e tempos malignos, senhor. Raramente cantamos sobre alguma coisa mais terrível que o vento ou a chuva. E a maior parte de minhas canções são sobre coisas que nos fazem rir; ou sobre comida e bebida, é claro."

"E por que tais canções seriam inadequadas para meus salões ou para horas como esta? Nós, que por muito tempo vivemos sob a Sombra, certamente podemos escutar ecos de uma terra que não sofreu com ela. Então poderemos sentir que nossa vigília não foi infrutífera, apesar de ter sido ingrata."

Pippin desanimou. Não lhe agradava a ideia de cantar uma canção do Condado para o Senhor de Minas Tirith, certamente não as cômicas que conhecia melhor; eram demasiado, bem, rústicas para uma tal ocasião. No entanto, naquele momento foi poupado da provação. Não recebeu ordem para cantar. Denethor voltou-se para Gandalf, fazendo perguntas sobre os Rohirrim e suas políticas e sobre a posição de Éomer, sobrinho do rei. Pippin admirou-se com a quantidade de coisas que o Senhor parecia saber sobre um povo que vivia muito longe, pois pensava que devia fazer muitos anos que o próprio Denethor havia viajado para o exterior.

Por fim Denethor acenou para Pippin e o dispensou de novo por algum tempo. "Vai aos arsenais da Cidadela", disse ele, "e pega lá a libré e o equipamento da Torre. Estará pronto. Foi pedido ontem. Retorna quando estiveres vestido!"

O CERCO DE GONDOR

Era como ele dissera; e logo Pippin viu-se ataviado com estranhas vestes, todas de negro e prata. Tinha uma pequena cota de malha, com anéis forjados de aço, talvez, porém negros como azeviche; e um elmo de copa alta com pequenas asas de corvo de ambos os lados, adornado com uma estrela de prata no centro do aro. Por cima da malha havia uma curta sobreveste negra, mas bordada no peito, em prata, com o emblema da Árvore. Suas roupas velhas foram dobradas e guardadas, mas permitiram-lhe ficar com a capa cinzenta de Lórien, porém não para ser usada em serviço. Agora parecia, sem sabê-lo, o verdadeiro *Ernil i Pheriannath*, o Príncipe dos Pequenos, como as pessoas o haviam chamado; mas sentia-se desconfortável. E a escuridão começou a lhe pesar no ânimo.

Esteve escuro e indistinto o dia todo. Do amanhecer sem sol até o entardecer, a pesada sombra se intensificara, e os corações de todos na Cidade estavam oprimidos. Bem no alto, uma grande nuvem fluía lentamente rumo ao oeste vinda da Terra Negra, devorando a luz, carregada por um vento de guerra; mas embaixo o ar estava imóvel e arquejante, como se todo o Vale do Anduin esperasse pela irrupção de uma tempestade ruinosa.

Por volta da décima primeira hora, finalmente libertado do serviço por algum tempo, Pippin saiu e foi em busca de comida e bebida para alegrar o coração pesado e tornar mais suportável sua tarefa de espera. No rancho reencontrou Beregond, que acabara de vir de uma missão por sobre a Pelennor até as torres da Guarda no Passadiço. Juntos passearam até as muralhas; pois Pippin sentia-se aprisionado dentro das construções e abafado mesmo na elevada cidadela. Agora estavam outra vez sentados lado a lado no vão dando para o leste, onde haviam comido e conversado no dia anterior.

Era a hora do pôr do sol, mas o grande manto já se estendera longe para o Oeste, e, só ao finalmente mergulhar no Mar, o Sol escapou para enviar um breve lampejo de adeus antes da noite, no mesmo momento em que Frodo o viu na Encruzilhada, tocando a cabeça do rei tombado. Mas aos campos de Pelennor,

1168

sob a sombra de Mindolluin, não veio lampejo nenhum: eles estavam pardos e tristes.

Já parecia a Pippin que fazia anos que se sentara ali antes, em algum tempo meio olvidado quando ainda era um hobbit, um despreocupado viandante pouco afetado pelos perigos que atravessara. Agora era um pequeno soldado em uma cidade que se preparava para um grande ataque, trajado à maneira altiva, mas sombria, da Torre de Guarda.

Em algum outro lugar e tempo, Pippin poderia ter-se agradado de sua nova vestimenta, mas agora sabia que não estava participando de uma peça; era serissimamente o serviçal de um mestre sisudo, que corria o maior perigo. A cota de malha era desconfortável, e o elmo lhe pesava na cabeça. Jogara a capa de lado, sobre o assento. Desviou o olhar cansado dos obscuros campos lá embaixo, bocejou e depois deu um suspiro.

"Estás cansado deste dia?", indagou Beregond.

"Sim," disse Pippin, "muito: exausto do ócio e da espera. Andei para cá e para lá à porta do aposento de meu senhor por muitas horas lentas enquanto ele debatia com Gandalf, o Príncipe e outras grandes pessoas. E não estou acostumado, Mestre Beregond, a servir aos outros faminto enquanto eles comem. Isso é uma pesada provação para um hobbit. Sem dúvida pensarás que eu devia sentir a honra mais profundamente. Mas de que serve uma tal honra? Na verdade, de que servem até a comida e a bebida sob esta sombra que se arrasta? O que significa? O próprio ar parece espesso e pardo! Sempre tendes escuridões assim quando o vento vem do Leste?"

"Não," comentou Beregond, "este não é um clima do mundo. Isso é algum artifício da malícia dele; algum ardor de vapor da Montanha de Fogo que ele envia para escurecer os corações e os conselhos. E de fato isso acontece. Queria que voltasse o Senhor Faramir. Ele não se desanimaria. Mas agora, quem sabe se chegará a voltar do outro lado do Rio, saído da Escuridão?"

"Sim," respondeu Pippin, "Gandalf também está ansioso. Creio que estava desapontado de não encontrar Faramir aqui. E aonde foi ele próprio? Deixou o conselho do Senhor antes da refeição do meio-dia, e penso que tampouco estava de bom humor. Talvez tenha alguma premonição de más notícias."

Subitamente, ao falarem, foram acometidos de mudez, como se tivessem sido congelados a pedras ouvintes. Pippin encolheu-se com as mãos apertadas nos ouvidos; mas Beregond, que estivera observando na ameia enquanto falava de Faramir, ficou onde estava, rijo, de olhar fixo e olhos esbugalhados. Pippin reconheceu o grito trêmulo que ouvira: era o mesmo que escutara muito tempo atrás, no Pântano do Condado, mas agora havia se intensificado em poder e ódio, perfurando o coração com um desespero venenoso.

Finalmente Beregond falou com esforço. "Eles vieram!", disse ele. "Toma coragem e olha! Há seres cruéis lá embaixo."

Com relutância, Pippin subiu no assento e espiou por cima da muralha. A Pelennor estendia-se obscura abaixo dele, desaparecendo na direção da linha mal entrevista do Grande Rio. Mas agora, rodopiando depressa por cima dela, como sombras de noite precoce, ele viu nos ares medianos abaixo de si cinco formas semelhantes a aves, horríveis como comedores de carniça, porém maiores que águias, cruéis como a morte. Já se precipitavam para perto, arriscando-se quase à distância de um tiro de flecha das muralhas, e já se afastavam fazendo curvas.

"Cavaleiros Negros!", murmurou Pippin. "Cavaleiros Negros do ar! Mas vê, Beregond!", exclamou. "Certamente estão procurando algo... Vê como giram e mergulham, sempre em direção àquele ponto acolá! E podes ver algo que se move no solo? Pequenas coisas escuras. Sim, homens a cavalo: quatro ou cinco. Ah! Não posso suportar! Gandalf! Gandalf nos salve!"

Outro guincho comprido ergueu-se e decaiu, e ele se jogou para trás outra vez, para longe da muralha, arfando como um animal caçado. Débil e aparentemente remoto através daquele grito trêmulo, ele ouviu, subindo lá de baixo, um som de trombeta que terminava em uma nota longa e aguda.

"Faramir! O Senhor Faramir! É seu chamado!", exclamou Beregond. "Valente coração! Mas como poderá alcançar o Portão se esses imundos gaviões do inferno tiverem outras armas que não o medo? Mas olha! Eles seguem em frente. Vão alcançar o Portão. Não! os cavalos correm desesperados. Olha! os homens foram derrubados; estão correndo a pé. Não, um ainda está montado, mas cavalga de volta para os outros. Deve ser o Capitão: ele consegue comandar os animais e os homens. Ah! ali está um dos seres imundos que mergulha sobre ele. Socorro! Socorro! Ninguém vai sair até ele? Faramir!"

Com essas palavras Beregond deu um salto e saiu correndo rumo à escuridão. Envergonhado de seu terror, enquanto Beregond da Guarda pensava primeiro no capitão que amava, Pippin levantou-se e olhou para fora. Naquele momento percebeu um lampejo de branco e prata vindo do Norte, como uma pequena estrela lá embaixo nos campos obscuros. Movia-se com a velocidade de uma flecha e crescia à medida que se aproximava, convergindo depressa com a fuga dos quatro homens rumo ao Portão. Parecia a Pippin que uma pálida luz estava dispersa em torno dele e que as pesadas sombras abriam caminho para ele; e então, quando ele se aproximou, pensou ouvir como um eco nas muralhas uma possante voz que chamava.

"Gandalf!", exclamou. "Gandalf! Ele sempre aparece quando as coisas estão mais escuras. Avante! Avante, Cavaleiro Branco! Gandalf, Gandalf!", gritou incontido, como um espectador de uma grande corrida que estimula um corredor que está muito além do incentivo.

Mas as sombras escuras em mergulho já estavam cônscias no recém-chegado. Uma girou e veio em direção dele; mas a Pippin pareceu que ele erguia a mão e dela um raio de luz branca se cravava para cima. O Nazgûl deu um longo grito lamentoso e se afastou numa curva; e com isso os outros quatro hesitaram e depois, ascendendo em velozes espirais, foram-se para o leste, desaparecendo na ameaçadora nuvem acima deles; e lá embaixo, na Pelennor, por alguns momentos pareceu estar menos escuro.

Pippin observava e viu que o ginete e o Cavaleiro Branco se encontravam e paravam, esperando pelos que vinham a pé. Agora homens saíam às pressas ao encontro deles, vindos da Cidade; e logo todos eles sumiram de vista sob as muralhas externas, e ele soube que estavam entrando pelo Portão. Imaginando que viriam de imediato à Torre e ao Regente, ele correu para a entrada da cidadela. Ali juntaram-se a ele muitos outros que haviam assistido à corrida e ao resgate dos altos muros.

O CERCO DE GONDOR

Não demorou muito para se ouvir um clamor nas ruas que subiam dos círculos exteriores, e houve muitos vivas e exclamações dos nomes de Faramir e Mithrandir. Logo Pippin viu tochas e dois cavaleiros andando devagar, seguidos por uma multidão de pessoas: um de branco, porém não mais reluzente, pálido na penumbra como se seu fogo estivesse gasto ou oculto; o outro escuro e de cabeça baixa. Apearam e, enquanto os palafreneiros levavam Scadufax e o outro cavalo, eles caminharam à frente, até a sentinela no portão: Gandalf firme, com a capa cinzenta jogada para trás e um fogo ainda ardendo nos olhos; o outro, todo trajado de verde, lentamente, cambaleando um pouco, como alguém exausto ou ferido.

Pippin abriu caminho adiante quando passaram sob o lampião abaixo do arco do portão e quando viu o rosto pálido de Faramir ficou sem fôlego. Era o rosto de alguém que foi assaltado por grande medo ou angústia, mas os dominou e agora está tranquilo. Por um momento ficou postado, altivo e grave, falando ao guarda, e Pippin, observando-o, viu o quanto ele era parecido com seu irmão Boromir — de quem Pippin gostara desde o começo, admirando as maneiras nobres, mas bondosas do grande homem. Mas de súbito, por Faramir seu coração se comoveu estranhamente com um sentimento que não conhecera antes. Aí estava alguém com ar de alta nobreza, como Aragorn revelava às vezes, talvez menos elevado, mas também menos incalculável e remoto: um dos Reis de Homens nascido em tempo posterior, mas tocado pela sabedoria e pela tristeza da Raça Antiga. Agora sabia por que Beregond pronunciava o seu nome com amor. Era um capitão que os homens seguiriam, que ele seguiria, mesmo sob a sombra das asas negras.

"Faramir!", exclamou em voz alta junto com os demais. "Faramir!" E Faramir, percebendo sua estranha voz em meio ao clamor dos homens da Cidade, virou-se, baixou os olhos para ele e admirou-se.

"De onde vens tu?", disse ele. "Um pequeno, e com a libré da Torre! De onde…?"

Mas nesse ponto Gandalf se pôs ao seu lado e falou. "Ele veio comigo da terra dos Pequenos", disse ele. "Ele veio comigo.

Mas não nos demoremos aqui. Há muito a ser dito e feito, e estás cansado. Ele há de vir conosco. Na verdade precisa, pois, se não se esquece de seus novos deveres mais facilmente que eu, deve voltar a servir seu senhor no decorrer desta hora. Venha, Pippin, siga-nos!"

Assim chegaram por fim ao aposento privado do Senhor da Cidade. Três assentos fundos estavam postos em torno de um braseiro de carvão; e trouxeram vinho; e ali Pippin, quase imperceptível, se postou atrás da cadeira de Denethor e pouco sentiu seu cansaço, tão avidamente escutava tudo o que era dito.

Quando Faramir tinha comido pão branco e bebido um gole de vinho, sentou-se em uma cadeira baixa à esquerda do pai. Um pouco afastado, do outro lado, estava Gandalf em uma cadeira de madeira entalhada; e de início parecia estar dormindo. Pois no começo Faramir falou somente da missão em que fora mandado dez dias antes, e trouxe novas de Ithilien e dos movimentos do Inimigo e seus aliados; e contou do combate na estrada, quando os homens de Harad e seu grande animal foram derrotados: um capitão relatando ao superior assuntos que haviam sido ouvidos muitas vezes antes, pequenas coisas da guerra fronteiriça que já pareciam inúteis e desprezíveis, privadas de seu renome.

Então Faramir olhou subitamente para Pippin. "Mas agora chegamos a um estranho caso", disse ele. "Pois este não é o primeiro pequeno que vi caminhando das lendas setentrionais para as terras do Sul."

Diante dessas palavras Gandalf se ergueu e agarrou os braços da cadeira; mas nada disse, e com um olhar deteve a exclamação nos lábios de Pippin. Denethor olhou-os no rosto e assentiu com a cabeça, como que dando um sinal de que ali percebera muita coisa antes que fosse falada. Lentamente, com os demais sentados em silêncio e imóveis, Faramir contou sua história, mormente mantendo os olhos em Gandalf, mas deixando o olhar desviar-se vez por outra para Pippin, como para refrescar sua lembrança de outros que vira.

À medida que se desdobrava sua história do encontro com Frodo e seu serviçal e dos eventos em Henneth Annûn,

O CERCO DE GONDOR

Pippin deu-se conta de que as mãos de Gandalf tremiam ao agarrar a madeira esculpida. Agora pareciam brancas e muito velhas, e, enquanto as olhava, Pippin soube de repente, com um frêmito de temor, que Gandalf, o próprio Gandalf, estava perturbado, até com medo. O ar do recinto era abafado e imóvel. Por fim, quando Faramir falou de sua despedida dos viajantes e de sua resolução de irem a Cirith Ungol, sua voz minguou, ele balançou a cabeça e deu um suspiro. Então Gandalf se ergueu com um salto.

"Cirith Ungol? O Vale Morgul?", indagou ele. "O tempo, Faramir, o tempo? Quando despediu-se deles? Quando iriam chegar àquele vale amaldiçoado?"

"Despedi-me deles pela manhã, dois dias atrás", disse Faramir. "São quinze léguas dali até o vale do Morgulduin, se tiverem rumado direto para o sul; e aí ainda estariam cinco léguas a oeste da amaldiçoada Torre. O mais rapidamente não poderiam chegar lá antes de hoje, e quem sabe ainda não tenham chegado lá. Deveras vejo o que temes. Mas a escuridão não se deve à aventura deles. Começou ontem ao anoitecer, e toda Ithilien estava debaixo de sombra na noite passada. Para mim está claro que o Inimigo está planejando um ataque contra nós há muito tempo e que sua hora já fora determinada ainda antes que os viajantes deixassem os meus cuidados."

Gandalf andava para cá e para lá. "Na manhã de dois dias atrás, quase três dias de viagem! A que distância fica o lugar onde vos separastes?"

"A umas vinte e cinco léguas, a voo de pássaro", respondeu Faramir. "Mas não pude vir mais depressa. Ontem à tardinha estava parado em Cair Andros, na longa ilha ao norte no Rio, que defendemos; e mantemos cavalos na margem de cá. Quando a escuridão se prolongou, eu soube que era necessária pressa, de forma que cavalguei para lá com três outros que também poderiam receber montarias. Mandei ao sul o restante de minha companhia para reforçarem a guarnição dos vaus de Osgiliath. Espero não ter feito mal." Olhou para o pai.

"Mal?", exclamou Denethor, e seus olhos relampejaram de súbito. "Por que perguntas? Os homens estavam sob teu comando. Ou pedes meu julgamento para todos os teus feitos? Tua atitude é humilde em minha presença, mas já faz muito tempo que não te desvias de teu próprio caminho a conselho meu. Vê, falaste com habilidade, como sempre; mas eu, eu não vi teus olhos fixos em Mithrandir, buscando saber se falaste bem ou demasiado? Há muito ele tem teu coração em seu poder.

"Meu filho, teu pai é velho, mas ainda não caduco. Posso ver e ouvir, assim como costumava; e pouco daquilo que meio disseste ou deixaste sem dizer me está oculto agora. Conheço a resposta de muitos enigmas. Ai de Boromir, ai dele!"

"Se o que fiz te desagrada, meu pai," disse Faramir com tranquilidade, "desejaria ter conhecido teu conselho antes que o fardo de tão pesado julgamento me fosse imposto."

"Isso teria adiantado para mudar teu julgamento?", indagou Denethor. "Ainda assim terias feito exatamente igual, creio eu. Eu te conheço bem. Teu desejo é sempre parecer nobre e generoso como um rei de outrora, gracioso, gentil. Isso pode muito bem servir a alguém de elevada raça se estiver assentado em poder e paz. Mas em horas de desespero a gentileza pode ser paga com a morte."

"Assim seja", disse Faramir.

"Assim seja!", exclamou Denethor. "Mas não apenas com a tua morte, Senhor Faramir: também com a morte de teu pai e de todo o teu povo, e teu papel é protegê-lo agora que Boromir se foi."

"Então desejas", disse Faramir "que nossos lugares tivessem sido trocados?"

"Sim, deveras o desejo", afirmou Denethor. "Pois Boromir me era leal, e não um pupilo de mago. Ele teria recordado a necessidade de seu pai e não teria desperdiçado o que foi dado pela sorte. Ele me teria trazido uma poderosa dádiva."

Por um momento o controle de Faramir cedeu. "Eu te pediria, meu pai, que recordasses por que eu, e não ele, estava em Ithilien. Pelo menos em uma ocasião teu conselho prevaleceu, não faz muito tempo. Foi o Senhor da Cidade que deu a missão a ele."

"Não remexas o amargor na taça que eu mesmo misturei", disse Denethor. "Já não o senti em minha língua por muitas noites, pressagiando que coisas ainda piores restavam na borra? E agora descubro deveras que assim é. Antes não fosse! Antes tivesse vindo a mim esse objeto!"

"Consola-te!", disse Gandalf. "Em nenhuma hipótese Boromir o teria trazido a ti. Está morto e morreu bem; que durma em paz! Porém tu te enganas. Ele teria estendido a mão para esse objeto e, ao tomá-lo, teria caído. Tê-lo-ia guardado para si e quando voltasse, não terias conhecido teu filho."

O rosto de Denethor fixou-se, duro e frio. "Achaste Boromir menos manejável por tua mão, não é?", disse baixinho. "Mas eu, que fui seu pai, digo que ele o teria trazido a mim. Tu és sábio, talvez, Mithrandir, porém com todas as tuas sutilezas não tens a sabedoria toda. É possível encontrar conselhos que não são nem as teias dos magos nem a pressa dos tolos. Neste assunto tenho mais saber e sabedoria do que julgas."

"Então qual é tua sabedoria?", indagou Gandalf.

"O bastante para perceber que duas tolices devem ser evitadas. Usar esse objeto é perigoso. Nesta hora, enviá-lo nas mãos de um pequeno insensato para a terra do próprio Inimigo, como tu e este meu filho fizestem, isso é loucura."

"E o Senhor Denethor teria feito o quê?"

"Nenhuma dessas coisas. Mas, com toda a certeza, por nenhuma razão teria exposto esse objeto a um risco maior que tudo, exceto a esperança de um tolo, arriscando nossa ruína total caso o Inimigo recupere o que perdeu. Não, ele deveria ter sido guardado, oculto, oculto em lugar escuro e profundo. Não usado, digo eu, exceto na mais extrema necessidade, mas posto além do alcance dele, senão por uma vitória tão final que, quando ocorresse, não nos incomodaria, já que estaríamos mortos."

"Como de costume, meu senhor, pensas apenas em Gondor", respondeu Gandalf. "Porém existem outros homens, outras vidas e um tempo ainda vindouro. E quanto a mim, sinto pena até de seus escravos."

"E onde os demais homens buscarão auxílio, se Gondor cair?", retrucou Denethor. "Se eu agora tivesse esse objeto nas fundas abóbadas desta cidadela, não estaríamos tremendo de pavor sob esta treva, temendo o pior, e nossos conselhos não seriam perturbados. Se não confias que eu suporte a prova, ainda não me conheces."

"Ainda assim não confio em ti", disse Gandalf. "Se confiasse, eu poderia ter enviado esse objeto para cá, aos teus cuidados, e poupado a mim e a outros de muita angústia. E agora, ouvindo-te falar, menos confio em ti, não mais que em Boromir. Não, detém tua ira! Nesse assunto não confio nem em mim e recusei esse objeto, mesmo como dádiva entregue livremente. Tu és forte e em alguns casos ainda podes te dominar, Denethor; mas se tivesses recebido esse objeto, ele te teria derrotado. Mesmo que estivesse sepultado sob as raízes de Mindolluin, ainda assim te consumiria a mente, à medida que cresce a treva e se seguem as coisas ainda piores que logo nos assolarão."

Por um momento os olhos de Denethor voltaram a reluzir, encarando Gandalf, e mais uma vez Pippin sentiu a tensão entre suas vontades; mas agora quase parecia que seus olhares eram como lâminas de um olho ao outro, rebrilhando durante a esgrima. Pippin estremeceu, temendo algum golpe terrível. Mas subitamente Denethor relaxou e esfriou outra vez. Deu de ombros.

"Se eu tivesse! Se tu tivesses!", disse ele. "Tais palavras e hipóteses são vãs. Ele foi para a Sombra e só o tempo mostrará que sina o espera e a nós. O tempo não tardará. No que resta, que se unam todos os que combatem o Inimigo à sua maneira, e mantenham a esperança enquanto puderem, e depois da esperança, ainda a intrepidez de morrerem livres." Voltou-se para Faramir. "O que pensas da guarnição em Osgiliath?"

"Não é forte", afirmou Faramir. "Mandei a companhia de Ithilien reforçá-la, como disse."

"Não o bastante, creio", disse Denethor. "É lá que cairá o primeiro golpe. Precisarão de um capitão destemido lá."

"Lá e alhures, em muitos lugares", disse Faramir, suspirando. "Ai de meu irmão, que também eu amava!" Levantou-se. "Posso ter tua licença, pai?" E então balançou e se apoiou na cadeira do pai.

"Estás cansado, vejo", comentou Denethor. "Cavalgaste depressa, longe e sob sombras do mal no ar, ao que me dizem."

"Não falemos disso!", disse Faramir.

"Então não falaremos", assentiu Denethor. "Agora vai e descansa como puderes. A necessidade de amanhã será mais severa."

Então todos se despediram do Senhor da Cidade e foram repousar enquanto ainda podiam. Lá fora a escuridão não tinha estrelas, enquanto Gandalf, com Pippin a seu lado levando uma pequena tocha, caminhava para seu alojamento. Não falaram antes de estarem atrás de portas fechadas. Foi então que Pippin finalmente tomou a mão de Gandalf.

"Conte-me," disse ele, "há alguma esperança? Para Frodo, quero dizer; ou pelo menos principalmente para Frodo."

Gandalf pôs a mão na cabeça de Pippin. "Nunca houve muita esperança", respondeu ele. "Só uma esperança de tolo, como me disseram. E quando ouvi falar de Cirith Ungol…" Parou de falar e deu alguns passos até a janela, como se seus olhos pudessem penetrar a noite do Leste. "Cirith Ungol!", murmurou. "Por que por ali, eu me pergunto?" Virou-se. "Há pouco, Pippin, meu coração quase parou quando ouvi esse nome. Porém, na verdade, creio que há alguma esperança nas notícias que Faramir trouxe. Pois parece evidente que nosso Inimigo finalmente iniciou a guerra e fez o primeiro lance enquanto Frodo ainda estava livre. Agora, portanto, por muitos dias voltará os olhos para cá e para lá, para fora de seu próprio país. Ainda assim, Pippin, sinto de longe sua pressa e seu medo. Ele começou antes do que devia. Aconteceu algo que o instigou."

Gandalf ficou parado em pensamentos por um instante. "Quem sabe", murmurou. "Quem sabe até a sua tolice tenha ajudado, meu rapaz. Deixe-me ver: uns cinco dias atrás ele teria descoberto que derrubamos Saruman e pegamos a Pedra. E daí? Não podíamos usá-la para muita coisa, nem sem ele saber. Ah! Eu me pergunto. Aragorn? Sua hora está chegando. E ele é forte e severo por baixo, Pippin; audacioso, determinado, capaz de seguir seus próprios conselhos e ousar grandes riscos se for preciso. Pode ser isso. Ele pode ter usado a Pedra e se mostrado ao Inimigo, desafiando-o, por esse mesmo motivo. Eu me pergunto. Bem, não havemos de saber a resposta antes que cheguem os Cavaleiros de Rohan, se não chegarem tarde demais. Há dias malignos pela frente. Vamos dormir enquanto podemos!"

"Mas", disse Pippin.

"Mas o quê?", interrompeu-o Gandalf. "Só vou permitir um *mas* esta noite."

"Gollum", continuou Pippin. "Como é que eles podiam estar viajando *com* ele, até seguindo-o? E pude ver que Faramir não gostou do lugar aonde ele os estava levando, nem você tampouco. O que está errado?"

"Não posso responder a isso agora", disse Gandalf. "Mas meu coração imaginava que Frodo e Gollum iriam se encontrar antes do fim. Pelo bem ou pelo mal. Mas de Cirith Ungol não falarei hoje à noite. Traição, traição é o que temo; traição daquela criatura desgraçada. Mas assim tem de ser. Recordemos que um traidor pode trair a si mesmo e fazer um bem que não pretende. Às vezes pode ser assim. Boa noite!"

O dia seguinte veio com uma manhã de penumbra parda, e os corações dos homens, animados por algum tempo com a volta de Faramir, voltaram a se desesperar. As Sombras aladas não foram vistas outra vez naquele dia, mas de tempos em tempos, muito acima da cidade, vinha um grito débil, e muitos que o ouviam paravam atingidos por temor passageiro, enquanto os menos corajosos se acovardavam e choravam.

E Faramir já se fora outra vez. "Não lhe dão descanso", murmuravam alguns. "O Senhor exige demais do filho, e agora ele precisa fazer o serviço de dois, o seu e o daquele que não voltará." E sempre os homens olhavam para o norte, perguntando: "Onde estão os Cavaleiros de Rohan?"

Na verdade, Faramir não partiu por escolha própria. Mas o Senhor da Cidade era mestre de seu Conselho e naquele dia não estava com vontade de se curvar aos outros. Cedo de manhã o Conselho fora convocado. Ali todos os capitães julgaram que, por causa da ameaça no Sul, seu exército era demasiado fraco para desferir algum golpe de guerra por iniciativa própria, a não ser que por acaso os Cavaleiros de Rohan ainda viessem. Enquanto isso, deviam ocupar as muralhas e esperar.

"Porém," disse Denethor, "não deveríamos abandonar à toa as defesas exteriores, o Rammas feito com tão grande labuta. E o Inimigo precisa pagar caro pela travessia do Rio. Essa ele não pode empreender com força suficiente para assaltar a Cidade ao norte de Cair Andros por causa dos pântanos, ou então ao sul, do lado de Lebennin, por causa da largura do Rio, onde são precisos muitos barcos. É em Osgiliath que ele concentrará seu peso, assim como antes, quando Boromir lhe negou travessia."

"Aquilo foi apenas um ensaio", disse Faramir. "Hoje podemos fazer o Inimigo pagar dez vezes nossa perda na travessia, e ainda assim nos arrependermos da troca. Pois ele pode se dar ao luxo de perder um exército mais do que nós podemos perder uma companhia. E a retirada dos que colocamos em campo, longe de nós, será perigosa se ele atravessar com toda a força."

"E quanto a Cair Andros?", indagou o Príncipe. "Essa também precisa ser mantida, se Osgiliath for defendida. Não nos esqueçamos do perigo à nossa esquerda. Os Rohirrim poderão vir, mas poderão não vir. Faramir nos contou de grandes multidões que chegam sempre ao Portão Negro. Mais de uma hoste poderá sair por ali e poderá atacar mais de uma travessia."

"Muita coisa precisa ser arriscada na guerra", disse Denethor. "Cair Andros está guarnecida, e não podemos mandar mais por enquanto. Mas não cederei o Rio e a Pelennor sem combate — não se houver aqui um capitão que ainda tenha coragem para fazer a vontade de seu senhor."

Então todos fizeram silêncio. Mas finalmente Faramir disse: "Não me oponho à tua vontade, senhor. Já que foste privado de Boromir, eu irei e farei o que puder em seu lugar — 'se assim comandares."

"Assim comando", respondeu Denethor.

"Então adeus!", disse Faramir. "Mas, se eu voltar, pensa melhor de mim!"

"Isso depende do modo como voltares", disse Denethor.

Foi Gandalf o último que falou com Faramir antes que este cavalgasse para o leste. "Não desperdices tua vida por temeridade ou amargura", aconselhou ele. "Serás necessário aqui, para outras coisas que não a guerra. Teu pai te ama, Faramir, e se lembrará disso antes do fim. Adeus!"

Assim o Senhor Faramir partira de novo e levara consigo um número de homens dispostos a ir ou que podiam ser dispensados. Nas muralhas, alguns fitavam a cidade arruinada através da treva e perguntavam-se o que acontecia lá, pois nada podia ser visto. E outros, como sempre, olhavam para o norte e contavam as léguas até Théoden em Rohan. "Ele virá? Ele se lembrará de nossa antiga aliança?", questionavam.

"Sim, ele virá," dizia Gandalf, "mesmo que venha tarde demais. Mas pensai! Na melhor hipótese a Flecha Vermelha não lhe terá chegado mais que dois dias atrás, e são longas as milhas desde Edoras."

Anoiteceu outra vez antes que chegassem notícias. Um homem veio cavalgando a toda dos vaus, dizendo que uma hoste saíra de Minas Morgul, já se avizinhava de Osgiliath e se juntara a regimentos do Sul, Haradrim cruéis e altos. "E soubemos", informou o mensageiro, "que o Capitão Negro os lidera outra vez, e o temor dele o precedeu na travessia do Rio."

Com essas palavras de mau agouro terminou o terceiro dia desde que Pippin chegara a Minas Tirith. Poucos foram repousar, pois já ninguém tinha grandes esperanças de que o próprio Faramir pudesse manter os vaus por longo tempo.

No dia seguinte, apesar de a escuridão haver atingido o máximo e não se aprofundar mais, ela estava mais pesada sobre os corações dos homens, e um grande pavor os acometia. Logo voltaram a chegar más notícias. A travessia do Anduin fora conquistada pelo Inimigo. Faramir recuava para a muralha da Pelennor, reunindo seus homens nos Fortes do Passadiço; mas os adversários eram dez vezes mais numerosos.

"Se ele conseguir atravessar a Pelennor de volta, os inimigos estarão em seus calcanhares", disse o mensageiro. "Pagaram caro pela travessia, porém menos caro do que esperávamos. O plano foi bem concebido. Vemos agora que, em segredo, fazia muito tempo que construíam grande número de balsas e barcaças em Osgiliath do Leste. Atravessaram enxameando como besouros. Mas é o Capitão Negro que nos derrota. Poucos permanecem parados, suportando até o alarde de sua vinda. Sua própria gente titubeia diante dele e matar-se-iam a seu comando."

"Então sou mais necessário lá que aqui", concluiu Gandalf, e de imediato partiu a cavalo, e seu reluzir logo desapareceu de vista. E por toda aquela noite, Pippin, só e insone, ficou de pé na muralha fitando o leste.

Os sinos do dia mal haviam voltado a tocar, um escárnio na escuridão sem alívio, quando viu fogos se iluminando ao longe, além dos espaços indistintos onde se erguiam as muralhas da Pelennor. Os vigias deram exclamações em voz alta, e todos os homens da Cidade pegaram em armas. Vez por outra havia um lampejo vermelho, e lentamente, através do ar pesado, podiam-se ouvir ribombos abafados.

"Tomaram a muralha!", exclamavam os homens. "Estão detonando brechas nela. Estão vindo!"

"Onde está Faramir?", exclamou Beregond, aturdido. "Não digais que ele caiu!"

Foi Gandalf quem trouxe as primeiras novas. Com um punhado de cavaleiros, ele chegou no meio da manhã, fazendo escolta de uma fileira de carroças. Estavam repletas de homens feridos, todos os que puderam ser salvos da derrocada dos Fortes do Passadiço. Foi imediatamente ter com Denethor. O Senhor da Cidade estava então sentado em um alto recinto, acima do Salão da Torre Branca, com Pippin a seu lado; e através das janelas turvas, ao norte a ao sul e ao leste, ele espiava com os olhos escuros, como se procurasse perfurar as sombras da sina que o cercavam. Olhava mais para o Norte e às vezes se detinha para escutar, como se graças a alguma antiga arte seus ouvidos conseguissem escutar o trovão dos cascos nas planícies longínquas.

"Faramir veio?", perguntou ele.

"Não", disse Gandalf. "Mas ainda vivia quando o deixei. Porém está decidido a ficar com a retaguarda para que a retirada através da Pelennor não se transforme em debandada. Pode ser que consiga manter seus homens juntos por tempo suficiente, mas duvido. Está empenhado contra um adversário demasiado numeroso. Pois veio alguém que eu temia."

"Não!... O Senhor Sombrio?", exclamou Pippin aterrorizado, esquecendo-se de seu lugar.

Denethor riu com amargor. "Não, ainda não, Mestre Peregrin! Ele não virá senão para triunfar sobre mim quando estiver tudo vencido. Ele usa outros como armas. Assim fazem todos os grandes senhores, se forem sábios, Mestre Pequeno. Ou por que eu haveria de me sentar aqui em minha torre e pensar, observar e esperar, desperdiçando meus próprios filhos? Pois ainda sou capaz de empunhar uma tocha."

Pôs-se de pé e abriu de chofre a longa capa negra, e eis! por baixo trajava cota de malha e estava cingido com uma espada comprida, de grande punho, em bainha de negro e prata. "Assim tenho caminhado e assim já tenho dormido por muitos anos", disse ele, "para que com a idade o corpo não se torne mole e temeroso."

"Porém agora, sob o Senhor de Barad-dûr, o mais cruel de todos os seus capitães já domina tuas muralhas exteriores", continuou Gandalf. "Rei de Angmar muito tempo atrás, Feiticeiro, Espectro-do-Anel, Senhor dos Nazgûl, uma lança de terror na mão de Sauron, sombra de desespero."

"Então, Mithrandir, tiveste um adversário à tua altura", disse Denethor. "Quanto a mim, por muito tempo soube quem é o capitão-mor das hostes da Torre Sombria. Voltaste para dizer apenas isso? Ou será possível que te retiraste porque fostes assoberbado?"

Pippin estremeceu, temendo que Gandalf fosse provocado a uma ira repentina, mas seu temor foi desnecessário. "Poderia ser assim", respondeu Gandalf suavemente. "Mas nossa prova de força ainda não chegou. E, se forem verdadeiras as palavras ditas outrora, ele não cairá pela mão de um homem, e está oculta dos Sábios a sina que o espera. Seja como for, o Capitão do Desespero ainda não força o avanço. Ele domina, isso sim, conforme a sabedoria que acabas de mencionar, da retaguarda, impelindo seus escravos avante em loucura.

"Não, eu vim para proteger os homens feridos que ainda podem ser curados; pois o Rammas foi rompido em toda a parte, e logo a hoste de Morgul entrará em muitos pontos.

E vim mormente para dizer isto. Logo haverá batalhas nos campos. Uma surtida deve ser preparada. Que seja de homens montados. É neles que reside nossa breve esperança, pois de apenas uma coisa o inimigo ainda está mal provido: ele tem poucos cavaleiros."

"E também nós temos poucos. Agora a vinda de Rohan seria no momento crítico", disse Denethor.

"É provável que antes disso vejamos outros recém-chegados", disse Gandalf. "Fugitivos de Cair Andros já nos alcançaram. A ilha caiu. Outro exército veio do Portão Negro, atravessando desde o nordeste."

"Alguns te acusaram, Mithrandir, de te deleitares em trazer más notícias," comentou Denethor, "mas para mim isso não é mais notícia: eu já o sabia ontem antes do cair da noite. Quanto à surtida, eu já pensara nela. Vamos descer."

O tempo passou. Por fim os vigias das muralhas puderam ver o recuo das companhias exteriores. Pequenos bandos de homens exaustos, muitas vezes feridos, vinham à frente sem muita ordem; alguns corriam desordenadamente, como se fossem perseguidos. Para o lado do leste reluziam as fogueiras distantes, e já parecia que aqui e ali elas se arrastavam por cima da planície. Casas e celeiros ardiam. Então, de muitos pontos vieram correndo riachos de chama rubra, serpenteando através da escuridão, convergindo para a linha da larga estrada que levava do Portão da Cidade para Osgiliath.

"O inimigo", murmuravam os homens. "O dique tombou. Aí vem eles, derramando-se através das brechas! E trazem tochas, ao que parece. Onde está nossa gente?"

O anoitecer já se aproximava depressa, e a luz era tão turva que mesmo os homens de visão aguda na Cidadela conseguiam distinguir pouca coisa com clareza nos campos, exceto os incêndios que se multiplicavam cada vez mais e as linhas de fogo que cresciam em comprimento e velocidade. Finalmente, a menos de uma milha da Cidade, tornou-se visível uma massa mais ordeira de homens, marchando, e não correndo, ainda mantendo-se juntos.

Os que vigiavam seguraram a respiração. "Faramir deve estar ali", disseram. "Ele consegue dominar os homens e os animais. Ainda conseguirá."

A retirada principal mal estava a um quarto de milha de distância. Vinda da escuridão mais atrás, galopou uma pequena companhia de homens, tudo o que restava da retaguarda. Mais uma vez deram a volta, acuados, enfrentando as linhas de fogo que chegavam. Então houve de repente um tumulto de gritos violentos. Os cavaleiros do inimigo vieram a toda. As linhas de fogo se tornaram torrentes em fluxo, fileiras e fileiras de Orques portando chamas, e selvagens homens Sulistas com estandartes rubros, gritando em fala áspera, vindo em ondas, alcançando a retirada. E com um grito penetrante desceram do céu turvo as sombras aladas, os Nazgûl, mergulhando para a matança.

A retirada se transformou em debandada. Os homens já se desgarravam, fugindo para cá e para lá desesperados e enlouquecidos, lançando fora as armas, gritando de medo, caindo ao chão.

E então soou uma trombeta da Cidadela, e Denethor finalmente soltou a surtida. Alinhados na sombra do Portão e sob as muralhas que se erguiam do lado de fora, haviam esperado seu sinal: todos os homens montados que restavam na Cidade. Agora saltaram avante, organizaram-se, aceleraram para um galope e atacaram com grande grito. E das muralhas ergueu-se um grito de resposta; pois na dianteira iam a campo os cavaleiros-do-cisne de Dol Amroth, tendo à frente seu Príncipe e seu estandarte azul.

"Amroth por Gondor!", gritavam. "Amroth para Faramir!"

Assolaram o inimigo como um trovão, de ambos os flancos da retirada; mas um cavaleiro os ultrapassou a todos, veloz como o vento na relva: Scadufax o levava, luzente, mais uma vez desvelado, emitindo luz da mão erguida.

Os Nazgûl guincharam e voaram para longe, pois seu Capitão ainda não chegara para desafiar o fogo branco do adversário. As hostes de Morgul, atentas à presa, apanhadas inesperadamente em selvagem carreira, desfizeram-se e se espalharam como fagulhas em um vendaval. Com um grande viva, as companhias exteriores se viraram e golpearam os perseguidores. Os caçadores se tornaram caçados. A retirada se transformou em arremetida. O campo ficou coalhado de orques e homens abatidos, e ergueu-se o fumo das tochas jogadas longe, apagando-se e crepitando em fumaça rodopiante. A cavalaria avançou.

Mas Denethor não permitiu que fossem longe. Apesar de o inimigo ter sido detido, até rechaçado no momento, grandes forças fluíam desde o Leste. A trombeta tocou outra vez, soando em retirada. A cavalaria de Gondor parou. Atrás de seu anteparo, as companhias exteriores reagruparam-se. Então vieram marchando de volta, continuamente. Alcançaram o Portão da Cidade e entraram com passos orgulhosos; e orgulhosamente o povo da Cidade os contemplou e lhes gritou louvores, mas, no entanto, tinham o coração apreensivo. Pois as companhias estavam tristemente reduzidas. Faramir perdera um terço de seus homens. E onde estava ele?

Chegou último de todos. Seus homens entraram. Os cavaleiros montados retornaram e, na retaguarda deles, o estandarte de Dol Amroth e o Príncipe. E trazia nos braços, diante de si no cavalo, o corpo de seu parente Faramir, filho de Denethor, encontrado no campo dos tombados.

"Faramir! Faramir!", gritavam os homens, chorando nas ruas. Mas ele não respondeu, e o levaram subindo pelas curvas da rua até a Cidadela e seu pai. No momento em que os Nazgûl se haviam desviado do ataque do Cavaleiro Branco, veio voando uma seta mortífera, e Faramir, acossando um campeão montado de Harad, caíra por terra. Só a carga de Dol Amroth o salvara das rubras espadas das terras meridionais que o teriam abatido ao jazer ali.

O Príncipe Imrahil levou Faramir à Torre Branca e disse: "Vosso filho voltou, senhor, após grandes feitos", e contou tudo o que vira. Mas Denethor ergueu-se e contemplou o rosto do filho e ficou em silêncio. Então mandou que preparassem um leito no aposento, deitassem Faramir nele e partissem. Mas ele próprio subiu a sós para a sala secreta sob o cume da Torre; e muitos que olharam para lá nesse tempo viram uma luz pálida que brilhou e piscou por alguns momentos nas janelas estreitas e depois se apagou com um lampejo. E quando Denethor voltou a descer, ele foi ter com Faramir; e sentou-se ao lado dele sem falar, mas o semblante do Senhor estava cinzento, mais cadavérico que o do filho.

Assim a Cidade estava finalmente sitiada, cercada por um anel de adversários. O Rammas fora rompido e toda a Pelennor fora abandonada ao Inimigo. A última palavra a chegar de fora das muralhas foi trazida por homens que fugiam ao longo da estrada do norte antes de o Portão se fechar. Eram o resto da guarda que era mantida naquele ponto onde o caminho de Anórien e Rohan alcançava as propriedades rurais. Ingold os liderava, o mesmo que admitira Gandalf e Pippin menos de cinco dias antes, quando o sol ainda nascia e havia esperança na manhã.

"Não há novas dos Rohirrim", disse ele. "Agora Rohan não virá. Ou, se vier, isso de nada nos servirá. A nova hoste de que tivemos notícia chegou primeiro por cima do Rio, pelo caminho de Andros, ao que dizem. São fortes: batalhões de Orques do Olho e incontáveis companhias de Homens de nova espécie que não encontramos antes. Não são altos, e sim largos e carrancudos, barbudos como anões, empunhando grandes machados. Vêm, julgamos nós, de alguma terra selvagem no amplo Leste. Ocupam a estrada para o norte; e muitos penetraram em Anórien. Os Rohirrim não podem vir."

O Portão estava fechado. Por toda a noite os vigias nas muralhas ouviram o alarde dos inimigos que vagueavam do lado de fora, queimando campos e árvores e retalhando qualquer homem que encontrassem à solta, vivo ou morto. O número deles que já atravessara o Rio não podia ser estimado na escuridão, mas quando a manhã, ou sua sombra indistinta, se esgueirou por cima da planície, viu-se que o próprio medo noturno não o exagerara. A planície estava obscurecida por suas companhias em marcha, e até onde os olhos alcançavam, com esforço, na treva brotavam grandes acampamentos de tendas negras ou vermelho-escuras em torno de toda a cidade sitiada, como uma imunda infestação de fungos.

O CERCO DE GONDOR

Laboriosos como formigas, orques apressados cavavam e cavavam linhas de fundas trincheiras em enorme anel, logo além do alcance de um tiro de arco das muralhas; e, à medida que as trincheiras ficavam prontas, cada uma era preenchida com fogo, mas ninguém era capaz de ver como ele era inflamado nem alimentado, por arte ou feitiçaria. Durante todo o dia a labuta avançou, enquanto os homens de Minas Tirith a miravam, incapazes de impedi-la. E, à medida que era completado cada trecho de trincheira, podiam ver grandes carroções que chegavam; e logo ainda mais companhias do inimigo montavam, sempre atrás da proteção de uma trincheira, grandes máquinas lançadoras de projéteis. Nas muralhas da Cidade não havia nenhuma grande o bastante para ter o mesmo alcance ou impedir o trabalho.

De início, os homens riram e não temeram muito esses engenhos. Pois a muralha principal da Cidade era de grande altura e espantosa espessura, construída antes que o poder e a habilidade de Númenor minguassem no exílio; e sua face externa era como a Torre de Orthanc, dura, escura e lisa, inconquistável pelo aço ou pelo fogo, inquebrável exceto por alguma convulsão que dilacerasse a própria terra em que se apoiava.

"Não," diziam, "nem que viesse o próprio Inominável, nem ele poderia aqui penetrar enquanto ainda estamos vivos." Mas alguns respondiam: "Enquanto ainda estamos vivos? Por quanto tempo? Ele tem uma arma que derrubou muitos lugares fortificados desde que o mundo começou. A fome. As estradas estão interrompidas. Rohan não virá."

Mas as máquinas não desperdiçaram disparos na muralha indômita. Não foi um salteador nem um chefe-órquico quem ordenou o ataque ao maior inimigo do Senhor de Mordor. Ele foi guiado por um poder e uma mente de malícia. Assim que as grandes catapultas estavam montadas, com muitos berros e o ranger de cordas e guindastes, elas começaram a lançar projéteis a altura prodigiosa, de modo que estes passavam bem acima das ameias e caíam com estrondo no primeiro círculo da Cidade; e muitos deles, graças a alguma arte secreta, explodiam em chamas ao despencarem do alto.

Logo houve grande perigo de fogo atrás da muralha, e todos os que podiam ser dispensados se afanavam em debelar as chamas que nasciam em muitos lugares. Então, entre os lançamentos maiores, caiu outra saraivada, menos ruinosa, porém mais horrível. Despencou em todas as ruas e vielas por trás do Portão, pequenos mísseis redondos que não queimavam. Mas, quando os homens correram para descobrir o que era, gritaram em alta voz ou choraram. Pois o inimigo lançava para dentro da Cidade todas as cabeças dos que haviam tombado em combate em Osgiliath, no Rammas ou nos campos. Eram pavorosas de se ver; pois, apesar de algumas estarem esmagadas e disformes e de algumas terem sido retalhadas com crueldade, muitas ainda tinham feições que se podiam reconhecer, e parecia que haviam morrido dolorosamente; e todas estavam marcadas com o emblema imundo do Olho sem Pálpebra. Mas, por muito que estivessem desfiguradas e desonradas, acontecia com frequência de um homem rever o rosto de alguém que conhecera, que outrora caminhara altivo em armas, lavrara os campos ou chegara cavalgando em dia festivo desde os verdes vales das colinas.

Em vão os homens brandiram os punhos contra os adversários impiedosos que se apinhavam diante do Portão. Estes não se importavam com imprecações nem entendiam as línguas dos homens do ocidente, gritando com vozes rudes como bestas e aves de carniça. Mas logo restavam poucos em Minas Tirith que tivessem a coragem de desafiar em pé as hostes de Mordor. Pois outra arma ainda tinha o Senhor da Torre Sombria, mais veloz que a fome: pavor e desespero.

Os Nazgûl voltaram, e, à medida que seu Senhor Sombrio crescia e avançava seu poderio, as suas vozes, que só lhe expressavam a vontade e a malícia, ficaram repletas de mal e horror. Rodopiavam sempre acima da Cidade, como abutres que esperam seu quinhão da carne dos homens condenados. Voavam fora da visão e fora do alcance das armas, e, no entanto, estavam sempre presentes, e suas vozes mortíferas fendiam o ar. Tornavam-se mais insuportáveis, não menos, a cada novo grito. Por fim, mesmo os corajosos se lançavam ao chão quando a ameaça oculta passava acima deles, ou mantinham-se de pé,

O CERCO DE GONDOR

deixando as armas caírem das mãos insensíveis enquanto as mentes eram invadidas por um negror, e não pensavam mais em guerra; apenas na morte e em se esconderem e se arrastarem.

Durante todo aquele dia negro Faramir jazeu no leito, no recinto da Torre Branca, vagando em febre desesperada; alguns diziam que estava à morte, e logo todos diziam "à morte" nas muralhas e nas ruas. E seu pai estava sentado junto dele e nada dizia, mas vigiava e não dava mais atenção à defesa.

Pippin não conhecera horas tão obscuras, nem mesmo nas garras dos Uruk-hai. Era seu dever servir ao Senhor, e ele o serviu, aparentemente esquecido, de pé junto à porta do recinto às escuras, dominando seus próprios temores do melhor modo que podia. E, enquanto observava, pareceu-lhe que Denethor envelhecia diante de seus olhos, como se algo se tivesse rompido em sua vontade altiva, e sua mente severa tivesse sido derrotada. Talvez o pesar tivesse produzido isso, e o remorso. Viu lágrimas naquele semblante outrora isento de lágrimas, mais insuportáveis que a ira.

"Não choreis, senhor", gaguejou ele. "Quem sabe ele melhore. Perguntastes a Gandalf?"

"Não me consoles com magos!", disse Denethor. "A esperança de tolo fracassou. O Inimigo o encontrou, e agora seu poder cresce; ele vê até nossos pensamentos, e tudo o que fazemos é ruinoso.

"Mandei meu filho partir, sem gratidão, sem bênção, para o perigo desnecessário, e aqui ele jaz com veneno nas veias. Não, não, não importa o que aconteça agora na guerra, também minha linhagem está chegando ao fim, a própria Casa dos Regentes fracassou. Gente mesquinha há de governar o último resquício dos Reis dos Homens, espreitando nas colinas até que sejam todos desentocados."

Chegaram homens à porta clamando pelo Senhor da Cidade. "Não, não descerei", disse ele. "Devo ficar junto de meu filho. Ele poderá ainda falar antes do fim. Mas este está próximo. Segui a quem quiserdes, mesmo o Tolo Cinzento, apesar de a esperança dele ter fracassado. Aqui fico eu."

Assim foi que Gandalf assumiu o comando da última defesa da Cidade de Gondor. Aonde ele chegava, os corações dos homens se reanimavam, e as sombras aladas saíam da lembrança. Ele caminhava incansável da Cidadela ao Portão, do norte ao sul pela muralha; e com ele ia o Príncipe de Dol Amroth em sua malha reluzente. Pois ele e seus cavaleiros ainda se consideravam senhores em quem a raça de Númenor permanecia inalterada. Os que os viam sussurravam, dizendo: "É possível que as velhas histórias digam a verdade; há sangue-élfico nas veias dessa gente, pois o povo de Nimrodel já habitou naquela terra muito tempo atrás." E então um deles cantava, em meio à treva, alguns versos da Balada de Nimrodel, ou outras canções do Vale do Anduin de anos desaparecidos.

E, no entanto, depois que passavam, as sombras se abatiam outra vez sobre os homens, e seus corações esfriavam, e a valentia de Gondor murchava em cinzas. E assim, lentamente, passaram de um dia turvo de temores para a escuridão de uma noite desesperançada. As fogueiras já ardiam incontroladas no primeiro círculo da Cidade e a guarnição na muralha externa já estava isolada do recuo em muitos locais. Mas os fiéis que ali restavam em seus postos eram poucos; a maioria fugira para além do segundo portão.

Muito atrás da batalha, o Rio fora rapidamente transposto por pontes, e por todo o dia mais tropas e equipamentos de guerra se derramaram de uma margem para a outra. Agora, finalmente, no meio da noite, o assalto foi desencadeado. A vanguarda atravessou as trincheiras de fogo por muitas trilhas tortuosas que haviam sido deixadas entre elas. Vinham vindo, negligenciando as perdas ao se aproximarem, ainda agrupados e tangidos, do alcance dos arqueiros na muralha. Mas de fato ali já restavam muito poucos para que lhes infligissem grandes danos, apesar de a luz das fogueiras revelar vários alvos para arqueiros tão habilidosos quanto os de que Gondor já se vangloriara. Então, percebendo que a valentia da Cidade já estava abatida, o Capitão oculto mostrou sua força. Lentamente as grandes torres-de-cerco construídas em Osgiliath rolaram avante através da treva.

Outra vez vieram mensageiros ao recinto na Torre Branca, e Pippin os deixou entrar, pois eram urgentes. Denethor lentamente desviou a cabeça do rosto de Faramir e olhou-os em silêncio.

"O primeiro círculo da Cidade está em chamas, senhor", disseram eles. "Quais são vossos comandos? Ainda sois Senhor e Regente. Nem todos querem seguir Mithrandir. Os homens fogem das muralhas e as deixam desguarnecidas."

"Por que? Por que os tolos fogem?", indagou Denethor. "Melhor queimar antes que depois, pois devemos queimar. Voltai à vossa fogueira! E eu? Agora irei à minha pira. À minha pira! Nenhuma tumba para Denethor e Faramir. Nenhuma tumba! Nenhum sono longo e lento de morte embalsamada. Queimaremos como reis pagãos antes que a primeira nau aqui chegasse vinda do Oeste. O Oeste fracassou. Voltai e queimai!"

Os mensageiros, sem mesura nem resposta, viraram-se e fugiram.

Então Denethor se ergueu e largou a mão febril de Faramir que estivera segurando. "Está queimando, já queimando", comentou com tristeza. "A casa de seu espírito desmorona." Então, dando um passo lento na direção de Pippin, baixou os olhos para ele.

"Adeus!", disse ele. "Adeus, Peregrin, filho de Paladin! Teu serviço foi breve e agora se avizinha do fim. Dispenso-te do pouco que resta. Vai agora e morre do modo que melhor te parecer. E com quem quiseres, mesmo com aquele amigo cuja loucura te trouxe a esta morte. Manda vir meus serviçais e depois vai. Adeus!"

"Não direi adeus, meu senhor", respondeu Pippin, ajoelhando-se. E então, subitamente hobbitesco outra vez, levantou-se e olhou nos olhos do ancião. "Pedirei vossa licença, senhor", disse ele; "pois quero muito deveras ver Gandalf. Mas ele não é tolo; e não pensarei em morrer antes que ele desespere da vida. Mas de minha palavra e vosso serviço não desejo ser dispensado enquanto vós viverdes. E se enfim chegarem à Cidadela, espero estar aqui e me postar a vosso lado, e quem sabe fazer por merecer as armas que me destes."

"Faze como quiseres, Mestre Pequeno", disse Denethor. "Mas minha vida está rompida. Manda vir meus serviçais!" Tornou a se voltar para Faramir.

Pippin deixou-o e chamou os serviçais, e eles vieram: seis homens da casa, fortes e belos; porém estremeceram diante da convocação. Mas em voz tranquila Denethor mandou que pusessem cobertores quentes no leito de Faramir e o tomassem. Fizeram isso e, erguendo o leito, eles o levaram do recinto. Davam passos lentos para perturbar o menos possível o homem febril, e Denethor, inclinando-se agora em um cajado, os seguiu; e Pippin foi por último.

Caminharam para fora da Torre Branca, como quem vai a um funeral, saindo para a escuridão, onde a nuvem que pairava sobre eles era iluminada por baixo com lampejos de um vermelho indistinto. Sem ruído, passaram pelo grande pátio e, a uma palavra de Denethor, pararam ao lado da Árvore Seca.

Tudo estava em silêncio, exceto pelo alarde de guerra na Cidade lá embaixo, e ouviam a água que gotejava triste dos ramos mortos para a lagoa escura. Então prosseguiram pelo portão da Cidadela, onde a sentinela os encarou ao passarem, pasma e desalentada. Virando para o oeste, chegaram finalmente a uma porta no muro traseiro do sexto círculo. Chamava-se Fen Hollen, pois era sempre mantida fechada, exceto em tempos de cortejos fúnebres, e apenas o Senhor da Cidade podia usar aquele caminho, ou os que portavam o sinal das tumbas e cuidavam das casas dos mortos. Além dela seguia um caminho tortuoso que descia, fazendo muitas curvas, até o terreno estreito sob a sombra do precipício do Mindolluin, onde se erguiam as mansões dos Reis mortos e de seus Regentes.

Um porteiro estava sentado em uma casinha junto ao caminho e, com temor nos olhos, saiu trazendo um lampião na mão. A um comando do Senhor ele destrancou a porta, e ela se moveu para trás em silêncio; e atravessaram-na, tomando-lhe o lampião da mão. Estava escuro na estrada ascendente entre antigos muros e balaústres de muitas colunas que surgiam no facho oscilante do lampião. Seus pés lentos ecoavam enquanto caminhavam para baixo, para baixo, até por fim chegarem à Rua Silente, Rath Dínen, entre pálidas cúpulas, salões vazios e imagens de homens mortos há muito tempo; e entraram na Casa dos Regentes e depuseram sua carga.

Ali Pippin, olhando em volta apreensivo, viu que estava em um amplo recinto abobadado, como que acortinado pelas grandes sombras que o pequeno lampião lançava em suas paredes amortalhadas. E havia, indistintamente visíveis, muitas fileiras de mesas esculpidas em mármore; e sobre cada mesa jazia um vulto adormecido, de mãos postas e cabeça almofadada em pedra. Mas uma mesa próxima erguia-se larga e livre. A um sinal de Denethor, deitaram nela Faramir e seu pai lado a lado, e cobriram-nos com uma mesma coberta, e então pararam de cabeça baixa, como enlutados junto a um leito de morte. Então Denethor falou em voz baixa.

"Aqui esperaremos", disse ele. "Mas não mandeis vir os embalsamadores. Trazei-nos madeira que queime depressa, e colocai-a em toda a nossa volta, e por baixo; e derramai óleo nela. E, quando eu vos mandar, lançai nela uma tocha. Fazei isso e não me faleis mais. Adeus!"

"Com vossa licença, senhor!", disse Pippin, e virou-se e fugiu aterrado da casa mortal. "Pobre Faramir!", pensou. "Preciso encontrar Gandalf. Pobre Faramir! É bem provável que precise mais de remédio que de lágrimas. Oh, onde posso encontrar Gandalf? No lugar de maior atividade, suponho; e ele não terá tempo a perder com moribundos ou loucos."

À porta, voltou-se para um dos serviçais que lá tinham ficado vigiando. "Teu mestre está fora de si", disse ele. "Vai devagar! Não tragas fogo a este lugar enquanto Faramir vive! Não faças nada enquanto Gandalf não vier!"

"Quem é o mestre de Minas Tirith?", respondeu o homem. "O Senhor Denethor ou o Errante Cinzento?"

"O Errante Cinzento ou ninguém, ao que parece", disse Pippin e correu de volta, subindo pelo caminho tortuoso tão depressa quanto seus pés conseguiam levá-lo, passando pelo porteiro espantado, saindo pela porta e avante até chegar próximo ao portão da Cidadela. Foi saudado pela sentinela quando passou e reconheceu a voz de Beregond.

"Aonde corres, Mestre Peregrin?", exclamou ele.

"Encontrar Mithrandir", respondeu Pippin.

"As missões do Senhor são urgentes e não deveriam ser impedidas por mim", disse Beregond; "mas conta-me depressa se puderes: o que acontece? Aonde foi meu Senhor? Acabo de assumir o plantão, mas ouvi que ele passou rumo à Porta Fechada e que diante dele estavam homens carregando Faramir."

"Sim," disse Pippin, "para a Rua Silente."

Beregond baixou a cabeça para esconder as lágrimas. "Disseram que estava à morte," suspirou, "e agora ele morreu."

"Não," corrigiu-o Pippin, "ainda não. E mesmo agora sua morte pode ser evitada, creio. Mas o Senhor da Cidade, Beregond, caiu antes que sua cidade fosse tomada. Parece condenado e é perigoso." Contou rapidamente das estranhas palavras e dos estranhos feitos de Denethor. "Preciso encontrar Gandalf imediatamente."

"Então precisas descer até a batalha."

"Eu sei. O Senhor me deu permissão. Mas Beregond, se puderes, faze alguma coisa para evitar que aconteça algo pavoroso."

"O Senhor não permite que os que trajam negro e prata deixem seus postos por qualquer causa, exceto por seu próprio comando."

"Bem, tens de escolher entre as ordens e a vida de Faramir", disse Pippin. "E quanto às ordens, creio que tens de lidar com um louco, não um senhor. Tenho de correr. Voltarei se puder."

Saiu correndo, descendo, descendo para a cidade externa. Homens que fugiam do incêndio passavam por ele, e alguns, vendo sua libré, viravam-se e gritavam, mas ele não lhes dava atenção. Finalmente passara pelo Segundo Portão, além do qual grandes fogos saltavam entre as muralhas. Porém tudo parecia estranhamente silencioso. Não se ouvia barulho, nem gritos de combate, nem fragor de armas. Então de repente houve um grito pavoroso, um grande choque e um ribombo grave e ecoante. Forçando-se a avançar contra uma rajada de medo e horror que o sacudia quase até pô-lo de joelhos, Pippin virou uma esquina que dava para a ampla praça por trás do Portão da Cidade. Parou de chofre. Encontrara Gandalf; mas encolheu-se, agachando-se em uma sombra.

O CERCO DE GONDOR

Desde o meio da noite o ataque prosseguira. Os tambores ressoavam. Ao norte e ao sul, uma companhia inimiga depois da outra encostava-se às muralhas. Vieram grandes animais, como casas moventes à luz rubra e incerta, os *mûmakil* do Harad, que arrastavam pelas veredas entre as fogueiras enormes torres e máquinas. Porém, seu Capitão não se importava muito com o que eles faziam nem com quantos poderiam ser mortos: sua finalidade era apenas testar a força da defesa e manter os homens de Gondor ocupados em muitos lugares. Era contra o Portão que ele lançaria seu maior peso. Ele podia ser muito forte, feito de aço e ferro e protegido por torres e bastiões de pedra indômita, porém era a chave, o ponto mais fraco de toda aquela muralha alta e impenetrável.

Os tambores ressoaram mais alto. As fogueiras se ergueram de um salto. Grandes máquinas arrastavam-se através do campo; e no meio estava um imenso aríete, do tamanho de uma árvore da floresta com cem pés de comprimento, balançando em enormes correntes. Por longo tempo vinha sendo forjado nas escuras oficinas de Mordor, e sua hedionda cabeça, fundida em aço negro, era moldada à semelhança de um lobo voraz; feitiços de ruína aderiam a ela. Chamavam-no Grond, em memória do Martelo do Mundo Ínfero de outrora. Grandes animais o puxavam, orques o cercavam e atrás caminhavam trols-das-montanhas para o impelir.

Mas em torno do Portão a resistência ainda era robusta, e ali os cavaleiros de Dol Amroth e os mais valentes da guarnição estavam acuados. Os projéteis e as setas caíam densos; torres de cerco despencavam ou inflamavam-se subitamente como tochas. Diante das muralhas, de ambos os lados do Portão, o chão estava apinhado de destroços e dos corpos dos mortos; porém, dirigidos como por loucura, mais e mais chegavam.

Grond arrastava-se avante. Em sua cobertura o fogo não pegava; e, apesar de vez por outra um grande animal que o puxava enlouquecer e espalhar a destruição pisoteando os incontáveis orques que o protegiam, seus corpos eram empurrados para o lado do caminho e outros tomavam seus lugares.

Grond arrastava-se avante. Os tambores ressoavam selvagens. Por cima dos montes de abatidos surgiu uma forma hedionda:

um cavaleiro alto, encapuzado, de capa negra. Lentamente, tripudiando nos caídos, ele avançou sem mais se importar com seta alguma. Parou e ergueu uma longa espada pálida. E, quando o fez, um grande temor se abateu sobre todos, tanto defensores como inimigos; e as mãos dos homens lhes caíram dos lados, e nenhum arco cantou. Por um momento estava tudo em silêncio.

Os tambores ressoavam e chocalhavam. Com vasto ímpeto, Grond foi lançado à frente por mãos enormes. Alcançou o Portão. Oscilou. Um ribombo grave percorreu a Cidade como um trovão que corre pelas nuvens. Mas as portas de ferro e os postes de aço resistiram ao golpe.

Então o Capitão Negro se ergueu nos estribos e gritou em voz alta e terrível, pronunciando em língua olvidada palavras de poder e terror para dilacerar o coração e a rocha.

Três vezes gritou. Três vezes o grande aríete bateu. E de súbito, no último golpe, o Portão de Gondor se rompeu. Como se fosse atingido por um feitiço explosivo, ele se desfez: houve um lampejo de relâmpago crestante, e as portas despencaram ao chão em fragmentos estilhaçados.

Para dentro cavalgou o Senhor dos Nazgûl. Erguia-se como grande vulto negro diante dos fogos mais além, inchado a vasta ameaça de desespero. Para dentro cavalgou o Senhor dos Nazgûl, por baixo do arco que nenhum inimigo jamais atravessara, e todos fugiram na presença de seu semblante.

Todos menos um. Ali, esperando, silencioso e imóvel no espaço diante do Portão, assentava-se Gandalf em Scadufax: Scadufax, único dentre os cavalos livres da terra capaz de suportar o terror, sem se mover, firme como uma imagem esculpida em Rath Dínen.

"Não podes entrar aqui", disse Gandalf, e a imensa sombra parou. "Volta ao abismo que te foi preparado! Volta! Cai no nada que espera a ti e a teu Mestre. Vai!"

O Cavaleiro Negro jogou o capuz para trás, e eis! ele tinha uma coroa régia; porém ela não estava posta em cabeça visível. Os fogos rubros luziam entre ela e os ombros encapotados, vastos e escuros. De uma boca invisível veio um riso mortífero.

"Velho tolo!", disse ele. "Velho tolo! Esta é minha hora. Não conheces a Morte quando a vês? Morre agora e impreca em vão!" E com essas palavras ergueu alto a espada, e chamas desceram fluindo pela lâmina.

Gandalf não se moveu. E naquele mesmo momento, muito atrás, em algum pátio da Cidade, um galo cantou. Seu canto era estridente e nítido, não se importando com feitiçaria nem guerra, apenas dando as boas-vindas à manhã que, no firmamento muito acima das sombras da morte, chegava com a aurora.

E, como que em resposta, de muito longe veio outra nota. Trompas, trompas, trompas. Ecoavam opacas nos escuros flancos do Mindolluin. Grandes trompas do Norte soando incontidas. Rohan chegara enfim.

5

A Cavalgada dos Rohirrim

Estava escuro, e Merry nada podia ver, deitado no chão enrolado em um cobertor; mas, apesar de a noite estar isenta de ar e de vento, em toda a sua volta árvores ocultas suspiravam baixinho. Ergueu a cabeça. Então ouviu de novo: um som como de tambores débeis nas colinas e nos degraus montanheses cobertos de matas. A vibração cessava de repente e depois era retomada em algum outro ponto, ora mais perto, ora mais distante. Perguntou-se se os vigias a escutavam.

Não podia vê-las, mas sabia que em toda a volta estavam as companhias dos Rohirrim. Podia cheirar os cavalos no escuro e podia ouvir seus movimentos e seu pisoteio no chão coberto de agulhas de pinheiro. A hoste estava temporariamente acampada nos pinheirais que se agrupavam em torno do Farol de Eilenach, uma alta colina que se erguia das longas cristas da Floresta Drúadan, situada ao lado da grande estrada em Anórien do Leste.

Por muito que estivesse cansado, Merry não conseguia dormir. Já cavalgara por quatro dias a fio, e a escuridão que se tornava cada vez mais profunda lhe havia lentamente deprimido o coração. Começava a se perguntar por que estivera tão ansioso por vir, quando lhe foram dadas todas as desculpas, até o comando de seu senhor, para ficar para trás. Perguntava-se também se o velho Rei sabia que tinha sido desobedecido e estava irado. Talvez não. Parecia haver algum tipo de combinação entre Dernhelm e Elfhelm, o Marechal que comandava o *éored* em que cavalgavam. Ele e todos os seus homens ignoravam Merry e fingiam não ouvir quando ele falava. Poderia ser apenas mais um saco que Dernhelm carregava. Dernhelm não era consolo:

ele nunca falava com ninguém. Merry sentia-se pequeno, desprezado e solitário. Agora o tempo era de ansiedade, e a hoste estava em perigo. Estavam a menos de um dia de cavalgada das muralhas exteriores de Minas Tirith que cercavam as propriedades rurais. Batedores haviam sido mandados à frente. Alguns não tinham voltado. Outros, retornando às pressas, haviam relatado que a estrada estava ocupada por grande número de adversários. Uma hoste do inimigo estava acampada nela, três milhas a oeste de Amon Dîn, e certo número de homens já avançava pela estrada e não estava a mais de três léguas de distância. Orques vagavam nas colinas e matas à beira da estrada. O rei e Éomer fizeram conselho durante as vigias noturnas.

Merry queria alguém com quem falar e pensava em Pippin. Mas isso só aumentava sua inquietação. Pobre Pippin, encerrado na grande cidade de pedra, solitário e com medo. Merry desejava ser um Cavaleiro alto como Éomer, capaz de tocar trompa ou coisa assim, e ir salvá-lo a galope. Sentou-se, escutando os tambores que tocavam outra vez, agora mais perto. Em seguida ouviu vozes falando baixo e viu lampiões indistintos, meio tapados, que passavam através das árvores. Os homens próximos começavam a se mexer inquietos na escuridão.

Um vulto alto surgiu e tropeçou nele, maldizendo as raízes das árvores. Reconheceu a voz de Elfhelm, o Marechal.

"Não sou raiz de árvore, Senhor," disse ele, "nem um saco, mas sim um hobbit contundido. Como desculpa, o mínimo que podeis fazer é contar-me o que está acontecendo."

"Qualquer coisa que consiga acontecer nesta treva diabólica", respondeu Elfhelm. "Mas meu senhor manda dizer que devemos nos manter alertas: poderão vir ordens para um movimento repentino."

"Então o inimigo está chegando?", perguntou Merry, ansioso. "Esses são os tambores deles? Comecei a pensar que os estava imaginando, visto que ninguém mais parecia percebê-los."

"Não, não," disse Elfhelm, "o inimigo está na estrada, não nas colinas. Ouves os Woses, os Homens Selvagens das Matas: assim eles conversam de longe. Ainda assombram a Floresta Drúadan, ao que dizem. São resquícios de um tempo mais antigo, vivendo em pequeno número e em segredo, selvagens e cautelosos como as feras. Não vão à guerra com Gondor nem com a Marca; mas agora estão perturbados pela escuridão e pela vinda dos orques: temem que estejam voltando os Anos Sombrios, como parece bem provável. Sejamos gratos por não estarem caçando a nós: pois usam flechas envenenadas, ao que se diz, e são incomparavelmente hábeis nas matas. Mas ofereceram seus serviços a Théoden. Agora mesmo um dos seus chefes está sendo conduzido ao rei. Ali vão as luzes. Só isso ouvi, porém nada mais. E agora preciso ocupar-me dos comandos de meu senhor. Embale-se, Mestre Saco!" Desapareceu nas sombras.

Merry não gostava dessa fala de homens selvagens e setas envenenadas, mas muito além disso, um grande fardo de temor pesava sobre ele. Esperar era insuportável. Ansiava por saber o que estava por acontecer. Levantou-se e logo estava caminhando com cautela, em busca do último lampião, antes que este sumisse entre as árvores.

Chegou finalmente a um espaço aberto onde uma pequena tenda para o rei fora montada sob uma grande árvore. Um grande lampião, coberto na parte superior, pendia de um ramo e lançava um pálido círculo de luz abaixo de si. Ali estavam sentados Théoden e Éomer e, diante deles, no chão, sentava-se um estranho vulto humano atarracado, nodoso como uma velha pedra, e os pelos de sua barba rala se dispersavam como musgo seco em seu queixo cheio de rugas. Tinha pernas curtas e braços gordos, era largo e entroncado, e estava vestido somente de capim em torno da cintura. Merry sentiu que o vira antes em algum lugar e subitamente lembrou-se dos Homens-Púkel do Fano-da-Colina. Ali estava uma daquelas antigas imagens que adquirira vida, ou quem sabe uma criatura que descendia em linhagem direta, através dos anos infindáveis, dos modelos usados muito tempo antes pelos artífices olvidados.

Tudo estava em silêncio enquanto Merry engatinhou mais para perto, e então o Homem Selvagem começou a falar, ao que parecia respondendo a alguma pergunta. Sua voz era grave e gutural, mas para surpresa de Merry, ele se expressava na fala comum, porém de modo hesitante, e palavras pouco costumeiras estavam misturadas a ela.

"Não, pai dos Homens-dos-cavalos," disse ele, "não lutamos. Caçamos só. Matamos *gorgûn* na mata, odiamos povo-órquico. Vocês odeiam *gorgûn* também. Nós ajudamos como podemos. Homens Selvagens têm orelhas longas e olhos longos; conhecem todas as trilhas. Homens Selvagens vivem aqui antes das Casas-de-pedra; antes de virem os Homens Altos pela Água."

"Mas necessitamos de auxílio na batalha", disse Éomer. "Como tu e teu povo nos ajudarão?"

"Trazemos notícias", respondeu o Homem Selvagem. "Nós observamos das colinas. Nós escalamos montanha grande e olhamos para baixo. Cidade-de-pedra está fechada. Fogo queima lá do lado de fora; agora dentro também. Vocês querem chegar lá? Então precisam ser rápidos. Mas *gorgûn* e homens de muito longe", abanou um braço curto e nodoso para o leste, "sentam na estrada dos cavalos. Muitos mesmo, mais que Homens-dos-cavalos."

"Como sabes disso?", indagou Éomer.

O rosto chato e os olhos escuros do ancião nada demonstravam, mas sua voz estava aborrecida de desagrado. "Homens Selvagens são selvagens, livres, mas não crianças", respondeu ele. "Eu sou grande chefe Ghân-buri-Ghân. Eu conto muitas coisas: estrelas no céu, folhas nas árvores, homens no escuro. Vocês têm uma vintena de vintenas contadas dez vezes e cinco. Eles têm mais. Grande luta, e quem vai vencer? E muitos mais andam em redor dos muros das Casas-de-pedra."

"Ai de nós! Ele fala com demasiada sagacidade", disse Théoden. "E nossos batedores dizem que eles abriram trincheiras e puseram estacas bloqueando a estrada. Não podemos varrê-los em um assalto súbito."

"Porém precisamos nos apressar muito", disse Éomer. "Mundburg arde em fogo!"

"Deixe Ghân-buri-Ghân terminar!", exclamou o Homem Selvagem. "Mais de uma estrada ele conhece. Vai levar vocês por estrada onde não tem covas, não andam *gorgûn*, só Homens Selvagens e bichos. Muitas trilhas foram feitas quando

Povo das Casas-de-pedra era mais forte. Trinchavam colinas como caçadores trincham carne de animais. Homens Selvagens pensam que eles comiam pedra. Atravessaram Drúadan para Rimmon com grandes carroças. Não vão mais. Estrada está esquecida, mas não pelos Homens Selvagens. Por cima do morro e por trás do morro ela ainda está embaixo do capim e da árvore, ali atrás de Rimmon, descendo para Dîn e no fim voltando pra estrada dos Homens-dos-cavalos. Homens Selvagens vão mostrar para vocês essa estrada. Então vocês vão matar *gorgûn* e expulsar o escuro ruim com ferro brilhante, e Homens Selvagens podem voltar a dormir nas matas selvagens."

Éomer e o rei conversaram em seu próprio idioma. Por fim, Théoden voltou-se para o Homem Selvagem. "Aceitaremos tua oferta", disse ele. "Pois, apesar de deixarmos para trás uma hoste de inimigos, o que importa? Se a Cidade-de-pedra cair, então não teremos retorno. Se for salva, então a própria hoste-órquica estará isolada. Se fores fiel, Ghân-buri-Ghân, então te daremos rica recompensa, e hás de ter a amizade da Marca para sempre."

"Homens mortos não são amigos dos vivos e não dão presentes para eles", disse o Homem Selvagem. "Mas, se vocês viverem depois da Escuridão, deixem os Homens Selvagens sozinhos na mata e não cacem mais eles como animais. Ghân-buri-Ghân não vai levar vocês pra armadilha. Ele mesmo vai com pai dos Homens-dos-cavalos e, se conduzir vocês errado, vocês vão matar ele."

"Assim seja!", assentiu Théoden.

"Quanto tempo levará para contornar o inimigo e voltar à estrada?", perguntou Éomer. "Teremos de andar a passo se nos conduzires; e não duvido de que seja estreito o caminho."

"Homens Selvagens andam depressa a pé", disse Ghân. "Caminho tem largura para quatro cavalos no Vale das Carroças-de-pedra ali adiante", abanou a mão na direção do sul; "mas estreito no começo e no fim. Homem Selvagem pode andar daqui até Dîn entre o nascer do sol e o meio-dia."

"Então temos de supor pelo menos sete horas para os líderes", disse Éomer; "mas precisamos calcular melhor, cerca de dez horas para todos. Fatos imprevistos podem nos impedir, e se nossa hoste estiver toda estendida levará tempo para pô-la em ordem quando sairmos das colinas. Qual a hora agora?"

"Quem sabe?", disse Théoden. "Agora é tudo noite."

"Está tudo escuro, mas nem tudo é noite", comentou Ghân. "Quando Sol vem nós sentimos ela, mesmo quando está escondida. Ela já sobe por cima das montanhas do Leste. É a abertura do dia nos campos do céu."

"Então devemos partir o quanto antes", concluiu Éomer. "Mesmo assim, não podemos esperar prestar auxílio a Gondor hoje."

Merry não esperou para ouvir mais, mas escapuliu para se aprontar para a convocação de marcha. Aquela era a última etapa antes da batalha. Não lhe parecia provável que muitos deles sobrevivessem a ela. Mas pensou em Pippin, nas chamas em Minas Tirith e reprimiu seu próprio temor.

Naquele dia correu tudo bem, e nem enxergaram nem ouviram o inimigo que esperasse para emboscá-los. Os Homens Selvagens tinham enviado um anteparo de caçadores alertas para que nenhum orque nem espião vagante soubesse dos movimentos nas colinas. A luz estava mais apagada que nunca enquanto se avizinhavam da cidade assediada, e os Cavaleiros passavam em longas filas como sombras obscuras de homens e cavalos. Cada companhia era guiada por um silvícola selvagem; mas o velho Ghân caminhava ao lado do rei. A partida fora mais lenta do que o esperado, pois levara tempo para os Cavaleiros, caminhando e conduzindo as montarias, encontrarem trilhas através das cristas densamente arborizadas atrás do acampamento, descendo para o oculto Vale das Carroças-de-pedra. Era tardinha quando os líderes chegaram a amplos matagais cinzentos que se estendiam além do lado leste de Amon Dîn e encobriam uma grande lacuna na linha de colinas que corria para o leste e oeste, de Nardol a Dîn. Muito tempo atrás, a esquecida estrada de carroças passara através da lacuna, descendo de volta para o caminho principal para montarias que vinha da Cidade através de Anórien; mas agora, por muitas vidas humanas as árvores a haviam dominado, e ela desaparecera, quebrada e sepultada sob as folhas de incontados anos. Mas os matagais ofereciam aos Cavaleiros sua última chance de cobertura antes de entrarem em combate aberto; pois além deles estendiam-se a estrada e as planícies do Anduin, enquanto que ao leste e ao sul as encostas eram nuas e rochosas, onde as colinas retorcidas se reuniam e se erguiam, um baluarte após o outro, na grande massa e contrafortes de Mindolluin.

A companhia de vanguarda parou, e, à medida que os que vinham atrás saíam enfileirados da concavidade do Vale das Carroças-de-pedra, espalhavam-se e se dirigiam a locais de acampamento sob as árvores cinzentas. O rei convocou os capitães a um conselho. Éomer despachou batedores para espionarem a estrada; mas o velho Ghân sacudiu a cabeça.

"Não é bom mandar Homens-dos-cavalos", disse ele. "Homens Selvagens já viram tudo que pode ser visto no ar ruim. Eles vêm logo e falam comigo aqui."

Os capitães vieram; e então saíram das árvores, rastejando com cuidado, outros vultos-púkel, tão semelhantes ao velho Ghân, que Merry mal conseguia distingui-los uns dos outros. Falaram com Ghân em uma língua estranha e gutural.

Por fim Ghân voltou-se para o rei. "Homens Selvagens dizem muitas coisas", comentou ele. "Primeiro, tenham cuidado! Ainda muitos homens no acampamento além de Dîn, a uma hora de caminhada daqui", agitou o braço para o oeste, na direção do farol negro. "Mas nenhum para ver daqui até os muros novos do Povo-de-pedra. Muitos ocupados lá. Muros não resistem mais; *gorgûn* derrubam eles com trovão da terra e com maças de ferro preto. São descuidados e não olham em volta. Pensam que os amigos deles vigiam todas as estradas!" Com essas palavras, Ghân fez um curioso ruído gorgolejante, e parecia que estava rindo.

"Boas novas!", exclamou Éomer. "Mesmo nesta treva a esperança volta a luzir. Os artifícios de nosso Inimigo muitas vezes nos servem, a despeito dele. A própria escuridão maldita nos encobriu. E agora, ansiando por destruir Gondor e derrubá-la pedra por pedra, seus orques removeram meu maior temor. A muralha externa poderia ser defendida contra nós por muito tempo. Agora poderemos atravessá-la a toda velocidade — uma vez que cheguemos até lá."

"Mais uma vez te agradeço, Ghân-buri-Ghân das matas", disse Théoden. "A boa sorte vos acompanhe pelas notícias e pela orientação!"

"Matem *gorgûn*! Matem povo-órquico! Nenhuma outra palavra agrada aos Homens Selvagens", respondeu Ghân. "Expulsem ar ruim e escuridão com ferro brilhante!"

"Para fazer essas coisas cavalgamos longe," respondeu o rei, "e havemos de tentá-las. Mas só o amanhã mostrará o que havemos de realizar."

Ghân-buri-Ghân acocorou-se e tocou a terra com a testa calosa em sinal de despedida. Então levantou-se como quem vai partir. Mas de súbito parou, erguendo os olhos como um animal silvestre espantado que fareja um ar estranho. Uma luz se acendeu em seus olhos.

"Vento está mudando!", exclamou ele e, com essas palavras, aparentemente em um piscar de olhos, ele e seus companheiros sumiram nas escuridões para nunca serem vistos outra vez por nenhum Cavaleiro de Rohan. Pouco depois, bem longe no leste, os débeis tambores pulsaram outra vez. Porém nenhum coração de toda a hoste temeu que os Homens Selvagens fossem infiéis, por muito estranhos e desgraciosos que parecessem.

"Não precisamos de mais orientação", disse Elfhelm; "pois há cavaleiros da hoste que percorreram o caminho até Mundburg em dias de paz. Eu sou um deles. Quando chegarmos à estrada, ela se desviará para o sul, e ainda teremos diante de nós sete léguas antes que alcancemos a muralha das propriedades rurais. Ao longo da mor parte desse caminho há muita relva de ambos os lados da estrada. Nesse trecho os mensageiros de Gondor calculavam avançar à maior velocidade. Podemos percorrê-lo depressa e sem grande alarde."

"Então, já que devemos buscar feitos ferozes e a necessidade de toda a nossa força," disse Éomer, "aconselho que repousemos agora e partamos daqui à noite e que, de tal modo acertemos nossa ida, que cheguemos aos campos quando o amanhã estiver tão claro quanto possa estar, ou quando nosso senhor der o sinal."

Com isso o rei assentiu, e os capitães partiram. Mas logo Elfhelm retornou. "Os batedores não encontraram nada a relatar além da Floresta Cinzenta, senhor," informou ele, "exceto por dois homens apenas: dois homens mortos e dois cavalos mortos."

"Bem?", disse Éomer. "E então?"

"Isto, senhor: eram mensageiros de Gondor; um deles era Hirgon, talvez. Pelo menos sua mão ainda apertava a Flecha Vermelha, mas sua cabeça foi decepada. E também isto: pelos sinais parece que fugiam *para o oeste* quando tombaram. Interpreto que encontraram os inimigos já na muralha externa, ou atacando-a, quando voltavam — e isso seria duas noites atrás, se usavam cavalos descansados dos postos, como costumam fazer. Não puderam alcançar a Cidade e retornaram."

"Ai de nós!", exclamou Théoden. "Então Denethor não ouviu notícias de nossa cavalgada e desesperará de nos ver chegar."

"À emergência não aproveita atraso, porém tarde é melhor que nunca", disse Éomer. "E quem sabe neste tempo o velho adágio demonstre ser mais verdadeiro que nunca, desde que os homens falam com suas bocas."

Era noite. De ambos os lados da estrada, a hoste de Rohan se movia em silêncio. Agora a estrada, contornando os contrafortes de Mindolluin, se voltava para o sul. Bem longe, e quase diretamente à frente, havia um brilho vermelho sob o céu negro, e os flancos da grande montanha surgiam escuros diante dele. Aproximavam-se do Rammas da Pelennor, mas o dia ainda não viera.

O rei cavalgava no meio da companhia de vanguarda, com os homens de sua casa em volta dele. O *éored* de Elfhelm vinha a seguir; e agora Merry notou que Dernhelm deixara seu lugar e, na escuridão, movia-se continuamente para a frente, até finalmente cavalgar logo atrás da guarda do rei. Ocorreu uma parada. Merry ouviu vozes na frente, falando baixinho. Haviam voltado batedores que se arriscaram a avançar quase até a muralha. Vieram ter com o rei.

"Há grandes fogueiras, senhor", disse um deles. "A Cidade está toda cercada de chamas, e o campo está repleto de adversários. Mas todos parecem concentrados no assalto. Como bem pudemos imaginar, restam poucos na muralha exterior, e estão desatentos, ocupados com a destruição."

"Vós vos lembrais das palavras do Homem Selvagem, senhor?", disse outro. "Vivo no Descampado aberto em dias de paz; Wídfara é meu nome, e também a mim o ar traz mensagens. O vento já está virando. Do Sul vem um sopro; ele traz uma marcsia, por muito débil que seja. A manhã trará coisas novas. Por cima dos fumos haverá o amanhecer quando atravessardes a muralha."

"Se falas a verdade, Wídfara, então que possas viver além deste dia em anos de bem-aventurança!", disse Théoden. Voltou-se para os homens de sua casa que estavam por perto, e então falou em voz nítida, de forma que também o ouvissem muitos cavaleiros do primeiro *éored*:

"Agora chegou a hora, Cavaleiros da Marca, filhos de Eorl! Inimigos e fogo estão diante de vós, e vossos lares, muito atrás. Porém, por muito que combatais em campo estrangeiro, a glória que ali colherdes há de ser vossa para sempre. Fizestes juras: agora cumpri-as todas, ao senhor, à terra e à liga da amizade!"

Os homens golpearam os escudos com as lanças.

"Éomer, meu filho! Liderarás o primeiro *éored*", disse Théoden; "e ele há de ir atrás do estandarte do rei no centro. Elfhelm, conduz tua companhia à direita quando atravessarmos a muralha. E Grimbold há de conduzir a sua para a esquerda. Que as demais companhias sigam esses três que lideram, como tiverem oportunidade. Golpeai onde quer que o inimigo se reúna. Outros planos não podemos fazer, pois ainda não sabemos como estão as coisas no campo. Avante agora, e não temais a treva!"

A companhia da vanguarda partiu o mais depressa que pôde, pois ainda estava escuro, não importando a mudança que Wídfara prognosticava. Merry cavalgava atrás de Dernhelm, agarrando-se com a mão esquerda enquanto tentava, com a outra, soltar a espada da bainha. Agora sentia amargamente a verdade das palavras do velho rei: "em batalha tal o que farias tu, Meriadoc?" "Apenas isto," pensou, "atrapalhar um cavaleiro, e esperar, na melhor das hipóteses, permanecer sentado e não morrer esmagado por cascos galopantes!"

Não havia mais de uma légua até o lugar onde as muralhas externas se haviam erguido. Logo chegaram ali; demasiado cedo para Merry. Irromperam gritos selvagens, e houve algum choque de armas, mas foi breve. Os orques que estavam ocupados nas muralhas eram poucos e atônitos e foram rapidamente mortos ou expulsos. Diante da ruína do portão norte do Rammas, o rei parou outra vez. O primeiro *éored* dispôs-se atrás dele e em volta dele, de ambos os lados. Dernhelm ficou próximo ao rei, apesar de a companhia de Elfhelm estar mais longe, à direita. Os homens de Grimbold desviaram-se para o lado e contornaram até uma grande lacuna na muralha, mais a leste.

Merry espiava de trás das costas de Dernhelm. Bem longe, talvez a dez milhas ou mais, havia um grande incêndio, mas entre ele e os Cavaleiros ardiam linhas de fogo em um vasto crescente, a menos de uma légua de distância no ponto mais próximo. Pouco mais ele podia distinguir na planície escura e ainda não via esperança de amanhecer e nem sentia vento, alterado ou inalterado.

Agora, em silêncio, a hoste de Rohan avançou para o campo de Gondor, penetrando lenta, mas continuamente, como a maré enchente através de aberturas em um dique que os homens criam ser seguro. Mas a mente e a vontade do Capitão Negro estavam voltadas totalmente para a cidade que caía, e ainda não lhe chegavam notícias alertando-o de que seus desígnios continham alguma falha.

Pouco tempo depois, o rei levou seus homens um pouco mais para o leste, para se postarem entre as fogueiras do cerco e os campos externos. Ainda não os tinham contestado, e ainda Théoden não dava sinal. Por fim ele parou uma vez mais. A Cidade já estava mais próxima. Havia um odor de queima no ar e a própria sombra da morte. Os cavalos estavam inquietos. Mas o rei estava montado em Snawmana, imóvel, contemplando a agonia de Minas Tirith, como que subitamente acometido de angústia ou de temor. Parecia encolher, intimidado pela velhice. O próprio Merry sentia que um grande peso de horror e dúvida se abatera sobre ele. Seu coração batia devagar. O tempo parecia pairar em incerteza. Tinham chegado

A CAVALGADA DOS ROHIRRIM

tarde demais! Tarde demais era pior que nunca! Quem sabe Théoden fosse titubear, inclinar a velha cabeça, virar-se, ir embora furtivamente para se esconder nas colinas.

Então Merry a sentiu finalmente, além da dúvida: uma mudança. O vento soprava em seu rosto! Uma luz rebrilhava. Bem, bem longe no Sul, as nuvens podiam ser vistas indistintamente como vultos cinzentos, rolando, vagando: a manhã estava por trás delas.

Mas naquele mesmo momento veio um lampejo, como se um raio tivesse emergido da terra embaixo da Cidade. Por um segundo crestante ela se ergueu, cegante em preto e branco ao longe, e sua mais alta torre era como uma agulha reluzindo; e então, quando a escuridão se fechou outra vez, veio rolando por cima dos campos um grande *bum*.

Àquele som, a figura curvada do rei subitamente se pôs ereta de um salto. Parecia outra vez alto e orgulhoso; e erguendo-se nos estribos exclamou em alta voz, mais nítida do que alguém dali jamais ouvira um homem mortal pronunciar:

> *À carga, à carga, Cavaleiros de Théoden!*
> *Feros feitos despertam: fogo e matança!*
> *brandindo a lança, batendo o broquel,*
> *dia de combate, dia em brasa, antes do rubor da aurora!*
> *A galope, a galope! Galopem para Gondor!*[A]

Com estas palavras tomou uma grande trompa de Guthláf, portador do seu pendão, e tocou nela um tal toque que ela se partiu em duas. E de pronto todas as trompas da hoste se ergueram em música, e o toque das trompas de Rohan naquela hora foi como uma procela na planície e um trovão nas montanhas.

> *A galope, a galope! Galopem para Gondor!*

Repentinamente o rei deu uma exclamação para Snawmana, e o cavalo partiu em um salto. Atrás dele seu pendão drapejava ao vento, um cavalo branco em campo verde, mas ele corria mais veloz. Após ele vinham trovejando os cavaleiros de sua casa, mas ele estava sempre diante deles. Ali cavalgava Éomer, em cujo elmo a cauda de cavalo branca flutuava de tão veloz, e a frente do primeiro *éored* rugia como um vagalhão que chega espumando à praia, mas Théoden não pôde ser ultrapassado. Parecia destinado à morte, ou a fúria de batalha de seus pais corria em suas veias como fogo novo, e foi carregado por Snawmana como um deus de outrora, como o próprio Oromë, o Grande, na batalha dos Valar, quando o mundo era jovem. Seu escudo dourado estava descoberto, e eis! brilhava como uma imagem do Sol, e a relva se inflamava de verde em torno dos alvos pés de sua montaria. Pois a manhã estava chegando, a manhã e um vento do mar; e a escuridão foi removida, e as hostes de Mordor pranteavam, e o terror se apossou deles, e fugiram, e morreram, e os cascos da ira passaram sobre eles. E então toda a hoste de Rohan irrompeu em canção, e cantavam enquanto abatiam, pois a alegria da batalha estava neles, e o som de seu canto, que era belo e terrível, chegou até a própria Cidade.

6

A Batalha dos Campos de Pelennor

Mas não era um chefe-órquico nem um bandido quem liderava o ataque a Gondor. A treva estava irrompendo cedo demais, antes da data que seu Mestre lhe fixara: a sorte o traíra naquele momento, e o mundo se voltara contra ele; a vitória lhe escapava do alcance no mesmo momento em que ele estendia a mão para agarrá-la. Mas seu braço era longo. Ainda estava no comando, exercendo grandes poderes. Rei, Espectro-do-Anel, Senhor dos Nazgûl, ele tinha muitas armas. Abandonou o Portão e desapareceu.

Théoden, Rei da Marca, alcançara a estrada do Portão ao Rio e voltou-se na direção da Cidade, que já estava a menos de uma milha de distância. Reduziu um pouco sua velocidade, buscando novos inimigos, e seus cavaleiros vieram em seu redor, e Dernhelm estava com eles. À frente, mais perto das muralhas, os homens de Elfhelm estavam no meio das máquinas-de-cerco, retalhando, matando, empurrando os adversários para as covas de fogo. Praticamente toda a metade norte da Pelennor fora invadida, e ali os acampamentos estavam em chamas, os orques fugiam em direção ao Rio como manadas diante dos caçadores; e os Rohirrim iam e vinham o quanto queriam. Mas ainda não tinham derrotado o cerco nem conquistado o Portão. Muitos inimigos estavam postados à frente dele, e na metade oposta da planície havia outras hostes ainda não combatidas. Ao sul, além da estrada, encontrava-se o principal exército dos Haradrim, e ali seus cavaleiros estavam reunidos em torno do estandarte de seu chefe. E ele observou e viu, na luz crescente, o pendão do rei, e viu que este estava muito à frente da batalha, com poucos homens em redor. Então foi tomado de ira rubra, deu um grande grito e, exibindo seu estandarte, uma serpente negra em fundo escarlate, investiu contra o cavalo branco e o verde com grande turba de homens; e o desembainhar das cimitarras dos Sulistas foi como um reluzir de estrelas.

Então Théoden se deu conta dele e não quis esperar por seu assalto, mas gritando para Snawmana arremeteu impetuoso para saudá-lo. Foi grande o choque do seu encontro. Mas a fúria inflamada dos Homens-do-Norte ardeu mais quente, e era mais hábil sua cavalaria com lanças compridas e afiadas. Eram em menor número, mas abriram caminho entre os Sulistas como um raio de fogo em uma floresta. Penetrou no meio da turba Théoden, filho de Thengel, e sua lança se estilhaçou quando ele abateu o chefe deles. Sacou a espada e deu esporas rumo ao estandarte, retalhando o mastro e o portador; e a serpente negra foi a pique. Então todos daquela cavalaria que não tinham sido abatidos deram a volta e fugiram para bem longe.

Mas eis! de súbito, em meio à glória do rei, seu escudo dourado se embaçou. A manhã nova foi obliterada do firmamento. A treva caiu em torno dele. Os cavalos empinaram e relincharam. Os homens lançados da sela jaziam de rastos no chão.

"A mim! A mim!", gritou Théoden. "Sus, Eorlingas! Não temei a escuridão!" Mas Snawmana, incontido de terror, pôs-se de pé, lutando contra o ar, e depois despencou de lado com um grande grito: uma seta negra o transpassara. O rei caiu embaixo dele.

A grande sombra desceu como uma nuvem em queda. E eis! era uma criatura alada: se era ave, era maior que todas as outras aves, e era nua, e não trazia cálamo nem pena, e suas vastas asas eram como redes de couro entre dedos córneos; e tresandava. Talvez fosse uma criatura de um mundo mais antigo, cuja espécie, demorando-se em montanhas olvidadas e frias sob a Lua, vivera além dos seus dias e em ninho hediondo gerara aquela última cria extemporânea, fadada ao mal. E o Senhor Sombrio a tomou e a nutriu com carnes pavorosas até que crescesse além da medida de todos os demais seres voadores; e a deu a seu serviçal para servir de montaria. Veio descendo, descendo, e então, dobrando as redes dos dedos, emitiu um grito crocitante e pousou no corpo de Snawmana, cravando-lhe as garras e arremetendo em seu longo pescoço desprotegido.

Sobre ele estava sentado um vulto de manto negro, enorme e ameaçador. Usava uma coroa de aço, mas entre a borda e o traje não havia nada para ser visto, senão o brilho mortífero dos olhos: o Senhor dos Nazgûl. Retornara ao ar, convocando sua montaria antes que a escuridão se desfizesse, e agora estava de volta, trazendo ruína, transformando a esperança em desespero e a vitória em morte. Empunhava uma grande maça negra.

Mas Théoden não estava totalmente abandonado. Os cavaleiros de sua casa jaziam abatidos ao seu redor, ou então, dominados pela loucura das montarias, tinham sido levados para longe. Porém um ainda estava ali em pé: Dernhelm, o jovem, fiel além do temor; e chorava, pois amara seu senhor como a um pai. Durante toda a investida, Merry fora levado ileso atrás dele, até a chegada da Sombra; e então Windfola os havia derrubado em seu terror, e agora corria selvagem pela planície. Merry engatinhava de quatro como um animal atordoado, e tal era seu horror que estava cego e enfermo.

"Homem do Rei! Homem do Rei!", exclamava o coração dentro dele. "Você precisa ficar com ele. Haveis de ser como um pai para mim, você disse." Mas sua vontade não deu resposta, e seu corpo tremia. Não se atrevia a abrir os olhos ou a erguê-los.

Então, do interior da treva de sua mente, pensou ouvir Dernhelm falando; porém agora a voz parecia estranha, lembrando outra voz que ele conhecera.

"Vai-te, imundo abantesma, senhor da carniça! Deixa os mortos em paz."

Uma voz fria respondeu: "Não te postes entre o Nazgûl e sua presa! Ou ele não te matará por tua vez. Levar-te-á para as casas do lamento, além de toda a treva, onde tua carne há de ser devorada, e tua mirrada mente, deixada nua diante do Olho Sem Pálpebra."

Uma espada tiniu ao ser desembainhada. "Faze o que quiseres; mas eu te impedirei se puder."

"Impedir-me? Tolo que és. Nenhum homem vivente pode impedir-me!"

Então Merry ouviu o mais estranho de todos os sons naquela hora. Parecia que Dernhelm ria, e a voz nítida era como o tinir do aço. "Mas não sou homem vivente! Contemplas uma mulher. Éowyn eu sou, filha de Éomund. Puseste-te entre mim e meu senhor e parente. Vai-te, se não és imortal! Pois, sejas vivente ou obscuro morto-vivo, eu te abaterei se o tocares."

A criatura alada deu-lhe um guincho, mas o Espectro-do-Anel não deu resposta e quedou-se silencioso, como se de repente duvidasse. O próprio espanto conquistou o medo de Merry por um momento. Abriu os olhos, e o negror afastou-se deles. Ali, a alguns passos, estava sentada a grande besta, e tudo parecia escuro ao seu redor, e acima dela surgia o Senhor dos Nazgûl como uma sombra de desespero. Logo à esquerda, de frente para eles, estava de pé aquela a quem chamara Dernhelm. Mas o elmo de seu segredo tombara dela, e seus cabelos luzidios, libertados das amarras, brilhavam com ouro pálido em seus ombros. Seus olhos, cinzentos como o mar, eram duros e ferozes, e, no entanto, havia lágrimas em suas faces. Tinha uma espada na mão e ergueu o escudo contra o horror dos olhos do inimigo.

Era Éowyn e Dernhelm também. Pois lampejou na mente de Merry a lembrança do rosto que vira na partida do Fano-da-Colina: o rosto de quem vai em busca da morte, sem ter esperança. A pena encheu seu coração, e grande pasmo, e de súbito, a coragem lentamente nutrida de sua raça despertou. Apertou o punho. Ela não devia morrer, tão bela, tão desesperada! Ao menos não devia morrer só, sem auxílio.

A face de seu inimigo não estava voltada para ele, mas ainda assim ele mal ousava se mexer, temendo que os olhos mortíferos recaíssem sobre ele. Devagar, devagar, começou a engatinhar para um lado; mas o Capitão Negro, atento à mulher diante dele com dúvida e malícia, não lhe dava mais atenção que a um verme na lama.

De chofre a grande besta bateu as asas hediondas, e o vento delas era imundo. Saltou mais uma vez no ar e então mergulhou veloz sobre Éowyn, guinchando, atacando com o bico e as garras.

Ainda assim ela não titubeou; donzela dos Rohirrim, filha de reis, delgada, mas como lâmina de aço, bela, mas terrível. Desferiu um rápido golpe, hábil e mortal. Cortou em dois o pescoço estendido, e a cabeça decepada caiu como uma pedra. Saltou para trás enquanto o imenso vulto despencava em ruína, com as vastas asas estendidas, amarrotado na terra; e com sua queda a sombra se desfez. Uma luz caiu sobre ela, e seus cabelos brilharam ao nascer do sol.

Dos destroços ergueu-se o Cavaleiro Negro, alto e ameaçador, elevando-se acima dela. Com um grito de ódio que feria os ouvidos como veneno, deixou cair a maça. O escudo dela se desfez em muitos pedaços, e seu braço se quebrou; ela se ergueu sobre os joelhos, titubeante. Ele se inclinou acima dela como uma nuvem, e seus olhos rebrilhavam; ergueu a maça para matar.

Mas de súbito também ele tropeçou para a frente com um grito de intensa dor, e seu golpe errou o alvo, enterrando-se no chão. A espada de Merry o ferira por trás, transpassando o manto negro e, subindo sob a cota de malha, retalhara o tendão atrás do enorme joelho.

"Éowyn! Éowyn!", gritou Merry. Depois, cambaleando, lutando para se levantar, com sua última força ela empurrou a espada entre a coroa e o manto, no momento em que os grandes ombros se inclinavam à sua frente. A espada rompeu-se, cintilando, em muitos fragmentos. A coroa caiu rolando com um tinido. Éowyn caiu para a frente por cima do adversário tombado. Mas eis que o manto e a cota estavam vazios. Agora jaziam informes no chão, dilacerados e em desordem; e um grito ascendeu pelo ar que estremecia e se desfez em um lamento estridente, passando com o vento, uma voz incorpórea e débil que morreu e foi engolida e nunca mais foi ouvida naquela era do mundo.

E ali ficou parado Meriadoc, o hobbit, no meio dos abatidos, piscando como uma coruja à luz do dia, pois as lágrimas o cegavam; e através de uma névoa contemplava a bela cabeça de Éowyn, deitada sem se mover; e contemplou o rosto do rei, tombado em meio à sua glória. Pois Snawmana, em sua agonia, rolara e se afastara dele outra vez; porém foi ele a perdição do dono.

Então Merry se agachou e levantou sua mão para beijá-la, e eis! Théoden abriu os olhos, e estavam límpidos, e falou em voz tranquila, apesar de laboriosa.

"Adeus, Mestre Holbytla!", disse ele. "Meu corpo está rompido. Vou ter com meus pais. E mesmo na possante companhia deles, agora não me envergonharei. Abati a serpente negra. Uma sombria manhã, e um alegre dia, e um dourado ocaso!"

Merry não pôde falar, mas voltou a chorar. "Perdoai-me, senhor," disse ele por fim, "se desobedeci a vosso comando e mesmo assim nada mais fiz a vosso serviço do que chorar em nossa despedida."

O velho rei sorriu. "Não te aflijas! Está perdoado. Um grande coração não se nega. Vive agora em bem-aventurança; e quando estiveres sentado em paz com teu cachimbo pensa em mim! Pois agora nunca hei de me sentar contigo em Meduseld, como prometi, nem ouvir teu saber sobre as ervas." Fechou os olhos, e Merry se inclinou junto a ele. Logo falou outra vez. "Onde está Éomer? Pois meus olhos se obscurecem, e queria vê-lo antes que me vá. Ele deve ser rei depois de mim. E queria mandar uma mensagem a Éowyn. Ela, ela não queria que eu a deixasse, e agora não hei de vê-la de novo, a que me é mais cara que uma filha."

"Senhor, senhor," começou Merry com voz entrecortada, "ela está…"; mas naquele momento houve um grande clamor, e em toda a volta deles soavam cornos e trombetas. Merry olhou em volta: esquecera-se da guerra e de todo o mundo em redor, e pareciam ter passado muitas horas desde que o rei cavalgara para sua queda, porém na verdade era só um breve tempo. Mas agora viu que se arriscavam a ser apanhados no meio da própria grande batalha que logo seria travada.

Novas tropas do inimigo subiam às pressas pela estrada do Rio; e debaixo das muralhas vinham as legiões de Morgul; e dos campos ao sul vinha a infantaria de Harad precedida de cavaleiros, e, atrás deles, erguiam-se os enormes lombos dos *mûmakil* encimados de torres de combate. Mas ao norte, o penacho branco de Éomer liderava a grande frente dos Rohirrim que ele realinhara e organizara; e da Cidade vinha toda a força de homens que nela havia, e o cisne de prata de Dol Amroth era portado na vanguarda, expulsando os inimigos do Portão.

Por um momento o pensamento perpassou a mente de Merry: "Onde está Gandalf? Não está aqui? Ele não poderia ter salvo o rei e Éowyn?" Mas em seguida chegou Éomer cavalgando apressado, e com ele vieram os cavaleiros da casa que ainda estavam vivos e agora haviam dominado as montarias. Olharam pasmados para a carcaça da besta cruel que jazia ali; e suas montarias não quiseram se aproximar. Mas Éomer saltou da sela, e o pesar e o desespero se abateram sobre ele quando veio para o lado do rei e ali parou em silêncio.

Então um dos cavaleiros tomou o estandarte do rei das mãos de Guthláf, o portador que jazia morto, e o ergueu. Lentamente Théoden abriu os olhos. Vendo o estandarte, fez sinal de que fosse dado a Éomer.

"Salve, Rei da Marca!", disse ele. "Cavalga agora à vitória! Dá adeus a Éowyn!" E assim morreu, sem saber que Éowyn jazia junto a ele. E os que estavam em volta choraram, exclamando: "Théoden Rei! Théoden Rei!"

Mas Éomer lhes disse:

> *Sem muito lamento! Magno era o morto,*
> *propício se despede. Ao comporem sua tumba*
> *pranteiam as damas. Adiante, à guerra!*[A]

Porém ele mesmo chorava ao falar. "Que seus cavaleiros fiquem aqui", disse ele, "e levem o corpo do campo com honras para que a batalha não se precipite sobre ele! Sim, e todos estes outros homens do rei que aqui jazem." E olhou para os abatidos, relembrando-lhes os nomes. Então de súbito contemplou sua irmã Éowyn, ali deitada, e a reconheceu. Por um momento ficou imóvel como quem é trespassado, no meio de um grito, por uma flecha no coração; e depois seu rosto empalideceu mortalmente, e uma fria fúria se ergueu nele, de modo que por algum tempo não foi capaz de dizer palavra. Um humor furioso se apossou dele.

"Éowyn, Éowyn!", exclamou enfim. "Éowyn, como chegaste aqui? Que loucura ou feitiçaria é esta? Morte, morte, morte! A morte nos leve a todos!"

Então, sem se aconselhar nem esperar a chegada dos homens da Cidade, meteu as esporas e retornou precipitado à frente da grande hoste, soprou uma trompa e em voz alta ordenou a investida. Sobre o campo ressoava sua voz nítida, gritando: "Morte! Cavalgai, cavalgai à ruína e ao fim do mundo!"

E com isso a hoste começou a se mover. Mas os Rohirrim não cantavam mais. *Morte* foi seu grito, com uma só voz potente e terrível, e, ganhando velocidade como uma grande maré, contornaram o rei tombado e passaram, rugindo rumo ao sul.

E Meriadoc, o hobbit, ainda estava ali, piscando através das lágrimas, e ninguém lhe falava, na verdade, ninguém parecia notá-lo. Afastou as lágrimas com a mão e se agachou para apanhar o escudo verde que Éowyn lhe dera e o pendurou às costas. Então procurou a espada que deixara cair; pois, no instante em que desferira o golpe, seu braço ficara amortecido e agora só podia usar a mão esquerda. E eis! ali estava a arma no chão, mas a lâmina fumegava como um ramo seco que foi lançado ao fogo; e enquanto a observava, ela se contorceu, murchou e se consumiu.

Assim desapareceu a espada das Colinas-dos-túmulos, obra de Ociente. Mas ficaria contente em lhe conhecer a sina aquele que lentamente a forjara muito tempo atrás, no Reino-do-Norte, quando os Dúnedain eram jovens e seu mor inimigo era o temido reino de Angmar e seu rei feiticeiro. Nenhuma outra lâmina, por muito possantes as mãos que a empunhassem, teria infligido àquele adversário uma ferida tão amarga, fendendo a carne morta-viva, rompendo o feitiço que unia à sua vontade os tendões invisíveis.

Então os homens ergueram o rei e, pondo capas sobre hastes de lanças, arranjaram-se para o levar rumo à Cidade; e outros levantaram Éowyn com cuidado e a levaram atrás dele. Mas ainda não podiam retirar do campo os homens da casa do rei; pois sete dos cavaleiros do rei haviam tombado ali, e Déorwine, seu chefe, estava entre eles. Assim, deitaram-nos longe dos adversários e da besta cruel e postaram lanças em torno deles. E mais tarde, quando estava tudo terminado, os homens retornaram, fizeram ali uma fogueira e queimaram a carcaça da besta; mas para Snawmana escavaram um túmulo e plantaram uma pedra onde estava entalhado, nas línguas de Gondor e da Marca:

Ser criado fiel e do dono a ruína
Do filho de Pesperto, Snawmana, foi a sina.[B]

Verde e longa cresceu a relva no Túmulo de Snawmana, mas ficou para sempre negro e nu o solo onde foi queimada a besta.

Agora Merry caminhava do lado dos carregadores, lenta e tristemente, e não deu mais atenção à batalha. Estava exausto e cheio de dor, e seus membros tremiam como se estivessem gelados. Uma grande chuva veio do Mar, e parecia que todas as coisas pranteavam Théoden e Éowyn, extinguindo os fogos da Cidade com lágrimas cinzentas. Foi através de uma névoa que finalmente viu a vanguarda dos homens de Gondor que se aproximavam. Imrahil, Príncipe de Dol Amroth, chegou a cavalo e puxou as rédeas diante deles.

"Que carga trazeis, Homens de Rohan?", exclamou ele.

"Théoden Rei", responderam. "Está morto. Mas Éomer Rei cavalga agora na batalha: o que tem o penacho branco ao vento."

Então o príncipe apeou do cavalo e se ajoelhou junto ao féretro em homenagem ao rei e seu grande ataque; e chorou. E depois, ao levantar-se, olhou para Éowyn e se admirou. "Certamente está aqui uma mulher?", disse ele. "As próprias mulheres dos Rohirrim vieram guerrear em nosso auxílio?"

"Não! Uma apenas", responderam. "É ela a Senhora Éowyn, irmã de Éomer; e nada sabíamos de sua viagem até esta hora e muito a deploramos."

Então o príncipe, vendo sua beleza, por muito que o rosto dela estivesse pálido e frio, tocou-lhe a mão quando se inclinou para olhá-la mais de perto. "Homens de Rohan!", exclamou. "Não há curadores entre vós? Ela está ferida, talvez mortalmente, mas julgo que vive ainda." E pôs diante de seus lábios frios o avambraço polido e lustroso que usava, e eis! uma débil névoa se depositou nele, que mal podia ser vista.

"Agora precisamos nos apressar", disse ele, e mandou um dos seus voltar rapidamente à Cidade em busca de ajuda. Mas ele, fazendo uma profunda mesura ao falecido, despediu-se deles, montou e voltou à batalha.

Agora o combate se tornava furioso nos campos da Pelennor; e o estrépito das armas se erguia para o alto, com os gritos dos homens e o relincho dos cavalos. Soavam cornos e zurravam trombetas, e os *mûmakil* bramiam ao serem incitados à guerra. Sob as muralhas meridionais da Cidade, a infantaria de Gondor se lançava contra as legiões de Morgul que ainda estavam reunidas ali em grande número. Mas os cavaleiros rumaram ao leste para socorrerem Éomer: Húrin, o Alto, Guardião das Chaves e o Senhor de Lossarnach, e Hirluin das Colinas Verdes, e o belo Príncipe Imrahil, cercado de todos os seus ginetes.

Não foi cedo demais que chegaram para ajudar os Rohirrim; pois a sorte se voltara contra Éomer, e sua fúria o traíra. A grande ira de seu ataque derrotara por completo a frente dos inimigos, e grandes cunhas dos seus Cavaleiros haviam atravessado diretamente as fileiras dos Sulistas, desconcertando seus soldados montados e atropelando à ruína sua infantaria. Mas aonde iam os *mûmakil,* os cavalos não se arriscavam, mas titubeavam e se desviavam para longe; e os grandes monstros não eram atacados e estavam postados como torres de defesa, e os Haradrim se reagrupavam em torno deles. E se, ao atacarem os Rohirrim eram em número de um terço apenas dos Haradrim, logo sua situação piorou; pois novas forças já chegavam ao campo, em correnteza, desde Osgiliath. Ali haviam sido reunidas para o saque da Cidade e a violação de Gondor, esperando pelo chamado de seu Capitão. Este agora estava destruído; mas Gothmog, lugar-tenente de Morgul, os lançara no embate; Lestenses com machados, Variags de Khand, Sulistas de escarlate e, do Extremo Harad, homens negros semelhantes a meio-trols, com olhos brancos e línguas rubras. Alguns já aceleravam no encalce dos Rohirrim, outros rumavam ao oeste para deter as forças de Gondor e evitar que se juntassem a Rohan.

A BATALHA DOS CAMPOS DE PELENNOR

Foi mesmo enquanto o dia assim começava a se voltar contra Gondor e sua esperança era hesitante que um novo grito se ergueu na Cidade; era o meio da manhã, e soprava um forte vento, e a chuva voava para o norte, e brilhava o sol. Nesse ar limpo os vigias nas muralhas viram de longe uma nova visão de temor, e a última esperança os abandonou.

Pois o Anduin, desde a curva em Harlond, corria de modo que da Cidade era possível enxergar ao longo dele por algumas léguas, e os que tinham visão longínqua podiam ver as naus que se aproximassem. E, olhando para lá, gritaram de desespero; pois contemplaram, negra diante da correnteza reluzente, uma frota trazida pelo vento: dromundas e naus de grande calado com muitos remos, com velas negras infladas na brisa.

"Os Corsários de Umbar!", exclamavam os homens. "Os Corsários de Umbar! Vede! Os Corsários de Umbar estão vindo! Então Belfalas foi tomada, e o Ethir, e Lebennin se foi. Os Corsários nos atacam! É o último golpe da sina!"

E alguns, desordenadamente, já que não se achava ninguém para comandá-los na Cidade, correram até os sinos e tocaram o alarme; e alguns sopraram as trombetas em sinal de retirada. "Voltai às muralhas!", gritavam. "Voltai às muralhas! Retornai à Cidade antes que sejamos todos avassalados!" Mas o vento que impelia as naus soprava para longe todo o seu clamor.

De fato, os Rohirrim não precisavam de notícias nem de alarme. Eles próprios podiam ver muito bem as velas negras. Pois agora Éomer estava a menos de uma milha do Harlond, e havia grande número dos seus primeiros inimigos entre ele e o porto que ali ficava, enquanto novos adversários vinham em turbilhão atrás deles, isolando-o do Príncipe. Olhou então para o Rio, e a esperança morreu em seu coração, e já chamava de maldito o vento que abençoara. Mas as hostes de Mordor se encorajaram e, repletas de nova ânsia e fúria, iniciaram um ataque aos gritos.

Era severo o humor de Éomer, e sua mente estava clara outra vez. Fez tocarem as trompas para reunir sob seu estandarte todos os homens que ali pudessem chegar; pois pretendia fazer uma grande parede de escudos como último recurso, e aguentar, e ali combater a pé até tombarem todos e fazerem feitos para canções nos campos de Pelennor, nem que não restasse ninguém no Oeste para recordar o último Rei da Marca. Assim, dirigiu-se a um morrinho verde e ali postou o estandarte, e o Cavalo Branco voou ondulando ao vento.

Da dúvida, da treva, dia nascente,
canção entoo ao sol, saco a espada.
Fui da esperança ao fim e ao fundo da coragem:
Agora é raiva que arruina e um rubro anoitecer![C]

Pronunciou esses versos, mas ria enquanto os declamava. Pois outra vez a ânsia do combate o acometera; e ainda estava ileso, era jovem e era rei: o senhor de um povo feroz. E eis! mesmo ao se rir do desespero, espiou novamente as naus negras e ergueu a espada para desafiá-las.

E então foi tomado de pasmo e de grande alegria; e lançou a espada para o alto à luz do sol e cantou quando a apanhou. E todos os olhos seguiram sua vista, e eis! na nau dianteira desfraldou-se um grande estandarte, e o vento o revelou quando a nau se virou para o Harlond. Ali floria uma Árvore Branca, simbolizando Gondor; mas havia Sete Estrelas à sua volta e, acima dela, uma coroa alta, os signos de Elendil que nenhum senhor portara por anos sem conta. E as estrelas chamejavam à luz do sol, pois foram feitas de gemas por Arwen, filha de Elrond; e a coroa era luzente na manhã, pois fora feita de mithril e ouro.

Assim veio Aragorn, filho de Arathorn, Elessar, herdeiro de Isildur, das Sendas dos Mortos, trazido por um vento do Mar ao reino de Gondor; e o contentamento dos Rohirrim era uma torrente de risos e um reluzir de espadas, e o deleite e assombro da Cidade era uma música de trombetas e um retinir de sinos. Mas as hostes de Mordor foram tomadas de perplexidade, e lhes pareceu grande feitiçaria que suas próprias naus estivessem repletas de seus inimigos; e um negro temor se abateu sobre eles, sabendo que as marés do destino se haviam voltado contra eles e que sua sina estava próxima.

Para o leste rumaram os cavaleiros de Dol Amroth, empurrando diante de si os inimigos: homens-trols, Variags e orques que detestavam a luz do sol. Para o sul avançou Éomer, e fugiam diante de sua face, mas eram apanhados entre o martelo e a bigorna. Pois agora saltavam homens das naus, para os cais do Harlond, e se precipitavam ao norte como uma tempestade. Ali vieram Legolas, Gimli, empunhando o machado, Halbarad com o estandarte, Elladan e Elrohir com estrelas na testa e os Dúnedain de duras mãos, Caminheiros do Norte, liderando o mui valoroso povo de Lebennin e de Lamedon, dos feudos do Sul. Mas diante de todos ia Aragorn com a Chama do Oeste, Andúril como fogo recém-inflamado, Narsil reforjada tão mortífera como outrora; e em sua testa estava a Estrela de Elendil.

E assim, finalmente, Éomer e Aragorn se encontraram em meio à batalha, se apoiaram nas espadas, olharam um para o outro e estavam contentes.

"Assim voltamos a nos encontrar, mesmo que todas as hostes de Mordor estivessem entre nós", disse Aragorn. "Não o disse no Forte-da-Trombeta?"

"Assim falaste," respondeu Éomer, "mas com frequência a esperança engana, e eu não sabia então que eras um homem presciente. Mas é duas vezes abençoado o auxílio que não se esperava, e jamais um encontro de amigos foi mais prazenteiro." E apertaram as mãos um do outro. "Nem deveras mais oportuno", disse Éomer. "Não chegaste cedo demais, meu amigo. Muitas perdas e aflições nos acometeram."

"Então vinguemo-las antes de falarmos nelas!", exclamou Aragorn, e voltaram à batalha cavalgando juntos.

Ainda tinham pela frente árduo combate e longa labuta; pois os Sulistas eram homens audazes, severos e ferozes no desespero; e os Lestenses eram fortes e endurecidos pela guerra e não pediam mercê. E assim aqui e ali, junto a herdades ou celeiros queimados, sobre as colinas e os morros, sob os muros ou no campo, eles ainda se ajuntavam e reagrupavam e lutavam até acabar o dia.

Então, por fim, o Sol desceu atrás de Mindolluin e encheu todo o firmamento com um grande incêndio, de modo que as colinas e as montanhas ficaram como que tingidas de sangue;

luzia fogo no Rio, e a relva da Pelennor se estendia rubra ao cair da noite. E naquela hora a grande Batalha do campo de Gondor terminou; e não restou um único inimigo vivo dentro do circuito do Rammas. Foram todos abatidos, exceto os que fugiram para morrer ou se afogar na espuma vermelha do Rio. Poucos chegaram ao leste, em Morgul ou Mordor; e à terra dos Haradrim só chegou um relato de muito longe: um rumor da ira e do terror de Gondor.

Aragorn, Éomer e Imrahil cavalgaram de volta ao Portão da Cidade e já estavam exaustos além da alegria ou do pesar. Os três estavam ilesos, pois tal fora sua fortuna, a habilidade e o poder de suas armas, e deveras poucos tinham ousado enfrentá-los ou encará-los na hora de sua ira. Porém muitos outros haviam sido feridos, mutilados ou mortos no campo. Os machados retalharam Forlong, lutando a sós e desmontado; e tanto Duilin de Morthond quanto seu irmão morreram atropelados quando atacaram os *mûmakil*, trazendo seus arqueiros para perto a fim de atirarem nos olhos dos monstros. Nem Hirluin, o belo, retornaria a Pinnath Gelin, nem Grimbold a Grimslade, nem Halbarad às Terras do Norte, o Caminheiro de duras mãos. Não eram poucos os que haviam tombado, renomados ou anônimos, capitães ou soldados; pois fora uma grande batalha, e nenhuma história contou seu relato completo. Assim, muito tempo depois, um bardo de Rohan disse em sua canção dos Morros de Mundburg:

> *Escuta os cornos que cantam nas colinas,*
> *retinem cimitarras na Terra-do-Sul.*
> *Montados vão à batalha na Petroterra*
> *como aragem na aurora. Terrível é a guerra.*
> *Lá Théoden tomba, Thengling possante,*
> *que ao paço dourado, às campinas doces*
> *nas terras do Norte não torna jamais,*
> *senhor alto da hoste. Harding e Guthláf,*
> *Dúnhere e Déorwine, o intrépido Grimbold,*
> *Herefara e Herubrand, Horn e Fastred,*
> *vão à carga, à queda em campos distantes:*

nos Morros de Mundburg sob o musgo repousam
unidos aos companheiros, senhores de Gondor.
Nem Hirluin, o Belo, aos cabeços da costa,
nem Forlong, o velho, aos vales floridos,
inda a Arnach, à área amada,
tornam em vitória; nem os formidáveis arqueiros,
Derufin e Duilin, às turvas suas águas
amadas de Morthond, dos montes sob a sombra.
A morte na madrugada e na meta do dia
amos ceifa e servos. Seu sono é longo
sob a grama de Gondor junto ao Grande Rio.
Já lívida como lágrimas, límpida prata,
era rubra em rolos e barulho a água:
do sangue era tinta, centelhas ao sol poente;
como flamas de fogo ao fim da tarde os montes;
rubro é o sereno em Rammas Echor.[D]

7

A Pira de Denethor

Quando a sombra obscura se retirou do Portão, Gandalf ainda estava sentado imóvel. Mas Pippin pôs-se de pé, como se um grande peso lhe tivesse sido retirado; e ficou escutando as trompas, pois parecia que lhe romperiam o coração de alegria. E em anos vindouros nunca conseguiu ouvir uma trompa tocada ao longe sem que lhe brotassem lágrimas nos olhos. Mas agora sua missão lhe voltou à lembrança de chofre, e correu para a frente. Naquele momento, Gandalf remexeu-se, falou com Scadufax e estava prestes a partir pelo Portão.

"Gandalf, Gandalf!", exclamou Pippin, e Scadufax parou.

"O que está fazendo aqui?", indagou Gandalf. "Não é lei na Cidade que os que usam negro e prata devem permanecer na Cidadela, a não ser que seu senhor lhes dê permissão?"

"Ele me deu", disse Pippin. "Mandou-me embora. Mas estou com medo. Algo terrível poderá acontecer lá em cima. Creio que o Senhor está enlouquecido. Temo que se mate e mate Faramir também. Você não pode fazer alguma coisa?"

Gandalf olhou através do Portão escancarado e já ouvia nos campos o ruído crescente da batalha. Apertou o punho. "Preciso ir", disse ele. "O Cavaleiro Negro está em campo e ele ainda nos arruinará. Não tenho tempo."

"Mas Faramir!", exclamou Pippin. "Ele não está morto, mas vão queimá-lo vivo se alguém não os detiver."

"Queimá-lo vivo?", disse Gandalf. "Que história é essa? Seja breve!"

"Denethor foi às Tumbas," disse Pippin, "levou Faramir e diz que todos teremos de queimar e que não vai esperar, e mandou fazerem uma pira e o queimarem nela, e a Faramir também.

E mandou homens trazerem lenha e óleo. E eu contei a Beregond, mas receio que ele não vai se atrever a deixar o posto: está de guarda. E o que é que ele pode fazer?" Assim Pippin despejou sua história, erguendo o braço e tocando o joelho de Gandalf com mãos trêmulas. "Você não pode salvar Faramir?"

"Quem sabe eu possa," disse Gandalf, "mas se eu fizer isso, receio que outros morrerão. Bem, preciso ir, já que nenhum outro auxílio pode chegar até ele. Mas isto produzirá mal e pesar. Mesmo no coração de nosso baluarte o Inimigo tem o poder de nos atingir: pois é a vontade dele que está em ação."

Então, tendo decidido-se, agiu depressa; e, apanhando Pippin e pondo-o diante de si, virou Scadufax com uma palavra. Subiram com estrépito pelas ruas ascendentes de Minas Tirith, enquanto o ruído da guerra se erguia atrás deles. Por toda a parte os homens emergiam de seu desespero e pavor, tomando as armas, exclamando uns para os outros: "Rohan chegou!" Os Capitães gritavam, as companhias se reuniam; muitos já marchavam ao Portão lá embaixo.

Encontraram o Príncipe Imrahil, e ele os interpelou: "E agora para onde, Mithrandir? Os Rohirrim estão lutando nos campos de Gondor! Devemos reunir todas as forças que pudermos achar."

"Precisarás de todos os homens e mais", disse Gandalf. "Apressa-te ao máximo. Irei quando puder. Mas tenho junto ao Senhor Denethor uma missão que não esperará. Assume o comando na ausência do Senhor!"

Foram em frente; e ao subirem e se aproximarem da Cidadela sentiram o vento lhes soprando nos rostos e enxergaram o brilho da manhã ao longe, uma luz que aumentava no céu meridional. Mas ela lhes trazia pouca esperança, pois não sabiam que mal estava diante deles e temiam chegar tarde demais.

"A escuridão está passando," disse Gandalf, "mas ela ainda pesa sobre esta Cidade."

No portão da Cidadela não encontraram guarda. "Então Beregond foi", disse Pippin, mais esperançoso. Deram a volta e se apressaram pela estrada que levava à Porta Fechada. Esta estava escancarada, e o porteiro jazia diante dela. Fora morto e lhe tinham levado a chave.

"Obra do Inimigo!", disse Gandalf. "Estes feitos ele aprecia: amigo guerreando contra amigo; lealdade dividida em confusão de corações." Então apeou e mandou Scadufax voltar ao estábulo. "Pois, meu amigo," disse ele, "tu e eu deveríamos ter cavalgado aos campos muito tempo atrás, mas outros assuntos me atrasam. Mas vem depressa se eu chamar!"

Entraram pela Porta e avançaram a pé, descendo pela estrada íngreme e serpenteante. A luz crescia, e as altas colunas e figuras esculpidas junto ao caminho passavam lentamente como fantasmas cinzentos.

De súbito o silêncio foi rompido, e ouviram abaixo deles gritos e retinir de espadas: sons que não haviam sido ouvidos nos lugares consagrados desde a construção da Cidade. Finalmente chegaram a Rath Dínen e correram na direção da Casa dos Regentes, que surgia à meia-luz sob sua grande cúpula.

"Parai! Parai!", exclamou Gandalf, saltando adiante para a escada de pedra em frente à porta. "Parai essa loucura!"

Pois ali estavam os serviçais de Denethor com espadas e tochas nas mãos; mas no alpendre do degrau superior postara-se Beregond, sozinho, trajando o negro e prata da Guarda; mantinha-os distante da porta. Dois já haviam sido abatidos por sua espada, manchando os fanos com seu sangue; e os demais o amaldiçoavam, chamando-o de proscrito e traidor do seu mestre.

Bem quando Gandalf e Pippin corriam para a frente, ouviram de dentro da casa dos mortos a voz de Denethor que gritava: "Depressa, depressa! Fazei o que mandei! Matai-me este renegado! Ou preciso fazer isso eu mesmo?" Com essas palavras, a porta que Beregond mantinha fechada com a mão esquerda foi aberta à força, e ali, atrás dele, estava de pé o Senhor da Cidade, alto e feroz; tinha nos olhos uma luz como de chama e empunhava uma espada nua.

Mas Gandalf subiu os degraus aos saltos, e os homens recuaram diante dele e taparam os olhos; pois sua vinda era como a entrada de uma luz alva em lugar escuro, e ele vinha com grande ira. Ergueu a mão, e, nesse mesmo golpe, a espada de Denethor voou para cima, saindo-lhe do punho, e caiu atrás dele nas sombras da casa; e Denethor deu um passo para trás diante de Gandalf, como quem está pasmado.

"O que é isto, meu senhor?", interrogou o mago. "As casas dos mortos não são lugares para os vivos. E por que combatem aqui nos Fanos quando há guerra bastante diante do Portão? Ou nosso Inimigo chegou até a Rath Dínen?"

"Desde quando o Senhor de Gondor responde a ti?", questionou Denethor. "Ou não posso comandar meus próprios serviçais?"

"Podes", respondeu Gandalf. "Mas outros podem contestar tua vontade quando ela se volta para a loucura e o mal. Onde está teu filho Faramir?"

"Jaz lá dentro," disse Denethor, "queimando, já queimando. Atearam fogo em sua carne. Mas logo tudo há de ser queimado. O Oeste fracassou. Tudo há de arder em uma grande fogueira e tudo há de estar terminado. Cinza! Cinza e fumaça sopradas para longe pelo vento!"

Então Gandalf, vendo a loucura que o acometera, receou que ele já tivesse cometido algum feito maligno e forçou caminho para diante, com Beregond e Pippin seguindo-o, enquanto Denethor recuava até estar de pé junto à mesa no interior. Mas ali encontraram Faramir, ainda delirando de febre, deitado sobre a mesa. Havia lenha empilhada por baixo e em pilhas altas em toda a volta, e estava tudo encharcado de óleo, mesmo os trajes de Faramir e os cobertores; mas ainda não fora ateado fogo ao combustível. Então Gandalf revelou a força que jazia oculta nele, do mesmo modo que a luz de seu poder estava escondida sob a capa cinzenta. Saltou sobre os feixes e, erguendo o enfermo com facilidade, pulou novamente para baixo e o carregou na direção da porta. Mas quando fez isso, Faramir gemeu e chamou pelo pai em sonho.

Denethor teve um sobressalto, como quem desperta de um transe, e a chama morreu em seus olhos, e chorou e disse: "Não me tires meu filho! Ele me chama."

"Ele chama," disse Gandalf, "mas ainda não podes vir ter com ele. Pois ele deve buscar a cura no limiar da morte e talvez não a encontre. Enquanto isso, teu papel é saíres à batalha de tua Cidade, onde talvez a morte te aguarde. Sabes isso em teu coração."

"Ele não despertará de novo", disse Denethor. "A batalha é vã. Por que deveríamos querer viver por mais tempo? Por que não deveríamos rumar para a morte lado a lado?"

"Não te é conferida autoridade, Regente de Gondor, para ordenares a hora de tua morte", respondeu Gandalf. "E somente os reis pagãos, sob o domínio do Poder Sombrio, assim fizeram, matando-se em orgulho e desespero, assassinando seus familiares para aliviarem sua própria morte." Então, atravessando a porta, tirou Faramir da casa mortífera e o deitou no féretro onde fora trazido e que agora fora posto no alpendre. Denethor o seguiu e ficou em pé tremendo, olhando com anseio para o rosto do filho. E por um momento, enquanto estavam todos em silêncio e imóveis, observando o Senhor em sua agonia, ele hesitou.

"Vem!", disse Gandalf. "Precisam de nós. Ainda há muito que podes fazer."

Então Denethor riu de repente. Ergueu-se outra vez, alto e orgulhoso, e andando rapidamente de volta à mesa ergueu dela a almofada em que estivera deitada sua cabeça. Então, chegando-se à porta, puxou o revestimento para um lado e eis! tinha entre as mãos uma *palantír*. E, quando a ergueu, pareceu aos observadores que o globo começava a brilhar com uma chama interior, de forma que o rosto magro do Senhor se iluminou como que com um fogo rubro, e parecia talhado de pedra dura, agudo com negras sombras, nobre, altivo e terrível. Seus olhos reluziam.

"Orgulho e desespero!", exclamou. "Pensaste que os olhos da Torre Branca eram cegos? Não, vi mais do que sabes, Tolo Cinzento. Pois tua esperança é ignorância somente. Vai então e labuta na cura! Vai embora e luta! Vaidade. Por breve tempo poderás triunfar em campo, por um dia. Mas contra o Poder que ora se levanta não há vitória. Para esta Cidade só se estendeu ainda o primeiro dedo de sua mão. Todo o Leste se move. E agora mesmo o vento de tua esperança te ilude e sopra Anduin acima uma frota de negras velas. O Oeste fracassou. É hora de partirem todos os que não queiram ser escravos."

"Tais conselhos tornarão deveras certa a vitória do Inimigo", disse Gandalf.

"Então continua esperando!", riu-se Denethor. "Eu não te conheço, Mithrandir? Tua esperança é governares em meu lugar, te postares atrás de todos os tronos, no norte, sul ou oeste. Li tua mente e suas políticas. Não sei eu que mandaste este Pequeno ficar em silêncio? Que ele foi trazido para cá para ser espião em meu próprio aposento? E, no entanto, em nossa conversa, fiquei sabendo dos nomes e das intenções de todos os teus companheiros. Ora! Com a mão esquerda querias usar-me por algum tempo como escudo contra Mordor, e com a direita, trazer esse Caminheiro do Norte para me suplantar.

"Mas eu digo a ti, Gandalf Mithrandir, que não serei teu instrumento! Sou Regente da Casa de Anárion. Não abdicarei para ser o caquético mordomo de um oportunista. Mesmo que sua reivindicação me fosse demonstrada, é apenas da linhagem de Isildur que ele provém. Não me inclinarei diante de alguém assim, o último de uma casa esfarrapada há muito privada de senhoria e dignidade."

"Então o que desejarias," perguntou Gandalf, "se tua vontade pudesse ser satisfeita?"

"Desejaria que as coisas fossem como foram em todos os dias de minha vida", respondeu Denethor, "e nos dias de meus antepassados antes de mim: ser Senhor desta Cidade em paz, e deixar meu assento a um filho depois de mim, que fosse seu próprio senhor e não pupilo de um mago. Mas se a sina mo negar não quero *nada*: nem uma vida diminuída, nem um amor pela metade, nem uma honra minorada."

"Não me parece que um Regente que entregue fielmente seu encargo seja diminuído em amor ou honra", respondeu Gandalf. "E ao menos não hás de privar teu filho da sua escolha, enquanto sua morte ainda estiver em dúvida."

Diante destas palavras, os olhos de Denethor arderam outra vez, e, tomando a Pedra sob o braço ele sacou um punhal e deu um passo na direção do féretro. Mas Beregond saltou para diante e se postou em frente a Faramir.

"Ora!", exclamou Denethor. "Já roubaste metade do amor de meu filho. Agora roubas também os corações de meus cavaleiros para que no fim me roubem meu filho por completo. Mas pelo menos nisto não hás de desafiar minha vontade: governar meu próprio fim."

"Vinde aqui!", gritou aos serviçais. "Vinde, se não sois totalmente renegados!" Então dois correram escada acima para junto dele. Rapidamente ele arrebatou uma tocha da mão de um deles e saltou de volta para dentro da casa. Antes que Gandalf conseguisse impedi-lo, empurrou o archote para o meio da lenha, que imediatamente crepitou e se inflamou com um rugido.

Então Denethor saltou para cima da mesa e em pé ali, rodeado de fogo e fumaça, apanhou o bastão de sua regência, que jazia a seus pés, e o quebrou no joelho. Lançando os pedaços na fogueira, inclinou-se e se deitou na mesa, abraçando a *palantír* no peito com ambas as mãos. E dizem que depois, se alguém olhasse para dentro daquela Pedra, se não tivesse grande força de vontade para desviá-la a outro fim, só via duas mãos envelhecidas murchando nas chamas.

Com pesar e horror, Gandalf desviou o rosto e fechou a porta. Por algum tempo ficou parado pensativo, silencioso no limiar, enquanto os de fora ouviam o rugido voraz do fogo no interior. E então Denethor deu um grande grito e não falou mais depois disso, nem jamais foi visto outra vez pelos homens mortais.

"Assim finda Denethor, filho de Ecthelion", disse Gandalf. Então voltou-se para Beregond e os serviçais do Senhor que ali se postavam aterrados. "E assim findam também os dias da Gondor que conhecestes; pelo bem ou pelo mal estão terminados. Maus feitos foram cometidos aqui; mas que agora toda inimizade que resta entre vós seja posta de lado, pois ela foi tramada pelo Inimigo e age conforme sua vontade. Fostes apanhados em uma teia de deveres opostos que não tecestes. Mas pensai, serviçais do Senhor, cegos em vossa obediência, que, não fosse pela traição de Beregond, Faramir, Capitão da Torre Branca, agora também estaria queimado.

"Levai deste lugar infeliz vossos companheiros que tombaram. Nós levaremos Faramir, Regente de Gondor, a um local onde possa dormir em paz ou morrer se for essa sua sina."

Então Gandalf e Beregond, apanhando o féretro, levaram-no embora para as Casas de Cura, enquanto Pippin caminhava atrás deles de cabeça baixa. Mas os serviçais do Senhor ficaram fitando a casa dos mortos como homens arrasados; e bem quando Gandalf chegava à extremidade de Rath Dínen houve um grande barulho. Olhando para trás, viram que a cúpula da casa rachara, expelindo fumaças; e depois, com ímpeto e estrondo de pedras, desabou em enxurrada de fogo; mas as chamas, ainda inabaláveis, dançavam e tremeluziam entre as ruínas. Então, aterrorizados, os serviçais fugiram e seguiram Gandalf.

Por fim alcançaram a Porta do Regente, e Beregond olhou o porteiro com pesar. "Sempre hei de me arrepender deste feito", comentou ele; "mas fui tomado por uma loucura de pressa e ele não me escutava, mas sacou a espada contra mim." Então, tomando a chave que arrebatara do morto, fechou a porta e a trancou. "Agora esta deve ser dada ao Senhor Faramir", disse ele.

"O Príncipe de Dol Amroth está no comando na ausência do Senhor", disse Gandalf; "mas já que ele não está aqui, devo eu mesmo assumi-la. Peço que fiques com a chave e a guardes até que a Cidade seja reposta em ordem."

Finalmente alcançaram os altos círculos da Cidade e, à luz da manhã, tomaram o rumo das Casas de Cura, que eram belas casas apartadas para que ali fossem cuidados os gravemente enfermos, mas que agora estavam preparadas para o tratamento dos homens feridos em combate ou moribundos. Não ficavam longe do portão-da-Cidadela, no sexto círculo, perto da sua muralha meridional, e havia em torno delas um jardim e um gramado com árvores, o único lugar assim na Cidade. Ali moravam as poucas mulheres a quem se permitiu ficar em Minas Tirith, visto que eram hábeis na cura ou no serviço dos curadores.

Mas, no momento em que Gandalf e seus companheiros chegavam carregando o féretro à porta principal das Casas, ouviram um grande grito que se erguia do campo diante do Portão, passou subindo ao céu, estridente e penetrante, e morreu no vento. Era tão terrível o grito que, por um momento, todos se imobilizaram, porém quando ele passou, seus corações subitamente se animaram com uma esperança tal que não haviam conhecido desde que a escuridão viera do Leste; e lhes pareceu que a luz se tornava mais intensa e que o sol irrompia pelas nuvens.

Mas o rosto de Gandalf estava grave e triste, e, pedindo que Beregond e Pippin levassem Faramir para dentro das Casas de Cura, ele subiu às muralhas próximas; e ali, como uma figura esculpida em branco, postou-se ao sol novo e olhou ao longe. E contemplou com a visão que lhe fora dada tudo o que ocorrera; e, quando Éomer veio cavalgando da vanguarda da batalha e se pôs junto dos que jaziam no campo, suspirou, se envolveu de novo na capa e desceu das muralhas. E Beregond e Pippin, quando saíram, encontraram-no em pé, pensativo, diante da porta das Casas.

Olharam para ele, e por algum tempo ele permaneceu em silêncio. Por fim falou.: "Meus amigos", disse ele, "e todos vós, povo desta cidade e das terras do Oeste! Ocorreram fatos de grande pesar e renome. Havemos de chorar ou nos alegrar? Além da esperança, o Capitão de nossos adversários foi destruído, e ouvistes o eco de seu último desespero. Mas ele não se foi sem dor e amarga perda. E eu poderia tê-la evitado não fosse pela loucura de Denethor. Tão longo se tornou o alcance de nosso Inimigo! Ai de nós! Mas agora percebo como sua vontade foi capaz de penetrar no próprio coração da Cidade.

"Apesar de os Regentes acreditarem que era um segredo guardado somente por eles, há muito adivinhei que aqui na Torre Branca pelo menos uma das Sete Pedras Videntes fora preservada. Nos dias de sua sabedoria, Denethor não se atrevia a usá-la para desafiar Sauron, conhecendo os limites de sua própria força. Mas sua sabedoria fracassou; e temo que, à medida que crescia o perigo de seu reino, ele olhasse para dentro da Pedra e fosse enganado: demasiadas vezes, creio, desde que Boromir partiu. Era muito grande para ser subjugado pela vontade do Poder Sombrio, mas ainda assim via apenas as coisas que esse Poder lhe permitia ver. O conhecimento que obteve sem dúvida lhe foi útil muitas vezes; porém a visão do grande poderio de Mordor que lhe foi mostrada alimentou o desespero de seu coração até derrotar sua mente."

"Agora entendo o que me parecia tão estranho!", comentou Pippin, estremecendo com as lembranças enquanto falava. "O Senhor saiu do recinto onde jazia Faramir; e foi só quando retornou que pensei pela primeira vez que ele estava mudado, velho e alquebrado."

"Foi na própria hora em que Faramir foi levado à Torre que muitos de nós viram uma estranha luz no recinto superior", acrescentou Beregond. "Mas vimos aquela luz antes, e por muito tempo correu na Cidade o boato de que o Senhor às vezes porfiava em pensamento com seu Inimigo."

"Ai de nós! então supus corretamente", disse Gandalf. "Assim a vontade de Sauron penetrou em Minas Tirith; e assim fui retido aqui. E aqui ainda serei obrigado a ficar, pois logo hei de ter outros tutelados, não apenas Faramir.

"Agora preciso descer para me encontrar com os que chegam. Vi no campo uma visão que é muito penosa para meu coração, e um pesar maior ainda poderá acontecer. Venha comigo, Pippin! Mas tu, Beregond, deverias voltar à Cidadela e contar ao chefe da Guarda o que ocorreu. Receio que será dever dele retirar-te da Guarda; mas dize-lhe que, se eu puder aconselhá-lo, deverias ser mandado às Casas de Cura, para seres vigia e serviçal de teu capitão e para estares junto dele quando ele despertar — se é que isso voltará a acontecer. Pois foi por ti que ele foi salvo do fogo. Vai agora! Hei de retornar logo."

Com essas palavras deu-lhes as costas e desceu com Pippin rumo à cidade inferior. E enquanto se apressavam em seu caminho, o vento trouxe uma chuva cinzenta, e todos os fogos minguaram, e ergueu-se uma grande fumaça diante deles.

8

As Casas de Cura

Nos olhos de Merry havia uma névoa de lágrimas e exaustão quando se aproximaram do Portão arruinado de Minas Tirith. Deu pouca atenção aos destroços e à matança que estavam por toda a parte. Havia fogo, fumaça e fedor no ar; pois muitas máquinas haviam sido incendiadas ou lançadas nas valas de fogo, e também muitos dos mortos, enquanto que aqui e ali jaziam muitas carcaças dos grandes monstros dos Sulistas, meio queimados, ou quebrados por lances de pedras, ou alvejados nos olhos pelos valentes arqueiros de Morthond. A chuva que pairava tinha cessado por algum tempo, e o sol brilhava no alto; mas toda a cidade inferior ainda estava envolta em um fumo ardente.

Os homens já labutavam para limpar um caminho através dos arrojos da batalha; e agora saíam pelo Portão alguns trazendo padiolas. Suavemente deitaram Éowyn em almofadas macias; mas cobriram o corpo do rei com um grande tecido de ouro e portaram tochas ao seu redor, e suas chamas, pálidas à luz do sol, tremulavam ao vento.

Assim chegaram Théoden e Éowyn à Cidade de Gondor, e todos os que os viam descobriam a cabeça e se inclinavam; e atravessaram a cinza e a fumaça do círculo incendiado e prosseguiram ascendendo ao longo das ruas de pedra. Para Merry, a subida pareceu levar séculos, uma jornada sem sentido em um sonho odioso, avante e avante para algum fim indistinto que a memória não consegue apreender.

Lentamente, as luzes das tochas à sua frente tremeluziram e se apagaram, e ele caminhava na treva; e pensou: "Este é um túnel que leva a uma tumba; havemos de ficar ali para sempre." Mas de repente veio ao seu sonho uma voz vivente.

AS CASAS DE CURA

"Bem, Merry! Ainda bem que encontrei você!"

Olhou para cima, e a névoa diante dos seus olhos clareou um pouco. Ali estava Pippin! Estavam cara a cara em uma viela estreita que estava vazia, exceto por eles mesmos. Esfregou os olhos.

"Onde está o rei?", indagou ele. "E Éowyn?" Então tropeçou, sentou-se no degrau de uma porta e recomeçou a chorar.

"Subiram para a Cidadela", disse Pippin. "Acho que você deve ter adormecido andando e errado alguma esquina. Quando descobrimos que você não estava com eles, Gandalf me mandou procurá-lo. Pobre velho Merry! Como estou contente de vê-lo outra vez! Mas você está exausto, e não vou incomodá-lo com conversa. Mas conte-me, está com dor ou ferido?"

"Não", respondeu Merry. "Bem, não, acho que não. Mas não consigo usar o braço direito, Pippin, desde que o golpeei. E minha espada se consumiu toda em fogo, como um pedaço de madeira."

O rosto de Pippin estava ansioso. "Bem, é melhor vir comigo o mais depressa que puder", disse ele. "Queria ser capaz de carregá-lo. Você não está bem para caminhar muito mais longe. Nem deviam ter deixado você caminhar; mas precisa perdoá-los. Tantas coisas pavorosas aconteceram na Cidade, Merry, que é fácil negligenciar um pobre hobbit vindo do combate."

"Não é sempre uma desgraça ser negligenciado", disse Merry. "Acabo de ser negligenciado por... não, não, não posso falar disso. Ajude-me, Pippin! Está tudo escurecendo de novo e meu braço está tão frio."

"Apoie-se em mim, Merry, meu rapaz!", disse Pippin. "Vamos agora! Pé ante pé. Não é longe."

"Vai me sepultar?", perguntou Merry.

"Não mesmo!", exclamou Pippin, tentando soar alegre, apesar de ter o coração retorcido de medo e pena. "Não, vamos às Casas de Cura."

Saíram da viela que passava entre casas altas e a muralha externa do quarto círculo e recobraram a rua principal que subia para a Cidadela. Seguiram passo a passo, enquanto Merry balançava e murmurava como quem está dormindo.

"Nunca vou conseguir levá-lo para lá", pensou Pippin. "Não há ninguém para me ajudar? Não posso deixá-lo aqui." Nesse momento, para sua surpresa, veio um menino correndo de trás, e, ao passar, ele reconheceu Bergil, filho de Beregond.

"Alô, Bergil!", chamou. "Aonde vais? Que bom ver-te outra vez, e ainda vivo!"

"Estou entregando recados para os Curadores", disse Bergil. "Não posso ficar."

"Não fiques!", disse Pippin. "Mas conta a eles lá em cima que tenho um hobbit doente, um *perian*, veja bem, chegado do campo de batalha. Não acho que ele consiga andar até lá. Se Mithrandir estiver lá, ele ficará contente com a mensagem." Bergil saiu correndo.

"É melhor esperar aqui", pensou Pippin. Portanto, deixou Merry se deitar lentamente no calçamento, em uma mancha de luz do sol, e então sentou-se ao lado dele, pondo a cabeça de Merry em seu colo. Apalpou devagar seu corpo e seus membros e tomou em sua mão as mãos do amigo. A mão direita estava gelada ao toque.

Não levou muito tempo para o próprio Gandalf vir em busca deles. Inclinou-se sobre Merry e lhe acariciou a testa; então ergueu-o com cuidado. "Ele devia ter sido trazido a esta cidade com honras", disse ele. "Retribuiu bem a minha confiança; pois, se Elrond não tivesse cedido a mim, nenhum de vocês teria partido; e então teriam sido muito mais dolorosos os males deste dia." Suspirou. "E, no entanto, eis outro tutelado em minhas mãos, enquanto o tempo todo a batalha pende na balança."

Assim, finalmente Faramir, Éowyn e Meriadoc foram deitados em leitos nas Casas de Cura; e ali foram bem cuidados. Pois, apesar de naqueles dias tardios todo o saber ter decaído da plenitude de outrora, a medicina de Gondor ainda era sábia e hábil na cura de feridas, dores e de todas as doenças a que estavam sujeitos os homens mortais a leste do Mar. Exceto pela velhice. Para esta não haviam encontrado cura; e de fato, a duração de suas vidas já minguara a pouco mais que a dos demais homens, e já eram poucos entre eles os que ultrapassavam com vigor a contagem de cinco vintenas de anos, exceto em algumas casas de sangue mais puro. Mas agora sua arte e seu conhecimento estavam desorientados; pois havia muitos doentes de uma enfermidade que não podia ser sarada; e chamavam-na de Sombra Negra, pois provinha dos Nazgûl. E os que eram acometidos dela caíam lentamente em um sonho cada vez mais profundo, depois passavam ao silêncio e à frialdade mortal e assim faleciam. E aos cuidadores dos doentes parecia que essa enfermidade era intensa no Pequeno e na Senhora de Rohan. Mesmo assim, vez por outra, à medida que a manhã passava, eles falavam, murmurando em sonhos; e os observadores escutavam tudo o que era dito, esperando talvez saber de algo que os ajudasse a entender suas dores. Mas logo começaram a decair na escuridão, e quando o sol se voltou para o oeste, uma sombra cinzenta se insinuou em seus rostos. Mas Faramir ardia com uma febre que não amainava.

Gandalf ia de um para o outro cheio de cuidados, e lhe contaram tudo o que os observadores conseguiam ouvir. E assim passou o dia, enquanto a grande batalha do lado de fora prosseguia com esperanças cambiantes e estranhas notícias; e Gandalf ainda esperava, observava e não partia; até que finalmente o rubro pôr do sol preencheu todo o firmamento, e a luz que vinha pelas janelas caiu nos rostos cinzentos dos doentes. Então pareceu aos que estavam por perto que, naquele brilho, os rostos enrubesceram suavemente, como se a saúde retornasse, mas era somente uma zombaria da esperança.

Então uma anciã, Ioreth, a mais velha das mulheres que serviam naquela casa, chorou contemplando o belo rosto de Faramir, pois todo o povo o amava. E disse: "Ai de nós se ele morrer! Antes houvesse reis em Gondor, como houve certa vez, ao que dizem! Pois está dito na antiga sabedoria: 'As mãos do rei são mãos de curador'. E assim sempre se podia conhecer o rei de direito."

E Gandalf, que estava por perto, disse: "Que os homens se lembrem por muito tempo de tuas palavras, Ioreth! Pois nelas há esperança. Quem sabe um rei tenha de fato voltado a Gondor; ou não ouviste as estranhas notícias que vieram à Cidade?"

"Estive ocupada demais com isto e aquilo para dar atenção a todo o clamor e gritaria", respondeu ela. "Só espero que esses demônios assassinos não entrem nesta Casa e perturbem os doentes."

Então Gandalf saiu às pressas, e o fogo no céu já se apagava, e as colinas em brasa minguavam, enquanto a tarde cor de cinza se arrastava sobre os campos.

Agora, ao sol poente, Aragorn, Éomer e Imrahil se avizinharam da Cidade com seus capitães e cavaleiros; e, quando chegaram diante do Portão, Aragorn disse:

"Contemplai o Sol que se põe em grande fogo! É um sinal do fim, da queda de muitas coisas e de mudança nas marés do mundo. Mas esta Cidade e este reino permaneceram a cargo dos Regentes por muitos longos anos, e receio que, se eu entrar nela sem ser solicitado, poderão surgir dúvida e debate, o que não deveria ocorrer enquanto esta guerra está em andamento. Não entrarei, nem farei qualquer reivindicação, antes que fique evidente se prevaleceremos nós ou Mordor. Os homens hão de erguer minhas tendas no campo, e aqui aguardarei as boas-vindas do Senhor da Cidade."

Mas Éomer respondeu: "Já hasteaste o estandarte dos Reis e exibiste os símbolos da Casa de Elendil. Permitirás que sejam contestados?"

"Não", disse Aragorn. "Mas considero que ainda é cedo; e não tenho disposição para disputa, exceto com nosso Inimigo e seus serviçais."

E o Príncipe Imrahil comentou: "Vossas palavras, senhor, são sábias, se alguém aparentado com o Senhor Denethor vos pode aconselhar neste assunto. Ele é obstinado e orgulhoso, mas velho; e seu humor tem estado estranho desde que o filho sofreu o golpe. Mas eu não desejaria que ficásseis como um mendigo à porta."

"Não um mendigo", disse Aragorn. "Dize capitão dos Caminheiros, que estão desacostumados de cidades e casas de pedra." E mandou enrolar seu estandarte; e tirou a Estrela do Reino-do-Norte e a deu aos cuidados dos filhos de Elrond.

Então o Príncipe Imrahil e Éomer de Rohan o deixaram, atravessaram a Cidade e o tumulto do povo e subiram à Cidadela; e chegaram ao Salão da Torre em busca do Regente. Mas encontraram seu assento vazio, e, diante do estrado, jazia Théoden, Rei da Marca, em leito solene; e doze tochas estavam postadas em torno, e doze guardas, tanto cavaleiros de Rohan quanto de Gondor. E as cortinas do leito eram verde e branco, mas sobre o rei fora posto o grande pano de ouro, até o peito, e acima dele sua espada desembainhada e o escudo a seus pés. A luz das tochas reluzia em seus cabelos brancos como o sol no borrifo de uma fonte, mas o rosto era belo e jovem, porém havia nele uma paz além do alcance da juventude; e parecia adormecido.

Depois de ficarem por algum tempo em silêncio junto ao rei, Imrahil disse: "Onde está o Regente? E onde está Mithrandir também?"

E um dos guardas respondeu: "O Regente de Gondor está nas Casas de Cura."

Mas Éomer perguntou: "Onde está a Senhora Éowyn, minha irmã? Pois certamente ela deveria estar jazendo ao lado do rei, e não com menos honra. Onde a puseram?"

E Imrahil comentou: "Mas a Senhora Éowyn ainda vivia quando a trouxeram para cá. Não o sabias?"

Então a esperança imprevista veio tão de súbito ao coração de Éomer, e com ela a picada da preocupação e do temor renovados, que nada mais disse, mas deu a volta e saiu depressa do salão; e o Príncipe o seguiu. E quando saíram, já caíra o entardecer, e havia muitas estrelas no céu. E ali vinha Gandalf, a pé, e com ele, alguém vestindo um capuz cinzento; e se encontraram diante das portas das Casas de Cura. E saudaram Gandalf e disseram: "Buscamos o Regente, pois dizem que ele está nesta Casa. Algum mal o acometeu? E a Senhora Éowyn, onde está ela?"

E Gandalf respondeu: "Ela jaz lá dentro e não está morta, mas está à morte. Mas o Senhor Faramir foi ferido por uma seta maligna, como ouvistes, e agora é ele o Regente; pois Denethor partiu, e sua casa está reduzida a cinzas." E encheram-se de dor e espanto com o relato que ele fez.

Mas Imrahil disse: "Então a vitória foi desprovida de contentamento e foi comprada a preço amargo, se Gondor e Rohan foram, ambas no mesmo dia, privadas de seus senhores. Éomer governa os Rohirrim. Quem há de governar a Cidade enquanto isso? Não deveríamos agora pedir que venha o Senhor Aragorn?"

E o homem encapuzado falou e disse: "Ele veio." E viram, quando ele deu um passo para a luz do lampião junto à porta, que era Aragorn, envolto na capa cinzenta de Lórien por cima da cota de malha, e ele não trazia outro símbolo senão a pedra verde de Galadriel. "Vim porque Gandalf me implorou para vir", acrescentou ele. "Mas no presente sou apenas o Capitão dos Dúnedain de Arnor; e o Senhor de Dol Amroth há de governar a Cidade até que Faramir desperte. Mas é meu conselho que Gandalf nos governe a todos nos dias que se seguem e em nossas relações com o Inimigo." E concordaram com isso.

Então Gandalf disse: "Não nos demoremos à porta, pois o tempo urge. Entremos! Pois é apenas na vinda de Aragorn que resta alguma esperança para os doentes que jazem na Casa. Assim falou Ioreth, sábia de Gondor: 'As mãos do rei são mãos de curador, e assim há de ser conhecido o rei de direito.'"

Então Aragorn entrou na frente, e os demais o seguiram. E ali, à porta, havia dois guardas usando a libré da Cidadela: um era alto, mas o outro mal atingia o tamanho de um menino; e quando os viu ele deu uma exclamação de surpresa e alegria.

"Passolargo! Que esplêndido! Sabe, imaginei que fosse você nas naus negras. Mas todos estavam gritando *corsários* e não me escutavam. Como fez isso?"

Aragorn riu e tomou a mão do hobbit. "Bom encontro deveras!", disse ele. "Mas ainda não há tempo para histórias de viajantes."

Mas Imrahil disse a Éomer: "É assim que falamos com nossos reis? Mas quem sabe ele vá usar a coroa com algum outro nome!"

E Aragorn, ouvindo-o, voltou-se e disse: "Deveras, pois no alto idioma de outrora sou *Elessar*, o Pedra-Élfica, e *Envinyatar*, o Renovador"; e ergueu do peito a pedra verde que lá repousava. "Mas Passolargo há de ser o nome de minha casa, se algum dia for estabelecida. No alto idioma não soará tão mal, e serei *Telcontar* e todos os herdeiros de meu corpo."

E com essas palavras entraram na Casa; e enquanto se dirigiam às salas onde eram cuidados os doentes, Gandalf contou dos feitos de Éowyn e Meriadoc. "Pois," disse ele, "por muito tempo estive ao lado deles, e primeiro falavam muito em sonhos, antes de imergirem na treva mortal. Também tenho o dom de ver muitas coisas longínquas."

Aragorn foi primeiro até Faramir, depois até a Senhora Éowyn e por último até Merry. Quando havia contemplado os rostos dos doentes e visto seus males, ele suspirou. "Aqui preciso empregar todo o poder e a habilidade que me são dados", disse ele. "Gostaria que Elrond estivesse aqui, pois ele é o mais velho de toda a nossa raça e tem o maior poder."

E Éomer, vendo que ele estava ao mesmo tempo pesaroso e cansado, disse: "Certamente precisas descansar primeiro, ou pelo menos comer alguma coisa."

Mas Aragorn respondeu: "Não, para estes três, e mais depressa para Faramir, o tempo está acabando. Toda a presteza é necessária."

Então chamou Ioreth e indagou: "Tendes nesta Casa um estoque de ervas de cura?"

"Sim, senhor", respondeu ela; "mas não o bastante, creio, para todos os que precisarão delas. Mas estou certa de que não sei onde encontraremos mais; pois está tudo fora de propósito nestes dias terríveis, com todos os incêndios e queimadas, e são tão poucos os rapazes que levam recados, e todas as estradas estão bloqueadas. Ora, faz dias sem conta que não vem um portador de Lossarnach ao mercado! Mas fazemos o melhor que podemos nesta Casa com o que temos, como certamente vossa senhoria sabe."

"Julgarei isso quando vir", disse Aragorn. "Mais uma coisa é escassa, o tempo para falar. Tendes *athelas*?"

"Com certeza não sei, senhor," respondeu ela, "pelo menos não com esse nome. Vou perguntar ao mestre-das-ervas; ele conhece todos os antigos nomes."

"Também é chamada de *folha-do-rei*", disse Aragorn; "e talvez a conheças por esse nome, pois assim os camponeses a chamam nestes dias tardios."

"Oh, isso!", assentiu Ioreth. "Bem, se vossa senhoria a tivesse mencionado primeiro, eu poderia ter-lhe contado. Não, não temos nada dela, tenho certeza. Ora, nunca ouvi dizer que tivesse alguma grande virtude; e, na verdade, muitas vezes disse às minhas irmãs quando topamos com ela crescendo na mata: 'folha-do-rei', dizia eu, 'é um nome estranho, e me pergunto por que a chamam assim; pois se eu fosse rei teria plantas mais bonitas no jardim'. Ainda assim, tem cheiro doce quando é amassada, não tem? Se doce for a palavra certa: talvez saudável seja mais correto."

"Deveras saudável", disse Aragorn. "E agora, senhora, se amas o Senhor Faramir, corre tão depressa quanto tua língua e me busca folha-do-rei, se houver uma folha na Cidade."

"E se não houver," comentou Gandalf, "cavalgarei a Lossarnach com Ioreth atrás de mim, e ela há de me levar à mata, mas não às suas irmãs. E Scadufax há de lhe mostrar o significado da pressa."

Quando Ioreth se fora, Aragorn mandou que as outras mulheres aquecessem água. Então tomou a mão de Faramir na sua e deitou a outra mão na testa do doente. Esta estava encharcada de suor; mas Faramir não se moveu, nem fez qualquer sinal e mal parecia estar respirando.

"Está quase exaurido", disse Aragorn, voltando-se para Gandalf. "Mas isso não vem da ferida. Veja! ela está sarando. Se ele tivesse sido atingido por uma seta dos Nazgûl, como você pensava, teria morrido naquela noite. Este ferimento foi produzido por uma flecha dos Sulistas, imagino. Quem a extraiu? Guardaram-na?"

"Eu a extraí", disse Imrahil, "e estanquei a ferida. Mas não guardei a flecha, pois tínhamos muito a fazer. Ao que me lembro era uma seta como as usadas pelos Sulistas. Mas acreditei que viesse das Sombras lá em cima, pois do contrário não haveria como compreender sua febre e enfermidade, visto que a ferida não era profunda nem vital. Então como interpretas esse caso?"

"Exaustão, pesar pelo humor do pai, um ferimento e, sobretudo, o Hálito Negro", relatou Aragorn. "É um homem de vontade segura, pois já chegara perto sob a Sombra antes mesmo de partir ao combate nas muralhas externas. A treva deve ter-se insinuado nele lentamente, enquanto lutava e buscava manter seu posto avançado. Queria eu ter estado aqui mais cedo!"

Com isso entrou o mestre-das-ervas. "Vossa senhoria pediu *folha-do-rei*, como os camponeses a chamam," disse ele, "ou *athelas,* no nobre idioma, ou para os que conhecem um pouco de valinoreano…"

"Eu conheço," disse Aragorn, "mas não me importa se disseres agora *asëa aranion* ou *folha-do-rei*, contanto que tenhas um pouco."

"Vosso perdão, senhor!", disse o homem. "Vejo que sois mestre-do-saber, não meramente capitão de guerra. Mas ai de nós! senhor, não mantemos essa coisa nas Casas de Cura, onde só são cuidados os gravemente feridos ou enfermos. Pois ela não tem virtude que conheçamos, exceto talvez para adoçar o ar fétido ou expulsar algum abatimento passageiro. A não ser, é claro, que deis crédito aos poemas dos dias antigos, que as mulheres como nossa boa Ioreth ainda repetem sem os compreender.

> *"Quando o hálito negro desce*
> *e a sombra da morte cresce*
> *e longe da luz estás,*
> *venha athelas! venha athelas!*
> *Vida para o que morre*
> *Na mão do rei que o socorre!*[A]

"Receio que sejam só versos de pé-quebrado, distorcidos na lembrança das velhinhas. Deixo seu significado ao vosso julgamento, se de fato eles têm algum. Mas a gente velha ainda usa uma infusão da erva contra dores de cabeça."

"Então, em nome do rei, vai e encontra algum ancião com menos tradição e mais sabedoria que tenha alguma em casa!", exclamou Gandalf.

Agora Aragorn estava de joelhos junto a Faramir e pôs uma mão em sua testa. E os que observavam sentiram que ocorria um grande combate. Pois o rosto de Aragorn se tornou cinzento de cansaço; e vez por outra chamou o nome de Faramir, mas a cada vez mais fraco aos ouvidos deles, como se o próprio Aragorn estivesse remoto e caminhasse bem longe, em um vale escuro, chamando por alguém perdido.

E finalmente Bergil entrou correndo, e trazia seis folhas em um pano. "É folha-do-rei, Senhor", disse ele; "mas não é fresca, receio. Deve ter sido colhida pelo menos duas semanas atrás. Espero que sirva, Senhor." Então, olhando para Faramir, irrompeu em lágrimas.

Mas Aragorn sorriu. "Servirá", afirmou ele. "O pior já passou. Fica e consola-te!" Então, tomando duas folhas, depositou-as nas mãos, soprou nelas e depois esmagou-as, e de imediato um frescor vivo preencheu o recinto, como se o próprio ar despertasse e tinisse, cintilando de alegria. Então lançou as folhas nas tigelas de água fumegante que lhe trouxeram, e imediatamente todos os corações se sentiram mais leves. Pois a fragrância que veio a cada um era como uma lembrança de manhãs orvalhadas de sol sem sombra, em alguma terra onde o próprio belo mundo da primavera é apenas uma lembrança fugidia. Mas Aragorn se pôs de pé como quem está refeito, e seus olhos sorriam quando segurou uma tigela diante do rosto sonhador de Faramir.

"Ora veja! Quem iria acreditar?", disse Ioreth a uma mulher que estava a seu lado. "A erva é melhor do que eu pensava. Lembra-me as rosas de Imloth Melui quando eu era garota, e nenhum rei poderia pedir coisa melhor."

De repente Faramir mexeu-se, abriu os olhos e olhou para Aragorn, inclinado sobre ele; e uma luz de conhecimento e amor se acendeu em seus olhos, e falou baixinho: "Meu senhor, vós me chamastes. Eu vim. O que o rei ordena?"

"Não caminhes mais nas sombras, mas desperta!", disse Aragorn. "Estás exausto. Descansa um pouco, alimenta-te e te apronta para quando eu retornar."

"Farei isso, senhor!", respondeu Faramir. "Pois quem ficará ocioso se o rei retornou?"

"Então adeus por um breve tempo!", disse Aragorn. "Preciso ir ter com outros que precisam de mim." E deixou o recinto com Gandalf e Imrahil; mas Beregond e seu filho ficaram para trás, incapazes de conter a alegria. Ao seguir Gandalf e fechar a porta, Pippin ouviu Ioreth exclamando:

"Rei! Ouviste isso? O que eu disse? Mãos de curador, eu disse." E logo se espalhou a notícia, vinda da Casa, de que o rei deveras estava entre eles e de que trazia a cura após a guerra; e as novas correram pela Cidade.

Mas Aragorn foi ter com Éowyn e disse: "Aqui há um grave ferimento e um pesado golpe. O braço que se quebrou foi cuidado com a habilidade devida e com o tempo vai sarar, se ela tiver força para viver. O braço do escudo foi mutilado; mas o mal principal vem do braço da espada. Nele já parece não haver vida, apesar de não estar quebrado.

"Ai dela! Pois enfrentou um adversário além da força de sua mente ou seu corpo. E quem toma uma arma diante de tal inimigo deve ser mais resistente que o aço, se o próprio choque não o destruir. Foi uma má sina que a pôs no caminho dele. Pois é uma bela donzela, a mais bela senhora de uma casa de rainhas. Porém não sei como eu deveria falar dela. Da primeira vez em que a contemplei e percebi sua infelicidade, pareceu-me ver uma flor branca, ereta e altiva, formosa como um lírio, e ainda assim soube que era dura como se tivesse sido talhada em aço por artífices-élficos. Ou quem sabe fora uma geada que lhe tornara a seiva em gelo, e assim ela estava em pé, agridoce, ainda bela de se ver, mas atingida, para logo cair e morrer? Sua enfermidade começa muito antes deste dia, não é assim, Éomer?"

"Admiro-me por me perguntardes, senhor", respondeu ele. "Pois vos considero inocente neste caso, como em tudo o mais; porém eu não sabia que Éowyn, minha irmã, tivesse sido tocada por uma geada até a primeira vez em que vos viu. Preocupação e temor ela tinha e compartilhava comigo nos dias de Língua-de-Cobra e do enfeitiçamento do rei; e ela cuidava do rei com medo crescente. Mas isso não a pôs neste estado!"

"Meu amigo," comentou Gandalf, "tu tinhas cavalos, feitos d'armas e os campos livres, mas ela, nascida em corpo de donzela, tinha espírito e coragem pelo menos iguais aos teus.

Porém estava fadada a cuidar de um ancião, a quem amava como a um pai, e a vê-lo cair em senilidade medíocre e desonrosa; e seu papel lhe parecia mais ignóbil que o do cajado onde ele se apoiava.

"Pensas que Língua-de-Cobra só tinha veneno para os ouvidos de Théoden? 'Velho caduco! O que é a casa de Eorl senão um celeiro coberto de palha onde bandidos bebem no meio da fumaça e seus pirralhos rolam no chão entre os cachorros?' Não ouviste antes essas palavras? Saruman as pronunciou, o instrutor de Língua-de-Cobra. Porém não duvido de que em casa Língua-de-Cobra envolvesse seu significado em termos mais habilidosos. Meu senhor, se o amor de tua irmã por ti, e sua vontade ainda subordinada ao dever, não lhe tivessem refreado os lábios, poderias ter ouvido saindo deles coisas iguais a essas. Mas quem sabe o que ela dizia à escuridão, a sós, nas amargas vigílias da noite, quando toda a sua vida parecia encolher, e as paredes de seu aposento pareciam se fechar sobre ela, uma cabana para entravar uma criatura selvagem?"

Então Éomer ficou em silêncio e olhou para a irmã, como se ponderasse de novo todos os dias da vida que haviam passado juntos. Mas Aragorn disse: "Também vi o que vias, Éomer. Poucos pesares dentre os maus acasos deste mundo contêm mais amargor e vergonha para o coração humano do que contemplar o amor de uma senhora tão bela e valente que não pode ser devolvido. O pesar e a pena me seguiram desde que a deixei desesperada no Fano-da-Colina e cavalguei rumo às Sendas dos Mortos; e nenhum medo nesse caminho foi tão presente quanto o medo do que poderia lhe acontecer. E mesmo assim, Éomer, eu te digo que ela te ama mais verdadeiramente que a mim; pois a ti ela ama e conhece; mas em mim ama apenas uma sombra e um pensamento: uma esperança de glória, grandes feitos e terras longe dos campos de Rohan.

"Pode ser que eu tenha o poder de curar seu corpo e de chamá-la de volta do vale escuro. Mas para o que ela despertará: esperança, ou olvido, ou desespero, eu não sei. E se for para o desespero, então ela morrerá, a não ser que venha outra cura que não posso trazer. Ai dela! pois seus feitos a puseram entre as rainhas de grande renome."

Então Aragorn agachou-se e olhou em seu rosto, e de fato este estava branco como um lírio, frio como a geada e duro como pedra esculpida. Mas ele se inclinou e a beijou na testa, e chamou por ela baixinho, dizendo:

"Éowyn, filha de Éomund, desperta! Pois teu inimigo se foi!"

Ela não se mexeu, mas já começava a respirar profundamente, de forma que o peito subia e caía sob o linho branco do lençol. Mais uma vez Aragorn esmagou duas folhas de *athelas* e as lançou em água fumegante; e lavou com ela a sua testa e seu braço direito, que repousava na coberta, frio e insensível.

Então, quer Aragorn tivesse de fato algum poder esquecido de Ociente, ou quer fossem apenas suas palavras sobre a Senhora Éowyn agindo sobre eles, quando a doce influência da erva se insinuou no recinto, pareceu aos que estavam próximos que um vento vivo soprava pela janela, e não trazia aroma, mas era um ar totalmente fresco, limpo e novo, como se antes não tivesse sido respirado por nenhum ser vivente e viesse recém-feito de montanhas nevadas que se erguessem sob uma cúpula de estrelas, ou de longínquas praias de prata banhadas por mares de espuma.

"Desperta, Éowyn, Senhora de Rohan!", disse Aragorn outra vez, e tomou em sua mão a direita dela, e sentiu-a morna com o retorno da vida. "Desperta! A sombra se foi e toda a escuridão foi lavada!" Então pôs a mão dela na de Éomer e afastou-se. "Chama-a!", disse ele, e saiu do recinto em silêncio.

"Éowyn, Éowyn!", exclamou Éomer entre lágrimas. Mas ela abriu os olhos e disse: "Éomer! Que alegria é esta? Pois disseram que tinhas sido abatido. Não, mas essas eram somente as vozes escuras em meu sonho. Por quanto tempo estive sonhando?"

"Não muito, minha irmã", respondeu Éomer. "Mas não penses mais nisso!"

"Estou estranhamente cansada", comentou ela. "Preciso repousar um pouco. Mas conta-me, o que é feito do Senhor da Marca? Ai de nós! Não me digas que isso foi um sonho; pois sei que não foi. Ele está morto, como previa."

"Está morto," disse Éomer, "mas mandou-me dar adeus a Éowyn, mais cara que uma filha. Agora jaz em grande honra na Cidadela de Gondor."

"Isso é doloroso", lamentou ela. "E mesmo assim é bom além de tudo que ousei esperar nos dias escuros, quando parecia que a Casa de Eorl se afundara em honra menor que uma choupana de pastor. E o que é feito do escudeiro do rei, do Pequeno? Éomer, hás de fazer dele um cavaleiro da Marca, pois é valoroso!"

"Jaz aqui perto nesta Casa, e vou ter com ele", informou Gandalf. "Éomer há de ficar aqui por algum tempo. Mas não fales ainda de guerra ou pesar até que estejas recuperada. É grande ventura ver-te despertar outra vez para a saúde e a esperança, tão valorosa senhora!"

"Para a saúde?", disse Éowyn. "Pode ser. Ao menos enquanto houver uma sela vazia de um Cavaleiro tombado que eu possa ocupar e houver feitos a realizar. Mas para a esperança? Não sei."

Gandalf e Pippin foram ao quarto de Merry e ali encontraram Aragorn de pé junto ao leito. "Pobre velho Merry!", exclamou Pippin, e correu para a beira da cama, pois lhe parecia que o amigo estava com aspecto pior, e tinha um tom cinzento no rosto, como se o peso de anos de tristeza estivesse sobre ele; e de repente Pippin foi assaltado pelo medo de que Merry fosse morrer.

"Não tenha medo", disse Aragorn. "Cheguei a tempo e o chamei de volta. Agora está exausto, triste e feriu-se como a Senhora Éowyn, tentando golpear aquele ser mortífero. Mas esses males podem ser emendados, tão forte e alegre é o seu espírito. Sua tristeza ele não esquecerá; mas ela não lhe obscurecerá o coração, e sim lhe ensinará sabedoria."

Então Aragorn pôs a mão na cabeça de Merry e, passando-a suavemente pelos cachos castanhos, tocou as pálpebras e o chamou pelo nome. E quando a fragrância da *athelas* perpassou o quarto, como o aroma de pomares e da urze à luz do sol, cheia de abelhas, Merry despertou de repente e disse:

"Estou com fome. Que horas são?"

"Já passa da hora do jantar", respondeu Pippin; "mas arrisco dizer que eu poderia lhe trazer alguma coisa, se me deixarem."

"Deixarão de fato", afirmou Gandalf. "E qualquer outra coisa que este Cavaleiro de Rohan possa desejar, se puder ser encontrada em Minas Tirith, onde seu nome é honrado."

AS CASAS DE CURA

"Bom!", exclamou Merry. "Então gostaria de jantar primeiro, e depois um cachimbo." Nesse ponto seu rosto se anuviou. "Não, não um cachimbo. Não acho que vá voltar a fumar."

"Por que não?", perguntou Pippin.

"Bem", respondeu Merry devagar. "Ele morreu. Isso me fez relembrar tudo. Ele disse que sentia muito por nunca ter tido a oportunidade de conversar comigo sobre o saber-das-ervas. Quase a última coisa que chegou a dizer. Jamais hei de conseguir fumar de novo sem pensar nele e naquele dia, Pippin, em que veio cavalgando a Isengard e foi tão polido."

"Fume então e pense nele!", disse Aragorn. "Pois tinha um coração gentil, era um grande rei e cumpria suas juras; e ergueu-se das sombras para uma última bela manhã. Apesar de ter sido breve o seu serviço com ele, deveria ser uma lembrança feliz e honrada até o fim de seus dias."

Merry sorriu. "Então muito bem," comentou ele, "se Passolargo conseguir o necessário, vou fumar e pensar. Eu tinha da melhor erva de Saruman na mochila, mas certamente não sei o que foi feito dela na batalha."

"Mestre Meriadoc," disse Aragorn, "se você pensa que passei pelas montanhas e pelo reino de Gondor com fogo e espada para trazer ervas a um soldado descuidado que joga fora seu equipamento, está enganado. Se a sua mochila não foi encontrada, precisa mandar vir o mestre-das-ervas desta Casa. E ele lhe dirá que não sabia que a erva que você deseja tem qualquer virtude, mas que é chamada *erva-do-homem-do-oeste* pelo vulgo, e *galenas* pelos nobres, e outros nomes em outras línguas mais eruditas; e depois de acrescentar alguns versos meio esquecidos que não entende, ele o informará, pesaroso, de que ela não existe na Casa e vai deixá-lo refletindo sobre a história das línguas. E agora farei o mesmo. Pois não dormi em uma cama como esta desde que parti do Fano-da-Colina, nem comi desde a escuridão antes do amanhecer."

Merry agarrou sua mão e a beijou. "Lamento imensamente", disse ele. "Vá logo! Desde aquela noite em Bri temos sido um estorvo para você. Mas é o modo de meu povo usar palavras leves em tempos assim e dizer menos do que se quer significar.

1252

Receamos dizer demais. Isso nos tira as palavras certas quando um chiste está fora de lugar."

"Sei bem disso, do contrário não lidaria com vocês da mesma maneira", respondeu Aragorn. "Que o Condado viva para sempre sem perder o vigor!" Beijou Merry e saiu, e Gandalf foi com ele.

Pippin ficou para trás. "Alguma vez existiu alguém como ele?", indagou. "Exceto por Gandalf, é claro. Acho que devem ser parentes. Meu caro asno, sua mochila está no chão ao lado de sua cama e estava em suas costas quando o encontrei. Ele a viu o tempo todo, é claro. E seja como for, eu tenho um pouco da minha. Vamos agora! É Folha do Vale Comprido. Encha o cachimbo enquanto saio para achar alguma comida. E depois vamos relaxar um pouco. Valha-me! Nós, Tûks e Brandebuques, não podemos viver muito tempo nas alturas."

"Não", disse Merry. "Eu não posso. Ainda não, seja como for. Mas pelo menos, Pippin, agora podemos vê-las e honrá-las. É melhor apreciar primeiro o que somos feitos para apreciar, acho: precisamos começar em algum lugar e ter raízes, e o solo do Condado é fundo. Ainda assim, há coisas mais fundas e mais altas; e nem um feitor poderia cuidar do jardim no que ele chama de paz se não fosse por elas, quer ele saiba a respeito ou não. Estou contente de saber delas, um pouco. Mas não sei por que estou falando desse jeito. Onde está essa folha? E pegue meu cachimbo na mochila, se não estiver quebrado."

Em seguida, Aragorn e Gandalf foram ter com o Diretor das Casas de Cura e lhe aconselharam que Faramir e Éowyn lá ficassem e ainda fossem cuidados com atenção por muitos dias.

"A Senhora Éowyn", disse Aragorn, "logo desejará se levantar e partir; mas não devem permitir que ela o faça, se for possível retê-la de algum modo, até que se passem pelo menos dez dias."

"Quanto a Faramir," comentou Gandalf, "ele logo precisa ser informado de que o pai está morto. Mas não lhe deve ser contada a história completa da loucura de Denethor até estar bem curado e ter deveres a cumprir. Cuida que Beregond e o *perian* que estavam presentes não lhe falem ainda desses fatos!"

AS CASAS DE CURA

"E o outro *perian*, Meriadoc, que está a meus cuidados, o que fazer com ele?", indagou o Diretor.

"É provável que esteja apto a se levantar amanhã, por breve tempo", respondeu Aragorn. "Deixa-o levantar-se, se ele quiser. Poderá caminhar um pouco, cuidado pelos amigos."

"São uma raça notável", acrescentou o Diretor, assentindo com a cabeça. "De fibras muito rijas, julgo eu."

Às portas das Casas, muitos já se aglomeravam para ver Aragorn e o seguiam; e quando ele finalmente jantara, vieram homens pedir que curasse seus parentes ou amigos, cujas vidas estavam em perigo de enfermidade ou ferimento ou que jaziam sob a Sombra Negra. E Aragorn se ergueu e saiu, e mandou vir os filhos de Elrond, e juntos labutaram até tarde da noite. E as palavras se espalharam pela Cidade: "Deveras o Rei voltou". E chamavam-no de Pedra-Élfica por causa da pedra verde que usava, e, assim, o nome que ele deveria usar, como vaticinado em seu nascimento, foi escolhido para ele por seu próprio povo.

E quando não conseguia mais labutar, envolveu-se na capa, saiu da Cidade às escondidas e foi à sua tenda logo antes do amanhecer, onde dormiu um pouco. E pela manhã o estandarte de Dol Amroth, uma nau branca semelhante a um cisne sobre água azul, flutuava na Torre, e os homens erguiam os olhos e se perguntavam se a vinda do Rei fora apenas um sonho.

9

O Último Debate

Veio a manhã após o dia da batalha, e era bela, com poucas nuvens e um vento que virava para o oeste. Legolas e Gimli estavam de pé cedo e pediram permissão para subirem à Cidade; pois estavam ansiosos para verem Merry e Pippin.

"É bom ficar sabendo que ainda estão vivos", disse Gimli; "pois nos custaram grande esforço em nossa marcha por Rohan, e eu não gostaria de desperdiçar esse esforço."

Juntos, o Elfo e o Anão entraram em Minas Tirith, e as pessoas que os viam passar se admiravam de ver tais companheiros; pois Legolas tinha o rosto belo além da medida dos Homens e cantava uma canção-élfica em nítida voz ao caminhar na manhã; mas Gimli andava altivo ao seu lado, cofiando a barba e olhando em torno.

"Aqui há boas obras de pedra", comentou ele, observando os muros; "mas também algumas que são menos boas, e as ruas podiam ser mais bem projetadas. Quando Aragorn assumir sua herança, hei de lhe oferecer o serviço de alvanéis da Montanha, e ele a transformará em uma cidade para se orgulhar."

"Precisam de mais jardins", disse Legolas. "As casas são mortas, e aqui há bem poucas coisas que crescem e estão contentes. Se Aragorn assumir sua herança, o povo da Floresta lhe trará aves que cantam e árvores que não morrem."

Finalmente chegaram até o Príncipe Imrahil, e Legolas o encarou e fez uma funda mesura; pois via que ali deveras estava alguém que tinha sangue-élfico nas veias. "Salve, senhor!", disse ele. "Faz tempo que o povo de Nimrodel deixou as matas de Lórien, porém ainda se pode ver que nem todos zarparam do porto de Amroth rumo ao oeste por sobre as águas."

"Assim se diz na tradição de minha terra", respondeu o Príncipe; "porém por anos sem conta nunca se viu lá alguém do belo povo. E me admiro de ver um deles aqui, agora, em meio ao pesar e à guerra. O que buscas?"

"Sou um dos Nove Companheiros que partiram com Mithrandir de Imladris", disse Legolas; "e com este Anão, meu amigo, vim junto ao Senhor Aragorn. Mas agora desejamos ver nossos amigos Meriadoc e Peregrin, que estão a vossos cuidados, ao que nos dizem."

"Ireis encontrá-los nas Casas de Cura, e eu vos levarei até lá", disse Imrahil.

"Será o bastante se mandares alguém que nos conduza, senhor", comentou Legolas. "Pois Aragorn vos manda esta mensagem. Ele não quer entrar outra vez na Cidade por ora. Porém é preciso que os capitães se reúnam em conselho de imediato, e ele pede que vós e Éomer de Rohan desçais às suas tendas assim que for possível. Mithrandir já está lá."

"Iremos", afirmou Imrahil; e despediram-se com palavras corteses.

"Este é um bom senhor e um grande capitão dos homens", afirmou Legolas. "Se Gondor ainda tem tais homens nestes dias de desvanecimento, deve ter sido grande a sua glória nos dias de sua ascensão."

"E sem dúvida as boas obras de pedra são as mais antigas, e foram feitas na primeira construção", observou Gimli. "Sempre é assim com as coisas que os Homens começam: há uma geada na primavera, ou uma seca no verão, e eles descumprem a promessa."

"Mas raramente falha a sua semente", disse Legolas. "E essa jazerá no pó e na podridão para brotar de novo em tempos e lugares inesperados. Os feitos dos Homens durarão mais que nós, Gimli."

"E mesmo assim, acredito, no fim nada mais serão que possibilidades desperdiçadas", retrucou o Anão.

"Para isso os Elfos não conhecem resposta", disse Legolas.

Veio então o serviçal do Príncipe e os levou às Casas de Cura; e ali encontraram os amigos no jardim, e foi alegre o seu encontro.

Por algum tempo passearam e conversaram, comprazendo-se por breve espaço na paz e no descanso naquela manhã, no alto dos círculos da Cidade soprados pelo vento. Então, quando Merry se cansou, foram sentar-se na muralha, tendo atrás de si o gramado das Casas de Cura; e ao sul, diante deles, o Anduin reluzia ao sol, correndo para longe, saindo da vista até de Legolas, para as amplas planícies e a névoa verde de Lebennin e Ithilien do Sul.

E agora Legolas silenciou, enquanto os demais conversavam, e observou na direção do sol, e fitando viu brancas aves marinhas que vinham voando Rio acima.

"Vede!", exclamou ele. "Gaivotas! Estão voando longe para o interior. Para mim são uma maravilha e uma inquietação do coração. Nunca as havia encontrado em toda a minha vida até que chegamos a Pelargir, e ali as ouvi gritando no ar, quando cavalgamos rumo à batalha das naus. Então fiquei imóvel, esquecendo-me da guerra na Terra-média; pois suas vozes plangentes me falavam do Mar. O Mar! Ai de mim! ainda não o contemplei. Mas no fundo do coração de toda a minha gente reside o anseio pelo mar, que é perigoso agitar. Ai de mim pelas gaivotas! Não hei de ter paz outra vez sob faia ou sob olmo."

"Não digas isso!", pediu Gimli. "Ainda há coisas incontáveis para serem vistas na Terra-média e grandes obras a realizar. Mas se todo o belo povo partir para os Portos será um mundo mais enfadonho para os que estão fadados a ficar."

"Enfadonho e melancólico, de fato!", assentiu Merry. "Não podes ir aos portos, Legolas. Sempre haverá pessoas, grandes ou pequenas, e até alguns poucos anãos sábios, como Gimli, que precisam de ti. Pelo menos é o que espero. Mas de algum modo eu sinto que o pior desta guerra ainda está por vir. Como eu gostaria que estivesse tudo terminado, e bem terminado!"

"Não seja tão sombrio!", exclamou Pippin. "A Sol está brilhando, e aqui estamos nós, juntos por um ou dois dias pelo menos. Quero ouvir mais sobre todos vós. Vamos, Gimli! Tu e Legolas já mencionastes vossa estranha jornada com Passolargo uma dúzia de vezes nesta manhã. Mas não me contastes nada a respeito."

"O Sol pode estar brilhando aqui," disse Gimli, "mas há lembranças daquela estrada que não desejo trazer de volta da escuridão. Se eu soubesse o que tinha pela frente, creio que nem por qualquer amizade eu trilharia as Sendas dos Mortos."

"As Sendas dos Mortos?", indagou Pippin. "Ouvi Aragorn falando nisso e perguntei-me o que quereria dizer. Não queres nos contar um pouco mais?"

"Não de bom grado", respondeu Gimli. "Pois naquela estrada fui envergonhado: Gimli, filho de Glóin, que se considerara mais duro que os Homens e mais intrépido sob a terra que qualquer Elfo. Mas não demonstrei nenhuma das duas coisas; e fui mantido no caminho somente pela vontade de Aragorn."

"E também pelo amor a ele", acrescentou Legolas. "Pois todos os que chegam a conhecê-lo também o amam à sua própria maneira, mesmo a fria donzela dos Rohirrim. Foi na manhãzinha do dia antes que lá chegasses, Merry, que deixamos o Fano-da-Colina, e todo o povo estava tão temeroso que ninguém queria assistir à nossa partida, exceto a Senhora Éowyn, que agora jaz ferida na Casa aqui embaixo. Houve pesar naquela despedida, e me afligi de contemplá-la."

"Ai de mim! eu só me importava comigo mesmo", disse Gimli. "Não! Não falarei daquela jornada."

Silenciou; mas Pippin e Merry estavam tão ansiosos por notícias que finalmente Legolas disse: "Vou contar-vos o suficiente para sossegardes; pois não senti o horror, e não temi as sombras dos Homens, que considerei impotentes e frágeis."

Então contou rapidamente da estrada assombrada sob as montanhas, do obscuro encontro em Erech e da grande cavalgada a partir de lá, noventa léguas e três até Pelargir, à margem do Anduin. "Quatro dias e noites e o começo do quinto dia cavalgamos desde a Pedra Negra", disse ele. "E eis! na escuridão de Mordor acendeu-se minha esperança; pois naquela treva a Hoste de Sombra parecia tornar-se mais forte e mais terrível de contemplar. Vi alguns cavalgando, alguns caminhando, porém todos movendo-se com a mesma grande velocidade. Eram silenciosos, mas tinham um brilho nos olhos. Nos planaltos de Lamedon alcançaram nossos cavalos, passaram em nossa volta e nos teriam ultrapassado se Aragorn não lhos tivesse proibido.

"Ao seu comando eles se refrearam. 'Mesmo as sombras dos Homens obedecem à sua vontade', pensei. 'Ainda poderão servir aos seus propósitos!'

"Cavalgamos por um dia de luz, e depois veio o dia sem amanhecer, e ainda prosseguimos a cavalo e atravessamos o Ciril e o Ringló; e no terceiro dia chegamos a Linhir, acima da foz do Gilrain. E ali os homens de Lamedon disputavam os vaus com o povo feroz de Umbar e Harad, que subira de barco pelo rio. Mas todos, defensores e adversários, desistiram do combate e fugiram quando viemos, gritando que o Rei dos Mortos os acometia. Só Angbor, Senhor de Lamedon, teve a coragem de nos suportar; e Aragorn mandou que ele reunisse seu povo e que viessem atrás de nós, se ousassem, depois da passagem da Hoste Cinzenta.

"'Em Pelargir, o Herdeiro de Isildur precisará de vós', disse ele.

"Assim atravessamos sobre o Gilrain, impelindo diante de nós, em alvoroço, os aliados de Mordor; e depois repousamos um pouco. Mas Aragorn logo se ergueu, dizendo: 'Eis! Minas Tirith já foi atacada. Receio que caia antes que cheguemos em seu auxílio.' Portanto, montamos de novo antes de terminar a noite e prosseguimos à toda pressa que nossos cavalos podiam suportar por sobre as planícies de Lebennin."

Legolas fez uma pausa, suspirou e, voltando os olhos para o sul, cantou baixinho:

> *Como prata correm os rios do Celos ao Erui*
> *Nos verdes campos de Lebennin!*
> *Lá alta cresce a grama. Ao vento do Mar*
> *Balançam os lírios brancos,*
> *E se agitam os sinos dourados de mallos e alfirin*
> *Nos verdes campos de Lebennin,*
> *Ao vento do Mar!*[A]

"São verdes esses campos nas canções de meu povo; mas então estavam escuros, desertos cinzentos no negror diante de nós. E por cima da ampla terra, pisoteando sem perceber a relva e as flores, caçamos nossos inimigos por um dia e uma noite até que, no amargo fim, acabamos alcançando o Grande Rio.

O ÚLTIMO DEBATE

"Então pensei em meu coração que nos avizinhávamos do Mar; pois era ampla a água na escuridão, e incontáveis aves marinhas gritavam em suas margens. Ai de mim pelo choro das gaivotas! A Senhora não me disse que tomasse cuidado com elas? E agora não consigo esquecê-las."

"Eu, de minha parte, não lhes dei atenção", disse Gimli; "pois aí finalmente começamos a combater a sério. Ali, em Pelargir, estava atracada a principal frota de Umbar, cinquenta grandes naus e embarcações menores sem conta. Muitos dos que perseguimos haviam chegado aos portos antes de nós e levaram seu medo consigo; e algumas das naus haviam zarpado, procurando escapar Rio abaixo ou alcançar a margem oposta; e muitos dos barcos menores estavam em chamas. Mas os Haradrim, agora levados ao extremo, viraram-se acuados, e eram ferozes em seu desespero; e riram quando nos contemplaram, pois ainda eram um grande exército.

"Mas Aragorn parou e gritou em alta voz: 'Agora vinde! Pela Pedra Negra eu vos chamo!' E de súbito a Hoste de Sombra, que até o fim se refreara, veio como uma maré cinzenta, varrendo todos diante de si. Ouvi gritos débeis, o soar de trompas indistintas e um murmúrio como de incontáveis vozes longínquas: era como o eco de alguma batalha olvidada nos Anos Sombrios muito tempo atrás. Espadas pálidas foram desembainhadas; mas não sei se suas lâminas ainda feriam, pois os Mortos não necessitavam mais de nenhuma arma além do medo. Ninguém lhes resistia.

"Foram a todas as naus que estavam atracadas e depois passaram sobre a água àquelas que estavam ancoradas; e todos os marujos foram tomados por uma loucura de terror e saltaram sobre a borda, exceto os escravos acorrentados aos remos. Cavalgamos temerários entre nossos inimigos em fuga, empurrando-os como folhas, até alcançarmos a margem. E então Aragorn mandou um dos Dúnedain a cada uma das grandes naus que restavam, e consolaram os cativos que estavam a bordo e mandaram-nos pôr de lado o medo e serem livres.

"Antes que terminasse aquele dia escuro, não restava um só dos inimigos para nos resistir; estavam todos afogados, ou fugiam rumo ao sul na esperança de encontrarem a pé as suas próprias terras. Considerei estranho e maravilhoso que os desígnios de Mordor fossem derrotados por tais espectros de temor e treva. Foi vencido com suas próprias armas!"

"Estranho deveras", observou Legolas. "Naquela hora olhei para Aragorn e pensei como poderia ter-se tornado um Senhor grande e terrível, com a força de sua vontade, se tivesse tomado o Anel para si. Não é em vão que Mordor o teme. Mas seu espírito é mais nobre que a compreensão de Sauron; pois não é ele um dos filhos de Lúthien? Jamais há de falhar essa linhagem, por muito que os anos se estendam sem conta."

"Estão além dos olhos dos Anãos tais vaticínios", disse Gimli. "Mas deveras poderoso foi Aragorn nesse dia. Eis! toda a frota negra estava em suas mãos; e escolheu a maior nau para ser a sua e embarcou nela. Então fez soar um grande conjunto de trompas tiradas do inimigo; e a Hoste de Sombra se retirou para a margem. Ali se postaram em silêncio, quase invisíveis, exceto por um brilho rubro em seus olhos que refletia o clarão das naus que queimavam. E Aragorn falou em alta voz aos Mortos, exclamando:

"'Ouvi agora as palavras do Herdeiro de Isildur! Vossa jura está cumprida. Voltai e nunca mais importunai os vales! Parti e ficai em sossego!'

"E diante disso, o Rei dos Mortos se adiantou da hoste, quebrou sua lança e a jogou ao chão. Então fez uma profunda reverência e lhe deu as costas; e rapidamente toda a hoste cinzenta se retirou e desapareceu como uma neblina impelida por um vento repentino; e pareceu-me acordar de um sonho.

"Naquela noite descansamos enquanto outros labutavam. Pois muitos cativos tinham sido libertados, e foram soltos muitos escravos que eram gente de Gondor aprisionada em incursões; e logo houve também grande reunião de homens vindos de Lebennin e do Ethir, e Angbor de Lamedon chegou com todos os cavaleiros que conseguiu convocar. Agora que fora removido o temor dos Mortos eles vieram nos ajudar e contemplar o Herdeiro de Isildur; pois o rumor desse nome correra como fogo no escuro.

"E esse é quase o fim de nossa história. Pois durante aquele entardecer e aquela noite muitas naus foram aprestadas e tripuladas; e pela manhã a frota partiu. Já parece que faz muito tempo, mas foi apenas na manhã do dia de anteontem, o sexto depois de nossa partida do Fano-da-Colina. Mas Aragorn ainda era impelido pelo medo de que o tempo não bastaria.

"'São quarenta léguas e duas de Pelargir até os cais do Harlond', disse ele. 'Mas ao Harlond precisamos chegar amanhã, ou fracassaremos por completo.'

"Agora os remos estavam sendo manejados por homens livres, e labutavam de modo varonil; porém subimos lentamente pelo Grande Rio, pois porfiávamos contra sua correnteza e, apesar de ela não ser veloz lá no Sul, não tínhamos auxílio do vento. Eu estaria muito apreensivo, por muito que tivéssemos vencido nos Portos, se Legolas não tivesse rido de repente.

"'Ergue tua barba, filho de Durin!', disse ele. 'Pois assim foi dito: *Nasce a esperança amiúde quando o homem se desilude.*' Mas não queria contar que esperança enxergava de longe. Quando a noite chegou, só fez aprofundar a treva, e nossos corações estavam inflamados, pois lá longe no Norte víamos um fulgor vermelho sob a nuvem, e Aragorn disse: 'Minas Tirith está em chamas.'

"Mas à meia-noite deveras renasceu a esperança. Hábeis marinheiros do Ethir, olhando para o sul, falaram de uma mudança que vinha com o vento fresco do Mar. Muito antes de chegar o dia, as naus de mastros içaram velas, e nossa velocidade aumentou até o amanhecer alvejar a espuma em nossas proas. E assim foi, como sabeis, que viemos à terceira hora da manhã, com bom vento e Sol descoberto, e desfraldamos em batalha o grande estandarte. Foi um grande dia e uma grande hora, não importa o que vier depois."

"O que quer que se siga, grandes feitos não têm seu valor diminuído", comentou Legolas. "Foi grande feito percorrer as Sendas dos Mortos, e grande há de permanecer, por muito que não reste ninguém em Gondor para cantá-lo nos dias que estão por vir."

"E isso pode muito bem acontecer", respondeu Gimli. "Pois os rostos de Aragorn e Gandalf estão sérios. Muito me pergunto que conselhos estão trocando nas tendas lá embaixo. De minha parte, como Merry, gostaria que a guerra já tivesse acabado com nossa vitória. Mas, não importa o que ainda reste a ser feito, espero ter meu papel, pela honra do povo da Montanha Solitária."

"E eu pelo povo da Grande Floresta", disse Legolas, "e pelo amor do Senhor da Árvore Branca."

Então os companheiros silenciaram, mas ficaram por algum tempo sentados no lugar elevado, cada um ocupado com seus próprios pensamentos, enquanto os Capitães debatiam.

Quando o Príncipe Imrahil se havia despedido de Legolas e Gimli, mandou que Éomer viesse de imediato; com ele desceu da Cidade, e chegaram às tendas de Aragorn, que estavam montadas no campo não longe do local onde tombara o Rei Théoden. E ali aconselharam-se juntamente com Gandalf, Aragorn e os filhos de Elrond.

"Meus senhores," disse Gandalf, "escutai as palavras do Regente de Gondor antes de sua morte: 'Poderás triunfar nos campos da Pelennor por um dia, mas contra o Poder que ora se levanta não há vitória.' Não peço que vos desespereis como ele, mas que pondereis a verdade destas palavras.

"As Pedras Videntes não mentem e nem mesmo o Senhor de Barad-dûr pode fazê-las mentir. Talvez possa escolher, por sua vontade, quais coisas hão de ser vistas por mentes mais débeis ou fazer com que se enganem quanto ao significado do que veem. Ainda assim não se pode duvidar de que, vendo grandes exércitos preparados contra ele em Mordor, e ainda mais sendo reunidos, Denethor tenha visto aquilo que é em verdade.

"Nossa força mal bastou para rechaçar o primeiro grande ataque. O próximo será maior. Esta guerra, portanto, é sem esperança final, como Denethor percebeu. A vitória não pode ser conseguida pelas armas, quer vos senteis aqui para suportardes um cerco após o outro, quer partais em marcha para serdes sobrepujados além do Rio. Só tendes uma escolha entre males; e a prudência vos aconselharia a reforçardes os lugares fortificados que tendes e esperardes ali o assalto; pois assim o tempo até vosso fim será prolongado um pouco."

"Então queres que recuemos a Minas Tirith, Dol Amroth ou ao Fano-da-Colina, e ali nos sentemos como crianças em castelos de areia quando a maré está fluindo?", indagou Imrahil.

"Esse não seria um conselho novo", respondeu Gandalf. "Não fizestes isso e pouco mais em todos os dias de Denethor? Mas não! Eu disse que isso seria prudente. Não aconselho a prudência. Eu disse que a vitória não podia ser conseguida pelas armas. Ainda tenho esperança de vitória, mas não pelas armas. Pois no meio de todas estas políticas entra o Anel de Poder, a fundação de Barad-dûr e a esperança de Sauron.

"A respeito desse objeto, meus senhores, agora todos vós sabeis o bastante para compreenderdes nosso apuro e o de Sauron. Se ele o recuperar, vossa valentia será vã, e a vitória dele será rápida e completa: tão completa que ninguém pode prever seu fim enquanto durar este mundo. Se o objeto for destruído, ele cairá; e sua queda será tão vertiginosa que ninguém pode prever que ele alguma vez se reerga. Pois ele perderá a maior parte da força que lhe era nativa em seu princípio, e tudo o que foi feito ou começado com esse poder se esfarelará, e ele estará mutilado para sempre, tornando-se um mero espírito de malevolência que se remorde nas sombras, mas que não pode voltar a crescer nem assumir forma. E assim será removido um grande mal deste mundo.

"Há outros males que poderão vir; pois o próprio Sauron é apenas um serviçal ou emissário. Porém não é nosso papel dominar todas as marés do mundo, e sim fazer o que está em nós para socorro dos anos em que fomos postos, extirpando o mal nos campos que conhecemos, para que os que viverem depois tenham terra limpa para cultivar. O clima que enfrentarão não nos cabe imaginar.

"Ora, Sauron sabe de tudo isso, e sabe que esse objeto precioso que ele perdeu foi reencontrado; mas não sabe ainda onde está, ou assim esperamos. E por isso ele agora está em grande dúvida. Pois, se tivermos encontrado esse objeto, há alguns entre nós com bastante força para manejá-lo. Também isso ele sabe. Pois não tenho razão em supor, Aragorn, que te mostraste a ele na Pedra de Orthanc?"

"Mostrei-me antes de partir do Forte-da-Trombeta", respondeu Aragorn. "Julguei que o instante era certo e que a Pedra viera até mim exatamente para esse fim. Já fazia dez dias que o Portador-do-Anel partira de Rauros rumo ao leste, e o Olho de Sauron, pensei, devia ser atraído para fora de sua própria terra. Mui raramente ele foi desafiado desde que voltou a sua Torre. Porém, se eu tivesse previsto quão veloz seria seu ataque em resposta, talvez não tivesse ousado mostrar-me. Foi-me dado apenas o tempo justo para vir em vosso socorro."

"Mas como é isso?", disse Éomer. "Tudo é vão, dizes, se ele tiver o Anel. Por que ele pensaria que não é vão atacar-nos se nós o tivermos?"

"Ele ainda não tem certeza", comentou Gandalf, "e não desenvolveu seu poder esperando até que seus inimigos estivessem seguros, como fizemos nós. Também não seríamos capazes de aprender a manejar o pleno poder em um só dia. Deveras ele pode ser usado apenas por um só mestre, não por muitos; e ele esperará por um tempo de contenda, antes que um dos grandes dentre nós se torne o mestre e derrote os demais. Nesse tempo o Anel poderia ajudá-lo, se ele agisse de súbito.

"Ele está observando. Vê muito e ouve muito. Seus Nazgûl ainda estão por aí. Passaram por cima deste campo antes do nascer do sol, apesar de poucos dentre os exaustos e os que dormiam se darem conta deles. Ele estuda os sinais: a Espada que lhe roubou seu tesouro, refeita; os ventos da sorte virando em nosso favor e a derrota inesperada de seu primeiro ataque: a queda de seu grande Capitão.

"Sua dúvida deve estar crescendo mesmo enquanto falamos aqui. Seu Olho já se inclina em nossa direção, cego a quase todas as outras coisas que se movem. Temos de mantê-lo assim. Nisso reside toda a nossa esperança. Este, portanto, é meu conselho. Não temos o Anel. Em sabedoria ou grande loucura ele foi mandado embora para ser destruído, para que não destruísse a nós. Sem ele não podemos derrotar a força de Sauron pela força. Mas a todo custo temos de afastar seu Olho do seu verdadeiro perigo. Não podemos obter a vitória pelas armas, mas pelas armas podemos dar ao Portador-do-Anel sua única chance, por muito frágil que seja.

"Assim como Aragorn começou, nós temos de prosseguir. Temos de forçar Sauron ao seu lance final. Temos de provocar sua força oculta, de modo que ele esvazie sua terra. Temos de marchar ao encontro dele de imediato. Temos de nos transformar em isca, por muito que suas mandíbulas se fechem sobre nós. Ele pegará a isca, na esperança e na cobiça, pois pensará ver em tal precipitação a altivez do novo Senhor-do-Anel; e dirá: 'Ora! Ele estica o pescoço cedo demais e longe demais. Ele que venha, e eis que o prenderei em uma armadilha da qual não poderá escapar. Ali o esmagarei, e o que ele tomou em sua insolência há de ser meu outra vez, para sempre.'

"Temos de caminhar para essa armadilha de olhos abertos, com coragem, mas com pouca esperança para nós mesmos. Pois, meus senhores, pode muito bem acontecer que nós próprios pereçamos por completo em negra batalha longe das terras viventes; de modo que, mesmo que Barad-dûr seja derrubada, não hajamos de viver para vermos uma nova era. Mas esse, julgo, é nosso dever. E é melhor assim do que perecermos não obstante — como certamente haveremos de perecer se ficarmos sentados aqui — e sabermos, ao morrer, que não haverá nova era."

Ficaram em silêncio por algum tempo. Por fim Aragorn falou. "Assim como comecei eu prosseguirei. Agora chegamos à própria beira, onde a esperança e o desespero são similares. Titubear é cair. Que agora ninguém rejeite os conselhos de Gandalf, cujas longas labutas contra Sauron finalmente chegam à prova. Não fosse por ele, há muito tudo estaria perdido. Mesmo assim ainda não tenho pretensão de comandar ninguém. Os demais que escolham como quiserem."

Então respondeu Elrohir: "Viemos do Norte com essa finalidade e de nosso pai Elrond trouxemos esse mesmo conselho. Não voltaremos atrás."

"Quanto a mim," comentou Éomer, "pouco conhecimento tenho desses assuntos profundos; mas não preciso dele. Sei isto, e basta: que assim como meu amigo Aragorn socorreu a mim e ao meu povo, eu o auxiliarei quando ele chamar. Eu irei."

"Quanto a mim," disse Imrahil, "considero o Senhor Aragorn como meu senhor-suserano, quer ele reivindique isso, quer não. Para mim seu desejo é um comando. Também irei. Mas por certo tempo ocupo o lugar do Regente de Gondor e me cabe pensar primeiro em seu povo. Ainda é preciso atentar para a prudência. Pois temos de nos preparar contra todas as eventualidades, as boas assim como as más. Ora, pode ser que triunfemos, e, enquanto há alguma esperança disso, Gondor precisa ser protegida. Não gostaria que voltássemos vitoriosos a uma Cidade em ruínas e a uma terra devastada atrás de nós. Porém sabemos pelos Rohirrim que há um exército ainda não enfrentado em nosso flanco norte."

"Isso é verdade", assentiu Gandalf. "Não vos aconselho a deixar a Cidade desguarnecida por completo. Deveras a força que levarmos para o leste não precisa ser bastante grande para um ataque a sério contra Mordor, contanto que seja bastante grande para provocar o combate. E precisa mover-se logo. Portanto pergunto aos Capitães: que número podemos convocar e fazer partir daqui a dois dias o mais tardar? E têm de ser homens valorosos, que partam de boa vontade, conhecendo seu perigo."

"Todos estão cansados, e muitíssimos têm ferimentos leves ou graves," disse Éomer, "e sofremos grande perda de nossos cavalos, e isso é difícil de suportar. Se tivermos de partir logo, então não posso esperar liderar nem dois milhares e ainda deixar o mesmo número na defesa da Cidade."

"Não precisamos calcular apenas com os que combateram neste campo", afirmou Aragorn. "Novos reforços estão a caminho dos feudos do sul, agora que as costas foram libertadas. Mandei marchar quatro milhares de Pelargir, através de Lossarnach, dois dias atrás; e Angbor, o destemido, cavalga diante deles. Se sairmos daqui a dois dias, eles estarão próximos antes que partamos. Ademais mandei que muitos me seguissem Rio acima em qualquer embarcação que pudessem reunir; e com este vento logo estarão nas proximidades, e, de fato, diversas naus já chegaram ao Harlond. Julgo que possamos levar sete milhares a cavalo e a pé e ainda deixar a Cidade mais bem defendida que no início do ataque."

"O Portão foi destruído," disse Imrahil, "e agora onde está a habilidade que o reconstrua e remonte?"

"Em Erebor, no Reino de Dáin, tal habilidade existe", disse Aragorn; "e se não perecerem todas as nossas esperanças, mandarei, no devido tempo, Gimli, filho de Glóin, para pedir artífices da Montanha. Mas homens são melhores que portões, e nenhum portão resistirá a nosso Inimigo se os homens o desertarem."

Esse, portanto, foi o fim do debate dos senhores: que deveriam partir na segunda manhã depois daquele dia, com sete milhares se fosse possível encontrá-los; e a mor parte dessa força deveria ir a pé, por causa das terras malignas em que penetrariam. Aragorn deveria encontrar cerca de dois milhares dos que reunira em torno de si no Sul; mas Imrahil deveria encontrar três milhares e meio; e Éomer cinco centenas dos Rohirrim que estavam sem cavalos, mas aptos para a guerra, e ele próprio deveria liderar cinco centenas de seus melhores Cavaleiros montados; e deveria haver outra companhia de quinhentos homens montados, entre os quais os filhos de Elrond, com os Dúnedain e os cavaleiros de Dol Amroth: no total seis mil a pé e mil a cavalo. Mas a força principal dos Rohirrim que ainda tivesse cavalos e fosse capaz de lutar, cerca de três mil sob o comando de Elfhelm, deveria emboscar a Estrada do Oeste contra o inimigo que estava em Anórien. E de imediato foram enviados cavaleiros velozes para reunirem as notícias que pudessem no norte; e a leste desde Osgiliath e a estrada para Minas Morgul.

E, quando haviam estimado toda a sua força e planejado as jornadas que haveriam de fazer e as estradas que haveriam de escolher, de repente Imrahil riu alto.

"Certamente", exclamou ele, "este é o maior chiste em toda a história de Gondor: que partimos com sete milhares, pouco menos que a vanguarda de seu exército nos dias de seu poderio, para assaltarmos as montanhas e o impenetrável portão da Terra Negra! Assim uma criança poderia ameaçar um cavaleiro em cota de malha, com um arco de barbante e salgueiro verde! Se o Senhor Sombrio sabe tanto quanto dizes, Mithrandir, ele não sorrirá em vez de temer e não nos esmagará com o dedinho como a uma mosca que tenta picá-lo?"

"Não, ele tentará aprisionar a mosca e lhe tomar o ferrão", disse Gandalf. "E há nomes entre nós que valem mais, cada um, que mil cavaleiros trajando cota de malha. Não, ele não sorrirá."

"Nem nós", acrescentou Aragorn. "Se isto for um chiste, então é amargo demais para se rir. Não, é o último lance de um grande risco, e para um ou outro lado trará o fim do jogo." Então sacou Andúril e a ergueu, reluzindo ao sol. "Não hás de ser embainhada de novo até que seja travada a última batalha", concluiu ele.

10

O Portão Negro se Abre

Dois dias depois, o exército do Oeste estava todo reunido na Pelennor. A hoste de Orques e Lestenses havia recuado de Anórien, mas, assolados e espalhados pelos Rohirrim, haviam-se dispersado e fugido com pouco combate rumo a Cair Andros; e, com essa ameaça destruída e novas forças chegando do Sul, a Cidade estava tão bem guarnecida quanto era possível. Os batedores relatavam que não restava nenhum inimigo nas estradas a leste até a Encruzilhada do Rei Caído. Agora estava tudo pronto para o último lance.

Legolas e Gimli iriam mais uma vez cavalgar juntos, em companhia de Aragorn e Gandalf, que iam na vanguarda com os Dúnedain e os filhos de Elrond. Mas Merry, para vergonha sua, não iria com eles.

"Você não está apto a tal jornada", disse Aragorn. "Mas não se envergonhe. Se não fizer mais nada nesta guerra, já fez por merecer grandes honras. Peregrin irá representando o povo do Condado; e não lhe inveje sua chance de risco, pois, apesar de ele ter se portado tão bem quanto sua sorte lhe permitiu, ele ainda precisa igualar o seu feito. Mas em verdade agora estão todos no mesmo perigo. Apesar de ser nosso papel encontrar um amargo fim diante do Portão de Mordor, se o fizermos, também você chegará à sua última resistência, aqui ou em qualquer lugar onde a maré negra o alcançar. Adeus!"

E assim, abatido, Merry estava parado assistindo à convocação do exército. Bergil estava com ele e também ele estava desanimado; pois seu pai iria marchar liderando uma companhia de Homens da Cidade: ele não podia voltar para a Guarda até seu caso ser julgado. Naquela mesma companhia também

Pippin deveria ir, como soldado de Gondor. Merry conseguia vê-lo não muito longe, um vulto pequeno, porém ereto entre os altos homens de Minas Tirith.

Finalmente as trompas soaram e o exército começou a se mover. Tropa por tropa e companhia por companhia deram a volta e partiram rumo ao leste. E muito depois de terem saído da sua visão, descendo pela grande estrada para o Passadiço, Merry estava parado ali. O último reluzir do sol matinal nas lanças e nos elmos rebrilhou e se perdeu, e ele ainda permanecia de cabeça baixa e coração pesado, sentindo-se privado de amigos e solitário. Todos de que gostava haviam ido embora para a escuridão que pendia sobre o distante firmamento do leste; e em seu coração restava bem pouca esperança de que veria algum deles outra vez.

Como que chamada por seu humor de desesperança, a dor em seu braço voltou, e ele se sentiu fraco e velho, e a luz do sol parecia rala. Foi despertado pelo toque da mão de Bergil.

"Vem, Mestre Perian!", disse o rapaz. "Ainda sentes dor, eu vejo. Vou ajudar-te a voltar para os Curadores. Mas não temas! Eles voltarão. Os Homens de Minas Tirith jamais serão derrotados. E agora eles têm o Senhor Pedra-Élfica e também Beregond da Guarda."

Antes do meio-dia o exército chegou a Osgiliath. Ali ocupavam-se todos os operários e artífices que podiam ser dispensados de outras tarefas. Alguns reforçavam as balsas e as pontes flutuantes que o inimigo fizera e parcialmente destruíra ao fugir; alguns reuniam provisões e pilhagens; e outros, do lado leste na outra margem do Rio, erguiam obras de defesa improvisadas.

A vanguarda atravessou as ruínas da Velha Gondor, o largo Rio e subiu pela estrada longa e reta que nos dias gloriosos fora construída para levar da bela Torre do Sol para a alta Torre da Lua, que era agora Minas Morgul em seu vale amaldiçoado. Cinco milhas depois de Osgiliath fizeram uma parada, concluindo a marcha do primeiro dia.

Mas os cavaleiros seguiram em frente e antes do entardecer chegaram à Encruzilhada e ao grande anel de árvores, e tudo estava em silêncio. Não tinham visto sinal de nenhum inimigo, não haviam ouvido grito nem chamado, nenhuma seta voara de rocha ou moita junto ao caminho, mas, à medida que avançavam, sentiam aumentar a vigilância da terra. Árvores e pedras, ramos e folhas estavam à escuta. A escuridão fora afastada, e muito longe, no oeste, o pôr do sol se estendia sobre o Vale do Anduin, e os brancos picos das montanhas enrubesciam no ar azul; mas uma sombra e uma treva pesavam sobre a Ephel Dúath.

Então Aragorn postou trombeteiros em cada uma das quatro estradas que penetravam no anel de árvores, e tocaram uma grande fanfarra, e os arautos gritaram em alta voz: "Os Senhores de Gondor retornaram e tomam de volta toda esta terra que lhes pertence." A hedionda cabeça-órquica que fora posta na figura esculpida foi lançada ao chão e quebrada em pedaços, e a cabeça do velho rei foi erguida e posta mais uma vez em seu lugar, ainda coroada de flores brancas e douradas; e os homens labutaram para lavar e desbastar todas as infames garatujas que os orques haviam posto na pedra.

Ora, no debate alguns haviam opinado que Minas Morgul deveria ser atacada primeiro e, se pudessem tomá-la, deveria ser destruída por completo. "E quem sabe", disse Imrahil, "a estrada que leva dali para o passo no alto demonstrará ser uma via mais fácil de ataque contra o Senhor Sombrio que seu portão setentrional."

Mas Gandalf contradissera isso com urgência por causa do mal que habitava no vale, onde as mentes dos vivos voltar-se-iam para loucura e horror, e também por causa das novas que Faramir trouxera. Pois, se o Portador-do-Anel de fato tentara ir por ali, deveriam especialmente não atrair para lá o Olho de Mordor. Assim, no dia seguinte, quando veio a hoste principal, puseram uma forte guarda na Encruzilhada para defendê-la caso Mordor enviasse um exército por cima do Passo Morgul ou trouxesse mais soldados do Sul. Para essa guarda escolheram mormente arqueiros que conheciam os caminhos de Ithilien e se manteriam ocultos nas matas e nas encostas em torno do encontro das estradas. Mas Gandalf e Aragorn cavalgaram com a vanguarda até a entrada do Vale Morgul e contemplaram a cidade maligna.

Estava escura e sem vida; pois os Orques e as criaturas menores de Mordor que ali habitaram tinham sido destruídos em combate, e os Nazgûl estavam em campo. Porém o ar do vale estava pesado de temor e inimizade. Então destruíram a ponte maligna, puseram chamas rubras nos campos fétidos e partiram.

No dia seguinte, o terceiro desde que tinham partido de Minas Tirith, o exército começou sua marcha para o norte ao longo da estrada. Havia cerca de cem milhas por aquela via, da Encruzilhada até o Morannon, e nenhum deles sabia o que haveria de lhes acontecer antes de chegarem até lá. Iam abertamente, mas com cautela, com batedores montados precedendo-os na estrada, e outros, a pé, de ambos os lados, especialmente no flanco leste; pois ali se estendiam moitas escuras e um terreno acidentado de ravinas e despenhadeiros rochosos, atrás dos quais se alçavam as longas encostas ameaçadoras da Ephel Dúath. O clima do mundo continuava bonito, e o vento se mantinha no oeste, mas nada conseguia dissipar as trevas e as tristes névoas que se agarravam às Montanhas de Sombra; e atrás deles, às vezes se erguiam grandes fumaças que pairavam nos ventos superiores.

Vez por outra Gandalf mandava soar as trombetas, e os arautos gritavam: "Os Senhores de Gondor chegaram! Que todos abandonem esta terra ou a entreguem!" Mas Imrahil disse: "Não digais 'Os Senhores de Gondor'. Dizei 'O Rei Elessar'. Pois isso é verdade, mesmo que ele ainda não tenha se assentado no trono; e o Inimigo terá mais em que pensar se os arautos usarem esse nome." E depois disso, três vezes ao dia os arautos proclamavam a vinda do Rei Elessar. Mas ninguém respondeu ao desafio.

Ainda assim, apesar de marcharem em aparente paz, os corações de todo o exército, do maior ao menor, estavam desanimados, e, a cada milha que avançavam para o norte, mais pesava sobre eles o presságio do mal. Foi perto do fim do segundo dia de marcha desde a Encruzilhada que encontraram a primeira ameaça de combate. Pois um grande número de Orques e Lestenses tentou emboscar suas companhias dianteiras; e isso ocorreu no mesmo lugar onde Faramir armara uma cilada para os homens de Harad, e a estrada entrava por um rasgo profundo no meio de um contraforte das colinas a leste. Mas os Capitães do Oeste estavam bem prevenidos pelos batedores, homens hábeis de Henneth Annûn liderados por Mablung; e assim a própria emboscada foi apanhada em armadilha. Pois os cavaleiros deram uma volta ampla pelo oeste e atacaram os inimigos pelo flanco e por trás, e estes foram destruídos ou empurrados rumo ao leste, para as colinas.

Mas a vitória pouco contribuiu para encorajar os capitães. "É só um subterfúgio", disse Aragorn; "e creio que seu principal propósito era nos atrair para diante com uma falsa estimativa da fraqueza de nosso Inimigo, não ainda causar-nos grande perda." A partir daquela tardinha, os Nazgûl vieram e seguiram cada movimento do exército. Ainda voavam alto e fora da visão de todos, exceto de Legolas, e, no entanto, sua presença podia ser sentida como um aprofundamento da sombra e uma turvação do sol; e, apesar de os Espectros-do-Anel ainda não mergulharem baixo sobre os adversários e de manterem silêncio, sem emitir grito, o temor deles não podia ser eliminado.

Assim consumiram-se o tempo e a jornada desesperançada. No quarto dia desde a Encruzilhada e sexto desde Minas Tirith, chegaram enfim à extremidade das terras viventes e começaram a penetrar na desolação que jazia diante dos portões do Passo de Cirith Gorgor; e podiam divisar os pântanos e o deserto que se estendiam ao norte e oeste, até as Emyn Muil. Eram tão desolados esses lugares e era tão profundo o horror que neles se alojara que parte da hoste perdeu a coragem, e não conseguiam andar nem cavalgar mais para o norte.

Aragorn olhou para eles, e em seus olhos havia pena em vez de ira; pois aqueles eram jovens de Rohan, do longínquo Westfolde, ou lavradores de Lossarnach, e para eles Mordor fora desde a infância um nome maligno, porém irreal, uma lenda que não desempenhava papel em suas vidas simples; e agora caminhavam como homens em hediondo sonho tornado realidade e não compreendiam aquela guerra nem por que a sina os haveria de conduzir a tal impasse.

"Ide!", disse Aragorn. "Mas mantende a honra que puderdes e não corrais! E há uma tarefa que podeis tentar, e assim não vos envergonhareis de todo. Rumai para o sudoeste até chegardes a Cair Andros e, se ela ainda estiver tomada pelos inimigos, como penso, retomai-a caso puderdes; e ocupai-a até o fim em defesa de Gondor e Rohan!"

Então alguns, envergonhados por sua clemência, dominaram o medo e seguiram em frente, e os demais ganharam nova esperança, ouvindo falar de um feito corajoso à sua medida ao qual se podiam dedicar, e partiram. E assim, visto que muitos homens já haviam sido deixados na Encruzilhada, foi com menos de seis milhares que os Capitães do Oeste finalmente vieram desafiar o Portão Negro e o poderio de Mordor.

Agora avançavam devagar, esperando a qualquer momento uma resposta ao seu desafio, e juntaram-se, posto que era mero desperdício de homens enviar batedores ou pequenos grupos separados da hoste principal. Ao cair da noite do quinto dia de marcha desde o Vale Morgul, fizeram seu último acampamento e puseram em volta dele fogueiras da madeira e urze morta que foram capazes de achar. Passaram despertos as horas da noite, e tendo consciência de muitos seres entrevistos que caminhavam e espreitavam em toda a volta deles e ouvindo os uivos dos lobos. O vento cessara e todo o ar parecia imóvel. Pouco conseguiam enxergar, pois, apesar de não haver nuvens e a lua crescente ter quatro noites de idade, havia fumos e vapores que emanavam da terra, e a branca meia-lua estava envolta nas névoas de Mordor.

O ar esfriou. Com a chegada da manhã, o vento começou a soprar de novo, mas agora vinha do Norte, e logo refrigerou-se em brisa crescente. Todos os caminhantes da noite haviam ido embora, e a terra parecia vazia. Ao norte, em meio às covas fétidas, estavam os primeiros grandes montes e morros de escória, rochas partidas e terra fulminada, o vômito do povo-verme de Mordor; mas ao sul, agora próximo, surgia o grande baluarte de Cirith Gorgor, o Portão Negro no meio de tudo e as duas Torres dos Dentes, altas e negras, de ambos os lados.

Pois em sua última marcha os Capitães tinham se afastado da velha estrada, que fazia uma curva para o leste, e evitado o perigo das colinas que espreitavam e, portanto, agora estavam se aproximando do Morannon pelo noroeste, exatamente como Frodo fizera.

As duas vastas portas de ferro do Portão Negro, sob seu arco austero, estavam firmemente fechadas. Nas ameias nada podia ser visto. Tudo estava silencioso, porém vigilante. Haviam chegado ao extremo fim de sua loucura e pararam abandonados e gelados à luz cinzenta do começo do dia, diante de torres e muralhas que seu exército não era capaz de atacar com qualquer esperança, nem que para ali tivesse levado engenhos de grande poder e que o Inimigo não tivesse mais força do que o bastante para guarnecer somente o portão e a muralha. Porém sabiam que todas as colinas e rochas em torno do Morannon estavam repletas de adversários ocultos e que o sombrio desfiladeiro mais além estava perfurado e cheio de túneis cavados por enxameantes ninhadas de malvados seres. E parados ali viram todos os Nazgûl reunidos, pairando sobre as Torres dos Dentes como abutres; e sabiam que eram observados. Mas o Inimigo ainda não dava nenhum sinal.

Não lhes restava escolha senão desempenharem seu papel até o fim. Portanto Aragorn dispôs a hoste do melhor modo que pôde ser planejado; e estavam colocados em dois grandes morros de pedra e terra fulminada que os orques haviam empilhado em anos de labuta. Diante deles, na direção de Mordor, estendia-se como fosso um grande charco de lama fétida e lagoas de odor imundo. Quando estava tudo arranjado, os Capitães se adiantaram rumo ao Portão Negro com grande guarda de cavaleiros, estandarte, arautos e trombeteiros. Ali estavam Gandalf, como arauto-mor, Aragorn com os filhos de Elrond, Éomer de Rohan e Imrahil; e a Legolas, Gimli e Peregrin também foi pedido que fossem, de modo que todos os inimigos de Mordor tivessem uma testemunha.

Aproximaram-se do Morannon ao alcance da voz, desfraldaram o estandarte e sopraram as trombetas; e os arautos se adiantaram e enviaram suas vozes por cima das ameias de Mordor.

"Apareça!", gritaram. "Que o Senhor da Terra Negra apareça! Ser-lhe-á feita justiça. Pois injustamente moveu guerra contra Gondor e lhe arrebatou as terras. Portanto o Rei de Gondor exige que ele expie seus males e depois parta para sempre. Apareça!"

Houve um longo silêncio, e da muralha e do portão não se ouviu nenhum grito nem som em resposta. Mas Sauron já fizera seus planos e primeiro pretendia brincar cruelmente com aqueles camundongos antes de desferir o golpe fatal. Assim foi que, bem quando os Capitães estavam prestes a dar a volta, o silêncio foi quebrado de chofre. Ouviu-se um longo rufar de grandes tambores, como trovão nas montanhas, e depois um zurrar de cornos que sacudiu as próprias pedras e atordoou os ouvidos dos homens. E, com isso, a porta do Portão Negro foi aberta com grande estrépito, e emergiu dela uma embaixada da Torre Sombria.

Encabeçando-a vinha uma forma alta e maligna, montada em um cavalo negro, se é que era cavalo; pois era enorme e hediondo, e sua cara era uma máscara apavorante, mais semelhante a um crânio que a uma cabeça vivente, e nas órbitas dos olhos e nas narinas ardia uma chama. O cavaleiro estava todo trajado de preto, e era preto seu alto elmo; porém não era Espectro-do-Anel, e sim um homem vivo. Era o Lugar-Tenente da Torre de Barad-dûr, e seu nome não é lembrado em nenhuma história; pois ele mesmo o esquecera e dizia: "Eu sou o Boca de Sauron." Mas contam que era um renegado que provinha da raça dos que se chamam Númenóreanos Negros; pois estabeleceram suas moradas na Terra-média durante os anos do domínio de Sauron e o adoravam, apaixonados pelo saber maligno. E ele tomara o serviço da Torre Sombria quando ela foi reerguida e, por causa de sua astúcia, tornou-se cada vez mais favorecido pelo Senhor; e aprendeu grande feitiçaria, e muito sabia da mente de Sauron; e era mais cruel que qualquer orque.

Foi ele quem então saiu a cavalo, e com ele veio apenas uma pequena companhia de soldadesca em armaduras negras e um só estandarte, preto, mas trazendo em vermelho o Olho Maligno. Parando então a poucos passos dos Capitães do Oeste, olhou-os dos pés à cabeça e riu.

"Há alguém nesta ralé com autoridade para negociar comigo?", perguntou ele. "Ou deveras com juízo para me compreender? Não tu pelo menos!", escarneceu, virando-se com desprezo para Aragorn. "É preciso mais para fazer um rei que um pedaço de vidro élfico ou uma turba dessas. Ora, qualquer bandido das colinas pode exibir um séquito tão bom quanto este!"

Aragorn nada disse em resposta, mas atraiu o olho do outro e o fixou, e, por um momento, porfiaram assim; mas logo, apesar de Aragorn não se mexer nem levar a mão à arma, o outro titubeou e recuou, como que ameaçado por um golpe. "Sou arauto e embaixador e não posso ser atacado!", exclamou.

"Onde têm vigência tais leis," disse Gandalf, "também é costume que os embaixadores usem de menos insolência. Mas ninguém te ameaçou. Nada tens a temer de nós até que esteja cumprida tua missão. Mas, a não ser que teu mestre tenha obtido nova sabedoria, tu e todos os teus serviçais estareis em grande perigo."

"Ora!", respondeu o Mensageiro. "Então és tu o porta-voz, velho barba-cinzenta? Não ouvimos falar de ti algumas vezes e de tuas peregrinações, sempre urdindo tramas e injúrias a distância segura? Mas desta vez esticaste demais o nariz, Mestre Gandalf; e hás de ver o que aguarda aquele que põe suas teias tolas diante dos pés de Sauron, o Grande. Tenho testemunhos que me mandaram mostrar-te — a ti especialmente, se ousasses vir." Fez um sinal a um de seus guardas, e este se adiantou trazendo um embrulho enfaixado em panos negros.

O Mensageiro removeu-os, e ali, para pasmo e desespero de todos os Capitães, ergueu primeiro a espada curta que Sam levara, em seguida, uma capa cinza com broche élfico e por último a cota de malha de mithril que Frodo usara, envolta em suas roupas esfarrapadas. Um negror se abateu sobre os olhos deles e lhes pareceu, em um momento de treva, que o mundo parara, mas que seus corações estavam mortos e que sua última esperança se fora. Pippin, em pé atrás do Príncipe Imrahil, saltou adiante com um grito de aflição.

"Silêncio!", disse Gandalf com severidade, empurrando-o para trás; mas o Mensageiro riu alto.

"Então tens contigo mais um desses pirralhos!", exclamou. "Não consigo imaginar de que te servem; mas mandá-los entrar em Mordor como espiões está além até de tua loucura costumeira. Ainda assim agradeço a ele, pois fica claro que ao menos este fedelho viu estes testemunhos antes e seria vão que o negasses agora."

"Não desejo negá-lo", disse Gandalf. "Deveras conheço-os todos e toda a sua história e, apesar de teu desprezo, imundo Boca de Sauron, não podes dizer o mesmo. Mas por que os trazes aqui?"

"Cota-anânica, capa-élfica, lâmina do Oeste caído e espião da terrinha de ratos do Condado — não, não te sobressaltes! Nós bem o sabemos — eis as marcas de uma conspiração. Ora, talvez o que levava estes objetos fosse uma criatura que não ficarias triste em perder, mas talvez fosse o contrário: quem sabe alguém que te era caro? Se assim era, aconselha-te depressa com o pouco juízo que te resta. Pois Sauron não aprecia espiões e o destino que terá depende agora de tua decisão."

Ninguém lhe respondeu; mas ele viu seus rostos cinzentos de medo, o horror em seus olhos e riu de novo, pois lhe parecia que sua diversão progredia bem. "Bom, bom!", disse ele. "Ele te era caro, eu vejo. Ou então sua missão era uma que não desejavas que fracassasse? Fracassou. E agora ele há de sofrer o lento tormento dos anos, tão longo e lento quanto podem maquinar nossas artes na Grande Torre, e jamais há de ser libertado, a não ser talvez quando estiver mudado e quebrado, para que possa vir até ti, e hás de ver o que fizeste. Isso certamente acontecerá a não ser que aceites os termos de meu Senhor."

"Dize os termos", respondeu Gandalf com firmeza, mas os que estavam próximos viram a angústia em seu rosto, e agora ele parecia um homem velho e grisalho, esmagado, finalmente derrotado. Não duvidavam de que ele fosse aceitar.

"Estes são os termos", disse o Mensageiro, e sorria ao encará-los um a um. "A ralé de Gondor e seus aliados iludidos hão de se retirar de imediato para a outra margem do Anduin, jurando primeiro que nunca mais atacarão com armas Sauron, o Grande, abertamente ou em segredo. Todas as terras a leste do Anduin hão de pertencer a Sauron para sempre, unicamente. As a oeste do Anduin, até as Montanhas Nevoentas e o Desfiladeiro de Rohan, hão de ser tributárias de Mordor, e ali os homens não hão de portar armas, mas terão licença de governar seus próprios assuntos. Mas hão de ajudar na reconstrução de Isengard, que destruíram arbitrariamente, e que há de pertencer a Sauron, e ali habitará seu lugar-tenente: não Saruman, e sim alguém mais digno de confiança."

Olhando o Mensageiro nos olhos, eles leram seu pensamento. Seria ele esse lugar-tenente e reuniria sob seu domínio tudo o que restasse do Oeste; seria seu tirano, e eles seriam escravos dele.

Mas Gandalf disse: "Isso é demasiado para pedir pela entrega de um serviçal: que teu Mestre receba em troca o que de outro modo precisaria recuperar travando várias guerras! Ou o campo de Gondor destruiu sua esperança na guerra, de modo que ele se rebaixa a regatear? E se deveras déssemos tanto valor ao prisioneiro, que garantia temos de que Sauron, o Vil Mestre da Traição, manterá sua parte? Onde está esse prisioneiro? Que ele seja trazido e nos seja entregue, e então consideraremos essas exigências."

Então pareceu a Gandalf, atento, observando-o como quem esgrime com um inimigo mortal, que pelo tempo de uma respiração o Mensageiro ficou perdido; mas logo ele voltou a rir.

"Não troques palavras, em tua insolência, com o Boca de Sauron!", exclamou. "Anseias por garantia! Sauron não dá nenhuma. Se apelas para sua clemência tens primeiro de fazer o que ele manda. Esses são seus termos. Aceita-os ou rejeita-os!"

"Aceitaremos estes!", afirmou Gandalf de repente. Lançou de lado a capa, e uma luz branca brilhou como uma espada naquele lugar sombrio. Diante de sua mão erguida, o imundo Mensageiro recuou, e Gandalf, aproximando-se, agarrou e tirou dele os testemunhos: cota, capa e espada. "Tomaremos estes em memória de nosso amigo", exclamou. "Mas quanto a teus termos, rejeitamo-los por completo. Vai-te daqui, pois tua embaixada acabou e a morte te é próxima. Não viemos aqui para desperdiçarmos palavras em tratativas com Sauron, infiel e amaldiçoado; muito menos com um de seus escravos. Vai-te!"

Então o Mensageiro de Mordor não riu mais. Seu rosto retorceu-se com espanto e ira, à semelhança de fera selvagem que, ao se jogar na presa, fosse golpeada no focinho por uma vara com ferrão. A raiva o dominou, sua boca babava e informes sons de fúria lhe escaparam, estrangulados, da garganta. Mas olhou para os rostos cruéis dos Capitães e seus olhos mortíferos, e o medo sobrepujou sua ira. Deu um grande grito e se voltou, saltou na montaria e, junto de sua companhia, galopou loucamente de volta para Cirith Gorgor. Mas, enquanto iam, seus soldados sopraram as trompas em sinal há muito acertado; e mesmo antes de chegarem ao portão, Sauron soltou sua armadilha.

Rufaram tambores e saltaram fogueiras. As grandes portas do Portão escancararam-se balouçando. Por elas fluiu uma grande hoste, veloz como águas rodopiantes quando se ergue uma comporta.

Os Capitães montaram outra vez e cavalgaram de volta, e da hoste de Mordor subiu um berro de escárnio. A poeira se elevou, sufocando o ar, quando das proximidades veio marchando um exército de Lestenses que haviam esperado pelo sinal nas sombras das Ered Lithui, além da Torre mais distante. Pelas encostas das colinas de ambos os lados do Morannon derramaram-se incontáveis Orques. Os homens do Oeste estavam apanhados em uma cilada, e logo, em toda a volta dos morros cinzentos onde estavam postados, forças dez vezes e mais que dez vezes as deles os envolveriam em um mar de inimigos. Sauron apanhara com mandíbulas de aço a isca oferecida.

Restava pouco tempo para Aragorn organizar sua batalha. Em um dos morros estava ele com Gandalf, e ali, belo e desesperado, erguia-se o estandarte da Árvore e das Estrelas. No outro morro, bem próximo, estavam os estandartes de Rohan e Dol Amroth, Cavalo Branco e Cisne de Prata. E em torno de cada morro foi montado um anel dando para todos os lados, eriçado de lanças e espadas. Mas na frente, do lado de Mordor de onde viria o primeiro amargo assalto, estavam de pé os filhos de Elrond à esquerda com os Dúnedain em volta deles, e à direita o Príncipe Imrahil com os homens de Dol Amroth, altos e belos, e com homens escolhidos da Torre de Guarda.

O vento soprava, as trombetas cantavam e as flechas zuniam; mas o sol, agora subindo em direção ao Sul, estava velado nos fumos de Mordor, e brilhava através de uma névoa ameaçadora, remoto, com um vermelho carrancudo, como se fosse o fim do dia, ou quem sabe o fim de todo o mundo de luz. E da treva crescente vieram os Nazgûl com suas vozes frias, gritando palavras de morte; e então toda esperança se arrefeceu.

Pippin curvara-se, esmagado pelo horror, quando ouviu Gandalf rejeitando os termos e condenando Frodo ao tormento da Torre; mas dominou-se e agora estava junto a Beregond na primeira fileira de Gondor com os homens de Imrahil. Pois lhe parecia melhor morrer logo e abandonar a amarga história de sua vida, pois estava tudo em ruínas.

"Gostaria que Merry estivesse aqui", ouviu-se dizendo, e pensamentos velozes lhe percorriam a mente enquanto via os inimigos investindo para o ataque. "Bem, bem, seja como for, agora entendo um pouco melhor o pobre Denethor. Poderíamos morrer juntos, Merry e eu, e já que temos de morrer, por que não? Bem, visto que ele não está aqui, espero que encontre um fim mais fácil. Mas agora preciso fazer o melhor que posso."

Sacou a espada e olhou para ela e para as formas entrelaçadas de vermelho e ouro; e os caracteres fluentes de Númenor reluziam como fogo na lâmina. "Isto foi feito exatamente para uma hora destas", pensou. "Se eu conseguisse golpear com ela aquele imundo Mensageiro, eu poderia quase me igualar ao velho Merry. Bem, vou golpear alguns desse bando sórdido antes do fim. Queria poder ver a fresca luz do sol e a grama verde outra vez!"

Então, bem quando estava tendo esses pensamentos, o primeiro assalto os atingiu com estrondo. Os orques, impedidos pelos charcos que se estendiam diante das colinas, pararam e despejaram suas flechas nas fileiras da defesa. Mas através deles veio a grandes passos, rugindo como feras, uma grande companhia de trols das colinas de Gorgoroth. Eram mais altos e largos que homens e estavam vestidos apenas com uma malha justa de escamas córneas, ou quem sabe aquela fosse seu couro hediondo; mas levavam broquéis redondos, enormes e negros, e empunhavam pesados martelos nas mãos nodosas. Temerários, saltaram nas lagoas e passaram o vau, bramindo enquanto vinham. Desabaram como uma tempestade na fileira dos homens de Gondor e martelaram elmos, cabeças, braços e escudos, como ferreiros golpeando o ferro quente e maleável. Ao lado de Pippin, Beregond foi atordoado, subjugado e caiu; e o grande chefe dos trols que o derrubara se inclinou sobre ele, estendendo uma garra para apertá-lo; pois aquelas criaturas ferozes mordiam as gargantas dos que eles derrubavam.

Então Pippin deu uma estocada para cima, e a lâmina escrita de Ociente transpassou o couro e penetrou fundo nas vísceras do trol, e seu sangue negro esguichou para fora. Desabou para a frente e despencou com estrondo, como uma rocha que cai, ocultando os que estavam embaixo dele. Negrume, fedor e dor esmagadora assaltaram Pippin, e sua mente se esvaiu em grande escuridão.

"Assim termina, como imaginei que iria terminar", disse seu pensamento enquanto ia embora esvoaçando; e riu um pouco dentro dele antes de fugir e, quase alegre, parecia estar finalmente lançando fora todas as dúvidas, preocupações e medos. E então, mesmo enquanto voava rumo ao olvido, ouviu vozes, e pareciam gritar em algum mundo esquecido muito no alto:

"As Águias estão chegando! As Águias estão chegando!"

Por mais um instante, o pensamento de Pippin pairou. "Bilbo!", disse ele. "Mas não! Isso foi na história dele, muito, muito tempo atrás. Esta é a minha história e agora ela terminou. Adeus!" E seu pensamento fugiu para longe, e seus olhos nada mais viram.

LIVRO VI

1

A Torre de Cirith Ungol

Sam levantou-se do chão dolorosamente. Por um momento perguntou-se onde estava, e então toda a angústia e o desespero retornaram a ele. Estava em profunda escuridão, do lado de fora do portão inferior do baluarte de orques; suas portas de bronze estavam fechadas. Devia ter caído, atordoado, quando se lançara contra elas; mas não sabia por quanto tempo jazera ali. Ele estivera inflamado, desesperado e furioso; agora tiritava e tinha frio. Esgueirou-se até as portas e apertou as orelhas de encontro a elas.

Bem longe, lá dentro, conseguia ouvir fracamente as vozes dos orques em algazarra, mas logo elas pararam ou saíram do alcance de sua audição e tudo ficou em silêncio. Sua cabeça doía e seus olhos viam luzes fantasmagóricas na treva, mas ele lutou para se equilibrar e pensar. Fosse como fosse, era evidente que ele não tinha esperança de entrar no covil-órquico por aquele portão; poderia passar dias esperando que fosse aberto e não podia esperar: o tempo era desesperadamente precioso. Não tinha mais dúvida sobre seu dever: precisava resgatar o mestre ou perecer tentando.

"Perecer é o mais provável e, de qualquer forma, será bem mais fácil", disse ele de si para si, sombriamente, embainhando Ferroada e dando as costas às portas de bronze. Lentamente, tateando, achou o caminho de volta pelo túnel na escuridão, sem se atrever a usar a luz-élfica; e enquanto isso tentou reconstituir os eventos desde que Frodo e ele haviam partido da Encruzilhada. Perguntava-se que horas eram. Em algum ponto entre um dia e o seguinte, supunha; mas perdera a conta até mesmo dos dias. Estava em uma terra de treva onde os dias do mundo pareciam esquecidos e onde todos os que entravam eram esquecidos também.

"Fico me perguntando se eles chegam a pensar em nós", comentou ele, "e o que está acontecendo com todos eles lá longe." Abanou a mão no ar, vagamente, à sua frente; mas de fato estava de frente para o sul ao voltar ao túnel de Laracna, não para o oeste. Na direção oeste do mundo aproximava-se o meio-dia do décimo quarto dia de março no Registro do Condado, e naquele momento Aragorn liderava a frota negra vinda de Pelargir, e Merry descia, cavalgando com os Rohirrim, o Vale das Carroças-de-pedra, enquanto em Minas Tirith as chamas se erguiam e Pippin via a loucura crescendo nos olhos de Denethor. Mas, em meio a todas as suas preocupações e seus medos, os pensamentos de seus amigos voltavam-se constantemente para Frodo e Sam. Eles não estavam esquecidos. Mas estavam muito além da ajuda, e nenhum pensamento ainda era capaz de trazer ajuda a Samwise, filho de Hamfast; ele estava totalmente sozinho.

Voltou, por fim, à porta de pedra da passagem-órquica e, ainda incapaz de descobrir a tranca ou o ferrolho que a segurava, subiu por cima dela como antes e deixou-se cair de leve no chão. Depois seguiu em silêncio até a saída do túnel de Laracna, onde os farrapos de sua grande teia ainda esvoaçavam e balançavam nos ares frios. Pois pareciam frios a Sam depois da fétida escuridão lá atrás; mas o sopro deles o reanimou. Saiu esgueirando-se com cautela.

Tudo estava sinistramente silencioso. A luz não era mais que a do crepúsculo no fim de um dia escuro. Os vastos vapores que se erguiam em Mordor e corriam rumo ao oeste passavam baixos por cima dele, uma grande massa de nuvens e fumaça, outra vez iluminada por baixo com uma turva incandescência rubra.

Sam ergueu os olhos para a torre-órquica, e de repente, pelas janelas estreitas, irromperam luzes como olhinhos vermelhos. Perguntou-se se era algum sinal. Seu medo dos orques, esquecido por alguns instantes na ira e na desesperança, voltava agora. Até onde podia ver, só havia um caminho possível de trilhar: tinha de prosseguir e tentar encontrar a entrada principal da torre pavorosa; mas sentia os joelhos fracos e viu-se tremendo. Afastando os olhos da torre e dos chifres da Fenda à sua frente, obrigou os pés relutantes a lhe obedecer e, devagar, escutando com todos os ouvidos, espiando nas densas sombras das rochas ao lado do caminho, voltou sobre seus passos, passando pelo lugar onde Frodo caíra e o fedor de Laracna ainda persistia, e depois seguiu e subiu até se encontrar outra vez na mesma fenda onde pusera o Anel no dedo e vira passar a companhia de Shagrat.

Ali parou e sentou-se. Naquele momento não conseguia forçar-se a ir adiante. Sentia que, uma vez que ultrapassasse a crista da passagem e desse um passo, descendo de verdade para a terra de Mordor, esse passo seria irrevogável. Jamais voltaria. Sem propósito claro, tirou o Anel e o pôs outra vez no dedo. Imediatamente sentiu o grande fardo de seu peso e sentiu de novo, mas agora com maior força e urgência que antes, a malevolência do Olho de Mordor, esquadrinhando, tentando perfurar as sombras que fizera para sua própria defesa, mas que agora o atrapalhavam em sua inquietude e dúvida.

Assim como antes, Sam sentiu que sua audição se aguçara, mas que à visão as coisas deste mundo pareciam ralas e vagas. As paredes rochosas da trilha eram pálidas, como que vistas através de um nevoeiro, mas ao longe ele ainda ouvia o borbulhar de Laracna em seu tormento; e acres e nítidos, e aparentemente muito perto, escutava gritos e o retinir de metal. Pôs-se de pé com um salto e apertou-se contra a parede ao lado da estrada. Estava contente de ter o Anel, pois ali estava mais uma companhia de orques em marcha. Foi o que pensou de início. Então deu-se conta, de repente, de que não era isso, de que a audição o enganara: os gritos-órquicos vinham da torre, cujo chifre mais alto já estava bem acima dele, do lado esquerdo da Fenda.

Sam teve um calafrio e tentou obrigar-se a se mexer. Claramente estava acontecendo alguma perversidade. Talvez, a despeito de todas as ordens, a crueldade dos orques tinha tomado conta deles e estavam atormentando Frodo, ou até desmembrando-o com selvageria. Ele escutou; e nesse momento veio-lhe um lampejo de esperança. Não podia haver grande dúvida: havia luta na torre, os orques deviam estar combatendo entre si; Shagrat e Gorbag haviam chegado às vias de fato. Por débil que fosse a esperança trazida por essa suposição, foi o bastante para animá-lo. Poderia haver uma pequena chance. Seu amor por Frodo superou todos os outros pensamentos e, esquecendo-se do perigo, ele exclamou em alta voz: "Estou indo, Sr. Frodo!"

Correu à frente para a trilha que subia e passou por cima. De imediato a estrada fez uma curva para a esquerda e mergulhou íngreme. Sam atravessara para Mordor.

Tirou o Anel, talvez movido por alguma profunda premonição de perigo, apesar de só pensar consigo mesmo que queria enxergar com mais clareza. "Melhor dar uma olhada no pior", murmurou. "Não é bom ficar tropeçando no nevoeiro!"

Era dura, cruel e amarga a terra que se apresentou à sua vista. Diante de seus pés a crista mais alta de Ephel Dúath caía íngreme, em grandes penhascos que desciam para uma vala escura, em cuja margem oposta se erguia outra crista, bem mais baixa, com a borda recortada e entalhada por rochedos semelhantes a presas, que se destacavam negros diante da luz vermelha por trás: era o ameaçador Morgai, o anel interno das muralhas daquele país. Muito além dele, mas quase diretamente à frente, do outro lado de um amplo lago de treva pontilhado de minúsculos fogos, havia um grande brilho ardente; e dali erguia-se em enormes colunas uma fumaça rodopiante, de um vermelho poeirento nas raízes e negra em cima, onde se fundia com o dossel ondeante que servia de teto para toda a terra amaldiçoada.

Sam estava olhando para Orodruin, a Montanha de Fogo. Vez por outra as fornalhas, muito abaixo de seu cone de cinzas, aqueciam-se e, com grandes surtos e latejos, despejavam rios de rocha fundida por abismos em seus flancos. Alguns corriam ardentes na direção de Barad-dûr, descendo por grandes canais; outros serpenteavam para a planície rochosa até arrefecerem e jazerem como retorcidas formas de dragão vomitadas pela terra atormentada. Em tal hora de labuta Sam contemplou o Monte da Perdição, e sua luz, escondida pelo alto anteparo de Ephel Dúath daqueles que subiam a trilha do Oeste, resplandecia agora nas rijas faces das rochas, de forma que estas pareciam ensopadas de sangue.

Naquela luz pavorosa Sam estava aterrado, pois agora, olhando para a esquerda, podia ver a Torre de Cirith Ungol em toda a sua força. O chifre que vira do outro lado era apenas seu torreão superior. A face oriental erguia-se em três grandes lances desde uma saliência na muralha da montanha, muito abaixo; suas costas davam para um grande penhasco do lado traseiro, de onde ressaltava em bastiões pontiagudos, um sobre o outro, que diminuíam à medida que subiam, com flancos empinados de habilidosa alvenaria que se voltavam para nordeste e sudeste. Em torno do lance inferior, duzentos pés abaixo de onde Sam agora se encontrava, havia uma muralha com ameias que cercava um pátio estreito. Seu portão, do lado sudeste próximo, abria-se para uma estrada larga, cujo parapeito externo seguia a beira de um precipício até curvar-se para o sul e descer, fazendo voltas pela treva, para se juntar à estrada que vinha por sobre o Passo Morgul. Prosseguia então através de uma fresta recortada no Morgai, saindo para o vale de Gorgoroth e finalmente para Barad-dûr. O estreito caminho superior onde Sam estava descia depressa por escadarias e trilhas íngremes ao encontro da estrada principal, sob os sisudos muros próximos ao portão da Torre.

Observando-o, Sam entendeu de repente, quase com um choque, que aquele baluarte fora construído não para manter os inimigos fora de Mordor, mas sim para mantê-los dentro. Era de fato uma das obras da Gondor de outrora, um posto avançado oriental das defesas de Ithilien feito quando, após a Última Aliança, os Homens de Ociente vigiavam a terra maligna de Sauron, onde suas criaturas ainda espreitavam. Mas, assim como em Narchost e Carchost, as Torres dos Dentes, também ali a vigilância fracassara, e a traição entregara a Torre ao Senhor dos Espectros-do-Anel, e agora fazia longos anos que era dominada por seres malévolos. Desde sua volta a Mordor, Sauron a achara útil; pois tinha poucos serviçais, mas muitos escravos pelo temor, e sua principal finalidade, como antigamente, ainda era evitar fugas de Mordor. Porém, se um inimigo fosse temerário a ponto de tentar penetrar naquela terra em segredo, era também uma última guarda que não dormia contra quem quer que passasse pela vigilância de Morgul e de Laracna.

Sam via com toda a clareza quão desesperançado seria ele se arrastar ao pé daquelas muralhas de muitos olhos e passar pelo portão vigilante. E mesmo que o fizesse, não poderia ir longe na estrada guardada mais além: nem mesmo as sombras negras, estendendo-se fundas onde o brilho rubro não podia alcançá-las, o ocultariam por muito tempo da visão noturna órquica. Mas, por muito que fosse desesperado aquele caminho, agora sua tarefa era muito pior: não evitar o portão e escapar, mas sim entrar por ele, sozinho.

Seus pensamentos voltaram-se para o Anel, mas nele não havia consolo, apenas temor e perigo. Mal avistara o Monte da Perdição, ardendo ao longe, e se deu conta de uma mudança em seu fardo. À medida que se aproximava das grandes fornalhas onde, nas profundas do tempo, fora formado e forjado, o poder do Anel crescia e tornava-se mais cruel, indomável, exceto por alguma possante vontade. Ali de pé, mesmo sem estar usando o Anel, que pendia em sua corrente em redor do seu pescoço, Sam sentia-se aumentado, como que paramentado em uma enorme sombra distorcida dele mesmo, uma ameaça vasta e agourenta postada nas muralhas de Mordor. Sentiu que dali por diante só tinha duas escolhas: abrir mão do Anel, mesmo que isso o atormentasse; ou tomar posse dele e desafiar o Poder assentado em sua sombria fortificação além do vale de sombras. Já o Anel o tentava, roendo-lhe a vontade e a razão. Fantasias impetuosas lhe surgiram na mente; e viu Samwise, o Forte, Herói da Era, caminhando com uma espada flamejante por sobre a terra escurecida, e exércitos congregando-se ao seu chamado enquanto ele marchava para a derrocada de Barad-dûr. E então se afastavam todas as nuvens e brilhava o alvo sol, e, ao seu comando, o vale de Gorgoroth se tornava um jardim de flores e árvores, e produzia frutos. Bastava que pusesse o Anel e o tomasse por seu e tudo isso poderia vir a ser.

Naquela hora de provação foi o amor por seu patrão que mais o ajudou a se manter firme; mas também, bem no fundo dele, ainda vivia inconquistado seu simples bom senso de hobbit: sabia no âmago do coração que não era suficientemente grande para suportar um tal fardo, mesmo que tais visões não fossem apenas um mero logro para enganá-lo. Um pequeno jardim de jardineiro livre era tudo de que precisava e a que tinha direito, não um jardim inchado até se tornar reino; suas próprias mãos para usar, não as mãos de outros para comandar.

"E de qualquer jeito todas essas ideias são só um truque", disse para si mesmo. "Ele ia me localizar e me intimidar antes que eu conseguisse dar um único grito. Ele ia me localizar, bem depressa, se eu pusesse o Anel agora, em Mordor. Bem, só posso dizer isto: as coisas parecem ter tanta esperança quanto uma geada na primavera. Bem quando seria útil de verdade ficar invisível eu não posso usar o Anel! E se eu chegar a ir mais longe, ele vai ser só um entrave e um fardo a cada passo. Então o que se há de fazer?"

Na verdade, não tinha nenhuma dúvida. Sabia que precisava descer ao portão e não se demorar mais. Dando de ombros, como quem quer sacudir a sombra e mandar os fantasmas embora, começou lentamente a descer. Parecia diminuir a cada passo. Não tinha ido muito longe antes de encolher outra vez a um hobbit muito pequeno e amedrontado. Agora passava sob as próprias muralhas da Torre, e os gritos e sons de briga podiam ser ouvidos com as orelhas sem ajuda. Naquele momento, o ruído parecia vir do pátio atrás do muro externo.

Sam descera cerca de metade da trilha quando dois orques vieram correndo do escuro portal para o brilho rubro. Não se viraram para ele. Rumavam para a estrada principal; mas ao correrem tropeçaram e caíram ao chão e ficaram deitados imóveis. Sam não vira flechas, mas imaginava que os orques haviam sido alvejados por outros nas ameias, ou escondidos na sombra do portão. Foi em frente, encostando-se no muro à esquerda. Uma olhadela para cima lhe mostrara que não havia esperança de escalá-lo. A cantaria subia a trinta pés de altura, sem fresta nem ressalto, com fieiras projetadas como degraus invertidos. O portão era o único caminho.

Seguiu arrastando-se; e enquanto andava perguntou-se quantos orques viviam na Torre com Shagrat, quantos orques Gorbag tinha e pelo que estavam brigando, se é que era isso que acontecia. A companhia de Shagrat parecia conter uns quarenta, e a de Gorbag, mais que o dobro; mas é claro que a patrulha de Shagrat era apenas parte de sua guarnição. Quase com certeza estavam discutindo por causa de Frodo e da pilhagem. Por um segundo Sam se deteve, pois de repente tudo lhe pareceu evidente, quase como se os tivesse visto com os próprios olhos. A cota de mithril! Claro, Frodo a estava usando e eles a encontrariam. E pelo que Sam ouvira, Gorbag a cobiçaria. Mas as ordens da Torre Sombria eram a única proteção que Frodo tinha no momento, e, se fossem postas de lado, Frodo poderia ser morto de imediato a qualquer instante.

"Avante, seu infeliz preguiçoso!", exclamou Sam para si mesmo. "Agora vamos lá!" Sacou Ferroada e correu para o portão aberto. Mas bem quando estava prestes a passar sob o grande arco sentiu um choque: como se tivesse atingido uma teia como a de Laracna, só que invisível. Não conseguia ver nenhum obstáculo, mas algo demasiado forte para ser sobrepujado por sua vontade lhe bloqueava a passagem. Olhou em torno e então, no interior da sombra do portão, viu as Duas Sentinelas.

Eram como grandes efígies sentadas em tronos. Cada uma tinha três corpos unidos e três cabeças dando para fora, para dentro e para o lado oposto do portal. As cabeças tinham caras de abutre e nos grandes joelhos repousavam mãos semelhantes a garras. Pareciam esculpidas em enormes blocos de pedra, irremovíveis, e, no entanto, estavam conscientes: residia nelas algum pavoroso espírito de maligna vigilância. Conheciam os inimigos. Visível ou invisível, ninguém podia passar sem ser notado. Barrar-lhe-iam a entrada ou o escape.

Endurecendo a vontade, Sam mais uma vez arremeteu para diante e parou de chofre, cambaleando como se tivesse recebido um golpe no peito e na cabeça. Então, com grande ousadia, porque não conseguia pensar em fazer outra coisa, respondendo a um súbito pensamento que lhe veio, revelou lentamente o frasco de Galadriel e o ergueu. Sua luz branca rapidamente se expandiu, e as sombras sob o arco escuro fugiram. As monstruosas Sentinelas estavam sentadas frias e imóveis, reveladas em toda a sua forma hedionda. Por um momento Sam entreviu um brilho nas pedras negras de seus olhos, cuja simples malícia o fez titubear; mas lentamente sentiu que a vontade delas vacilava e se desfazia em temor.

Passou entre elas com um salto; mas no momento em que o fazia, guardando o frasco outra vez no peito, teve consciência, tão claramente como se uma barra de aço houvesse se fechado atrás dele, que a vigilância delas fora renovada. E daquelas cabeças malignas veio um grito, agudo e estridente, que ecoou nos muros altíssimos diante dele. Muito no alto, como um sinal de resposta, um sino áspero deu uma única badalada.

"Agora está feito!", disse Sam. "Agora toquei a campainha da porta da frente! Bem, alguém que venha!", exclamou. "Digam ao Capitão Shagrat que o grande guerreiro-élfico veio de visita, com espada-élfica e tudo!"

Não houve resposta. Sam caminhou em frente. Ferroada reluzia azul em sua mão. O pátio jazia em sombra profunda, mas ele podia ver que o calçamento estava coalhado de corpos. Bem a seus pés estavam dois arqueiros-órquicos com punhais enfiados nas costas. Além jaziam muitos vultos mais; alguns sozinhos, como haviam sido talhados ou alvejados; outros aos pares, ainda se atracando, mortos na própria agonia de apunhalar, esganar, morder. As pedras estavam escorregadias de sangue escuro.

Sam reparou em duas librés, uma marcada com o Olho Vermelho, a outra, com uma Lua desfigurada por uma sinistra face da morte; mas não parou para olhar mais de perto. Do outro lado do pátio, uma grande porta ao pé da Torre estava meio aberta, e passava por ela uma luz rubra; um grande orque jazia morto na soleira. Sam saltou por cima do corpo e entrou; e então espiou em volta, perdido.

Um corredor largo e ecoante levava da porta na direção do flanco da montanha. Estava indistintamente iluminado por tochas que ardiam em suportes nas paredes, mas sua extremidade distante se perdia na treva. Podiam-se ver muitas portas e aberturas deste e daquele lado; mas ele estava vazio, exceto por mais dois ou três corpos esparramados no chão. Do que ouvira da fala dos capitães, Sam sabia que, morto ou vivo, Frodo muito provavelmente se encontraria em algum recinto bem no alto do torreão lá em cima; mas ele poderia passar um dia buscando antes de achar o caminho.

"Vai estar perto dos fundos, imagino", murmurou Sam. "A Torre toda sobe meio para trás. E, seja como for, é melhor eu seguir essas luzes."

Avançou pelo corredor, mas agora devagar, mais relutante a cada passo. O terror começava a dominá-lo outra vez. Não havia som exceto pela batida de seus pés, que parecia se intensificar a um ruído ecoante como palmadas de grandes mãos nas pedras. Os corpos mortos; o vazio; as paredes úmidas e negras que à luz das tochas pareciam gotejar sangue; o medo da morte súbita à espreita em uma porta ou sombra; e por trás de toda a sua mente a malícia que aguardava e vigiava no portão: era quase mais do que podia se obrigar a enfrentar. Seria mais bem-vindo um combate — não com demasiados inimigos ao mesmo tempo — que aquela incerteza hedionda e cismante. Obrigou-se a pensar em Frodo, jazendo amarrado, dolorido ou morto em algum ponto daquele lugar pavoroso. Seguiu em frente.

Havia passado além da luz das tochas, quase até a grande porta em arco no extremo do corredor, o lado interno do portão inferior como ele supusera corretamente, quando veio lá do alto um terrível guincho estrangulado. Parou de chofre. Então ouviu passos chegando. Alguém descia, com muita pressa, por uma escadaria ecoante mais acima.

Sua vontade era demasiado fraca e lenta para lhe refrear a mão. Ela puxou a corrente e agarrou o Anel. Mas Sam não o pôs no dedo; pois no instante em que o apertou contra o peito, um orque veio descendo com estrépito. Saltou de uma abertura escura do lado direito e correu em sua direção. Não estava a mais de seis passos de distância quando ergueu a cabeça e o enxergou; e Sam pôde ouvir sua respiração ofegante e ver o brilho de seus olhos injetados de sangue. Ele parou de repente, apavorado. Pois o que via não era um pequeno hobbit amedrontado tentando segurar firme a espada: via um grande vulto silencioso, envolto em sombra cinzenta, surgindo diante da luz oscilante atrás dele; em uma mão segurava uma espada cuja própria luz era uma dor aguda, e a outra estava fechada contra o peito, mas segurava escondida uma ameaça inominada de poder e sina.

Por um momento o orque se agachou e depois, com um hediondo ganido de temor, deu a volta e fugiu pelo caminho de onde viera. Jamais um cão se animou mais quando o adversário lhe deu as costas do que Sam diante daquela fuga inesperada. Saiu em perseguição com um grito:

"Sim! O guerreiro-élfico está à solta!", exclamou. "Estou chegando. Você me mostre o caminho para cima ou eu o esfolo!"

Mas o orque estava em seu próprio antro, ágil e bem alimentado. Sam era um estranho faminto e exausto. As escadarias eram altas, íngremes e tortuosas. A respiração de Sam começou a vir em arfadas. O orque logo sumiu de vista, e já se podia ouvir bem fracamente a batida de seus pés que avançavam e subiam. Vez por outra soltava um berro, e o eco percorria as paredes. Mas lentamente todos os seus sons se abafaram.

Sam avançou com esforço. Sentia que estava no caminho certo e seu ânimo aumentara bastante. Guardou o Anel e apertou o cinto. "Bem, bem!", disse ele. "Se todos forem tão avessos a mim e à minha Ferroada, isto pode acabar melhor do que eu esperava. E de qualquer jeito parece que Shagrat, Gorbag e companhia fizeram quase todo o meu serviço por mim. Exceto por esse ratinho assustado, acredito que não sobrou ninguém vivo neste lugar!"

E com estas palavras parou, de supetão, como se tivesse batido a cabeça na parede de pedra. O pleno significado do que dissera o atingiu como um golpe. Não sobrou ninguém vivo! De quem tinha sido aquele horrível guincho de morte? "Frodo, Frodo! Patrão!", exclamou, meio soluçando. "Se mataram o senhor, o que hei de fazer? Bem, finalmente estou chegando bem ao topo para ver o que for preciso."

Foi subindo cada vez mais. Estava escuro, exceto por alguma tocha isolada que ardia em uma curva ou ao lado de uma abertura que levava para os níveis mais altos da Torre. Sam tentou contar os degraus, mas depois dos duzentos perdeu as contas. Agora movia-se em silêncio; pois acreditava poder ouvir o som de vozes falando, ainda um tanto mais acima. Parecia que mais de um rato continuava vivo.

De repente, quando ele sentia que não conseguia mais bombear a respiração nem obrigar os joelhos a se dobrarem outra vez, a escadaria terminou. Parou imóvel. As vozes já eram altas e próximas. Sam espiou em torno. Escalara até o topo plano do terceiro nível da Torre, o mais alto: um espaço aberto, com cerca de vinte jardas de diâmetro e uma amurada baixa. Ali a escadaria estava coberta por um pequeno recinto abobadado no meio da plataforma, com portas baixas que davam para o leste e o oeste. A leste Sam podia ver a planície de Mordor, vasta e escura abaixo dele, e a montanha ardente ao longe. Um novo tumulto se agitava em seus fundos poços, e os rios de fogo resplandeciam tão ferozes que, mesmo àquela distância de muitas milhas, sua luz iluminava o alto da torre com um brilho vermelho. A oeste a vista estava impedida pela base do grande torreão que se elevava nos fundos daquele pátio superior e estendia seu chifre muito acima da crista das colinas que o cercavam. Uma luz brilhava em uma seteira. A porta não ficava a dez jardas de onde Sam se encontrava. Estava aberta, mas às escuras, e as vozes vinham logo de dentro da sua sombra.

Inicialmente Sam não escutou; deu um passo para fora da porta leste e olhou em volta. Viu de imediato que ali em cima o combate fora o mais feroz. Todo o pátio estava apinhado de orques mortos ou de suas cabeças e membros cortados e espalhados. O lugar fedia a morte. Um rosnado, seguido de um golpe e um grito, fez com que se lançasse de volta no esconderijo. Uma voz-órquica se ergueu com fúria, e ele a reconheceu de imediato, áspera, brutal e fria. Era Shagrat quem falava, Capitão da Torre.

"Não vai outra vez, você diz? Maldito seja, Snaga, seu vermezinho! Se pensa que estou tão ferido que pode zombar de mim com segurança, está enganado. Venha aqui e eu lhe espremo os olhos como acabei de fazer com Radbug. E quando vierem uns rapazes novos eu vou lidar com você: vou mandar você pra Laracna."

"Eles não vão vir, não antes de você estar morto, de qualquer jeito", respondeu Snaga, ríspido. "Eu lhe disse duas vezes que os porcos de Gorbag chegaram no portão primeiro, e nenhum dos nossos saiu. Lagduf e Muzgash passaram correndo, mas foram alvejados. Eu vi isso por uma janela, eu lhe digo. E eles foram os últimos."

"Então você tem de ir. Eu preciso ficar aqui de qualquer maneira. Mas estou ferido. Que os Abismos Negros levem esse imundo rebelde do Gorbag!" A voz de Shagrat prosseguiu com uma fieira de nomes e imprecações abomináveis. "Ele levou mais do que deu, mas me esfaqueou, esse esterco, antes de eu esganá-lo. Você tem de ir, do contrário devoro você. As notícias têm de chegar a Lugbúrz, do contrário nós dois vamos para os Abismos Negros. É, você também. Não vai escapar se escondendo aqui."

"Não vou descer essas escadas outra vez," grunhiu Snaga, "você sendo capitão ou não. Nar! Tire as mãos do seu punhal, senão ponho uma flecha nas suas tripas. Você não vai durar como capitão quando Eles ouvirem sobre todos esses ocorridos. Combati pela Torre contra esses ratos fedorentos de Morgul, mas vocês dois, capitães preciosos, fizeram uma bela confusão brigando pela presa."

"Já chega de você", rosnou Shagrat. "Eu tinha minhas ordens. Foi Gorbag quem começou, tentando afanar aquela camisa bonita."

"Bem, você pôs ele no lugar, grandioso e poderoso. E, seja como for, ele tinha mais juízo que você. Mais de uma vez ele lhe disse que o mais perigoso desses espiões ainda estava à solta, mas você não quis escutar. E não quer escutar agora. Gorbag tinha razão, eu digo. Tem um grande combatente por aí, um desses Elfos de mãos sangrentas ou um dos *tarks*[1] imundos. Ele vem para cá, eu digo. Você ouviu o sino. Ele passou pelas Sentinelas e isso é serviço de *tark*. Está na escadaria. E até ele sair dela eu não desço. Nem que você fosse um Nazgûl eu ia."

---

[1] Vide Apêndice F, p. 1612. [N. A.]

"Então é isso, não é?", berrou Shagrat. "Você vai fazer isso e você não vai fazer aquilo? E quando ele vier você vai se escafeder e me deixar? Não vai não! Primeiro vou pôr buracos vermelhos pros vermes na sua barriga."

Pela porta do torreão veio correndo o orque menor. Atrás dele veio Shagrat, um orque grande de braços compridos que chegavam ao chão quando ele corria agachado. Mas um braço pendia flácido e parecia estar sangrando; o outro abraçava uma grande trouxa negra. No clarão vermelho Sam, encolhido atrás da porta da escada, teve um lampejo de sua cara maligna ao passar: estava riscada como por garras dilacerantes e borrada de sangue; a baba lhe pingava das presas salientes; a boca rosnava como a de um animal.

Até onde Sam pôde ver, Shagrat perseguiu Snaga em redor do topo até que, desviando-se e lhe escapando, o orque menor correu de volta para o torreão ganindo e desapareceu. Então Shagrat parou. Pela porta do leste Sam podia vê-lo agora, junto ao parapeito, ofegante, com a garra esquerda apertando-se e soltando-se debilmente. Pôs a trouxa no chão e, com a garra direita, sacou um longo punhal vermelho e cuspiu nele. Foi até o parapeito e se inclinou por cima dele, olhando para o pátio externo muito abaixo. Gritou duas vezes, mas não veio resposta.

De súbito, enquanto Shagrat se abaixava sobre a ameia, de costas para a plataforma, Sam viu admirado que um dos corpos esparramados se mexia. Estava engatinhando. Estendeu uma garra e agarrou a trouxa. Ergueu-se cambaleante. Na outra mão tinha uma lança de lâmina larga e cabo curto, quebrado. Estava a postos para a estocada. Mas no mesmo momento um chiado lhe escapou pelos dentes, um arfar de dor ou ódio. Rápido como uma cobra, Shagrat se esquivou para o lado, virou-se e enfiou o punhal na garganta do inimigo.

"Peguei você, Gorbag!", exclamou ele. "Não estava bem morto, eh? Bem, agora vou acabar o serviço." Saltou sobre o corpo caído e o calcou e esmagou com fúria, abaixando-se vez por outra para esfaqueá-lo e retalhá-lo com o punhal. Por fim, satisfeito, jogou a cabeça para trás e emitiu um horrível berro gorgolejante de triunfo. Depois lambeu o punhal, pô-lo entre os dentes, apanhou a trouxa e veio trotando para a porta da escada mais próxima.

Sam não teve tempo de pensar. Poderia ter-se esgueirado pela outra porta, mas dificilmente sem ser visto; e não podia passar muito tempo brincando de esconde-esconde com aquele orque hediondo. Fez o que foi provavelmente o melhor que podia fazer. Saltou para fora ao encontro de Shagrat, com um grito. Não estava mais segurando o Anel, mas este estava ali, um poder oculto, uma ameaça intimidadora para os escravos de Mordor; e em sua mão estava Ferroada, e sua luz atingiu os olhos do orque como o brilho de estrelas cruéis nas terríveis regiões-élficas, cujo sonho era um medo frio para toda a sua espécie. E Shagrat não podia lutar e segurar seu tesouro ao mesmo tempo. Parou grunhindo, mostrando as presas. Então mais uma vez, à maneira--órquica, saltou de lado e, quando Sam saltou sobre ele, usou a pesada trouxa ao mesmo tempo como escudo e arma e a empurrou com força no rosto do inimigo. Sam cambaleou e, antes que pudesse se recuperar, Shagrat passou por ele como um raio e desceu as escadas.

Sam correu atrás dele, praguejando, mas não foi longe. Logo lhe retornou a lembrança de Frodo e recordou que o outro orque voltara para o torreão. Ali estava outra escolha terrível, e ele não tinha tempo de ponderá-la. Se Shagrat fugisse, logo obteria ajuda e voltaria. Mas se Sam o perseguisse, o outro orque poderia fazer algo horrível lá em cima. E, de qualquer modo, Sam poderia perder Shagrat ou ser morto por ele. Deu a volta depressa e tornou a subir as escadas correndo. "Errado outra vez, imagino", suspirou. "Mas é meu serviço subir primeiro bem até o topo, não importa o que aconteça depois."

Lá embaixo Shagrat foi saltando escada abaixo, saiu pelo pátio e atravessou o portão, levando o precioso fardo. Se Sam pudesse vê-lo e saber do pesar que sua fuga iria trazer, poderia ter vacilado. Mas agora sua mente estava concentrada na última etapa de sua busca. Chegou-se com cautela à porta do torreão e deu um passo para dentro. Ela se abria para a escuridão. Mas logo seus olhos arregalados se deram conta de uma luz débil do lado direito. Vinha de uma abertura que levava a outra escadaria, escura e estreita: parecia que subia pelo torreão dando voltas no interior da redonda parede externa. Em algum lugar no alto bruxuleava uma tocha.

Suavemente, Sam começou a subir. Alcançou a tocha que gotejava, presa acima de uma porta à sua esquerda, diante de uma seteira que dava para o oeste: um dos olhos vermelhos que ele e Frodo haviam visto lá debaixo, perto da boca do túnel. Rapidamente Sam passou pela porta e seguiu apressado para o segundo andar, temendo a qualquer momento ser atacado e sentir dedos esganadores lhe agarrando o pescoço por trás. Em seguida chegou a uma janela que dava para o leste, e outra tocha sobre a porta para um corredor através do meio do torreão. A porta estava aberta, o corredor estava às escuras, exceto pelo brilho da tocha e o clarão rubro de fora que perpassava a seteira. Mas ali a escadaria terminava e não subia mais além. Sam esgueirou-se para dentro do corredor. De cada lado havia uma porta baixa; estavam ambas fechadas e trancadas. Não havia ruído nenhum.

"Um beco sem saída", murmurou Sam; "e depois de toda a minha escalada! Isto não pode ser o topo da torre. Mas o que posso fazer agora?"

Correu de volta para o andar de baixo e tentou abrir a porta. Ela não se movia. Correu para cima outra vez, e o suor começou a lhe gotejar pelo rosto. Sentia que cada minuto era precioso, mas eles escapavam um a um; e ele nada podia fazer. Não se importava mais com Shagrat, Snaga ou qualquer outro orque que já fora gerado. Só ansiava pelo patrão, por um vislumbre do seu rosto ou um toque de sua mão.

Por fim, exausto e sentindo-se finalmente vencido, sentou--se em um degrau abaixo do nível do pavimento do corredor e inclinou a cabeça nas mãos. Tudo estava silencioso, horrivelmente silencioso. A tocha, que à sua chegada já estava perto do fim, crepitou e apagou-se; e ele sentiu a treva cobri-lo como uma maré. E então, baixinho, para sua própria surpresa, ali no vão término de sua longa jornada e seu pesar, movido por um pensamento em seu coração que não sabia identificar, Sam começou a cantar.

Sua voz soava débil e trêmula na fria e escura torre: a voz de um hobbit abandonado e cansado que nenhum orque à escuta poderia confundir com a nítida canção de um senhor-élfico. Murmurou antigas melodias infantis do Condado e fragmentos dos poemas do Sr. Bilbo que lhe vinham à mente como vislumbres fugidios do seu país natal. E então, de repente, uma nova força surgiu nele, e sua voz ressoou enquanto suas próprias palavras, sem serem chamadas, vinham acoplar-se àquela singela melodia.

Ao Sol nas terras do Ocidente
  há flores da estação,
árvores brotam, a água é corrente,
  e canta o tentilhão.
Ou pode ser noite sem bruma:
  na faia as estrelas,
qual joia d'Elfos cada uma,
  nos ramos brilham belas.

No fim da marcha, quase à morte,
  estou sepulto em treva,
além da torre alta e forte,
  do monte que se eleva;
mas sobre a sombra o Sol me guia
  há Astros nos olhos meus:
não vou dizer: morreu o Dia,
  e nem vou dar adeus.[A]

"Além da torre alta e forte", recomeçou ele, e então parou de chofre. Pensava ter ouvido uma fraca voz que lhe respondia. Mas agora nada conseguia ouvir. Sim, podia ouvir algo, mas não uma voz. Passos se aproximavam. Agora uma porta era aberta silenciosamente no corredor em cima; as dobradiças rangeram. Sam acocorou-se, escutando. A porta se fechou com um baque surdo; e então ouviu-se uma voz-órquica rosnando.

"Olá! Você aí em cima, seu rato de monte de esterco! Para de guinchar, senão vou lidar com você. Ouviu?"

Não houve resposta.

"Muito bem", grunhiu Snaga. "Mas vou aí dar uma olhada em você assim mesmo para ver o que está aprontando."

As dobradiças rangeram de novo, e Sam, agora espiando por cima do canto da soleira do corredor, viu um lampejo de luz em uma porta aberta e a sombra indistinta de um orque que saía. Parecia estar carregando uma escada. De repente a resposta surgiu diante de Sam: o recinto superior era acessível por um alçapão no teto do corredor. Snaga empurrou a escada para cima, firmou-a e depois sumiu escalando-a. Sam ouviu um ferrolho sendo destravado. Depois ouviu a voz hedionda falando mais uma vez.

"Fique quieto deitado, se não vai pagar por isso! Acho que você não tem muito tempo para viver em paz; mas se não quiser que a diversão comece agora mesmo fique de bico calado, viu? Aqui tem um lembrete para você!" Ouviu-se um som, como um estalido de chicote.

Diante disso, a raiva se inflamou em súbita fúria no coração de Sam. Ergueu-se de um salto, correu e subiu pela escada como um gato. Sua cabeça saiu no meio do piso de um grande recinto redondo. Um lampião vermelho pendia do teto; a seteira oeste era alta e escura. Algo estava deitado no chão junto à parede sob a janela, mas um negro vulto-órquico estava escarranchado por cima. Ele ergueu o chicote pela segunda vez, mas o golpe nunca foi desferido.

Dando um grito, Sam atravessou o piso de um salto com Ferroada na mão. O orque virou-se de chofre, mas antes que pudesse fazer um movimento, Sam lhe separou do braço a mão do chicote. Uivando de dor e medo, mas desesperado, o orque investiu contra ele de cabeça baixa. O golpe seguinte de Sam errou o alvo, e ele caiu para trás desequilibrado, agarrando-se ao orque que cambaleou por cima dele. Antes de conseguir se levantar, no atropelo, ouviu um grito e um impacto. Em sua pressa incontida, o orque tropeçara na ponta da escada e caíra pelo alçapão aberto. Sam não lhe deu mais atenção. Correu até o vulto encolhido no chão. Era Frodo.

Estava nu, jazendo como que desmaiado em um monte de farrapos imundos: o braço estava erguido, protegendo a cabeça, e tinha ao longo do flanco um feio vergão de chicote.

"Frodo! Sr. Frodo, meu querido!", exclamou Sam, quase cego pelas lágrimas. "É Sam, eu vim!" Soergueu o mestre e o abraçou contra o peito. Frodo abriu os olhos.

"Ainda estou sonhando?", murmurou. "Mas os outros sonhos eram horríveis."

"Não está sonhando não, Patrão", disse Sam. "É de verdade. Sou eu. Eu vim."

"Mal consigo acreditar", respondeu Frodo, agarrando-se a ele. "Havia um orque com um chicote, e aí ele se transforma no Sam! Então eu não estava mesmo sonhando quando ouvi aquela canção lá embaixo e tentei responder? Era você?"

"Era mesmo, Sr. Frodo. Eu tinha perdido as esperanças, quase. Não conseguia encontrá-lo."

"Bem, agora encontrou, Sam, querido Sam", disse Frodo, e recostou-se nos braços amáveis de Sam, fechando os olhos como uma criança que repousa quando os medos da noite são expulsos por uma voz ou mão amada.

Sam sentia que podia ficar sentado daquela maneira em felicidade infinda; mas não era permitido. Não bastava ele encontrar o patrão, ainda tinha de tentar salvá-lo. Beijou a testa de Frodo. "Venha! Acorde, Sr. Frodo!", pediu ele, tentando soar tão alegre como quando abria as cortinas de Bolsão em uma manhã de verão.

Frodo suspirou e sentou-se. "Onde estamos? Como vim parar aqui?", perguntou ele.

"Não tem tempo para histórias antes que cheguemos em outro lugar, Sr. Frodo", disse Sam. "Mas está no topo daquela torre que o senhor e eu vimos lá debaixo, junto ao túnel, antes de os orques o pegarem. Não sei quanto tempo faz isso. Mais de um dia, eu acho."

"Só isso?", questionou Frodo. "Parece que faz semanas. Você precisa me contar tudo a respeito, se tivermos oportunidade. Alguma coisa me atingiu, não foi? E caí na escuridão e em sonhos abomináveis, mas despertei e descobri que estar acordado era pior. Havia orques em toda a minha volta. Acho que tinham acabado de derramar uma horrível bebida queimante pela minha garganta. Minha cabeça clareou, mas eu estava dolorido e exausto. Despojaram-me de tudo; e então vieram dois grandes brutamontes e me interrogaram, me interrogaram até eu pensar que ia enlouquecer, eles de pé acima de mim, se regozijando, manuseando os punhais. Nunca vou esquecer as garras e os olhos deles."

"Não vai esquecer se falar sobre eles, Sr. Frodo", disse Sam. "E se não quisermos vê-los de novo, o quanto antes formos embora melhor. Consegue andar?"

"Sim, consigo andar", afirmou Frodo, erguendo-se devagar. "Não estou ferido, Sam. Só me sinto muito cansado e tenho dor aqui." Pôs a mão na nuca, acima do ombro esquerdo. Pôs-se de pé, e a Sam pareceu que estava envolto em chamas: sua pele nua estava escarlate à luz do lampião acima deles. Duas vezes percorreu o chão para lá e para cá.

"Assim está melhor!", disse ele, animando-se um pouco. "Não me atrevia a me mexer quando era deixado sozinho ou quando vinha um dos guardas. Até começar a gritaria e a luta. Os dois brutamontes: eles brigaram, creio. Por causa de mim e minhas coisas. Fiquei deitado aqui, aterrorizado. E depois tudo ficou em um silêncio de morte, e isso foi pior."

"Sim, eles brigaram, ao que parece", respondeu Sam. "Devia haver umas centenas dessas criaturas imundas por aqui. Uma tarefa meio grande para Sam Gamgi, poderíamos dizer. Mas eles fizeram sozinhos toda a matança. Foi sorte, mas é muito comprido para fazer uma canção até sairmos daqui. Agora o que se há de fazer? Não pode sair caminhando na Terra Negra nu em pelo, Sr. Frodo."

"Levaram tudo, Sam", disse Frodo. "Tudo que eu tinha. Você compreende? *Tudo!*" Acocorou-se de novo no chão, de cabeça baixa, quando suas próprias palavras o fizeram perceber a plenitude do desastre, e o desespero o dominou. "A demanda fracassou, Sam. Mesmo que saiamos daqui, não podemos escapar. Só os Elfos podem escapar. Para longe, longe da Terra-média, muito longe além do Mar. Se mesmo isso for longe o bastante para manter a Sombra à distância."

"Não, *não* tudo, Sr. Frodo. E não fracassou, ainda não. Eu o peguei, Sr. Frodo, com sua licença. E o mantive a salvo.

Está pendurado em meu pescoço agora e é um fardo terrível também." Sam tateou em busca do Anel e sua corrente. "Mas imagino que o senhor precisa pegá-lo de volta." Agora que chegara a esse ponto, Sam sentia-se relutante em entregar o Anel e oprimir o patrão com ele outra vez.

"Você está com ele?", arquejou Frodo. "Está com ele aqui? Sam, você é uma maravilha!" Então, de modo rápido e estranho, seu tom mudou. "Dê-o para mim!", exclamou, levantando-se, estendendo uma mão trêmula. "Dê-o para mim imediatamente! Você não pode ficar com ele!"

"Muito bem, Sr. Frodo", disse Sam, um tanto espantado. "Aqui está!" Lentamente tirou o Anel e passou a corrente por cima da cabeça. "Mas está na terra de Mordor agora, senhor; e quando sair vai ver a Montanha de Fogo e tudo o mais. Vai achar o Anel muito perigoso agora, e muito pesado de carregar. Se for um serviço muito pesado, quem sabe eu possa compartilhá-lo com o senhor?"

"Não, não!", exclamou Frodo, arrancando o Anel e a corrente das mãos de Sam. "Não vai não, seu ladrão!" Ofegou, encarando Sam com olhos repletos de medo e inimizade. Então, de súbito, segurando o Anel em um punho fechado, ficou aterrado. Uma névoa pareceu afastar-se dos seus olhos, e ele passou uma mão sobre a testa dolorida. A hedionda visão lhe parecera tão real, a ele que ainda estava meio atordoado pela ferida e pelo medo. Diante dos seus próprios olhos, Sam se transformara em um orque de novo, olhando atrevido e escarvando seu tesouro, uma criaturinha asquerosa de olhos cobiçosos e boca babando. Mas agora a visão passara. Ali estava Sam ajoelhado diante dele, com o rosto retorcido de dor, como se tivesse sido apunhalado no coração; as lágrimas lhe vertiam dos olhos.

"Ó Sam!", exclamou Frodo. "O que eu disse? O que eu fiz? Perdoe-me! Depois de tudo o que fez. É o poder horrível do Anel. Queria que ele nunca, nunca tivesse sido achado. Mas não se importe comigo, Sam. Preciso carregar o fardo até o fim. Isso não pode ser alterado. Você não pode se pôr entre mim e essa sina."

"Está tudo bem, Sr. Frodo", disse Sam, esfregando os olhos com a manga. "Eu entendo. Mas ainda posso ajudar, não posso?

Preciso tirá-lo daqui. Imediatamente, viu! Mas primeiro precisa de roupas e equipamento, e depois de comida. As roupas vão ser a parte mais fácil. Já que estamos em Mordor, é melhor se vestir à moda de Mordor; e, de qualquer modo, não tem escolha. Vão ter de ser coisas-órquicas para o senhor, Sr. Frodo, eu receio. E para mim também. Se formos juntos é melhor estarmos combinados. Agora enrole-se nisto!"

Sam desafivelou a capa cinzenta e a jogou nos ombros de Frodo. Depois, soltando a mochila, colocou-a no chão. Puxou Ferroada da bainha. Mal se via um lampejo em sua lâmina. "Estava me esquecendo disto, Sr. Frodo", disse ele. "Não, não pegaram tudo! O senhor me emprestou Ferroada, se se recorda, e o vidro da Senhora. Ainda tenho os dois. Mas empreste-me um pouco mais, Sr. Frodo. Preciso ir ver o que consigo encontrar. Fique aqui. Caminhe um pouco por aí e alivie as pernas. Não vou demorar. Não vou ter de ir longe."

"Cuide-se, Sam!", exclamou Frodo. "E apresse-se! Pode haver orques ainda vivos, esperando à espreita."

"Preciso arriscar", disse Sam. Foi até o alçapão e desceu a escada. Em um minuto sua cabeça ressurgiu. Jogou no chão uma faca comprida.

"Aqui está algo que pode ser útil", disse ele. "Ele está morto: o que o açoitou. Parece que quebrou o pescoço na pressa. Agora puxe a escada para cima, se puder, Sr. Frodo; e não a arrie antes que me ouça dizer a senha. Vou dizer *Elbereth*. O que os Elfos dizem. Nenhum orque diria isso."

Frodo ficou por algum tempo sentado, sentindo calafrios, com medos pavorosos se perseguindo em sua mente. Depois levantou-se, envolveu-se na capa-élfica cinzenta e, para manter a mente ocupada, começou a andar para lá e para cá, espreitando e espiando cada canto de sua prisão.

Não levou muito tempo, apesar de o medo fazer parecer pelo menos uma hora, antes que ouvisse a voz de Sam chamando-o suavemente debaixo: "*Elbereth, Elbereth*." Frodo arriou a escada leve. Sam subiu por ela, bufando, equilibrando na cabeça um grande fardo. Deixou-o cair com um baque.

"Agora depressa, Sr. Frodo!", disse ele. "Tive de procurar um bocado para encontrar alguma coisa pequena o bastante para gente como nós. Vamos ter de improvisar. Mas precisamos nos apressar. Não encontrei nada vivo e não vi nada, mas não estou tranquilo. Acho que este lugar está sendo observado. Não sei explicar, mas muito bem: tenho a sensação de que um daqueles asquerosos Cavaleiros voadores estava por aí, lá em cima na treva, onde não pode ser visto."

Abriu o fardo. Frodo olhou enojado para o conteúdo, mas não havia o que fazer: tinha de vestir aquilo ou sair nu. Havia calças compridas peludas de alguma imunda pele de animal e uma túnica de couro sujo. Vestiu-se. Por cima da túnica foi uma cota de malha de anéis resistentes, curta para um orque de tamanho normal, comprida demais para Frodo, e pesada. Afivelou em torno um cinto em que estava suspensa uma bainha curta contendo uma espada para estocada, de lâmina larga. Sam trouxera vários elmos-órquicos. Um deles serviu razoavelmente em Frodo, um boné negro de borda de ferro, com arcos de ferro cobertos de couro em que o Olho Maligno estava pintado em vermelho sobre o guarda-nariz semelhante a um bico.

"As coisas de Morgul, o equipamento de Gorbag, serviam melhor e eram mais bem-feitas", disse Sam; "mas acho que não seria boa ideia sair carregando seus emblemas em Mordor, não depois deste caso aqui. Bem, é isso, Sr. Frodo. Um perfeito pequeno orque, se posso me atrever — pelo menos o senhor seria, se pudéssemos cobrir seu rosto com uma máscara, dar-lhe braços mais compridos e tornar suas pernas cambaias. Isto vai esconder alguns dos traços reveladores." Pôs uma grande capa negra em torno dos ombros de Frodo. "Agora está pronto! Pode pegar um escudo no caminho."

"E quanto a você, Sam?", disse Frodo. "Não vamos combinar?"

"Bem, Sr. Frodo, estive pensando", disse Sam. "Prefiro não deixar nada do meu equipamento para trás, e não podemos destruí-lo. E não posso usar uma malha-órquica por cima de todas as minhas roupas, não é? Vou ter que cobri-las apenas."

Ajoelhou-se e dobrou a capa-élfica com cuidado. Ela formou um rolo espantosamente pequeno. Colocou-a na mochila que estava no chão. Pôs-se de pé, pendurou-a às costas, pôs um elmo-órquico na cabeça e jogou nos ombros outra capa negra. "Pronto!", disse ele. "Agora estamos combinados, mais ou menos. E agora precisamos ir embora!"

"Não posso correr o caminho todo, Sam", disse Frodo com um sorriso irônico. "Espero que você tenha se informado sobre as estalagens na estrada. Ou esqueceu-se da comida e bebida?"

"É mesmo, esqueci sim!", respondeu Sam. Assobiou desconcertado. "Veja só, Sr. Frodo, mas o senhor foi me deixar faminto e sedento! Não sei qual foi a última vez em que um gole ou um bocado passaram pelos meus lábios. Eu esqueci tentando achá-lo. Mas deixe-me pensar! Da última vez em que olhei eu tinha mais ou menos o suficiente daquele pão-de-viagem e do que o Capitão Faramir nos deu para me manter vivo por algumas semanas em um aperto. Mas se restava uma gota no meu cantil, não é mais que isso. De jeito nenhum isso vai bastar para dois. Os orques não comem e não bebem? Ou só vivem de ar imundo e veneno?"

"Não, eles comem e bebem, Sam. A Sombra que os gerou só pode zombar, não pode fazer; não coisas novas e reais por si mesma. Não acho que tenha dado vida aos orques, apenas os arruinou e perverteu; e se eles têm de viver, devem viver como as outras criaturas viventes. Aceitam águas imundas e carnes imundas, se não puderem conseguir coisa melhor, mas não veneno. Eles me alimentaram, portanto estou em melhor estado que você. Deve haver comida e água em algum lugar por aqui."

"Mas não temos tempo para procurá-los", afirmou Sam.

"Bem, as coisas estão um pouco melhores do que você pensa", disse Frodo. "Tive um pouco de sorte enquanto você estava fora. Na verdade, não levaram tudo. Encontrei meu saco de comida entre uns trapos no chão. É claro que o remexeram. Mas acredito que rejeitaram o próprio aspecto e cheiro do *lembas*, ainda mais que Gollum. Está espalhado, e parte dele foi pisoteada e quebrada, mas eu o reuni. Não é muito menos que o que você tem. Mas levaram a comida de Faramir e retalharam meu cantil."

"Bem, não há nada mais a dizer", disse Sam. "Temos o bastante para o começo. Porém, a água vai ser um caso sério. Mas venha, Sr. Frodo! Vamos embora, do contrário todo um lago cheio não vai nos ajudar!"

"Só depois que você comer um bocado, Sam", insistiu Frodo. "Não vou arriar pé. Aqui, pegue este biscoito-élfico e beba essa última gota do seu cantil! Tudo isto é bem desesperançoso, portanto não adianta se preocupar com o amanhã. Provavelmente ele não virá."

Finalmente partiram. Desceram escada abaixo, e depois Sam a tomou e a pôs no corredor junto do corpo amontoado do orque caído. A escadaria estava escura, mas no topo ainda se podia ver o clarão da Montanha, apesar de agora ele estar se reduzindo a um vermelho baço. Apanharam dois escudos para completar o disfarce e foram em frente.

Desceram com dificuldade pela grande escadaria. O alto recinto do torreão lá atrás, onde tinham se reencontrado, parecia quase aconchegante: agora estavam outra vez ao ar livre, e o terror corria ao longo dos muros. Podiam estar todos mortos na Torre de Cirith Ungol, mas ela ainda estava impregnada de medo e mal.

Acabaram chegando à porta do pátio externo e pararam. Mesmo de onde estavam podiam sentir a malignidade das Sentinelas atingindo-os, formas negras e silentes de ambos os lados do portão através do qual se via indistintamente o clarão de Mordor. Ao abrirem caminho entre os hediondos corpos dos orques, cada passo tornava-se mais difícil. Mesmo antes de atingirem o arco, eles se imobilizaram. Mover-se mais uma polegada era doloroso e fatigante à vontade e aos membros.

Frodo não tinha força para tal batalha. Desabou no chão. "Não posso ir em frente, Sam", murmurou. "Vou desmaiar. Não sei o que me deu."

"Eu sei, Sr. Frodo. Aguente agora! É o portão. Tem alguma crueldade ali. Mas eu atravessei e vou sair. Não pode ser mais perigoso que antes. Vamos lá!"

Sam tirou outra vez o vidro-élfico de Galadriel. Como se honrasse sua resistência e agraciasse com esplendor sua fiel mão morena de hobbit que fizera tais feitos, o frasco resplandeceu de repente, de modo que todo o pátio obscuro foi iluminado com uma radiância cegante como um relâmpago; mas ela permaneceu firme e não se apagou.

"*Gilthoniel, A Elbereth!*", exclamou Sam. Pois, não sabia por quê, seus pensamentos voltaram de repente aos Elfos no Condado e à canção que afastara o Cavaleiro Negro nas árvores.

"*Aiya elenion ancalima!*", exclamou Frodo mais uma vez, atrás dele.

A vontade das Sentinelas foi quebrada tão repentinamente quanto uma corda rompendo, e Frodo e Sam tropeçaram para a frente. Depois correram através do portão, passando pelos grandes vultos sentados com seus olhos reluzentes. Houve um estalo. A pedra superior do arco despencou quase nos calcanhares deles, e o muro acima dela se esfarelou e caiu em ruína. Escaparam apenas por um fio. Um sino ressoou; e das Sentinelas ergueu-se um lamento agudo e pavoroso. Muito no alto, na escuridão, ele teve resposta. Do céu negro veio mergulhando, como um raio, um vulto alado, dilacerando as nuvens com um berro medonho.

2

A Terra da Sombra

A Sam restava juízo o bastante para voltar a enfiar o frasco no peito. "Corra, Sr. Frodo!", exclamou ele. "Não, não por aí! Tem uma queda repentina por cima do muro. Siga-me!"

Fugiram descendo a estrada que saía do portão. Em cinquenta passos, com uma rápida curva em torno de um bastião que se projetava do penhasco, eles estavam fora da visão da Torre. Haviam escapado por ora. Agachando-se de encontro à rocha, tomaram fôlego e depois apertaram os corações com as mãos. Agora, empoleirado na muralha junto ao portão arruinado, o Nazgûl emitia seus gritos mortais. Todos os penhascos faziam eco.

Prosseguiram aterrorizados, aos tropeços. Logo a estrada fez outra curva fechada para leste e os expôs por um momento pavoroso à vista da Torre. Atravessando às pressas, lançaram o olhar para trás e viram a grande forma negra sobre a ameia; depois mergulharam entre altas paredes de rocha, em um corte que descia íngreme para se juntar à estrada de Morgul. Chegaram ao encontro dos caminhos. Ainda não havia sinal de orques nem de resposta ao grito do Nazgûl; mas eles sabiam que o silêncio não duraria muito tempo. A qualquer momento começaria a caçada.

"Isto não vai dar certo, Sam", disse Frodo. "Se fôssemos orques de verdade deveríamos estar correndo de volta para a Torre, não indo embora. O primeiro inimigo que encontrarmos vai nos desmascarar. De algum modo precisamos sair desta estrada."

"Mas não podemos," disse Sam, "a não ser que tenhamos asas."

As faces orientais de Ephel Dúath eram escarpadas, caindo em penhascos e precipícios até a depressão negra que se estendia entre elas e a crista interna. Pouco além do encontro dos caminhos, depois de outro declive íngreme, uma ponte temporária de pedra saltava sobre o abismo e levava a estrada para o outro lado, nas encostas acidentadas e nos vales de Morgai. Com um esforço desesperado, Frodo e Sam correram pela ponte; porém mal tinham alcançado o lado oposto quando ouviram gritos revoltosos de protesto começando. Bem atrás deles, agora no alto do flanco da montanha, erguia-se a Torre de Cirith Ungol com pedras de incandescência fosca. De repente, seu sino estridente badalou de novo, e então irrompeu em um repique de despedaçar. Soaram trompas. E agora vieram gritos em resposta da outra extremidade da ponte. No fundo da depressão escura, isolados do fulgor minguante de Orodruin, Frodo e Sam não conseguiam enxergar à frente, mas já ouviam as passadas de pés calçados de ferro, e na estrada ressoou o tropel de cascos.

"Depressa, Sam! Vamos por cima!", exclamou Frodo. Escalaram a amurada baixa da ponte. Felizmente não havia mais tombo assustador no abismo, pois as encostas do Morgai já haviam subido quase até o nível da estrada; mas estava escuro demais para estimarem a profundidade da queda.

"Bem, aí vai, Sr. Frodo", disse Sam. "Adeus!"

Deixou-se cair. Frodo seguiu-o. E enquanto caíam ouviram o ímpeto dos cavaleiros que passavam a toda sobre a ponte e o estrépito dos pés-órquicos que os seguiam correndo. Mas Sam teria rido se se atrevesse. Meio temendo um mergulho violento sobre rochas invisíveis, os hobbits aterrissaram com um baque e um ruído triturante, depois de caírem não mais que uma dúzia de pés na última coisa que esperavam: um emaranhado de moitas espinhentas. Ali Sam ficou deitado, imóvel, chupando mansamente a mão arranhada.

Quando o som dos cascos e pés passara, ele arriscou um sussurro. "Bendito seja, Sr. Frodo, mas eu não sabia que crescia alguma coisa em Mordor! Mas se eu soubesse eu teria procurado bem isto. Estes espinhos devem ter um pé de comprimento, pela sensação que dão; atravessaram tudo que eu vesti. Queria ter posto aquela cota de malha!"

"Malha-órquica não evita esses espinhos", disse Frodo. "Nem um gibão de couro adianta."

Foi uma luta para saírem da moita. Os espinhos e as sarças eram duros como arame e agarravam como presas. Antes de finalmente se libertarem, suas capas já estavam rasgadas e esfarrapadas.

"Agora vamos para baixo, Sam", sussurrou Frodo. "Descer depressa para o vale e depois virar para o norte, o mais cedo que pudermos."

O dia estava voltando no mundo lá fora, e muito além das trevas de Mordor o Sol subia por cima da borda leste da Terra-média; mas ali ainda estava tudo escuro como a noite. A Montanha reluziu e seus fogos se apagaram. O clarão desapareceu dos penhascos. O vento leste que estivera soprando desde que haviam deixado Ithilien parecia morto agora. Lenta e dolorosamente fizeram a descida, tateando, tropeçando, dando passos em falso entre as rochas, as sarças e a madeira seca nas sombras cegas, descendo cada vez mais até não poderem mais avançar.

Finalmente pararam e se sentaram lado a lado, encostados em um rochedo. Ambos transpiravam. "Se o próprio Shagrat me oferecesse um copo d'água, eu apertaria a mão dele", afirmou Sam.

"Não diga coisas assim!", exclamou Frodo. "Isso só piora tudo." Então estirou-se, tonto e exausto, e não falou mais por algum tempo. Por fim reergueu-se com dificuldade. Para seu espanto, descobriu que Sam tinha adormecido. "Acorde, Sam!", disse ele. "Vamos lá! É hora de fazermos mais um esforço."

Sam pôs-se de pé com dificuldade. "Ora essa!", disse ele. "Eu devo ter cochilado. Faz muito tempo, Sr. Frodo, que não durmo direito, e os meus olhos se fecharam sozinhos."

Agora Frodo ia em frente, para o norte o melhor que podia estimar, entre as pedras e os rochedos que jaziam densos no fundo da grande ravina. Mas logo ele parou de novo.

"Não adianta, Sam", disse ele. "Eu não dou conta. Desta cota de malha, quero dizer. Não no estado em que estou. Até minha cota de mithril parecia pesada quando eu estava cansado. Esta é muito mais pesada. E de que adianta? Não vamos atravessar lutando."

A TERRA DA SOMBRA

"Mas pode ser que tenhamos alguma luta", retrucou Sam. "E tem facas e flechas perdidas. E mais, aquele Gollum não está morto. Não gosto de pensar no senhor só com um pouco de couro para protegê-lo de uma estocada no escuro."

"Olhe aqui, Sam, meu caro rapaz," respondeu Frodo, "estou cansado, exausto. Não me resta nenhuma esperança. Mas preciso continuar tentando chegar à Montanha, enquanto puder me mexer. O Anel é suficiente. Este peso extra está me matando. Ele tem de ir embora. Mas não me ache ingrato. Detesto pensar no trabalho abominável que você deve ter tido entre os corpos para encontrá-lo para mim."

"Nem fale nisso. Sr. Frodo. Bendito seja! Eu o carregaria nas costas se pudesse. Então livre-se dele!"

Frodo pôs a capa de lado, tirou a malha-órquica e a lançou fora. Teve um leve arrepio. "Do que preciso mesmo é algo quente", disse ele. "Esfriou, ou eu me resfriei."

"Pode ficar com minha capa, Sr. Frodo", disse Sam. Soltou a mochila e tirou a capa-élfica. "Que tal isto, Sr. Frodo?", sugeriu ele. "Enrole-se firme nesse trapo de orque, e ponha o cinto por fora. Aí esta pode ir por cima de tudo. Não parece muito a moda-órquica, mas vai mantê-lo mais aquecido; e arrisco dizer que vai protegê-lo do mal mais que qualquer outro traje. Foi feita pela Senhora."

Frodo tomou a capa e prendeu o broche. "Assim está melhor!", disse ele. "Sinto-me muito mais leve. Agora posso ir em frente. Mas esta escuridão cega parece estar penetrando em meu coração. Deitado na prisão, Sam, tentei me lembrar do Brandevin, da Ponta do Bosque e do Água correndo pelo moinho na Vila-dos-Hobbits. Mas já não posso vê-los."

"Veja só, Sr. Frodo, desta vez é o senhor falando em água!", disse Sam. "Se a Senhora pudesse nos ver ou ouvir, eu diria a ela: 'Vossa Senhoria, tudo o que queremos é luz e água: só água limpa e pura luz do dia, melhor que qualquer joia, com sua licença.' Mas é longe daqui até Lórien." Sam suspirou e acenou com a mão na direção dos altos da Ephel Dúath, que agora só podiam ser adivinhados como um negrume mais profundo diante do céu negro.

Partiram outra vez. Não haviam avançado muito antes de Frodo parar. "Há um Cavaleiro Negro acima de nós", comentou ele. "Posso senti-lo. É melhor ficarmos imóveis por algum tempo."

Agachados sob um grande rochedo, sentaram-se voltados para trás, para o oeste, e passaram um bom tempo sem falar. Então Frodo deu um suspiro de alívio. "Passou", afirmou ele. Levantaram-se e então ambos olharam espantados. Do lado esquerdo, para o sul, diante de um firmamento que se tornava cinzento, os picos e as altas cristas da grande cordilheira começavam a aparecer escuros e negros, como formas visíveis. A luz se intensificava atrás deles. Esgueirava-se devagar rumo ao Norte. Havia batalha nas alturas, nos altos espaços do ar. As nuvens encapeladas de Mordor estavam sendo empurradas para trás, com bordas que se esfarrapavam à medida que um vento do mundo vivente chegava varrendo os vapores e os fumos de volta à sua obscura terra de origem. Sob as beiradas erguidas do tristonho dossel, uma fraca luz se insinuava em Mordor como a pálida manhã através da janela encardida de uma prisão.

"Veja isso, Sr. Frodo!", disse Sam. "Veja isso! O vento mudou. Está ocorrendo alguma coisa. Ele não está tendo tudo do jeito que queria. A escuridão dele está se desfazendo no mundo lá fora. Gostaria de poder ver o que está acontecendo!"

Era a manhã de quinze de março e, sobre o Vale do Anduin, o Sol se erguia acima da sombra do leste e o vento sudoeste soprava. Théoden jazia moribundo nos Campos de Pelennor.

À medida que Frodo e Sam, em pé, observavam, a beirada de luz se espalhou ao longo de toda a linha da Ephel Dúath, e então viram uma sombra que vinha a grande velocidade do Oeste, de início só uma mancha negra diante da faixa reluzente acima dos cumes das montanhas, mas crescendo, até mergulhar como um raio no dossel escuro e passar alto acima deles. A caminho, emitiu um grito longo e estridente, a voz de um Nazgûl; mas aquele grito não os aterrorizava mais: era um grito de desgraça e aflição, más novas para a Torre Sombria. O Senhor dos Espectros-do-Anel encontrara sua sina.

"O que eu disse? Está ocorrendo alguma coisa!", exclamou Sam. "'A guerra está indo bem', disse Shagrat; mas o Gorbag não tinha tanta certeza. E aí tinha razão também. As coisas estão melhorando, Sr. Frodo. Não tem um pouco de esperança agora?"

"Bem, não, não muito, Sam", suspirou Frodo. "Isso é lá longe, além das montanhas. Estamos indo para o leste, não para o oeste. Estou tão cansado. E o Anel é tão pesado, Sam. E estou começando a vê-lo em minha mente o tempo todo, como uma grande roda de fogo."

A pronta animação de Sam desfez-se de imediato. Olhou ansioso para o patrão e tomou-lhe a mão. "Vamos, Sr. Frodo!", disse ele. "Tenho uma coisa que eu queria: um pouco de luz. O bastante para nos ajudar, e ainda assim acho que é perigosa também. Esforce-se mais um pouco, e aí vamos nos recolher e descansar. Mas pegue um bocado para comer agora, um pedaço da comida dos Elfos; poderá animá-lo."

Partilhando uma fatia de *lembas* e mastigando-a o melhor que podiam com as bocas ressequidas, Frodo e Sam avançaram com esforço. A luz, apesar de não ser mais que uma penumbra cinzenta, já era suficiente para verem que estavam na profundeza do vale entre as montanhas. Ele fazia um fraco aclive rumo ao norte, e no fundo corria o leito de um rio, agora seco e murcho. Além do seu curso pedregoso viram uma trilha pisada que serpenteava sob os sopés dos penhascos a oeste. Se soubessem, tê-lo-iam alcançado mais depressa, pois era uma trilha que saía da estrada principal de Morgul, na extremidade oeste da ponte, e descia por uma longa escada cortada na rocha até o fundo do vale. Era usada por patrulhas ou mensageiros que rumavam depressa para postos e redutos menores no norte, entre Cirith Ungol e os estreitos da Boca-ferrada, as férreas mandíbulas de Carach Angren.

Era arriscado para os hobbits usarem uma trilha assim, mas precisavam de velocidade, e Frodo sentia que não conseguiria enfrentar a labuta de escalar entre os rochedos ou nos vales sem trilha do Morgai. E julgava que o rumo norte, talvez, fosse o caminho que seus perseguidores menos esperassem que eles fossem tomar. A estrada para o leste até a planície, ou o passo lá atrás no oeste, esses eles esquadrinhariam primeiro e mais meticulosamente. Só quando estivesse bem ao norte da Torre ele pretendia fazer uma volta e buscar algum caminho que o levasse para o leste, ao leste na última etapa desesperada de sua jornada. Portanto, agora atravessaram o leito pedregoso, seguiram pela trilha-órquica e por algum tempo marcharam ao longo dela. Os penhascos do lado esquerdo projetavam-se, e não era possível vê-los de cima; mas a trilha fazia muitas curvas, e em cada uma agarravam os punhos das espadas e avançavam com cautela.

A luz não se tornou mais intensa, pois Orodruin ainda vomitava um grande vapor que, lançado para cima pelos ares contrários, ascendia mais e mais até alcançar uma região acima do vento e se espalhar em um teto incomensurável, cujo pilar central se erguia das sombras além da visão deles. Haviam andado penosamente por mais de uma hora quando ouviram um som que os fez parar. Inacreditável, mas inconfundível. Água escorrendo. De um sulco do lado esquerdo, tão escarpado e estreito que parecia que o penhasco negro fora fendido por um enorme machado, a água descia gotejando: talvez os últimos restos de alguma doce chuva recolhida de mares iluminados pelo sol, mas malfadada a cair enfim nas muralhas da Terra Negra e vagar infrutífera rumo ao pó. Ali ela emergia da rocha em um riachinho que descia, escorria por cima da trilha e, virando-se para o sul, fugia depressa para se perder entre as pedras mortas.

Sam deu um salto em sua direção. "Se alguma vez eu vir a Senhora de novo, vou contar a ela!", exclamou. "Luz e agora água!" Então parou. "Deixe-me beber primeiro, Sr. Frodo", disse ele.

"Muito bem, mas há espaço bastante para dois."

"Não quis dizer isso", comentou Sam. "Quero dizer: se for venenosa ou alguma coisa que mostre logo que é ruim, bem, melhor eu que o senhor, patrão, se me entende."

"Entendo. Mas acho que vamos arriscar a sorte juntos, Sam; ou a bênção. Ainda assim, cuidado agora, se for muito fria!"

A água era fresca, mas não gelada, e tinha um gosto desagradável, ao mesmo tempo amargo e oleoso, ou assim diriam se estivessem em casa. Ali ela parecia além de qualquer louvor e além do medo e da prudência. Beberam à vontade, e Sam completou o cantil. Depois disso Frodo sentiu-se mais à vontade, e avançaram várias milhas até que a estrada se alargasse e os começos de um muro grosseiro à sua beira os alertassem de que se avizinhavam de outro baluarte-órquico.

"É aqui que nos desviamos, Sam", disse Frodo. "E precisamos virar para o leste." Suspirou ao contemplar as cristas obscuras do outro lado do vale. "Só tenho força suficiente para encontrar um buraco lá em cima. E depois preciso descansar um pouco."

Agora o leito do rio estava um pouco abaixo da trilha. Desceram até lá com dificuldade e começaram a atravessá-lo. Para sua surpresa, deram com lagoas escuras alimentadas por fiapos de água que desciam gotejando de alguma fonte mais acima no vale. Em suas margens externas, sob as montanhas do oeste, Mordor era uma terra moribunda, porém ainda não morta. E ali algo ainda crescia, árido, retorcido, amargo, esforçando-se para viver. Nas covas do Morgai, do outro lado do vale, árvores baixas e mirradas escondiam-se agarradas, touceiras de capim, ásperas e cinzentas, lutavam contra as pedras e musgos murchos se arrastavam por cima delas; e em toda a parte se espalhavam grandes sarças contorcidas e emaranhadas. Algumas tinham longos espinhos transpassantes, algumas tinham farpas com ganchos que dilaceravam como facas. As tristonhas folhas enrugadas de anos passados pendiam delas, raspando e crepitando nos ares tristes, mas seus brotos repletos de vermes acabavam de se abrir. Moscas pardas, cinzentas ou negras, marcadas como orques com uma mancha vermelha em forma de olho, zumbiam e picavam; e, por cima das moitas de urze, nuvens de mosquitos famintos dançavam e rodopiavam.

"Roupa-órquica não adianta", disse Sam, agitando os braços. "Queria ter couro de orque!"

Por fim Frodo não conseguiu avançar mais. Haviam escalado uma estreita ravina inclinada, mas ainda restava muito caminho antes que pudessem ao menos avistar a última crista recortada. "Preciso descansar agora, Sam, e dormir se puder", disse Frodo. Olhou em volta, mas não parecia haver nenhum lugar aonde mesmo um animal pudesse se arrastar naquela lúgubre região. Finalmente, exaustos, escapuliram para baixo de uma cortina de sarças pendurada como uma esteira por cima de uma face rochosa baixa.

Ali sentaram-se e fizeram a refeição que podiam. Reservando o precioso *lembas* para os dias ruins à frente, comeram metade das provisões de Faramir que ainda restavam na mochila de Sam: algumas frutas secas e uma fatiazinha de carne curada; e bebericaram um pouco de água. Haviam bebido outra vez nas lagoas do vale, mas tinham muita sede outra vez. Havia no ar de Mordor um sabor amargo que ressecava a boca. Quando Sam pensava em água, mesmo seu espírito esperançoso desanimava. Além do Morgai restava atravessar a pavorosa planície de Gorgoroth.

"Agora vá dormir primeiro, Sr. Frodo", disse ele. "Está escurecendo de novo. Calculo que este dia esteja quase terminando."

Frodo suspirou e adormeceu quase antes de serem ditas as últimas palavras. Sam lutou com o próprio cansaço e pegou a mão de Frodo; e ali ficou sentado, em silêncio, até cair a noite profunda. Então, finalmente, para manter-se desperto engatinhou para fora do esconderijo e olhou em volta. A região parecia repleta de ruídos que rangiam, estalavam e eram matreiros, mas não havia som de voz nem de pés. Muito acima da Ephel Dúath no Oeste, o céu noturno ainda era baço e pálido. Ali, espiando por entre os farrapos de nuvens acima de um pico escuro no alto das montanhas, Sam viu uma estrela branca piscando por alguns instantes. Sua beleza lhe atingiu o coração, olhando para cima desde a terra abandonada, e a esperança retornou a ele. Pois como um raio, nítido e frio, perpassou-lhe o pensamento de que no fim a Sombra era somente uma coisa pequena e passageira: havia luz e elevada beleza para sempre além do seu alcance. Sua canção na Torre fora mais de desafio que de esperança; pois naquele momento estava pensando em si mesmo. Agora, por um instante, seu próprio destino, e mesmo o do seu patrão, deixaram de afligi-lo. Voltou engatinhando para dentro da sarça, deitou-se ao lado de Frodo e, deixando de lado todos os medos, lançou-se em sono profundo e tranquilo.

A TERRA DA SOMBRA

Acordaram juntos, de mãos dadas. Sam estava quase renovado, pronto para mais um dia; mas Frodo suspirou. Seu sono fora inquieto, cheio de sonhos de fogo, e o despertar não lhe trouxe consolo. Ainda assim, seu sono não fora totalmente isento de virtude curativa: estava mais forte, mais capaz de carregar seu fardo por mais uma etapa. Não sabiam as horas, nem por quanto tempo tinham dormido; mas após um bocado de comida e um golinho de água prosseguiram ravina acima, até esta terminar em uma encosta íngreme de cascalho e pedras deslizantes. Ali os últimos seres vivos desistiam da luta; os cimos do Morgai eram sem relva, áridos, escarpados, estéreis como uma lousa.

Depois de muito vagarem e buscarem, encontraram um caminho que podiam escalar e chegaram ao topo agarrando-se e porfiando na última centena de pés. Chegaram a uma fenda entre dois penhascos escuros e, ao atravessarem, viram-se bem na beira da última barreira de Mordor. Abaixo deles, no fundo de uma queda de uns mil e quinhentos pés, estava a planície interna que se estendia em uma obscuridade informe além do alcance de sua visão. Agora o vento do mundo soprava do Oeste, e as grandes nuvens subiam alto, flutuando rumo ao leste; mas ainda assim só chegava uma luz cinzenta aos lúgubres campos de Gorgoroth. Ali a fumaça se espalhava pelo chão e espreitava nas depressões, e vazavam vapores das fissuras da terra.

Ainda bem longe, a quarenta milhas pelo menos, viam o Monte da Perdição, cujo sopé tinha a base em ruína cor de cinza e cujo imenso cone subia a grande altura, onde o cume fumacento estava envolto em nuvens. Seus fogos já estavam mais turvos, e ele se erguia em sonolência latente, tão ameaçador e perigoso quanto uma fera adormecida. Atrás dele pendia uma vasta sombra, agourenta como uma nuvem de trovoada, os véus de Barad-dûr que se levantava na distância sobre um longo esporão das Montanhas de Cinza lançado do Norte. O Poder Sombrio estava em pensamento profundo, e o Olho se voltava para dentro, ponderando notícias de dúvida e perigo: via uma espada reluzente e um rosto severo e régio, e por um momento pouco se importava com outras coisas; e todo o seu grande baluarte, portão sobre portão, e torre sobre torre, estava envolto em treva cismante.

1322

Frodo e Sam observaram aquela terra odiosa com uma mistura de abominação e espanto. Entre eles e a montanha fumegante, e em volta dela ao norte e ao sul, tudo parecia arruinado e morto, um deserto queimado e estrangulado. Perguntavam-se como o Senhor daquele reino mantinha e alimentava seus escravos e seus exércitos. E, não obstante, exércitos ele tinha. Até onde seus olhos alcançavam, ao longo dos flancos do Morgai e mais em direção ao sul, havia acampamentos, alguns de barracas e outros ordenados como pequenas aldeias. Uma das maiores destas estava bem abaixo deles. A pouco menos de uma milha na planície, estava agrupada como um enorme ninho de insetos, com ruas retas e lúgubres de choças e construções compridas, baixas e tediosas. Em volta, o terreno estava movimentado com gente que ia e vinha; uma estrada larga saía no rumo sudeste para se unir ao caminho de Morgul, e, ao longo dela, apressavam-se muitas filas de pequenos vultos negros.

"Não gosto nem um pouco da cara dessas coisas", disse Sam. "Bem desesperançoso, eu digo — exceto porque onde tem tanta gente deve ter poços ou água, sem falar em comida. E esses são Homens, não Orques, ou então meus olhos muito me enganam."

Nem ele nem Frodo sabiam nada sobre os grandes campos cultivados por escravos, mais no sul daquele amplo reino, além dos vapores da Montanha, junto às águas escuras e tristes do Lago Núrnen; nem sobre as grandes estradas que corriam rumo ao leste e ao sul para terras tributárias, de onde os soldados da Torre traziam longas fileiras de carroças com bens, pilhagem e escravos novos. Ali, nas regiões do norte, ficavam as minas e forjas e as convocações para a guerra há muito planejada; e ali o Poder Sombrio, movendo seus exércitos como peças no tabuleiro, os reunia. Seus primeiros lances, as primeiras apalpadelas de sua força, haviam sido rechaçados na linha ocidental, no sul e no norte. No momento ele os retirava e trazia forças novas, apinhando-as em torno de Cirith Gorgor para um golpe de vingança. E, se também tivera a intenção de defender a Montanha contra qualquer aproximação, dificilmente poderia ter feito melhor.

"Bem!", prosseguiu Sam. "Seja lá o que tiverem para comer e beber, nós não podemos ter. Não tem caminho para descer ali, que eu possa ver. E não poderíamos atravessar todo esse terreno aberto pululando de inimigos, mesmo que conseguíssemos descer."

"Ainda assim vamos ter que tentar", disse Frodo. "Não é pior do que eu esperava. Eu nunca tive a esperança de atravessar. Agora não consigo ver nenhuma esperança disso. Mas ainda tenho de fazer o melhor que posso. No momento isso é evitar ser capturado pelo maior tempo possível. Portanto, ainda precisamos rumar para o norte, creio, e ver como é onde a planície aberta é mais estreita."

"Eu imagino como vai ser", comentou Sam. "Onde for mais estreita, os Orques e Homens só vão estar mais apertados. Vai ver, Sr. Frodo."

"Arrisco-me a dizer que vou, se chegarmos até lá", disse Frodo, e lhe deu as costas.

Logo descobriram que era impossível prosseguir ao longo da crista do Morgai, ou em qualquer lugar ao longo de seus níveis mais altos, que não tinham trilhas e eram recortados por fendas profundas. No fim foram obrigados a voltar, descendo pela ravina que haviam escalado e buscando um caminho ao longo do vale. Era um trajeto difícil, pois não se atreviam a atravessar para a trilha do lado oeste. Depois de uma milha ou mais viram, amontoado em uma depressão ao pé do penhasco, o covil-órquico que imaginavam estar nas redondezas: um muro e um ajuntamento de cabanas de pedra postas em redor da escura abertura de uma caverna. Não se via movimento algum, mas os hobbits passaram esgueirando-se com cautela, mantendo-se o mais perto possível dos matagais de espinheiros que naquele ponto cresciam densos em ambas as margens do antigo curso d'água.

Avançaram mais duas ou três milhas, e o covil-órquico ficou oculto da visão atrás deles; mas mal haviam recomeçado a respirar mais livremente quando ouviram vozes-órquicas, ásperas e altas. Rapidamente sumiram de vista por trás de uma moita parda e mirrada. As vozes se aproximaram. Logo dois orques puderam ser vistos. Um estava vestido de trapos pardos e armado com um arco de chifre; era de estirpe miúda, de pele negra e largas narinas que fungavam: evidentemente uma espécie de rastreador. O outro era um grande orque combatente, como os da companhia de Shagrat, portando o emblema do Olho. Também tinha um arco às costas e levava uma lança curta de ponta larga. Como de costume, estavam brigando e por serem de estirpes diferentes usavam a fala comum à sua maneira.

A cerca de vinte passos de onde os hobbits espreitavam, o orque pequeno parou. "Nar!", rosnou ele. "Vou pra casa." Apontou o outro lado do vale, para o covil-órquico. "Não vale mais a pena gastar o nariz nas pedras. Não sobrou rastro, é o que digo. Perdi a pista cedendo a você. Ela subia pras colinas, não ia pelo vale, estou dizendo."

"Vocês não servem para muita coisa, né, seus fungadorezinhos?", disse o orque grande. "Acho que os olhos são melhores que os narizes ranhosos de vocês."

"Então o que você viu com eles?", rosnou o outro. "Diacho! Você nem sabe o que está procurando."

"Isso é culpa de quem?", questionou o soldado. "Não é minha. Isso vem Lá de Cima. Primeiro eles dizem que é um grande Elfo com armadura brilhante, depois é uma espécie de homem-anão pequeno, depois deve ser um bando de Uruk-hai rebelde; ou quem sabe é tudo isso junto."

"Ar!", disse o rastreador. "Perderam a cabeça, é isso que é. E alguns dos chefes vão perder a pele também, acho eu, se for verdade o que eu ouvi: torre assaltada e tudo o mais, centenas dos seus rapazes apagados e o prisioneiro fugiu. Se é esse o jeito que trabalham vocês, combatentes, não admira que tem notícias ruins das batalhas."

"Quem diz que tem notícias ruins?", gritou o soldado.

"Ar! Quem diz que não?"

"Isso é maldita conversa de rebelde, e eu espeto você se não calar a boca, viu?"

"Tá bem, tá bem!", disse o rastreador. "Não vou dizer mais nada e vou continuar pensando. Mas o que o sorrateiro preto tem a ver com tudo isso? Aquele devorador de mãos agitadas?"

"Não sei. Nada, quem sabe. Mas ele não é boa coisa, espionando por aí, aposto. Maldito seja! Assim que escapou

A TERRA DA SOMBRA

de nós e fugiu, veio a notícia de que era procurado vivo, procurado depressa."

"Bem, espero que peguem ele e façam o processo", grunhiu o rastreador. "Ele confundiu a pista lá atrás, furtando a cota de malha jogada fora que ele achou e chapinhando por toda a parte antes de eu conseguir chegar lá."

"De qualquer jeito, isso salvou a vida dele", disse o soldado. "Ora, antes de eu saber que ele era procurado eu atirei nele, bem certinho, a cinquenta passos bem nas costas; mas ele continuou correndo."

"Diacho! Você errou ele", disse o rastreador. "Primeiro você atira a esmo, depois você corre muito devagar e depois manda vir os coitados dos rastreadores. Já me enchi de você." Saiu a trote.

"Volte aqui," gritou o soldado, "senão vou denunciar você!"

"Para quem? Não pro seu precioso Shagrat. Ele não vai mais ser capitão."

"Eu vou dar seu nome e número pros Nazgûl", disse o soldado, baixando a voz a um chiado. "Um *deles* está encarregado da Torre agora."

O outro parou, e sua voz estava repleta de medo e ira. "Seu maldito traidor, ladrão rasteiro!", berrou. "Não consegue fazer seu serviço e nem consegue apoiar a sua própria gente. Vá pros seus Guinchadores imundos, e eles que congelem e arranquem a sua carne! Se o inimigo não pegar eles primeiro. Apagaram o Número Um, ouvi dizer, e espero que seja verdade!"

O orque grande, de lança na mão, saltou sobre ele. Mas o rastreador, pulando para trás de uma pedra, atirou uma flecha em seu olho quando ele veio correndo, e ele caiu com estrondo. O outro correu atravessando o vale e desapareceu.

Por alguns instantes os hobbits ficaram sentados em silêncio. Por fim Sam remexeu-se. "Bem, eu chamo isso de bem feito", disse ele. "Se essa bela simpatia se espalhasse em Mordor, metade dos nossos problemas estaria terminada."

"Quieto, Sam", sussurrou Frodo. "Pode haver outros por aí. Evidentemente escapamos por bem pouco e a caçada estava mais perto da nossa pista do que nós achávamos. Mas esse *é* o espírito de Mordor, Sam; e ele se espalhou por todos os cantos. Os orques sempre se comportaram assim, é o que dizem todas as histórias, quando estão sozinhos. Mas não se pode ter grandes esperanças com base nisso. Eles nos odeiam muito mais, por completo e o tempo todo. Se aqueles dois nos tivessem visto, teriam esquecido toda a sua briga até estarmos mortos."

Houve outro longo silêncio. Sam rompeu-o outra vez, mas dessa vez com um sussurro. "Ouviu o que disseram sobre *aquele devorador*, Sr. Frodo? Eu lhe disse que Gollum ainda não estava morto, não foi?"

"Sim, eu me lembro. E me perguntei como você sabia", disse Frodo. "Bem, agora vamos! Acho que é melhor não nos mexermos daqui outra vez antes que tenha escurecido bastante. Assim você há de me contar como sabe, e sobre tudo o que aconteceu. Se puder fazer isso baixinho."

"Vou tentar," disse Sam, "mas quando penso naquele Fedido fico tão agitado que poderia gritar."

Ali os hobbits ficaram sentados, ocultos sob a moita de espinheiro, enquanto a luz baça de Mordor se dissolvia lentamente em noite profunda e sem estrelas; e Sam falou no ouvido de Frodo tudo para que pôde achar palavras, do ataque traiçoeiro de Gollum, do horror de Laracna e de suas próprias aventuras com os orques. Quando terminou, Frodo nada disse, mas tomou a mão de Sam e a apertou. Por fim mexeu-se.

"Bem, imagino que temos de partir outra vez", disse ele. "Pergunto-me quanto tempo vai levar para que realmente sejamos apanhados e para que toda a labuta e furtividade estejam terminadas, e em vão." Levantou-se. "Está escuro, mas não podemos usar o vidro da Senhora. Mantenha-o a salvo para mim, Sam. Agora não tenho lugar para guardá-lo, exceto em minha mão, e hei de precisar de ambas as mãos na noite cega. Mas eu lhe dou Ferroada. Tenho uma lâmina-órquica, mas não acho que meu papel seja desferir algum golpe outra vez."

Foi uma movimentação difícil e arriscada, à noite, na terra sem trilhas; mas devagar e com muitos tropeços os dois hobbits labutaram hora após hora, rumo ao norte, ao longo da borda leste do vale pedregoso. Quando uma luz cinzenta voltou esgueirando-se pelos cumes do oeste, muito depois de o dia se abrir nas terras mais além, eles se esconderam novamente e dormiram um pouco, cada um por sua vez. Em suas horas despertas, Sam ocupou-se com pensamentos sobre comida. Por fim, quando Frodo se levantou e falou de comerem e se prepararem para mais um esforço, ele fez a pergunta que mais o perturbava.

"Com sua licença, Sr. Frodo," disse ele, "mas tem alguma ideia de quanto ainda falta percorrer?"

"Não, não tenho ideia clara, Sam", respondeu Frodo. "Em Valfenda, antes de partir, mostraram-me um mapa de Mordor feito antes que o Inimigo voltasse aqui; mas só me lembro dele vagamente. Lembro-me mais nitidamente de que havia um lugar no norte onde a cordilheira ocidental e a cordilheira setentrional lançam esporões que quase se encontram. Isso deve ficar a pelo menos vinte léguas da ponte lá atrás, junto à Torre. Poderia ser um bom ponto para atravessar. Mas é claro que, se chegarmos lá, vamos estar mais longe da Montanha do que antes, a sessenta milhas, creio. Acho que agora percorremos umas doze léguas para o norte desde a ponte. Mesmo que corra tudo bem, eu dificilmente poderia alcançar a Montanha em uma semana. Receio, Sam, que o fardo fique muito pesado, e hei de ir ainda mais devagar à medida que nos aproximemos."

Sam suspirou. "É bem como eu temia", comentou ele. "Bem, sem falar em água, precisamos comer menos, Sr. Frodo, ou então andar um pouco mais depressa, pelo menos enquanto ainda estivermos neste vale. Mais uma mordida e toda a comida vai acabar, exceto o pão-de-viagem dos Elfos."

"Vou tentar ser um pouco mais rápido, Sam", disse Frodo, inspirando profundamente. "Vamos, então! Vamos começar mais uma marcha!"

Ainda não havia escurecido por completo. Avançaram com esforço noite adentro. As horas passaram em uma marcha exausta com tropeços e algumas poucas breves paradas. No primeiro vislumbre de luz cinzenta sob as beiradas do dossel de escuridão, esconderam-se novamente em uma depressão escura embaixo de uma pedra que se projetava.

Lentamente a luz ficou mais intensa, até estar mais clara do que fora antes. Um forte vento do Oeste já expulsava os vapores de Mordor dos ares superiores. Não passou muito tempo para os hobbits conseguirem divisar a forma do terreno por algumas milhas em volta. A vala entre as montanhas e o Morgai reduzira-se cada vez mais à medida que subia, e a crista interna já não era mais que uma saliência nos flancos íngremes da Ephel Dúath; mas no leste ela caía tão íngreme quanto antes na direção de Gorgoroth. À frente, o curso d'água chegou ao fim em degraus fraturados de rocha; pois projetava-se da cordilheira principal um esporão alto e árido, estendendo-se para o leste como uma muralha. Ao seu encontro, vinha da cinzenta e enevoada cordilheira setentrional de Ered Lithui um longo braço protuberante; e entre as extremidades havia uma brecha estreita: Carach Angren, a Boca-ferrada, além da qual ficava o fundo vale de Udûn. Nesse vale por trás do Morannon estavam os túneis e profundos arsenais que os serviçais de Mordor haviam feito para a defesa do Portão Negro de sua terra; e ali seu Senhor reunia agora, às pressas, grandes exércitos para resistir ao assalto dos Capitães do Oeste. Nos esporões estendidos, fortes e torres estavam sendo construídos, e ardiam fogueiras de vigia; e em toda a extensão da brecha fora erguido um muro de terra e fora escavada uma funda trincheira que só podia ser atravessada por uma única ponte.

Algumas milhas ao norte, nas alturas do ângulo onde o esporão ocidental se destacava da cordilheira principal, erguia-se o antigo castelo de Durthang, agora um dos muitos baluartes-órquicos que se agrupavam em torno do vale de Udûn. Uma estrada, já visível à luz crescente, descia dali em curvas até que, a apenas uma ou duas milhas de onde estavam os hobbits, ela se virava para o leste e corria ao longo de uma saliência recortada no flanco do esporão, descendo assim à planície e seguindo para a Boca-ferrada.

Aos hobbits, observando de onde estavam, parecia que fora inútil toda a sua jornada para o norte. A planície à direita era indistinta e enfumaçada, e não podiam ver acampamentos nem tropas em movimento; mas toda aquela região estava sob a vigilância dos fortes de Carach Angren.

"Chegamos a um beco sem saída, Sam", disse Frodo. "Se formos em frente, só vamos topar com aquela torre-órquica, mas a única estrada a trilhar é a que desce de lá — a não ser que retornemos. Não podemos escalar para o oeste, nem descer para o leste."

"Então precisamos tomar a estrada, Sr. Frodo", respondeu Sam. "Precisamos tomá-la e arriscar nossa sorte, se é que existe sorte em Mordor. Vai ser a mesma coisa nos rendermos, continuarmos vagando ou tentarmos voltar. Nossa comida não vai durar. Precisamos dar uma corrida!"

"Muito bem, Sam", disse Frodo. "Conduza-me! Enquanto lhe restar alguma esperança. A minha se foi. Mas não posso correr, Sam. Vou me arrastar atrás de você."

"Antes de começar a se arrastar mais, precisa de sono e comida, Sr. Frodo. Venha pegar o quanto puder!"

Deu a Frodo água e mais uma fatia de pão-de-viagem e fez com sua capa um travesseiro para a cabeça do patrão. Frodo estava cansado demais para discutir o assunto e Sam não lhe contou que ele bebera a última gota de água que tinham e que comera a porção de Sam da comida, além da sua própria. Quando Frodo adormeceu, Sam se inclinou sobre ele, escutou sua respiração e lhe esquadrinhou o rosto. Estava enrugado e magro, porém no sono parecia contente e destemido. "Bem, vamos lá, Patrão!", murmurou Sam para si mesmo. "Vou ter de deixá-lo por uns momentos e confiar na sorte. Precisamos ter água, do contrário não vamos mais longe."

Sam afastou-se furtivamente e, passando depressa de uma pedra à outra com cautela maior que a normal dos hobbits, desceu até o curso d'água e depois o seguiu por algum espaço, subindo rumo ao norte, até chegar aos degraus de pedra onde sem dúvida muito tempo atrás sua nascente jorrara em pequena cascata. Agora parecia tudo seco e silencioso; mas, refutando o desespero, Sam agachou-se e escutou, e ouviu para seu deleite o ruído de água gotejando. Escalando alguns degraus, encontrou uma minúscula correnteza de água escura que descia do flanco da colina e enchia uma pequena lagoa descoberta, de onde se derramava de novo e depois sumia sob as pedras áridas.

Sam provou a água, que parecia bastante boa. Depois bebeu a largos goles, encheu o cantil, e virou-se para retornar. Naquele momento teve um vislumbre de uma forma ou sombra negra que passava rápida entre as rochas, perto do esconderijo de Frodo. Reprimindo um grito, desceu da nascente com um salto e correu, pulando de pedra em pedra. Era uma criatura prudente, difícil de ver, mas Sam tinha poucas dúvidas a respeito: ansiava por colocar as mãos no pescoço dela. Mas ela o ouviu chegando e escapuliu depressa. Sam pensou ver um último vislumbre fugidio dela, espiando para trás por cima da beira do precipício a leste, antes de agachar-se e desaparecer.

"Bem, a sorte não me abandonou," murmurou Sam, "mas foi por pouco! Já não basta ter orques aos milhares sem esse vilão fedorento vir xeretando por aqui? Queria que tivesse sido morto com uma flechada!" Sentou-se junto a Frodo e não o acordou; mas ele próprio não se atreveu a dormir. Por fim, quando sentiu os olhos se fechando e soube que a luta para se manter acordado não podia continuar por muito mais tempo, despertou Frodo gentilmente.

"Aquele Gollum está de novo por aí, eu receio, Sr. Frodo", disse ele. "Pelo menos, se não era ele então tem dois dele. Fui embora para encontrar alguma água e o espiei xeretando por aqui, bem quando me virei para voltar. Calculo que não é seguro para nós dois dormirmos ao mesmo tempo e, com sua licença, não consigo manter as pálpebras abertas muito mais."

"Bendito seja, Sam!", respondeu Frodo. "Deite-se e use seu turno! Mas eu preferia ter Gollum que os orques. Seja como for, ele não vai nos delatar para eles — só se ele mesmo for apanhado."

"Mas poderia cometer seu próprio roubo e assassinato", grunhiu Sam. "Mantenha os olhos abertos, Sr. Frodo! Aqui tem um cantil cheio d'água. Beba tudo que puder. Podemos enchê-lo de novo quando formos em frente." Com essas palavras, Sam mergulhou no sono.

Quando ele acordou, a luz estava diminuindo outra vez. Frodo estava sentado, apoiado na rocha atrás dele, mas adormecera. O cantil estava vazio. Não havia sinal de Gollum.

A treva de Mordor retornara e os fogos de vigia nas alturas ardiam ferozes e rubros quando os hobbits partiram outra vez na etapa mais perigosa de toda a sua jornada. Primeiro foram até a pequena nascente e depois, escalando com cautela, alcançaram a estrada no ponto onde ela fazia uma curva para o leste, na direção da Boca-ferrada, a vinte milhas de distância. Não era uma estrada larga, não tinha muro nem parapeito em sua borda e, à medida que avançava, a queda abrupta da sua beirada se tornava cada vez mais profunda. Os hobbits não conseguiam ouvir nenhum movimento e, depois de escutarem por algum tempo, partiram rumo ao leste a passo constante.

Depois de percorrerem cerca de doze milhas eles pararam. Um pouco mais atrás, a estrada se voltara levemente para o norte, e o trecho que haviam atravessado estava agora oculto de suas vistas. Isso demonstrou ser desastroso. Descansaram por alguns minutos e depois foram em frente; mas não tinham dado muitos passos quando de súbito, no silêncio da noite, ouviram o som que tinham receado em segredo o tempo todo: o ruído de pés em marcha. Ainda estava um tanto atrás deles, mas voltando o olhar conseguiam ver o tremeluzir de tochas fazendo a curva, a menos de uma milha de distância, e moviam-se depressa: depressa demais para que Frodo escapasse fugindo pela estrada à frente.

"Eu receava isso, Sam", disse Frodo. "Confiamos na sorte, e ela nos falhou. Fomos apanhados." Ergueu os olhos desesperado para o muro carrancudo, onde os antigos construtores de estradas haviam feito um corte abrupto na rocha até muitas braças acima de suas cabeças. Correu até o outro lado e olhou por cima da beira para uma escura cova de trevas. "Finalmente fomos apanhados!", exclamou ele. Desabou no chão ao pé do muro de pedra e inclinou a cabeça.

"Assim parece", observou Sam. "Bem, só podemos esperar para ver." E com essas palavras sentou-se ao lado de Frodo, à sombra do penhasco.

Não tiveram de esperar muito. Os orques vinham a grande velocidade. Os da fila dianteira levavam tochas. Vieram vindo, chamas vermelhas na escuridão, crescendo rapidamente. Agora Sam também inclinou a cabeça, esperando que isso lhe ocultasse o rosto quando as tochas os alcançassem; e pôs os escudos diante de seus joelhos para esconder os pés.

"Espero que estejam com pressa, deixem em paz um par de soldados cansados e vão em frente!", pensou ele.

E parecia que iriam fazer isso mesmo. Os orques dianteiros vieram a trote, ofegantes, mantendo as cabeças baixas. Eram um bando das espécies menores sendo impelidos a contragosto para as guerras de seu Senhor Sombrio; só se importavam em acabar a marcha e escapar ao chicote. Ao lado deles, correndo para a frente e para trás ao longo da fila, iam dois dos grandes e ferozes *uruks*, estalando açoites e gritando. Passou uma fileira após a outra, e a reveladora luz das tochas já estava um tanto à frente. Sam segurou a respiração. Mais de metade da fila já havia passado. Então, de súbito, um dos condutores de escravos avistou os dois vultos junto à margem da estrada. Agitou um chicote na direção deles e berrou: "Ei, vocês! Levantem!" Não responderam, e com um grito ele deteve a companhia toda.

"Vamos lá, suas lesmas!", gritou. "Não é hora de fazer corpo mole." Deu um passo na direção deles e mesmo na escuridão reconheceu os emblemas em seus escudos. "Desertando, eh?", rosnou ele. "Ou pensando em desertar? Toda a sua gente devia estar dentro de Udûn antes de ontem à tarde. Vocês sabem disso. Levantem-se e entrem em forma, senão pego seus números e delato vocês."

Puseram-se de pé com dificuldade e, sempre curvados, mancando como soldados de pés doloridos, foram arrastando os pés para o fim da fila. "Não, não na retaguarda!", gritou o condutor de escravos. "Três filas adiante. E fiquem aí, do contrário vão ver quando eu vier acompanhando a fila!" Vibrou seu longo açoite, estalando, por cima das cabeças deles; depois, com mais um estalo e um berro, fez a companhia partir de novo em trote enérgico.

Foi difícil o bastante para o pobre Sam, exausto como estava; mas para Frodo foi um tormento, e logo depois um pesadelo.

Apertou os dentes e tentou impedir sua mente de pensar e avançou com esforço. O fedor dos orques suados ao redor era sufocante, e ele começou a arfar de sede. Foram em frente, em frente, e ele empenhou toda a sua vontade em tomar fôlego e forçar as pernas a irem em frente; no entanto, não ousava pensar para que fim maligno labutava e suportava. Não havia esperança de se desviar sem ser visto. Vez por outra o condutor-órquico recuava e zombava deles.

"Aí!", ria ele, salpicando-lhes as pernas. "Onde tem vergão tem vontade, minhas lesmas. Aguentem firme! Eu daria um belo refresco agora, mas quando chegarem atrasados no seu acampamento vão ganhar todas as chicotadas que a pele pode suportar. E vai ser bem feito. Não sabem que estamos em guerra?"

Haviam avançado algumas milhas, e a estrada finalmente descia por um longo declive rumo à planície, quando o vigor de Frodo começou a fraquejar e sua vontade vacilou. Cambaleou e tropeçou. Desesperado, Sam tentou ajudá-lo e mantê-lo de pé, apesar de ele próprio sentir que dificilmente poderia manter o ritmo por muito mais tempo. Sabia que o fim chegaria a qualquer momento: seu patrão iria desmaiar ou cair, tudo seria descoberto e seus esforços dolorosos seriam em vão. "De qualquer jeito vou acabar com esse grande demônio condutor de escravos", pensou ele.

Então, bem quando punha a mão no punho da espada, veio um alívio inesperado. Já haviam saído para a planície e se aproximavam da entrada de Udûn. Um pouco à frente, diante do portão na extremidade da ponte, a estrada do oeste convergia com outras que vinham do sul e de Barad-dûr. Ao longo de todas as estradas moviam-se tropas; pois os Capitães do Oeste estavam avançando e o Senhor Sombrio apressava suas forças rumo ao norte. Assim ocorreu que diversas companhias se juntaram no encontro das estradas, na escuridão além da luz das fogueiras de vigia na muralha. Imediatamente houve muitos empurrões e muitas imprecações, pois cada tropa tentava chegar primeiro ao portão e ao término da marcha. Apesar de os condutores berrarem e manejarem os chicotes, irromperam rixas e algumas lâminas foram sacadas. Uma tropa de *uruks* de Barad-dûr, fortemente armados, investiu sobre a fileira de Durthang e os lançou em confusão.

Mesmo atordoado de dor e cansaço, Sam despertou, agarrou rápido a oportunidade e jogou-se ao chão, arrastando Frodo consigo para baixo. Orques caíram por cima deles, rosnando e praguejando. Devagar, nas mãos e nos joelhos, os hobbits engatinharam para longe do tumulto, até que afinal, sem serem notados, se jogaram por cima da beira oposta da estrada. Ela tinha um parapeito alto para os líderes de tropas se orientarem na noite escura ou no nevoeiro e elevava-se em ribanceira alguns pés acima do nível do terreno aberto.

Ficaram algum tempo deitados e imóveis. Estava escuro demais para buscarem um esconderijo, se é que havia algum a ser encontrado; mas Sam sentiu que pelo menos deviam se afastar das estradas e sair do alcance da luz das tochas.

"Vamos lá, Sr. Frodo!", sussurrou. "Mais uma engatinhada e depois pode se deitar quieto."

Com um último esforço desesperado, Frodo ergueu-se nas mãos e avançou com dificuldade por umas vinte jardas. Depois deixou-se tombar em uma cova rasa que se abriu inesperada diante deles e ficou jazendo ali como um ser morto.

3

O Monte da Perdição

Sam pôs sua capa-órquica esfarrapada embaixo da cabeça do patrão e cobriu a ambos com o manto cinzento de Lórien; e, ao fazê-lo, seus pensamentos se dirigiram àquela bela terra e aos Elfos, e esperava que o pano tecido pelas mãos deles pudesse ter a virtude de mantê-los ocultos além de qualquer esperança naquele deserto de temor. Ouviu que o tumulto e os gritos diminuíam gradualmente à medida que as tropas passavam através da Boca-ferrada. Parecia que, na confusão e mistura de várias companhias de diferentes tipos, não tinham dado pela falta deles, pelo menos ainda não.

Sam tomou um golinho de água, mas obrigou Frodo a beber, e quando o patrão se recuperara um pouco deu-lhe toda uma fatia do seu precioso pão-de-viagem e fez com que o comesse. Depois, demasiado cansados até para sentir muito medo, estenderam-se no chão. Dormiram um pouco em períodos inquietos; pois seu suor os enregelava, as pedras duras os mordiam e tinham calafrios. Um ar frio e ralo fluía sussurrando ao longo do solo desde o norte, vindo do Portão Negro através de Cirith Gorgor.

Pela manhã voltou uma luz cinzenta, pois nas regiões altas o Vento Oeste ainda soprava, mas lá embaixo nas pedras, atrás dos muros da Terra Negra, o ar parecia quase morto, gelado, porém sufocante. Sam ergueu os olhos de dentro da cova. A terra em toda a volta era monótona, plana e de tons pardacentos. Nas estradas próximas nada mais se movia; mas Sam temia os olhos vigilantes na muralha da Boca-ferrada, a não mais que um oitavo de milha rumo ao norte. A sudeste, longínqua como uma escura sombra empinada, erguia-se a Montanha.

Fumaça despejava-se dela, e, enquanto a que subia para os ares superiores voava na direção leste, grandes nuvens encapeladas flutuavam flancos abaixo e se espalhavam pelo solo. Algumas milhas a nordeste, os contrafortes das Montanhas de Cinza se erguiam como sombrios fantasmas cinzentos atrás dos quais subiam os nebulosos planaltos do norte, como uma linha de nuvens distantes pouco mais escura que o firmamento baixo.

Sam tentou estimar as distâncias e decidir qual o caminho que deveriam seguir. "Parece que não são menos que cinquenta milhas," murmurou desanimado, encarando a montanha ameaçadora, "e isso vai levar uma semana — o que normalmente seria um dia — com o Sr. Frodo do jeito que está." Balançou a cabeça e, enquanto fazia os planos, lentamente cresceu em sua mente um novo pensamento sombrio. A esperança jamais morrera por muito tempo em seu leal coração, e até então ele sempre pensara em como voltariam. Mas a amarga verdade finalmente o atingiu: suas provisões no máximo os levariam até o objetivo; e, quando a tarefa estivesse feita, eles acabariam ali, sozinhos, sem abrigo, sem comida, no meio de um terrível deserto. Não poderia haver retorno.

"Então esse era o serviço que eu sentia que tinha que fazer quando parti," pensou Sam, "ajudar o Sr. Frodo até o último passo e depois morrer com ele? Bem, se é esse o serviço, então preciso fazê-lo. Mas gostaria imensamente de rever Beirágua, e Rosinha Villa e seus irmãos, e o Feitor e Calêndula, e todos. De certo modo, não consigo acreditar que Gandalf mandaria o Sr. Frodo nessa missão se não tivesse nenhuma esperança de ele chegar a voltar. Tudo deu errado quando ele caiu em Moria. Gostaria que não tivesse caído. Ele teria feito alguma coisa."

Mas, mesmo enquanto a esperança morria em Sam, ou parecia morrer, ela se transformava em uma nova força. O singelo rosto de hobbit de Sam tornou-se severo, quase sisudo, à medida que a vontade se endurecia nele, e sentia todos os seus membros atravessados por uma excitação, como se estivesse se transformando em uma criatura de pedra e aço que nem o desespero, nem a exaustão, nem infindáveis milhas áridas podiam subjugar.

Com nova sensação de responsabilidade, trouxe os olhos de volta para o solo próximo, estudando o lance seguinte. À medida que a luz se intensificava um pouco, ele viu surpreso que a planície que de longe parecera ampla e desprovida de detalhes era na verdade toda fraturada e acidentada. Na verdade, toda a superfície das planícies de Gorgoroth estava marcada por grandes buracos, como se, enquanto ainda era um deserto de argila mole, tivesse sido atingida por uma chuva de setas e enormes projéteis de funda. Os maiores dentre esses buracos estavam cercados de cristas de rocha fraturada, e deles divergiam largas fissuras em todas as direções. Era uma terra em que seria possível arrastar-se de um esconderijo ao outro, invisível a todos os olhos, exceto os mais vigilantes: possível ao menos para quem fosse forte e não tivesse de se apressar. Para os famintos e exaustos que tinham um longo caminho a percorrer antes que a vida falhasse, tinha aspecto maligno.

Pensando em tudo isso, Sam voltou para junto do patrão. Não precisou despertá-lo. Frodo estava deitado de costas, de olhos abertos, fitando o céu nublado. "Bem, Sr. Frodo," disse Sam, "estive dando uma olhada em volta e pensando um pouco. Não tem nada nas estradas e é melhor nós irmos embora enquanto temos chance. Consegue fazer isso?"

"Consigo fazer isso", assentiu Frodo. "Preciso."

Partiram mais uma vez, engatinhando de uma cova à outra, passando depressa para trás da cobertura que conseguiam achar, mas sempre movendo-se de esguelha na direção dos contrafortes da cordilheira ao norte. Mas, à medida que avançavam, a mais oriental das estradas os seguiu até afastar-se, encostada aos flancos das montanhas, na direção de uma parede de sombra negra muito à frente. Já não se moviam homens nem orques ao longo de seus trechos planos e cinzentos; pois o Senhor Sombrio quase completara o movimento de suas forças e até na segurança de seu próprio reino ele buscava o sigilo da noite, temendo os ventos do mundo que se haviam voltado contra ele, dilacerando seus véus, e perturbado pelas novas de espiões ousados que tinham atravessado seus muros.

Os hobbits haviam andado algumas milhas cansativas quando pararam. Frodo parecia quase consumido. Sam viu que ele não poderia ir muito mais longe daquela maneira, rastejando, curvado, ora escolhendo muito devagar um caminho duvidoso, ora apressando-se em corrida aos tropeços.

"Vou voltar para a estrada enquanto durar a luz, Sr. Frodo", disse ele. "Confiar na sorte outra vez! Ela quase nos traiu da última vez, mas não foi por completo. Uma caminhada firme por mais algumas milhas e descanso depois."

Estava assumindo um risco muito maior do que suspeitava; mas Frodo estava demasiado ocupado com seu fardo e com a luta em sua mente para discutir, e quase desesperançado demais para se importar. Escalaram até o passadiço e seguiram a trote, ao longo da estrada dura e cruel que levava à própria Torre Sombria. Mas sua sorte durou e, no restante daquele dia, não encontraram ser vivente nem movente; e quando caiu a noite eles desapareceram na escuridão de Mordor. Agora toda a terra ruminava como se estivesse chegando uma grande tempestade: pois os Capitães do Oeste haviam passado pela Encruzilhada e incendiado os campos mortíferos de Imlad Morgul.

Assim prosseguiu a jornada desesperada: com o Anel indo para o sul e os estandartes dos reis indo para o norte. Para os hobbits, cada dia, cada milha, era mais amarga que a anterior, à medida que sua força minguava e a terra se tornava mais maligna. Não encontraram inimigos durante o dia. Às vezes à noite, encolhidos ou cochilando inquietos em algum esconderijo junto à estrada, ouviam gritos e o ruído de muitos pés ou a rápida passagem de alguma montaria cavalgada com crueldade. Mas era muito pior que todos esses perigos o prenúncio, que se avizinhava cada vez mais e que os assolava enquanto iam em frente: a ameaça pavorosa do Poder que aguardava, cismando em pensamentos profundos e malícia insone por trás do escuro véu que envolvia seu Trono. Aproximava-se cada vez mais, erguendo-se mais negra, como a chegada da ruína da noite no derradeiro fim do mundo.

Chegou enfim um terrível cair da noite; e, mesmo enquanto os Capitães do Oeste se avizinhavam do fim das terras viventes, os dois caminhantes chegaram a uma hora de desespero absoluto. Haviam passado quatro dias desde que escaparam dos orques, mas o tempo se estendia atrás deles como um sonho cada vez mais obscuro. Durante todo aquele último dia Frodo não falara, mas caminhara meio encurvado, tropeçando com frequência, como se seus olhos não enxergassem mais o caminho diante dos pés. Sam imaginou que entre todas as dores deles era ele que suportava a pior, o peso crescente do Anel, um fardo no corpo e um tormento para a mente. Ansiosamente, Sam notou que a mão esquerda do patrão muitas vezes se erguia como para se defender de um golpe ou para encobrir os olhos contraídos de um Olho pavoroso que tentava enxergar dentro deles. E às vezes a mão direita se insinuava em direção ao peito, apertando-se, e depois era retirada devagar, à medida que a vontade recuperava o domínio.

Agora, com o retorno do negrume da noite, Frodo estava sentado com a cabeça entre os joelhos e os braços pendendo exaustos para o chão onde jaziam as mãos, em débeis estremecimentos. Sam observou-o até que a noite cobrisse a ambos e os ocultasse um do outro. Não conseguia mais encontrar palavras a serem ditas; e voltou-se para os seus próprios pensamentos sombrios. Quanto a ele, apesar de exausto e sujeito a uma sombra de temor, ainda lhe restava alguma força. O *lembas* tinha uma virtude sem a qual muito tempo atrás teriam se deitado para morrer. Não satisfazia o desejo, e às vezes a mente de Sam ficava repleta da lembrança de comida e do anseio por simples pão e carne. E, no entanto, aquele pão-de-viagem dos Elfos tinha uma potência que aumentava à medida que os viajantes contavam só com ele e não o misturavam a outros alimentos. Ele alimentava a vontade e conferia força para resistir e para dominar os tendões e os membros além da medida da gente mortal. Mas agora tinha de ser tomada uma nova decisão. Não podiam mais se manter naquela estrada; pois ela seguia rumo ao leste para dentro da grande Sombra, mas a Montanha já se erguia à direita, quase precisamente ao sul, e tinham de se voltar na direção dela. Porém, ainda se estendia diante dela uma ampla região de terreno fumegante, árido, atulhado de cinzas.

"Água, água!", murmurou Sam. Ele se restringira, e na boca ressequida sua língua parecia grossa e inchada; mas a despeito de todo o seu cuidado, já lhes restava muito pouco, talvez metade do seu cantil, e quem sabe ainda faltassem dias de trajeto. Toda ela teria sido consumida há tempos se não tivessem ousado seguir a estrada-órquica. Pois nessa estrada haviam sido construídas cisternas, a longos intervalos, para uso das tropas enviadas às pressas através das regiões sem água. Em uma delas Sam encontrara um resto de água, choca, enlameada pelos orques, mas ainda suficiente para seu caso desesperado. Mas isso já fazia um dia. Não havia esperança de acharem mais.

Por fim, exausto de preocupação, Sam cochilou, deixando o amanhã para quando viesse; nada mais podia fazer. O sonho e o estado desperto misturavam-se de modo inquieto. Via luzes como olhos que o fitavam maldosos e escuros vultos rastejantes e ouvia ruídos como de feras selvagens ou os pavorosos gritos de seres torturados; e sobressaltava-se para encontrar um mundo todo escuro, apenas um negrume vazio em toda a sua volta. Somente uma vez, de pé e olhando em torno a esmo, pareceu-lhe que, embora já acordado, ainda podia ver pálidas luzes como olhos; mas elas logo tremeram e sumiram.

A noite odiosa passou lenta e relutantemente. A luz do dia que a seguiu era baça; pois ali, com a Montanha se aproximando, o ar era sempre tenebroso, enquanto emanavam da Torre Sombria os véus de Sombra que Sauron tecia em seu entorno. Frodo estava deitado de costas, imóvel. Sam estava de pé junto dele, relutando em falar, porém sabendo que agora a palavra estava com ele: precisava aprestar a vontade do patrão para se empenhar em mais um esforço. Por fim, inclinando-se e acariciando a testa de Frodo, falou em seu ouvido.

"Acorde, Patrão!", chamou ele. "É hora de partir outra vez."

Como quem é despertado por um sino repentino, Frodo levantou-se depressa, pôs-se de pé e olhou na direção do sul; mas, quando seus olhos contemplaram a Montanha e o deserto, desanimou outra vez.

"Eu não consigo, Sam", lamentou-se ele. "É tanto peso para carregar, tanto peso."

O MONTE DA PERDIÇÃO

Antes de falar, Sam soube que era em vão e que tais palavras poderiam causar mais mal que bem, mas de tanta pena não podia ficar em silêncio. "Então deixe-me carregá-lo um pouco para o senhor, Patrão", disse ele. "Sabe que eu faria isso, e contente, enquanto eu ainda tiver força."

Uma luz selvagem tomou conta dos olhos de Frodo. "Afaste-se! Não me toque!", exclamou. "É meu, estou dizendo. Fora!" Sua mão se moveu na direção do punho da espada. Mas em seguida sua voz mudou rapidamente. "Não, não, Sam", disse ele com tristeza. "Mas você precisa entender. É o meu fardo e ninguém mais pode carregá-lo. Agora é tarde demais, caro Sam. Você não pode me ajudar desse jeito outra vez. Estou quase sob o poder dele agora. Eu não poderia entregá-lo e, se você tentasse pegá-lo, eu iria enlouquecer."

Sam assentiu com a cabeça. "Compreendo", disse ele. "Mas estive pensando, Sr. Frodo, tem outras coisas de que podemos abrir mão. Por que não aliviar um pouco a carga? Agora estamos indo para lá, o mais reto que conseguirmos." Apontou a Montanha. "Não adianta levar nada de que não vamos precisar com certeza."

Frodo olhou mais uma vez na direção da Montanha. "Não," disse ele, "não havemos de precisar de muita coisa nessa estrada. E no fim dela, de nada." Apanhando o escudo-órquico, lançou-o longe e jogou o elmo depois dele. Depois, tirando a capa cinzenta, desafivelou o pesado cinto e o deixou cair ao chão, e com ele a espada embainhada. Arrancou e espalhou os farrapos da capa negra.

"Aí está, não vou mais ser orque", exclamou, "e não vou portar arma, nem honesta nem imunda. Eles que me apanhem se quiserem!"

Sam fez o mesmo e pôs de lado seu equipamento-órquico; e tirou todos os objetos da mochila. De algum modo cada um deles tornara-se caro a ele, nem que fosse apenas por ele tê-los levado tão longe com tanta labuta. O mais difícil de tudo foi separar-se de seu material de cozinha. Brotaram lágrimas em seus olhos ao pensar em jogá-lo fora.

"Lembra-se daquela peça de coelho, Sr. Frodo?", comentou ele. "E do nosso lugar embaixo da ribanceira morna na terra do Capitão Faramir, no dia em que vi um olifante?"

"Não, receio que não, Sam", respondeu Frodo. "Pelo menos sei que essas coisas aconteceram, mas não consigo vê-las. Não me resta sabor de comida, nem sensação de água, nem som de vento, nem lembrança de árvore ou grama ou flor, nem imagem de lua ou estrela. Estou nu no escuro, Sam, e não há véu entre mim e a roda de fogo. Começo a vê-la até com os olhos despertos, e tudo o mais desbota."

Sam foi até ele e lhe beijou a mão. "Então quanto antes nos livrarmos dele, antes vamos descansar", disse ele com hesitação, sem encontrar palavras melhores para dizer. "Falar não vai consertar nada", murmurou para si mesmo, reunindo todas as coisas que haviam decidido jogar fora. Não tinha vontade de deixá-las jogadas à vista no deserto para qualquer olho as ver. "O Fedido apanhou aquela malha-órquica, ao que parece, e ele não vai acrescentar uma espada. As mãos dele são más o bastante quando estão vazias. E não vai mexer com as minhas panelas!" Com essas palavras, levou todo o equipamento até uma das muitas fissuras escancaradas que retalhavam o terreno e o jogou lá dentro. O estrépito de suas preciosas panelas despencando no escuro parecia um dobre de morte em seu coração.

Voltou para junto de Frodo e então cortou um pedaço curto de sua corda-élfica para servir de cinto ao patrão e lhe atar justa na cintura a capa cinzenta. Enleou o restante com cuidado e o pôs de volta na mochila. Além disso, ficou apenas com os restos do seu pão-de-viagem, o cantil e Ferroada, ainda suspensa em seu cinto; e ocultos em um bolso da túnica, próximos ao peito, o frasco de Galadriel e a caixinha que ela lhe dera como sua.

Agora finalmente voltaram os rostos para a Montanha e partiram, sem pensarem mais em se esconderem, impelindo sua exaustão e suas vontades minguantes apenas à tarefa única de irem em frente. Na turvação do dia lúgubre, mesmo naquela terra de vigilância, poucos seres poderiam tê-los divisado, exceto muito de perto. De todos os escravos do Senhor Sombrio, somente os Nazgûl poderiam tê-lo alertado do perigo que se arrastava, pequeno, mas indômito, rumo ao próprio coração de seu reino vigiado. Mas os Nazgûl e suas asas negras estavam fora em outra missão: estavam reunidos bem longe, fazendo sombra à marcha dos Capitães do Oeste, e para lá estava voltado o pensamento da Torre Sombria.

Naquele dia pareceu a Sam que seu patrão encontrara novas forças, mais do que poderia ser explicado pelo pequeno alívio da carga que tinha que levar. Nas primeiras marchas, foram mais longe e mais depressa do que ele esperara. O terreno era acidentado e hostil, e, no entanto, progrediram bastante, e a Montanha se aproximava cada vez mais. Mas, à medida que o dia avançava e a fraca luz começava a se apagar muito logo, Frodo curvou-se outra vez e começou a cambalear, como se o esforço renovado tivesse desperdiçado sua força remanescente.

Na última parada ele desabou e disse: "Estou com sede, Sam", e não falou mais. Sam lhe deu um bocado de água; só restava um bocado mais. Ele mesmo ficou sem água; e agora, com a noite de Mordor mais uma vez se fechando sobre eles, veio através de todos os seus pensamentos a lembrança da água; e cada regato ou riacho ou fonte que ele jamais vira, sob verdes sombras de salgueiros ou rebrilhando ao sol, dançava e ondulava para seu tormento por trás da cegueira de seus olhos. Sentia a lama fresca em torno dos dedos dos pés, chapinhando na Lagoa de Beirágua com Risonho Villa, Tom, Fessor e Rosinha, irmã deles. "Mas isso foi anos atrás," suspirou, "e muito longe. O caminho de volta, se existir, passa pela Montanha."

Não conseguia dormir e debateu consigo mesmo. "Bem, vamos lá, nos demos melhor do que você esperava", disse com firmeza. "Pelo menos começamos bem. Calculo que atravessamos a metade da distância antes de pararmos. Um dia a mais vai ser suficiente." E então fez uma pausa.

"Não seja tolo, Sam Gamgi", veio a resposta com sua própria voz. "Desse jeito ele não anda nem mais um dia, se é que vai se mexer. E você não pode continuar por muito tempo dando a ele toda a água e a maior parte da comida."

"Mas posso ir em frente bem longe, e vou."

"Para onde?"

"Para a Montanha, é claro."

"Mas e depois, Sam Gamgi, e depois? Quando chegar lá o que você vai fazer? Ele não vai ser capaz de fazer nada sozinho."

Para seu desespero, Sam percebeu que não tinha resposta para aquilo. Não tinha nenhuma ideia clara. Frodo não lhe falara muito sobre sua missão e Sam só sabia vagamente que, de algum modo, o Anel tinha de ser posto no fogo. "As Fendas da Perdição", murmurou, o antigo nome surgindo-lhe na mente. "Bem, se o Patrão sabe como encontrá-las, eu não sei."

"Aí está!", veio a resposta. "É tudo bem inútil. Ele mesmo disse isso. Você que é tolo, continuando a esperar e se esforçar. Podiam ter-se deitado e dormido juntos dias atrás, se você não fosse tão teimoso. Mas vão morrer do mesmo jeito, ou pior. Podia muito bem deitar agora e desistir. De qualquer jeito, nunca vão chegar ao topo."

"Vou chegar lá nem que deixe para trás tudo exceto meus ossos", disse Sam. "E eu mesmo vou carregar o Sr. Frodo lá para cima, nem que quebre minhas costas e meu coração. Então pare de discutir!"

Naquele momento, Sam sentiu um tremor no solo embaixo dele e ouviu ou percebeu um ribombo fundo e remoto, como de trovão aprisionado sob a terra. Viu-se uma breve chama rubra que tremeluziu sob as nuvens e se desfez. Também a Montanha dormia inquieta.

Chegou a última etapa da jornada rumo a Orodruin, e foi um tormento maior do que Sam jamais pensara ser capaz de suportar. Estava dolorido e tão ressequido que não conseguia mais engolir nem um bocado de comida. Continuava escuro, não somente por causa da fumaça da Montanha: parecia que uma tempestade se avizinhava e longe, no sudeste, havia um lampejo de relâmpagos por baixo dos céus negros. Pior que tudo, o ar estava repleto de vapores; respirar era dolorido e difícil, e uma vertigem os acometeu, de modo que cambaleavam e caíam com frequência. E mesmo assim suas vontades não cediam, e porfiavam em frente.

A Montanha insinuava-se cada vez mais para perto até que, quando erguiam as cabeças pesadas, ela preenchia toda a sua visão, erguendo-se vasta diante deles: uma massa imensa de cinzas, escória e pedras queimadas, da qual se levantava às nuvens um cone de flancos escarpados. Antes que a penumbra do dia todo findasse e a noite verdadeira fizesse seu retorno, eles haviam engatinhado e tropeçado até o próprio sopé.

Com um grito sufocado, Frodo se jogou no chão. Sam sentou-se ao seu lado. Para sua surpresa, sentia-se cansado, porém mais leve, e a cabeça parecia ter clareado outra vez. Não havia mais debates perturbando-lhe a mente. Conhecia todos os argumentos do desespero e não iria lhes dar ouvidos. Sua vontade estava decidida e só a morte a romperia. Não sentia mais desejo nem necessidade de sono, mas sim de vigilância. Sabia que todos os riscos e perigos já estavam se reunindo em um ponto: o dia seguinte seria um dia de sina, o dia do esforço final ou do desastre, o último fôlego.

Mas quando viria? A noite parecia infinda e sem tempo, com minuto após minuto caindo morto sem se acumular em hora passante, sem trazer mudança. Sam começou a se perguntar se começara uma segunda escuridão e nenhum dia jamais voltaria a surgir. Por fim tateou na direção da mão de Frodo. Estava fria e trêmula. Seu patrão tinha calafrios.

"Eu não devia ter deixado meu cobertor para trás", murmurou Sam; e, deitando-se, tentou confortar Frodo com os braços e o corpo. Então o sono o dominou, e a luz baça do último dia da sua demanda os encontrou lado a lado. No dia anterior o vento amainara ao se deslocar do Oeste, mas agora vinha do Norte e começava a soprar mais forte; e lentamente a luz do Sol invisível era filtrada para as sombras onde jaziam os hobbits.

"Agora vamos lá! Agora é o último fôlego!", disse Sam, lutando para se pôr de pé. Inclinou-se sobre Frodo, animando-o gentilmente. Frodo gemeu; mas com grande esforço da vontade ergueu-se cambaleando; e depois voltou a cair de joelhos. Elevou os olhos com dificuldade para as escuras encostas do Monte da Perdição que se erguiam acima dele, e depois, deploravelmente, começou a rastejar para a frente.

Sam olhou-o e chorou no coração, mas não vieram lágrimas aos seus olhos secos e ardidos. "Eu disse que o carregaria, mesmo que isso quebrasse minhas costas," murmurou, "e vou fazer isso!"

"Venha, Sr. Frodo!", exclamou ele. "Não posso carregá-lo pelo senhor, mas posso carregar o senhor e ele também. Então levante-se! Vamos lá, Sr. Frodo, meu querido! Sam vai lhe dar uma carona. Só diga a ele aonde ir e ele irá."

Com Frodo agarrado às costas, com seus braços frouxos em torno do pescoço e suas pernas firmemente apertadas sob os braços, Sam levantou-se vacilante; e então, para seu espanto, achou leve o fardo. Ele receara mal ter força para erguer seu patrão sozinho e, além disso, imaginara que compartilharia o terrível peso de arrasto do maldito Anel. Mas não foi assim. Fosse porque Frodo estava tão desgastado por suas longas dores, pela ferida do punhal e pela picada venenosa, e pelo pesar, medo e andança sem lar, ou seja porque lhe fora dado algum dom de força final, Sam ergueu Frodo sem maior dificuldade do que quem carrega uma criança hobbit no cangote, em uma travessura nos gramados ou campos de feno do Condado. Inspirou fundo e partiu.

Haviam alcançado o sopé da Montanha do lado norte e um pouco para oeste; ali suas longas encostas cinzentas, apesar de acidentadas, não eram escarpadas. Frodo não falava, e assim Sam avançou com esforço do melhor modo que podia, sem orientação senão a vontade de escalar tão alto quanto possível antes que sua força falhasse e sua vontade se rompesse. Seguiu labutando, subindo cada vez mais, virando-se para cá e para lá visando amainar o aclive, muitas vezes tropeçando para a frente, e por fim engatinhando como uma lesma com pesado fardo às costas. Quando sua vontade não pôde impeli-lo adiante e seus membros fraquejaram, ele parou e deitou o patrão suavemente.

Frodo abriu os olhos e inspirou. Era mais fácil respirar ali, acima da fumaça que se enrolava e andava à deriva mais embaixo. "Obrigado, Sam", disse ele com um sussurro dissonante. "Quanto falta para andar?"

"Não sei," disse Sam, "porque não sei aonde estamos indo."

Olhou para trás e depois olhou para cima; e admirou-se de ver quão longe seu último esforço o levara. A Montanha, erguendo-se agourenta e solitária, parecera mais alta do que era. Agora Sam via que ela se elevava menos que os altos passos de Ephel

Dúath que ele e Frodo haviam escalado. Os flancos confusos e acidentados de sua grande base subiam a cerca de três mil pés acima da planície, e sobre eles se erguia, com mais metade dessa altura, seu alto cone central, como um vasto forno de secagem ou uma chaminé encimada por uma cratera recortada. Mas Sam já estava a mais da metade da altura da base, e a planície de Gorgoroth era indistinta abaixo dele, envolta em vapor e sombra. Ao olhar para cima teria emitido um grito, se a garganta ressequida o permitisse; pois em meio às ásperas corcovas e encostas lá em cima ele via claramente uma trilha ou estrada. Ela subia do oeste como um cinturão ascendente e se enrolava na Montanha à maneira de uma serpente até que, antes de fazer uma curva e sair de vista, alcançava o sopé do cone no lado leste.

Sam não podia ver o curso imediatamente acima, onde era mais baixo, pois uma encosta íngreme subia de onde ele estava; entretanto, imaginava que, se pudesse esforçar-se e escalar um pouco mais, eles alcançariam a trilha. Voltou a ele um lampejo de esperança. Ainda poderiam conquistar a Montanha. "Ora, parece que foi posta ali de propósito!", disse para si mesmo. "Se não estivesse ali, eu teria de dizer que fui derrotado no fim."

A trilha não fora posta ali para os propósitos de Sam. Ele não sabia, mas estava olhando para a Estrada de Sauron desde Barad-dûr até as Sammath Naur, as Câmaras de Fogo. Ela saía do enorme portão ocidental da Torre Sombria, por cima de um fundo abismo e sobre uma vasta ponte de ferro, e depois, entrando na planície, corria por uma légua entre dois precipícios fumegantes, chegando assim a um longo passadiço inclinado que conduzia ao lado leste da Montanha. Dali, fazendo uma curva e envolvendo toda a sua ampla circunferência do sul para o norte, ela finalmente ascendia, nas alturas do cone superior, mas ainda longe do cume fumegante, para uma escura entrada que dava para o leste, diretamente para a Janela do Olho na fortaleza envolta na sombra de Sauron. Frequentemente bloqueada pelos tumultos das fornalhas da Montanha, aquela estrada era sempre consertada e desimpedida pela labuta de incontáveis orques.

Sam inspirou fundo. Havia uma trilha, mas ele não sabia como haveria de subir a encosta até ela. Primeiro precisava aliviar as costas doloridas. Deitou-se estendido ao lado de Frodo por algum tempo. Nenhum deles falou. Lentamente a luz se tornou mais intensa. Subitamente uma sensação de urgência que ele não compreendia se apossou de Sam. Era quase como se o tivessem chamado: "Agora, agora, do contrário será tarde demais!" Preparou-se e se levantou. Também Frodo parecia ter sentido o chamado. Pôs-se de joelhos com dificuldade.

"Vou engatinhar, Sam", arfou ele.

Assim, de pé em pé, como pequenos insetos cinzentos, arrastaram-se encosta acima. Chegaram à trilha e encontraram-na larga, calçada com cascalho partido e cinzas socadas. Frodo subiu nela de rastos e depois, como que movido por uma compulsão, virou-se devagar de frente para o Leste. Na distância pendiam as sombras de Sauron; mas, dilaceradas por uma lufada de vento vinda do mundo, ou então movidas por uma grande inquietação interior, as nuvens envolventes rodopiaram e se afastaram de lado por um momento; e então ele viu, erguendo-se negros, mais negros e escuros que as vastas sombras no meio das quais se encontravam, os cruéis píncaros e a coroa de ferro da torre mais alta de Barad-dûr. Apenas por um momento ela lhe apareceu, mas, como se fosse de uma grande janela desmedidamente alta, projetou-se rumo ao norte uma chama rubra, o lampejo de um Olho penetrante; e então as sombras se enrolaram novamente e a visão terrível desapareceu. O Olho não se voltava para eles: fitava o norte, onde os Capitães do Oeste estavam acuados, e para ali ele inclinava toda a sua malícia, à medida que o Poder se movia para desferir seu golpe mortal; mas Frodo, diante daquele vislumbre pavoroso, caiu como quem é mortalmente atingido. Sua mão foi em busca da corrente em torno do pescoço.

Sam ajoelhou-se junto dele. Fraco, quase inaudível, ouviu que Frodo sussurrava: "Ajude-me, Sam! Ajude-me, Sam! Segure minha mão! Não consigo detê-la." Sam tomou as mãos do patrão, juntou-as palma com palma e as beijou; e depois segurou-as suavemente entre as suas. De súbito veio-lhe o pensamento: "Ele nos localizou! Está tudo acabado, ou logo vai estar. Agora, Sam Gamgi, este é o fim dos fins."

Mais uma vez ergueu Frodo e puxou suas mãos para diante do seu próprio peito, deixando pender as pernas do mestre. Então inclinou a cabeça e partiu com esforço pela estrada ascendente. Não era um caminho tão fácil de percorrer quanto parecera antes. Por sorte, os fogos que se haviam derramado nos grandes tumultos quando Sam estivera no topo de Cirith Ungol haviam escorrido para baixo mormente nas encostas do sul e do oeste, e daquele lado a estrada não estava impedida. Porém, em muitos lugares ela se esboroara ou era atravessada por fendas escancaradas. Depois de algum espaço subindo rumo ao leste, ela se voltava sobre si mesma em ângulo agudo e percorria um trecho na direção oeste. Ali, na curva, fora feito um fundo corte através de um rochedo de pedra antiga e desgastada, vomitada muito tempo atrás das fornalhas da Montanha. Ofegante sob o fardo, Sam virou a curva; e no momento em que o fez teve um vislumbre, no canto do olho, de algo que caía do rochedo, como um pequeno fragmento de pedra negra que despencara à sua passagem.

Um peso súbito o atingiu e ele despencou para a frente, dilacerando as costas das mãos que ainda seguravam as do mestre. Então soube o que acontecera, pois acima de si, deitado, ouviu uma voz odiada.

"Messtre malvado!", chiou ela. "Messtre malvado nos engana; engana Sméagol, *gollum*. Não pode ir por essse caminho. Não pode machucar Preciossso. Dá ele para Sméagol, ssim, dá ele para nós! Dá ele para nóss!"

Com um violento arranque, Sam se ergueu. Sacou a espada imediatamente; mas nada podia fazer. Gollum e Frodo estavam engalfinhados. Gollum dava puxões em seu patrão, tentando alcançar a corrente e o Anel. Aquela era provavelmente a única coisa capaz de despertar as brasas moribundas do coração e da vontade de Frodo: um ataque, uma tentativa de lhe arrancar seu tesouro à força. Defendeu-se com uma fúria repentina que espantou Sam, e Gollum também. Mesmo assim o resultado poderia ter sido muito diverso se o próprio Gollum não tivesse mudado; mas fossem quais fossem as pavorosas trilhas, solitárias e famintas e sem água, que ele palmilhara, impelido por desejo devorador e medo terrível, elas haviam deixado nele marcas aflitivas. Era um ser magro, esfaimado, desfigurado, só ossos e pele lívida esticada. Uma luz selvagem chamejava em seus olhos, mas sua malícia não era mais igualada por sua antiga força controladora. Frodo o lançou fora e se ergueu palpitante.

"Deite, deite!", arquejou, agarrando o peito com a mão de modo a segurar o Anel por baixo da cobertura de sua camisa de couro. "Deite, ser rastejante, e saia do meu caminho! Seu tempo acabou. Agora não pode me trair nem me matar."

Então, de súbito, como antes sob os beirais das Emyn Muil, Sam viu aqueles dois rivais com outra visão. Uma forma agachada, pouco mais que a sombra de um ser vivente, uma criatura já totalmente arruinada e derrotada, porém repleta de um desejo e uma raiva hediondos; e diante dele estava severo, já intocável pela compaixão, um vulto trajado de branco, mas que segurava junto ao peito uma roda de fogo. Do fogo falava uma voz de comando.

"Vá embora e não me perturbe mais! Se me tocar mais uma vez, você mesmo há de ser lançado no Fogo da Perdição."

A forma agachada recuou, com terror nos olhos que piscavam e, ao mesmo tempo, com desejo insaciável.

Então a visão se foi, e Sam viu Frodo de pé, com a mão no peito, respirando em grandes arfadas, e Gollum a seus pés, apoiado nos joelhos com as mãos espalmadas no chão.

"Cuidado!", gritou Sam. "Ele vai pular!" Deu um passo para a frente, brandindo a espada. "Depressa, Patrão!", arquejou. "Vá em frente! Vá em frente! Não tem tempo a perder. Eu lido com ele. Vá em frente!"

Frodo olhou para ele como quem olha para alguém já longínquo. "Sim, tenho que ir em frente", disse ele. "Adeus, Sam! Este é o derradeiro fim. No Monte da Perdição a perdição há de acontecer. Adeus!" Virou-se e foi em frente, caminhando devagar, mas ereto, subindo pela trilha ascendente.

"Agora!", disse Sam. "Finalmente posso lidar com você!" Saltou para diante com a lâmina desembainhada pronta para o combate. Mas Gollum não saltou. Caiu deitado no chão e choramingou.

O MONTE DA PERDIÇÃO

"Não nos mate", chorou. "Não noss machuque com aço cruel e malvado! Deixa nós viver, sim, viver só um pouco mais. Perdido perdido! Nós está perdido. E quando Precioso for embora nós vai morrer, sim, morrer no pó." Escavou as cinzas da trilha com os longos dedos descarnados. "Pó sseco!", chiou ele.

A mão de Sam hesitou. Sua mente fervilhava com a ira e a lembrança do mal. Seria justo abater aquela criatura traiçoeira, assassina, justo e muitas vezes merecido; e parecia também ser a única coisa segura a fazer. Mas no fundo do coração havia algo que o refreava: não podia golpear aquele ser que jazia no pó, desamparado, arruinado, completamente desgraçado. Ele próprio, mesmo que só por pouco tempo, portara o Anel, e agora ele percebia obscuramente a agonia da mente e corpo atrofiados de Gollum, escravizado por aquele Anel, incapaz de reencontrar paz e alívio outra vez em sua vida. Mas Sam não tinha palavras para expressar o que sentia.

"Oh, maldito seja, ser fedorento!", disse ele. "Vá embora! Fora daqui! Não confio em você, nem até onde consigo chutá-lo; mas fora daqui. Ou eu *vou* machucá-lo, sim, com aço cruel e malvado."

Gollum ergueu-se de quatro, recuou alguns passos e depois virou-se, e quando Sam lhe armou um pontapé, ele fugiu trilha abaixo. Sam não lhe deu mais atenção. Lembrou-se subitamente do patrão. Olhou para o alto da trilha e não conseguiu vê-lo. Trotou estrada acima o mais depressa que pôde. Se tivesse olhado para trás poderia ter visto, não muito embaixo, Gollum dando a volta de novo e depois, com uma selvagem luz de loucura ardendo nos olhos, vindo depressa, mas com cautela, esgueirando-se por trás, uma sombra furtiva entre as pedras.

A trilha seguia subindo. Logo fez outra curva e, com um último trecho para o leste, passou por um corte na face do cone e chegou à porta escura no flanco da Montanha, a porta das Sammath Naur. Muito longe, subindo em direção ao Sul, o sol ardia agourento, penetrando a fumaça e a névoa, um disco embaçado e turvo de cor vermelha; mas toda Mordor se estendia em redor da Montanha como uma terra morta, silenciosa, envolta em sombra, esperando por algum terrível golpe.

1352

Sam chegou à abertura escancarada e espiou para dentro. Estava escuro e quente, e um ribombo grave sacudia o ar. "Frodo! Patrão!", chamou ele. Não houve resposta. Por um momento, ficou parado, com o coração batendo de medo incontido, e depois mergulhou para dentro. Uma sombra o seguiu.

De início nada conseguia ver. Na grande aflição, tirou mais uma vez o frasco de Galadriel, mas este estava pálido e frio em sua mão trêmula e não lançou luz naquela escuridão sufocante. Ele viera ao coração do reino de Sauron e nas forjas de seu antigo poder, as maiores da Terra-média; todos os demais poderes estavam subjugados ali. Temeroso, deu alguns passos incertos na escuridão, e então veio de repente um lampejo rubro que saltou para cima e atingiu o teto alto e negro. Sam viu então que estava em uma longa caverna, ou túnel, que perfurava o cone fumegante da Montanha. Mas pouco adiante o piso e as paredes de ambos os lados eram fendidos por uma grande fissura de onde provinha o clarão vermelho, ora saltando, ora minguando em treva; e todo o tempo, muito abaixo, havia um rumor e barulho como de grandes máquinas pulsando e trabalhando.

A luz saltou outra vez, e ali, na beira do precipício, na própria Fenda da Perdição, Frodo estava de pé, negro diante do clarão, tenso, ereto, mas imóvel como se tivesse se tornado em pedra.

"Patrão!", gritou Sam.

Então Frodo mexeu-se e falou com voz nítida, na verdade com voz mais nítida e mais possante do que Sam jamais o ouvira usar, e ela se ergueu acima da pulsação e do tumulto do Monte da Perdição, ressoando no teto e nas paredes.

"Eu vim", disse ele. "Mas agora resolvo não fazer o que vim fazer. Não farei este feito. O Anel é meu!" E subitamente, quando o pôs no dedo, desapareceu da vista de Sam. Ele deu um grito sufocado, mas não teve chance de exclamar, pois naquele momento aconteceram muitas coisas.

Algo atingiu Sam nas costas violentamente, suas pernas foram golpeadas, e ele, lançado de lado, batendo a cabeça no chão de pedra enquanto um vulto escuro pulava por cima dele. Ficou deitado imóvel, e por um momento tudo escureceu.

É muito longe, quando Frodo pôs o Anel e o reivindicou para si, mesmo nas Sammath Naur, no próprio coração de seu reino, o Poder em Barad-dûr foi abalado, e a Torre estremeceu das fundações até a coroa altiva e amarga. O Senhor Sombrio repentinamente tomou consciência dele, e seu Olho, penetrando todas as sombras, fitou por cima da planície a porta que ele fizera; e a magnitude de sua própria loucura lhe foi revelada em um lampejo cegante, e por fim todos os artifícios de seus inimigos foram desnudados. Então sua ira se inflamou em chama consumidora, mas seu temor cresceu como vasto fumo negro para sufocá-lo. Pois conheceu seu perigo mortal e o fio sobre o qual pendia agora sua sina.

De todos os planos e teias de medo e traição, de todos os estratagemas e guerras sua mente se libertou com um golpe; e por todo o seu reino perpassou um tremor, seus escravos se acovardaram, seus exércitos pararam e seus capitães, subitamente desgovernados, despojados de vontade, titubearam e se desesperaram. Pois estavam esquecidos. Toda a mente e o propósito do Poder que os controlava já se voltara com força avassaladora para a Montanha. Ao seu chamado, rodando com um grito dilacerante, voaram em última corrida desesperada, mais velozes que os ventos, os Nazgûl, os Espectros-do-Anel, e com uma tempestade de asas arremessaram-se para o sul, ao Monte da Perdição.

Sam levantou-se. Estava atordoado e o sangue que lhe escorria da cabeça pingava em seus olhos. Avançou tateando e viu então algo estranho e terrível. Gollum, na beira do abismo, lutava como louco contra um adversário invisível. Oscilava para lá e para cá, ora tão perto da borda que quase caía para dentro, ora arrastando-se de volta, caindo ao chão, erguendo-se e caindo de novo. E o tempo todo chiava, mas não dizia palavra alguma.

Os fogos lá embaixo despertaram furiosos, a luz rubra brilhou e toda a caverna se encheu de grande clarão e calor. Subitamente Sam viu as mãos compridas de Gollum se erguerem para a boca; suas presas brancas reluziram, depois estalaram com uma mordida. Frodo deu um grito, e ali estava ele, caído de joelhos na beira do precipício. Mas Gollum, dançando como louco, segurava o anel no alto, com um dedo ainda enfiado no círculo. Agora ele luzia como se fosse deveras feito de fogo vivente.

"Precioso, precioso, precioso!", exclamou Gollum. "Meu Precioso! Ó meu Precioso!" E com essas palavras, mesmo enquanto tinha os olhos erguidos para se regozijar com sua presa, deu um passo longe demais, vacilou, cambaleou por um momento na beira, e depois caiu com um guincho. Das profundezas veio seu último lamento, "Precioso", e ele se fora.

Houve um ribombo e grande confusão de ruídos. Fogos saltaram lambendo o teto. A pulsação cresceu a um grande tumulto e a Montanha estremeceu. Sam correu para junto de Frodo, apanhou-o e o carregou até a porta. E ali, no escuro limiar das Sammath Naur, muito acima das planícies de Mordor, lhe vieram tal pasmo e terror que ficou imóvel, esquecendo tudo o mais, e fitou como quem havia se transformado em pedra.

Teve uma breve visão de nuvens rodopiantes e, no meio delas, torres e ameias, altas como colinas, fundadas sobre um imenso trono-montanha acima de covas incomensuráveis; grandes pátios e calabouços, prisões desprovidas de olhos, escarpadas como penhascos, e portões escancarados de aço e diamante: e então tudo passou. As torres caíram e as montanhas deslizaram; as muralhas se desfizeram e derreteram em queda estrondosa; vastas espiras de fumaça e vapores esguichando encapelaram-se subindo, subindo, até despencarem como uma onda assoberbante, e sua crista selvagem encrespou-se e desceu espumando sobre a terra. Então, finalmente, por sobre as milhas veio de longe um ribombo, erguendo-se em estrépito e rugido ensurdecedor; a terra tremeu, a planície soergueu-se e se partiu, e Orodruin cambaleou. O fogo jorrou do seu cume partido. Os céus irromperam em trovões chamuscados de raios. Precipitou-se como açoites chicoteantes uma torrente de chuva negra. E para o coração da tempestade, com um grito que penetrou todos os outros sons, esfacelando as nuvens, vieram os Nazgûl, precipitando-se como setas flamejantes, e, apanhados na ruína de fogo das colinas e do firmamento, crepitaram, murcharam e se extinguiram.

"Bem, isso é o fim, Sam Gamgi", disse uma voz ao seu lado. E ali estava Frodo, pálido e exausto, porém ele mesmo outra vez; e agora em seus olhos havia paz, nem esforço de vontade, nem loucura, nem qualquer temor. Seu fardo fora removido. Ali estava o querido patrão dos doces dias no Condado.

"Patrão!", exclamou Sam, e caiu de joelhos. Em toda aquela ruína do mundo, no momento ele só sentia alegria, grande alegria. O fardo se fora. Seu patrão fora salvo; era outra vez ele próprio, estava livre. E então Sam avistou a mão mutilada e sangrando.

"Sua pobre mão!", disse ele. "E não tenho nada para enfaixá-la nem aliviá-la. Eu preferia ter entregado a ele uma mão inteira minha. Mas agora ele se foi sem chance de retorno, foi-se para sempre."

"Sim", respondeu Frodo. "Mas lembra-se das palavras de Gandalf: 'Mesmo Gollum ainda pode ter algo a fazer'? Se não fosse por ele, Sam, eu não poderia ter destruído o Anel. A Demanda seria em vão, mesmo no amargo fim. Então vamos perdoá-lo! Pois a Demanda está concluída, e agora tudo terminou. Estou contente de você estar aqui comigo. Aqui no fim de todas as coisas, Sam."

4

O Campo
de Cormallen

Em toda a volta das colinas vociferavam as hostes de Mordor. Os Capitães do Oeste soçobravam em um mar que se avolumava. O sol brilhava rubro, e sob as asas dos Nazgûl as sombras da morte caíam obscuras na terra. Aragorn estava de pé embaixo de seu estandarte, silencioso e severo, como quem está perdido em pensamentos sobre coisas há muito passadas ou longínquas; mas seus olhos reluziam como estrelas que brilham mais intensas à medida que a noite se aprofunda. No topo do morro estava Gandalf, e era branco e frio, e nenhuma sombra caía sobre ele. A investida de Mordor abateu-se como uma onda nas colinas sitiadas, com vozes rugindo como a maré em meio à destruição e ao estrondo das armas.

Como se tivesse sido dada aos seus olhos uma súbita visão, Gandalf agitou-se; e virou-se, olhando de volta para o norte onde os céus estavam pálidos e límpidos. Então ergueu as mãos e exclamou em alta voz que ressoou acima do alarido: "As águias estão chegando!" E muitas vozes responderam, exclamando: "As águias estão chegando! As águias estão chegando!" As hostes de Mordor ergueram os olhos e se perguntaram o que poderia significar aquele sinal.

Vieram Gwaihir, Senhor-dos-Ventos, e seu irmão Landroval, maior de todas as Águias do Norte, mais poderoso dos descendentes do velho Thorondor, que construiu seus ninhos nos picos inacessíveis das Montanhas Circundantes quando a Terra-média era jovem. Atrás deles, em longas fileiras velozes, vinham todos os seus vassalos das montanhas setentrionais, apressados no vento que se avolumava. Mergulharam direto sobre os Nazgûl, inclinando-se de repente desde os altos ares, e o ímpeto de suas largas asas, no sobrevoo, era como uma borrasca.

Mas os Nazgûl deram a volta, fugiram e desapareceram nas sombras de Mordor, ouvindo um chamado súbito e terrível da Torre Sombria; e naquele mesmo momento todas as hostes de Mordor estremeceram, a dúvida lhes acometeu os corações, seu riso cessou, suas mãos tremeram e seus membros afrouxaram. O Poder que os impelia e os enchia de ódio e fúria titubeava, sua vontade fora removida deles; e agora, encarando os olhos dos inimigos, viam uma luz mortífera e tinham medo.

Então todos os Capitães do Oeste deram um forte grito, pois seus corações se encheram com nova esperança em meio à escuridão. Das colinas cercadas os ginetes de Gondor, os Cavaleiros de Rohan, os Dúnedain do Norte, em companhias compactas, avançaram contra os adversários hesitantes, transpassando a multidão com o impulso de agudas lanças. Mas Gandalf ergueu os braços e exclamou mais uma vez, em voz distinta: "Parai, Homens do Oeste! Parai e esperai! Esta é a hora da sina."

E enquanto ele falava, a terra balançou sob seus pés. Então, levantando-se depressa, bem acima das Torres do Portão Negro, muito acima das montanhas, uma vasta treva ascendente saltou para o firmamento, bruxuleando com fogo. A terra gemia e estremecia. As Torres dos Dentes oscilaram, cambalearam e despencaram; o imenso baluarte se desfez; o Portão Negro foi lançado em ruína; e de muito longe, ora débil, ora crescente, ora subindo às nuvens, veio um ribombo martelante, um rugido, um longo eco rolante do ruído de ruína.

"O reino de Sauron está acabado!", disse Gandalf. "O Portador-do-Anel cumpriu sua Demanda." E, enquanto os Capitães olhavam rumo ao sul, para a Terra de Mordor, pareceu-lhes que, negro diante da mortalha de nuvens, erguia-se um imenso vulto de sombra, impenetrável, coroado de relâmpagos, preenchendo todo o firmamento. Levantou-se enorme acima do mundo e estendeu na direção deles uma vasta mão ameaçadora, terrível, mas impotente: pois, mesmo enquanto se inclinava sobre eles, um grande vento a apanhou, e foi toda soprada para longe e passou; e então caiu o silêncio.

Os Capitães inclinaram a cabeça; e, quando reergueram os olhos, eis que seus inimigos fugiam e o poder de Mordor se dispersava como poeira ao vento. Assim como as formigas, quando a morte atinge o ser inchado que choca e habita em seu montículo pululante e mantém todas sob seu controle, vagam descuidadas e despropositadas e depois morrem débeis; assim também as criaturas de Sauron, orque, trol ou besta escravizada com feitiço, correram insensatas para cá e para lá; e algumas se mataram, se lançaram em poços ou recuaram, lamentando-se para se esconderem em covas e lugares escuros e sem luz, distantes da esperança. Mas os Homens de Rhûn e de Harad, Lestenses e Sulistas, viram a ruína de sua guerra e a grande majestade e glória dos Capitães do Oeste. E aqueles que estavam mais imersos, e há mais tempo, em maligna servidão, odiando o Oeste, mas eram homens altivos e ousados, reuniram-se então, por sua vez, para uma última resistência em combate desesperado. Mas a maior parte fugiu para o leste da maneira que pôde; e alguns lançaram as armas ao chão e imploraram misericórdia.

Então Gandalf, deixando todos os assuntos de batalha e comando para Aragorn e os demais senhores, pôs-se de pé no topo da colina e chamou; e desceu até ele a grande águia Gwaihir, o Senhor-dos-Ventos, e se postou diante dele.

"Duas vezes me carregaste, meu amigo Gwaihir", disse Gandalf. "A terceira há de valer por todas, se estiveres disposto. Verás que não sou carga muito maior do que quando me carregaste de Zirakzigil, onde minha antiga vida ardeu e se consumiu."

"Eu te carregaria", respondeu Gwaihir, "aonde quisesses, mesmo que fosses feito de pedra."

"Então vem, e que teu irmão vá conosco, e algum outro de teu povo que seja mui veloz! Pois precisamos de velocidade maior que qualquer vento, superior à das asas dos Nazgûl."

"O Vento Norte sopra, mas havemos de superá-lo", afirmou Gwaihir. E ergueu Gandalf e foi embora rumo ao sul, e com ele foram Landroval e Meneldor, jovem e veloz. E passaram sobre Udûn e Gorgoroth, e viram a terra toda em ruína e tumulto embaixo deles, e à frente o Monte da Perdição resplandecendo, derramando seu fogo.

"Estou contente de você estar aqui comigo", disse Frodo. "Aqui no fim de todas as coisas, Sam."

"Sim, estou com o senhor, Patrão", respondeu Sam, encostando a mão ferida de Frodo suavemente no peito. "E o senhor está comigo. E a jornada terminou. Mas depois de percorrer todo este caminho ainda não quero desistir. Não é meu jeito, digamos, se me entende."

"Talvez não, Sam", disse Frodo; "mas é o jeito como as coisas são no mundo. As esperanças fracassam. Chega o fim. Agora só temos pouco tempo para aguardar. Estamos perdidos em ruína e queda e não há como escapar."

"Bem, Patrão, pelo menos podíamos nos afastar deste lugar perigoso aqui, desta Fenda da Perdição, se esse é o nome. Podíamos, não? Vamos, Sr. Frodo, seja como for, vamos descer a trilha!"

"Muito bem, Sam. Se você quer ir, eu vou", assentiu Frodo; e levantaram-se e desceram lentamente pela estrada que serpenteava; e enquanto passavam rumo ao sopé da Montanha, que estremecia, uma grande fumaça e vapor jorrou das Sammath Naur, o lado do cone abriu-se em uma fenda e um imenso vômito de fogo rolou em lenta cascata trovejante, descendo pelo flanco oriental do monte.

Frodo e Sam não podiam ir adiante. Suas últimas forças de mente e corpo minguavam rapidamente. Tinham alcançado um morro baixo de cinzas, empilhado ao pé da Montanha; mas dele não havia mais como escapar. Era agora uma ilha que não duraria muito em meio ao tormento de Orodruin. Em toda a volta a terra se escancarava, e de fundas frestas e covas saltavam fumaça e vapores. Atrás deles a Montanha estava em convulsão. Grandes fendas abriam-se em seu flanco. Lentos rios de fogo vinham descendo na direção deles pelas longas encostas. Logo eles seriam tragados. Caía uma chuva de cinzas quentes.

Agora estavam em pé; e Sam, ainda segurando a mão do patrão, acariciava-a. Suspirou. "Em que história estivemos, não é, Sr. Frodo?", comentou ele. "Queria ouvir alguém contando-a! Acha que vão dizer: 'Agora vem a história de Frodo-dos-Nove-Dedos e do Anel da Perdição'? E então todos vão fazer silêncio, como nós fizemos quando em Valfenda nos contaram a história de Beren Uma-Mão e da Grande Joia. Queria poder ouvi-la! E me pergunto como ela vai continuar, depois da nossa parte."

Mas, mesmo enquanto dizia isso, para manter o medo à distância até o último fim, seus olhos ainda vagueavam ao norte, ao norte para o olho do vento, para onde o céu longínquo estava limpo porque a rajada fria foi crescendo até se tornar uma borrasca que empurrava para longe a escuridão e a ruína das nuvens.

E foi assim que Gwaihir os viu com seus olhos penetrantes e de visão longínqua, enquanto descia pelo vento impetuoso e rodopiava no ar enfrentando o grande perigo dos céus: dois pequenos vultos escuros, desamparados, de mãos dadas em um pequeno morro, enquanto o mundo estremecia embaixo deles e arfava, e rios de fogo se aproximavam. E no momento em que os divisou e desceu em mergulho ele os viu caindo, exaustos ou sufocados pelos vapores e pelo calor, ou finalmente abatidos pelo desespero, protegendo os olhos deles da morte.

Jaziam lado a lado; e Gwaihir mergulhou, e vieram em mergulho Landroval e Meneldor, o veloz; e em sonho, sem saberem que destino os alcançara, os viandantes foram erguidos e levados para bem longe, fora da escuridão e do fogo.

Quando Sam acordou, descobriu que estava deitado em um leito macio, mas acima dele balançavam lentamente amplos ramos de faia, e através das suas folhas novas a luz do sol brilhava em verde e dourado. Todo o ar estava repleto de um doce aroma mesclado.

Lembrava-se daquele odor: a fragrância de Ithilien. "Ora essa!", refletiu. "Por quanto tempo estive dormindo?" Pois o aroma o levara de volta ao dia em que acendera sua fogueirinha sob a ribanceira ensolarada; e naquele momento tudo o mais era alheio à lembrança desperta. Estirou-se e inspirou fundo. "Ora, que sonho que eu tive!", murmurou. "Ainda bem que acordei!" Sentou-se e viu então que Frodo estava deitado junto dele e dormia em paz, com uma mão atrás da cabeça e a outra pousada no cobertor. Era a direita, e lhe faltava o terceiro dedo.

A plena lembrança lhe retornou, e Sam exclamou em voz alta: "Não foi um sonho! Então onde estamos?"

E uma voz disse baixinho atrás dele: "Na terra de Ithilien e aos cuidados do Rei; e ele os espera." Com essas palavras Gandalf surgiu diante dele, trajado de branco, e agora sua barba reluzia como neve pura nos lampejos da luz do sol através das folhas. "Bem, Mestre Samwise, como se sente?", perguntou ele.

Mas Sam deitou-se de costas e o encarou boquiaberto, e por um momento, entre perplexidade e grande alegria, não pôde responder. Finalmente disse com voz entrecortada: "Gandalf! Pensei que estava morto! Mas daí pensei que eu mesmo estava morto. Tudo que é triste vai deixar de ser verdade? O que aconteceu ao mundo?"

"Uma grande Sombra foi embora", respondeu Gandalf e depois riu, e o som era como música, ou como água em terra ressecada; e enquanto escutava, Sam pensou que não ouvira risos, o som puro da diversão, por dias e mais dias sem conta. Eles lhe entravam nos ouvidos como o eco de todas as alegrias que já conhecera. Mas ele se desfez em lágrimas. Depois, assim como a doce chuva é levada pelo vento da primavera e o sol brilha ainda mais claro, suas lágrimas cessaram e seu riso irrompeu, e rindo ele saltou do leito.

"Como eu me sinto?", exclamou ele. "Bem, não sei como dizer. Eu me sinto, eu me sinto…", agitou os braços no ar, "eu me sinto como a primavera depois do inverno, e o sol nas folhas; e como trombetas e harpas e todas as canções que já ouvi!" Interrompeu-se e se voltou para o patrão. "Mas como está o Sr. Frodo?", indagou ele. "Não é uma pena, a pobre mão dele? Mas espero que de resto ele esteja bem. Foi um tempo cruel para ele."

"Sim, de resto estou bem", afirmou Frodo, sentando-se e rindo por sua vez. "Adormeci de novo esperando por você, Sam, seu dorminhoco. Estive acordado cedo esta manhã e agora deve ser quase meio-dia."

"Meio-dia?", indagou Sam, tentando calcular. "Meio-dia de qual dia?"

"O décimo quarto do Ano Novo", informou Gandalf; "ou, se quiser, o oitavo dia de abril no Registro do Condado[1]. Mas em Gondor, agora, o Ano Novo sempre começará no dia vinte e cinco de março, quando Sauron caiu e quando vocês foram trazidos do fogo para o Rei. Ele cuidou de vocês e agora os aguarda. Vocês hão de comer e beber com ele. Quando estiverem prontos, vou levá-los até ele."

"O Rei?", perguntou Sam. "Qual rei, e quem é ele?"

"O Rei de Gondor e Senhor das Terras do Oeste", respondeu Gandalf; "e ele tomou de volta todo o seu antigo reino. Logo cavalgará à sua coroação, mas espera por vocês."

"O que havemos de vestir?", perguntou Sam; pois tudo o que podia ver eram as roupas velhas e esfarrapadas em que haviam viajado dobradas no chão ao lado dos leitos.

"As roupas que usaram a caminho de Mordor", respondeu Gandalf. "Mesmo os trapos-órquicos que você usou na terra negra, Frodo, hão de ser conservados. Nenhuma seda e linho e nenhuma armadura ou heráldica poderia ser mais honrada. Porém mais tarde talvez eu encontre outras roupas."

Então estendeu-lhes as mãos, e viram que uma delas reluzia. "O que tem aí?", exclamou Frodo. "Pode ser...?"

"Sim, eu trouxe seus dois tesouros. Foram encontrados em poder de Sam quando vocês foram resgatados, as dádivas da Senhora Galadriel: seu vidro, Frodo, e sua caixa, Sam. Gostarão de tê-los outra vez a salvo."

Quando se haviam lavado e vestido e tinham comido uma refeição leve, os Hobbits seguiram Gandalf. Saíram do capão de faias em que estiveram deitados e passaram a um longo gramado verde que luzia sob o sol e era ladeado por imponentes árvores de folhas escuras carregadas de flores escarlates. Atrás de si podiam ouvir o som de água que caía, e um regato descia diante deles, entre margens floridas, até chegar a um verde bosque na extremidade do gramado e depois passar sob um arco de árvores, através do qual viam o rebrilhar da água lá longe.

---

[1]Havia trinta dias em março (ou glorial) no calendário do Condado. [N. A.]

Ao chegarem à abertura na mata, surpreenderam-se ao ver cavaleiros em brilhante cota de malha e altos guardas em prata e negro ali dispostos, que os saudaram com honras e se inclinaram diante deles. E então um deles tocou uma longa trombeta, e avançaram através do corredor de árvores junto ao regato cantante. Assim chegaram a um amplo terreno verde, e além dele havia um largo rio em névoa prateada, de onde se erguia uma longa ilha arborizada, e muitas naus estavam atracadas junto à sua costa. Mas no campo onde agora se encontravam estava disposta uma grande hoste, em fileiras e companhias que rebrilhavam ao sol. E à medida que os Hobbits se aproximaram, as espadas foram desembainhadas, e as lanças, sacudidas, e cantaram cornos e trombetas, e os homens exclamaram com muitas vozes e em muitas línguas:

> *"Vida longa aos Pequenos! Louvai-os com grande louvor!*
> *Cuio i Pheriain anann! Aglar'ni Pheriannath!*
> *Louvai-os com grande louvor, Frodo e Samwise!*
> *Daur a Berhael, Conin en Annûn! Eglerio!*
> *Louvai-os!*
> *Eglerio!*
> *A laita te, laita te! Andave laituvalmet!*
> *Louvai-os!*
> *Cormacolindor, a laita tárienna!*
> *Louvai-os! Os Portadores-do-Anel, louvai-os com grande louvor"*[A]

E assim, com o sangue vermelho lhes enrubescendo os rostos e os olhos brilhando de espanto, Frodo e Sam foram em frente e viram que em meio à hoste clamorosa haviam sido postos três altos assentos montados de torrões de relva verde. Atrás do assento da direita flutuava, em branco sobre verde, um grande cavalo que corria livre; à esquerda havia uma bandeira, em prata sobre azul, com uma nau de proa de cisne singrando o mar; mas atrás do trono mais alto, no meio de tudo, um grande estandarte se espalhava na brisa, e ali floria uma árvore branca em campo negro sob uma coroa brilhante e sete reluzentes estrelas. No trono assentava-se um homem trajado em cota de malha, com uma grande espada deitada nos joelhos, mas sem usar elmo. Ao se aproximarem, ele se levantou. E então o reconheceram, mudado que estava, tão alto e feliz de semblante, régio, senhor de Homens, de cabelos escuros e olhos cinzentos.

Frodo correu ao seu encontro, e Sam o seguiu de perto. "Ora, se isso não é a coroa de tudo!", disse ele. "Passolargo, ou então ainda estou dormindo!"

"Sim, Sam, Passolargo", respondeu Aragorn. "Estamos longe, não estamos, de Bri, onde você não gostou do meu aspecto? Longe para todos nós, mas a sua estrada foi a mais escura."

E então, para surpresa e total confusão de Sam, ele dobrou o joelho diante deles; e tomando-os pela mão, Frodo à direita e Sam à esquerda, conduziu-os até o trono, sentou-os nele e se voltou aos homens e capitães que estavam em volta; e falou de modo que sua voz ressoou por toda a hoste, exclamando:

"Louvai-os com grande louvor!"

E, quando o grito feliz se avolumara e minguara outra vez, para satisfação final e completa de Sam, e pura alegria, um menestrel de Gondor se adiantou, ajoelhou-se e pediu permissão para cantar. E eis que disse:

"Sus! senhores e cavaleiros e homens de valor indômito, reis e príncipes, e bela gente de Gondor, e Cavaleiros de Rohan, e vós, filhos de Elrond, e Dúnedain do Norte, e Elfo e Anão, e intrépidos do Condado, e todo o povo livre do Oeste, escutai agora a minha balada. Pois vos cantarei de Frodo dos Nove Dedos e do Anel da Perdição."

E quando Sam ouviu isso, riu em alta voz de puro deleite e se levantou e exclamou: "Ó grande glória e esplendor! E todos os meus desejos se realizaram!" E então chorou.

E toda a hoste riu e chorou, e, no meio de seu regozijo e suas lágrimas, a nítida voz do menestrel se ergueu como prata e ouro, e todos os homens se calaram. E ele lhes cantou, ora na língua-élfica, ora na fala do Oeste, até que transbordassem seus corações feridos com doces palavras, e sua alegria foi como espadas, e em pensamento saíram para regiões onde a dor e o deleite fluem juntos e as lágrimas são o próprio vinho da bem-aventurança.

E por fim, enquanto o Sol baixava do meio-dia e as sombras das árvores se tornavam mais longas, ele terminou. "Louvai-os com

O CAMPO DE CORMALLEN

grande louvor!", disse ele e se ajoelhou. E então Aragorn ergueu-
-se, e toda a hoste se levantou, e passaram a pavilhões preparados
para comerem, beberem e se divertirem enquanto durasse o dia.

Frodo e Sam foram levados à parte e trazidos a uma tenda,
e ali suas velhas vestes foram tiradas, mas dobradas e postas
de lado com honra; e lhes deram roupas limpas. Então veio
Gandalf, e nos braços, para pasmo de Frodo, ele trazia a espada,
a capa-élfica e a cota de mithril que lhe foram tiradas em
Mordor. Para Sam trouxe uma cota de malha dourada e sua
capa-élfica toda refeita das manchas e feridas que suportara; e
então pôs diante deles duas espadas.

"Não desejo espada nenhuma", disse Frodo.

"Esta noite, pelo menos, você deveria usar uma", aconselhou
Gandalf.

Então Frodo tomou a espada pequena que pertencera a
Sam e que fora posta ao seu lado em Cirith Ungol. "Eu lhe dei
Ferroada, Sam", disse ele.

"Não, patrão! O Sr. Bilbo a deu ao senhor, e ela acompa-
nha a cota de prata dele; ele não gostaria que nenhum outro a
usasse agora."

Frodo cedeu; e Gandalf, como se fosse escudeiro deles, ajoelhou-se e os cingiu com os cintos das espadas e depois, levantando-se, pôs diademas de prata em suas cabeças. E quando
estavam arrumados foram ao grande banquete; e sentaram-se à
mesa do Rei com Gandalf, o Rei Éomer de Rohan, o Príncipe
Imrahil e todos os principais capitães; e ali estavam também
Gimli e Legolas.

Mas quando, após a Pausa do Silêncio, o vinho foi trazido,
entraram dois escudeiros para servirem os reis; ou assim parecia: um deles tinha o traje prata e negro dos Guardas de Minas
Tirith, e o outro trajava branco e verde. Mas Sam perguntou-se
o que meninos tão jovens faziam em um exército de homens
poderosos. Então, de súbito, quando se aproximaram e ele conseguiu vê-los claramente, exclamou:

"Ora, olhe, Sr. Frodo! Olhe aqui! Ora, se não é Pippin, o
Sr. Peregrin Tûk, eu devia dizer, e o Sr. Merry! Como cresceram! Ora essa! Mas posso ver que tem mais histórias para contar
além das nossas."

1366

"De fato", disse Pippin, virando-se para ele. "E vamos começar a contá-las assim que este banquete termine. Enquanto isso, pode tentar Gandalf. Ele não está tão calado quanto costumava ser, apesar de que agora mais ri do que fala. No momento Merry e eu estamos ocupados. Somos cavaleiros da Cidade e da Marca, como espero que você tenha observado."

Enfim acabou o dia feliz; e, quando o Sol se fora e a Lua redonda navegava devagar acima das névoas do Anduin e cintilava através das folhas tremulantes, Frodo e Sam sentaram-se sob as árvores sussurrantes em meio à fragrância da bela Ithilien; e conversaram até tarde da noite com Merry, Pippin e Gandalf, e algum tempo depois, Legolas e Gimli se juntaram a eles. Ali Frodo e Sam ficaram sabendo de muita coisa que acontecera à Comitiva depois que sua sociedade se rompeu no dia maligno em Parth Galen, junto ao Vale das Cataratas de Rauros; e ainda havia sempre mais a perguntar e mais a contar.

Orques, e árvores falantes, e léguas de relva, e cavaleiros galopantes, e cavernas cintilantes, e torres brancas e paços dourados, e batalhas, e altas naus navegando, tudo isso passou diante da mente de Sam até ele se sentir desconcertado. Mas em meio a todas aquelas maravilhas, ele sempre voltava ao seu espanto diante do tamanho de Merry e Pippin; e fez com que ficassem costas com costas com Frodo e ele mesmo. Coçava a cabeça. "Não consigo entender isso na sua idade!", disse ele. "Mas é isso: estão três polegadas mais altos do que deviam estar, ou eu sou um anão."

"Isso certamente não és", retrucou Gimli. "Mas o que eu disse? Os mortais não podem sair tomando bebida-de-ent e esperar que não resulte dela mais que de um caneco de cerveja."

"Bebida-de-ent?", indagou Sam. "Aí estás falando de Ents outra vez; mas não faço ideia do que sejam. Ora, vai levar semanas para avaliarmos essas coisas todas!"

"Semanas, de fato", disse Pippin. "E depois Frodo terá de ser trancado em uma torre em Minas Tirith e anotar tudo. Do contrário vai esquecer a metade, e o pobre velho Bilbo ficará terrivelmente desapontado."

Algum tempo depois, Gandalf se levantou. "As mãos do Rei são mãos de cura, caros amigos", disse ele. "Mas vocês foram à própria beira da morte antes de ele resgatá-los, empenhando todo o seu poder, e enviá-los ao doce olvido do sono. E, apesar de realmente terem tido um sono longo e abençoado, ainda assim já é hora de dormir outra vez."

"E não só Sam e Frodo aqui," complementou Gimli, "mas também tu, Pippin. Amo-te, nem que seja apenas pelo esforço que me custaste, que não esquecerei jamais. Nem me esquecerei de te encontrar na colina da última batalha. Não fosse Gimli, o Anão, estarias perdido naquela hora. Mas agora, pelo menos, conheço o aspecto de um pé de hobbit, mesmo que só ele esteja visível embaixo de uma pilha de corpos. E quando tirei de cima de ti aquela grande carcaça tive certeza de que estavas morto. Eu poderia ter arrancado minha barba. E só faz um dia que começaste a te erguer e andar por aí. Agora vais é para a cama. E eu hei de ir também."

"E eu", disse Legolas, "hei de caminhar nas florestas desta bela terra, o que é repouso bastante. Em dias vindouros, se meu senhor-élfico permitir, parte de nosso povo há de se mudar para cá; e quando viermos, ela há de ser abençoada, por algum tempo. Por algum tempo: um mês, uma vida, cem anos dos Homens. Mas o Anduin está próximo, e o Anduin leva para o Mar. Para o Mar!

> *Para o Mar, para o Mar! Já chama a gaivota,*
> *O vento sopra, a branca espuma brota.*
> *Lá longe no Oeste se põe o sol vermelho.*
> *Nau cinza, nau cinza, escutas o conselho,*
> *A voz da minha gente que me precedeu?*
> *Deixarei a floresta que me aborreceu;*
> *Nossos dias no fim, nossos anos em remoinho.*
> *As amplas águas passarei navegando sozinho.*
> *Na Última Praia o mar há muito brilha,*
> *Doces chamam vozes na Última Ilha,*
> *Em Eressëa, Casadelfos onde o homem é ausente,*
> *De folhas perenes, sempre da minha gente!"*[B]

E cantando assim Legolas partiu colina abaixo.

Então os demais também partiram, e Frodo e Sam foram aos seus leitos e dormiram. E pela manhã levantaram-se de novo em esperança e paz; e passaram muitos dias em Ithilien. Pois o Campo de Cormallen, onde a hoste estava acampada agora, era próximo de Henneth Annûn, e o riacho que fluía de sua cascata podia ser ouvido à noite, correndo por seu portão rochoso e atravessando os prados floridos rumo às correntezas do Anduin junto à Ilha de Cair Andros. Os hobbits vagaram para cá e para lá, revisitando os lugares onde haviam passado antes; e Sam sempre esperava, talvez, entrever em alguma sombra da mata ou clareira secreta um vislumbre do grande Olifante. E quando soube que no cerco de Gondor houvera um grande número desses animais, mas que foram todos destruídos, considerou isso uma triste perda.

"Bem, não se pode estar em toda parte ao mesmo tempo, imagino", disse ele. "Mas parece que perdi muita coisa."

Nesse ínterim, a hoste se aprestava para a volta a Minas Tirith. Os cansados repousaram e os feridos foram curados. Pois alguns haviam labutado e combatido muito contra o remanescente dos Lestenses e dos Sulistas, até estarem todos subjugados. E em último lugar retornaram aqueles que haviam penetrado em Mordor e destruído as fortalezas no norte da região.

Mas por fim, quando o mês de maio se avizinhava, os Capitães do Oeste partiram outra vez; embarcaram com todos os seus homens e zarparam de Cair Andros, descendo o Anduin até Osgiliath; e ali ficaram por um dia; e no dia seguinte chegaram aos verdes campos da Pelennor e reviram as torres brancas sob o alto Mindolluin, a Cidade dos Homens de Gondor, última lembrança de Ociente, que atravessara a escuridão e o fogo rumo a um novo dia.

E ali, no meio dos campos, ergueram seus pavilhões e aguardaram a manhã; pois era Véspera de Maio, e o Rei entraria pelos portões com o nascer do Sol.

5

O Regente e o Rei

Sobre a cidade de Gondor pairara dúvida e grande temor. O tempo bonito e o sol brilhante pareciam uma mera zombaria aos homens cujos dias continham pouca esperança e que a cada manhã buscavam novas da perdição. Seu senhor estava morto e incinerado, morto jazia o Rei de Rohan em sua cidadela, e o novo rei que lhes viera na noite partira outra vez em guerra contra poderes demasiado obscuros e terríveis para serem conquistados por qualquer força ou valentia. E não vinham notícias. Depois de a hoste deixar o Vale Morgul e tomar a estrada para o norte sob a sombra das montanhas, nenhum mensageiro voltara e nenhum rumor do que se passava no Leste taciturno.

Quando os Capitães haviam partido há apenas dois dias, a Senhora Éowyn pediu às mulheres que a atendiam que trouxessem suas vestes e não admitiu contradição, mas levantou-se; e, quando a tinham vestido e posto seu braço em uma tipoia de linho, ela foi ter com o Diretor das Casas de Cura.

"Senhor," disse ela, "estou muito inquieta e não posso ficar mais jazendo no ócio."

"Senhora," respondeu ele, "ainda não estais curada, e recebi ordens para vos tratar com cuidado especial. Não deveríeis ter-vos levantado do leito por mais sete dias, é o que me foi mandado. Peço-vos que retorneis."

"Estou curada," disse ela, "curada pelo menos no corpo, exceto apenas por meu braço esquerdo, e ele está confortável. Mas hei de adoecer outra vez se não houver nada para eu fazer. Não há notícias da guerra? As mulheres nada sabem me contar."

"Não há notícias," afirmou o Diretor, "exceto que os Senhores cavalgaram rumo ao Vale Morgul; e dizem que o novo capitão vindo do Norte é seu chefe. Esse é um grande senhor e um curador; e é coisa mui estranha para mim que a mão que cura também empunhe uma espada. Hoje não é assim em Gondor, apesar de outrora ter sido, se forem verdadeiras as antigas histórias. Mas por longos anos nós, curadores, só buscamos remendar as fendas feitas pelos homens da espada. Mas ainda teríamos bastante a fazer sem eles: o mundo está suficientemente cheio de feridas e infortúnios sem que as guerras os multipliquem."

"É preciso só um inimigo para gerar guerra, não dois, Mestre Diretor", respondeu Éowyn. "E os que não têm espadas ainda assim podem morrer por meio delas. Querias que o povo de Gondor recolhesse apenas ervas para ti, quando o Senhor Sombrio recolhe exércitos? E não é sempre bom ter o corpo curado. Nem é sempre mau morrer em combate, mesmo em dor atroz. Se mo permitissem, nesta hora sombria eu escolheria a segunda opção."

O Diretor olhou para ela. Ali estava ela em pé, alta e com olhos brilhantes no rosto alvo, com a mão direita apertada quando se virou e olhou para fora da janela dele, que dava para o Leste. Ele suspirou e balançou a cabeça. Após uma pausa ela se voltou para ele outra vez.

"Não há feito a fazer?", indagou ela. "Quem comanda nesta Cidade?"

"Não sei ao certo", respondeu ele. "Tais coisas não me preocupam. Há um marechal que comanda os Cavaleiros de Rohan; e o Senhor Húrin, ao que me dizem, comanda os homens de Gondor. Mas o Senhor Faramir é de direito o Regente da Cidade."

"Onde posso encontrá-lo?"

"Nesta casa, senhora. Ele sofreu graves ferimentos, mas agora está outra vez encaminhado para a saúde. Mas não sei…"

"Não podeis levar-me até ele? Então sabereis."

O Senhor Faramir caminhava a sós no jardim das Casas de Cura, e a luz do sol o aquecia, e ele sentia a vida correndo outra vez nas veias; mas tinha um peso no coração e olhava por sobre as muralhas na direção do leste. E ao chegar o Diretor, pronunciou seu nome, e ele se virou e viu a Senhora Éowyn de Rohan; e comoveu-se de pena, pois viu que ela estava ferida, e sua visão nítida percebia seu pesar e inquietação.

"Meu senhor," disse o Diretor, "eis a Senhora Éowyn de Rohan. Ela cavalgou com o rei, sofreu graves ferimentos e agora se encontra aos meus cuidados. Mas não está contente e deseja falar ao Regente da Cidade."

"Não o interpreteis mal, senhor", disse Éowyn. "Não é a falta de cuidados que me aflige. Nenhuma casa poderia ser mais bela para os que desejam se curar. Mas não posso jazer na preguiça, ociosa, engaiolada. Busquei a morte na batalha. Mas não morri, e a batalha ainda prossegue."

A um sinal de Faramir, o Diretor fez uma mesura e partiu. "O que quereis que eu faça, senhora?", indagou Faramir. "Também eu sou prisioneiro dos curadores." Olhou para ela e, como era homem a quem a pena abalava profundamente, pareceu-lhe que o encanto dela, em meio ao pesar, lhe perfuraria o coração. E ela o olhou e viu a grave ternura em seus olhos e soube, não obstante, visto que fora criada entre combatentes, que ali estava alguém a quem nenhum Cavaleiro da Marca superaria na batalha.

"O que desejais?", disse ele mais uma vez. "Se estiver em meu poder, eu o farei."

"Queria que comandásseis esse Diretor e lhe ordenásseis deixar-me ir", respondeu ela; mas, apesar de suas palavras serem ainda altivas, seu coração hesitou, e pela primeira vez teve dúvidas de si mesma. Imaginou que aquele homem alto, ao mesmo tempo severo e gentil, poderia tomá-la simplesmente por caprichosa, como uma criança que não tem a firmeza mental para levar a cabo uma tarefa enfadonha.

"Eu mesmo estou aos cuidados do Diretor", respondeu Faramir. "E ainda não assumi minha autoridade na Cidade. Mas se a tivesse assumido eu ainda escutaria o conselho dele e não lhe contrariaria a vontade em assuntos do seu ofício, exceto em grande necessidade."

"Mas não desejo a cura", afirmou ela. "Desejo cavalgar à guerra como meu irmão Éomer, ou melhor, como Théoden, o rei, pois ele morreu e tem ao mesmo tempo honra e paz."

"É tarde demais, senhora, para seguir os Capitães, mesmo que tivésseis força o bastante", disse Faramir. "Mas a morte em batalha ainda poderá nos alcançar a todos, queiramos ou não. Estareis mais bem preparada para encará-la ao vosso próprio modo se, enquanto ainda é tempo, fizeres o que mandou o Curador. Vós e eu, nós temos de suportar com paciência as horas de espera."

Ela não respondeu, mas, olhando-a, pareceu a ele que alguma coisa nela se atenuava, como se uma severa geada cedesse ao primeiro débil presságio da primavera. Uma lágrima lhe brotou no olho e caiu pela face, como uma gota de chuva reluzente. A cabeça altiva inclinou-se um pouco. Então, calmamente, como se falasse mais consigo mesma que com ele: "Mas os curadores querem que ainda fique mais sete dias de cama", respondeu ela. "E minha janela não dá para o leste." Agora sua voz era a de uma donzela jovem e triste.

Faramir sorriu, apesar de ter o coração repleto de pena. "Vossa janela não dá para o leste?", disse ele. "Isso pode ser consertado. Nisto comandarei o Diretor. Se ficardes nesta casa aos nossos cuidados, senhora, e repousardes, então haveis de andar ao sol neste jardim, como quereis; e olhareis para o leste, aonde foram todas as nossas esperanças. E aqui me encontrareis, andando, esperando e também olhando para o leste. Aliviar-me-ia a preocupação se falásseis comigo ou andásseis comigo vez por outra."

Então ela ergueu a cabeça e outra vez lhe olhou nos olhos; e um rubor lhe veio ao rosto pálido. "Como vos aliviaria a preocupação, meu senhor?", indagou ela. "E não desejo a fala de homens viventes."

"Quereis minha resposta franca?", perguntou ele.

"Quero."

"Então, Éowyn de Rohan, digo-vos que sois linda. Nos vales de nossas colinas há flores belas e vivas e donzelas mais belas ainda; mas até agora não vi em Gondor flor nem senhora tão encantadora e tão pesarosa. Pode ser que só restem alguns poucos dias para a escuridão tombar sobre nosso mundo, e quando ela vier, espero encará-la com firmeza; mas aliviar-me-ia o coração se, enquanto ainda brilha o Sol, vos pudesse ver. Pois vós e eu passamos ambos sob as asas da Sombra e a mesma mão nos puxou para trás."

"Ai de mim, não a mim, senhor!", exclamou ela. "A Sombra ainda jaz sobre mim. Não me busqueis para vos curar! Sou uma donzela-do-escudo, e minha mão é pouco dócil. Mas agradeço-vos ao menos por isto, que não tenho de ficar em meu aposento. Andarei à larga por graça do Regente da Cidade." E lhe fez uma reverência e caminhou de volta à casa. Mas por longo tempo Faramir caminhou a sós no jardim, e agora seu olhar desviava-se mais para a casa que para as muralhas orientais.

Quando voltou ao aposento, mandou chamar o Diretor e ouviu tudo o que este sabia dizer da Senhora de Rohan.

"Mas não duvido, senhor," comentou o Diretor, "que saberíeis mais pelo Pequeno que está conosco; pois ele cavalgou com o rei e, ao final, com a Senhora, ao que dizem."

E assim Merry foi enviado a Faramir, e enquanto durou aquele dia passaram muito tempo conversando, e Faramir ficou sabendo de muitas coisas, ainda mais do que Merry dizia em palavras; e agora pensava compreender algo sobre o pesar e a inquietação de Éowyn de Rohan. E no belo entardecer, Faramir e Merry caminharam no jardim, mas ela não veio.

Mas de manhã, quando Faramir saiu das Casas, ele a viu de pé sobre as muralhas; e estava trajada toda de branco e reluzia ao sol. E ele a chamou, e ela desceu, e caminharam na grama ou sentaram-se juntos sob uma árvore verde, ora em silêncio, ora conversando. E depois disso fizeram o mesmo a cada dia. E o Diretor, observando da janela, alegrou-se em seu coração, pois era um curador, e sua preocupação fora aliviada; e era certo que, por pesado que fosse o pavor e o presságio daqueles dias nos corações dos homens, ainda assim aqueles dois que estavam a seu cargo prosperavam e fortaleciam-se dia a dia.

E assim veio o quinto dia depois do primeiro em que a Senhora Éowyn foi ter com Faramir; e agora estavam mais uma vez juntos nas muralhas da Cidade e observavam. Ainda não haviam chegado notícias, e todos os corações estavam toldados. Também o tempo não estava mais claro. Fazia frio. Um vento que surgira de noite já soprava intenso do Norte e crescia; mas as terras em redor pareciam cinzentas e lúgubres.

Vestiam trajes quentes e capas pesadas, e por cima de tudo a Senhora Éowyn usava um grande manto azul, da cor de profunda noite de verão, e era engastado de estrelas de prata na bainha e no decote. Faramir mandara vir aquela túnica e a envolvera nela; e pensou que ela parecia deveras bela e régia ali ao seu lado. O manto fora feito para sua mãe, Finduilas de Amroth, que morrera cedo demais e era para ele apenas uma lembrança de encanto em dias longínquos e de seu primeiro pesar; e sua túnica lhe parecia vestuário apropriado à beleza e tristeza de Éowyn.

Mas agora ela tinha calafrios sob o manto estrelado e olhava para o norte, por cima das cinzentas terras próximas, para o olho do vento frio onde, bem longe, o céu era duro e límpido.

"O que buscais, Éowyn?", indagou Faramir.

"O Portão Negro não fica naquela direção?", disse ela. "E agora ele não deve ter chegado ali? Faz sete dias que ele partiu."

"Sete dias", repetiu Faramir. "Mas não penseis mal de mim se eu vos disser: eles me trouxeram ao mesmo tempo uma alegria e uma dor que jamais pensei conhecer. Alegria de vos ver; mas dor porque agora o medo e a dúvida deste tempo maligno se tornaram deveras escuros. Éowyn, eu não queria que este mundo acabasse agora, nem perder tão cedo o que encontrei."

"Perder o que encontrastes, senhor?", comentou ela; mas encarou-o com gravidade, e tinha os olhos bondosos. "Não sei o que encontrastes nestes dias que pudésseis perder. Mas vamos, meu amigo, não falemos disso! Não falemos nada! Estou de pé em uma beira pavorosa e o escuro é total no abismo diante de meus pés, mas não sei dizer se há luz atrás de mim. Pois ainda não posso virar-me. Espero um golpe do destino."

"Sim, esperamos pelo golpe do destino", disse Faramir. E nada mais disseram; e pareceu-lhes, de pé na muralha, que o vento amainou, a luz se apagou e o Sol se turvou e que todos os sons na Cidade ou nas terras em redor silenciaram: não se podia ouvir vento, nem voz, nem canto de pássaro, nem farfalhar de folha, nem a própria respiração deles; mesmo a batida de seus corações se deteve. O tempo parou.

E, parados daquele modo, suas mãos se encontraram e se apertaram apesar de eles não o saberem. E ainda esperavam não sabiam pelo quê. Então, pouco depois, pareceu-lhes que, por cima das cristas das montanhas distantes, se erguia outra vasta montanha de treva, pairando no alto como uma onda que engoliria o mundo, e em torno dela tremeluziam relâmpagos; e então um tremor percorreu a terra, e sentiram palpitar os muros da Cidade. Um som semelhante a um suspiro subiu de todas as terras em torno deles; e de repente seus corações voltaram a bater.

"Isso me lembra Númenor", disse Faramir, e admirou-se de se ouvir falando.

"Númenor?", indagou Éowyn.

"Sim," respondeu Faramir, "a terra de Ociente que soçobrou, e a grande onda escura erguendo-se sobre as terras verdes e acima das colinas e vindo, escuridão inescapável. Muitas vezes sonho com isso."

"Então pensais que a Escuridão está vindo?", perguntou Éowyn. "Escuridão Inescapável?" E de súbito ela se aproximou dele.

"Não", disse Faramir, olhando-a no rosto. "Era apenas uma imagem na mente. Não sei o que está acontecendo. A razão de minha mente desperta me diz que ocorreu grande mal e que nos encontramos no fim dos dias. Mas meu coração diz que não; todos os meus membros estão leves, e me vieram uma esperança e uma alegria que nenhuma razão pode negar. Éowyn, Éowyn, Senhora Branca de Rohan, nesta hora não creio que alguma escuridão possa perdurar!" E se inclinou e beijou a testa dela.

E assim ficaram parados nas muralhas da Cidade de Gondor, e um grande vento se ergueu e soprou, e seus cabelos, negros e dourados, escoaram misturando-se no ar. E a Sombra partiu, o Sol foi desvelado e a luz irrompeu; e as águas do Anduin brilharam como prata, e em todas as casas da Cidade os homens cantavam devido à alegria que brotava em seus corações, de cuja fonte não sabiam dizer.

E antes de o Sol declinar muito do meio-dia, veio voando do Leste uma grande Águia que trazia novas além da esperança vindas dos Senhores do Oeste, exclamando:

1376

Cantai agora, povo da Torre de Anor,
pois o Reinado de Sauron terminou para sempre,
  e a Torre Sombria foi derrubada.

Cantai e regozijai, povo da Torre de Guarda,
pois vossa vigia não foi em vão,
e o Portão Negro foi rompido,
e vosso Rei passou por ele,
  e ele é vitorioso.

Cantai e alegrai-vos, todos os filhos do Oeste,
pois vosso Rei há de retornar,
e habitará entre vós
  todos os dias de vossas vidas.

E a Árvore que estava murcha há de ser renovada,
e ele a plantará nas alturas,
  e a Cidade será abençoada.

Cantai, todo o povo![A]

E o povo cantou em todos os caminhos da Cidade.

Os dias que se seguiram foram dourados, e a primavera e o verão se uniram e festejaram juntos nos campos de Gondor. E agora vieram novas por cavaleiros velozes de Cair Andros sobre tudo o que fora feito, e a Cidade se aprestou para a vinda do Rei. Merry foi convocado e partiu com as carroças que levaram provisão de bens a Osgiliath e dali, por navio, a Cair Andros; mas Faramir não foi, pois agora, já curado, assumiu a autoridade e a Regência, nem que apenas por curto tempo, e seu dever era preparar-se para o que iria substituí-lo.

E Éowyn não foi, apesar de seu irmão mandar uma mensagem pedindo que ela viesse ao Campo de Cormallen. E Faramir admirou-se disto, mas raramente a via, já que estava ocupado com muitos assuntos; e ela ainda habitava nas Casas de Cura e caminhava sozinha no jardim, seu rosto empalideceu outra vez, e parecia que em toda a Cidade apenas ela estava aflita e pesarosa. E o Diretor das Casas preocupou-se e falou com Faramir.

Então Faramir veio à procura dela, e mais uma vez estiveram juntos nas muralhas; e ele disse-lhe: "Éowyn, por que vos demorais aqui e não ides à festividade em Cormallen além de Cair Andros, onde vosso irmão vos aguarda?"

E ela indagou: "Não sabeis?"

Mas ele respondeu: "Duas razões pode haver, mas não sei qual é a verdadeira."

E ela disse: "Não desejo brincar de enigmas. Falai mais claramente!"

"Então, se assim quereis, senhora," continuou ele, "não ides porque somente vosso irmão vos chamou e contemplar o Senhor Aragorn, herdeiro de Elendil, em seu triunfo não vos traria alegria agora. Ou porque eu não fui, e ainda desejais estar perto de mim. E quem sabe por ambas as razões e vós ainda não conseguis escolher por vós entre elas. Éowyn, não me amais ou não quereis me amar?"

"Queria ser amada por outro", respondeu ela. "Mas não desejo a pena de ninguém."

"Isso eu sei", disse ele. "Desejáveis ter o amor do Senhor Aragorn. Porque ele era elevado e poderoso, e desejáveis ter renome e glória e vos erguer muito acima das coisas medíocres que rastejam na terra. E ele vos parecia admirável, como um grande capitão pode parecer a um jovem soldado. Pois assim é ele, um senhor entre os homens, o maior que ora existe. Mas quando ele vos deu somente compreensão e pena, desejastes não ter nada, exceto uma morte corajosa em combate. Olhai-me, Éowyn!"

E Éowyn olhou para Faramir por longo tempo e com firmeza; e Faramir prosseguiu: "Não desprezeis a pena que é dádiva de um coração gentil, Éowyn! Mas não vos ofereço minha pena. Pois sois uma senhora altiva e valorosa, e vós conquistastes renome que não há de ser esquecido; e és uma senhora linda, julgo, além do que podem dizer as próprias palavras da língua-élfica. E eu vos amo. Antes sentia pena de vosso pesar. Mas agora, se não tivésseis pesar, sem medo e sem nenhuma falta, se fôsseis a ditosa Rainha de Gondor, ainda assim eu vos amaria. Éowyn, não me amais?"

Então mudou o coração de Éowyn, ou ela finalmente o compreendeu. E de súbito seu inverno passou, e o sol brilhou sobre ela.

"Estou de pé em Minas Anor, a Torre do Sol", disse ela; "e eis que a Sombra partiu! Não serei mais donzela-do-escudo, nem porfiarei com os grandes Cavaleiros, nem me regozijarei apenas com as canções de matança. Serei uma curadora e amarei todas as coisas que crescem e não são estéreis." E olhou mais uma vez para Faramir. "Não desejo mais ser rainha", disse ela.

Então Faramir riu, divertido. "Isso é bom", respondeu ele; "pois eu não sou rei. Porém desposarei a Senhora Branca de Rohan se for esse o seu desejo. E se ela desejar, atravessemos o Rio, e em dias mais felizes habitemos na bela Ithilien e façamos ali um jardim. Ali tudo crescerá com alegria, se a Senhora Branca vier."

"Então devo deixar meu próprio povo, homem de Gondor?", perguntou ela. "E queres que tua gente altiva diga de ti: 'Ali vai um senhor que domou uma selvagem donzela-do-escudo do Norte! Não havia mulher da raça de Númenor para escolher?'"

"Quero", afirmou Faramir. E a tomou nos braços e a beijou sob o céu ensolarado, sem se importar por estarem no alto das muralhas, à vista de muitos. E de fato muitos os viram, e à luz que brilhava em torno deles, ao descerem das muralhas e irem de mãos dadas para as Casas de Cura.

E ao Diretor das Casas Faramir disse: "Eis a Senhora Éowyn de Rohan e agora está curada."

E o Diretor respondeu: "Então liberto-a de meus cuidados e me despeço dela, e que não sofra mais ferida nem doença. Entrego-a aos cuidados do Regente da Cidade até que retorne seu irmão."

Mas Éowyn disse: "Porém, agora que tenho permissão para partir, quero ficar. Pois esta Casa tornou-se para mim a mais abençoada de todas as moradas." E ficou ali até vir o Rei Éomer.

Agora estava tudo preparado na Cidade; e havia grande afluência de pessoas, pois as novas haviam se espalhado por todas as partes de Gondor, de Min-Rimmon até Pinnath Gelin e as longínquas costas do mar; e todos os que podiam vir à Cidade apressaram-se em vir. E a Cidade ficou outra vez repleta de mulheres e belas crianças que voltavam ao lar carregadas de flores; e de Dol Amroth vieram os harpistas que tocavam com maior habilidade em todo o país; e havia os que tocavam violas, flautas e cornos de prata e cantores de voz límpida vindos dos vales de Lebennin.

Por fim chegou um entardecer em que das muralhas se podiam ver os pavilhões no campo, e por toda a noite arderam luzes enquanto os homens esperavam o amanhecer. E quando o sol se ergueu, na clara manhã, acima das montanhas do Leste em que não jaziam mais sombras, então soaram todos os sinos, e todas as bandeiras foram desfraldadas e tremularam ao vento; e na Torre Branca da cidadela o estandarte dos Regentes, de prata luzidia como neve ao sol, sem desenho nem emblema, foi erguido sobre Gondor pela última vez.

Agora os Capitães do Oeste conduziram sua hoste rumo à Cidade, e o povo os viu avançando fileira após fileira, rebrilhando e cintilando ao nascer do sol e ondulando como prata. E assim chegaram diante do Portal e pararam a um oitavo de milha das muralhas. Ainda não haviam sido reconstruídos os portões, mas uma barreira fora posta fechando a entrada da Cidade, e ali estavam postados homens armados trajando prata e negro, com longas espadas desembainhadas. Diante da barreira estavam Faramir, o Regente, Húrin, Guardião das Chaves, outros capitães de Gondor e a Senhora Éowyn de Rohan com Elfhelm, o Marechal, e muitos cavaleiros da Marca; e de ambos os lados do Portão havia grande multidão de bela gente em trajes de muitas cores e com grinaldas de flores.

Havia, portanto, um amplo espaço diante dos muros de Minas Tirith, e estava cercado de todos os lados pelos cavaleiros e soldados de Gondor e de Rohan e pelo povo da Cidade e de todas as partes do país. Todos se calaram quando se apartaram da hoste os Dúnedain, de prata e cinza; e diante deles veio caminhando devagar o Senhor Aragorn. Trajava cota de malha negra cingida de prata e usava um longo manto de puro branco, afivelado ao pescoço com uma grande joia verde que luzia de longe;

mas tinha a cabeça descoberta, exceto por uma estrela na testa, atada por um delgado filete de prata. Com ele estavam Éomer de Rohan, o Príncipe Imrahil, Gandalf, todo vestido de branco, e quatro vultos pequenos que muitos se admiraram de ver.

"Não, prima! não são meninos", disse Ioreth à parente de Imloth Melui que estava ao seu lado. "Esses são *Periain*, do remoto país dos Pequenos, onde são príncipes de grande fama, ao que dizem. Eu é que sei, pois tive um para cuidar nas Casas. São pequenos, mas são valentes. Ora, prima, um deles foi ao País Negro apenas com seu escudeiro, lutou sozinho com o Senhor Sombrio e pôs fogo em sua Torre, se podes acreditar nisso. Pelo menos é o que contam na Cidade. Deve ser aquele que caminha com nosso Pedra-Élfica. São amigos íntimos, ouço dizer. Ora, ele é uma maravilha, o Senhor Pedra-Élfica: não é gentil demais ao falar, vê bem, mas tem um coração de ouro, como costumam dizer; e tem as mãos que curam. 'As mãos do rei são mãos de curador', eu disse; e foi assim que tudo foi descoberto. E Mithrandir, ele me disse: 'Ioreth, por muito tempo os homens se lembrarão de tuas palavras', e…"

Mas não foi permitido que Ioreth prosseguisse na instrução de sua parente do campo, pois soou uma única trombeta e seguiu-se um silêncio absoluto. Então saiu pelo Portão Faramir com Húrin das Chaves e ninguém mais, exceto, caminhando atrás deles, quatro homens usando os altos elmos e a armadura da Cidadela, e traziam um grande escrínio de *lebethron* negro cingido de prata.

Faramir encontrou-se com Aragorn no meio dos que estavam ali reunidos, ajoelhou-se e disse: "O último Regente de Gondor pede permissão para entregar seu cargo." E ele estendeu um bastão branco; mas Aragorn tomou o bastão e o devolveu, dizendo: "Esse cargo não findou e há de ser teu e dos teus herdeiros enquanto durar minha linhagem. Agora cumpre teu dever!"

Então Faramir pôs-se de pé e falou em voz nítida: "Homens de Gondor, ouvi agora o Regente deste Reino! Eis que veio aquele que finalmente volta a reivindicar a realeza. Eis Aragorn, filho de Arathorn, chefe dos Dúnedain de Arnor, Capitão da Hoste do Oeste, portador da Estrela do Norte, o que empunha a Espada Reforjada, vitorioso em batalha, cujas mãos trazem cura, o Pedra-Élfica, Elessar da linhagem de Valandil, filho de Isildur, filho de Elendil de Númenor. Há ele de ser rei e entrar na Cidade e ali habitar?"

E toda a hoste e todo o povo gritaram "sim" com uma só voz.

E Ioreth disse à sua parente: "Esta é só uma cerimônia que temos na Cidade, prima; pois ele já entrou, como eu te contava; e ele me disse…" E então foi mais uma vez obrigada a silenciar, pois Faramir falou de novo.

"Homens de Gondor, os mestres-do-saber contam que foi costume outrora que o rei recebesse a coroa de seu pai antes que este morresse; ou, se isso não fosse possível, que fosse sozinho tomá-la das mãos do pai na tumba onde jazia. Mas, já que agora as coisas têm de ser feitas de outro modo, usando a autoridade de Regente, eu hoje trouxe para cá de Rath Dínen a coroa de Eärnur, o último rei, cujos dias foram no tempo de nossos antepassados de muito tempo atrás."

Então os guardas se adiantaram, e Faramir abriu o escrínio e ergueu uma coroa antiga. Tinha a forma dos elmos dos Guardas da Cidadela, mas era mais alta e toda branca, e as asas de ambos os lados eram lavradas de pérolas e prata à imagem de asas de ave marinha, pois era o emblema de reis que vieram por sobre o Mar; e sete gemas de diamante estavam engastadas no diadema, e no topo estava engastada uma única joia, cuja luz se erguia como uma chama.

Então Aragorn tomou a coroa, ergueu-a e disse:

"*Et Eärello Endorenna utúlien. Sinome maruvan ar Hildinyar tenn' Ambar-metta!*"

E foram essas as palavras que Elendil pronunciou quando saiu do Mar nas asas do vento: "Do Grande Mar vim à Terra-média. Neste lugar habitarei, e meus herdeiros, até o fim do mundo."

Então, para espanto de muitos, Aragorn não pôs a coroa na cabeça, mas devolveu-a a Faramir e disse: "Graças à labuta e à valentia de muitos conquistei minha herança. Em sinal disto quero que o Portador-do-Anel me traga a coroa e que Mithrandir a ponha em minha cabeça, se quiser; pois foi ele o movedor de tudo o que tem sido realizado, e esta é sua vitória."

Então Frodo se adiantou, tomou a coroa de Faramir e a levou até Gandalf; e Aragorn ajoelhou-se, e Gandalf pôs a Coroa Branca em sua cabeça e disse:

"Agora vêm os dias do Rei, e que sejam abençoados enquanto durarem os tronos dos Valar!"

Mas quando Aragorn se ergueu, todos os que o contemplavam fitaram-no em silêncio, pois lhes pareceu que agora ele se revelava a eles pela primeira vez. Alto como os reis navegantes de outrora, ultrapassava em estatura todos os que estavam junto dele; parecia antigo em dias, e, ainda assim, na flor da virilidade; a sabedoria se assentava em sua fronte, havia força e cura em suas mãos e uma luz ao seu redor. E então Faramir exclamou:

"Contemplai o Rei!"

E naquele momento foram tocadas todas as trombetas, e o Rei Elessar avançou e chegou à barreira, e Húrin das Chaves a empurrou para trás; e em meio à música de harpa, de viola e de flauta e ao canto de vozes límpidas, o Rei atravessou as ruas carregadas de flores, chegou à Cidadela e entrou; o estandarte da Árvore e das Estrelas foi desfraldado na torre mais alta, e, assim, começou o reinado do Rei Elessar de que muitas canções têm falado.

Em seu tempo a Cidade foi feita mais bela do que jamais estivera, mesmo nos dias de sua primeira glória; e ficou repleta de árvores e de fontes, e seus portões foram feitos de mithril e aço, e suas ruas, calçadas com mármore branco; e o Povo da Montanha labutou nela, e o Povo da Floresta se regozijou de ali chegar; e tudo foi curado e aprimorado, e as casas se encheram de homens e de mulheres e do riso das crianças, e nenhuma janela era cega e nenhum pátio era vazio; e após o término da Terceira Era do mundo, ela preservou na nova era a memória e a glória dos anos que se foram.

Nos dias que se seguiram à sua coroação, o Rei se assentou em seu trono no Salão dos Reis e pronunciou seus juízos. E vieram embaixadas de muitas terras e muitos povos, do Leste e do Sul, das bordas de Trevamata e da Terra Parda no oeste. E o Rei perdoou os Lestenses que se haviam entregado e os mandou embora livres e fez paz com os povos de Harad; e libertou os escravos de Mordor e lhes deu em propriedade todas as terras em torno do Lago Núrnen. E muitos foram trazidos diante dele para receberem seu louvor e recompensa por sua valentia; e por último o Capitão da Guarda lhe trouxe Beregond para ser julgado.

E o Rei disse a Beregond: "Beregond, por tua espada foi derramado sangue nos Fanos, onde isso é proibido. Também abandonaste teu posto sem licença de Senhor nem Capitão. Para esses feitos outrora a pena era de morte. Agora, portanto, devo pronunciar tua sentença.

"Toda a pena está remida por tua valentia em combate e ainda mais porque tudo o que fizeste foi por amor do Senhor Faramir. Não obstante, deves deixar a Guarda da Cidadela e deves partir da Cidade de Minas Tirith."

Então o sangue abandonou o rosto de Beregond, e ele foi golpeado no coração e inclinou a cabeça. Mas o Rei disse: "Assim deve ser, pois estás designado à Companhia Branca, a Guarda de Faramir, Príncipe de Ithilien, e hás de ser seu capitão e habitar em Emyn Arnen em honra e paz e a serviço daquele por quem tudo arriscaste para o salvar da morte."

E então Beregond, percebendo a clemência e a justiça do Rei, ficou feliz e, ajoelhando-se, beijou-lhe a mão e partiu em alegria e contentamento. E Aragorn deu a Faramir Ithilien como seu principado e mandou que morasse nas colinas de Emyn Arnen, à vista da Cidade.

"Pois," disse ele, "Minas Ithil no Vale Morgul há de ser destruída por completo, mas, por muito que possa ser purificada em tempos vindouros, ali ninguém poderá habitar por muitos e longos anos."

E por último de todos Aragorn saudou Éomer de Rohan, e abraçaram-se, e Aragorn disse: "Entre nós não pode haver palavras de dar, nem de tomar, nem de recompensa; pois somos irmãos. Em feliz hora Eorl cavalgou vindo do Norte, e jamais aliança de povos foi mais abençoada, de forma que nenhum dos dois jamais falhou ao outro, nem há de falhar. Agora, como sabes, depositamos Théoden, o Renomado, em uma tumba dos Fanos, e ali há de jazer para sempre entre os Reis de Gondor, se quiseres. Ou, se desejares, iremos a Rohan e o levaremos de volta para que repouse com seu próprio povo."

E Éomer respondeu: "Desde o dia em que te ergueste à minha frente da verde relva dos morros eu te amei, e esse amor não há de falhar. Mas agora devo partir por algum tempo ao meu próprio reino, onde há muito a reparar e pôr em ordem. Mas quanto ao Tombado, quando estiver tudo preparado voltaremos para buscá-lo; mas que durma aqui por algum tempo."

E Éowyn disse a Faramir: "Agora devo retornar à minha própria terra, contemplá-la de novo e ajudar meu irmão em sua labuta; mas quando finalmente estiver posto em sossego aquele que por muito tempo amei como pai, eu voltarei."

Assim passaram os dias felizes; e no oitavo dia de maio, os Cavaleiros de Rohan se aprestaram e partiram pelo caminho do Norte, e com eles foram os filhos de Elrond. Toda a estrada estava ladeada de gente que os honrava e louvava, do Portão da Cidade até os muros da Pelennor. Então todos os demais que habitavam longe voltaram ao lar em regozijo; mas na Cidade houve labuta de muitas mãos dispostas para reconstruir, renovar e remover todas as cicatrizes da guerra e a lembrança da treva.

Os hobbits permaneceram em Minas Tirith, com Legolas e Gimli; pois Aragorn relutava que a sociedade se dissolvesse. "No fim todas estas coisas têm de acabar," disse ele, "mas gostaria que esperásseis algum tempo mais: pois o fim dos feitos que compartilhastes ainda não chegou. Avizinha-se um dia pelo qual ansiei em todos os anos de minha idade adulta e, quando ele chegar, gostaria de ter os amigos ao meu lado." Mas desse dia não disse mais nada.

Naqueles dias os Companheiros do Anel moraram juntos em uma bela casa com Gandalf, e iam e vinham como queriam. E Frodo disse a Gandalf: "Sabes que dia é esse do qual fala Aragorn? Pois estamos felizes aqui, e não desejo partir; mas os dias se escoam, e Bilbo aguarda; e o Condado é meu lar."

"Quanto a Bilbo," comentou Gandalf, "ele espera pelo mesmo dia e sabe o que te retém. E quanto ao passar dos dias, ainda é maio e o alto verão ainda não começou; e, apesar de todas as coisas parecerem mudadas, como se tivesse passado uma era do mundo, mesmo assim para as árvores e a relva faz menos de um ano que você partiu."

"Pippin," disse Frodo, "você não disse que Gandalf estava menos calado que antigamente? Então ele estava cansado da labuta, creio. Agora está se recuperando."

E Gandalf respondeu: "Muitas pessoas gostam de saber de antemão o que será posto na mesa; mas os que labutaram para preparar o banquete gostam de manter segredo; pois a admiração torna mais altas as palavras de louvor. E o próprio Aragorn aguarda um sinal."

Chegou um dia em que Gandalf não podia ser encontrado, e os Companheiros se perguntaram o que estava ocorrendo. Mas Gandalf levou Aragorn para fora da Cidade à noite e foi com ele até o sopé meridional do Monte Mindolluin; e ali encontraram uma senda feita em eras passadas, que agora poucos ousavam trilhar. Pois ela subia a montanha até um alto fano, aonde apenas os reis costumavam ir. E ascenderam por caminhos íngremes até chegarem a um campo alto sob as neves que revestiam os altivos picos, e ele dava para o precipício que se estendia atrás da Cidade. E postos ali inspecionaram as terras, pois a manhã chegara; e viram as torres da Cidade, muito abaixo deles, como lápis brancos tocados pela luz do sol, e todo o Vale do Anduin era como um jardim, e as Montanhas de Sombra estavam veladas em névoa dourada. De um lado sua visão alcançava as cinzentas Emyn Muil, e o lampejo de Rauros era como uma estrela piscando ao longe; e do outro lado viam o Rio como uma fita estendida até Pelargir, e mais além havia uma luz na orla do firmamento que falava do Mar.

E Gandalf disse: "Este é o seu reino e o coração do reino maior que há de ser. A Terceira Era do mundo está terminada e a nova era começou; e é sua tarefa ordenar seu começo e preservar o que pode ser preservado. Pois, apesar de muitas coisas terem sido salvas, agora muitas devem ir-se embora; e o poder dos Três Anéis também acabou. E todas as terras que você vê, e as que ficam em redor delas, hão de ser morada dos Homens.

Pois vem o tempo do Domínio dos Homens, e a Gente Antiga há de minguar ou partir."

"Bem sei disso, velho amigo", assentiu Aragorn; "mas ainda assim quero seu conselho."

"Não mais por muito tempo", respondeu Gandalf. "A Terceira Era foi a minha era. Eu fui o Inimigo de Sauron; e meu trabalho está concluído. Em breve hei de partir. Agora o fardo tem de repousar sobre você e sua gente."

"Mas eu hei de morrer", disse Aragorn. "Pois sou um homem mortal e, apesar de ser o que sou, e da raça do Oeste sem mistura, hei de ter vida muito mais longa que outros homens, porém isso é apenas um pequeno instante; e quando os que agora estão no ventre das mulheres nascerem e envelhecerem, também eu hei de envelhecer. E então quem há de governar Gondor e os que veem esta Cidade como sua rainha, se meu desejo não for concedido? A Árvore no Pátio da Fonte ainda está seca e estéril. Quando hei de ver um sinal de que algum dia será diferente?"

"Desvie o rosto do mundo verde e olhe onde tudo parece árido e frio!", respondeu Gandalf.

Então Aragorn virou-se, e atrás dele havia uma encosta rochosa que descia das beiradas da neve; e ao olhar deu-se conta de que ali no ermo havia algo que crescia solitário. E escalou até lá e viu que na própria borda da neve brotava um rebento de árvore com não mais que três pés de altura. Já lançara folhas jovens, compridas e formosas, escuras em cima e prateadas embaixo, e na copa delgada trazia um pequeno cacho de flores cujas pétalas brancas brilhavam como neve iluminada pelo sol.

Então Aragorn exclamou: "*Yé! utúvienyes!* Encontrei-a! Eis! aqui está uma descendente da Mais Antiga das Árvores! Mas como veio ter aqui? Pois ainda não tem sete anos de idade."

E Gandalf, aproximando-se, olhou-a e disse: "Deveras este é um rebento da linhagem de Nimloth, a bela; e esta veio da semente de Galathilion, e este fruto de Telperion de muitos nomes, Mais Antiga das Árvores. Quem há de dizer como veio ter aqui na hora indicada? Mas este é um antigo fano, e, antes que os reis desaparecessem ou a Árvore secasse no pátio, um fruto deve ter sido depositado aqui. Pois dizem que, apesar de o fruto da Árvore raramente amadurecer, ainda assim a vida que contém pode se manter adormecida por muitos longos anos, e ninguém sabe prever o tempo em que despertará. Lembre-se disso. Pois se um fruto chegar a amadurecer ele deve ser plantado para que a linhagem não pereça no mundo. Aqui ela estava oculta na montanha, do mesmo modo que a raça de Elendil esteve oculta nos ermos do Norte. Porém a linhagem de Nimloth é muito mais antiga que a sua linhagem, Rei Elessar."

Então Aragorn pôs a mão suavemente no rebento, e eis! ele parecia segurar-se só de leve à terra, e foi removido sem se machucar; e Aragorn o levou de volta à Cidadela. Ali a árvore seca foi desenraizada, mas com reverência; e não a queimaram, mas a depositaram para jazer no silêncio de Rath Dínen. E Aragorn plantou a nova árvore no pátio junto à fonte, e ela começou a crescer depressa e alegremente; e quando entrou o mês de junho ela estava carregada de flores.

"O sinal foi dado," disse Aragorn, "e o dia não está longe." E postou vigias nas muralhas.

Era o dia anterior ao Meio-do-Verão quando vieram à Cidade mensageiros de Amon Dîn e disseram que havia uma cavalgada de bela gente vinda do Norte e que já se aproximavam das muralhas da Pelennor. E o Rei comentou: "Finalmente chegaram. Que toda a Cidade se prepare!"

Na própria Véspera do Meio-do-Verão, quando o céu estava azul como safira e estrelas brancas se abriam no Leste, mas o Oeste ainda estava dourado, e o ar era fresco e fragrante, os cavaleiros desceram pelo caminho do Norte até os portões de Minas Tirith. Na frente vinham Elrohir e Elladan com um estandarte de prata, e depois vinham Glorfindel e Erestor e toda a casa de Valfenda, e depois deles vieram a Senhora Galadriel e Celeborn, Senhor de Lothlórien, montados em corcéis brancos, e com eles muita bela gente de sua terra, de capas cinzentas com gemas brancas no cabelo; e por último veio o Mestre Elrond, poderoso entre Elfos e Homens, portando o cetro de Annúminas, e, ao seu lado, em um palafrém cinzento, cavalgava sua filha Arwen, Vespestrela de seu povo.

E Frodo, quando a viu chegar cintilando ao entardecer, com estrelas na testa e uma doce fragrância em seu redor, comoveu-se com grande admiração e disse a Gandalf: "Finalmente compreendo por que esperamos! Este é o término. Agora não somente o dia há de ser querido, mas também a noite há de ser bela e abençoada, e todo o seu temor há de passar!"

Então o Rei deu as boas-vindas a seus hóspedes, e eles apearam; e Elrond entregou o cetro e pôs a mão da filha na mão do Rei, e juntos subiram à Cidade Alta, e todas as estrelas floriram no firmamento. E Aragorn, o Rei Elessar, desposou Arwen Undómiel na Cidade dos Reis no dia do Meio-do-Verão, e a história de sua longa espera e suas labutas chegou a termo.

6

MUITAS DESPEDIDAS

Quando por fim terminaram os dias de regozijo, os Companheiros pensaram em retornar aos seus lares. E Frodo foi ter com o Rei, que estava sentado com a Rainha Arwen junto à fonte, e ela cantava uma canção de Valinor enquanto a Árvore crescia e florescia. Deram boas-vindas a Frodo e se levantaram para saudá-lo; e Aragorn disse:

"Sei o que você veio dizer, Frodo: quer retornar ao seu lar. Bem, caríssimo amigo, a árvore cresce melhor na terra de seus ancestrais; mas para você sempre haverá acolhida em todas as terras do Oeste. E, apesar de seu povo ter tido pouca fama nas lendas dos grandes, agora ele terá mais renome que muitos amplos reinos que não existem mais."

"É verdade que desejo voltar ao Condado", respondeu Frodo. "Mas primeiro preciso ir a Valfenda. Pois, se algo pode faltar em um tempo tão abençoado, senti falta de Bilbo; e fiquei magoado quando, entre toda a casa de Elrond, vi que ele não viera."

"Isso te admira, Portador-do-Anel?", indagou Arwen. "Pois conheces o poder daquele objeto que agora está destruído; e tudo o que foi feito por esse poder agora vai embora. Mas teu parente possuiu esse objeto por mais tempo que tu. Agora ele é antigo em anos, conforme sua gente; e te aguarda, pois não fará mais nenhuma longa jornada, a não ser uma."

"Então peço licença para partir logo", disse Frodo.

"Em sete dias iremos", comentou Aragorn. "Pois havemos de cavalgar com você por grande trecho da estrada, até o país de Rohan. Daqui a três dias Éomer retornará até aqui para levar Théoden de volta para que repouse na Marca, e havemos de viajar com ele para honrar o tombado. Mas agora, antes de você partir, confirmarei as palavras que Faramir lhe disse e está liberado para sempre do reino de Gondor; e todos os seus companheiros também. E, se houvesse dádivas que eu lhes pudesse dar para se assemelharem a seus feitos, vocês as teriam; mas hão de levar consigo o que quer que desejem e hão de viajar com honra e trajados como príncipes da terra.”

Mas a Rainha Arwen disse: “Eu te darei uma dádiva. Pois sou a filha de Elrond. Agora não hei de ir com ele quando partir para os Portos; pois minha escolha é a de Lúthien, e assim como ela eu escolhi, tanto o doce como o amargo. Mas em meu lugar tu hás de ir, Portador-do-Anel, quando o tempo chegar e se o desejares então. Se tuas feridas ainda te afligirem e a lembrança de teu fardo for pesada, então poderás passar ao Oeste até que todos os teus ferimentos e tua exaustão estejam curados. Mas agora usa isto em memória de Pedra-Élfica e Vespestrela, com quem tua vida foi enredada!”

E tomou uma gema branca semelhante à estrela que tinha no peito, suspensa em uma corrente de prata, e pôs a corrente em torno do pescoço de Frodo. “Quando a lembrança do medo e da treva te afligirem,” disse ela, “isto te trará auxílio.”

Em três dias, como dissera o Rei, Éomer de Rohan veio cavalgando à Cidade, e com ele veio um *éored* dos melhores cavaleiros da Marca. Recebeu as boas-vindas; e quando estavam todos sentados à mesa em Merethrond, o Grande Salão de Banquetes, ele contemplou a beleza das senhoras que viu e se encheu de grande admiração. E antes de ir repousar mandou vir Gimli, o Anão, e disse a ele: “Gimli, filho de Glóin, teu machado está a postos?”

“Não, senhor,” respondeu Gimli, “mas posso buscá-lo depressa, se for preciso.”

“Tu hás de julgar”, disse Éomer. “Pois há certas palavras temerárias acerca da Senhora da Floresta Dourada que ainda restam entre nós. E agora eu a vi com meus olhos.”

“Bem, senhor,” disse Gimli, “e o que dizeis agora?”

“Ai de mim!”, exclamou Éomer. “Não direi que é a senhora mais bela que vive.”

“Então devo buscar meu machado”, disse Gimli.

"Mas primeiro alegarei esta escusa", disse Éomer. "Se eu a tivesse visto em outra companhia, teria dito tudo que pudesses desejar. Mas agora porei a Rainha Arwen Vespestrela em primeiro lugar e estou disposto a combater, por minha parte, com qualquer um que me contradiga. Devo mandar buscar minha espada?"

Então Gimli fez uma mesura profunda. "Não, de minha parte estais desculpado, senhor", respondeu ele. "Escolhestes o Entardecer; mas meu amor foi dado à Manhã. E meu coração pressagia que logo ela há de passar para sempre."

Por fim chegou o dia da partida, e uma grande e bela companhia se aprestou para cavalgar da Cidade rumo ao norte. Então os reis de Gondor e Rohan foram até os Fanos, chegaram às tumbas em Rath Dínen, levaram o Rei Théoden em um féretro dourado e atravessaram a Cidade em silêncio. Então depuseram o féretro em uma grande carroça, com Cavaleiros de Rohan em toda a volta e seu estandarte levado à frente; e Merry, como escudeiro de Théoden, foi na carroça e guardou as armas do rei.

Quanto aos demais Companheiros, supriram-lhes montarias de acordo com sua estatura; Frodo e Samwise cavalgaram ao lado de Aragorn, Gandalf montou Scadufax, Pippin foi com os cavaleiros de Gondor e Legolas e Gimli, como sempre, cavalgaram juntos em Arod.

Nessa cavalgada também foram a Rainha Arwen, Celeborn e Galadriel com seu povo, e Elrond e seus filhos; e os príncipes de Dol Amroth e de Ithilien, e muitos capitães e cavaleiros. Jamais um rei da Marca tivera tal companhia na estrada como a que acompanhou Théoden, filho de Thengel, à terra de seu lar.

Sem pressa e em paz entraram em Anórien e chegaram à Floresta Cinzenta ao pé de Amon Dîn; e ali ouviram um som como que de tambores ressoando nas colinas, apesar de não estar à vista nenhum ser vivo. Então Aragorn fez soar as trombetas; e os arautos exclamaram:

"Eis que chegou o Rei Elessar! A Floresta de Drúadan ele dá a Ghân-buri-Ghân e seu povo, para que seja deles para sempre; e doravante nenhum homem entre sem sua permissão!"

Então os tambores soaram alto e silenciaram.

Por fim, após quinze dias de viagem, a carroça do Rei Théoden atravessou os verdes campos de Rohan e chegou a Edoras; e ali todos descansaram. O Paço Dourado estava ataviado com belas tapeçarias e todo repleto de luz, e ali ocorreu o mais nobre banquete que conhecera desde os dias em que fora construído. Pois após três dias os Homens da Marca prepararam o funeral de Théoden; e ele foi depositado em uma construção de pedra, com suas armas e muitos outros belos objetos que possuíra, e ergueu-se sobre ele um grande morro, coberto de verdes torrões de relva e de branca sempre-em-mente. E havia agora oito morros do lado leste do Campo-dos-Túmulos.

Então os Cavaleiros da Casa do Rei, em cavalos brancos, circundaram o morro e cantaram juntos uma canção sobre Théoden, filho de Thengel, feita por seu menestrel Gléowine, e depois disso ele não fez nenhuma outra canção. As vozes lentas dos Cavaleiros emocionaram os corações mesmo dos que não conheciam a fala daquele povo; mas as palavras da canção iluminaram os olhos do povo da Marca, que outra vez ouviu ao longe o trovão dos cascos do Norte e a voz de Eorl gritando acima da batalha no Campo de Celebrant; e a história dos reis seguiu rolando, e o corno de Helm ressoou nas montanhas, até chegar a Escuridão e o Rei Théoden se erguer e atravessar a Sombra rumo ao fogo, e morrer em esplendor mesmo enquanto o Sol, retornando além da esperança, brilhava sobre Mindolluin pela manhã.

> *Da dúvida, da treva, dia nascente*
> *canção entoou ao sol, sacou a espada.*
> *A esperança acirrou, em esperança acabou-se;*
> *sobre a sina, sobre o sono eterno ergueu-se*
> *da desgraça e alegria para glória longa.*[A]

Mas Merry estava no sopé do verde morro e chorava e, quando a canção terminou, ele se levantou e exclamou:

"Théoden Rei, Théoden Rei! Adeus! Fostes como um pai para mim por curto tempo. Adeus!"

Quando o funeral acabou, o pranto das mulheres silenciara e Théoden foi finalmente deixado a sós em seu morro tumular, as pessoas se congregaram no Paço Dourado para o grande banquete e puseram o pesar de lado; pois Théoden vivera até a plena idade e terminara em honra não menor que seus maiores antepassados. E quando chegou a hora em que, conforme o costume da Marca, deviam beber em memória dos reis, Éowyn, Senhora de Rohan, se adiantou, dourada como o sol e branca como a neve, e trouxe a Éomer uma taça cheia.

Então um menestrel e mestre-do-saber se levantou e mencionou todos os nomes dos Senhores da Marca em sua ordem: Eorl, o Jovem; e Brego, construtor do Paço; e Aldor, irmão de Baldor, o infeliz; e Fréa, e Fréawine, e Goldwine, e Déor, e Gram; e Helm, que se escondeu no Abismo de Helm quando a Marca foi invadida; e assim terminaram os nove morros do lado oeste, pois naquela época a linhagem foi rompida, e depois vieram os morros do lado leste: Fréaláf, filho da irmã de Helm, e Léofa, e Walda, e Folca, e Folcwine, e Fengel, e Thengel, e Théoden por último. E quando Théoden foi mencionado, Éomer esvaziou a taça. Então Éowyn pediu que os serviçais enchessem as taças, e todos os que ali estavam reunidos se puseram de pé e beberam ao novo rei, exclamando: "Salve, Éomer, Rei da Marca!"

Por fim, quando o banquete estava terminando, Éomer se ergueu e disse: "Agora este é o banquete funeral de Théoden, o Rei; mas antes de nos irmos falarei de alegres notícias, pois ele não levaria a mal que eu assim fizesse, visto que sempre foi um pai para minha irmã Éowyn. Ouvi então, todos os meus convidados, bela gente de muitos reinos, como nunca antes estiveram reunidos neste paço! Faramir, Regente de Gondor e Príncipe de Ithilien, pede que Éowyn, Senhora de Rohan, seja sua esposa, e ela o concede de plena vontade. Portanto hão de contratar casamento diante de todos vós."

E Faramir e Éowyn se adiantaram e puseram as mãos nas mãos do outro; e ali todos beberam em honra deles e estavam contentes. "Assim," disse Éomer, "a amizade da Marca e de Gondor é atada com novo laço, e tanto mais me regozijo."

"Não és avarento, Éomer," comentou Aragorn, "de assim dar a Gondor o que há de mais belo em teu reino!"

Então Éowyn fitou os olhos de Aragorn e disse: "Desejai-me felicidade, meu senhor do feudo e curador!"

E ele respondeu: "Desejei-te felicidade desde a primeira vez em que te vi. Faz-me bem ao coração ver-te contente agora."

Quando o banquete terminou, os que estavam de partida se despediram do Rei Éomer. Aragorn, seus cavaleiros e o povo de Lórien e de Valfenda aprestaram-se para partir; mas Faramir e Imrahil ficaram em Edoras; e Arwen Vespestrela ficou também e disse adeus aos seus irmãos. Ninguém viu seu último encontro com Elrond, seu pai, pois subiram às colinas e lá conversaram por longo tempo, e foi amarga a sua despedida que haveria de durar para além dos fins do mundo.

Por fim, antes da saída dos convidados, Éomer e Éowyn vieram ter com Merry e disseram: "Adeus agora, Meriadoc do Condado e Holdwine da Marca! Cavalga à boa sorte e retorna logo para nossas boas-vindas!"

E Éomer disse: "Os reis de outrora ter-te-iam cumulado de dádivas que uma carroça não poderia levar por teus feitos nos campos de Mundburg; e mesmo assim nada queres levar, ao que dizes, senão as armas que te foram dadas. Concordo com isso, pois deveras não tenho dádiva que seja digna; mas minha irmã implora que recebas este pequeno objeto, em memória de Dernhelm e das trompas da Marca à chegada da manhã."

Então Éowyn deu a Merry uma antiga trompa, pequena, mas feita com habilidade, toda de bela prata com boldrié verde; e os artífices haviam gravado nela velozes ginetes cavalgando em uma fila que a envolvia da ponta à embocadura; e ali estavam postas runas de grande virtude.

"Esta é uma herança de nossa casa", disse Éowyn. "Foi feita pelos Anões e vem do tesouro de Scatha, a Serpe. Eorl, o Jovem, a trouxe do Norte. Quem a tocar na necessidade há de provocar medo nos corações dos adversários e alegria nos corações dos amigos, e hão de ouvi-lo e vir até ele."

Então Merry tomou a trompa, pois não podia ser recusada, e beijou a mão de Éowyn; e o abraçaram, e assim se despediram por enquanto.

Agora os convidados estavam prontos, e beberam a taça do estribo, e partiram com grande louvor e amizade, e após algum tempo chegaram ao Abismo de Helm, e ali descansaram por dois dias. Então Legolas cumpriu a promessa que fizera a Gimli e foi com ele às Cavernas Cintilantes; e quando voltaram ele estava em silêncio e só quis dizer que apenas Gimli era capaz de encontrar palavras adequadas para falar sobre elas. "E nunca antes um Anão conquistou a vitória sobre um Elfo em disputa de palavras", disse ele. "Agora, pois, vamos a Fangorn para equilibrarmos a contagem!"

Da Garganta-do-Abismo cavalgaram a Isengard e viram como os Ents se haviam ocupado. Todo o círculo de pedras fora derrubado e removido, e o terreno em seu interior fora transformado em um jardim repleto de pomares e árvores, e um riacho corria atravessando-o; mas no meio de tudo havia um lago de água límpida, e dele ainda se erguia a Torre de Orthanc, alta e inexpugnável, e sua rocha negra se espelhava no lago.

Por algum tempo os viajantes permaneceram sentados onde outrora se ergueram os antigos portões de Isengard, e agora havia ali duas árvores altas, como sentinelas no começo de uma trilha ladeada de verde que se estendia para Orthanc; e contemplaram admirados o trabalho que fora feito, mas não conseguiam ver ser vivo, longe nem perto. Mas em seguida ouviram uma voz que chamava "huum-hom, huum-hom"; e ali veio Barbárvore, percorrendo a trilha a largos passos para cumprimentá-los, com Tronquesperto ao seu lado.

"Bem-vindos ao Jardinárvore de Orthanc!", disse ele. "Eu sabia que estavam vindo, mas estava ocupado vale acima; ainda há muito a fazer. Mas tampouco estivestes ociosos lá no sul e no leste, ao que ouço; e tudo o que ouço é bom, muito bom." Então Barbárvore elogiou todos os feitos deles, dos quais parecia ter pleno conhecimento; e finalmente parou e encarou Gandalf por longo tempo.

"Bem, veja só!", exclamou ele. "Tu demonstraste ser o mais poderoso, e todas as tuas labutas terminaram bem. Aonde estás indo agora? E para que vens aqui?"

"Para ver como vai teu trabalho, meu amigo," disse Gandalf, "e para te agradecer por tua ajuda em tudo o que foi realizado."

"Huum, bem, isso é bem justo", disse Barbárvore; "pois na verdade os Ents desempenharam seu papel. E não somente para lidar com aquele, huum, aquele maldito matador de árvores que morava ali. Pois houve uma grande invasão desses, burárum, desses olhomau-máonegra-pernatorta-empedernidos-máosdegarra-barrigaimunda-sanguinários, *morimaite-sincahonda*, huum, bem, já que sois gente apressada e o nome completo deles é longo como anos de tormento, desses vermes dos orques; e vieram por cima do Rio e desceram do Norte e por toda a volta da floresta de Laurelindórenan, onde não puderam entrar, graças aos Grandes que estão aqui." Fez uma mesura para o Senhor e a Senhora de Lórien.

"E essas mesmas criaturas imundas ficaram mais que surpresas de nos encontrar lá fora no Descampado, pois não tinham ouvido falar de nós antes; mas isso também pode ser dito sobre gente melhor. E não são muitos que se lembrarão de nós, pois não foram muitos que escaparam vivos, e o Rio levou a maioria deles. Mas foi bom para vós, pois se não nos tivessem encontrado, o rei da pradaria não teria cavalgado longe e, se tivesse, não teria lar ao qual retornar."

"Sabemos bem disso," disse Aragorn, "e isso nunca há de ser esquecido em Minas Tirith nem em Edoras."

"*Nunca* é uma palavra longa demais, até para mim", observou Barbárvore. "Queres dizer, não enquanto durarem vossos reinos; mas deveras terão de durar muito tempo para que pareçam longos aos Ents."

"A Nova Era começa," afirmou Gandalf, "e nesta era pode bem ser verdade que os reinos dos Homens durem mais que tu, meu amigo Fangorn. Mas vamos agora, conta-me: que é da tarefa que te pedi? Como está Saruman? Ele ainda não está farto de Orthanc? Pois não suponho que ele pense que melhorastes a vista das suas janelas."

Barbárvore encarou Gandalf com um longo olhar, quase um olhar astucioso, pensou Merry. "Ah!", disse ele. "Pensei que chegarias a esse ponto. Farto de Orthanc? Bem farto no fim; mas não tão farto de sua torre como estava farto de minha voz. Huum! Eu lhe dei algumas histórias compridas, ou pelo menos o que poderíeis chamar de compridas em vossa fala."

"Então por que ele ficou escutando? Entraste em Orthanc?", perguntou Gandalf.

MUITAS DESPEDIDAS

"Huum, não, não em Orthanc!", respondeu Barbárvore. "Mas ele veio à janela e escutou, porque não podia obter notícias de outro modo e, apesar de detestar as notícias, ele estava ansioso por tê-las; e tratei de fazer com que ouvisse todas. Mas acrescentei às notícias muitas coisas em que convinha ele pensar. Ele ficou muito cansado. Ele sempre foi apressado. Essa foi sua ruína."

"Observo, meu bom Fangorn," disse Gandalf, "que com grande cuidado disseste *morava, foi, ficou*. E quanto a *está*? Ele está morto?"

"Não, não está morto, ao que sei", disse Barbárvore. "Mas foi embora. Sim, foi embora faz sete dias. Eu o deixei ir. Restava pouco dele quando ele saiu rastejando, e quanto àquela criatura-verme dele, essa estava como uma sombra pálida. Agora não me digas, Gandalf, que prometi mantê-lo a salvo; pois isso eu sei. Mas as coisas mudaram desde então. E eu o mantive até ele estar a salvo, a salvo de causar mais prejuízo. Devias saber que mais do que tudo odeio enjaular seres vivos, e nem criaturas como essas eu mantenho enjauladas, salvo em grande necessidade. Uma serpente sem presas pode rastejar onde quiser."

"Podes ter razão", comentou Gandalf; "mas a essa serpente ainda restava um dente, penso eu. Ele tinha o veneno de sua voz, e creio que te persuadiu, mesmo a ti, Barbárvore, conhecendo o ponto fraco de teu coração. Bem, ele se foi, e nada mais resta a dizer. Mas a Torre de Orthanc retorna agora ao Rei a quem pertence. Mas pode ser que ele não precise dela."

"Isso se verá mais tarde", disse Aragorn. "Mas darei aos Ents todo este vale, para que façam dele o que quiserem, contanto que mantenham vigia sobre Orthanc e cuidem que ninguém entre ali sem minha permissão."

"Está trancada", afirmou Barbárvore. "Obriguei Saruman a trancá-la e me dar as chaves. Tronquesperto as tem."

Tronquesperto inclinou-se, como uma árvore que se curva ao vento, e entregou a Aragorn duas grandes chaves negras de forma intrincada, unidas por um anel de aço. "Agora agradeço-te mais uma vez", disse Aragorn, "e te dou adeus. Que tua floresta volte a crescer em paz. Quando este vale estiver repleto, há espaço de sobra a oeste das montanhas, onde caminhastes muito tempo atrás."

O rosto de Barbárvore entristeceu-se. "As florestas podem crescer", disse ele. "As matas podem espalhar-se. Mas não os Ents. Não há Entinhos."

"Mas agora pode ser que haja mais esperança em vossa busca", disse Aragorn. "No leste vos estão abertas terras que por muito tempo estiveram fechadas."

Mas Barbárvore balançou a cabeça e disse: "O caminho é longo. E há demasiados Homens lá nestes dias. Mas estou esquecendo meus modos! Quereis ficar aqui e descansar um tanto? E quem sabe haja alguns que se agradariam de passar pela Floresta de Fangorn e assim encurtar o caminho de casa?" Olhou para Celeborn e Galadriel.

Mas todos, exceto Legolas, disseram que já tinham de se despedir e partir, fosse para o sul ou para o oeste. "Vamos, Gimli!", chamou Legolas. "Agora, com a permissão de Fangorn, vou visitar os lugares profundos da Floresta Ent e ver árvores que não se podem encontrar em nenhum outro lugar da Terra-média. Hás de vir comigo e de manter tua palavra; e assim viajaremos juntos rumo a nossas próprias terras, em Trevamata e além." Gimli concordou com isso, porém, ao que parecia, sem grande deleite.

"Então é aqui que chega finalmente o término da Sociedade do Anel", comentou Aragorn. "Porém espero que não demore muito para voltardes à minha terra com a ajuda que prometestes."

"Iremos, se nossos senhores permitirem", disse Gimli. "Bem, adeus, meus hobbits! Agora devereis chegar a salvo aos vossos próprios lares, e não ficarei acordado temendo vosso risco. Mandaremos notícias quando pudermos, e alguns de nós ainda poderão se encontrar de vez em quando; mas receio que não havemos de nos reunir todos outra vez."

Então Barbárvore se despediu de cada um deles por sua vez e fez três mesuras, lentas e com grande reverência, a Celeborn e Galadriel. "Faz muito, muito tempo que nos encontramos junto à árvore ou à pedra, *A vanimar, vanimálion nostari!*", disse ele. "É triste que nos encontremos somente assim, no final. Pois o mundo está mudando: sinto-o na água, sinto-o na terra e farejo-o no ar. Não creio que nos encontraremos de novo."

Celeborn respondeu: "Não sei, Mais-velho." Mas Galadriel afirmou: "Não na Terra-média, nem antes que as terras que jazem sob a onda sejam outra vez erguidas. Então nos salgueirais de Tasarinan poderemos nos encontrar na Primavera. Adeus!"

Por último Merry e Pippin se despediram do velho Ent, e ele se alegrou olhando para eles. "Bem, minha gente alegre," disse ele, "tomareis mais um gole comigo antes de partir?"

"Vamos deveras", disseram eles, e ele os levou de lado, para a sombra de uma das árvores, e viram que ali fora posto um grande jarro de pedra. E Barbárvore encheu três tigelas, e beberam; e viram os estranhos olhos dele, olhando-os por cima da beira de sua tigela. "Cuidai-vos, cuidai-vos!", disse ele. "Pois já crescestes desde a última vez em que vos vi." E eles riram e esvaziaram as tigelas.

"Bem, adeus!", exclamou ele. "E não esqueçais que, se em vossa terra ouvirdes alguma nova das Entesposas, me mandareis notícia." Então acenou com as grandes mãos a toda a companhia e partiu entrando pelas árvores.

Agora os viajantes avançaram com maior velocidade e rumaram na direção do Desfiladeiro de Rohan; e Aragorn finalmente se despediu deles perto do mesmo lugar onde Pippin olhara para dentro da Pedra de Orthanc. Os Hobbits se contristaram com aquela despedida; pois Aragorn nunca lhes falhara e fora seu guia em muitos perigos.

"Queria ter uma Pedra para nela vermos todos os nossos amigos", comentou Pippin, "e para falamos com eles de longe!"

"Agora só resta uma que possam usar", respondeu Aragorn; "pois não desejariam ver o que a Pedra de Minas Tirith lhes mostrasse. Mas a Palantír de Orthanc ficará sob a guarda do Rei, para que veja o que ocorre em seu reino e o que fazem seus servidores. Pois não esqueça, Peregrin Tûk, que você é cavaleiro de Gondor, e não o liberto de meu serviço. Agora você parte em licença, mas posso chamá-lo de volta. E lembrem-se, caros amigos do Condado, de que meu reino também se estende ao Norte, e um dia hei de ir para lá."

Então Aragorn se despediu de Celeborn e Galadriel; e a Senhora lhe disse: "Pedra-Élfica, através da treva chegaste à tua esperança e agora tens todo o teu desejo. Usa bem os dias!"

Mas Celeborn disse: "Parente, adeus! Que tua sina seja diversa da minha e que teu tesouro permaneça contigo até o fim!"

Com essas palavras despediram-se, e já era a hora do pôr do sol; e quando, algum tempo depois, se viraram e olharam para trás, viram o Rei do Oeste montado em seu cavalo, cercado por seus cavaleiros; e o Sol poente os iluminava e fazia todas as suas armaduras reluzirem como ouro vermelho, e o manto branco de Aragorn se transformara em chama. Então Aragorn tomou a pedra verde, a ergueu e brotou um fogo verde de sua mão.

Logo a companhia minguante, seguindo o Isen, voltou-se para o oeste e atravessou o Desfiladeiro rumo às terras ermas mais além, e depois voltaram-se para o norte e atravessaram as fronteiras da Terra Parda. Os Terrapardenses fugiram e se esconderam, pois temiam o povo-élfico, apesar de na verdade poucos deles chegarem às suas terras; mas os viajantes não lhes deram atenção, pois eram ainda uma grande companhia e estavam bem providos de tudo de que necessitavam; e seguiram caminho à vontade, montando as tendas quando queriam.

No sexto dia depois de se separarem do Rei, viajaram através de uma mata que descia das colinas no sopé das Montanhas Nevoentas, que agora marchavam à sua direita. Ao saírem outra vez para terreno aberto, ao pôr do sol, alcançaram um ancião apoiado em um cajado, e vestia farrapos cinzentos ou de um branco sujo, e nos seus calcanhares ia outro mendigo, encurvado e ganindo.

"Bem, Saruman!", exclamou Gandalf. "Aonde vais?"

"O que te importa?", respondeu ele. "Ainda comandarás minhas idas e não estás contente com minha ruína?"

"Sabes as respostas", disse Gandalf; "não e não. Mas, seja como for, o tempo de minha labuta já se aproxima do fim.

O Rei assumiu o encargo. Se tivesses esperado em Orthanc, tê-lo-ias visto, e ele te teria demonstrado sabedoria e clemência."

"Ainda mais razão para eu ter partido antes", resmungou Saruman; "pois dele não desejo nem uma coisa nem outra. Deveras, se queres uma resposta à tua primeira pergunta, estou buscando um caminho para sair do seu reino."

"Então mais uma vez vais na direção errada," disse Gandalf, "e não vejo esperança em tua jornada. Mas desprezarás nossa ajuda? Pois nós te a oferecemos."

"A mim?", indagou Saruman. "Não, por favor, não sorrias para mim! Prefiro tuas carrancas. E quanto à Senhora aqui, não confio nela: ela sempre me odiou e conspirou em teu favor. Não duvido de que te trouxe aqui para teres o prazer de contemplar, maldosa, minha pobreza. Se eu tivesse sido alertado de que me seguíeis, ter-vos-ia negado esse prazer."

"Saruman," disse Galadriel, "temos outras missões e outras preocupações que nos parecem mais urgentes do que te caçar. Dize, isso sim, que foste alcançado pela sorte; pois agora tens uma última chance."

"Se em verdade for a última, estou contente", respondeu Saruman; "pois serei poupado do trabalho de recusá-la de novo. Todas as minhas esperanças estão arruinadas, mas não quero compartilhar as vossas. Se tiverdes alguma."

Por um momento seus olhos se inflamaram. "Ide-vos!", disse ele. "Não empenhei longo estudo nesses assuntos por nada. Vós vos condenastes e sabeis disso. E me proporcionará algum consolo em minhas andanças pensar que demolistes vossa própria casa quando destruístes a minha. E agora, que nau vos restituirá por tão amplo mar?", zombou ele. "Será uma nau cinzenta e cheia de fantasmas." Riu-se, mas sua voz estalava e era hedionda.

"Levante-se, idiota!", gritou para o outro mendigo, que se sentara no chão; e bateu nele com o cajado. "Vire-se! Se esta bela gente vai na nossa direção, então vamos em outra. Avante, do contrário não lhe dou casca de pão para o jantar!"

O mendigo virou-se e passou por eles, encurvado e choramingando: "Pobre velho Gríma! Pobre velho Gríma! Sempre surrado e amaldiçoado. Como o odeio! Queria poder abandoná-lo!"

O RETORNO DO REI

"Então abandone-o!", disse Gandalf.

Mas Língua-de-Cobra só lançou a Gandalf um olhar, com os olhos turvos cheios de terror, e depois passou depressa esquivando-se atrás de Saruman. Passando pela companhia, a dupla desgraçada chegou junto aos hobbits, e Saruman parou e os encarou; mas eles o olharam com pena.

"Então também vieram contemplar-me maldosos, não é, meus rapazinhos?", indagou ele. "Não lhes importa o que falta a um mendigo, não é? Pois têm tudo o que querem: comida, roupas boas e a melhor erva para seus cachimbos. Oh, sim, eu sei! Eu sei de onde vem. Não dariam uma cachimbada a um mendigo, dariam?"

"Eu daria, se tivesse alguma", respondeu Frodo.

"Pode ficar com o que me resta," disse Merry, "se esperar um momento." Apeou e procurou na bolsa em sua sela. Então entregou a Saruman uma sacola de couro. "Pegue o que houver", continuou ele. "Esteja à vontade; veio dos destroços de Isengard."

"Minha, minha sim, e comprada caro!", exclamou Saruman, agarrando a sacola. "Isto é só uma restituição simbólica; pois vocês pegaram mais, tenho certeza. Ainda assim, um mendigo tem de ser grato quando um ladrão lhe devolve mesmo que só uma migalha do que é seu. Bem, vai ser bem feito quando voltarem às suas casas, se encontrarem as coisas na Quarta Sul menos bem do que gostariam. Que sua terra tenha escassez de erva por muito tempo!"

"Obrigado!", respondeu Merry. "Nesse caso quero minha sacola de volta, que não é sua e viajou longe comigo. Embrulhe a erva no seu próprio trapo."

"Um ladrão merece o outro", disse Saruman, e deu as costas para Merry, chutou Língua-de-Cobra e foi embora rumo à mata.

"Bem, gostei disso!", disse Pippin. "Ladrão, de fato! E nossa acusação de nos atocaiar, ferir e arrastar com orques por toda Rohan?"

"Ah!", disse Sam. "E ele disse *comprada*. Como, eu me pergunto? E não gostei do som do que ele disse sobre a Quarta Sul. É hora de voltarmos."

1403

"Tenho certeza", assentiu Frodo. "Mas não podemos ir mais depressa se quisermos ver Bilbo. Vou primeiro a Valfenda, não importa o que aconteça."

"Sim, acho que é melhor você fazer isso", comentou Gandalf. "Mas ai de Saruman! Receio que nada mais se possa fazer com ele. Ele murchou por completo. Ainda assim, não tenho certeza de que Barbárvore esteja certo: imagino que ele ainda possa causar algum mal, de um modo pequeno e mesquinho."

No dia seguinte seguiram para o norte da Terra Parda, onde já não habitava ninguém, apesar de ser uma região verde e agradável. Setembro chegou com dias dourados e noites de prata, e cavalgaram à vontade até alcançarem o rio Cisnefrota, e encontraram o antigo vau, a leste da cascata onde ele repentinamente caía para as terras baixas. Muito a oeste, na névoa, estendiam-se os pântanos e as ilhotas através dos quais ele avançava em curvas rumo ao Griságua: ali habitavam incontáveis cisnes em uma terra de juncos.

Assim entraram em Eregion, e por fim nasceu uma bela manhã, reluzindo acima das névoas brilhantes; e, olhando de seu acampamento em uma colina baixa, os viajantes viram, longe no leste, o Sol iluminando três picos que se projetavam alto no céu através de nuvens flutuantes: Caradhras, Celebdil e Fanuidhol. Estavam perto dos Portões de Moria.

Ali demoraram-se durante sete dias, pois era hora de mais uma despedida que relutavam em fazer. Logo Celeborn, Galadriel e sua gente se voltariam para o leste, atravessariam o Portão do Chifre-vermelho e desceriam a Escada do Riacho-escuro rumo ao Veio-de-Prata e seu próprio país. Até então haviam viajado pelos caminhos ocidentais, pois tinham muito que falar com Elrond e Gandalf, e ali ainda se demoraram em conversa com os amigos. Muitas vezes, bem depois de os hobbits estarem envoltos no sono, sentaram-se juntos sob as estrelas, relembrando as eras passadas e todas as suas alegrias e labutas no mundo, ou em conselho acerca dos dias vindouros. Se algum viandante passasse por acaso, pouco veria ou ouviria, e lhe pareceria apenas ver vultos cinzentos, esculpidos em pedra, memoriais de coisas olvidadas já perdidas em despovoadas terras. Pois não se moviam nem falavam com as bocas, olhando de uma mente para outra; e somente seus olhos brilhantes se mexiam e inflamavam à medida que seus pensamentos iam e vinham.

Mas no fim estava tudo dito, e separaram-se de novo por algum tempo até estar na hora de os Três Anéis irem-se embora. Desaparecendo rapidamente entre as pedras e as sombras, o povo de capas cinzentas de Lórien cavalgou rumo às montanhas; e os que iam a Valfenda ficaram sentados na colina, observando, até vir um lampejo da névoa que se acumulava; e então nada mais viram. Frodo soube que Galadriel erguera seu anel em sinal de despedida.

Sam voltou-se para o outro lado e suspirou: "Queria estar voltando para Lórien!"

Por fim, em certo entardecer, chegaram por cima das altas charnecas, de súbito como aos viajantes sempre parecia, à beira do fundo vale de Valfenda, e viram muito abaixo de si os lampiões acesos na casa de Elrond. E desceram e atravessaram a ponte e vieram ter às portas, e toda a casa estava repleta de luz e canções, de alegria pelo retorno de Elrond ao lar.

Primeiro de tudo, antes de comerem ou se lavarem ou mesmo despirem as capas, os hobbits foram em busca de Bilbo. Encontraram-no sozinho em seu pequeno quarto. Este estava atulhado de papéis, penas e lápis; mas Bilbo estava sentado em uma cadeira diante de um claro foguinho. Parecia muito velho, mas em paz e sonolento.

Abriu e ergueu os olhos quando entraram. "Alô, alô!", disse ele. "Então vocês voltaram? E mais, amanhã é meu aniversário. Que coisa brilhante! Sabiam que vou fazer cento e vinte e nove? E em mais um ano, se eu for poupado, vou igualar o Velho Tûk. Gostaria de ultrapassá-lo; mas haveremos de ver."

Depois da comemoração do aniversário de Bilbo, os quatro hobbits ficaram alguns dias em Valfenda e sentaram-se muitas vezes junto ao velho amigo, que já passava a maior parte do tempo em seu quarto, exceto para as refeições. Para estas ele ainda era muito pontual, em regra, e raramente deixava de acordar a tempo. Sentados em torno do fogo, contaram-lhe em

MUITAS DESPEDIDAS

turnos tudo de que se lembravam das suas jornadas e aventuras. No início ele fingiu fazer anotações; mas muitas vezes pegava no sono; e quando acordava dizia: "Que esplêndido! Que maravilhoso! Mas onde estávamos?" Então eles prosseguiam com a história desde o ponto onde ele começara a cabecear.

A única parte que realmente pareceu animá-lo e prender sua atenção foi o relato da coroação e do casamento de Aragorn. "Fui convidado para o casamento, é claro", disse ele. "E esperei muito tempo por ele. Mas de algum modo, quando chegou a hora, descobri que tinha muita coisa para fazer aqui; e é tão incômodo fazer as malas."

Quando havia passado quase uma quinzena, Frodo olhou pela janela e viu que viera geada durante a noite e que as teias de aranha pareciam redes brancas. Então soube de repente que precisava partir e dizer adeus a Bilbo. O tempo ainda estava calmo e bonito, depois de um dos verões mais encantadores de que as pessoas podiam se lembrar; mas viera outubro, e logo o tempo viraria e recomeçaria a chover e a ventar. E ainda havia um caminho muito longo a percorrer. Mas na verdade não foi o pensamento do tempo que o inquietou. Tinha a sensação de que era hora de voltar ao Condado. Sam tinha a mesma sensação. Ainda na noite anterior ele dissera:

"Bem, Sr. Frodo, fomos longe e vimos muita coisa, mas ainda assim não acho que encontramos lugar melhor que este. Aqui tem um pouco de cada coisa, se me entende: o Condado, a Floresta Dourada, Gondor, casas de reis e estalagens, prados e montanhas, tudo misturado. E ainda assim, de algum modo, sinto que deveríamos partir logo. Estou preocupado com meu feitor, para lhe dizer a verdade."

"Sim, um pouco de cada coisa, Sam, exceto o Mar", respondera Frodo; e agora repetia isso para si mesmo: "Exceto o Mar."

Naquele dia Frodo falou com Elrond, e ficou acertado que partiriam na manhã seguinte. Para deleite deles, Gandalf disse: "Acho que hei de ir também. Pelo menos até Bri. Quero ver Carrapicho."

À tardinha foram despedir-se de Bilbo. "Bem, já que precisam ir, precisam ir", disse ele. "Lamento. Sentirei falta de vocês. É bom só saber que estão por aí. Mas estou ficando muito sonolento." Então deu a Frodo sua cota de malha e Ferroada, esquecendo que já fizera isso; e também lhe deu três livros de saber que ele preparara em diversas épocas, escritos em sua letra fininha e rotulados nas lombadas vermelhas: *Traduções do Élfico*, por Bilbo Bolseiro.

Deu a Sam um saquinho de ouro. "Quase a última gota da safra de Smaug", comentou ele. "Pode ser bem útil se estiver pensando em se casar, Sam." Sam enrubesceu.

"Não tenho muita coisa para dar a vocês, jovens," disse ele a Merry e Pippin, "exceto bons conselhos." E, quando lhes tinha dado uma boa amostra deles, acrescentou um último ponto à maneira do Condado: "Não deixem que suas cabeças fiquem grandes demais para os chapéus! Mas, se não pararem logo de crescer, vão achar caros os chapéus e as roupas."

"Mas, se você quiser superar o Velho Tûk," respondeu Pippin, "não vejo por que não podemos tentar superar o Berratouro."

Bilbo riu e tirou do bolso dois lindos cachimbos com boquilhas de pérola, orlados com prata finamente lavrada. "Pensem em mim quando os fumarem!", disse ele. "Os Elfos os fizeram para mim, mas não fumo mais." E então cabeceou de súbito, e pegou no sono por alguns momentos; e quando acordou de novo disse: "Mas onde estávamos? Sim, é claro, dando presentes. O que me lembra: o que foi feito do meu anel, Frodo, aquele que você levou?"

"Eu o perdi, querido Bilbo", respondeu Frodo. "Livrei-me dele, você sabe."

"Que pena!", disse Bilbo. "Eu gostaria de tê-lo visto mais uma vez. Mas não, que bobagem! Foi para isso que você partiu, não foi: para se livrar dele? Mas é tudo tão confuso, pois tantas outras coisas parecem que se misturaram com ele: os assuntos de Aragorn, o Conselho Branco, Gondor, os Cavaleiros, Sulistas, olifantes — você realmente viu um, Sam? — e cavernas, torres, árvores douradas e sabe-se lá o que mais.

"Evidentemente voltei de minha viagem por uma estrada demasiado reta. Acho que Gandalf podia ter-me mostrado um pouco da região. Mas aí o leilão teria terminado antes de eu voltar,

MUITAS DESPEDIDAS

e eu teria tido ainda mais problemas do que tive. Seja como for, agora é tarde demais; e na verdade creio que é muito mais confortável ficar sentado aqui ouvindo a respeito de tudo. Aqui a lareira é muito aconchegante, a comida é *muito* boa e há Elfos quando se precisa deles. O que mais se poderia querer?

> *"A Estrada segue sempre avante*
> *Da porta onde é seu começo.*
> *Já longe a Estrada vai, constante,*
> *Outros a sigam com apreço!*
> *Comecem já nova jornada,*
> *Mas eu, exausto, pés morosos,*
> *Me volto para a boa pousada,*
> *Descanso e sonhos tão preciosos."* [B]

E enquanto Bilbo murmurava as últimas palavras, sua cabeça caiu sobre o peito e ele adormeceu profundamente.

O entardecer aprofundava-se no quarto, e a luz da lareira ardia mais clara; e olharam para Bilbo adormecido e viram que seu rosto sorria. Por algum tempo ficaram sentados em silêncio; e então Sam, passando os olhos pelo quarto e pelas sombras que tremeluziam nas paredes, disse baixinho:

"Não acho, Sr. Frodo, que ele escreveu muita coisa enquanto estivemos fora. Agora jamais vai escrever nossa história."

Nesse momento, Bilbo abriu um olho, quase como se o tivesse ouvido. Então ergueu-se. "Sabe, estou ficando tão sonolento", comentou ele. "E quando tenho tempo para escrever na verdade só gosto de escrever poemas. Eu me pergunto, Frodo, meu caro rapaz, se você se importaria muito de dar uma arrumada nas coisas antes de partir? Juntar todas as minhas anotações e meus papéis, e meu diário também, e levá-los consigo se quiser. Sabe, não tenho muito tempo para escolher e ordenar e tudo isso. Peça a Sam para ajudar e, quando tiver posto tudo em forma, volte e vou dar uma espiada. Não vou ser muito crítico."

"Claro que vou fazer isso!", assentiu Frodo. "E é claro que vou voltar logo: não vai mais ser perigoso. Agora há um rei de verdade e logo ele vai pôr ordem nas estradas."

"Obrigado, meu caro rapaz!", respondeu Bilbo. "Isso é realmente um grande alívio para minha mente." E com essas palavras caiu no sono outra vez.

No dia seguinte, Gandalf e os hobbits se despediram de Bilbo em seu quarto, pois estava frio lá fora; e depois deram adeus a Elrond e toda a sua casa.

Com Frodo na soleira, Elrond lhe desejou uma boa viagem, o abençoou e disse:

"Creio, Frodo, que talvez não precises voltar, a não ser que venhas muito logo. Pois mais ou menos nesta época do ano, quando as folhas ficarem douradas antes de caírem, procura por Bilbo nas matas do Condado. Hei de estar com ele."

Ninguém mais ouviu essas palavras, e Frodo as guardou para si.

7

Rumo ao Lar

Finalmente os hobbits tinham os rostos voltados para o lar. Já estavam ansiosos por reverem o Condado; mas de início cavalgaram devagar, pois Frodo estivera se sentindo mal. Quando chegaram ao Vau do Bruinen ele parara e parecia relutar em entrar na correnteza; e notaram que por alguns momentos seus olhos pareciam não enxergá-los, nem as coisas ao seu redor. Ficou em silêncio todo aquele dia. Era seis de outubro.

"Sente dor, Frodo?", perguntou Gandalf baixinho, cavalgando ao lado de Frodo.

"Bem, sinto sim", respondeu Frodo. "É meu ombro. A ferida dói e a lembrança da escuridão pesa sobre mim. Hoje faz um ano."

"Ai de nós! Há algumas feridas que não podem ser curadas por completo", comentou Gandalf.

"Receio que seja assim com as minhas", disse Frodo. "Na verdade não há como voltar. Por muito que eu vá ao Condado, ele não parecerá o mesmo; pois eu não hei de ser o mesmo. Estou ferido com faca, ferrão, dente e com um longo fardo. Onde hei de encontrar repouso?"

Gandalf não respondeu.

Ao final do dia seguinte, a dor e o incômodo haviam passado, e Frodo estava outra vez alegre, tão alegre como se não recordasse a escuridão do dia anterior. Depois disso a viagem correu bem, e os dias transcorreram depressa; pois cavalgavam à vontade, e muitas vezes se demoravam nos belos bosques onde as folhas eram vermelhas e amarelas ao sol de outono. Algum tempo depois chegaram ao Topo-do-Vento; e já se aproximava o entardecer, e a sombra da colina se estendia escura sobre a estrada. Então Frodo lhes pediu que se apressassem e não quis olhar para a colina, mas atravessou sua sombra de cabeça inclinada e com a capa bem apertada em torno de si. Naquela noite o tempo mudou, e veio do Oeste um vento carregado de chuva, e soprou alto e gelado, e as folhas amarelas rodopiavam como pássaros no ar. Quando alcançaram a Floresta Chet, os ramos já estavam quase nus, e uma grande cortina de chuva encobria a Colina-Bri das suas vistas.

Foi assim que, perto do fim de uma tarde turbulenta e úmida nos últimos dias de outubro, os cinco viajantes subiram pelo aclive da estrada e chegaram ao Portão-sul de Bri. Estava trancado; e a chuva lhes soprava nos rostos, e no firmamento que escurecia, nuvens baixas passavam rapidamente, e eles desanimaram um pouco, pois haviam esperado uma recepção melhor.

Depois de chamarem muitas vezes, o vigia do Portão acabou saindo, e viram que ele trazia um grande porrete. Olhou-os com medo e suspeita; mas quando viu que Gandalf estava ali e que seus companheiros eram hobbits, a despeito de seus trajes estranhos, iluminou-se e lhes deu as boas-vindas.

"Entrem!", disse ele, destrancando o portão. "Não vamos ficar esperando notícias aqui fora, onde está frio e úmido, uma tardinha de rufião. Mas sem dúvida o velho Cevada os receberá n'O Pônei, e lá vão ouvir tudo o que há para ouvir."

"E lá mais tarde você vai ouvir tudo o que dissermos e mais", riu-se Gandalf. "Como está Harry?"

O vigia do Portão franziu o cenho. "Foi embora", disse ele. "Mas é melhor perguntarem ao Cevado. Boa noite!"

"Boa noite para você!", disseram eles e passaram; e então perceberam que atrás da sebe junto à estrada fora construído um barracão baixo e comprido e que alguns homens haviam saído e os fitavam por cima da cerca. Quando chegaram à casa de Bill Samambaia, viram que ali a sebe estava esfarrapada e descuidada e que as janelas estavam todas fechadas com tábuas.

"Você acha que o matou com aquela maçã, Sam?", perguntou Pippin.

"Não tenho essa esperança, Sr. Pippin", respondeu Sam. "Mas queria saber o que foi feito daquele pobre pônei. Muitas vezes me lembrei dele, com os lobos uivando e tudo."

Por fim chegaram ao Pônei Empinado, e pelo menos ele parecia inalterado por fora; e havia luzes acesas por trás das cortinas vermelhas das janelas inferiores. Tocaram a campainha, e Nob veio à porta, abriu uma fresta nela e espiou para fora; e quando os viu de pé sob o lampião deu uma exclamação de surpresa.

"Sr. Carrapicho! Patrão!", gritou ele. "Eles voltaram!"

"Oh, voltaram? Eu vou ensinar para eles", veio a voz de Carrapicho, e lá saiu ele a toda, com um bastão na mão. Mas quando viu quem era ele se deteve, e a expressão severa e carrancuda em seu rosto se mudou em pasmo e deleite.

"Nob, seu idiota de topete de lá!", exclamou ele. "Não consegue dar nomes aos velhos amigos? Não devia ficar me assustando desse jeito nos tempos que correm. Bem, bem! E de onde vieram? Nunca esperei rever nenhum de vocês, e isso é fato: partir para o Ermo com aquele Passolargo e com todos aqueles Homens de Preto por aí. Mas estou muito contente de vê-los e Gandalf mais do que todos. Entrem! Entrem! Os mesmos quartos de antes? Estão livres. Na verdade, nestes dias a maioria dos quartos está livre, o que não vou lhes esconder, pois vão descobrir isso bem logo. E vou ver o que posso fazer em termos de jantar, assim que for possível; mas no presente estou mal de empregados. Ei, Nob, seu lerdo! Conte ao Bob! Ah, mas estou me esquecendo, Bob foi embora: agora ele vai para casa, para a família, quando anoitece. Bem, leve os pôneis dos hóspedes aos estábulos, Nob! E você mesmo vai levar seu cavalo ao estábulo, Gandalf, sem dúvida. Um belo animal, como eu disse da primeira vez em que pus os olhos nele. Bem, entrem! Façam de conta que estão em casa!"

Fosse como fosse, o Sr. Carrapicho não mudara seu modo de falar e ainda parecia viver em seu velho alvoroço ofegante. No entanto, não havia quase ninguém por ali e estava tudo em silêncio; do Salão Comum vinha um murmúrio baixo de não mais que duas ou três vozes. E, visto mais de perto à luz de duas velas que ele acendera e levava diante deles, o rosto do taverneiro parecia um tanto enrugado e preocupado.

Conduziu-os ao longo do corredor, até a sala de estar que tinham usado naquela estranha noite mais de um ano antes; e seguiram-no, um pouco inquietos, pois lhes parecia evidente que o velho Cevado estava fazendo cara boa diante de algum problema. As coisas não eram o que tinham sido. Mas nada disseram e esperaram.

Como tinham esperado, o Sr. Carrapicho veio à sala de estar depois do jantar para ver se estivera tudo ao gosto deles. E de fato estivera: pelo menos ainda não mudaram para pior nem a cerveja e nem os víveres do Pônei. "Ora, não vou me atrever a sugerir que venham ao Salão Comum hoje à noite", disse Carrapicho. "Devem estar cansados; e de qualquer jeito não tem muita gente ali nesta tardinha. Mas, se puderem me dar meia hora antes de irem para a cama, gostaria muito de ter uma conversinha com vocês, tranquila, só entre nós."

"É bem isso que nós também queremos", disse Gandalf. "Não estamos cansados. Estivemos viajando bem folgados. Estávamos molhados, com frio e famintos, mas você curou tudo isso. Vamos, sente-se! E se tiver erva-de-fumo vamos abençoá-lo."

"Bem, se tivessem pedido coisa diferente eu ficaria mais feliz", disse Carrapicho. "É bem disso que estamos em falta, visto que só temos a que nós mesmos plantamos e isso não basta. Nestes dias não dá para conseguir nenhuma do Condado. Mas vou fazer o que puder."

Quando voltou, trouxe-lhes o suficiente para durar um dia ou dois, um rolo de folhas inteiras. "Borda do Sul," disse ele, "e é a melhor que temos; mas não iguala a da Quarta Sul, como eu sempre disse, apesar de ser favorável a de Bri na maioria das coisas, com seu perdão."

Puseram-no em uma cadeira grande junto ao fogo de lenha, e Gandalf sentou-se do lado oposto da lareira, e os hobbits em cadeiras baixas entre eles; e então conversaram por muitas vezes meia hora e trocaram todas as notícias que o Sr. Carrapicho desejava ouvir ou dar. A maior parte das coisas que tinham para contar eram meras maravilhas e perplexidades para seu hospedeiro e estavam muito além de sua visão; e provocavam poucos comentários diferentes de: "Não diga", muitas vezes repetidos desafiando as evidências dos próprios ouvidos do Sr. Carrapicho. "Não diga, Sr. Bolseiro, ou será Sr. Sotomonte? Estou ficando meio confuso. Não diga, Mestre Gandalf! Ora essa! Quem diria, em nossos tempos!"

Mas disse muito por sua conta. As coisas não estavam nada bem, informou. Os negócios não estavam nem razoáveis, estavam francamente ruins. "Agora ninguém mais se aproxima de Bri vindo de Fora", disse ele. "E o povo de dentro, eles costumam ficar em casa e manter as portas aferrolhadas. É tudo por causa desses recém-chegados e vagabundos que começaram a subir pelo Caminho Verde no ano passado, como podem se lembrar; mas vieram mais depois. Alguns eram só coitados fugindo de encrenca; mas a maioria era de homens maus, cheios de ladroagem e malfeitoria. E teve encrenca aqui em Bri, encrenca feia. Ora, tivemos uma briga de verdade, e algumas pessoas foram mortas, mortas matadas! Se me acreditam."

"Acredito de fato", respondeu Gandalf. "Quantos?"

"Três e dois", continuou Carrapicho, referindo-se ao povo grande e ao pequeno. "Foram os pobres Mat Urzal, Rowlie Macieira e o pequeno Tom Espinheiro do outro lado da Colina; e Willie Ladeira lá de cima e um dos Sotomontes de Estrado; todos gente boa, e fazem falta. E Harry Barba-de-Bode que costumava ficar no Portão-oeste e aquele Bill Samambaia, esses vieram do lado dos forasteiros e foram embora com eles; e eu acredito que deixaram eles entrarem. Na noite da luta, quero dizer. E isso foi depois que mostramos os portões a eles e os empurramos para fora: antes do fim do ano, isso foi; e a luta foi logo no começo do Ano Novo, depois da neve pesada que tivemos.

"E agora eles foram ser assaltantes e vivem lá fora, escondidos nas matas além de Archet e nos ermos para os lados do norte. É como um pouco dos maus velhos tempos de que as histórias contam, é o que digo. Não é seguro na estrada, ninguém vai longe e as pessoas se trancam cedo. Precisamos manter vigias em toda a volta da cerca e pôr muitos homens nos portões de noite."

"Bem, ninguém nos incomodou," comentou Pippin, "e viemos vindo devagar e não montamos guarda. Pensávamos que tínhamos deixado para trás todos os contratempos."

"Ah, não deixaram não, Mestre, e é pena", disse Carrapicho. "Mas não admira que não mexeram com vocês. Não atacam gente armada, com espadas, elmos, escudos e tudo isso. Faz eles pensarem duas vezes, isso faz. E devo dizer que me espantou um pouco quando os vi."

Então os hobbits subitamente se deram conta de que as pessoas os haviam olhado admiradas, não tanto pela surpresa de terem retornado quanto por assombro com seu equipamento. Eles próprios haviam se acostumado tanto com conflitos armados e com cavalgarem em companhias bem organizadas que esqueceram por completo que as brilhantes malhas que espreitavam por baixo de suas capas, os elmos de Gondor e da Marca e os belos emblemas em seus escudos pareceriam exóticos em seu próprio país. E também Gandalf agora montava seu alto cavalo cinzento, todo trajado de branco, com um grande manto azul e prateado por cima de tudo e a longa espada Glamdring ao lado.

Gandalf riu. "Bem, bem," disse ele, "se estão com medo de só cinco de nós, então encontramos inimigos piores em nossas viagens. Mas de qualquer modo eles o deixarão em paz à noite, enquanto estivermos aqui."

"Por quanto tempo será isso?", questionou Carrapicho. "Não nego que ficaríamos contentes de tê-los um pouco por aqui. Sabem, não estamos acostumados com encrencas assim; e os Caminheiros foram todos embora, as pessoas me dizem. Acho que até agora não entendemos direito o que eles fizeram por nós. Pois teve coisa pior que assaltantes por aí. No último inverno uivaram lobos em redor das cercas. E tem vultos escuros nas matas, coisas pavorosas que gelam o sangue só de pensar. Tem sido muito inquietante, se me entendem."

"Imagino que sim", disse Gandalf. "Quase todas as terras foram perturbadas nestes dias, muito perturbadas. Mas alegre-se, Cevado! Você esteve à beira de enormes dificuldades, e fico contente de ouvir que não se afundou mais. Mas estão chegando dias melhores. Talvez melhores do que você se recorda. Os Caminheiros retornaram. Nós voltamos com eles. E há um rei outra vez, Cevado. Logo ele voltará sua atenção para cá.

"Então o Caminho Verde será reaberto, e seus mensageiros virão ao norte, e haverá idas e vindas, e os seres malignos serão expulsos das terras ermas. Na verdade, logo os ermos não serão mais ermos, e haverá gente e campos onde outrora havia deserto."

O Sr. Carrapicho balançou a cabeça. "Se houver algumas pessoas decentes e respeitáveis na estrada, isso não vai fazer mal", disse ele. "Mas não queremos mais ralé nem rufiões. E não queremos nenhum forasteiro em Bri, nem perto de Bri. Queremos que nos deixem em paz. Não quero toda uma multidão de estranhos acampando aqui e se estabelecendo ali e estragando a região inculta."

"Vocês serão deixados em paz, Cevado", insistiu Gandalf. "Há espaço de sobra para reinos entre o Isen e o Griságua, ou ao longo das costas ao sul do Brandevin, sem que viva ninguém a muitos dias de cavalgada de Bri. E muita gente costumava morar lá no norte, a cem milhas daqui ou mais, na outra extremidade do Caminho Verde: nas Colinas do Norte ou junto ao Lago Vesperturvo."

"Lá longe, perto do Fosso dos Mortos?", indagou Carrapicho, parecendo ainda mais duvidoso. "É uma terra assombrada, dizem. Ninguém iria lá se não fosse assaltante."

"Os Caminheiros vão lá", disse Gandalf. "O Fosso dos Mortos, você diz. Por longos anos foi chamado assim; mas seu nome verdadeiro, Cevado, é Fornost Erain, Norforte dos Reis. E o Rei voltará para lá algum dia; e então você terá bela gente passando por aqui."

"Bem, isso soa mais esperançoso, admito", comentou Carrapicho. "E vai ser bom para os negócios, sem dúvida. Contanto que ele deixe Bri em paz."

"Vai deixar", confirmou Gandalf. "Ele conhece e aprecia Bri."

"É mesmo?", perguntou Carrapicho, parecendo intrigado. "Apesar de que não tenho certeza de por que ele deveria, sentado em sua grande cadeira lá no seu grande castelo, a centenas de milhas daqui. E bebendo vinho em uma taça de ouro, não ia me espantar. O que O Pônei significa para ele, ou canecos de cerveja? Não que minha cerveja não seja boa, Gandalf. Esteve excepcionalmente boa desde que você veio, no outono do ano passado, e falou bem dela. E isso foi um consolo nos contratempos, é o que digo."

"Ah!", disse Sam. "Mas ele diz que sua cerveja é sempre boa."

"Ele diz?"

"Claro que sim. Ele é Passolargo. O chefe dos Caminheiros. Isso ainda não entrou na sua cabeça?"

Entrou finalmente, e o rosto de Carrapicho era um estudo de espanto. Os olhos se arregalaram em seu rosto largo, e sua boca se escancarou, e ele ofegou. "Passolargo!", exclamou ele quando recuperou o fôlego. "Ele, de coroa e tudo o mais, e taça de ouro! Bem, a que ponto chegamos?"

"A tempos melhores, pelo menos para Bri", respondeu Gandalf.

"Assim espero, com certeza", disse Carrapicho. "Bem, esta foi a melhor conversa que tive em um mês de segundas-feiras. E não vou negar que hoje à noite vou dormir mais tranquilo e com o coração mais leve. Vocês me deram um enorme monte de coisas para refletir, mas vou adiar isso até amanhã. Vou para a cama e não tenho dúvida de que vão ficar contentes com suas camas também. Ei, Nob!", chamou ele, indo até a porta. "Nob, seu lerdo!!"

"Nob!", disse a si mesmo, batendo na testa. "Ora, isso me lembra o quê?"

"Não outra carta que esqueceu, espero, Sr. Carrapicho?", indagou Merry.

"Ora, ora, Sr. Brandebuque, não fique me lembrando disso! Mas veja só, interrompeu meu pensamento. Ora, onde eu estava? Nob, estábulos, ah! Era isso. Tenho uma coisa que lhes pertence. Se se lembrarem do Bill Samambaia e seus roubos de cavalos: o pônei dele que compraram, bem, ele está aqui. Voltou sozinho, foi sim. Mas vocês sabem melhor que eu onde ele esteve. Estava desgrenhado como um cachorro velho e magro como um varal, mas estava vivo. O Nob cuidou dele."

"O quê?! Meu Bill?", exclamou Sam. "Bem, nasci sortudo, não importa o que diga o meu feitor. Aí está mais um desejo que se realizou! Onde ele está?" Sam não foi para a cama antes de visitar Bill em sua baia.

Os viajantes ficaram em Bri durante todo o dia seguinte, e o Sr. Carrapicho não pôde se queixar dos negócios, pelo menos na próxima noite. A curiosidade superou todos os medos, e sua casa ficou apinhada. Durante certo tempo, por educação, os hobbits visitaram o Salão Comum à tardinha e responderam bom número de perguntas. Como as lembranças de Bri eram retentivas, muitas vezes perguntaram a Frodo se escrevera seu livro.

"Ainda não", respondeu ele. "Agora vou para casa para pôr ordem em minhas anotações." Prometeu lidar com os espantosos acontecimentos em Bri, e assim conferir um pouco de interesse a um livro que parecia tratar mormente dos assuntos "lá do sul", remotos e menos importantes.

Então um dos mais jovens pediu uma canção. Mas fez-se silêncio diante daquilo, e ele foi dissuadido, e o pedido não se repetiu. Evidentemente não desejavam mais eventos esquisitos no Salão Comum.

Nenhum incômodo de dia e nem ruído de noite perturbaram a paz de Bri enquanto os viajantes estiveram ali; mas na manhã seguinte levantaram-se cedo, pois, como o tempo ainda estava chuvoso, queriam alcançar o Condado antes do anoitecer, e era uma longa cavalgada. Todo o povo de Bri saiu para ver sua partida, e estavam de humor mais alegre do que no último ano; e os que não haviam visto antes os forasteiros com todo o seu equipamento, fitaram-nos espantados: Gandalf com sua barba branca, e a luz que parecia emanar dele, como se seu manto azul fosse apenas uma nuvem diante do brilho do sol; e os quatro hobbits como cavaleiros errantes de contos quase esquecidos. Mesmo os que haviam rido de toda a conversa sobre o Rei começaram a pensar que poderia haver alguma verdade naquilo.

"Bem, boa sorte na estrada e boa sorte na sua volta ao lar!", desejou o Sr. Carrapicho. "Eu devia tê-los alertado antes de que no Condado também não está tudo bem, se for verdade o que ouvimos. Ocorrências esquisitas, dizem. Mas uma coisa expulsa a outra, e eu estava cheio de meus próprios problemas. Mas, se posso me atrever, vocês voltaram mudados das suas viagens e agora parecem gente que consegue lidar com encrencas difíceis. Não duvido de que logo vão ajeitar tudo. Boa sorte para vocês! E quanto mais vezes voltarem, mais vou ficar contente."

Deram-lhe adeus, partiram cavalgando, atravessaram o Portão-oeste e seguiram rumo ao Condado. O pônei Bill estava com eles e, como antes, ele tinha bastante bagagem, mas trotava ao lado de Sam e parecia bem contente.

"Pergunto-me o que o velho Cevado estava insinuando", comentou Frodo.

"Posso adivinhar uma parte", respondeu Sam, abatido. "O que vi no Espelho: árvores derrubadas e tudo o mais, e meu velho feitor expulso da Rua do Bolsinho. Eu devia ter corrido de volta mais depressa."

"E há algo errado com a Quarta Sul, evidentemente", disse Merry. "Há uma falta geral de erva-de-fumo."

"O que quer que seja," pontuou Pippin, "Lotho deve estar por trás disso: pode ter certeza."

"Bem no fundo, mas não por trás", disse Gandalf. "Vocês se esqueceram de Saruman. Ele começou a se interessar pelo Condado antes de Mordor."

"Bem, você está conosco," disse Merry, "e assim tudo logo será arrumado."

"Estou com vocês no momento," respondeu Gandalf, "mas logo não estarei. Não estou indo ao Condado. Vocês mesmos precisam acertar seus assuntos; foi para isso que foram treinados. Não compreendem ainda? Meu tempo acabou: não é mais tarefa minha acertar as coisas e nem ajudar as pessoas a fazê-lo. E quanto a vocês, caros amigos, não vão precisar de ajuda. Agora vocês cresceram. Cresceram muito alto deveras; estão entre os grandes, e não tenho mais o mínimo medo por nenhum de vocês.

"Mas se querem saber, logo vou me desviar. Vou ter uma longa conversa com Bombadil: uma conversa como não tive em todo o meu tempo. Ele recolhe musgo, e eu tenho sido uma pedra condenada a rolar. Mas meus dias de rolar estão acabando, e agora havemos de ter muito a dizer um ao outro."

Em pouco tempo chegaram ao ponto da Estrada Leste onde haviam se despedido de Bombadil; e tinham esperança, e meia expectativa, de o verem parado ali, para saudá-los quando passassem. Mas não havia sinal dele; e havia uma neblina cinzenta sobre as Colinas-dos-túmulos ao sul e um profundo véu sobre a Floresta Velha ao longe.

Pararam, e Frodo olhou tristonho para o sul. "Gostaria muito de rever o velho camarada", disse ele. "Pergunto-me como ele está indo."

"Bem como sempre, pode ter certeza", comentou Gandalf. "Totalmente imperturbado; e imagino que não muito interessado em qualquer coisa que tenhamos feito ou visto, exceto talvez em nossas visitas aos Ents. Pode ser que mais tarde haja tempo para vocês irem vê-lo. Mas, se eu fosse vocês, me apressaria para ir para casa, do contrário não chegarão à Ponte do Brandevin antes que os portões sejam trancados."

"Mas não há portão nenhum," disse Merry, "não na Estrada; você sabe muito bem disso. Há o Portão da Terra-dos-Buques, é claro; mas me deixam passar por ele a qualquer hora."

"Não havia portões, você quer dizer", respondeu Gandalf. "Acho que agora vão encontrar alguns. E mesmo no Portão da Terra-dos-Buques pode ser que tenham mais dificuldade do que pensam. Mas vão se dar bem. Adeus, caros amigos! Não pela última vez, ainda não. Adeus!"

Desviou Scadufax da Estrada, e o grande cavalo saltou sobre o dique verde que ali corria junto a ela; e depois, com uma exclamação de Gandalf, ele se foi, correndo rumo às Colinas-dos-túmulos como um vento do Norte.

"Bem, aqui estamos nós, só os quatro que partimos juntos", disse Merry. "Deixamos todos os outros para trás, um após o outro. Parece quase um sonho que desapareceu devagar."

"Não para mim", comentou Frodo. "Dá-me mais a sensação de adormecer outra vez."

8

O Expurgo
do Condado

Já havia anoitecido quando, molhados e cansados, os viajantes finalmente chegaram ao Brandevin e encontraram o caminho bloqueado. Em ambas as extremidades da Ponte havia grandes portões com espigões; e do lado oposto do rio podiam ver que haviam sido construídas algumas casas novas: de dois andares, com janelas estreitas de bordas retas, desnudas e fracamente iluminadas, tudo muito obscuro e não no estilo do Condado.

Marretaram no portão externo e chamaram, mas no início não houve resposta; e depois, para surpresa deles, alguém tocou uma trompa, e as luzes nas janelas se apagaram. Uma voz gritou no escuro:

"Quem é? Vão embora! Não podem entrar. Não sabem ler o aviso: 'Entrada proibida entre o pôr e o nascer do sol'?"

"É claro que não podemos ler o aviso no escuro", Sam gritou de volta. "E se hobbits do Condado vão ser proibidos de entrar, todos molhados numa noite destas, vou arrancar seu aviso quando o encontrar."

A estas palavras uma janela bateu, e uma turma de hobbits com lampiões extravasou da casa da esquerda. Abriram o portão mais afastado e alguns vieram por sobre a ponte. Quando viram os viajantes, pareciam assustados.

"Venha cá!", chamou Merry, reconhecendo um dos hobbits. "Se você não me conhece, Hob Guarda-Cerca, deveria. Sou Merry Brandebuque e gostaria de saber o que significa tudo isto e o que um morador da Terra-dos-Buques como você está fazendo aqui. Você costumava ficar no Portão da Sebe."

"Ora vejam! É o Mestre Merry, com certeza, e todo vestido para o combate!", disse o velho Hob. "Ora, disseram que

O EXPURGO DO CONDADO

você tinha morrido! Perdido na Floresta Velha, por tudo o que diziam. Estou contente de vê-lo vivo, afinal!"

"Então pare de me olhar embasbacado através das barras e abra o portão!", respondeu Merry.

"Lamento, Mestre Merry, mas nós temos ordens."

"Ordens de quem?"

"O Chefe está lá em Bolsão."

"Chefe? Chefe? Quer dizer o Sr. Lotho?", indagou Frodo.

"Imagino que sim, Sr. Bolseiro, mas hoje em dia temos que dizer só 'o Chefe'."

"Têm que dizer!", exclamou Frodo. "Bem, seja como for, ainda bem que ele largou o Bolseiro. Mas evidentemente está mais do que na hora de a família lidar com ele e colocá-lo no lugar."

Caiu o silêncio sobre os hobbits do outro lado do portão. "Não vai ser bom falar desse jeito", disse um deles. "Ele vai acabar ouvindo. E se fizerem todo esse barulho vão acordar o Grandão do Chefe."

"Vamos acordá-lo de um jeito que vai surpreendê-lo", retrucou Merry. "Se você quer dizer que seu precioso Chefe esteve contratando rufiões vindos do ermo, então não voltamos cedo demais." Apeou do pônei e, vendo o aviso à luz dos lampiões, arrancou-o e o jogou por cima do portão. Os hobbits recuaram e não fizeram menção de abri-lo. "Vamos lá, Pippin!", disse Merry. "Dois são o bastante."

Merry e Pippin escalaram o portão, e os hobbits fugiram. Soou outra trompa. Da casa grande do lado direito surgiu um vulto, alto e volumoso, diante da luz na porta.

"O que é tudo isso", rosnou ele, avançando. "Invasão do portão? Vocês deem o fora, senão vou quebrar seus pescocinhos imundos!" Depois parou, pois percebera o brilho das espadas.

"Bill Samambaia," disse Merry, "se não abrir esse portão em dez segundos, vai se arrepender. Vou lhe mostrar o meu aço se não obedecer. E depois de abrir os portões, você vai atravessá-los e não voltar nunca mais. Você é um rufião e um salteador."

Bill Samambaia encolheu-se, foi até o portão arrastando os pés e o destrancou. "Dê-me a chave!", disse Merry. Mas o rufião a jogou em sua cabeça e depois disparou para a escuridão. Ao passar pelos pôneis, um deles escoiceou e chegou a atingi-lo na corrida. Foi-se noite adentro com um ganido e nunca mais se ouviu falar dele.

"Bom trabalho, Bill", disse Sam, referindo-se ao pônei.

"Está resolvido o Grandão", disse Merry. "Vamos ver o Chefe mais tarde. Enquanto isso, queremos alojamento para a noite, e, como parece que demoliram a Estalagem da Ponte e fizeram esta construção sinistra no lugar, vão ter de nos abrigar."

"Lamento, Sr. Merry," respondeu Hob, "mas não é permitido."

"O que não é permitido?"

"Acolher as pessoas assim à toa, e comer comida extra, e tudo isso", informou Hob.

"Qual o problema com este lugar?", questionou Merry. "Foi um ano ruim ou o quê? Pensei que tinha sido um belo verão e uma bela colheita."

"Bem, não, o ano foi bastante bom", disse Hob. "Cultivamos um monte de comida, mas não sabemos bem o que é feito dela. São todos esses 'colhedores' e 'repartidores', eu acho, que circulam contando, medindo e levando pros armazéns. Eles mais colhem que repartem, e a maior parte nós não vemos nunca mais."

"Ó, vamos lá!", disse Pippin, bocejando. "Tudo isso é muito cansativo para mim hoje à noite. Temos comida nas mochilas. Só nos deem um quarto para nos deitarmos. Vai ser melhor que muitos lugares que vi."

Os hobbits do portão ainda pareciam desconfortáveis, pois evidentemente estavam quebrando alguma regra; mas não havia como contradizer quatro viajantes tão autoritários, todos armados, e dois deles anormalmente grandes e de aspecto vigoroso. Frodo mandou que trancassem os portões outra vez. De qualquer modo, fazia sentido manter guarda enquanto ainda houvesse rufiões à larga. Então os quatro companheiros entraram na casa de guarda dos hobbits e se acomodaram do melhor modo que puderam. Era um lugar despojado e feio, com uma lareirazinha miserável que não permitia fazer um bom fogo. Nos quartos superiores havia pequenas fileiras de

O EXPURGO DO CONDADO

camas duras, e em todas as paredes havia um aviso e uma lista de Regras. Pippin arrancou-os. Não havia cerveja e havia bem pouca comida, mas com a trazida e compartilhada pelos viajantes, todos fizeram uma refeição razoável; e Pippin quebrou a Regra 4 pondo no fogo a maior parte da porção de lenha do dia seguinte.

"Bem, e agora que tal uma baforada enquanto você nos conta o que tem acontecido no Condado?", disse ele.

"Não tem erva-de-fumo agora", disse Hob; "ou melhor, só pros homens do Chefe. Todos os estoques parecem ter ido embora. Ouvimos dizer que carroças de erva partiram pela estrada velha que sai da Quarta Sul, no caminho por cima do Vau Sarn. Devia ser no fim do ano passado, depois que vocês foram embora. Mas antes disso ela já estava indo em segredo, pouco a pouco. Aquele Lotho…"

"Agora cale a boca, Hob Guarda-Cerca!", exclamaram vários outros. "Você sabe que esse tipo de conversa não é permitido. O Chefe vai ouvir e vamos todos estar encrencados."

"Ele não ia ouvir nada se alguns aqui não fossem traiçoeiros", retrucou Hob, irritado.

"Está bem, está bem!", disse Sam. "Já é o bastante. Não quero ouvir mais nada. Sem boas-vindas, sem cerveja, sem fumaça, e em vez disso um monte de regras e conversa-órquica. Eu esperava descansar, mas já vi que tem trabalho e problemas à frente. Vamos dormir e esquecer isso até a manhã!"

Evidentemente o novo "Chefe" tinha meios de obter notícias. Eram bem quarenta milhas da Ponte até Bolsão, mas alguém fez a viagem às pressas. Isso Frodo e seus amigos logo descobriram.

Não haviam feito planos definidos, mas pensaram vagamente em primeiro descer juntos até Cricôncavo e lá descansar um pouco. Mas agora, vendo como as coisas estavam, decidiram ir direto à Vila-dos-Hobbits. Assim, no dia seguinte partiram pela Estrada e avançaram em trote contínuo. O vento amainara, mas o céu estava cinzento. A região parecia um tanto triste e abandonada; mas afinal de contas era o primeiro dia de novembro, a ponta final do outono. Ainda assim, parecia que havia uma quantidade incomum de queimadas, e a fumaça subia de muitos pontos ao redor. Uma grande nuvem dela erguia-se ao longe, na direção da Ponta do Bosque.

Ao cair da noite estavam se aproximando de Sapântano, uma aldeia junto à Estrada, a cerca de vinte e duas milhas da Ponte. Ali pretendiam passar a noite; O Tronco Flutuante, em Sapântano, era uma boa estalagem. Mas ao chegarem à extremidade leste da aldeia encontraram uma barreira com um grande cartaz que dizia ESTRADA INTERROMPIDA; e atrás dela estava postado um grande bando de Condestáveis com bastões nas mãos e penas nos chapéus, parecendo ao mesmo tempo importantes e um tanto assustados.

"O que é tudo isto?", perguntou Frodo, sentindo-se inclinado a rir.

"Isto é o que é, Sr. Bolseiro", respondeu o líder dos Condestáveis, um hobbit com duas penas. "Estão presos por Invasão do Portão, Rasgar as Regras, Atacar os Guardiões do Portão, Violação de Propriedade, Dormir em Prédios do Condado sem Permissão e Subornar Guardas com Comida."

"E o que mais?", perguntou Frodo.

"Isso basta por ora", disse o líder dos Condestáveis.

"Posso acrescentar mais algumas coisas, se quiser", disse Sam. "Xingar o Seu Chefe, Querer Socar Sua Cara Espinhenta e Pensar que os Condestáveis parecem um monte de Idiotas."

"Aí está, Senhor, já basta. As ordens do Chefe são que vocês devem nos acompanhar quietinhos. Vamos levá-los a Beirágua e entregá-los aos Homens do Chefe; e quando ele lidar com o seu caso, vão poder fazer suas alegações. Mas, se não quiserem ficar em Tocadeados mais tempo que o necessário, eu falaria depressa se fosse vocês."

Para frustração dos Condestáveis, Frodo e seus companheiros rugiram de tanto rir. "Não seja absurdo!", disse Frodo. "Eu vou aonde me dá vontade e no meu próprio tempo. Acontece que estou indo para Bolsão a negócios, mas se insistem em ir também, bem, é assunto seu."

"Muito bem, Sr. Bolseiro", respondeu o líder, empurrando de lado a barreira. "Mas não se esqueça de que o prendi."

O EXPURGO DO CONDADO

"Não vou esquecer", disse Frodo. "Jamais. Mas posso perdoá-lo. Hoje não vou mais adiante, portanto agradeço se fizer a gentileza de me escoltar até O Tronco Flutuante."

"Não posso fazer isso, Sr. Bolseiro. A estalagem está fechada. Tem uma Casa-de-Condestáveis no outro extremo da aldeia. Eu o levarei até lá."

"Muito bem", disse Frodo. "Vá em frente e vamos segui-lo."

Sam estivera examinando os Condestáveis e encontrara um que conhecia. "Ei, venha cá, Robin Covamiúda!", exclamou ele. "Quero dar uma palavrinha com você."

Com uma olhadela acanhada para o líder, que fez expressão de raiva, mas não se atreveu a interferir, o Condestável Covamiúda ficou para trás e caminhou ao lado de Sam, que apeou do pônei.

"Olhe aqui, Pardalzinho!", disse Sam. "Você foi criado na Vila-dos-Hobbits e devia ter mais bom senso em vez de atocaiar o Sr. Frodo e tudo o mais. E o que é isso de a estalagem estar fechada?"

"Estão todas fechadas", respondeu Robin. "O Chefe não gosta que bebam cerveja. Pelo menos foi assim que começou. Mas agora calculo que são os Homens dele que estão com tudo. E ele não gosta que as pessoas se movimentem por aí; portanto, se quiserem ou precisarem, têm de ir à Casa-dos-Condestáveis e explicar seus afazeres."

"Você devia ter vergonha de se envolver com uma besteira dessas", retrucou Sam. "Você mesmo costumava gostar mais do interior que do exterior de uma estalagem. Estava sempre dando uma entradinha, em serviço ou fora dele."

"E ainda estaria fazendo isso, Sam, se pudesse. Mas não seja cruel comigo. O que eu posso fazer? Você sabe como me candidatei a Condestável sete anos atrás, antes de começar tudo isto. Me dava a oportunidade de caminhar pela região, encontrar as pessoas, ouvir as notícias e saber onde estava a boa cerveja. Mas agora é diferente."

"Mas você pode desistir, deixar de ser Condestável, já que isso deixou de ser um serviço respeitável", disse Sam.

"Não é permitido", respondeu Robin.

"Se eu ouvir mais vezes 'não é permitido'," disse Sam, "vou ficar irritado."

"Não posso dizer que ia lamentar", comentou Robin, baixando a voz. "Se todos ficássemos irritados juntos, poderíamos fazer alguma coisa. Mas são esses Homens, Sam, os Homens do Chefe. Ele os manda dar voltas em toda parte, e se algum de nós, gente pequena, insistir em seus direitos, eles o arrastam para Tocadeados. Levaram primeiro o velho Bolinho-de-Farinha, o velho prefeito Will Pealvo e muita gente mais. Ultimamente está piorando. Agora muitas vezes batem neles."

"Então por que você faz o trabalho para eles?", indagou Sam irado. "Quem o mandou a Sapântano?"

"Ninguém. Ficamos aqui na grande Casa-dos-Condestáveis. Agora somos a Primeira Tropa da Quarta Leste. Tem centenas de Condestáveis no total, e querem mais por causa de todas essas regras novas. A maioria toma parte a contragosto, mas não todos. Mesmo no Condado tem alguns que gostam de se meter nos assuntos dos outros e de falar grosso. E tem coisa pior que isso: tem alguns que fazem serviço de espionagem para o Chefe e seus Homens."

"Ah! Então foi assim que ficaram sabendo de nós, foi?"

"É isso. Agora não é permitido mandar mensagens por ele, mas usam o velho serviço do Correio Rápido e mantêm corredores especiais em diversos pontos. Ontem à noite veio um de Fosso Branco com uma 'mensagem secreta', e outro a levou daqui pra frente. E hoje à tarde voltou uma mensagem dizendo que vocês deviam ser presos e levados a Beirágua, não direto para Tocadeados. O Chefe quer ver vocês de imediato, é evidente."

"Ele não vai estar tão impaciente quando o Sr. Frodo tiver acabado com ele", disse Sam.

A Casa-dos-Condestáveis em Sapântano era tão ruim quanto a casa da Ponte. Só tinha um andar, mas as mesmas janelas estreitas, e era construída com tijolos pálidos e feios, mal colocados. Lá dentro era úmido e sombrio, e o jantar foi servido em uma longa mesa vazia que não fora esfregada por semanas. A comida não merecia cenário melhor. Os viajantes ficaram contentes em deixar aquele lugar. Eram cerca de dezoito milhas até Beirágua, e partiram às dez horas da manhã. Teriam saído mais cedo, mas o atraso claramente incomodava o líder dos Condestáveis. O vento oeste virara para o norte e estava esfriando, mas a chuva parara.

Foi um desfile bem cômico que deixou a aldeia, apesar de os poucos que saíram para encarar a "roupagem" dos viajantes não parecerem ter muita certeza se era permitido rir. Uma dúzia de Condestáveis fora destacada como escolta dos "prisioneiros"; mas Merry os fez marchar na frente, enquanto Frodo e seus amigos cavalgavam atrás. Merry, Pippin e Sam estavam sentados à vontade, rindo, conversando e cantando, enquanto os Condestáveis caminhavam pesado, tentando parecer sisudos e importantes. Frodo, porém, estava em silêncio e parecia um tanto triste e pensativo.

A última pessoa pela qual passaram era um velhote robusto que estava aparando uma sebe. "Alô, alô!", zombou ele. "Quem prendeu quem agora?"

Dois dos Condestáveis imediatamente deixaram o grupo e se aproximaram dele. "Líder!", chamou Merry. "Mande seus rapazes voltarem aos lugares imediatamente se não quiser que eu lide com eles!"

A uma palavra ríspida do líder, os dois hobbits voltaram amuados. "Agora avante!", disse Merry, e depois disso os viajantes trataram de apressar o passo dos pôneis a ponto de empurrarem os Condestáveis o mais depressa que conseguiam andar. O sol surgiu, e, a despeito do vento gelado, eles logo estavam bufando e transpirando.

Na Pedra das Três Quartas eles desistiram. Haviam percorrido quase quatorze milhas, só com uma parada ao meio-dia. Já eram três da tarde. Estavam famintos, tinham os pés muito doloridos e não conseguiam suportar a marcha.

"Bem, venham vindo no passo que puderem!", disse Merry. "Nós vamos em frente."

"Adeus, Pardalzinho!", disse Sam. "Vou esperar por você em frente a'O Dragão Verde, se é que você não esqueceu onde fica. Não vá zanzar no caminho!"

"Estão resistindo à prisão, é isso que estão fazendo," comentou o líder, pesaroso, "e não posso me responsabilizar."

"Vamos resistir a muitas coisas mais e não vamos lhe pedir para responder por isso", respondeu Pippin. "Boa sorte para vocês!"

Os viajantes seguiram caminho, e quando o sol começava a se pôr nas Colinas Brancas, no longínquo horizonte ocidental, chegaram a Beirágua junto ao seu extenso lago; e ali tiveram seu primeiro choque realmente doloroso. Era a própria região de Frodo e Sam, e agora descobriram que se importavam mais com ela que com qualquer outro lugar do mundo. Faltavam muitas das casas que tinham conhecido. Algumas pareciam ter sido incendiadas. A aprazível fileira de velhas tocas de hobbit, na ribanceira do lado norte do Lago, estava deserta, e seus jardinzinhos que costumavam descer coloridos até a margem da água, estavam atulhados de ervas daninhas. Pior, havia toda uma fila de feias casas novas ao longo da Beira do Lago, onde a Estrada da Vila-dos-Hobbits corria perto da ribanceira. Ali houvera uma avenida de árvores. Todas haviam sumido. E, olhando consternados estrada acima na direção de Bolsão, viram ao longe uma alta chaminé de tijolos. Despejava fumaça negra no ar vespertino.

Sam estava fora de si. "Vou direto em frente, Sr. Frodo!", exclamou. "Vou ver o que está havendo. Quero encontrar meu feitor."

"Primeiro devíamos avaliar nossa situação, Sam", disse Merry. "Imagino que o 'Chefe' tenha à mão um bando de rufiões. É melhor achar alguém que nos conte como estão as coisas por aqui."

Mas na aldeia de Beirágua todas as casas e tocas estavam fechadas, e ninguém veio ao encontro deles. Admiraram-se com isso, mas logo descobriram o porquê. Quando alcançaram O Dragão Verde, a última casa do lado da Vila-dos-Hobbits, agora desolada e com janelas quebradas, transtornaram-se de ver meia dúzia de Homens, grandes e desajeitados, vadiando junto ao muro da estalagem; eram vesgos e de rostos lívidos.

"Como aquele amigo do Bill Samambaia em Bri", disse Sam.

"Como muitos que vi em Isengard", murmurou Merry.

O EXPURGO DO CONDADO

Os rufiões tinham porretes nas mãos e trompas nos cintos, mas não tinham outras armas até onde podiam ver. Quando os viajantes vieram cavalgando, eles deixaram o muro e andaram até a estrada, impedindo a passagem.

"Onde pensam que estão indo?", indagou um deles, o maior da quadrilha e de aspecto mais malvado. "Pra frente não tem mais estrada para vocês. E onde estão aqueles preciosos Condestáveis?"

"Estão vindo aos poucos", respondeu Merry. "Com os pés um tanto doídos, quem sabe. Prometemos esperar por eles aqui."

"Diacho, o que eu falei?", disse o rufião aos parceiros. "Falei pro Charcoso que não adiantava confiar nesses pequenos tolos. Deviam ter mandado uns camaradas nossos."

"E que diferença isso faria, se faz favor?", perguntou Merry. "Não estamos acostumados com ladrões de estrada nesta terra, mas sabemos lidar com eles."

"Ladrões de estrada, hein?", perguntou o homem. "Então esse é o seu tom, é? Mude, ou nós o mudamos para você. Seu povinho está ficando muito arrogante. Não confiem demais no coração bondoso do Patrão. Agora o Charcoso chegou, e ele vai fazer o que o Charcoso manda."

"E o que seria isso?", indagou Frodo baixinho.

"Esta região precisa ser acordada e ajeitada," respondeu o rufião, "e o Charcoso vai fazer isso; e fazer com o uso da força, se for obrigado. Vocês precisam de um Patrão maior. E vão ter um antes de acabar o ano, se tiver mais encrencas. Daí vão aprender uma ou duas coisas, seu povinho de ratos."

"De fato fico contente em ouvir seus planos", comentou Frodo. "Estou a caminho de visitar o Sr. Lotho, e ele também pode se interessar em ouvi-los."

O rufião riu. "Lotho! Ele sabe sim. Não se preocupe. Ele faz o que o Charcoso manda. Porque se um Patrão der problemas, nós podemos trocar ele. Está vendo? E se o povinho tentar se meter onde não é chamado, nós podemos acabar com as travessuras dele. Está vendo?"

"Sim, estou vendo", respondeu Frodo. "Por exemplo, posso ver que aqui estão atrasados com os tempos e as notícias. Muita coisa aconteceu desde que vocês deixaram o Sul. Seus dias acabaram, e os de todos os outros rufiões. A Torre Sombria caiu e há um Rei em Gondor. E Isengard foi destruída, e seu precioso mestre é um mendigo no ermo. Passei por ele na estrada. Agora os mensageiros do Rei vão subir pelo Caminho Verde, não valentões de Isengard."

O homem encarou-o e sorriu. "Um mendigo no ermo!", zombou ele. "Oh, é mesmo? Bravatas, bravatas, meu pequeno atrevido. Mas isso não vai nos impedir de morar nesta terrinha gorda onde vocês já vadiaram bastante. E" — estalou os dedos no rosto de Frodo — "mensageiros do Rei! Isso é para eles! Quando eu vir um talvez eu preste atenção."

Aquilo foi demais para Pippin. Seus pensamentos voltaram ao Campo de Cormallen, e ali estava um malandro vesgo chamando o Portador-do-Anel de "pequeno atrevido". Jogou a capa para trás, arrancou a espada, e o prata e o negro de Gondor reluziram nele quando se adiantou montado.

"Eu sou mensageiro do Rei", afirmou ele. "Você está falando com o amigo do Rei, um dos mais renomados em todas as terras do Oeste. Você é um rufião e um tolo. De joelhos na estrada e peça perdão, do contrário eu o atravesso com esta perdição dos trols!"

A espada rebrilhou ao sol poente. Merry e Sam também sacaram as espadas e se aproximaram para apoiar Pippin; mas Frodo não se moveu. Os rufiões recuaram. Seu trabalho fora assustar camponeses da região de Bri e intimidar hobbits desnorteados. Hobbits destemidos com espadas brilhantes e rostos severos eram uma grande surpresa. E havia nas vozes daqueles recém-chegados uma nota que não tinham ouvido antes. Ela os gelava de medo.

"Vão!", disse Merry. "Se incomodarem esta aldeia outra vez, vão se arrepender." Os três hobbits avançaram, e então os rufiões se viraram e fugiram, correndo para longe pela Estrada da Vila-dos-Hobbits; mas tocavam as trompas enquanto corriam.

"Bem, não voltamos cedo demais", comentou Merry.

"Nem um só dia. Talvez muito tarde, pelo menos para salvarmos Lotho", comentou Frodo. "Tolo desgraçado, mas sinto pena dele."

"Salvar Lotho? O que é que você quer dizer?", perguntou Pippin. "Destruí-lo, eu diria."

"Não acho que você esteja entendendo bem, Pippin", disse Frodo. "Lotho nunca quis que as coisas chegassem a este ponto. Ele tem sido um tolo malvado, mas agora foi apanhado. Os rufiões estão por cima, recolhendo, roubando, intimidando, dirigindo ou arruinando as coisas à vontade em nome dele. E nem por muito mais tempo em nome dele. Agora está prisioneiro em Bolsão, eu imagino, e muito assustado. Devíamos tentar resgatá-lo."

"Bem, estou atordoado!", respondeu Pippin. "De todos os fins de nossa jornada, este é o último que eu teria imaginado: ter de lutar contra meio-orques e rufiões no próprio Condado — para resgatar Lotho Pústula!"

"Lutar?", disse Frodo. "Bem, imagino que poderá chegar a esse ponto. Mas lembrem-se: não deve haver mortandade de hobbits, nem que eles tenham passado para o outro lado. Quero dizer, passado de verdade; não apenas obedecendo as ordens dos rufiões porque estão com medo. Jamais um hobbit matou outro de propósito no Condado, e isso não vai começar agora. E absolutamente ninguém deve ser morto se for possível evitar. Contenham os temperamentos e refreiem as mãos até o último momento possível!"

"Mas se houver muitos desses rufiões," retrucou Merry, "certamente isso significará combate. Você não vai resgatar Lotho, ou o Condado, só ficando chocado e triste, meu caro Frodo."

"Não", disse Pippin. "Não será tão fácil assustá-los pela segunda vez. Foram apanhados de surpresa. Ouviu aqueles toques de trompa? Evidentemente há outros rufiões por perto. Serão muito mais ousados se houver mais deles juntos. Devíamos pensar em buscar abrigo para a noite em algum lugar. Afinal de contas, somos só quatro, mesmo estando armados."

"Tenho uma ideia", disse Sam. "Vamos à casa do velho Tom Villa, descendo a Alameda Sul! Ele sempre foi um sujeito corajoso. E tem um monte de rapazes que eram todos amigos meus."

"Não!", respondeu Merry. "Não adianta 'abrigar-se'. É bem isso que as pessoas vêm fazendo, e bem do que gostam esses rufiões. Eles simplesmente vão nos atacar em grande número, encurralar e depois expulsar, ou aprisionar com fogo. Não, precisamos fazer alguma coisa de imediato."

"Fazer o quê?", perguntou Pippin.

"Instigar o Condado!", disse Merry. "Agora! Acordar todo o nosso povo! Eles odeiam isto tudo, está vendo: todos, exceto talvez um ou dois malandros e alguns tolos que querem ser importantes, mas não entendem nem um pouco o que realmente está acontecendo. Mas o povo do Condado esteve tão confortável por tanto tempo que não sabe o que fazer. Mas só precisam de um fósforo para pegarem fogo. Os Homens do Chefe devem saber disso. Vão tentar nos pisotear e apagar depressa. Só temos bem pouco tempo.

"Sam, pode dar uma corrida até a fazenda do Villa, se quiser. Ele é a pessoa mais importante por aqui, e a mais robusta. Vamos lá! Vou tocar a trompa de Rohan e dar a todos eles uma música que nunca ouviram antes."

Cavalgaram de volta para o meio da aldeia. Ali Sam se desviou e partiu em galope pela alameda que levava para a casa de Villa, ao sul. Não tinha ido longe quando ouviu um toque de trompa, súbito e nítido, subir ressoando ao céu. Ecoou longe, sobre as colinas e os campos; e aquele chamado era tão forçoso que o próprio Sam quase se virou e voltou às pressas. Seu pônei empinou e relinchou.

"Avante, rapaz! Avante!", exclamou ele. "Vamos voltar logo."

Então ouviu que Merry mudava de nota, e ascendeu o toque-de-trompa da Terra-dos-Buques, abalando o ar.

DESPERTEM! DESPERTEM! FUGA, FOGO, DESAFETOS! DESPERTEM!
FOGO, DESAFETOS! DESPERTEM!

Sam ouviu atrás de si uma algazarra de vozes, e um grande alarido e batidas de portas. Diante dele surgiram luzes no entardecer; cães latiam; pés vieram correndo. Antes que ele chegasse ao fim da alameda, lá estava o Fazendeiro Villa com três dos seus rapazes, o Jovem Tom, Risonho e Nick, correndo ao seu encontro. Tinham machados nas mãos e bloquearam o caminho.

O EXPURGO DO CONDADO

"Não! Não é um dos rufiões", Sam ouviu o fazendeiro dizer. "É um hobbit, julgando pelo tamanho, mas vestido bem esquisito. Ei!", exclamou ele. "Quem é você e que confusão é essa?"

"É o Sam, Sam Gamgi. Eu voltei."

O Fazendeiro Villa aproximou-se e o encarou na meia-luz. "Bem!", exclamou ele. "A voz está certa, e a sua cara não está pior que antes, Sam. Mas eu iria passar direto por você na rua com esses trajes. Parece que esteve em lugares estrangeiros. Tínhamos medo que estivesse morto."

"Isso eu não estou!", respondeu Sam. "Nem o Sr. Frodo. Ele está aqui, e os amigos dele. E essa é a confusão. Estão instigando o Condado. Vamos nos livrar desses rufiões e do Chefe deles também. Vamos começar agora."

"Bom, bom!", exclamou o Fazendeiro Villa. "Então finalmente começou! Todo este ano tive comichão para fazer encrenca, mas as pessoas não ajudavam. E eu tinha que pensar na esposa e na Rosinha. Esses rufiões não se assustam com nada. Mas vamos agora, rapazes! Beirágua se levantou! Temos que participar!"

"E quanto à Sra. Villa e Rosinha?", indagou Sam. "Ainda não é seguro elas ficarem sozinhas."

"O meu Fessor está com elas. Mas você pode ir ajudá-lo, se preferir", disse o Fazendeiro Villa com um sorriso arreganhado. Depois ele e os filhos saíram apressados rumo à aldeia.

Sam correu até a casa. Junto à grande porta redonda, no alto da escada que vinha do amplo pátio, estavam de pé a Sra. Villa, Rosinha e, na frente delas, Fessor, empunhando um forcado.

"Sou eu!", gritou Sam, chegando a trote. "Sam Gamgi! Então não tente me espetar, Fessor. Seja como for, estou vestindo cota de malha."

Saltou do pônei e subiu os degraus. Encararam-no em silêncio. "Boa tarde, Sra. Villa!", disse ele. "Alô, Rosinha!"

"Alô, Sam!", respondeu Rosinha. "Onde você esteve? Disseram que tinha morrido; mas estive esperando você desde a primavera. Você não se apressou, não é?"

"Talvez não", respondeu Sam, constrangido. "Mas estou me apressando agora. Estamos dando um jeito nos rufiões, e preciso voltar para o Sr. Frodo. Mas pensei em dar uma olhada para ver como estava indo a Sra. Villa e você, Rosinha."

"Estamos indo otimamente, obrigada", comentou a Sra. Villa. "Ou estaríamos, se não fosse por esses rufiões larápios."

"Bem, vá logo!", disse Rosinha. "Se esteve cuidando do Sr. Frodo este tempo todo, por que quer deixá-lo assim que as coisas parecem perigosas?"

Isso foi demais para Sam. Exigia uma semana para ser respondido, ou tempo nenhum. Deu-lhe as costas e montou no pônei. Mas quando estava de partida, Rosinha desceu os degraus correndo.

"Acho que você está com ótima aparência, Sam", observou ela. "Agora vá em frente! Mas cuide-se e volte direto assim que tiver dado conta dos rufiões!"

Quando Sam voltou, encontrou toda a aldeia em levante. Além de muitos rapazes mais jovens, já havia mais de cem hobbits robustos reunidos com machados, martelos pesados, facas compridas e bastões resistentes; e alguns tinham arcos de caça. Mais ainda estavam chegando de fazendas remotas.

Alguns dos aldeões tinham feito uma grande fogueira, só para animar as coisas, e também porque era uma das coisas proibidas pelo Chefe. Ela queimava brilhante à medida que a noite chegava. Outros, por ordens de Merry, estavam montando barreiras na estrada em ambas as extremidades da aldeia. Quando os Condestáveis alcançaram a de baixo, ficaram estupefatos; mas assim que viram como as coisas estavam, a maioria tirou as penas e se juntou à revolta. Os demais escapuliram furtivamente.

Sam encontrou Frodo e seus amigos junto à fogueira, falando com o velho Tom Villa, enquanto uma admirada multidão de Beirágua se postava em volta, olhando atenta.

"Bem, qual é o próximo lance?", perguntou o Fazendeiro Villa.

"Não posso dizer", comentou Frodo, "antes de saber mais. Quantos há desses rufiões?"

"Isso é difícil dizer", respondeu Villa. "Eles andam por aí e vêm e vão. Às vezes tem cinquenta deles nos seus barracões pro lado da Vila-dos-Hobbits; mas eles saem dali perambulando, larapiando ou 'recolhendo', como eles dizem. Ainda assim, raramente tem menos que uma vintena em torno do Patrão, como o chamam. Ele está em Bolsão, ou estava; mas agora não sai mais do terreno. Na verdade, ninguém mais o viu por uma semana ou mais; mas os Homens não deixam ninguém chegar perto."

"A Vila-dos-Hobbits não é o único lugar deles, não?", indagou Pippin.

"Não, e é pena", disse Villa. "Tem uns tantos lá no sul, no Vale Comprido e junto ao Vau Sarn, ouvi dizer; e mais alguns espreitando na Ponta do Bosque; e têm barracões na Encruzada. E depois tem Tocadeados, como eles dizem: os velhos túneis de armazenagem em Grã-Cava que eles transformaram em prisões para os que se rebelam contra eles. Ainda assim, calculo que não tem mais de trezentos deles em todo o Condado, e quem sabe menos. Podemos dominá-los se ficarmos unidos."

"Eles têm armas?", perguntou Merry.

"Chicotes, facas e porretes, o suficiente para o seu trabalho sujo: foi só isso que mostraram até agora", explicou Villa. "Mas receio que tenham outros equipamentos, se começar um combate. Alguns pelo menos têm arcos. Dispararam em um ou dois da nossa gente."

"Aí está, Frodo!", disse Merry. "Eu sabia que íamos precisar lutar. Bem, eles começaram a mortandade."

"Não exatamente", continuou Villa. "Pelo menos não os disparos. Os Tûks começaram com isso. Sabe, seu pai, Sr. Peregrin, ele nunca se acertou com esse Lotho, não desde o começo: disse que, se alguém ia bancar o chefe a esta altura, seria o legítimo Thain do Condado e nenhum novo-rico. E quando Lotho mandou seus Homens, eles não conseguiram convencê-lo. Os Tûks têm sorte, têm aquelas tocas fundas nas Colinas Verdes, os Grandes Smials e tudo o mais, e os rufiões não conseguem chegar até eles; e eles não deixam os rufiões entrar em suas terras. Se fizerem isso os Tûks vão caçá-los. Os Tûks alvejaram três por vaguearem e roubarem. Depois disso os rufiões ficaram mais violentos. E vigiam a Terra-dos-Tûks bem de perto. Agora ninguém entra nem sai dali."

"Bom para os Tûks!", exclamou Pippin. "Mas agora alguém vai entrar de novo. Estou de partida para os Smials. Vem alguém comigo para Tuqueburgo?"

Pippin partiu cavalgando com meia dúzia de rapazes em pôneis. "Vejo vocês logo!", exclamou. "São só umas quatorze milhas por cima dos campos. De manhã vou trazer de volta um exército de Tûks." Merry deu um toque de trompa às costas deles, que partiram na noite que caía. O povo deu vivas.

"Ainda assim," disse Frodo a todos os que estavam por perto, "não desejo que ninguém seja morto; nem mesmo dos rufiões, a não ser que precise ser feito, para evitar que machuquem hobbits."

"Muito bem!", respondeu Merry. "Mas a qualquer momento vamos receber uma visita do bando da Vila-dos-Hobbits, creio. Eles não virão só para discutir a situação. Vamos tentar lidar direito com eles, mas temos de estar preparados para o pior. Agora tenho um plano."

"Muito bom", comentou Frodo. "Faça os preparativos."

Naquele momento, alguns hobbits que tinham sido enviados na direção da Vila-dos-Hobbits vieram correndo. "Estão chegando!", disseram. "Uma vintena ou mais. Mas dois saíram rumo ao oeste, por cima dos campos."

"Para Encruzada, com certeza", disse Villa, "para buscar mais do bando. Bem, são quinze milhas só de ida. Ainda não precisamos nos preocupar com eles."

Merry saiu depressa para dar ordens. O Fazendeiro Villa desocupou a rua, mandando todos para dentro, exceto os hobbits mais velhos que tinham alguma espécie de arma. Não precisaram esperar muito. Logo puderam ouvir vozes altas e depois o tropel de pés pesados. Em seguida todo um pelotão de rufiões veio descendo a estrada. Viram a barreira e riram. Não imaginavam que houvesse qualquer coisa naquela terrinha que resistisse a vinte da gente deles juntos.

Os hobbits abriram a barreira e se postaram de lado. "Obrigado!", zombaram os Homens. "Agora corram pra casa, pra cama, antes que levem chicotadas." Então marcharam ao longo da rua gritando: "Apaguem essas luzes! Vão para dentro e fiquem lá! Ou vamos levar cinquenta de vocês para Tocadeados por um ano. Para dentro! O Patrão está perdendo a paciência."

O EXPURGO DO CONDADO

Ninguém deu atenção às ordens deles; mas quando os rufiões passaram, fecharam-se em silêncio por trás deles e os seguiram. Quando os Homens alcançaram a fogueira, ali estava o Fazendeiro Villa, de pé sozinho, esquentando as mãos.

"Quem é você e o que pensa que está fazendo?", indagou o líder dos rufiões.

O Fazendeiro Villa encarou-o devagar. "Eu ia justamente perguntar isso a vocês", respondeu ele. "Esta terra não é de vocês e não têm nada a procurar aqui."

"Bem, de qualquer jeito você é procurado", retrucou o líder. "Procuramos por você. Peguem ele, rapazes! Tocadeados para ele e deem alguma coisa para ele ficar quieto!"

Os Homens deram um passo à frente e estacaram. Ergueu-se um rugido de vozes em toda a sua volta, e de repente deram-se conta de que o Fazendeiro Villa não estava sozinho. Estavam cercados. No escuro, na beira da luz da fogueira, havia um anel de hobbits que se tinham esgueirado das sombras. Havia quase duzentos, cada um segurando alguma arma.

Merry adiantou-se. "Encontramo-nos antes," disse ele ao líder, "e eu o avisei para não voltar aqui. Aviso-o de novo: vocês estão parados na luz e na mira dos arqueiros. Se puserem um dedo nesse fazendeiro ou em qualquer outro, serão alvejados imediatamente. Deponham todas as armas que tiverem!"

O líder olhou em volta. Fora apanhado na armadilha. Mas não estava com medo, não agora, com uma vintena de camaradas para apoiá-lo. Sabia muito pouco sobre os hobbits para compreender o perigo. Tolamente, decidiu lutar. Seria fácil escapar.

"Ataquem, rapazes!", exclamou. "Partam para cima deles!"

Com uma faca comprida na mão esquerda e um porrete na outra, investiu contra o anel, tentando rompê-lo e voltar na direção da Vila-dos-Hobbits. Dirigiu um golpe selvagem a Merry, que estava em seu caminho. Caiu morto atingido por quatro flechas.

Isso bastou para os demais. Renderam-se. Tiraram-lhes as armas, e foram juntados com cordas, e fizeram-nos marchar até uma cabana vazia que eles mesmos haviam construído, e ali foram amarrados de mãos e pés e trancados sob guarda. O líder morto foi arrastado para longe e enterrado.

"Afinal, parece quase fácil demais, não é?", disse Villa. "Eu disse que podíamos dominá-los. Mas precisávamos de um apelo. Você voltou bem na hora, Sr. Merry."

"Ainda há mais a fazer", comentou Merry. "Se os seus cálculos estiverem certos, ainda não lidamos nem com um décimo deles. Mas agora está escuro. Penso que o próximo golpe deve esperar até de manhã. Aí precisaremos fazer uma visita ao Chefe."

"Por que não agora?", indagou Sam. "Não passa muito das seis horas. E eu quero ver meu feitor. Sabe o que foi feito dele, Sr. Villa?"

"Não está muito bem e não está muito mal, Sam", disse o fazendeiro. "Escavaram a Rua do Bolsinho, e isso foi um triste golpe para ele. Ele está em uma das casas novas que os Homens do Chefe construíam quando ainda faziam algum trabalho que não fosse queimar e larapiar: não mais que uma milha da ponta de Beirágua. Mas ele vem me visitar quando tem a oportunidade, e cuido para ele ficar mais bem alimentado que alguns dos coitados. Tudo contra *As Regras*, é claro. Eu o deixaria morar comigo, mas isso não era permitido."

"Obrigado de verdade, Sr. Villa, eu nunca vou me esquecer disso", disse Sam. "Mas quero vê-lo. Esse Patrão e esse Charcoso, como eles disseram, podem fazer algum mal por lá antes que amanheça."

"Muito bem, Sam", assentiu Villa. "Escolha um ou dois rapazes e vá conduzi-lo à minha casa. Não vai precisar passar perto da velha Vila-dos-Hobbits do outro lado do Água. Meu Risonho aqui vai lhe mostrar."

Sam partiu. Merry organizou sentinelas ao redor da aldeia e guardas nas barreiras durante a noite. Então ele e Frodo foram embora com o Fazendeiro Villa. Sentaram-se com a família na cozinha quente, e os Villas fizeram algumas perguntas polidas sobre suas viagens, mas mal escutaram as respostas: estavam muito mais preocupados com os acontecimentos no Condado.

"Tudo começou com o Pústula, como nós o chamamos", disse o Fazendeiro Villa; "e começou assim que você partiu, Sr. Frodo. Ele tinha ideias esquisitas, o Pústula. Parece que queria ser dono de tudo e depois mandar as outras pessoas irem e virem. Logo se revelou que ele já possuía bem mais do que era bom para ele; e estava sempre agarrando mais, mas era um mistério de onde ele conseguia o dinheiro: moinhos, maltarias, estalagens, fazendas e plantações de erva-de-fumo. Parece que já tinha comprado o moinho do Ruivão antes de chegar em Bolsão.

"É claro que começou com um monte de propriedades na Quarta Sul, que vinham do seu pai; e parece que estava vendendo muito da melhor erva e mandando para longe em segredo por um ou dois anos. Mas no fim do ano passado ele começou a enviar cargas de materiais, não só de erva. As coisas começaram a ficar escassas, e o inverno vinha chegando. As pessoas ficaram furiosas, mas ele tinha resposta. Um monte de Homens, rufiões na maioria, vieram com grandes carroças, alguns para levar as mercadorias pro sul e outros para ficar. E vieram outros. E antes de sabermos onde estávamos, eles se haviam instalado aqui e ali, no Condado todo, e estavam derrubando árvores, cavando e construindo barracos e casas para si, do jeito que queriam. No começo o Pústula pagava pelos bens e pelos danos; mas logo eles começaram a bancar os senhores e a pegar o que queriam.

"Então houve alguma encrenca, mas não o bastante. O velho Will, o Prefeito, foi até Bolsão protestar, mas nem chegou lá. Os rufiões puseram as mãos nele, o levaram e o trancaram numa toca em Grã-Cava, e ele está lá agora. E depois disso, seria logo depois do Ano Novo, não tinha mais Prefeito, e Pústula se intitulou Chefe Condestável, ou apenas Chefe, e fazia o que queria; e se alguém fosse 'presunçoso', como diziam, seguia Will. Então as coisas foram de mal a pior. Não restava mais erva-de-fumo, exceto pros Homens; e o Chefe não concordava com cerveja, exceto pros seus Homens, e fechou todas as estalagens; e tudo, a não ser as Regras, ficou cada vez mais curto, a menos que se pudesse esconder um pouco do que era seu quando os rufiões faziam as rondas recolhendo material 'para distribuição justa': quer dizer, eles tinham e nós não, exceto os restos que dava para conseguir nas Casas-de-Condestáveis, se fosse possível engolir. Tudo muito ruim. Mas depois que Charcoso chegou tem sido a ruína total."

"Quem é esse Charcoso?", perguntou Merry. "Ouvi um dos rufiões falar dele."

"O maior rufião do bando, ao que parece", respondeu Villa. "Foi perto da última colheita, quem sabe no fim de setembro, que ouvimos falar dele primeiro. Nunca o vimos, mas está lá em cima em Bolsão; e agora é ele o verdadeiro Chefe, eu acho. Todos os rufiões fazem o que ele manda; e o que ele manda é principalmente: cortar, incendiar e arruinar; e agora começaram a matar. Nem faz mais nem mau sentido. Cortam as árvores e as deixam no chão, queimam as casas e não constroem mais.

"Veja por exemplo o moinho do Ruivão. Pústula o demoliu quase no dia em que veio a Bolsão. Depois trouxe um monte de Homens de aspecto sujo para construir um maior e enchê-lo de rodas e engenhocas bizarras. Só o tolo do Ted ficou contente com isso, e ele trabalha lá limpando as rodas pros Homens, onde seu pai era Moleiro e seu próprio patrão. A ideia de Pústula era moer mais e com maior velocidade, foi o que ele disse. Ele tem outros moinhos parecidos. Mas precisa ter grão antes de poder moer; e o moinho novo não tinha mais para fazer que o velho. Mas desde que veio Charcoso eles nem moem mais trigo. Estão sempre martelando e soltando fumaça e fedor, e nem de noite há paz na Vila-dos-Hobbits. E derramam imundície de propósito; sujaram toda a parte de baixo do Água, e isso está entrando no Brandevin. Se querem transformar o Condado em deserto, estão fazendo do jeito certo. Não acredito que aquele tolo do Pústula esteja por trás de tudo isso. É Charcoso, eu acho."

"É isso mesmo!", atalhou o Jovem Tom. "Ora, até pegaram a velha mãe do Pústula, aquela Lobélia, e ele gostava dela, mesmo que ninguém mais gostasse. Umas pessoas da Vila-dos-Hobbits, elas viram. Ela estava descendo a alameda com sua sombrinha velha. Uns rufiões estavam subindo com uma carroça grande.

"'Aonde estão indo?', diz ela.

"'Para Bolsão', dizem eles.

"'Para quê?', diz ela.

"'Para montar uns barracões pro Charcoso', dizem eles.

"'Quem disse que vocês podiam?', diz ela.

"'Charcoso', dizem eles. 'Então saia da estrada, bruxa velha!'

O EXPURGO DO CONDADO

"'Eu vou lhe mostrar o Charcoso, seus rufiões ladrões imundos!', diz ela e ergue a sombrinha e vai na direção do líder, que tem quase o dobro do tamanho dela. Então pegaram ela. Arrastaram para Tocadeados, e isso na idade dela. Levaram outros que nos fazem mais falta, mas não dá para negar que ela demonstrou mais coragem que a maioria."

Sam chegou no meio dessa conversa, irrompendo junto com o feitor. O velho Gamgi não parecia muito mais velho, mas estava um pouco mais surdo.

"Boa noite, Sr. Bolseiro!", disse ele. "Estou bem contente de vê-lo de volta são e salvo. Mas tenho contas a ajustar com o senhor, por assim dizer, se posso me atrever. Nunca devia ter vendido Bolsão, como eu sempre disse. Foi isso que começou toda a confusão. E enquanto o senhor estava passeando em lugares estrangeiros, perseguindo os Homens de Preto pelas montanhas, ao que disse o meu Sam, mas não deixou claro para quê, eles vieram e escavaram a Rua do Bolsinho e arruinaram minhas papas!"

"Sinto muito, Sr. Gamgi", respondeu Frodo. "Mas agora que voltei vou fazer o possível para reparar isso."

"Bem, não pode ser mais justo que isso", comentou o Feitor. "O Sr. *Frodo* Bolseiro é um verdadeiro gentil-hobbit, eu sempre disse, não importa o que se pense de outros com o mesmo nome, com seu perdão. E espero que o meu Sam tenha se comportado e dado satisfação…"

"Perfeita satisfação, Sr. Gamgi", garantiu Frodo. "Na verdade, se me acredita, ele é agora uma das pessoas mais famosas em todas as terras, e estão fazendo canções sobre os feitos dele daqui até o Mar e além do Grande Rio." Sam enrubesceu, mas olhou grato para Frodo, pois os olhos de Rosinha brilhavam, e ela sorria para ele.

"Precisa acreditar muito," disse o Feitor, "mas posso ver que ele andou se misturando a companhias estranhas. O que foi feito do colete dele? Não concordo com usar ferragens, não importa se caem bem ou não."

A família do Fazendeiro Villa e todos os seus hóspedes levantaram cedo na manhã seguinte. Nada fora ouvido durante a noite, mas certamente viriam mais problemas antes de o dia terminar. "Parece que não sobrou nenhum rufião lá em Bolsão", disse Villa; "mas o bando de Encruzada vai estar por aqui a qualquer hora."

Após o desjejum veio cavalgando um mensageiro da Terra-dos-Tûks. Estava animadíssimo. "O Thain instigou toda a nossa região," comentou ele, "e a notícia está indo para todos os lados como fogo. Os rufiões que estavam vigiando nossa terra fugiram para o sul, os que escaparam com vida. O Thain foi atrás deles, para segurar o bando grande daquele lado; mas mandou o Sr. Peregrin de volta com todos os outros que podem ser dispensados."

A notícia seguinte era menos boa. Merry, que estivera fora a noite toda, entrou cavalgando por volta das dez horas. "Há um bando grande a umas quatro milhas de distância", contou ele. "Estão vindo pela estrada de Encruzada, mas um bom número de rufiões desgarrados se juntou a eles. Deve haver cerca de cem deles; e estão pondo fogo pelo caminho. Malditos!"

"Ah! Esse grupo não vai parar para conversar, eles vão matar se puderem", disse o Fazendeiro Villa. "Se os Tûks não vierem logo, é melhor nos abrigarmos e atirarmos sem fazer perguntas. Precisa haver algum combate antes disto se resolver, Sr. Frodo."

Os Tûks vieram logo. Não demorou para chegarem marchando, em número de cem, de Tuqueburgo e das Colinas Verdes, com Pippin à frente. Merry já tinha bastante hobbits robustos para lidar com os rufiões. Os batedores relataram que eles estavam se mantendo bem juntos. Sabiam que a região se levantara contra eles, e claramente pretendiam lidar impiedosamente com a rebelião em seu centro, em Beirágua. Mas, por muito cruéis que fossem, pareciam não ter entre eles um líder que entendesse de conflito armado. Vinham sem nenhuma precaução. Merry fez seus planos rapidamente.

Os rufiões vinham em tropel pela Estrada Leste e, sem parar, viraram na Estrada de Beirágua, que corria por alguma distância em um aclive entre ribanceiras altas, com sebes baixas no topo. Virando uma curva, a cerca de um oitavo de milha da estrada principal, encontraram uma barreira resistente de velhas carroças de fazenda viradas. Isso os deteve. No mesmo momento deram-se conta de que as sebes de ambos os lados, logo acima de suas cabeças, estavam cheias de hobbits enfileirados. Atrás deles, outros hobbits empurraram mais algumas carroças que estavam escondidas em um campo, e assim bloquearam o caminho de volta. Uma voz lhes falou de cima.

"Bem, vocês andaram para dentro de uma armadilha", disse Merry. "Seus camaradas da Vila-dos-Hobbits fizeram a mesma coisa, e um deles está morto, e os outros estão prisioneiros. Deponham as armas! Depois recuem vinte passos e sentem-se. Quem tentar escapar será alvejado."

Mas os rufiões já não podiam ser intimidados tão facilmente. Alguns deles obedeceram, mas de imediato foram atiçados pelos companheiros. Uma vintena ou mais correu para trás e atacou as carroças. Seis foram alvejados, mas os demais irromperam, matando dois hobbits e espalhando-se depois pelo terreno, na direção da Ponta do Bosque. Mais dois tombaram ao correr. Merry deu um toque alto de trompa, e outros toques responderam de longe.

"Não irão longe", disse Pippin. "Toda essa região já está fervilhando com nossos caçadores."

Lá atrás, os Homens apanhados na estrada, ainda cerca de quatro vintenas, tentavam escalar a barreira e as ribanceiras, e os hobbits foram obrigados a atirar em muitos deles ou golpeá-los com machados. Mas muitos dos mais fortes e desesperados saíram pelo lado oeste e atacaram os inimigos com ferocidade, agora com mais intenção de matar que de fugir. Vários hobbits tombaram, e os demais estavam hesitantes, quando Merry e Pippin, que estavam do lado leste, atravessaram e atacaram os rufiões. O próprio Merry matou o líder, um grande brutamontes vesgo semelhante a um enorme orque. Então recolheu sua gente, cercando os últimos remanescentes dos Homens com um largo anel de arqueiros.

Finalmente estava tudo terminado. Quase setenta rufiões jaziam mortos no campo e uma dúzia fora aprisionada.

Dezenove hobbits foram mortos e cerca de trinta ficaram feridos. Os rufiões mortos foram carregados em carroças, levados para uma antiga cova de areia próxima e enterrados lá: na Cova da Batalha, como se chamou depois. Os hobbits tombados foram sepultados juntos em um túmulo na encosta da colina, onde mais tarde erigiram uma grande pedra com um jardim em volta. Assim terminou a Batalha de Beirágua, em 1419, a última batalha travada no Condado e a única desde os Verdescampos, em 1147, lá longe na Quarta Norte. Como consequência, apesar de felizmente ter custado muito poucas vidas, ela tem seu próprio capítulo no *Livro Vermelho*, e os nomes de todos os que participaram entraram em um Rol e foram aprendidos de cor pelos historiadores do Condado. O muito considerável incremento de fama e fortuna dos Villas data dessa época; mas no topo do Rol, em todos os relatos, constam os nomes dos Capitães Meriadoc e Peregrin.

Frodo estivera na batalha, mas não sacara a espada e seu principal papel fora evitar que os hobbits, enraivecidos por suas perdas, matassem aqueles dentre os inimigos que depusessem as armas. Quando o combate terminou e os trabalhos subsequentes estavam arranjados, Merry, Pippin e Sam se juntaram a ele, e cavalgaram de volta com os Villas. Comeram um almoço tardio, e então Frodo disse com um suspiro: "Bem, imagino que agora seja hora de lidarmos com o 'Chefe'."

"Sim, de fato, quanto mais cedo melhor", assentiu Merry. "E não seja gentil demais! Ele é responsável por trazer esses rufiões e por todo o mal que eles fizeram."

O Fazendeiro Villa reuniu uma escolta de cerca de duas dúzias de hobbits robustos. "Porque é só uma suposição que não restam rufiões em Bolsão", disse ele. "Não sabemos." Então partiram a pé. Frodo, Sam, Merry e Pippin foram à frente.

Foi uma das horas mais tristes de suas vidas. A grande chaminé se ergueu diante deles; e ao se aproximarem da velha aldeia do outro lado do Água, através de fileiras de casas novas e miseráveis de ambos os lados da estrada, viram o novo moinho em toda a sua feiura carrancuda e vil: um grande prédio de tijolos escarranchado sobre o rio, conspurcando-o com um efluente fumegante e fedorento. Em toda a extensão da Estrada de Beirágua as árvores haviam sido derrubadas uma a uma.

Quando atravessaram a ponte e ergueram os olhos para a Colina, deram um grito sufocado. Nem a visão de Sam no Espelho o preparara para o que viam. A Granja Velha do lado oeste fora demolida e seu lugar fora ocupado por fileiras de barracões alcatroados. Todas as castanheiras tinham sumido. As ribanceiras e as cercas vivas estavam despedaçadas. Grandes carroções estavam postados em desordem em um campo pisoteado e sem grama. A Rua do Bolsinho era uma pedreira escancarada de areia e cascalho. Bolsão, mais à frente, não podia ser visto devido a um grupo desordenado de grandes cabanas.

"Derrubaram ela!", exclamou Sam. "Derrubaram a Árvore da Festa!" Apontou o lugar onde se erguera a árvore sob a qual Bilbo fizera seu Discurso de Despedida. Ela jazia no campo, podada e morta. Como se aquilo fosse a última gota, Sam irrompeu em lágrimas.

Uma risada as interrompeu. Havia um hobbit carrancudo, vadiando encostado ao muro baixo do pátio do moinho. Tinha o rosto enfarruscado e as mãos pretas. "Não gostou, Sam?", escarneceu ele. "Mas você sempre foi mole. Pensei que tinha ido embora num dos navios de que costumava tagarelar, navegando, navegando. Quer voltar para quê? Agora temos trabalho para fazer no Condado."

"Estou vendo", disse Sam. "Não tem tempo para se lavar, mas tem para se apoiar no muro. Mas olhe aqui, Mestre Ruivão, tenho contas a acertar nesta aldeia e não as aumente com sua zombaria, do contrário vai assumir uma conta grande demais pro seu bolso."

Ted Ruivão cuspiu por cima do muro. "Diacho!", exclamou ele. "Não pode encostar em mim. Sou amigo do Patrão. Mas ele é que vai encostar em você se eu ouvir mais coisas da sua boca."

"Não desperdice mais palavras com o tolo, Sam!", disse Frodo. "Espero que não haja muito mais hobbits que se tornaram assim. Seria um problema maior que todos os danos que os Homens causaram."

"Você é sujo e insolente, Ruivão", disse Merry. "E também está se enganando bastante nas contas. Estamos agora subindo a Colina para remover seu precioso Patrão. Lidamos com os Homens dele."

Ted ficou boquiaberto, pois naquele momento chegou a ver a escolta que, a um sinal de Merry, estava marchando por cima da ponte. Correu de volta para o moinho, saiu com uma trompa e soprou-a com força.

"Poupe seu fôlego!", riu-se Merry. "Tenho uma melhor." Então, erguendo a trompa de prata, soprou-a, e seu chamado nítido ressoou por cima da Colina; e das tocas, dos barracões e das casas miseráveis da Vila-dos-Hobbits os hobbits responderam, e vieram copiosos e, com vivas e gritos altos, seguiram a companhia estrada acima, rumo a Bolsão.

No alto da vereda o grupo parou, e Frodo e seus amigos prosseguiram; e finalmente chegaram ao lugar outrora querido. O jardim estava repleto de cabanas e barracões, alguns tão perto das antigas janelas do oeste que tapavam toda a luz. Havia montes de refugo em toda a parte. A porta estava cheia de marcas; a corrente da campainha balançava solta, e a campainha não tocava. Batendo à porta, não obtiveram resposta. Por fim empurraram, e a porta cedeu. Entraram. O lugar fedia e estava cheio de sujeira e desordem: não parecia ter sido usado por algum tempo.

"Onde se escondeu aquele miserável Lotho?", indagou Merry. Haviam dado busca em todos os cômodos sem encontrarem nenhum ser vivo, exceto ratos e camundongos. "Vamos pedir aos outros que procurem nos barracões?"

"Isto é pior que Mordor!", disse Sam. "Muito pior, de certo modo. Atinge a gente, como dizem, porque é nossa casa, e lembramos dela antes que estivesse toda arruinada."

"Sim, isto é Mordor", afirmou Frodo. "Mais uma de suas obras. Saruman estava fazendo a sua obra o tempo todo, mesmo quando pensava que trabalhava para si mesmo. E foi o mesmo com os que Saruman logrou, como Lotho."

Merry olhou em volta, aturdido e enojado. "Vamos sair!", disse ele. "Se soubesse de todo o malefício que ele causou, eu devia ter enfiado minha bolsa garganta abaixo de Saruman."

"Sem dúvida, sem dúvida! Mas não enfiou, e assim sou capaz de lhe dar as boas-vindas ao lar." Ali, de pé à porta, estava o próprio Saruman, com aspecto bem alimentado e bem satisfeito; seus olhos brilhavam de malícia e diversão.

Uma súbita luz iluminou Frodo. "Charcoso!", exclamou ele.

Saruman riu. "Então ouviu o nome, não é? Toda a minha gente costumava me chamar assim em Isengard, creio. Um sinal de afeto, possivelmente.[1] Mas é evidente que você não esperava me ver aqui."

"Não esperava", respondeu Frodo. "Mas podia ter adivinhado. Uma pequena maldade de modo mesquinho: Gandalf me alertou de que você ainda era capaz disso."

"Bem capaz," disse Saruman, "e mais que um pouco. Vocês me fizeram rir, senhorezinhos hobbits, cavalgando por aí com toda aquela grande gente, tão seguros e tão contentes com suas próprias pessoazinhas. Pensavam que tinham se dado muito bem em tudo isso e que agora podiam simplesmente passear de volta e passar um belo tempo tranquilo no campo. A casa de Saruman podia ser toda destroçada e ele podia ser expulso, mas ninguém podia tocar na sua. Ó não! Gandalf ia cuidar dos seus assuntos."

Saruman riu outra vez. "Não ele! Quando seus instrumentos cumpriram a tarefa, ele os deixa cair. Mas vocês têm de ir pendurados atrás dele, folgando, conversando e dando uma volta duas vezes maior que o necessário. 'Bem,' pensei eu, 'se são tão tolos assim, vou me adiantar a eles e lhes ensinar uma lição. O mal com o mal se paga.' Seria uma lição mais dura se me tivessem dado um pouco mais de tempo e de Homens. Ainda assim, já fiz muita coisa que acharão difícil consertar ou desfazer em suas vidas. E será agradável pensar nisso e assim compensar minhas injúrias."

"Bem, se é nisso que encontra prazer," retrucou Frodo, "sinto pena de você. Será apenas um prazer da lembrança, receio. Vá embora imediatamente e não volte jamais!"

---

[1]Era provavelmente de origem órquica: *sharkû*, "ancião". [N. A.]

Os hobbits da aldeia tinham visto Saruman saindo de uma das cabanas e vieram apinhar-se de imediato à porta de Bolsão. Quando ouviram o comando de Frodo, murmuraram irados:

"Não o deixem ir! Matem-no! É um vilão e assassino. Matem-no!"

Saruman olhou em torno, para seus rostos hostis, e sorriu. "Matem-no!", zombou ele. "Matem-no, se pensam que estão em número suficiente, meus bravos hobbits!" Ergueu-se e os encarou de modo sombrio com seus olhos negros. "Mas não pensem que ao perder todos os meus bens perdi todo o meu poder! Quem me atingir há de ser amaldiçoado. E se meu sangue manchar o Condado, ele há de murchar e jamais será curado."

Os hobbits recuaram. Mas Frodo disse: "Não acreditem nele! Ele perdeu todo o poder, exceto pela voz que ainda pode assustá-los e enganá-los, se deixarem. Mas não quero que seja morto. É inútil enfrentar vingança com vingança: isso não sara nada. Vá, Saruman, pelo caminho mais rápido!"

"Verme! Verme!", chamou Saruman; e de uma cabana próxima veio Língua-de-Cobra, rastejando, quase como um cão. "Para a estrada outra vez, Verme!", disse Saruman. "Estes belos sujeitos e senhorezinhos estão nos pondo à deriva outra vez. Venha comigo!"

Saruman virou-se para ir, e Língua-de-Cobra o seguiu, arrastando os pés. Mas no momento em que Saruman passava por Frodo, uma faca reluziu em sua mão, e ele golpeou depressa. A lâmina entortou-se na cota de malha oculta e se partiu. Uma dúzia de hobbits, liderados por Sam, saltaram à frente com um grito e lançaram o vilão ao chão. Sam sacou a espada.

"Não, Sam!", exclamou Frodo. "Não o mate nem agora. Pois ele não me feriu. E, em todo caso, não desejo que seja morto com este ânimo mau. Ele foi grande outrora, de uma espécie nobre contra a qual não deveríamos ousar erguer as mãos. Ele caiu, e sua cura está além de nossas forças; mas ainda assim eu o poupo na esperança de que possa encontrá-la."

Saruman pôs-se de pé e encarou Frodo. Havia em seus olhos um estranho olhar de espanto, respeito e ódio misturados. "Você cresceu, Pequeno", disse ele. "Sim, cresceu muito. Você é sábio e cruel. Roubou a doçura de minha vingança, e agora tenho de partir daqui em amargura, em dívida com sua clemência. Eu a odeio e a você! Bem, vou-me e não os perturbarei mais. Mas não esperem que lhes deseje saúde e vida longa. Não terão nem uma nem outra. Mas isso não é obra minha. Eu apenas prevejo."

Saiu andando, e os hobbits abriram uma senda para ele passar; mas os nós dos dedos ficaram brancos ao segurarem as armas. Língua-de-Cobra hesitou e depois seguiu seu mestre.

"Língua-de-Cobra!", chamou Frodo. "Não precisa segui-lo. Não sei de nenhum mal que me tenha feito. Aqui pode ter descanso e comida por algum tempo até estar mais forte e poder seguir seu próprio caminho."

Língua-de-Cobra parou e o olhou de volta, meio preparado para ficar. Saruman virou-se. "Nenhum mal?", cacarejou. "Ó não! Mesmo quando se esgueira à noite é só para olhar as estrelas. Mas ouvi alguém perguntar onde se esconde o pobre Lotho? Você sabe, não sabe, Verme? Vai contar a eles?"

Língua-de-Cobra agachou-se e choramingou: "Não, não!"

"Então eu vou", respondeu Saruman. "Verme matou seu Chefe, pobre sujeitinho, seu belo pequeno Patrão. Não foi, Verme? Esfaqueou-o enquanto dormia, creio. Enterrou-o, espero; porém Verme tem estado muito faminto ultimamente. Não, realmente Verme não é bonzinho. Seria melhor deixá-lo comigo."

Um olhar de ódio selvagem tomou conta dos olhos vermelhos de Língua-de-Cobra. "Você me disse; você me mandou fazer isso", chiou.

Saruman riu. "Você faz o que Charcoso diz sempre, não é, Verme? Bem, agora ele diz: siga!" Chutou o rosto de Língua-de-Cobra, que rastejava, virou-se e partiu. Mas naquele ponto alguma coisa estalou: de repente Língua-de-Cobra se ergueu, sacando um punhal escondido, e então, com um rosnado canino, saltou nas costas de Saruman, puxou-lhe bruscamente a cabeça para trás, cortou-lhe a garganta e, com um berro, fugiu correndo pela vereda. Antes que Frodo pudesse se recuperar ou dizer palavra, três arcos de hobbits zuniram, e Língua-de-Cobra caiu morto.

Para consternação dos que estavam em volta, uma névoa cinzenta se adensou em torno do corpo de Saruman e, subindo lentamente a grande altura como a fumaça de uma fogueira, ergueu-se sobre a Colina como pálido vulto amortalhado. Por um momento hesitou, voltando-se para o Oeste; mas do Oeste veio um vento frio, e ele se vergou para o outro lado e, com um suspiro, dissolveu-se em nada.

Frodo baixou os olhos para o corpo com pena e horror, pois enquanto olhava parecia que longos anos de morte subitamente se revelavam nele, e ele se encolheu, e o rosto enrugado se tornou em farrapos de pele sobre um crânio hediondo. Levantando a aba da capa suja que jazia ao lado, ele o cobriu e lhe deu as costas.

"E isso é o fim disso", afirmou Sam. "Um fim detestável e queria não tê-lo visto; mas já vai tarde."

"E é o último fim da Guerra, espero", disse Merry.

"Assim espero", assentiu Frodo e suspirou. "O último dos golpes. Mas pensar que seria desferido aqui, mesmo à porta de Bolsão! Entre todas as minhas esperanças e temores jamais esperei isso."

"Não vou chamar de fim antes de limparmos a sujeira", disse Sam, abatido. "E isso vai exigir um monte de tempo e trabalho."

9

Os Portos Cinzentos

Certamente a limpeza exigiu muito trabalho, mas levou menos tempo do que Sam receara. No dia após a batalha, Frodo cavalgou até Grá-Cava e libertou os prisioneiros de Tocadeados. Um dos primeiros que encontraram foi o pobre Fredegar Bolger, não mais Fofo. Fora apanhado quando os rufiões desbarataram um bando de rebeldes, liderados por ele, dos esconderijos no alto das Tocas-dos-Texugos, junto às colinas de Escári.

"Afinal, teria sido melhor se você tivesse vindo conosco, pobre velho Fredegar!", disse Pippin enquanto o carregavam para fora, fraco demais para andar.

Ele abriu um olho e bravamente tentou sorrir. "Quem é este jovem gigante com voz possante?", sussurrou. "Não o pequeno Pippin! Qual o seu número de chapéu agora?"

Depois foi a vez de Lobélia. A coitada parecia muito velha e magra quando a resgataram de uma cela escura e estreita. Insistiu em sair mancando com os próprios pés; e teve tal recepção, e houve tantas palmas e vivas quando ela surgiu, apoiada no braço de Frodo, mas ainda agarrada na sombrinha, que ficou bem emocionada e partiu às lágrimas em sua carreta. Nunca antes na vida tinha sido popular. Mas ficou arrasada com a notícia do assassinato de Lotho e não quis voltar a Bolsão. Devolveu-o a Frodo e foi ter com sua própria gente, os Justa-Correias de Tocadura.

Quando a pobre criatura morreu na primavera seguinte — afinal de contas, tinha mais de cem anos de idade — Frodo ficou surpreso e muito emocionado: ela lhe deixara todo o resto do seu dinheiro, e o de Lotho, para que o usasse ajudando hobbits que os distúrbios haviam deixado sem lar. Assim terminou aquela contenda.

O velho Will Pealvo estivera mais tempo em Tocadeados que qualquer outro e, apesar de talvez ter sido tratado com menos rigor que alguns, precisou de muito alimento até ter aspecto de Prefeito; portanto, Frodo concordou em agir como seu Substituto até o Sr. Pealvo estar em forma outra vez. A única coisa que fez como Prefeito Substituto foi reduzir os Condestáveis às suas corretas funções e quantidades. A tarefa de caçar o último remanescente dos rufiões foi entregue a Merry e Pippin, e logo foi cumprida. Os bandos do sul, depois de ouvirem as notícias da Batalha de Beirágua, fugiram da região e ofereceram pouca resistência ao Thain. Antes do Fim do Ano, os poucos sobreviventes foram arrebanhados na floresta, e os que se renderam foram mandados para lá das fronteiras.

Enquanto isso, o trabalho de reparos avançava a toda, e Sam manteve-se muito ocupado. Os hobbits são capazes de trabalhar como abelhas quando são acometidos pelo ânimo e pela necessidade. Agora havia milhares de mãos dispostas de todas as idades, desde as pequenas, porém ágeis, dos rapazes e moças hobbits até as gastas e calosas dos vovôs e vovós. Antes de Iule não restava em pé um tijolo das novas Casas-de-Condestáveis nem de qualquer coisa que fora construída pelos "Homens de Charcoso"; mas os tijolos foram usados para consertar muitas velhas tocas, para torná-las mais confortáveis e secas. Foram encontrados grandes estoques de bens e comida, e de cerveja, que os rufiões tinham escondido em galpões e celeiros e tocas abandonadas, em especial nos túneis de Grã-Cava e nas antigas pedreiras de Escári; assim, aquele Iule foi bem mais alegre do que se esperava.

Uma das primeiras coisas feitas na Vila-dos-Hobbits, mesmo antes da remoção do novo moinho, foi a limpeza da Colina e de Bolsão e o restauro da Rua do Bolsinho. A frente da nova cova de areia foi toda nivelada e transformada em um grande jardim abrigado, e novas tocas foram escavadas na face sul, entrando pela Colina, e foram revestidas de tijolos. O Feitor foi reinstalado no Número Três; e dizia com frequência, e não se importava com quem o ouvisse:

"É um mau vento o que não sopra coisa boa para ninguém, como sempre digo. E Tudo está bem quando acaba Melhor!"

Houve algumas discussões sobre o nome que deveria ser dado à nova rua. Pensou-se em Jardins da Batalha ou em Melhores Smials. Mas algum tempo depois, ao razoável modo dos hobbits, foi chamada simplesmente de Rua Nova. Era uma piada puramente local de Beirágua referir-se a ela como Fim de Charcoso.

As árvores representavam a pior perda e dano, pois a mando de Charcoso tinham sido derrubadas afoitamente em todas as partes do Condado; e Sam lamentava isso mais que tudo. Pois, para começar, aquela ferida demoraria para sarar, e só seus bisnetos, pensava, veriam o Condado como deveria ser.

Então certo dia, de repente, pois passara semanas ocupado demais para pensar em suas aventuras, lembrou-se da dádiva de Galadriel. Tirou a caixa e a mostrou aos outros Viajantes (pois agora todos os chamavam assim) e lhes pediu um conselho.

"Eu me perguntava quando você iria pensar nela", comentou Frodo. "Abra-a!"

Lá dentro ela estava cheia de um pó cinzento, macio e fino, no meio do qual havia uma semente, parecida com uma pequena noz com casca de prata. "O que posso fazer com isto?", indagou Sam.

"Jogue-o no ar em dia de vento e deixe que faça seu trabalho!", respondeu Pippin.

"Em quê?", disse Sam.

"Escolha um ponto como sementeira e veja o que acontece com as plantas de lá", sugeriu Merry.

"Mas estou certo de que a Senhora não gostaria de que eu guardasse tudo para o meu próprio jardim, agora que tanta gente sofreu", disse Sam.

"Use toda a sagacidade e o conhecimento que você mesmo possui, Sam," disse Frodo, "e depois use a dádiva para ajudar e melhorar seu trabalho. E use-a de modo frugal. Aqui não há muito, e imagino que cada grão tem seu valor."

Assim Sam plantou rebentos em todos os lugares onde árvores especialmente bonitas ou apreciadas tinham sido destruídas e pôs um grão do precioso pó na terra de cada raiz. Subiu e desceu pelo Condado nesse trabalho; mas, se dava atenção especial à

Vila-dos-Hobbits e a Beirágua, ninguém o culpava. E no fim descobriu que ainda lhe restava um pouco do pó; então foi à Pedra das Três Quartas, que fica tão perto quanto possível do centro do Condado, e o jogou no ar com sua bênção. Plantou a pequena noz prateada no Campo da Festa onde outrora estivera a árvore; e perguntou-se o que resultaria disso. Durante todo o inverno manteve-se tão paciente quanto pôde e tentou se refrear de passar por ali constantemente para ver se acontecia alguma coisa.

A primavera ultrapassou suas esperanças mais imoderadas. Suas árvores começaram a brotar e crescer, como se o tempo tivesse pressa e quisesse fazer um ano valer por vinte. No Campo da Festa surgiu um lindo rebento novo: tinha casca de prata e folhas compridas, e em abril irrompeu em flores douradas. Era de fato um *mallorn* e foi a maravilha da redondeza. Em anos posteriores, crescendo em graça e beleza, ficou conhecido por toda a parte, e as pessoas faziam longas jornadas para vê-lo: o único *mallorn* a oeste das Montanhas e a leste do Mar e um dos mais belos do mundo.

No conjunto, 1420 foi um ano admirável no Condado. Não somente houve maravilhosa luz do sol e chuva deliciosa, no devido tempo e em perfeita medida, mas parecia haver algo mais: um ar de riqueza e crescimento e um lampejo de beleza além da dos verões mortais que tremeluzem e passam nesta Terra-média. Todas as crianças nascidas ou concebidas naquele ano, e foram muitas, eram belas de se ver e fortes, e a maioria tinha lindos cabelos dourados que antes foram raros entre os hobbits. As frutas foram tão abundantes que os jovens hobbits quase se banhavam em morangos e creme; e mais tarde sentavam-se nos gramados sob as ameixeiras e comiam até fazerem montes de caroços como pequenas pirâmides, ou como os crânios empilhados de um conquistador, e depois seguiam adiante. E ninguém adoecia, e todos estavam contentes, exceto os que tinham de cortar a grama.

Na Quarta Sul as parreiras estavam carregadas, e o rendimento de "erva" foi espantoso; e em toda a parte havia tanto trigo na Colheita que todos os celeiros ficaram apinhados.

OS PORTOS CINZENTOS

A cevada da Quarta Norte era tão excelente que a cerveja do malte de 1420 foi lembrada por muito tempo e se tornou proverbial. De fato, uma geração mais tarde era possível ouvir algum velho vovô em uma estalagem, depois de um bom quartilho de cerveja merecida, descansando a caneca com um suspiro: "Ah! essa foi uma verdadeira mil quatrocentos e vinte, foi sim!"

Primeiro Sam morou na casa dos Villas com Frodo; mas quando a Rua Nova ficou pronta foi para lá com o Feitor. Além de todas as suas outras labutas, estava ocupado dirigindo a limpeza e restauração de Bolsão; mas frequentemente estava viajando no Condado em seu trabalho de reflorestação. Portanto, não estava em casa no começo de março, e não soube que Frodo estivera doente. No dia treze daquele mês o Fazendeiro Villa encontrou Frodo deitado na cama; agarrava-se a uma gema branca que pendia de uma corrente em volta do seu pescoço e parecia meio imerso em sonho.

"Foi-se para sempre," disse ele, "e agora tudo está escuro e vazio."

Mas o acesso passou, e quando Sam voltou, no dia vinte e cinco, Frodo se recuperara e nada disse sobre si. Enquanto isso, Bolsão havia sido posto em ordem, e Merry e Pippin vieram de Cricôncavo trazendo de volta toda a antiga mobília e equipamentos, de modo que logo a velha toca tinha quase o mesmo aspecto que sempre tivera.

Quando finalmente estava tudo pronto, Frodo disse: "Quando vai se mudar para cá e ficar comigo, Sam?"

Sam pareceu um tanto constrangido.

"Não é preciso vir ainda, se não quiser", continuou Frodo. "Mas você sabe que o Feitor está por perto, e ele será muito bem cuidado pela Viúva Rumbo."

"Não é isso, Sr. Frodo", disse Sam, e ficou muito vermelho.

"Bem, o que é?"

"É a Rosinha, Rosa Villa", respondeu Sam. "Parece que ela não gostou nem um pouco de minha viagem ao estrangeiro, pobre moça; mas, como eu não tinha falado, ela não pôde dizer isso. E não falei porque tinha um trabalho para fazer primeiro.

Mas agora falei, e ela disse: 'Bem, você desperdiçou um ano, então por que esperar mais?' 'Desperdicei?', eu perguntei. 'Eu não diria isso.' Ainda assim, entendo o que ela quer dizer. Eu me sinto dividido em dois, como se poderia dizer."

"Entendo," comentou Frodo, "você quer se casar e ainda assim também quer morar comigo em Bolsão? Mas, meu caro Sam, que fácil! Case-se assim que puder e depois mude-se para cá com Rosinha. Em Bolsão há espaço de sobra para uma família tão grande quanto você possa querer."

E assim ficou acertado. Sam Gamgi casou-se com Rosa Villa na primavera de 1420 (que ficou famosa por seus casamentos), e foram morar em Bolsão. E, se Sam achava que era sortudo, Frodo sabia que ele próprio era mais; pois não havia um hobbit no Condado que fosse tratado com tantos cuidados. Quando os trabalhos de conserto tinham sido todos planejados e postos em marcha, ele assumiu uma vida tranquila, escrevendo muito e repassando todas as suas anotações. Renunciou ao cargo de Prefeito Substituto na Feira Livre daquele Meio-do-Verão, e o querido velho Will Pealvo ganhou mais sete anos presidindo Banquetes.

Merry e Pippin moraram juntos em Cricôncavo por algum tempo, e houve muitas idas e vindas entre a Terra-dos-Buques e Bolsão. Os dois jovens Viajantes fizeram muito sucesso no Condado com suas canções, suas histórias, seus atavios e suas maravilhosas festas. As pessoas os chamavam de "senhoris", o que só queria dizer coisa boa; pois todos os corações se alegravam de os ver passar cavalgando com suas cotas de malha tão reluzentes e seus escudos tão esplêndidos, rindo e cantando canções de lugares longínquos; e se agora eram grandes e magníficos, de resto não haviam mudado, a não ser por serem de fato mais corteses, mais joviais e mais plenos de divertimento do que nunca antes.

Frodo e Sam, no entanto, voltaram aos trajes normais, exceto que, quando era necessário, ambos usavam longas capas cinzentas, finamente tecidas e afiveladas no pescoço com lindos broches; e o Sr. Frodo sempre usava uma joia branca em uma corrente, que manuseava com frequência.

Agora corria tudo bem, sempre com a esperança de se tornar melhor; e Sam estava tão ocupado e tão pleno de deleite como até um hobbit poderia desejar. Para ele nada prejudicou todo aquele ano, exceto por uma vaga ansiedade a respeito de seu patrão. Frodo afastou-se discretamente de todas as ocorrências do Condado, e Sam ficou condoído de perceber quão pouca honra Frodo tinha em seu próprio país. Poucas pessoas sabiam ou queriam saber de seus feitos e aventuras; sua admiração e respeito eram dados mormente ao Sr. Meriadoc, ao Sr. Peregrin e (se é que Sam o sabia) a ele mesmo. Além disso, no outono surgiu uma sombra de antigos infortúnios.

Certa tarde, Sam entrou no estúdio e encontrou o patrão com aspecto muito estranho. Estava muito pálido, e seus olhos pareciam ver coisas distantes.

"Qual é o problema, Sr. Frodo?", perguntou Sam.

"Estou ferido," respondeu ele, "ferido; jamais vai sarar de verdade."

Mas depois levantou-se, e o acesso pareceu passar, e no dia seguinte era ele próprio outra vez. Foi só mais tarde que Sam recordou que a data fora seis de outubro. Naquele dia, dois anos antes, estava escuro no vale ao pé do Topo-do-Vento.

O tempo seguiu seu curso, e chegou o ano de 1421. Em março Frodo adoeceu de novo, mas escondeu o fato com grande esforço, pois Sam tinha outras coisas em que pensar. O primeiro rebento de Sam e Rosinha nasceu em vinte e cinco de março, uma data que Sam observou.

"Bem, Sr. Frodo", disse ele. "Estou em um belo impasse. Rosa e eu tínhamos decidido chamá-lo de Frodo, com sua licença; mas não é *ele*, é *ela*. Se bem que é uma menina tão bonita como qualquer um poderia desejar, puxando mais à Rosa que a mim, por sorte. Então não sabemos o que fazer."

"Bem, Sam," comentou Frodo, "o que há de errado com os velhos costumes? Escolham um nome de flor como Rosa. Metade das meninas do Condado é chamada por nomes assim, e o que poderia ser melhor?"

"Acho que tem razão, Sr. Frodo", disse Sam. "Ouvi alguns lindos nomes em minhas viagens, mas acho que são um pouco grandiosos demais para uso e abuso diário, como se poderia dizer. O Feitor, ele diz: 'Faça com que seja curto, e aí não vai ter que encurtar antes de poder usar.' Mas, se for ser um nome de flor, então não me preocupo com o comprimento: precisa ser uma flor bonita, porque, sabe, penso que ela é muito bonita e vai ficar bonitona."

Frodo pensou por um momento. "Bem, Sam, que tal *elanor*, a estrela-sol, lembra-se, a florzinha dourada na relva de Lothlórien?"

"Tem razão mais uma vez, Sr. Frodo!", exclamou Sam com deleite. "Era isso que eu queria."

A pequena Elanor tinha quase seis meses de idade, e 1421 entrara no outono, quando Frodo chamou Sam ao estúdio.

"Na quinta-feira será o aniversário de Bilbo, Sam", comentou ele. "E ele vai ultrapassar o Velho Tûk. Vai fazer cento e trinta e um anos!"

"Vai mesmo!", disse Sam. "Ele é uma maravilha!"

"Bem, Sam," continuou Frodo, "quero que você consulte Rosa e descubra se ela pode abrir mão de você para que você e eu possamos partir juntos. É claro que agora você não pode ir longe nem ficar fora por muito tempo", disse ele, um pouco pensativo.

"Bem, não mesmo, Sr. Frodo."

"Claro que não. Mas não se preocupe. Você poderá me despachar. Diga à Rosa que não vai ficar fora muito tempo, não mais que uma quinzena; e que vai voltar em total segurança."

"Queria poder ir com o senhor no caminho todo de Valfenda, Sr. Frodo, e ver o Sr. Bilbo", afirmou Sam. "Porém, o único lugar onde realmente quero estar é aqui. Estou dividido assim."

"Pobre Sam! A sensação vai ser essa, receio", disse Frodo. "Mas você será curado. Você foi feito para ser sólido e inteiro, e será."

No próximo dia ou dois, Frodo repassou seus papéis e seus escritos com Sam e entregou suas chaves. Havia um livro grande com capas lisas de couro vermelho; suas páginas altas já estavam quase preenchidas. No começo havia muitas folhas cobertas com a caligrafia de Bilbo, delgada e errante; mas a maior parte

OS PORTOS CINZENTOS

estava escrita na letra firme e fluida de Frodo. Estava dividido em capítulos, mas o Capítulo 80 estava inacabado, e depois disso havia algumas folhas em branco. O frontispício tinha muitos títulos escritos, riscados um após o outro, assim:

Meu Diário. Minha Jornada Inesperada. Lá e de Volta Outra Vez. E o Que Aconteceu Depois. Aventuras de Cinco Hobbits. O Conto do Grande Anel, compilado por Bilbo Bolseiro das suas próprias observações e dos relatos de seus amigos. O Que Fizemos na Guerra do Anel.

Ali terminava a caligrafia de Bilbo, e Frodo escrevera:

A QUEDA

DO

SENHOR DOS ANÉIS

E O

RETORNO DO REI

(conforme visto pelo Povo Pequeno;
consistindo nas memórias de Bilbo e Frodo
do Condado, suplementadas pelos relatos de
seus amigos e a erudição dos Sábios.)

*Junto com extratos dos Livros de Saber traduzidos
por Bilbo em Valfenda.*

"Ora, o senhor quase o terminou, Sr. Frodo!", exclamou Sam. "Bem, preciso dizer que se esforçou."

"Já terminei, Sam", disse Frodo. "As últimas páginas são para você."

Em vinte e um de setembro partiram juntos, Frodo no pônei que o trouxera desde Minas Tirith, e que agora se chamava Passolargo; e Sam em seu querido Bill. Era uma bela manhã dourada, e Sam não perguntou aonde estavam indo: achava que era capaz de adivinhar.

Tomaram a Estrada de Tronco por cima das colinas, rumaram para a Ponta do Bosque e deixaram os pôneis andarem à vontade. Acamparam nas Colinas Verdes e, em vinte e dois de setembro, desceram devagar para o começo da área arborizada à medida que a tarde declinava.

"Se essa não é a mesma árvore atrás da qual o senhor se escondeu quando o Cavaleiro Negro surgiu pela primeira vez, Sr. Frodo!", comentou Sam, apontando para a esquerda. "Parece um sonho agora."

Estava anoitecendo, e as estrelas rebrilhavam no céu oriental quando passaram pelo carvalho arruinado, fizeram a curva e seguiram descendo a colina entre as moitas de aveleiros. Sam estava em silêncio, mergulhado em suas lembranças. Logo deu-se conta de que Frodo cantava baixinho para si mesmo, cantava a velha canção de caminhada, mas as palavras não eram bem as mesmas.

> *Virando a esquina espera quieto*
> *Caminho novo, portão secreto;*
> *E, se hoje de relance os vejo,*
> *Um dia virá em que desejo*
> *Que tomarei a trilha nua*
> *A Leste da Sol, a Oeste do Lua.*[A]

E como que respondendo lá debaixo, vindas estrada acima desde o vale, vozes cantavam:

> *A! Elbereth Gilthoniel!*
> *silivren penna míriel*
> *o menel aglar elenath,*
> *Gilthoniel, A! Elbereth!*
> *Lembramos, a vagar ao léu,*
> *Na terra distante de selva agreste*
> *A luz de teus astros no Mar do Oeste.*[B]

Frodo e Sam pararam e sentaram-se em silêncio nas sombras suaves, até verem um reluzir quando os viajantes vieram em sua direção.

Ali estava Gildor, e muita bela gente-élfica; e ali, para maravilha de Sam, cavalgavam Elrond e Galadriel. Elrond trajava um manto cinzento e tinha uma estrela na testa, e em sua mão estava uma harpa de prata, e em seu dedo, um anel de ouro com uma grande pedra azul, Vilya, o mais poderoso dos Três. Mas Galadriel montava um palafrém branco e estava toda vestida de branco reluzente, como nuvens em torno da Lua; pois ela própria parecia brilhar com luz suave. Em seu dedo estava Nenya, o anel lavrado de *mithril*, que levava uma única pedra branca tremeluzindo como uma gélida estrela. Atrás, cavalgando devagar em um pequeno pônei cinzento e parecendo cabecear de sono, estava o próprio Bilbo.

Elrond saudou-os de modo grave e gracioso, e Galadriel sorriu-lhes. "Bem, Mestre Samwise", disse ela. "Ouço e vejo que usaste bem minha dádiva. Agora o Condado há de ser abençoado e amado mais do que nunca." Sam fez uma mesura, mas não achou nada para dizer. Esquecera-se de quão linda era a Senhora.

Então Bilbo acordou e abriu os olhos. "Alô, Frodo!", disse ele. "Bem, hoje ultrapassei o Velho Tûk! Então isso está resolvido. E agora acho que estou bem preparado para sair em outra jornada. Você vem?"

"Sim, eu vou", confirmou Frodo. "Os Portadores-dos-Anéis devem ir juntos."

"Aonde vai, Patrão?", exclamou Sam, como quem finalmente entende o que está acontecendo.

"Aos Portos, Sam", disse Frodo.

"E eu não posso ir."

"Não, Sam. Pelo menos não ainda, não para além dos Portos. Apesar de você também ter sido um Portador-do-Anel, ainda que por pouco tempo. Sua vez poderá chegar. Não fique triste demais, Sam. Não pode ficar sempre dividido. Vai ter de ser um e inteiro, por muitos anos. Você tem tanta coisa para apreciar, para ser e para fazer."

"Mas," disse Sam, e as lágrimas lhe brotaram dos olhos, "pensei que o senhor também ia apreciar o Condado por anos e anos, depois de tudo que fez."

"Também pensei assim, certa vez. Mas fui ferido fundo demais, Sam. Tentei salvar o Condado, e ele foi salvo, mas não para mim. Muitas vezes tem de ser assim, Sam, quando as coisas estão em perigo: alguém precisa desistir delas, perdê-las, para que outros possam mantê-las. Mas você é meu herdeiro: tudo o que tenho e poderia ter eu deixo para você. E você também tem Rosinha e Elanor; e virão o menino Frodo, a menina Rosinha, e Merry, Cachinhos d'Ouro e Pippin; e outros talvez que não posso ver. Suas mãos e sua sagacidade serão necessárias em toda parte. Vai ser Prefeito, é claro, pelo tempo que quiser, e o jardineiro mais famoso da história; e lerá coisas no *Livro Vermelho* e manterá viva a lembrança da era que se foi, de modo que as pessoas se lembrem do Grande Perigo e assim amem ainda mais sua terra amada. E isso o manterá tão ocupado e feliz como alguém pode ser, enquanto continuar sua parte da História.

"Venha agora, cavalgue comigo!"

Então Elrond e Galadriel seguiram em frente; pois a Terceira Era terminara, os Dias dos Anéis haviam passado e chegara o fim das histórias e canções daqueles tempos. Com eles foram muitos Elfos da Alta Linhagem que não queriam mais permanecer na Terra-média; e entre eles, repletos com uma tristeza que, no entanto, era abençoada e sem amargura, cavalgaram Sam, Frodo, Bilbo e os Elfos, deleitados em os honrar.

Apesar de cavalgarem através do meio do Condado por todo o entardecer e toda a noite, ninguém os viu passar, exceto as criaturas selvagens; ou aqui e ali algum viandante no escuro, que via um repentino bruxuleio sob as árvores, ou uma luz e sombra fluindo através da relva à medida que a Lua viajava para o oeste. E quando haviam passado pelo Condado, contornando os sopés meridionais das Colinas Brancas, chegaram às Colinas Distantes, e às Torres, e contemplaram o longínquo Mar; e assim desceram finalmente até Mithlond, aos Portos Cinzentos, no longo braço de mar de Lûn.

Quando vieram aos portões, Círdan, o Armador, adiantou-se para saudá-los. Era muito alto, e sua barba era longa, e era encanecido e velho, exceto pelos olhos, aguçados como estrelas; e olhou para eles, se inclinou e disse: "Tudo agora está pronto."

Então Círdan os conduziu aos Portos, e ali estava atracada uma nau branca, e no cais, junto de um grande cavalo branco, estava de pé um vulto todo trajado de branco que os aguardava. Quando se virou e veio na direção deles, Frodo viu que agora Gandalf usava abertamente na mão o Terceiro Anel, Narya, o Grande, e a pedra dele era rubra como fogo. Então os que iam partir se alegraram, pois souberam que Gandalf também embarcaria com eles.

Mas agora Sam tinha o coração pesaroso e pareceu-lhe que, se a despedida seria amarga, ainda mais aflitiva seria a longa estrada solitária para casa. Mas, enquanto estavam postados ali, e os Elfos estavam indo a bordo, e tudo estava sendo preparado para partir, vieram cavalgando Merry e Pippin em grande pressa. E em meio às lágrimas Pippin ria.

"Você tentou nos escapulir antes e fracassou, Frodo", disse ele. "Desta vez você quase conseguiu, mas fracassou de novo. Mas não foi Sam quem o traiu desta vez, mas o próprio Gandalf!"

"Sim," comentou Gandalf, "pois será melhor que retornem três juntos que um sozinho. Bem, finalmente aqui, caros amigos, nas praias do Mar chega o fim de nossa sociedade na Terra-média. Vão em paz! Não direi: não chorem; pois nem todas as lágrimas são más."

Então Frodo beijou Merry e Pippin, e Sam por último de todos, e subiu a bordo; e as velas foram içadas, e o vento soprou, e lentamente a nau deslizou descendo o longo e cinzento braço de mar; e a luz do vidro de Galadriel que Frodo levava reluziu e se perdeu. E a nau saiu para o Alto Mar e passou para o Oeste, até que por fim, em uma noite de chuva, Frodo sentiu uma doce fragrância no ar e ouviu o som de cantos que vinha por sobre a água. E então lhe pareceu que, assim como em seu sonho na casa de Bombadil, a cinzenta cortina de chuva se tornava toda em cristal prateado e rolava para longe, e contemplou praias brancas e, além delas, uma longínqua paisagem verde sob um breve nascer do sol.

Mas para Sam o entardecer se aprofundou em escuridão enquanto estava ali no Porto; e quando olhava o mar cinzento via apenas uma sombra nas águas que logo se perdeu no Oeste.

Ali ficou de pé ainda, até noite alta, ouvindo somente o suspiro e o murmúrio das ondas nas costas da Terra-média, e esse som mergulhou fundo em seu coração. Ao seu lado estavam Merry e Pippin, e faziam silêncio.

Por fim os três companheiros se voltaram, e sem jamais olharem para trás cavalgaram lentamente rumo ao lar; e não disseram palavra entre si até retornarem ao Condado, mas cada um teve grande consolo em seus amigos na longa estrada cinzenta.

Por fim passaram sobre as colinas e tomaram a Estrada Leste, e então Merry e Pippin seguiram em frente rumo à Terra-dos-Buques; e já cantavam a caminho. Mas Sam virou para Beirágua, e assim voltou a subir a Colina com mais outro dia chegando ao fim. E foi em frente, e havia uma luz amarela e fogo no interior; e a refeição vespertina estava pronta, e ele era esperado. E Rosa o trouxe para dentro, o sentou em sua cadeira e pôs a pequena Elanor em seu colo.

Inspirou profundamente. "Bem, estou de volta", disse ele.

APÊNDICE A

ANAIS DOS REIS E GOVERNANTES

No que diz respeito às fontes da maior parte do material contido nos Apêndices seguintes, especialmente A a D, ver a nota ao final do Prólogo. A seção A III, *O Povo de Durin*, derivou provavelmente de Gimli, o Anão, que manteve sua amizade com Peregrin e Meriadoc e os reencontrou muitas vezes em Gondor e Rohan.

As lendas, histórias e tradições que podem ser encontradas nas fontes são muito extensas. Aqui são apresentadas somente seleções delas, em muitos lugares bastante resumidas. Seu propósito central é ilustrar a Guerra do Anel e suas origens e preencher algumas das lacunas na história principal. As antigas lendas da Primeira Era, nas quais residia o maior interesse de Bilbo, são referidas com grande brevidade, visto que dizem respeito aos ancestrais de Elrond e aos reis e chefes númenóreanos. Extratos verdadeiros de anais e relatos mais longos estão colocados entre aspas. Inserções de data posterior estão envoltos em colchetes. Notas no interior de aspas são as encontradas nas fontes. As demais são editoriais.[1]

As datas indicadas são da Terceira Era, a não ser quando são marcadas com S.E. (Segunda Era) ou Q.E. (Quarta Era). Considerou-se que a Terceira Era terminou quando os Três Anéis foram embora em setembro de 3021, mas, para fins de registros, em Gondor a Q.E. 1 começou em 25 de março de 3021. Sobre a equação da datação de Gondor com o Registro do Condado ver Volumes 1 (p. 42) e 3 (p. 1584). Nas listas, as datas que se seguem aos nomes dos reis e governantes são as datas de sua morte, se for indicada uma data apenas. O símbolo † indica morte prematura,

---

[1]Algumas referências são dadas pela página desta edição de *O Senhor dos Anéis* e da edição em capa dura de *O Hobbit*. [N. A.]

APÊNDICE A

em batalha ou de outro modo, apesar de um anal do evento nem sempre estar incluído.

I

OS REIS NÚMENÓREANOS

(i)

NÚMENOR

Fëanor foi o maior dos Eldar em artes e saber, mas também o mais altivo e voluntarioso. Lavrou as Três Joias, as *Silmarilli*, e preencheu-as com a radiância das Duas Árvores, Telperion e Laurelin,[2] que davam luz à terra dos Valar. As Joias foram cobiçadas por Morgoth, o Inimigo, que as roubou e, depois de destruir as Árvores, as levou à Terra-média e as guardou em sua grande fortaleza de Thangorodrim.[3] Contra a vontade dos Valar, Fëanor renunciou ao Reino Abençoado e exilou-se na Terra-média, levando consigo grande parte do seu povo; pois em seu orgulho tinha o propósito de recuperar as Joias de Morgoth à força. Depois disso seguiu-se a desesperançada guerra dos Eldar e Edain contra Thangorodrim, em que por fim foram completamente derrotados. Os Edain (*Atani*) eram três povos de Homens que, chegando primeiro ao Oeste da Terra-média e às praias do Grande Mar, se tornaram aliados dos Eldar contra o Inimigo.

Houve três uniões entre Eldar e Edain: Lúthien e Beren; Idril e Tuor; Arwen e Aragorn. Por esta última, os ramos há muito separados dos Meio-Elfos foram reunidos e restaurou-se sua linhagem.

Lúthien Tinúviel era filha do Rei Thingol Capa-gris de Doriath na Primeira Era, mas sua mãe era Melian, do povo dos Valar. Beren era filho de Barahir da Primeira Casa dos Edain. Juntos, eles arrancaram uma *silmaril* da Coroa de Ferro de Morgoth.[4] Lúthien tornou-se mortal e se perdeu para a Gente-élfica. Dior foi seu filho. Elwing foi filha dele e tinha a *silmaril* em sua posse.

---

[2]pp. 352, 865, 1387–88: na Terra-média não restava imagem de Laurelin, a Dourada. [N. A.]
[3]pp. 350, 1016. [N. A.]
[4]pp. 288, 1016. [N. A.]

Idril Celebrindal era filha de Turgon, rei da cidade oculta de Gondolin.[5] Tuor era filho de Huor da Casa de Hador, a Terceira Casa dos Edain e a mais renomada nas guerras contra Morgoth. Eärendil, o Marinheiro, era filho deles.

Eärendil casou-se com Elwing e, com o poder da *silmaril,* passou pelas Sombras[6] e chegou ao Extremo Oeste; falando como embaixador tanto dos Elfos como dos Homens, obteve o auxílio pelo qual Morgoth foi derrotado. Não foi permitido a Eärendil retornar às terras mortais, e seu navio, portando a *silmaril*, foi posto a navegar no firmamento como estrela e sinal de esperança para os habitantes da Terra-média oprimidos pelo Grande Inimigo ou por seus serviçais.[7] Somente as *silmarils* conservavam a antiga luz das Duas Árvores de Valinor antes que Morgoth as envenenasse; mas as duas outras se perderam ao final da Primeira Era. Destas coisas o relato completo, e muito mais a respeito dos Elfos e dos Homens, é contado em *O Silmarillion*.

Os filhos de Eärendil eram Elros e Elrond, os *Peredhil* ou Meio-Elfos. Somente neles foi preservada a linhagem dos heroicos chefes dos Edain na Primeira Era; e após a queda de Gil-galad,[8] a linhagem dos Reis alto-élficos era representada, também na Terra-média, somente pelos descendentes deles.

No fim da Primeira Era os Valar deram aos Meio-Elfos uma escolha irrevogável sobre a gente à qual iriam pertencer. Elrond escolheu ser da gente dos Elfos e tornou-se mestre da sabedoria. A ele, portanto, foi concedida a mesma graça que àqueles Altos Elfos que ainda permaneciam na Terra-média: que, quando estivessem finalmente fatigados das terras mortais, poderiam tomar uma nau nos Portos Cinzentos e passar ao Extremo Oeste; e esta graça continuou após a mudança do mundo. Mas aos filhos de Elrond também foi designada uma escolha: passarem com ele para além dos círculos do mundo; ou, se permanecessem, tornarem-se

---

[5]*O Hobbit*, p. 76; *O Senhor dos Anéis*, p. 446. [N. A.]
[6]pp. 338–41. [N. A.]
[7]pp. 509–10, 1016, 1026–27, 1312, 1321. [N. A.]
[8]pp. 105, 278. [N. A.]

APÊNDICE A

mortais e morrerem na Terra-média. Para Elrond, portanto, todas as sortes da Guerra do Anel estavam repletas de pesar.[9]

Elros escolheu ser da gente dos Homens e permanecer com os Edain; mas foi-lhe concedida uma grande duração de vida, muitas vezes a dos homens menores.

Como recompensa por seus sofrimentos na causa contra Morgoth, os Valar, os Guardiões do Mundo, concederam aos Edain uma terra que pudessem habitar, removida dos perigos da Terra-média. Portanto, a maior parte deles zarpou por sobre o Mar e, guiados pela Estrela de Eärendil, chegaram à grande Ilha de Elenna, a mais ocidental de todas as terras Mortais. Ali fundaram o reino de Númenor.

Havia uma alta montanha no meio da terra, o Meneltarma, e do seu cume, aqueles cuja visão alcançasse ao longe podiam avistar a torre branca do Porto dos Eldar em Eressëa. Dali os Eldar vinham ter com os Edain e os enriqueciam com sabedoria e muitas dádivas; mas um comando havia sido imposto aos Númenóreanos, a "Interdição dos Valar": estavam proibidos de navegarem rumo ao oeste, fora de vista de suas próprias costas, ou de tentarem pôr os pés nas Terras Imortais. Pois, apesar de ter sido concedida a eles uma longa duração de vida, no começo o triplo da dos Homens menores, eles tinham de permanecer mortais, visto que aos Valar não era permitido tirar deles a Dádiva dos Homens (ou Sina dos Homens, como foi chamada depois).

Elros foi o primeiro Rei de Númenor e mais tarde ficou conhecido pelo nome alto-élfico de Tar-Minyatur. Seus descendentes foram longevos, mas mortais. Mais tarde, quando se tornaram poderosos, sentiram rancor da escolha de seu antepassado, desejando a imortalidade dentro da vida do mundo que era destino dos Eldar e murmurando contra a Interdição. Deste modo começou sua rebelião que, sob os ensinamentos malignos de Sauron, provocou a Queda de Númenor e a ruína do mundo antigo, como está contado no "*Akallabêth*".

Estes são os nomes dos Reis e Rainhas de Númenor: Elros Tar-Minyatur, Vardamir, Tar-Amandil, Tar-Elendil, Tar-Meneldur,

---

[9]pp. 1390, 1395. [N. A.]

Tar-Aldarion, Tar-Ancalimë (a primeira Rainha Governante), Tar-Anárion, Tar-Súrion, Tar-Telperiën (a segunda Rainha), Tar--Minastir, Tar-Ciryatan, Tar-Atanamir – o Grande, Tar-Ancalimon, Tar-Telemmaitë, Tar-Vanimeldë (a terceira Rainha), Tar-Alcarin, Tar-Calmacil, Tar-Ardamin.

Depois de Ardamin, os Reis assumiram o cetro em nomes na língua númenóreana (ou adûnaico): Ar-Adûnakhôr, Ar-Zimrathôn, Ar-Sakalthôr, Ar-Gimilzôr, Ar-Inziladûn. Inziladûn arrependeu-se dos costumes dos Reis e mudou seu nome para Tar-Palantir, "O de Visão Longínqua". Sua filha deveria ter sido a quarta Rainha, Tar-Míriel, mas o sobrinho do Rei usurpou o cetro e se tornou Ar-Pharazôn, o Dourado, último Rei dos Númenóreanos.

Nos dias de Tar-Elendil, as primeiras naus dos Númenóreanos retornaram à Terra-média. Seu primeiro descendente foi uma filha, Silmariën. O filho dela foi Valandil, primeiro dos Senhores de Andúnië no oeste da terra, renomados por sua amizade com os Eldar. Dele descenderam Amandil, o último senhor, e seu filho Elendil, o Alto.

O sexto Rei deixou apenas uma descendente, uma filha. Ela se tornou a primeira Rainha; pois foi feita então uma lei da casa real de que o descendente mais velho do Rei, fosse homem ou mulher, receberia o cetro.

O reino de Númenor perdurou até o fim da Segunda Era e cresceu sempre em poderio e esplendor; e até se passar metade da Era, os Númenóreanos também cresceram em sabedoria e júbilo. O primeiro sinal da sombra que se abateria sobre eles apareceu nos dias de Tar-Minastir, o décimo primeiro Rei. Foi ele quem enviou uma grande tropa em auxílio de Gil-galad. Amava os Eldar, mas invejava-os. Os Númenóreanos, àquela altura, haviam se tornado grandes navegantes, explorando todos os mares rumo ao leste, e começavam a ansiar pelo Oeste e pelas águas proibidas; e quanto mais jubilosa era sua vida, tanto mais começavam a desejar a imortalidade dos Eldar.

Ademais, depois de Minastir, os Reis tornaram-se cobiçosos de riqueza e poder. Inicialmente os Númenóreanos haviam chegado à Terra-média como instrutores e amigos de Homens menores afligidos por Sauron; mas agora seus portos se transformaram

APÊNDICE A

em fortalezas, mantendo em sujeição amplas terras costeiras. Atanamir e seus sucessores cobravam pesados tributos, e as naus dos Númenóreanos voltavam carregadas de pilhagem.

Foi Tar-Atanamir quem primeiro falou abertamente contra a Interdição e declarou que a vida dos Eldar era dele por direito. Assim a sombra se intensificou e a ideia da morte obscureceu os corações do povo. Então os Númenóreanos se dividiram: de um lado estavam os Reis e aqueles que os seguiam, e estavam apartados dos Eldar e dos Valar; do outro estavam os poucos que se denominavam Fiéis. Estes viviam mormente no oeste da terra.

Pouco a pouco os Reis e seus seguidores abandonaram o uso das línguas eldarin; e por fim o vigésimo Rei assumiu seu nome régio em forma númenóreana, denominando-se Ar-Adûnakhôr, "Senhor do Oeste". Isso pareceu aos Fiéis ser de mau agouro, pois até então haviam dado aquele título apenas a algum dos Valar, ou ao próprio Rei Antigo.[10] E de fato, Ar-Adûnakhôr começou a perseguir os Fiéis e a punir os que usavam abertamente as línguas dos Elfos; e os Eldar não vieram mais a Númenor.

Não obstante, o poder e a riqueza dos Númenóreanos continuava a aumentar; mas seus anos minguavam à medida que crescia seu medo da morte, e seu júbilo partiu. Tar-Palantir tentou emendar o mal; mas era tarde demais, e houve rebelião e contenda em Númenor. Quando ele morreu, seu sobrinho, líder da rebelião, assumiu o cetro e se tornou o Rei Ar-Pharazôn. Ar-Pharazôn, o Dourado, foi o mais altivo e mais poderoso de todos os Reis e seu desejo era nada menos que a realeza do mundo.

Resolveu desafiar Sauron, o Grande, pela supremacia na Terra-média, e por fim ele próprio zarpou com grande esquadra e atracou em Umbar. Eram tão grandes o poderio e o esplendor dos Númenóreanos que os próprios serviçais de Sauron o desertaram; e Sauron humilhou-se, fazendo homenagem e implorando perdão. Então Ar-Pharazôn, na loucura de seu orgulho, levou-o de volta aprisionado para Númenor. Não demorou muito tempo para Sauron enfeitiçar o Rei e dominar seu conselho; e logo havia revertido os corações de todos os Númenóreanos, exceto pelos Fiéis restantes, de volta à escuridão.

---

[10]p. 340. [N. A.]

E Sauron mentiu ao Rei, declarando que a vida eterna seria daquele que possuísse as Terras Imortais e que a Interdição fora imposta somente para evitar que os Reis dos Homens ultrapassassem os Valar. "Mas grandes Reis tomam o que é seu direito", disse ele.

Por fim Ar-Pharazôn escutou este conselho, pois sentia que minguavam seus dias e estava assombrado pelo medo da Morte. Então preparou o maior armamento que o mundo já vira e, quando estava tudo pronto, soou suas trombetas e zarpou; e rompeu a Interdição dos Valar, chegando com guerra para arrancar a vida eterna dos Senhores do Oeste. Mas, quando Ar-Pharazôn pôs os pés nas praias de Aman, a Abençoada, os Valar depuseram sua condição de Guardiões e invocaram o Uno, e o mundo foi mudado. Númenor foi derrubada e tragada no Mar, e as Terras Imortais foram removidas para sempre dos círculos do mundo. Assim terminou a glória de Númenor.

Os últimos líderes dos Fiéis, Elendil e seus filhos, escaparam da Queda com nove naus, levando um rebento de Nimloth e as Sete Pedras-Videntes (dádivas dos Eldar à sua Casa);[11] e foram carregados no vento de grande tempestade e lançados nas praias da Terra-média. Ali estabeleceram, no Noroeste, os reinos númenóreanos no exílio, Arnor e Gondor.[12] Elendil foi o Alto Rei e habitava no Norte em Annúminas; e o governo no Sul foi entregue a seus filhos, Isildur e Anárion. Ali fundaram Osgiliath, entre Minas Ithil e Minas Anor,[13] não longe dos confins de Mordor. Pois criam que ao menos proviera da ruína este bem: que Sauron também perecera.

Mas não era assim. Sauron foi deveras apanhado na destruição de Númenor, de modo que a forma corpórea em que por longo tempo caminhara pereceu; mas fugiu de volta à Terra-média, um espírito de ódio carregado por um vento escuro. Nunca mais foi capaz de assumir uma forma que parecesse bela aos homens, mas tornou-se sombrio e hediondo, e daí em diante seu poder foi

---

[11]pp. 863–64, 1387. [N. A.]
[12]p. 350. [N. A.]
[13]p. 352. [N. A.]

APÊNDICE A

somente pelo terror. Entrou outra vez em Mordor e ali, durante certo tempo, ocultou-se em silêncio. Mas foi grande sua ira quando soube que Elendil, a quem mais odiava, lhe escapara e agora organizava um reino em suas fronteiras.

Portanto, algum tempo depois moveu guerra contra os Exilados, antes que se enraizassem. Orodruin mais uma vez irrompeu em chamas e foi renomeada em Gondor como Amon Amarth, Monte da Perdição. Mas Sauron desferiu seu golpe cedo demais, antes que seu próprio poderio estivesse reconstruído, enquanto que o poderio de Gil-galad crescera em sua ausência; e na Última Aliança que se formou contra ele, Sauron foi derrotado e o Um Anel lhe foi tirado.[14] Assim terminou a Segunda Era.

(ii)

OS REINOS NO EXÍLIO

A Linhagem do Norte
Herdeiros de Isildur

Arnor. Elendil †S.E. 3441, Isildur †2, Valandil 249,[15] Eldacar 339, Arantar 435, Tarcil 515, Tarondor 602, Valandur †652, Elendur 777, Eärendur 861.

Arthedain. Amlaith de Fornost[16] (filho mais velho de Eärendur) 946, Beleg 1029, Mallor 1110, Celepharn 1191, Celebrindor 1272, Malvegil 1349,[17] Argeleb I †1356, Arveleg I 1409, Araphor 1589, Argeleb II 1670, Arvegil 1743, Arveleg II 1813, Araval 1891, Araphant 1964, Arvedui Último-rei †1975. Fim do Reino-do-Norte.

Chefes. Aranarth (filho mais velho de Arvedui) 2106, Arahael 2177, Aranuir 2247, Aravir 2319, Aragorn I †2327, Araglas 2455, Arahad I 2523, Aragost 2588, Aravorn 2654, Arahad II 2719,

---

[14]p. 351. [N. A.]

[15]Foi o quarto filho de Isildur, nascido em Imladris. Seus irmãos foram mortos nos Campos de Lis. [N. A.]

[16]Depois de Eärendur, os Reis não assumiram mais nomes em forma alto-élfica. [N. A.]

[17]Depois de Malvegil, os Reis em Fornost voltaram a reivindicar domínio sobre toda Arnor e assumiram nomes com o prefixo *ar(a)* em sinal disso. [N. A.]

Arassuil 2784, Arathorn I †2848, Argonui 2912, Arador †2930, Arathorn II †2933, Aragorn II Q.E. 120.

A Linhagem do Sul
Herdeiros de Anárion

Reis de Gondor. Elendil, (Isildur e) Anárion †S.E. 3440, Meneldil, filho de Anárion, 158, Cemendur 238, Eärendil 324, Anardil 411, Ostoher 492, Rómendacil I (Tarostar) †541, Turambar 667, Atanatar I 748, Siriondil 830. Seguiram-se aqui os quatro "Reis-Navegantes":

Tarannon Falastur 913. Foi o primeiro rei sem filhos e foi sucedido pelo filho de seu irmão Tarciryan. Eärnil I †936, Ciryandil †1015, Hyarmendacil I (Ciryaher) 1149. Agora Gondor alcançava o píncaro de seu poderio.

Atanatar II Alcarin, "o Glorioso", 1226, Narmacil I 1294. Foi o segundo rei sem filhos e foi sucedido por seu irmão mais novo. Calmacil 1304, Minalcar (regente 1240–1304), coroado como Rómendacil II 1304, morreu em 1366, Valacar 1432. Em seu tempo começou o primeiro desastre de Gondor, a Contenda-das-Famílias.

Eldacar, filho de Valacar (inicialmente chamado Vinitharya), deposto em 1437. Castamir, o Usurpador, †1447. Após restaurar seu posto, Eldacar morreu em 1490.

Aldamir (segundo filho de Eldacar) †1540, Hyarmendacil II (Vinyarion) 1621, Minardil †1634, Telemnar †1636. Telemnar e todos os seus filhos pereceram na peste; ele foi sucedido por seu sobrinho, o filho de Minastan, segundo filho de Minardil. Tarondor 1798, Telumehtar Umbardacil 1850, Narmacil II †1856, Calimehtar 1936, Ondoher †1944. Ondoher e seus dois filhos foram mortos em batalha. Um ano depois, em 1945, a coroa foi dada ao general vitorioso Eärnil, descendente de Telumehtar Umbardacil. Eärnil II 2043, Eärnur †2050. Aqui a linhagem dos Reis chegou ao fim, até ser restaurada por Elessar Telcontar em 3019. O reino foi então governado pelos Regentes.

Regentes de Gondor. A Casa de Húrin: Pelendur 1998. Governou por um ano após a queda de Ondoher e aconselhou Gondor a rejeitar a reivindicação da coroa por Arvedui. Vorondil, o

Caçador, 2029.[18] Mardil Voronwë, "o Resoluto", primeiro dos Regentes Governantes. Seus sucessores deixaram de usar nomes alto-élficos.

Regentes Governantes. Mardil 2080, Eradan 2116, Herion 2148, Belegorn 2204, Húrin I 2244, Túrin I 2278, Hador 2395, Barahir 2412, Dior 2435, Denethor I 2477, Boromir 2489, Cirion 2567. Em sua época os Rohirrim chegaram a Calenardhon.

Hallas 2605, Húrin II 2628, Belecthor I 2655, Orodreth 2685, Ecthelion I 2698, Egalmoth 2743, Beren 2763, Beregond 2811, Belecthor II 2872, Thorondir 2882, Túrin II 2914, Turgon 2953, Ecthelion II 2984, Denethor II. Foi o último dos Regentes Governantes e foi sucedido por seu segundo filho, Faramir, Senhor de Emyn Arnen, Regente do Rei Elessar, Q.E. 82.

(iii)

ERIADOR, ARNOR E OS HERDEIROS DE ISILDUR

"Eriador foi outrora o nome de todas as terras entre as Montanhas Nevoentas e as Azuis; no Sul era limitada pelo Griságua e pelo Glanduin, que conflui com ele acima de Tharbad.

"Em sua maior extensão, Arnor incluía toda Eriador, exceto pelas regiões além do Lûn e as terras a leste do Griságua e do Ruidoságua, onde ficavam Valfenda e Azevim. Além do Lûn estava a terra élfica, verde e tranquila, aonde não ia Homem nenhum; mas os Anãos habitavam, e ainda habitam, do lado leste das Montanhas Azuis, em especial nas partes ao sul do Golfo de Lûn, onde têm minas que ainda estão em uso. Por esse motivo costumavam passar rumo ao leste ao longo da Grande Estrada, como haviam feito durante longos anos antes que nós chegássemos ao Condado. Nos Portos Cinzentos morava Círdan, o Armador, e alguns dizem que ainda mora ali, até que a Última Nau zarpe para o Oeste. Nos dias dos Reis, a maioria dos Altos Elfos que ainda se demoravam na

---

[18]Ver p. 1100. Dizia-se na lenda que o gado selvagem branco que ainda se encontrava perto do Mar de Rhûn descendia do Gado de Araw, o caçador dos Valar, o único dentre eles que vinha frequentemente à Terra-média nos Dias Antigos. *Oromë* é a forma alto-élfica de seu nome (p. 1211). [N. A.]

Terra-média moravam com Círdan ou nas terras de Lindon junto ao mar. Se ainda restam alguns, são poucos."

O Reino-do-Norte e os Dúnedain

Depois de Elendil e Isildur houve oito Altos Reis de Arnor. Após Eärendur, devido a disputas entre seus filhos, o reino foi dividido em três: Arthedain, Rhudaur e Cardolan. Arthedain ficava no Noroeste e incluía as terras entre o Brandevin e o Lûn e também as ao norte da Grande Estrada até as Colinas do Vento. Rhudaur ficava no Nordeste e se estendia entre a Charneca Etten, as Colinas do Vento e as Montanhas Nevoentas, mas também incluía o Ângulo entre o Fontegris e o Ruidoságua. Cardolan ficava no Sul, e suas fronteiras eram o Brandevin, o Griságua e a Grande Estrada.

Em Arthedain a linhagem de Isildur foi mantida e perdurou, mas a linhagem logo pereceu em Cardolan e Rhudaur. Houve frequentes contendas entre os reinos, o que apressou a redução dos Dúnedain. O principal tema de debate era a posse das Colinas do Vento e das terras a oeste rumo a Bri. Tanto Rhudaur quanto Cardolan desejavam possuir Amon Sûl (Topo-do-Vento), que ficava nas divisas de seus reinos; pois a Torre de Amon Sûl continha a principal Palantír do Norte e as outras duas estavam ambas em posse de Arthedain.

"Foi no começo do reino de Malvegil de Arthedain que o mal chegou a Arnor. Pois nessa época o reino de Angmar surgiu no Norte além da Charneca Etten. Suas terras ficavam de ambos os lados das Montanhas, e ali foram reunidos muitos homens malignos, orques e outras criaturas cruéis. [O senhor daquela terra era conhecido como Rei-bruxo, porém só mais tarde ficou-se sabendo que ele era de fato o chefe dos Espectros-do-Anel, que foram ao norte com o fim de destruir os Dúnedain em Arnor, vendo esperança na desunião destes, enquanto Gondor era forte.]"

Nos dias de Argeleb, filho de Malvegil, visto que não restavam descendentes de Isildur nos demais reinos, os reis de Arthedain mais uma vez reivindicaram o domínio de toda Arnor. A reivindicação foi contestada por Rhudaur. Ali os Dúnedain eram poucos, e o poder fora assumido por um senhor maligno dos

APÊNDICE A

Homens-das-Colinas que mantinha aliança secreta com Angmar. Portanto Argeleb fortificou as Colinas do Vento;[19] mas foi morto em combate com Rhudaur e Angmar.

Arveleg, filho de Argeleb, com a ajuda de Cardolan e Lindon, expulsou seus inimigos das Colinas; e por muitos anos Arthedain e Cardolan mantiveram guarnecida uma fronteira ao longo das Colinas do Vento, da Grande Estrada e do Fontegris inferior. Dizem que nessa época Valfenda foi sitiada.

Uma grande hoste veio de Angmar em 1409 e, atravessando o rio, entrou em Cardolan e cercou o Topo-do-Vento. Os Dúnedain foram derrotados e Arveleg foi morto. A Torre de Amon Sûl foi queimada e arrasada; mas a *palantír* foi salva e levada de volta ao refúgio em Fornost. Rhudaur foi ocupada por Homens malignos sujeitos a Angmar,[20] e os Dúnedain que restavam ali foram mortos ou fugiram para o oeste. Cardolan foi devastada. Araphor, filho de Arveleg, ainda não era adulto, mas foi valoroso e, com o auxílio de Círdan, repeliu o inimigo de Fornost e das Colinas do Norte. Um remanescente dos fiéis entre os Dúnedain de Cardolan também resistiu em Tyrn Gorthad (as Colinas-dos-túmulos) ou se refugiou na Floresta mais atrás.

Dizem que Angmar foi durante algum tempo reprimido pela Gente-élfica vinda de Lindon; e de Valfenda, pois Elrond trouxe auxílio por cima das Montanhas, vindo de Lórien. Foi nessa época que os Grados que haviam morado no Ângulo (entre o Fontegris e o Ruidoságua) fugiram rumo ao oeste e ao sul por causa das guerras, do temor de Angmar e porque a terra e o clima de Eriador, especialmente no leste, se deterioraram e tornaram-se hostis. Alguns retornaram às Terras-selváticas e habitaram junto do Lis, transformando-se em um povo de pescadores ribeirinhos.

Nos dias de Argeleb II a peste chegou a Eriador, vinda do Sudeste, e a maioria da gente de Cardolan pereceu, especialmente em Minhiriath. Os Hobbits e todos os demais povos sofreram muito, mas a peste diminuiu à medida que passava para o norte, e as

---

[19]p. 277. [N. A.]
[20]p. 298. [N. A.]

partes setentrionais de Arthedain foram pouco afetadas. Foi nessa época que chegaram ao fim os Dúnedain de Cardolan, e espíritos maus de Angmar e Rhudaur entraram nos morros desertos e habitaram ali.

"Dizem que os morros de Tyrn Gorthad, como as Colinas-dos--túmulos eram chamadas outrora, são muito antigos e que muitos foram erguidos nos dias do antigo mundo da Primeira Era pelos antepassados dos Edain, antes que atravessassem as Montanhas Azuis rumo a Beleriand, de que Lindon é tudo o que resta agora. Portanto, esses morros foram reverenciados pelos Dúnedain após seu retorno; e ali foram sepultados muitos de seus senhores e reis. [Alguns dizem que o morro onde o Portador-do-Anel foi aprisionado fora a tumba do último príncipe de Cardolan, que tombou na guerra de 1409.]"

"Em 1974 o poder de Angmar ergueu-se de novo e o Rei-bruxo desceu sobre Arthedain antes que terminasse o inverno. Capturou Fornost e expulsou a maior parte dos Dúnedain restantes para além do Lûn; entre eles estavam os filhos do rei. Mas o Rei Arvedui resistiu nas Colinas do Norte até o fim e então fugiu para o norte com parte de sua guarda; e escaparam graças à presteza de seus cavalos.

"Por algum tempo Arvedui se escondeu nos túneis das antigas minas dos Anãos perto da ponta extrema das Montanhas, mas por fim foi expulso pela fome, buscando a ajuda dos Lossoth, os Homens-das-Neves de Forochel.[21] Alguns destes ele encontrou acampados à beira do mar; mas não ajudaram o rei de bom grado, pois ele nada tinha a lhes oferecer senão algumas joias às quais não davam valor; e temiam o Rei-bruxo, que (diziam eles) podia fazer

---

[21]Estes são um povo estranho e inamistoso, remanescente dos Forodwaith, Homens de dias longínquos, acostumados às extremas frialdades do reino de Morgoth. Na verdade, essas frialdades ainda se mantêm naquela região, apesar de estarem a pouco mais de cem léguas ao norte do Condado. Os Lossoth habitam na neve e dizem que podem correr sobre o gelo usando ossos nos pés e que têm carroças sem rodas. Vivem, na maioria, inacessíveis aos inimigos, no grande Cabo de Forochel que fecha a noroeste a imensa baía do mesmo nome; mas costumam acampar nas margens meridionais da baía, aos pés das Montanhas. [N. A.]

APÊNDICE A

geada ou derretimento à sua vontade. Mas, em parte por pena do rei magro e de seus homens, e em parte por temor das suas armas, deram-lhes um pouco de alimento e lhes construíram cabanas de neve. Ali Arvedui foi obrigado a esperar, ansiando por ajuda do sul, pois seus cavalos haviam perecido.

"Quando Círdan ouviu falar por Aranarth, filho de Arvedui, da fuga do rei rumo ao norte, enviou de pronto uma nau a Forochel para procurá-lo. A nau ali chegou, por fim, ao cabo de muitos dias, por causa dos ventos contrários, e os marujos viam de longe a pequena fogueira de madeira salva do mar que os homens perdidos conseguiam manter acesa. Mas naquele ano o inverno demorou a aliviar seu aperto; e, apesar de já ser março, o gelo mal começava a se romper e se estendia para longe além da costa.

"Quando os Homens-das-Neves viram a nau, ficaram admirados e temerosos, pois em suas lembranças jamais haviam visto tal nau no mar; mas já haviam se tornado mais amistosos, e puxaram o rei e aqueles da sua companhia que tinham sobrevivido por cima do gelo, em carroças deslizantes, até o ponto que ousavam. Desse modo um barco da nau foi capaz de alcançá-los.

"Mas os Homens-das-Neves estavam inseguros: pois diziam que farejavam perigo no vento. E o chefe dos Lossoth disse a Arvedui: 'Não montes nesse monstro marinho! Se as tiverem, que os homens do mar nos tragam comida e outras coisas de que necessitamos, e podes ficar aqui até que o Rei-bruxo vá para casa. Pois no verão seu poder míngua; mas agora seu hálito é mortal e é longo seu braço frio.'

"Mas Arvedui não seguiu seu conselho. Agradeceu-lhe e na partida lhe deu o seu anel, dizendo: 'Este é um objeto de valor além do que podes avaliar. Apenas por sua antiguidade. Não tem poder, salvo a estima que têm por ele aqueles que amam minha casa. Ele não te ajudará, mas se algum dia estiveres em dificuldades, minha gente o resgatará com grande provisão de tudo o que desejares.'[22]

---

[22]Deste modo o anel da Casa de Isildur foi salvo; pois foi mais tarde resgatado pelos Dúnedain. Dizem que não era outro senão o anel que Felagund de Nargothrond dera a Barahir e que Beren recuperou com grande risco. [N. A.]

"Porém era bom o conselho dos Lossoth, por acaso ou por previsão; pois a nau ainda não alcançara o mar aberto quando se ergueu grande tempestade de vento, e veio com neve cegante desde o Norte, e impeliu a nau de volta sobre o gelo, e lhe amontoou gelo em cima. Até os marujos de Círdan ficaram desamparados, e durante a noite o gelo esmagou o casco, e o navio afundou. Assim pereceu Arvedui Último-rei, e com ele as *palantíri* foram sepultadas no mar.[23] Foi muito depois que se soube, através dos Homens-das-Neves, do naufrágio de Forochel."

O povo do Condado sobreviveu, apesar de a guerra se abater sobre eles e a maioria fugir e se esconder. Em auxílio do rei, enviaram alguns arqueiros que jamais retornaram; e também outros foram à batalha em que Angmar foi derrotado (do que se conta mais nos anais do Sul). Depois, na paz que se seguiu, o povo do Condado se governou a si mesmo e prosperou. Escolheram um Thain para tomar o lugar do Rei e se contentaram; porém, por longo tempo muitos ainda esperavam o retorno do Rei. Mas, por fim, essa esperança foi esquecida e permanecia apenas no dito "Quando o Rei voltar", usado a respeito de algum bem que não podia ser alcançado ou de algum mal que não podia ser reparado. O primeiro Thain do Condado foi um certo Bucca do Pântano, de quem os Velhobuques diziam descender. Tornou-se Thain em 379 de nosso registro (1979).

Depois de Arvedui terminou o Reino-do-Norte, pois os Dúnedain já eram poucos, e todos os povos de Eriador minguaram. Porém a linhagem dos reis foi continuada pelos Chefes dos Dúnedain, o primeiro dos quais foi Aranarth, filho de Arvedui. Seu filho Arahael foi criado em Valfenda e, do mesmo modo, todos os filhos dos chefes depois dele; e ali também se guardaram as heranças de

---

[23]Essas eram as Pedras de Annúminas e Amon Sûl. A única Pedra restante no Norte foi a da Torre nas Emyn Beraid que dá para o Golfo de Lûn. Essa era vigiada pelos Elfos e, apesar de nunca o sabermos, ela permaneceu ali até que Círdan a pusesse a bordo da nau de Elrond, quando este partiu (pp. 95, 178). Mas disseram-nos que ela era diversa das demais e não se acordava com elas; olhava apenas para o Mar. Elendil a colocou ali para poder olhar de volta, com "visão reta", e ver Eressëa no Oeste desaparecido; mas os mares curvos abaixo cobriram Númenor para sempre. [N. A.]

APÊNDICE A

sua casa: o anel de Barahir, os fragmentos de Narsil, a estrela de Elendil e o cetro de Annúminas.[24]

"Quando o reino terminou, os Dúnedain passaram às sombras e se tornaram um povo secreto e errante, e seus feitos e suas labutas eram raramente cantados ou registrados. Pouco agora se recorda deles desde que Elrond partiu. Apesar de, mesmo antes que terminasse a Paz Vigilante, seres malignos recomeçarem a atacar ou invadir em segredo Eriador, a maior parte dos Chefes viveu plenamente suas longas vidas. Aragorn I, ao que dizem, foi morto por lobos, que continuaram representando um perigo em Eriador e ainda não se extinguiram. Nos dias de Arahad I, os Orques, que, ao que se soube depois, haviam ocupado secretamente baluartes nas Montanhas Nevoentas, de modo a impedir todas as passagens para Eriador, se revelaram repentinamente. Em 2509, Celebrían, esposa de Elrond, viajava a Lórien quando foi emboscada no Passo do Chifre-vermelho e, quando sua escolta se dispersou pelo ataque súbito dos Orques, foi presa e levada para longe. Foi perseguida e resgatada por Elladan e Elrohir, mas não antes de sofrer tormentos e receber um ferimento envenenado.[25] Foi trazida de volta a Imladris e, apesar de ter o corpo curado por Elrond, perdeu todo o deleite na Terra-média e, no ano seguinte, foi aos Portos e passou por sobre o Mar. E mais tarde, nos dias de Arassuil, os Orques, que outra vez se multiplicaram nas Montanhas Nevoentas, começaram a assolar as terras, e os Dúnedain e os filhos de Elrond os

---

[24]O cetro era o principal emblema da realeza em Númenor, conta-nos o Rei; e também era assim em Arnor, cujos reis não usavam coroa, e sim portavam uma única gema branca, a Elendilmir, Estrela de Elendil, atada à testa com um filete de prata (pp. 226, 1224, 1241, 1381–82) . Ao falar de uma coroa (pp. 257, 356), Bilbo sem dúvida parece ter-se familiarizado bem com os assuntos concernentes à linhagem de Aragorn. Dizem que o cetro de Númenor pereceu com Ar-Pharazôn. O de Annúminas era o bastão de prata dos Senhores de Andúnië e é agora, quem sabe, a mais antiga obra de mãos humanas preservada na Terra-média. Já tinha mais de cinco mil anos quando Elrond o entregou a Aragorn (p. 1388). A coroa de Gondor derivou-se da forma de um elmo de guerra númenóreano. No começo era de fato um elmo singelo; e dizem que era aquele que Isildur usou na Batalha de Dagorlad (pois o elmo de Anárion foi esmagado pela pedra lançada de Barad-dûr, que o matou). Mas nos dias de Atanatar Alcarin ele foi substituído pelo elmo provido de joias que foi usado na coroação de Aragorn. [N. A.]
[25]p. 330. [N. A.]

combateram. Foi nessa época que um grande bando chegou tão longe para o oeste que penetrou no Condado e foi expulso por Bandobras Tûk."[26]

Houve quinze Chefes antes de nascer o décimo sexto e último, Aragorn II, que voltou a se tornar Rei de Gondor e também de Arnor. "Nosso Rei, assim o chamamos; e quando ele vem ao norte, à sua casa em Annúminas restaurada, e passa algum tempo junto ao Lago Vesperturvo, então todos no Condado se alegram. Mas ele não entra nesta terra e respeita a lei que fez de que ninguém do Povo Grande há de ultrapassar suas divisas. Mas frequentemente cavalga, com muita gente bela, até a Grande Ponte, e ali recebe seus amigos e quaisquer outros que queiram vê-lo; e alguns cavalgam para longe com ele e ficam em sua casa por quanto tempo querem. O Thain Peregrin esteve ali muitas vezes, e também Mestre Samwise, o Prefeito. Sua filha Elanor, a Bela, é uma das damas de honra da Rainha Vespestrela."

Foi o orgulho e a admiração da Linhagem do Norte que, apesar de seu poder ter acabado e seu povo ter minguado, através de todas as muitas gerações a sucessão ficou ininterrupta de pai para filho. Também, apesar de a duração da vida dos Dúnedain diminuir cada vez mais na Terra-média, após o término de seus reis, a diminuição foi mais rápida em Gondor; e muitos dos Chefes do Norte ainda viviam até o dobro da idade dos Homens e muito além dos dias mesmo dos mais velhos dentre nós. Deveras Aragorn viveu até os duzentos e dez anos de idade, mais do que qualquer outro de sua linhagem desde o Rei Arvegil; mas em Aragorn Elessar foi renovada a dignidade dos reis de outrora.

(iv)

GONDOR E OS HERDEIROS DE ANÁRION

Houve trinta e um reis em Gondor depois de Anárion, que foi morto diante de Barad-dûr. Apesar de a guerra jamais cessar em suas divisas, por mais de mil anos os Dúnedain do Sul cresceram em riqueza e poder, em terra e no mar, até o reino de Atanatar II, que era chamado Alcarin, o Glorioso. Porém, os sinais de decadência

---

[26]pp. 43, 1445. [N. A.]

APÊNDICE A

já haviam surgido àquela altura; pois os altos homens do Sul casavam-se tarde, e seus filhos eram poucos. O primeiro rei sem filhos foi Falastur, e o segundo, Narmacil I, o filho de Atanatar Alcarin.

Foi Ostoher, o sétimo rei, quem reconstruiu Minas Anor, onde mais tarde os reis moravam no verão, em vez de Osgiliath. Em seu tempo, Gondor foi atacada pela primeira vez por homens selvagens do Leste. Mas seu filho Tarostar os derrotou, os expulsou e tomou o nome de Rómendacil "Vitorioso-do-Leste". No entanto, mais tarde foi morto em combate com novas hordas de Lestenses. Seu filho Turambar o vingou e ganhou muitos territórios ao leste.

Com Tarannon, o décimo segundo rei, começou a linhagem dos Reis-Navegantes, que construíram frotas e estenderam o domínio de Gondor ao longo das costas a oeste e ao sul das Fozes do Anduin. Para comemorar suas vitórias como Capitão das Hostes, Tarannon assumiu a coroa com o nome de Falastur "Senhor das Costas".

Seu sobrinho Eärnil I, que lhe sucedeu, reparou o antigo porto de Pelargir e construiu uma grande frota. Sitiou Umbar por mar e por terra e tomou-a, e ela se tornou um grande porto e fortaleza do poderio de Gondor.[27] Mas Eärnil não sobreviveu ao seu triunfo por muito tempo. Perdeu-se, com muitas naus e muitos homens, em grande tempestade diante de Umbar. Seu filho Ciryandil continuou a construção das naus, mas os Homens do Harad, liderados pelos senhores que haviam sido expulsos de Umbar, vieram com grande poderio contra aquele baluarte, e Ciryandil tombou em combate em Haradwaith.

Por muitos anos Umbar foi sitiada, mas não podia ser tomada por causa do poderio marítimo de Gondor. Ciryaher, filho de Ciryandil, aguardou por algum tempo, e por fim, tendo reunido forças, desceu do norte por mar e terra, e, atravessando o Rio Harnen, seus

---

[27] O grande cabo e o braço de mar cercado de terra de Umbar haviam sido uma região númenóreana desde os dias de outrora; mas eram um baluarte dos Homens do Rei, que mais tarde foram chamados de Númenóreanos Negros, corrompidos por Sauron, que odiavam acima de tudo os seguidores de Elendil. Após a queda de Sauron, sua gente minguou depressa ou misturou-se aos Homens da Terra-média, mas herdaram sem diminuição seu ódio de Gondor. Umbar, portanto, só foi conquistada a grande custo.

exércitos derrotaram por completo os Homens do Harad, e seus reis foram obrigados a reconhecer o domínio de Gondor (1050). Então Ciryaher tomou o nome de Hyarmendacil "Vitorioso-do-Sul".

Nenhum inimigo ousou contestar o poderio de Hyarmendacil durante o restante de seu longo reinado. Foi rei por cento e trinta e quatro anos, o mais longo reinado, exceto por um, de toda a Linhagem de Anárion. Em seu tempo Gondor atingiu o cume do poder. O reino estendia-se então rumo ao norte até o campo de Celebrant e as bordas meridionais de Trevamata; a oeste até o Griságua; a leste até o Mar Interior de Rhûn; ao sul até o Rio Harnen, e dali, ao longo da costa, até a península e o porto de Umbar. Os Homens dos Vales do Anduin reconheciam sua autoridade; e os reis do Harad prestavam deferência a Gondor, e seus filhos viviam como reféns na corte do Rei. Mordor estava desolada, mas era vigiada por grandes fortalezas que guardavam os passos.

Assim terminou a linhagem dos Reis-Navegantes. Atanatar Alcarin, filho de Hyarmendacil, viveu em grande esplendor, de modo que os homens diziam que "pedras preciosas são seixos em Gondor para as crianças brincarem". Mas Atanatar apreciava o ócio e nada fazia para manter o poder que herdara e seus dois filhos tinham o mesmo temperamento. O declínio de Gondor já começara antes de ele morrer, e sem dúvida foi observado pelos inimigos. A guarda de Mordor foi relaxada. Ainda assim, foi só nos dias de Valacar que o primeiro grande mal se abateu sobre Gondor: a guerra civil da Contenda-das-Famílias, em que grande perda e ruína foram causadas e jamais reparadas.

Minalcar, filho de Calmacil, foi homem de grande vigor, e em 1240 Narmacil, para se livrar de todas as preocupações, fê-lo Regente do reino. Desde aquele tempo ele governou Gondor em nome dos reis até suceder a seu pai. Seu principal afazer foi com os Nortistas.

Estes haviam aumentado grandemente na paz trazida pelo poderio de Gondor. Os reis lhes eram favoráveis, uma vez que eles eram os mais próximos em parentesco, dentre os Homens menores, aos Dúnedain (já que descendiam mormente daqueles povos dos quais provinham os Edain de outrora); e deram-lhes amplas terras além do Anduin, ao sul da Verdemata, a Grande, para serem uma defesa contra os homens do Leste. Pois no passado os ataques dos Lestenses haviam vindo principalmente por sobre a planície entre o Mar Interior e as Montanhas de Cinza.

Nos dias de Narmacil I seus ataques recomeçaram, porém inicialmente com pouca força; mas o regente soube que os Nortistas nem sempre permaneciam fiéis a Gondor e que alguns uniam forças com os Lestenses, fosse por avidez de butim, fosse por intensificação das rixas entre seus príncipes. Portanto, em 1248, Minalcar liderou grande exército, e entre Rhovanion e o Mar Interior derrotou grande exército dos Lestenses e destruiu todos os seus acampamentos e assentamentos a leste do Mar. Tomou então o nome de Rómendacil.

Ao retornar, Rómendacil fortificou a margem oeste do Anduin até a confluência do Limclaro e proibiu que qualquer estrangeiro descesse pelo Rio além das Emyn Muil. Foi ele quem construiu os pilares das Argonath na entrada de Nen Hithoel. Mas, como necessitava de homens e desejava fortalecer o elo entre Gondor e os Nortistas, trouxe muitos deles para seu serviço e conferiu a alguns uma alta patente em seus exércitos.

Rómendacil demonstrou especial favor a Vidugavia, que o ajudara na guerra. Ele se chamava Rei de Rhovanion e era de fato o mais poderoso dentre os príncipes do Norte, apesar de seu próprio reino estar situado entre Verdemata e o Rio Celduin.[28] Em 1250, Rómendacil enviou seu filho Valacar como embaixador para morar por algum tempo com Vidugavia e familiarizar-se com a língua, os modos e as políticas dos Nortistas. Mas Valacar ultrapassou em muito as intenções de seu pai. Apaixonou-se pelas terras e pelo povo do Norte e casou-se com Vidumavi, filha de Vidugavia. Levou alguns anos para retornar. Desse casamento resultou mais tarde a guerra da Contenda-das-Famílias.

"Pois os altos homens de Gondor já olhavam de soslaio para os Nortistas entre eles; e era coisa até então inaudita que o herdeiro da coroa, ou qualquer filho do rei, se casasse com alguém de raça menor e estrangeira. Já havia rebelião nas províncias meridionais quando o Rei Valacar envelheceu. Sua rainha fora uma senhora bela e nobre, mas de vida curta, conforme a sina dos Homens menores,

---

[28]O Rio Rápido. [N. A.]

e os Dúnedain temiam que seus descendentes demonstrassem ser iguais e decaíssem da majestade dos Reis de Homens. Também estavam relutantes em aceitarem como senhor o filho dela que, apesar de agora se chamar Eldacar, nascera em país estrangeiro e na juventude se chamara Vinitharya, um nome do povo de sua mãe.

"Portanto, quando Eldacar sucedeu ao pai, houve guerra em Gondor. Mas Eldacar demonstrou não ser facilmente removido de sua herança. À linhagem de Gondor, acrescentou o espírito indômito dos Nortistas. Era belo e valoroso e não demonstrava sinal de envelhecer mais depressa que o pai. Quando os confederados liderados pelos descendentes dos reis se ergueram contra ele, ele os enfrentou até o fim de suas forças. Foi finalmente sitiado em Osgiliath e manteve a posição por muito tempo até que a fome e as forças superiores dos rebeldes o expulsassem, deixando a cidade em chamas. Nesse cerco e incêndio foi destruída a Torre da Cúpula de Osgiliath, e a *palantír* perdeu-se nas águas.

"Mas Eldacar escapou aos inimigos e chegou ao Norte, à sua parentela em Rhovanion. Ali muitos se reuniram em torno dele, tanto Nortistas a serviço de Gondor como Dúnedain das regiões setentrionais do reino. Pois muitos dentre estes haviam aprendido a estimá-lo e muitos mais chegaram a odiar seu usurpador. Este era Castamir, neto de Calimehtar, irmão mais novo de Rómendacil II. Não somente ele era um dos mais próximos da coroa pelo sangue, mas tinha o maior séquito de todos os rebeldes; pois era Capitão das Naus e era apoiado pelo povo das costas e dos grandes portos de Pelargir e Umbar.

"Castamir não estivera no trono por muito tempo quando demonstrou ser altivo e pouco generoso. Era um homem cruel, como já mostrara na tomada de Osgiliath. Mandou matar Ornendil, filho de Eldacar, que fora capturado; e a matança e destruição que houve na cidade, a seu mando, excedeu em muito as necessidades da guerra. Isso foi lembrado em Minas Anor e Ithilien; e ali o apreço por Castamir diminuiu ainda mais quando se viu que ele pouco se importava com a terra, e só pensava nas frotas, e pretendia remover a sede do rei para Pelargir.

"Assim, ele só fora rei por dez anos quando Eldacar, percebendo sua hora, veio do norte com grande exército, e o povo se juntou a ele desde Calenardhon, Anórien e Ithilien. Houve uma grande

APÊNDICE A

batalha em Lebennin nas Travessias do Erui, onde foi derramada grande parte do melhor sangue de Gondor. O próprio Eldacar abateu Castamir em combate, e assim vingou Ornendil; mas os filhos de Castamir escaparam, e com outros de sua família e muita gente das frotas resistiram por muito tempo em Pelargir.

"Quando tinham reunido ali todas as forças que conseguiram (visto que Eldacar não tinha naus para acossá-los pelo mar), partiram em seus navios e se estabeleceram em Umbar. Ali fizeram um refúgio para todos os inimigos do rei e um domínio independente de sua coroa. Umbar permaneceu em guerra com Gondor por muitas vidas dos homens, uma ameaça às suas terras costeiras e a todo o tráfego pelo mar. Nunca mais voltou a ser totalmente subjugada antes dos dias de Elessar; e a região de Gondor Meridional se transformou em uma terra disputada entre os Corsários e os Reis."

"A perda de Umbar foi dolorosa para Gondor, não somente porque o reino diminuiu no sul e seu domínio dos Homens do Harad afrouxou, mas porque foi ali que Ar-Pharazôn, o Dourado, último Rei de Númenor, aportou e humilhou o poderio de Sauron. Apesar de grande mal se seguir, os próprios seguidores de Elendil lembravam-se orgulhosos da vinda da grande hoste de Ar-Pharazôn das profundas do Mar; e na mais alta colina do promontório acima do Porto erigiram como monumento uma grande coluna branca. Era coroada com um globo de cristal que apanhava os raios do Sol e da Lua e reluzia como uma estrela intensa que em bom tempo se podia ver mesmo nas costas de Gondor ou longe no mar do oeste. Permaneceu ali até que, após o segundo surgimento de Sauron, que já se avizinhava, Umbar caiu sob o domínio de seus serviçais e o memorial de sua humilhação foi derrubado."

Após o retorno de Eldacar, o sangue da casa real e de outras casas dos Dúnedain tornou-se mais misturado com o de Homens menores. Pois muitos dentre os grandes haviam perecido na Contenda-das-Famílias; porém Eldacar mostrou-se favorável aos Nortistas, com cuja ajuda reconquistara a coroa, e o povo de Gondor foi incrementado por muita gente que veio de Rhovanion.

Inicialmente a mistura não apressou o declínio dos Dúnedain, como se temera; mas ainda assim o declínio continuava, pouco a pouco, assim como antes. Pois sem dúvida deveu-se acima de tudo à própria Terra-média, e à lenta retirada dos dons dos Númenóreanos após a queda da Terra da Estrela. Eldacar viveu até seu ducentésimo trigésimo quinto ano e foi rei por cinquenta e oito anos, dez dos quais vividos no exílio.

O segundo e maior mal acometeu Gondor no reino de Telemnar, o vigésimo sexto rei, cujo pai Minardil, filho de Eldacar, foi morto em Pelargir pelos Corsários de Umbar. (Eram liderados por Angamaitë e Sangahyando, bisnetos de Castamir.) Logo depois, uma peste mortal veio do Leste em ventos obscuros. O Rei e todos os seus filhos morreram, e grande número do povo de Gondor, em especial dos que viviam em Osgiliath. Então, por fadiga e escassez de homens, a guarda das fronteiras de Mordor cessou, e as fortalezas que vigiavam as passagens ficaram desguarnecidas.

Notou-se mais tarde que esses fatos aconteceram ao mesmo tempo em que a Sombra crescia nas profundezas de Verdemata e muitos seres malignos reapareceram, sinais do emergir de Sauron. É verdade que os inimigos de Gondor também sofreram, pois do contrário poderiam tê-la sobrepujado em sua fraqueza; mas Sauron podia esperar, e pode muito bem ser que a abertura de Mordor foi o que ele mais desejava.

Quando morreu o Rei Telemnar, a Árvore Branca de Minas Anor também secou e morreu. Mas seu sobrinho Tarondor, que lhe sucedeu, replantou um rebento na cidadela. Foi ele quem removeu a casa do Rei permanentemente para Minas Anor, pois Osgiliath já estava parcialmente deserta e começava a cair em ruínas. Poucos dentre os que haviam fugido da peste para Ithilien ou os vales ocidentais estavam dispostos a voltar.

Tarondor, chegando jovem ao trono, teve o reinado mais longo de todos os Reis de Gondor; porém realizou pouco mais que o reordenamento no interior do reino e a lenta recuperação de suas forças. Mas seu filho Telumehtar, recordando a morte de Minardil e perturbado pela insolência dos Corsários, que assolavam suas costas chegando até Anfalas, reuniu suas tropas e, em 1810, tomou Umbar de assalto. Nessa guerra pereceram os últimos descendentes de Castamir, e Umbar mais uma vez, por algum tempo, foi governada pelos reis. Telumehtar acrescentou ao seu nome o título de Umbardacil. Mas, nos novos males que logo acometeram

Gondor, Umbar perdeu-se outra vez e caiu nas mãos dos Homens do Harad.

O terceiro mal foi a invasão dos Carroceiros, que consumiu a força minguante de Gondor em guerras que duraram quase cem anos. Os Carroceiros eram um povo, ou uma confederação de muitos povos, que vinha do Leste; mas eram mais fortes e bem armados que todos os que haviam surgido antes. Viajavam em grandes carroças, e seus chefes combatiam em carruagens. Agitados, como se viu depois, pelos emissários de Sauron, realizaram um assalto súbito contra Gondor, e o Rei Narmacil II foi morto em batalha contra eles além do Anduin, em 1856. Os povos de Rhovanion oriental e meridional foram escravizados; e as fronteiras de Gondor, nessa época, recuaram até o Anduin e as Emyn Muil. [Acredita-se que nessa época os Espectros-do-Anel retornaram a Mordor.]

Calimehtar, filho de Narmacil II, auxiliado por uma revolta em Rhovanion, vingou o pai com grande vitória sobre os Lestenses em Dagorlad, em 1899, e por algum tempo o perigo foi afastado. Foi no reino de Araphant no Norte e de Ondoher, filho de Calimehtar, no Sul que os dois reinos voltaram a se aconselhar juntos após longo silêncio e alienação. Pois perceberam finalmente que um único poder e uma única vontade dirigia o ataque de muitos lados contra os sobreviventes de Númenor. Foi nesse tempo que Arvedui, herdeiro de Araphant, se casou com Fíriel, filha de Ondoher (1940). Mas nenhum dos reinos foi capaz de enviar auxílio ao outro; pois Angmar renovou seu ataque contra Arthedain ao mesmo tempo em que os Carroceiros ressurgiram em grande número.

Agora muitos dos Carroceiros passaram ao sul de Mordor e se aliaram com os homens de Khand e do Harad Próximo; e nesse grande assalto pelo norte e pelo sul, Gondor chegou perto da destruição. Em 1944, o Rei Ondoher e seus dois filhos, Artamir e Faramir, pereceram em batalha ao norte do Morannon, e o inimigo se espalhou por Ithilien. Mas Eärnil, Capitão do Exército Meridional, conquistou grande vitória em Ithilien do Sul e destruiu o exército de Harad que atravessara o Rio Poros. Dirigindo-se às pressas para o norte, reuniu tudo o que pôde do Exército Setentrional, que recuava, e acossou o acampamento principal dos Carroceiros enquanto estes banqueteavam e festejavam, crendo que Gondor fora derrotada e nada mais restava senão tomar a pilhagem.

Eärnil tomou o acampamento de assalto, pôs fogo nas carroças e expulsou o inimigo de Ithilien em grande alvoroço. Muitos dos que fugiram dele pereceram nos Pântanos Mortos.

"Quando morreram Ondoher e seus filhos, Arvedui do Reino-do--Norte reivindicou a coroa de Gondor como descendente direto de Isildur e marido de Fíriel, única filha viva de Ondoher. A reivindicação foi rejeitada. Nisso o papel principal foi desempenhado por Pelendur, Regente do Rei Ondoher.

"O Conselho de Gondor respondeu: 'A coroa e realeza de Gondor pertence somente aos herdeiros de Meneldil, filho de Anárion, a quem Isildur entregou este reino. Em Gondor essa herança é reconhecida apenas através dos filhos homens; e não ouvimos dizer que a lei seja diversa em Arnor.'

"A isto Arvedui respondeu: 'Elendil tinha dois filhos, dos quais Isildur era o mais velho e herdeiro do pai. Ouvimos dizer que até o dia de hoje o nome de Elendil consta encabeçando a linhagem dos Reis de Gondor, visto que era considerado alto rei de todas as terras dos Dúnedain. Enquanto Elendil ainda vivia, o domínio conjunto no Sul foi entregue a seus filhos; mas quando Elendil tombou, Isildur partiu para assumir o alto reinado de seu pai e entregou o domínio do Sul, de igual maneira, ao filho de seu irmão. Não abriu mão de sua realeza em Gondor, nem pretendia que o reino de Elendil fosse dividido para sempre.

"'Ademais, na Númenor de outrora o cetro descendia ao filho mais velho do rei, fosse homem ou mulher. É verdade que a lei não foi observada nas terras do exílio, sempre perturbadas pela guerra; mas era assim a lei de nosso povo, à qual nos referimos agora, considerando que os filhos de Ondoher morreram sem descendência.'[29]

"A isto Gondor não deu resposta. A coroa foi reivindicada por Eärnil, o capitão vitorioso; e foi-lhe concedida com a aprovação de todos os Dúnedain em Gondor, já que ele era da casa real. Era filho

---

[29]Essa lei foi feita em Númenor (como soubemos pelo Rei) quando Tar-Aldarion, o sexto rei, deixou apenas uma filha como descendente. Ela se tornou a primeira Rainha Governante, Tar-Ancalimë. Mas a lei era diversa antes do tempo dela. Tar-Elendil, o quarto rei, foi sucedido por seu filho Tar-Meneldur, apesar de sua filha Silmariën ser mais velha. Era, porém, de Silmariën que Elendil descendia. [N. A.]

APÊNDICE A

de Siriondil, que era filho de Calimmacil, que era filho de Arciryas, que era irmão de Narmacil II. Arvedui não insistiu na reivindicação, pois não tinha o poder nem a vontade de se opor à escolha dos Dúnedain de Gondor; porém a reivindicação jamais foi esquecida por seus descendentes, mesmo depois que a realeza desapareceu. Pois já se avizinhava o tempo em que o Reino-do-Norte chegaria ao fim.

"Arvedui foi de fato o último rei, como seu nome significa. Dizem que esse nome lhe foi dado ao nascer por Malbeth, o Vidente, que disse ao seu pai: '*Arvedui* hás de chamá-lo, pois será o último em Arthedain. Porém virá uma decisão aos Dúnedain, e, se escolherem aquela que parece menos esperançosa, então teu filho mudará de nome e se tornará rei de um grande reino. Do contrário, passarão grande pesar e muitas vidas dos homens até que os Dúnedain se ergam e se unam outra vez.'

"Também em Gondor apenas um rei se seguiu a Eärnil. Pode ser que, se a coroa e o cetro tivessem sido unidos, a realeza se mantivesse e se evitassem muitos males. Mas Eärnil era um homem sábio e não arrogante, mesmo que, como a muitos homens em Gondor, o reino de Arthedain parecesse pouca coisa, apesar de toda a linhagem de seus senhores.

"Ele enviou mensagens a Arvedui anunciando que recebia a coroa de Gondor, conforme as leis e as necessidades do Reino-do-Sul, 'mas não me esqueço da realeza de Arnor, nem nego nosso parentesco, nem desejo que os reinos de Elendil se afastem. Mandar-te-ei auxílio quando dele necessitares enquanto eu for capaz.'

"No entanto, demorou para que Eärnil se sentisse seguro o bastante para fazer o que prometera. O rei Araphant continuou, com força minguante, a repelir os assaltos de Angmar, e Arvedui, ao sucedê-lo, fez o mesmo; mas finalmente, no outono de 1973, chegaram a Gondor mensagens dizendo que Arthedain estava em graves apuros e que o Rei-bruxo preparava um último golpe contra ele. Então Eärnil mandou ao norte seu filho Eärnur com uma frota o mais depressa que pôde e com a maior força de que podia dispor. Tarde demais. Antes de Eärnur alcançar os portos de Lindon, o Rei-bruxo havia conquistado Arthedain, e Arvedui perecera.

"Mas quando Eärnur chegou aos Portos Cinzentos houve júbilo e grande admiração entre Elfos e Homens. Eram de tão grande calado as suas naus, e tantas, que mal conseguiram encontrar abrigo no porto, apesar de ficarem repletos o Harlond e o Forlond; e delas desembarcou um exército de poder, com munições e provisões para uma guerra de grandes reis. Ou assim pareceu ao povo do Norte, apesar de se tratar apenas de uma pequena força enviada desde todo o poderio de Gondor. Foram mais louvados os cavalos, pois muitos deles vinham dos Vales do Anduin e estavam com eles cavaleiros altos e belos e altivos príncipes de Rhovanion.

"Então Círdan convocou todos os que quisessem vir ter com ele, de Lindon ou de Arnor, e quando estava tudo pronto, a hoste atravessou o Lûn e marchou rumo ao norte para desafiar o Rei-bruxo de Angmar. Ele habitava então, diziam, em Fornost, que preenchera de gente malévola, usurpando a casa e o domínio dos reis. Em seu orgulho, não esperou a chegada dos inimigos em seu baluarte, e sim saiu ao encontro deles, pretendendo varrê-los, como a outros antes deles, para dentro do Lûn.

"Mas a Hoste do Oeste desceu sobre ele vinda das Colinas de Vesperturvo, e houve grande batalha na planície entre Nenuial e as Colinas do Norte. As forças de Angmar já cediam e recuavam rumo a Fornost quando a principal tropa de cavaleiros que contornara as colinas os acometeu pelo norte e os dispersou em grande alvoroço. Então o Rei-bruxo, com todos os que conseguiu reunir da derrota, fugiu para o norte em busca de sua própria terra de Angmar. Antes que chegasse ao abrigo de Carn Dûm, a cavalaria de Gondor o alcançou, com Eärnur cavalgando à frente. Ao mesmo tempo, uma força comandada por Glorfindel, o Senhor-élfico, veio de Valfenda. Então Angmar foi derrotado tão completamente que nem homem nem orque daquele reino restou a oeste das Montanhas.

"Mas dizem que, quando estava tudo perdido, apareceu repentinamente o próprio Rei-bruxo, de vestes negras e máscara negra montado em um cavalo negro. O temor dominou todos os que o contemplavam; mas ele escolheu o Capitão de Gondor para a plenitude de seu ódio e, com um grito terrível, cavalgou direto sobre ele. Eärnur lhe teria resistido; mas seu cavalo não pôde suportar aquele assalto; e desviou-se e o levou para longe antes que ele conseguisse dominá-lo.

"Então o Rei-bruxo riu-se, e ninguém que o ouviu jamais esqueceu o horror daquele grito. Mas, nesse momento, veio cavalgando Glorfindel em sua montaria branca, e, no meio de seu riso, o Rei-bruxo voltou-se em fuga e passou para as sombras. Pois a noite desceu sobre o campo de batalha, e ele se perdeu, e ninguém viu aonde foi.

"Com isso Eärnur cavalgou de volta, mas Glorfindel, observando a escuridão crescente, disse: 'Não o persigas! Ele não voltará a esta terra. Ainda está muito longe a sua sina e não cairá pela mão de um homem.' Estas palavras foram lembradas por muitos; mas Eärnur ficou irado, desejando apenas vingar-se pela sua desgraça.

"Assim terminou o reino maligno de Angmar; e assim Eärnur, Capitão de Gondor, conquistou o principal ódio do Rei-bruxo, mas ainda iriam passar muitos anos para isso ser revelado."

Foi assim que, no reinado do Rei Eärnil, como ficou claro mais tarde, o Rei-bruxo escapou do Norte, chegou a Mordor, e reuniu ali os demais Espectros-do-Anel, dos quais era o principal. Mas foi só em 2000 que emergiram de Mordor pelo Passo de Cirith Ungol e fizeram sítio a Minas Ithil. Tomaram-na em 2002 e capturaram a *palantír* da torre. Não foram expulsos enquanto durou a Terceira Era; e Minas Ithil se tornou um lugar de medo e foi renomeada Minas Morgul. Muitas das pessoas que ainda restavam em Ithilien abandonaram-na.

"Eärnur era um homem semelhante ao pai em valentia, mas não em sabedoria. Era homem de corpo vigoroso e humor inflamado; mas não tomou esposa, pois seu único prazer estava no combate ou no exercício das armas. Sua proeza era tanta que ninguém em Gondor era capaz de enfrentá-lo nos jogos de armas, em que se deleitava, parecendo mais um campeão que um capitão ou rei, e mantendo o vigor e a habilidade até uma idade mais avançada que o usual naqueles tempos."

Quando Eärnur recebeu a coroa em 2043, o Rei de Minas Morgul o desafiou a combate singular, escarnecendo dele por não ter ousado enfrentá-lo na batalha no Norte. Naquele tempo, Mardil, o Regente, refreou a ira do rei. Minas Anor, que se tornara a principal cidade do reino desde os dias do Rei Telemnar e a residência dos reis, foi então renomeada Minas Tirith, sendo a cidade sempre em guarda contra o mal de Morgul.

Eärnur vinha portando a coroa por apenas sete anos quando o Senhor de Morgul repetiu seu desafio, escarnecendo do rei por ter unido à falta de coragem da juventude a fraqueza da velhice.

Então Mardil não conseguiu mais refreá-lo, e ele se dirigiu com pequena escolta de cavaleiros até o portão de Minas Morgul. De nenhum dos que ali cavalgaram jamais se ouviu falar outra vez. Em Gondor cria-se que o inimigo traiçoeiro capturara o rei e que este morrera em tormento em Minas Morgul; mas, visto que não havia testemunhas de sua morte, Mardil, o Bom Regente, governou Gondor em seu nome por muitos anos.

Os descendentes dos reis já eram poucos. Seu número diminuíra muito na Contenda-das-Famílias; ademais, desde aquele tempo, os reis haviam se tornado ciosos e vigilantes dos parentes próximos. Muitas vezes aqueles sobre quem recaía a suspeita fugiram para Umbar e ali se juntaram aos rebeldes, enquanto que outros renunciaram à sua linhagem e tomaram esposas que não eram de sangue númenóreano.

Foi assim que não se encontrou pretendente à coroa que fosse de sangue puro ou cuja reivindicação todos aceitassem; e todos temiam a lembrança da Contenda-das-Famílias, sabendo que, caso tal disputa surgisse novamente, Gondor pereceria. Portanto, apesar de passarem muitos anos, o Regente continuou governando Gondor, e a coroa de Elendil jazia no colo do Rei Eärnil nas Casas dos Mortos, onde Eärnur a deixara.

Os Regentes

A Casa dos Regentes era chamada Casa de Húrin, pois descendiam do Regente do Rei Minardil (1621–34), Húrin de Emyn Arnen, um homem da alta raça númenóreana. Depois dos seus dias, os reis sempre haviam escolhido regentes dentre seus descendentes; e após os dias de Pelendur a Regência se tornou hereditária como a realeza, de pai para filho ou parente mais próximo.

Cada novo Regente, de fato, assumia o cargo com o juramento "de manter o bastão e governar em nome do rei, até que este retorne". Mas estas logo se tornaram palavras rituais de pouca importância, pois os Regentes exerciam todo o poder dos reis. Porém muitos em Gondor ainda criam que um rei de fato voltaria em algum tempo vindouro; e alguns recordavam a antiga linhagem do Norte, que os rumores diziam ainda sobreviver nas sombras. Mas contra tais pensamentos os Regentes Governantes endureceram seus corações.

APÊNDICE A

Não obstante, os Regentes jamais se sentaram no antigo trono; e não usavam coroa nem portavam cetro. Só carregavam um bastão branco como símbolo de seu cargo; e seu estandarte era branco, sem emblema; mas o estandarte real fora negro, e nele se exibia uma árvore branca florida sob sete estrelas.

Após Mardil Voronwë, que foi considerado o primeiro da linhagem, seguiram-se vinte e quatro Regentes Governantes de Gondor até os tempos de Denethor II, vigésimo sexto e último. No início tiveram tranquilidade, pois eram os dias da Paz Vigilante, durante a qual Sauron se recolheu diante do poderio do Conselho Branco e os Espectros-do-Anel ficaram ocultos no Vale Morgul. Mas depois do tempo de Denethor I nunca mais houve paz plena, e, mesmo quando Gondor não sofria guerra intensa ou aberta, suas fronteiras estavam sob constante ameaça.

Nos últimos anos de Denethor I, a raça dos uruks, orques negros de grande força, começou a surgir vinda de Mordor, e em 2475 varreram Ithilien e tomaram Osgiliath. Boromir, filho de Denethor (cujo nome mais tarde foi dado a Boromir dos Nove Caminhantes), derrotou-os e recuperou Ithilien; mas Osgiliath foi finalmente arruinada, e sua grande ponte de pedra foi rompida. Depois disso ninguém mais habitou ali. Boromir foi um grande capitão, e mesmo o Rei-bruxo o temia. Era nobre e de belo semblante, homem forte no corpo e na vontade, mas naquela guerra sofreu um ferimento de Morgul que lhe abreviou os dias, tornou-se encolhido de dor e morreu doze anos após o pai.

Depois dele começou o longo governo de Cirion. Era vigilante e cauteloso, mas o alcance de Gondor se reduzira, e pôde fazer pouco mais que defender suas fronteiras, enquanto seus inimigos (ou o poder que os movia) preparava golpes contra ele que não era capaz de evitar. Os Corsários assolaram suas costas, mas residia no norte sua principal ameaça. Nas amplas terras de Rhovanion, entre Trevamata e o Rio Rápido, habitava agora um povo feroz, totalmente sob a sombra de Dol Guldur. Muitas vezes faziam incursões pela floresta, até que o vale do Anduin, ao sul do Lis, ficasse largamente deserto. Esses Balchoth eram constantemente aumentados por outros da mesma espécie que entravam do leste, enquanto que o povo de Calenardhon minguava. Cirion teve dificuldades de manter a linha do Anduin.

"Prevendo a tempestade, Cirion mandou buscar auxílio no norte, mas era demasiado tarde; pois naquele ano (2510) os Balchoth, tendo construído muitos grandes barcos e balsas nas margens orientais do Anduin, enxamearam atravessando o Rio e varreram os defensores para longe. Um exército que veio marchando do sul foi interceptado e expulso rumo ao norte através do Limclaro e ali foi subitamente atacado por uma horda de Orques vindos das Montanhas e empurrado na direção do Anduin. Então, do Norte, veio uma ajuda além da esperança, e as trompas dos Rohirrim foram ouvidas em Gondor pela primeira vez. Eorl, o Jovem, chegou com seus cavaleiros, varreu o inimigo e perseguiu os Balchoth até a morte por sobre os campos de Calenardhon. Cirion concedeu aquela terra a Eorl para ser sua morada, e este fez a Cirion o Juramento de Eorl, de amizade na emergência ou a chamado aos Senhores de Gondor."

Nos dias de Beren, o décimo nono Regente, um perigo ainda maior acometeu Gondor. Três grandes frotas, há muito preparadas, subiram de Umbar e do Harad e assaltaram as costas de Gondor com grande poderio; e o inimigo aportou em muitos lugares, mesmo para o norte, na foz do Isen. Ao mesmo tempo, os Rohirrim foram assaltados pelo oeste e pelo leste, e sua terra foi invadida, e foram impelidos para os vales das Montanhas Brancas. Naquele ano (2758) começou o Inverno Longo, com frio e muita neve vinda do Norte e do Leste, que durou quase cinco meses. Helm de Rohan e seus dois filhos pereceram naquela guerra; e houve miséria e morte em Eriador e em Rohan. Mas em Gondor, ao sul das montanhas, as coisas estavam menos mal, e, antes da chegada da primavera, Beregond, filho de Beren, havia derrotado os invasores. Mandou de imediato auxílio a Rohan. Era o maior capitão a surgir em Gondor desde Boromir; e quando sucedeu ao pai (2763), Gondor começou a recuperar sua força. Mas Rohan curou-se mais devagar das feridas que recebera. Foi por essa razão que Beren recebeu Saruman e lhe deu as chaves de Orthanc, e desde aquele ano (2759) Saruman habitou em Isengard.

Foi nos dias de Beregond que a Guerra dos Anãos e dos Orques ocorreu nas Montanhas Nevoentas (2793–99), da qual apenas rumores

APÊNDICE A

chegaram ao sul, até que os Orques fugidos de Nanduhirion tentassem atravessar Rohan e se estabelecer nas Montanhas Nevoentas. Houve muitos anos de combate nos vales até acabar esse perigo.

Quando morreu Belecthor II, o vigésimo primeiro Regente, a Árvore Branca também morreu em Minas Tirith; mas foi mantida de pé "até o Rei retornar", pois não se podia encontrar nenhum rebento.

Nos dias de Túrin II, os inimigos de Gondor recomeçaram a se mover; pois Sauron recuperara seu poder e o dia de seu ressurgimento se aproximava. Todos, exceto os mais intrépidos do seu povo, desertaram Ithilien e se mudaram para o oeste, atravessando o Anduin, pois a terra estava infestada de orques de Mordor. Foi Túrin quem construiu refúgios secretos para seus soldados em Ithilien, entre os quais Henneth Annûn era aquele guardado e guarnecido por mais tempo. Também voltou a fortificar a ilha de Cair Andros[30] para defender Anórien. Mas sua principal ameaça residia no sul, onde os Haradrim haviam ocupado Gondor Meridional, e havia muitos embates ao longo do Poros. Quando Ithilien foi invadida com grande força, o Rei Folcwine de Rohan honrou o Juramento de Eorl e pagou sua dívida pelo auxílio trazido por Beregond, mandando muitos homens a Gondor. Com a ajuda deles, Túrin conquistou uma vitória na travessia do Poros; mas ambos os filhos de Folcwine tombaram na batalha. Os Cavaleiros sepultaram-nos à maneira de seu povo, e foram depositados em um só morro, visto que eram irmãos gêmeos. Por muito tempo esteve erguido, *Haudh in Gwanûr*, alto na margem do rio, e os inimigos de Gondor temiam passar junto a ele.

Turgon seguiu-se a Túrin, mas da sua época recorda-se principalmente que, dois anos antes de sua morte, Sauron ressurgiu e declarou-se abertamente; e voltou a entrar em Mordor, há muito preparada para ele. Então foi erguida mais uma vez a Barad-dûr, e o Monte da Perdição irrompeu em chamas, e fugiram para longe os últimos do povo de Ithilien. Quando Turgon morreu, Saruman tomou Isengard para si e fortificou-a.

---

[30]Este nome significa "Nau da Espuma-longa"; pois a ilha tinha a forma de um grande navio, com proa alta apontando para o norte, contra a qual a espuma branca do Anduin se quebrava em rochas afiadas. [N. A.]

"Ecthelion II, filho de Turgon, era homem de sabedoria. Com o poder que lhe restava ele começou a fortificar seu reino contra o ataque de Mordor. Encorajou todos os homens valorosos, de perto ou longe, a se porem a seu serviço e, aos que demonstraram ser confiáveis, deu patentes e recompensas. Em muita coisa que fez teve o auxílio e o conselho de um grande capitão a quem estimava acima de todos. Os homens de Gondor o chamavam Thorongil, a Águia da Estrela, pois era veloz, de olhar aguçado e usava uma estrela de prata na capa; mas ninguém conhecia seu verdadeiro nome nem a terra em que nascera. Chegou a Ecthelion vindo de Rohan, onde servira o Rei Thengel, mas não era um dos Rohirrim. Era um grande líder de homens, em terra ou mar, mas partiu para as sombras de onde viera antes que os dias de Ecthelion terminassem.

"Muitas vezes Thorongil aconselhou Ecthelion de que a força dos rebeldes em Umbar era grande perigo para Gondor e uma ameaça aos feudos do sul que acabaria sendo mortal se Sauron iniciasse guerra aberta. Finalmente obteve a permissão do Regente para reunir uma pequena frota, e chegou a Umbar de noite, inesperadamente, e ali incendiou grande parte das naus dos Corsários. Ele próprio derrotou o Capitão do Porto em batalha no cais e depois retirou sua frota com poucas perdas. Mas quando voltaram a Pelargir, para pesar e admiração de seus homens, não quis voltar a Minas Tirith, onde grande honra o aguardava.

"Enviou uma mensagem de adeus a Ecthelion, dizendo: 'Outras tarefas agora me aguardam, senhor, e terão de passar muito tempo e muitos perigos antes que eu retorne a Gondor, se for essa a minha sina.' Apesar de ninguém ser capaz de adivinhar quais seriam essas tarefas, nem que chamado ele recebera, soube-se aonde ele foi. Pois tomou um barco e atravessou o Anduin, e ali se despediu dos companheiros e prosseguiu a sós; e na última vez em que foi visto tinha a face voltada para as Montanhas de Sombra.

"Houve consternação na Cidade na partida de Thorongil, e pareceu grande perda a toda a gente, a não ser para Denethor, filho de Ecthelion, um homem já maduro para a Regência, à qual sucedeu quatro anos mais tarde ao morrer seu pai.

"Denethor II era um homem orgulhoso, alto, valoroso e mais régio que qualquer homem que surgira em Gondor durante muitas vidas dos homens; e era sábio também, de visão longínqua e versado no saber. De fato, era tão parecido com Thorongil como se fosse parente próximo, e ainda assim sempre ocupava o segundo lugar, depois do estranho, nos corações dos homens e na estima de seu pai. À época muitos pensaram que Thorongil partira antes que seu rival se tornasse seu senhor; porém o próprio Thorongil jamais competira com Denethor, nem se considerara mais do que servidor de seu pai. E apenas em um assunto seus conselhos ao Regente divergiam: Thorongil costumava alertar Ecthelion para que não confiasse em Saruman, o Branco, em Isengard, mas que desse preferência a Gandalf, o Cinzento. Mas pouca estima havia entre Denethor e Gandalf, e, após os dias de Ecthelion, houve menos acolhida para o Peregrino Cinzento em Minas Tirith. Portanto, mais tarde, quando tudo foi esclarecido, muitos criam que Denethor, que tinha a mente sutil e enxergava mais longe e mais fundo que outros homens dos seus dias, descobrira quem era na realidade aquele estranho Thorongil e suspeitava de que ele e Mithrandir pretendiam suplantá-lo.

"Quando Denethor se tornou Regente (2984), demonstrou ser um senhor imperioso, mantendo na própria mão o domínio de todas as coisas. Falava pouco. Escutava os conselhos e depois seguia sua própria opinião. Casara-se tarde (2976), tomando por esposa Finduilas, filha de Adrahil de Dol Amroth. Era uma senhora de grande beleza e coração gentil, mas antes que se tivessem passado doze anos ela morreu. Denethor a amava, à sua maneira, mais que a qualquer outra pessoa, a não ser o mais velho dos filhos que ela lhe dera. Mas pareceu aos homens que ela definhou na cidade vigiada, como flor dos vales junto ao mar posta em uma rocha estéril. A sombra no leste enchia-a de horror e ela sempre voltava os olhos para o sul, rumo ao mar de que sentia falta.

"Após sua morte, Denethor tornou-se mais sisudo e silencioso que antes e por muito tempo sentava-se a sós em sua torre, imerso em pensamentos, predizendo que o ataque de Mordor viria no seu tempo. Mais tarde acreditou-se que, necessitado de conhecimento, porém orgulhoso e confiante em sua própria força de vontade, ousou olhar dentro da *palantír* da Torre Branca. Nenhum dos Regentes ousara fazê-lo, nem mesmo os reis Eärnil e Eärnur, depois da queda de Minas Ithil, em que a *palantír* de Isildur chegou às mãos do Inimigo; pois a Pedra de Minas Tirith era a *palantír* de Anárion, a de mais próxima concordância com aquela que Sauron possuía.

"Deste modo Denethor obteve seu grande conhecimento das coisas que ocorriam em seu reino e muito além dos seus limites, para admiração dos homens; mas comprou caro esse conhecimento e envelheceu antes do tempo em sua contenda com a vontade de Sauron. Assim o orgulho aumentou em Denethor junto com o desespero, até ele ver em todos os feitos daquele tempo somente um combate singular entre o Senhor da Torre Branca e o Senhor da Barad-dûr, e desconfiava de todos os demais que resistiam a Sauron, a não ser que servissem apenas a ele.

"Assim o tempo se aproximou da Guerra do Anel, e os filhos de Denethor chegaram à idade adulta. Boromir, mais velho em cinco anos, amado pelo pai, era como ele em semblante e orgulho, mas em pouca coisa mais. Era, isso sim, um homem à maneira do Rei Eärnur de outrora, pois não se casou e se deleitava principalmente com as armas; era destemido e forte, mas pouco se importava com o saber, exceto pelos relatos de antigas batalhas. Faramir, o mais moço, era de aspecto parecido com ele, mas de mente diversa. Lia os corações dos homens com a mesma perspicácia do pai, mas o que lia motivava-o mais à compaixão que ao desprezo. Tinha modos gentis, amava o saber e a música, e, portanto, muitos naqueles dias julgavam que sua coragem era menor que a do irmão. Mas não era assim, exceto pelo fato de que não buscava a glória no perigo sem ter um propósito. Deu boas-vindas a Gandalf em todas as vezes em que este veio à Cidade e aprendeu o que pôde com sua sabedoria; e nisso, assim como em muitas outras coisas, desagradava ao pai.

"Porém havia grande amor entre os irmãos, e fora assim desde a infância, quando Boromir fora ajudante e protetor de Faramir. Não surgira ciúme nem rivalidade entre eles desde então, pela benevolência do pai ou pelo louvor dos homens. Não parecia possível a Faramir que alguém em Gondor rivalizasse com Boromir, herdeiro de Denethor, Capitão da Torre Branca; e Boromir tinha opinião semelhante. Porém, na provação mostrou-se que era diferente. Mas de tudo o que ocorreu a esses três na Guerra do Anel muita coisa está dita alhures. E após a Guerra, os dias dos Regentes

APÊNDICE A

Governantes chegaram ao fim; pois o herdeiro de Isildur e Anárion retornou, e a monarquia renovou-se, e o estandarte da Árvore Branca mais uma vez tremulou na Torre de Ecthelion."

(v)

AQUI SEGUE-SE UMA PARTE DO CONTO
DE ARAGORN E ARWEN

"Arador foi o avô do Rei. Seu filho Arathorn buscou casar-se com Gilraen, a Bela, filha de Dírhael, que era ele próprio descendente de Aranarth. A esse casamento Dírhael se opôs; pois Gilraen era jovem e não chegara à idade em que as mulheres dos Dúnedain costumavam casar-se.

"'Ademais,' disse ele, 'Arathorn é um homem sisudo de idade adulta e será chefe mais cedo do que os homens creem; porém meu coração prevê que terá vida curta.'

"Mas Ivorwen, sua esposa, que também enxergava o futuro, respondeu: 'Tanto mais necessária a pressa! Os dias escurecem antes da tempestade e grandes coisas estão por vir. Se esses dois se casarem agora, poderá nascer esperança para nosso povo; mas se demorarem, ela não chegará enquanto durar esta era.'

"E ocorreu que, quando Arathorn e Gilraen estavam casados havia somente um ano, Arador foi apanhado por trols-das-colinas nos Morros Frios, ao norte de Valfenda, e foi morto; e Arathorn tornou-se Chefe dos Dúnedain. No ano seguinte, Gilraen lhe deu um filho, e chamaram-no Aragorn. Mas Aragorn tinha apenas dois anos de idade quando Arathorn saiu em cavalgada contra os Orques com os filhos de Elrond e foi morto por uma flecha-órquica que lhe perfurou o olho; e assim ele de fato demonstrou ter vida curta para alguém de sua raça, pois tinha apenas sessenta anos de idade quando tombou.

"Então Aragorn, sendo agora o Herdeiro de Isildur, foi levado com a mãe a morar na casa de Elrond; e Elrond assumiu o papel de seu pai e passou a amá-lo como seu próprio filho. Mas foi chamado de Estel, que é "Esperança", e seu verdadeiro nome e linhagem foram mantidos secretos a pedido de Elrond; pois os Sábios sabiam então que o Inimigo buscava descobrir o Herdeiro de Isildur, se algum restasse sobre a terra.

"Mas quando Estel tinha apenas vinte anos de idade ocorreu que ele voltou a Valfenda após grandes feitos em companhia dos filhos de Elrond; e Elrond o contemplou e ficou contente, pois viu que ele era belo, nobre e chegara cedo à idade adulta, apesar de que tornar-se-ia ainda maior de corpo e mente. Naquele dia, portanto, Elrond o chamou pelo nome verdadeiro e contou-lhe quem era e de quem era filho; e entregou-lhe os legados de sua casa.

"'Eis o anel de Barahir,' disse ele, 'o símbolo de nosso parentesco longínquo; e eis também os fragmentos de Narsil. Com eles ainda poderás realizar grandes feitos; pois prevejo que a duração de tua vida será maior que a medida dos Homens, a não ser que o mal te acometa ou fracasses na provação. Mas a provação será difícil e longa. O Cetro de Annúminas eu retenho, pois ainda precisas merecê-lo.'

"No dia seguinte, à hora do pôr do sol, Aragorn caminhou a sós na mata, e o coração estava animado em seu peito; e cantava, pois estava repleto de esperança, e o mundo era belo. E de súbito, mesmo enquanto cantava, viu uma donzela que caminhava em um gramado entre os troncos brancos das bétulas; e deteve-se admirado, pensando ter vagado para dentro de um sonho, ou então ter recebido a dádiva dos menestréis-élficos, que podem fazer as coisas de que cantam aparecerem diante dos olhos de quem os escuta.

"Pois Aragorn estivera cantando parte da "Balada de Lúthien", que conta do encontro de Lúthien e Beren na floresta de Neldoreth. E eis! ali Lúthien caminhava diante de seus olhos em Valfenda, trajada de um manto de prata e azul, bela como o crepúsculo em Casadelfos; seus cabelos escuros esvoaçaram em um vento súbito, e sua fronte estava cingida de gemas como estrelas.

"Por um momento Aragorn a fitou em silêncio, mas, temendo que ela se afastasse e nunca mais fosse vista, chamou-a exclamando: 'Tinúviel, Tinúviel!', exatamente como Beren fizera nos Dias Antigos, muito tempo atrás.

"Então a donzela voltou-se para ele, sorriu e disse: 'Quem és tu? E por que me chamas por esse nome?'

"E ele respondeu: 'Porque cria que eras deveras Lúthien Tinúviel, de quem eu cantava. Mas se não és ela, então caminhas à sua semelhança.'

"'Assim muitos disseram', respondeu ela com gravidade. 'Porém o nome dela não é o meu. Contudo, quem sabe, minha sina não será diversa da dela. Mas quem és tu?'

"'Fui chamado de Estel', ele respondeu; 'mas sou Aragorn, filho de Arathorn, Herdeiro de Isildur, Senhor dos Dúnedain'; porém, mesmo enquanto falava, sentiu que sua alta linhagem, com que seu coração se regozijara, era agora de pouca valia, e como se nada fosse em comparação com a dignidade e o encanto dela.

"Mas ela riu alegremente e comentou: 'Então somos parentes longínquos. Pois eu sou Arwen, filha de Elrond, e também sou chamada Undómiel.'

"'Muitas vezes se vê', disse Aragorn, 'que em dias perigosos os homens escondem seus principais tesouros. No entanto, admiro-me com Elrond e com teus irmãos; pois apesar de ter morado nesta casa desde a infância, não ouvi palavra sobre ti. Como pode ser que nunca tenhamos nos encontrado antes? Certamente teu pai não te manteve trancada em seu tesouro...'

"'Não', respondeu ela e ergueu os olhos para as Montanhas que subiam no leste. 'Morei por algum tempo na terra dos parentes de minha mãe, na longínqua Lothlórien. Só recentemente voltei para visitar meu pai outra vez. Faz muitos anos que não caminho em Imladris.'

"Então Aragorn admirou-se, pois ela não parecia ser mais velha que ele, que ainda não vivera mais que uma vintena de anos na Terra-média. Mas Arwen fitou-lhe os olhos e prosseguiu: 'Não te admires! Pois os filhos de Elrond têm a vida dos Eldar.'

"Então Aragorn ficou desconcertado, pois viu a luz-élfica nos olhos dela e a sabedoria de muitos dias; porém, desde aquela hora, amou Arwen Undómiel, filha de Elrond.

"Nos dias que se seguiram, Aragorn manteve-se em silêncio, e sua mãe percebeu que algo estranho o acometera; e ele por fim cedeu às suas perguntas e lhe contou do encontro no crepúsculo das árvores.

"'Meu filho,' disse Gilraen, 'teu intuito é elevado, mesmo para o descendente de muitos reis. Pois essa senhora é a mais nobre e bela que ora caminha na terra. E não é adequado que mortais desposem Gente-élfica.'

"'No entanto, temos parte nesse parentesco,' respondeu Aragorn, 'se é verdadeira a história que aprendi sobre meus antepassados.'

"'É verdadeira,' afirmou Gilraen, 'mas isso foi muito tempo atrás e em outra era deste mundo, antes que nossa raça diminuísse.

Portanto, eu temo; pois sem a boa vontade do Mestre Elrond os Herdeiros de Isildur logo chegarão ao fim. Mas não creio que tenhas a boa vontade de Elrond neste assunto.'

"'Então amargos serão os meus dias e caminharei a sós nos ermos', disse Aragorn.

"'Essa será deveras a tua sina', disse Gilraen; mas apesar de possuir em certa medida a profecia de sua gente, ela nada mais lhe disse de seu pressentimento, nem falou a outra pessoa o que o filho lhe contara.

"Mas Elrond via muitas coisas e lia em muitos corações. Certo dia, portanto, antes do declínio do ano, chamou Aragorn ao seu aposento e disse: 'Aragorn, filho de Arathorn, Senhor dos Dúnedain, escuta-me! Uma grande sina te aguarda, seja para te ergueres acima da altura de todos os teus pais desde os dias de Elendil, ou para caíres na treva com todos os que restam de tua gente. Muitos anos de provação estão diante de ti. Não terás esposa, nem atarás mulher a ti em promessa, até que chegue teu tempo e sejas julgado merecedor disso.'

"Então Aragorn perturbou-se e indagou: 'Pode ser que minha mãe falou disto?'

"'Não deveras', respondeu Elrond. 'Teus próprios olhos te traíram. Mas não falo apenas de minha filha. Não serás ainda prometido à filha de ninguém. Mas quanto a Arwen, a Bela, Senhora de Imladris e de Lórien, Vespestrela de seu povo, ela é de linhagem maior que a tua e já viveu no mundo tanto tempo que para ela és apenas como um rebento de um ano ao lado de uma jovem bétula de muitos verões. Ela está demasiado acima de ti. E assim, penso, pode muito bem parecer a ela. Mas mesmo que assim não fosse, e o coração dela se voltasse para ti, ainda assim eu me afligiria por causa da sina que nos é imposta.'

"'Que sina é essa?', indagou Aragorn.

"'Que, enquanto eu habitar aqui, ela há de viver com a juventude dos Eldar,' respondeu Elrond, 'e quando eu partir ela há de ir comigo, se assim decidir.'

"'Compreendo', disse Aragorn, 'que voltei os olhos para um tesouro não menos caro que o tesouro de Thingol que Beren desejou outrora. Tal é minha sina.' Então de repente o acometeu a profecia de sua gente e continuou: 'Mas eis! Mestre Elrond, os anos de tua permanência reduzem-se afinal, e logo a decisão será imposta a teus filhos: de se despedirem ou de ti ou da Terra-média.'

"'É verdade', assentiu Elrond. 'Logo, do modo como contamos, apesar de ainda deverem passar muitos anos dos Homens. Mas não haverá decisão diante de Arwen, minha amada, a não ser que tu, Aragorn, filho de Arathorn, te interponhas entre nós e conduzas um de nós, a ti ou a mim, a uma amarga despedida além do fim do mundo. Não sabes ainda o que desejas de mim.' Suspirou e, algum tempo depois, contemplando o jovem com gravidade, voltou a falar: 'Os anos trarão o que trouxerem. Não falaremos mais disto até que muitos tenham passado. Os dias se obscurecem e há muito mal por vir.'

"Então Aragorn se despediu amavelmente de Elrond; e no dia seguinte disse adeus à mãe, à casa de Elrond e a Arwen e saiu para o ermo. Por quase trinta anos labutou na causa contra Sauron; e fez--se amigo de Gandalf, o Sábio, de quem obteve muita sabedoria. Com ele fez muitas jornadas perigosas, mas, à medida que os anos avançavam, ia mais frequentemente sozinho. Seus caminhos eram difíceis e longos, e tornou-se um tanto sisudo de aspecto, a não ser que sorrisse por acaso; e ainda assim parecia aos Homens digno de honra, como um rei que está no exílio, quando não ocultava sua forma verdadeira. Pois andava com muitas aparências e conquistou fama com muitos nomes. Cavalgou na hoste dos Rohirrim e combateu pelo Senhor de Gondor por terra e por mar; e depois, na hora da vitória, saiu do conhecimento dos Homens do Oeste e foi a sós ao Leste longínquo e ao Sul profundo, explorando os corações dos Homens, tanto maus como bons, e descobrindo as tramas e os esquemas dos serviçais de Sauron.

"Tornou-se assim o mais intrépido dos Homens viventes, habilidoso em seus ofícios e em seu saber, e era assim mesmo mais do que eles; pois tinha a sabedoria-élfica, e havia uma luz em seus olhos que, quando estes se acendiam, poucos conseguiam suportar. Seu semblante era triste e severo por causa da sina que lhe fora imposta, e, no entanto, a esperança sempre residiu nas profundezas de seu coração, de onde às vezes surgia o júbilo como uma nascente da rocha.

"Aconteceu que, quando Aragorn tinha nove e quarenta anos de idade, voltou de perigos nos escuros confins de Mordor, onde Sauron já voltara a habitar e se ocupava do mal. Estava exausto e desejava voltar a Valfenda e descansar ali por algum tempo antes de viajar para as regiões longínquas; e no caminho chegou às fronteiras de Lórien e foi admitido à terra oculta pela Senhora Galadriel.

"Ele não o sabia, mas Arwen Undómiel também estava lá, outra vez morando por algum tempo com a família de sua mãe. Ela pouco mudara, pois os anos mortais haviam passado ao largo; porém seu semblante era mais grave e seu riso já se ouvia raramente. Mas Aragorn crescera à plena estatura de corpo e mente, e Galadriel lhe pediu que lançasse fora suas vestes gastas de viagem e trajou-o de prata e branco, com uma capa de cinza-élfico e uma gema brilhante na testa. Então teve aspecto maior que qualquer rei dos Homens e parecia-se mais com um Senhor-élfico das Ilhas do Oeste. E foi assim que Arwen primeiro voltou a contemplá-lo depois de seu longo afastamento; e, quando ele veio caminhando em sua direção sob as árvores de Caras Galadhon carregadas de flores de ouro, ela tomou sua decisão e selou sua sina.

"Então, por uma estação, vagaram juntos nas clareiras de Lothlórien, até chegar a hora de ele partir. E na véspera do Meio-do-Verão, Aragorn, filho de Arathorn, e Arwen, filha de Elrond, foram até a bela colina de Cerin Amroth, no meio da terra, e caminharam descalços na relva imorredoura, com elanor e niphredil em redor dos pés. E ali, no alto daquela colina, olharam para o leste na direção da Sombra e para o oeste na direção do Crepúsculo, e empenharam-se um com o outro e estavam contentes.

"E Arwen disse: 'Escura é a Sombra, e, no entanto, meu coração se regozija; pois tu, Estel, hás de estar entre os grandes cuja valentia a destruirá.'

"Mas Aragorn respondeu: 'Ai de mim! Não posso prevê-lo, e o modo como poderá ocorrer me está oculto. Porém, com tua esperança eu terei esperança. E a Sombra eu rejeito por completo. Mas tampouco, senhora, o Crepúsculo é para mim; pois sou mortal, e se te mantiveres fiel a mim, Vespestrela, também terás de renunciar ao Crepúsculo.'

"E então ela se manteve imóvel como uma árvore branca, olhando para o Oeste, e por fim disse: 'Manter-me-ei fiel a ti, Dúnadan, e

APÊNDICE A

darei as costas ao Crepúsculo. Porém, ali está a terra de meu povo e o longo lar de toda a minha gente.' Ela amava seu pai intensamente.

"Quando Elrond soube da decisão da filha ficou em silêncio, apesar de ter o coração pesaroso e achar que a sina, por muito que fosse temida há tempo, não era fácil de suportar. Mas quando Aragorn voltou a Valfenda, ele o chamou a si e disse:

"'Meu filho, vêm anos em que a esperança há de minguar, e além deles poucas coisas me são claras. E agora uma sombra jaz entre nós. Quem sabe foi decidido assim, que pela minha perda a realeza dos Homens possa ser restaurada. Portanto, apesar de te amar, eu te digo: Arwen Undómiel não há de diminuir a graça de sua vida por causa menor. Ela não há de ser noiva de Homem menor que o Rei de Gondor e também Arnor. Para mim, portanto, mesmo nossa vitória só pode trazer pesar e separação — mas para ti, a esperança de alegria por certo tempo. Ai de nós, meu filho! Temo que para Arwen a Sina dos Homens possa parecer dura no final.'

"Assim ficaram depois as coisas entre Elrond e Aragorn, e não falaram mais nesse assunto; mas Aragorn partiu outra vez ao perigo e à labuta. E, enquanto o mundo se obscurecia e o temor caía sobre a Terra-média, à medida que o poderio de Sauron crescia e a Barad-dûr se erguia cada vez mais alta e forte, Arwen permaneceu em Valfenda e, quando Aragorn estava longe, ela o vigiava à distância em pensamento; e na esperança fez para ele um estandarte grande e régio, como poderia ser exibido apenas por quem reivindicasse o domínio dos Númenóreanos e a herança de Elendil.

"Após alguns anos Gilraen se despediu de Elrond, voltou ao seu próprio povo em Eriador e viveu sozinha; e raramente reviu o filho, pois ele passava muitos anos em países distantes. Mas certa feita, quando Aragorn retornara ao Norte, ele veio ter com ela, e ela lhe disse antes que partisse:

"'Esta é nossa última despedida, Estel, meu filho. Estou envelhecida de inquietação, mesmo como alguém dos Homens menores; e agora, quando ela se aproxima, não consigo encarar a escuridão de nosso tempo que se avoluma sobre a Terra-média. Hei de deixá-la em breve.'

"Aragorn tentou consolá-la dizendo: 'No entanto, poderá haver uma luz além da escuridão; e, se assim for, gostaria que a visses e estivesses contente.'

"Mas ela só respondeu com este *linnod*:

'*Ónen i-Estel Edain, ú-chebin estel anim*,'[31]

e Aragorn se foi com um peso no coração. Gilraen morreu antes da primavera seguinte.

"Assim passaram-se os anos até a Guerra do Anel, da qual se conta mais alhures: como revelou-se o modo imprevisto pelo qual Sauron poderia ser derrotado e como se cumpriu a esperança além da esperança. E aconteceu que, na hora da derrota, Aragorn veio do mar e desdobrou o estandarte de Arwen na batalha dos Campos de Pelennor, e naquele dia foi aclamado como rei pela primeira vez. E ao fim, quando tudo estava feito, assumiu a herança de seus pais e recebeu a coroa de Gondor e o cetro de Arnor; e no Meio-do-Verão do ano da Queda de Sauron, tomou a mão de Arwen Undómiel, e casaram-se na cidade dos Reis.

"A Terceira Era terminou, assim, em vitória e esperança; e, no entanto, foi aflitiva entre os pesares daquela Era a despedida de Elrond e Arwen, pois foram separados pelo Mar e por uma sina além do fim do mundo. Quando o Grande Anel foi desfeito e os Três foram privados de seu poder, Elrond finalmente cansou-se e renunciou à Terra-média para jamais voltar. Mas Arwen tornou-se como mulher mortal, e, no entanto, não era sua sorte morrer antes de perder tudo o que ganhara.

"Como Rainha de Elfos e Homens ela habitou com Aragorn por seis vintenas de anos, em grande glória e contentamento; porém, finalmente ele sentiu a chegada da velhice e soube que a duração de seus dias de vida se aproximava do fim, por muito que tivesse sido longa. Então Aragorn disse a Arwen:

"'Finalmente, Senhora Vespestrela, mais bela deste mundo e mais amada, meu mundo se desvanece. Eis! recolhemos e gastamos, e agora se aproxima o tempo do pagamento.'

---

[31]"Dei Esperança aos Dúnedain, não guardei esperança para mim." [N. A.]

"Arwen bem sabia o que ele pretendia e por muito tempo o previra; ainda assim foi avassalada pelo pesar. 'Então pretendes, senhor, deixar antes do tempo o teu povo que vive por tua palavra?', indagou ela.

"'Não antes do meu tempo', respondeu ele. 'Pois, se eu não me for agora, então forçosamente terei de ir-me logo. E nosso filho Eldarion é um homem plenamente maduro para a realeza.'

"Então, tendo ido à Casa dos Reis na Rua Silente, Aragorn deitou-se no longo leito que lhe fora preparado. Ali despediu-se de Eldarion e lhe pôs nas mãos a coroa alada de Gondor e o cetro de Arnor; e então todos o deixaram, exceto Arwen, e ela ficou de pé sozinha junto ao seu leito. E apesar de toda a sua sabedoria e linhagem, ela não conseguiu abster-se de lhe implorar que ainda ficasse mais um pouco. Ela ainda não se cansara de seus dias e assim provou o amargor da mortalidade que assumira.

"'Senhora Undómiel,' disse Aragorn, 'a hora é deveras difícil, no entanto, ela foi feita naquele dia em que nos encontramos sob as bétulas brancas no jardim de Elrond, onde já não caminha ninguém. E na colina de Cerin Amroth, quando renunciamos tanto à Sombra como ao Crepúsculo, foi esta a sina que aceitamos. Aconselha-te contigo mesma, amada, e pergunta se de fato queres que eu espere até murchar e cair de meu elevado assento, emasculado e insensato. Não, senhora, sou o último dos Númenóreanos e o último rei dos Dias Antigos; e foi-me dada não apenas uma duração tripla da dos Homens da Terra-média, mas também a graça de partir quando quiser e devolver a dádiva. Agora, portanto, vou dormir.

"'Não te falo de consolo, pois não há consolo para tal dor nos círculos do mundo. A decisão extrema está diante de ti: de te arrependeres e ires aos Portos e carregares para o Oeste a lembrança de nossos dias juntos, que lá hão de ser perenes, mas nunca mais que lembranças; ou então de suportares a Sina dos Homens.'

"'Não, querido senhor,' respondeu ela, 'essa decisão foi tomada há muito. Já não há nau que me leve até lá, e preciso deveras suportar a Sina dos Homens, queira eu ou não: a perda e o silêncio. Mas eu te digo, Rei dos Númenóreanos, que só agora compreendi o relato de teu povo e da sua queda. Eu os desprezava como tolos malvados, mas finalmente tenho pena deles. Pois se esta é de fato, como dizem os Eldar, a dádiva do Uno aos Homens, é amarga de se receber.'

"'Assim parece', comentou ele. 'Mas não nos transtornemos na provação final, nós que outrora renunciamos à Sombra e ao Anel. Com pesar devemos ir-nos, mas não com desespero. Vê! não estamos presos para sempre nos círculos do mundo, e além deles há mais do que lembrança. Adeus!'

"'Estel, Estel!', exclamou ela, e com isso, mesmo enquanto ele lhe tomava a mão e a beijava, ele adormeceu. Então revelou-se nele grande beleza, de forma que todos os que vieram ali depois o contemplaram com pasmo; pois viram que a graça de sua juventude, a valentia de sua idade adulta e a sabedoria e majestade de sua velhice estavam mescladas. E por muito tempo jazeu ali, imagem do esplendor dos Reis de Homens em glória que não se turva antes do rompimento do mundo.

"Mas Arwen partiu da Casa, e a luz de seus olhos estava extinta, e ao seu povo pareceu que ela se tornara fria e cinzenta como o cair da noite no inverno que vem sem nenhuma estrela. Então ela se despediu de Eldarion, de suas filhas e de todos a quem amara; e saiu da cidade de Minas Tirith e foi-se embora à terra de Lórien, e ali morou a sós sob as árvores que murchavam até chegar o inverno. Galadriel partira, e Celeborn também se fora, e a terra estava em silêncio.

"Ali, por fim, quando caíam as folhas do mallorn, mas a primavera ainda não chegara,[32] ela se deitou para repousar em Cerin Amroth; e está ali seu verde túmulo, até que o mundo seja mudado, e todos os dias de sua vida estão totalmente esquecidos pelos homens que vieram depois, e elanor e niphredil não florescem mais a leste do Mar.

"Aqui termina este conto, tal como nos chegou do Sul; e com o passamento de Vespestrela, nada mais se diz neste livro sobre os dias de outrora."

II

A CASA DE EORL

"Eorl, o Jovem, foi senhor dos Homens de Éothéod. Essa terra ficava junto das fontes do Anduin, entre as serras mais longínquas das

---

[32]pp. 475–76. [N. A.]

Montanhas Nevoentas e as partes mais setentrionais de Trevamata. Os Éothéod haviam-se deslocado a essas regiões nos dias do Rei Eärnil II, desde terras nos vales do Anduin entre a Carrocha e o Lis, e eram na origem aparentados com os Beornings e os homens das bordas ocidentais da floresta. Os antepassados de Eorl afirmavam descender dos reis de Rhovanion, cujo reino ficava além de Trevamata antes das invasões dos Carroceiros, e assim consideravam-se parentes dos reis de Gondor que descendiam de Eldacar. Apreciavam mais as planícies e se deleitavam com cavalos e todos os feitos de cavalaria, mas havia naqueles dias muitos homens nos vales médios do Anduin, e, ademais, a sombra de Dol Guldur se estendia; portanto, quando ouviram falar da derrota do Rei-bruxo, buscaram mais espaço no Norte e expulsaram os remanescentes do povo de Angmar do lado leste das Montanhas. Mas nos dias de Léod, pai de Eorl, haviam-se multiplicado e eram um povo numeroso, e outra vez estavam um tanto confinados na terra em que habitavam.

"No bismilésimo quingentésimo décimo ano da Terceira Era, um novo perigo ameaçava Gondor. Uma grande hoste de homens selvagens do Nordeste varreu Rhovanion e, descendo das Terras Castanhas, atravessou o Anduin em balsas. Ao mesmo tempo, por acaso ou de propósito, os Orques (que naquele tempo, antes de suas guerras com os Anãos, eram muito numerosos) realizaram a descida das Montanhas. Os invasores assolaram Calenardhon, e Cirion, Regente de Gondor, mandou buscar auxílio no norte; pois durante muito tempo houvera amizade entre os Homens do Vale do Anduin e o povo de Gondor. Mas no vale do Rio os homens já eram poucos e esparsos, e lentos em prestar o auxílio que podiam. Por fim chegaram novas a Eorl sobre o apuro de Gondor, e, apesar de parecer tarde, ele partiu com grande hoste de cavaleiros.

"Chegou assim à batalha do Campo de Celebrant, pois era esse o nome da terra verde que se estendia entre o Veio-de-Prata e o Limclaro. Ali o exército setentrional de Gondor estava em perigo. Vencido no Descampado e isolado do sul, fora impelido a atravessar o Limclaro e então foi subitamente assaltado pela hoste de Orques que o apertou na direção do Anduin. Toda esperança fora perdida quando, sem serem esperados, os Cavaleiros vieram do

Norte e irromperam na retaguarda do inimigo. Então a sorte da batalha se inverteu, e o inimigo foi forçado a atravessar o Limclaro com matança. Eorl liderou seus homens em perseguição, e era tão grande o temor que precedia os cavaleiros do Norte, que os invasores do Descampado também caíram em pânico, e os Cavaleiros os caçaram por sobre as planícies de Calenardhon."

O povo daquela região havia-se reduzido em número desde a Peste, e a maioria dos que restavam fora massacrada pelos selvagens Lestenses. Portanto Cirion, como recompensa por sua ajuda, deu Calenardhon, entre o Anduin e o Isen, a Eorl e seu povo; e mandaram buscar no norte suas esposas, filhos e seus bens, e se estabeleceram naquela terra. Mudaram seu nome para Marca dos Cavaleiros e chamaram-se Eorlingas; mas em Gondor sua terra foi chamada de Rohan, e seu povo, de Rohirrim (isto é, os Senhores-de-cavalos). Assim Eorl se tornou o primeiro Rei da Marca e escolheu como moradia uma colina verde diante dos pés das Montanhas Brancas que eram a muralha meridional de sua terra. Ali os Rohirrim viveram depois como homens livres sob seus próprios reis e leis, mas em aliança perpétua com Gondor.

"Muitos senhores e guerreiros, e muitas mulheres belas e valentes, são citados nas canções de Rohan que ainda recordam o Norte. Frumgar, dizem, era o nome do chefe que conduziu seu povo para Éothéod. De seu filho, Fram, contam que ele matou Scatha, o grande dragão de Ered Mithrin, e a terra depois disso teve paz das serpes-longas. Assim Fram conquistou grande fortuna, mas esteve em rixa com os Anãos, que reivindicavam o tesouro de Scatha. Fram não lhes entregou nem um tostão e mandou-lhes em vez disso os dentes de Scatha transformados em colar, dizendo: 'Joias como estas não tereis iguais em vossos tesouros, pois são difíceis de encontrar.' Alguns dizem que os Anãos mataram Fram pelo insulto. Não havia grande apreço entre Éothéod e os Anãos.

"Léod era o nome do pai de Eorl. Era domador de cavalos selvagens; pois naquela época havia muitos na região. Capturou um potro branco, e este cresceu depressa, tornando-se um cavalo forte, belo e altivo. Ninguém conseguia domá-lo. Quando Léod se atreveu a montá-lo ele o levou para longe e, por fim, o lançou do lombo, e a cabeça de Léod bateu em uma rocha, e assim ele morreu. Tinha então apenas dois e quarenta anos de idade, e seu filho era um jovem de dezesseis anos.

"Eorl jurou que vingaria o pai. Passou muito tempo caçando o cavalo e finalmente o avistou; e seus companheiros esperavam que ele tentaria chegar ao alcance de um tiro de flecha e matá-lo. Mas, quando se aproximaram, Eorl pôs-se de pé e chamou em voz alta: 'Vem para cá, Ruína do Homem, e toma um novo nome!' Para espanto deles, o cavalo olhou para Eorl, veio e se postou diante dele, e Eorl disse: 'Chamo-te Felaróf. Amavas tua liberdade, e não te culpo por isso. Mas agora tu me deves um grande veregildo e hás de me entregar tua liberdade até o fim de tua vida.'

"Então Eorl o montou, e Felaróf se submeteu; e Eorl o cavalgou para casa sem freio nem rédea; e daí em diante sempre o montou do mesmo modo. O cavalo compreendia tudo o que diziam os homens, porém não permitia que ninguém o montasse a não ser Eorl. Foi em Felaróf que Eorl cavalgou ao Campo de Celebrant; pois o cavalo demonstrou ser longevo como um Homem, e seus descendentes também. Esses eram os *mearas*, que não levavam senão o Rei da Marca ou seus filhos até o tempo de Scadufax. Deles os Homens diziam que Béma (que os Eldar chamam Oromë) deve ter trazido seu antepassado do Oeste, por cima do Mar.

"Dos Reis da Marca entre Eorl e Théoden mais se conta sobre Helm Mão-de-Martelo. Foi um homem sisudo de grande força. Houve naquela época um homem chamado Freca, que dizia ser descendente do Rei Fréawine, apesar de ter, ao que diziam os homens, grande parte de sangue terrapardense e de seus cabelos serem escuros. Tornou-se rico e poderoso e tinha amplas terras de ambos os lados do Adorn.[33] Construiu para si um baluarte perto de sua nascente e pouca atenção dava ao rei. Helm desconfiava dele, mas o chamava para seus conselhos; e ele vinha quando lhe agradava.

"Para um desses conselhos, Freca cavalgou com muitos homens e pediu a mão da filha de Helm para seu filho Wulf. Mas Helm disse: 'Cresceste desde a última vez em que estiveste aqui; mas a

---

[33]Ele conflui com o Isen desde o oeste das Ered Nimrais. [N. A.]

maior parte, creio, é gordura'; e os homens riram-se disso, pois Freca tinha uma ampla cintura.

"Então Freca enfureceu-se, insultou o rei e por fim disse isto: 'Velhos reis que recusam a oferta de um cajado podem cair de joelhos.' Helm respondeu: 'Ora! O casamento de teu filho é uma ninharia. Que Helm e Freca tratem disso mais tarde. Enquanto isso, o rei e seu conselho têm assuntos de peso para considerar.'

"Quando o conselho terminou, Helm ergueu-se e pôs a grande mão no ombro de Freca, dizendo: 'O rei não permite brigas em sua casa, mas os homens são mais livres do lado de fora"; e obrigou Freca a caminhar diante dele, saindo de Edoras para o campo. Aos homens de Freca que se aproximaram ele disse: 'Ide embora! Não precisamos de audiência. Vamos falar a sós sobre um assunto privado. Ide e conversai com meus homens!' E olharam, viram que os homens do rei e seus amigos eram em número muito maior, e recuaram.

"'Agora, Terrapardense,' disse o rei, 'tens que lidar apenas com Helm, sozinho e desarmado. Mas já disseste muita coisa, e é minha vez de falar. Freca, tua loucura cresceu com tua barriga. Falas de um cajado! Quando Helm se desagrada de um cajado torto que lhe impõem, ele o quebra. Assim!' Com essas palavras, atingiu Freca com tal soco que este caiu de costas, atordoado, e morreu logo depois.

"Então Helm proclamou que o filho de Freca e seus parentes próximos eram inimigos do rei; e fugiram, pois Helm imediatamente mandou muitos homens a cavalo para as divisas ocidentais."

Quatro anos mais tarde (2758), grandes atribulações vieram a Rohan, e não pôde ser enviada ajuda de Gondor, pois três frotas dos Corsários a atacaram, e havia guerra em todas as suas costas. Ao mesmo tempo, Rohan foi invadida outra vez pelo Leste, e os Terrapardenses, vendo sua oportunidade, atravessaram o Isen e desceram de Isengard. Logo ficou-se sabendo que Wulf era seu líder. Estavam em grande número, pois juntaram-se a eles inimigos de Gondor que aportaram nas fozes do Lefnui e do Isen.

Os Rohirrim foram derrotados e sua terra foi invadida; e aqueles que não foram mortos nem escravizados fugiram para os vales das montanhas. Helm foi rechaçado com grandes perdas das Travessias

APÊNDICE A

do Isen e se refugiou no Forte-da-Trombeta e na ravina por trás dele (que depois ficou sendo conhecido como Abismo de Helm). Ali foi sitiado. Wulf tomou Edoras, sentou-se em Meduseld e se intitulou rei. Ali tombou Haleth, filho de Helm, último de todos, defendendo as portas.

"Logo depois começou o Inverno Longo, e Rohan ficou debaixo de neve por quase cinco meses (de novembro de 2758 a março de 2759). Tanto os Rohirrim como seus inimigos sofreram atrozmente no frio e na carestia, que durou mais tempo. No Abismo de Helm houve grande fome após o Iule; e desesperado, contra o conselho do rei, seu filho mais novo, Háma, conduziu os homens para fora, em surtida e pilhagem, mas perderam-se na neve. Helm tornou-se feroz e esquelético de fome e de pesar; e o pavor somente dele valia por muitos homens na defesa do Forte. Saía sozinho, vestido de branco, e espreitava como um trol-das-neves os acampamentos dos inimigos e matava muitos homens com as mãos. Acreditavam que, quando ele não portava armas, nenhuma arma o feria. Os Terrapardenses diziam que comia homens quando não conseguia achar alimento. Essa história durou muito tempo na Terra Parda. Helm tinha uma grande trombeta, e logo observou-se que, antes de partir, ele soprava nela um toque que ecoava no Abismo; e então seus inimigos eram tomados por um medo tão grande que, em vez de se reunirem para capturá-lo ou matá-lo, fugiam Garganta abaixo.

"Certa noite os homens ouviram a trombeta soando, mas Helm não voltou. Pela manhã veio um lampejo de sol, o primeiro em longos dias, e viram um vulto branco imóvel, de pé sobre o Dique, sozinho, pois nenhum dos Terrapardenses se atrevia a chegar perto. Ali estava Helm, morto como pedra, mas seus joelhos não estavam curvados. Porém os homens diziam que às vezes ainda se ouvia a trombeta no Abismo e que o espectro de Helm caminhava entre os adversários de Rohan e matava os homens de medo.

"Logo depois o inverno amainou. Então Fréaláf, filho de Hild, irmã de Helm, desceu do Fano-da-Colina, aonde muitos haviam fugido; e com uma pequena companhia de homens desesperados, surpreendeu Wulf em Meduseld, o matou e reconquistou Edoras. Houve grandes inundações após as neves, e o vale do Entágua se transformou em um vasto pântano. Os invasores do Leste pereceram ou se retiraram; e finalmente veio auxílio de Gondor, pelas estradas a leste e a oeste das montanhas. Antes de terminar o ano (2759), os Terrapardenses foram expulsos até de Isengard; e então Fréaláf tornou-se rei.

"Helm foi trazido do Forte-da-Trombeta e depositado no nono morro tumular. Depois disso, a branca *simbelmynë* sempre cresceu mais densamente ali, de modo que o morro parecia coberto de neve. Quando morreu Fréaláf, foi iniciada uma nova linha de morros."

Os Rohirrim ficaram gravemente reduzidos pela guerra, pela privação e pela perda de gado e de cavalos; e foi bom que nenhum grande perigo voltou a ameaçá-los por muitos anos, visto que só nos tempos do Rei Folcwine recuperaram sua força anterior.

Foi na coroação de Fréaláf que Saruman apareceu, trazendo presentes e falando grandes louvores da valentia dos Rohirrim. Todos o consideraram um visitante bem-vindo. Logo depois ele fixou residência em Isengard. Para isso Beren, Regente de Gondor, lhe deu permissão, pois Gondor ainda considerava Isengard uma fortaleza do reino, e não parte de Rohan. Beren também entregou aos cuidados de Saruman as chaves de Orthanc. Essa torre nenhum inimigo conseguira danificar ou invadir.

Deste modo Saruman começou a se comportar como um senhor de Homens; pois inicialmente deteve Isengard como lugar-tenente do Regente e guardião da torre. Mas Fréaláf, assim como Beren, ficou contente de que fosse assim e de saber que Isengard estava nas mãos de um amigo forte. Por muito tempo ele pareceu ser amigo, e quem sabe no começo o fosse de fato. Porém mais tarde houve pouca dúvida nas mentes dos homens de que Saruman foi a Isengard na esperança de encontrar a Pedra que ainda estaria lá e com o fim de construir seu próprio poderio. Certamente, após o último Conselho Branco (2953) suas intenções para com Rohan, por muito que as ocultasse, eram malignas. Tomou então Isengard como sua propriedade e começou a transformá-la em lugar de força guardada e temor, como se quisesse rivalizar com a Barad-dûr. Então escolheu seus amigos e serviçais dentre todos os que odiavam Gondor e Rohan, fossem eles Homens ou outras criaturas mais malévolas.

APÊNDICE A

OS REIS DA MARCA
Primeira Linhagem

Ano[34]

2485–2545   1. *Eorl, o Jovem.* Foi chamado assim porque sucedeu ao pai na juventude e manteve os cabelos amarelos e a compleição corada até o fim de seus dias. Estes foram abreviados por um ataque renovado dos Lestenses. Eorl tombou em batalha no Descampado, e ergueu-se o primeiro morro tumular. Felaróf também foi depositado ali.

2512–70   2. *Brego.* Expulsou o inimigo do Descampado, e Rohan não voltou a ser atacada por muitos anos. Em 2569 ele concluiu o grande paço de Meduseld. No banquete, seu filho Baldor jurou que trilharia "as Sendas dos Mortos" e não voltou.[35] Brego morreu de desgosto no ano seguinte.

2544–2645   3. *Aldor, o Velho.* Foi o segundo filho de Brego. Ficou conhecido como o Velho porque viveu até idade avançada e foi rei por setenta e cinco anos. Em seu tempo, os Rohirrim se multiplicaram e expulsaram ou subjugaram os últimos do povo terrapardense que permaneciam a leste do Isen. O Vale Harg e outros vales das montanhas foram colonizados. Dos três reis seguintes, pouca coisa é dita, pois Rohan teve paz e prosperou em sua época.

2570–2659   4. *Fréa.* Filho homem mais velho, mas quarto descendente de Aldor; já era velho quando se tornou rei.

2594–2680   5. *Fréawine.*

2619–99   6. *Goldwine.*

2644–2718   7. *Déor.* Em seu tempo os Terrapardenses fizeram frequentes incursões sobre o Isen. Em 2710 ocuparam o anel deserto de Isengard e não puderam ser expulsos.

---

[34]As datas são dadas de acordo com o cômputo de Gondor (Terceira Era). Estão na margem as de nascimento e morte. [N. A.]

[35]pp. 1143, 1155. [N. A.]

2668–2741   8. *Gram.*

2691–2759   9. *Helm Mão-de-Martelo.* No fim de seu reino, Rohan sofreu grande perda, por invasão e pelo Inverno Longo. Helm e seus filhos, Haleth e Háma, pereceram. Fréaláf, filho da irmã de Helm, tornou-se rei.

Segunda Linhagem

2726–2798   10. *Fréaláf Hildeson.* Em seu tempo Saruman veio a Isengard, de onde os Terrapardenses haviam sido expulsos. Os Rohirrim inicialmente lucraram com sua amizade nos dias de carestia e debilidade que se seguiram.

2752–2842   11. *Brytta.* Seu povo o chamava *Léofa*, pois era amado por todos; era generoso e auxiliava todos os necessitados. Em seu tempo houve guerra com os Orques que, expulsos do Norte, buscaram refúgio nas Montanhas Brancas.[36] Quando morreu, pensou-se que todos haviam sido exterminados; mas não aconteceu assim.

2780–2851   12. *Walda.* Foi rei durante apenas nove anos. Foi morto com todos os seus companheiros quando foram cercados por Orques ao cavalgarem desde o Fano-da-Colina em trilhas das montanhas.

2804–64   13. *Folca.* Foi grande caçador, mas jurou não perseguir nenhum animal selvagem enquanto restasse um Orque em Rohan. Quando o último reduto-órquico foi encontrado e destruído, foi caçar o grande javali de Everholt na Floresta Firien. Matou o javali, mas morreu das feridas das mordidas de suas presas.

2830–2903   14. *Folcwine.* Quando se tornou rei, os Rohirrim haviam recuperado sua força. Reconquistou a divisa ocidental (entre o Adorn e o Isen) que os Terrapardenses haviam ocupado. Rohan recebera grande ajuda de Gondor nos dias difíceis. Portanto, quando ele ouviu dizer que os Haradrim estavam

---

[36]pp. 1497–98 [N. A.]

assaltando Gondor com grande força, enviou muitos homens em auxílio ao Regente. Ele mesmo desejava liderá-los, mas foi dissuadido, e seus filhos gêmeos, Folcred e Fastred (nascidos em 2858), foram em seu lugar. Tombaram lado a lado em uma batalha em Ithilien (2885). Túrin II de Gondor enviou a Folcwine um rico veregildo de ouro.

2870–2953   15. *Fengel.* Foi o terceiro filho homem e quarto descendente de Folcwine. Não é lembrado com louvor. Era ávido por comida e ouro e tinha contenda com seus marechais e seus filhos. Thengel, seu terceiro descendente e único filho homem, deixou Rohan quando atingiu a idade adulta e por muito tempo viveu em Gondor, onde conquistou honra a serviço de Turgon.

2905–80   16. *Thengel.* Só tomou esposa tarde na vida, mas em 2943 casou-se com Morwen de Lossarnach em Gondor, apesar de ela ter dezessete anos a menos. Ela lhe deu três descendentes em Gondor, dos quais Théoden, o segundo, foi o único filho homem. Quando Fengel morreu, os Rohirrim o chamaram de volta, e ele retornou de mau grado. Mas demonstrou ser um rei bom e sábio; porém a fala de Gondor era usada em sua casa e nem todos consideravam isso bom. Morwen lhe deu mais duas filhas em Rohan; e a última, Théodwyn, era a mais bela, apesar de vir tarde (2963), sua descendente da velhice. Seu irmão a amava muito.

Foi logo após a volta de Thengel que Saruman se declarou Senhor de Isengard e começou a perturbar Rohan, transgredindo suas fronteiras e apoiando seus inimigos.

2948–3019   17. *Théoden.* É chamado Théoden Ednew na tradição de Rohan, pois caiu em declínio sob os feitiços de Saruman, mas foi curado por Gandalf e, em seu último ano de vida, ergueu-se e liderou seus homens na vitória no Forte-da-Trombeta e logo depois nos Campos de Pelennor, a maior batalha da Era. Tombou diante dos portões de Mundburg. Por algum tempo descansou em sua terra natal, entre os Reis mortos de Gondor, mas foi levado de volta e depositado no oitavo morro tumular de sua linhagem em Edoras. Então iniciou-se uma nova linhagem.

Terceira Linhagem

Em 2989, Théodwyn casou-se com Éomund do Eastfolde, o principal Marechal da Marca. Seu filho Éomer nasceu em 2991, e sua filha Éowyn, em 2995. Naquela época Sauron ressurgira, e a sombra de Mordor se estendia até Rohan. Os Orques começaram a fazer ataques de surpresa nas regiões orientais e a matar ou roubar cavalos. Outros também desceram das Montanhas Nevoentas, sendo que muitos eram grandes uruks a serviço de Saruman, porém levou muito tempo para que isso fosse suspeitado. O principal encargo de Éomund era nas divisas orientais; e ele apreciava muito os cavalos e odiava os Orques. Quando vinham novas sobre um ataque de surpresa, muitas vezes ele cavalgava ao seu encontro com intensa ira, sem cautela e com poucos homens. Foi assim que acabou sendo morto em 3002; pois perseguiu um pequeno bando até as beiras das Emyn Muil e ali foi surpreendido por um forte grupo que espreitava entre as rochas.

Não levou muito tempo para Théodwyn adoecer e morrer, para grande pesar do rei. Tomou sua prole à sua própria casa, chamando-os de filho e filha. Só tinha um descendente seu, o filho Théodred, que tinha então vinte e quatro anos de idade; pois a rainha Elfhild morrera no parto e Théoden não se casou de novo. Éomer e Éowyn cresceram em Edoras e viram a sombra negra cair sobre o paço de Théoden. Éomer era como seus pais antes dele; mas Éowyn era esguia e alta, com uma graça e altivez que lhe vinham do Sul, de Morwen de Lossarnach, a quem os Rohirrim haviam chamado Brilho-de-Aço.

2991–Q.E. 63 (3084) *Éomer Éadig*. Ainda jovem, tornou-se Marechal da Marca (3017) e recebeu o encargo do pai nas divisas orientais. Na Guerra do Anel, Théodred tombou em batalha contra Saruman nas Travessias do Isen. Portanto, antes de morrer nos Campos de

APÊNDICE A

Pelennor, Théoden nomeou Éomer seu herdeiro e o chamou de rei. Nesse dia, Éowyn também conquistou renome, pois combateu naquela batalha, cavalgando disfarçada; e depois ficou conhecida na Marca como Senhora do Braço-de-Escudo.[37]

Éomer tornou-se um grande rei e, como era jovem quando sucedeu a Théoden, reinou por sessenta e cinco anos, mais do que todos os seus reis antes dele, exceto por Aldor, o Velho. Na Guerra do Anel tornou-se amigo do Rei Elessar e de Imrahil de Dol Amroth; e muitas vezes cavalgou até Gondor. No último ano da Terceira Era casou-se com Lothíriel, filha de Imrahil. O filho deles, Elfwine, o Belo, governou depois dele.

Nos dias de Éomer na Marca, os homens que a desejassem tiveram paz, e o povo se tornou numeroso nos vales assim como nas planícies, e seus cavalos se multiplicaram. Em Gondor reinava então o Rei Elessar, e em Arnor também. Em todas as terras desses reinos de outrora ele era o rei, exceto apenas por Rohan; pois renovou para Éomer a dádiva de Cirion, e Éomer fez outra vez o Juramento de Eorl. Muitas vezes o cumpriu. Pois, apesar de Sauron ter desaparecido, os ódios e os males que ele fomentou não haviam morrido, e o Rei do Oeste tinha muitos inimigos a subjugar antes que a Árvore Branca pudesse crescer em paz. E aonde quer que o Rei Elessar fosse em guerra, o Rei Éomer ia com ele; e além do Mar de Rhûn e nos longínquos campos do Sul ouvia-se o trovão da cavalaria da Marca, e o Cavalo Branco sobre Verde tremulou em muitos ventos antes de Éomer envelhecer.

---

[37]Pois seu braço do escudo foi quebrado pela maça do Rei-bruxo; mas ele foi aniquilado, e assim foram realizadas as palavras de Glorfindel ao Rei Eärnur, muito tempo antes, de que o Rei-bruxo não tombaria pela mão de nenhum homem. Pois dizem nas canções da Marca que nesse feito Éowyn teve a ajuda do escudeiro de Théoden, e que ele tampouco era um Homem e sim um Pequeno vindo de terra distante, apesar de Éomer lhe conferir honra na Marca e o nome de Holdwine. [Este Holdwine não era outro senão Meriadoc, o Magnífico, que foi Mestre da Terra-dos-Buques.] [N. A.]

III

O POVO DE DURIN

A respeito do começo dos Anãos contam-se relatos estranhos, tanto entre os Eldar como entre os próprios Anãos; mas, visto que esses fatos remontam a muito antes de nossos dias, pouco se diz aqui sobre eles. Durin é o nome que os Anãos usavam para o mais velho dos Sete Pais de sua raça, o ancestral de todos os reis dos Barbas-longas.[38] Ele dormiu a sós, até que nas profundezas do tempo e no despertar daquele povo ele chegou a Azanulbizar, e nas cavernas acima de Kheled-zâram no leste das Montanhas Nevoentas ele fez sua morada, onde estiveram mais tarde as Minas de Moria, renomadas nas canções.

Ali viveu por tanto tempo que em toda a parte era conhecido como Durin, o Imortal. Porém morreu, afinal, antes que terminassem os Dias Antigos, e seu túmulo foi em Khazad-dûm; mas sua linhagem jamais se interrompeu, e cinco vezes nasceu em sua Casa um herdeiro tão parecido com o Ancestral que recebeu o nome de Durin. Deveras os Anãos o consideravam como o Imortal que retornara; pois eles têm muitas estranhas histórias e crenças a respeito de si próprios e de sua sina no mundo.

Após o fim da Primeira Era, o poder e a fortuna de Khazad-dûm aumentaram em muito; pois foi enriquecida por muita gente e muito saber e ofício quando as antigas cidades de Nogrod e Belegost, nas Montanhas Azuis, foram arruinadas no rompimento de Thangorodrim. O poder de Moria perdurou através dos Anos Sombrios e o domínio de Sauron, pois, apesar de Eregion estar destruída e estarem fechados os portões de Moria, os salões de Khazad-dûm eram demasiado fundos e fortes e repletos de um povo demasiado numeroso e valente para que Sauron os conquistasse do exterior. Assim, sua riqueza por muito tempo ficou inviolada, apesar de seu povo começar a minguar.

Aconteceu que, no meio da Terceira Era, Durin fora outra vez seu rei, e o sexto desse nome. O poder de Sauron, serviçal de Morgoth, voltava então a crescer no mundo, apesar de a Sombra na Floresta que dava para Moria ainda não ser conhecida como aquilo

---

[38]*O Hobbit*, p. 80. [N. A.]

APÊNDICE A

que era. Todos os seres malignos se agitavam. Os Anões escavaram fundo nessa época, buscando *mithril* embaixo de Barazinbar, o metal sem preço que ano após ano se tornava mais difícil de obter.[39] Assim despertaram do sono[40] um ser de terror que, fugido de Thangorodrim, estivera oculto nos fundamentos da terra desde a chegada da Hoste do Oeste: um Balrog de Morgoth. Durin foi morto por ele, e no ano seguinte, Náin I, seu filho; e então passou a glória de Moria, e seu povo foi destruído ou fugiu para longe.

A maioria dos que escaparam rumou para o Norte, e Thráin I, filho de Náin, veio ter em Erebor, a Montanha Solitária, perto das bordas orientais de Trevamata, e ali começou novas obras e tornou--se Rei sob a Montanha. Em Erebor ele encontrou a grande joia, a Pedra Arken, o Coração da Montanha.[41] Mas seu filho Thorin I mudou-se e foi ao longínquo Norte, às Montanhas Cinzentas, onde se reunia então a maior parte do povo de Durin; pois essas montanhas eram ricas e pouco exploradas. Mas havia dragões nos ermos mais além; e após muitos anos eles se fortaleceram novamente e se multiplicaram, e travaram guerra com os Anões e saquearam suas obras. Por fim Dáin I, junto com seu segundo filho, Frór, foi morto nos portões de seu paço por um grande draco-frio.

Não muito tempo depois, a maior parte do Povo de Durin abandonou as Montanhas Cinzentas. Grór, filho de Dáin, foi-se com muitos seguidores às Colinas de Ferro; mas Thrór, herdeiro de Dáin, com Borin, irmão de seu pai, e o restante do povo, retornou a Erebor. Ao Grande Salão de Thráin, Thrór devolveu a Pedra Arken, e ele e seu povo prosperaram, se tornaram ricos e tinham a amizade de todos os Homens que habitavam nas redondezas. Pois faziam não somente objetos de maravilha e beleza, mas também armas e armaduras de grande valor; e havia grande tráfego de minério entre eles e sua gente nas Colinas de Ferro. Assim, os Nortistas que viviam entre o Celduin (Rio Rápido) e o Carnen (Rubrágua) tornaram-se fortes e rechaçaram todos os inimigos do

---

[39]p. 447. [N. A.]
[40]Ou libertaram-no da prisão; pode muito bem ser que ele já tivesse sido despertado pela malícia de Sauron. [N. A.]
[41]*O Hobbit*, pp. 250–51. [N. A.]

Leste; e os Anãos viviam em abundância, e havia banquetes e canções nos Salões de Erebor.[42]

Assim o rumor da riqueza de Erebor se espalhou por toda a parte, chegando aos ouvidos dos dragões; e por fim Smaug, o Dourado, maior dos dragões de seus dias, ergueu-se, acometeu inesperadamente o Rei Thrór e desceu em chamas sobre a Montanha. Não levou muito tempo para ser destruído todo aquele reino, e a cidade de Valle ali perto foi arruinada e despovoada; mas Smaug entrou no Grande Salão e se deitou ali sobre um leito de ouro.

Do saque e do incêndio escaparam muitos da gente de Thrór; e por último, saindo dos salões por uma porta secreta, vieram o próprio Thrór e seu filho Thráin II. Partiram para o sul com sua família[43] para longa peregrinação sem lar. Foi também com eles uma pequena companhia de parentes e seguidores fiéis.

Anos depois Thrór, já velho, pobre e desesperado, deu ao filho Thráin o único grande tesouro que ainda possuía, o último dos Sete Anéis, e depois partiu com apenas um velho companheiro, chamado Nár. Sobre o Anel, disse a Thráin quando se despediram:

"Isto ainda poderá se tornar o fundamento de nova fortuna para ti, por muito que pareça improvável. Mas é preciso ouro para gerar ouro."

"Certamente não pensas em voltar a Erebor?", perguntou Thráin.

"Não na minha idade", respondeu Thrór. "Nossa vingança contra Smaug eu lego a ti e a teus filhos. Mas estou cansado da pobreza e do desprezo dos Homens. Vou-me para ver o que posso encontrar." Não disse onde.

Estava, talvez, um tanto ensandecido com a idade, o infortúnio e a longa ruminação sobre o esplendor de Moria nos tempos de seus antepassados; ou quem sabe o Anel estava se voltando para o

---

[42]*O Hobbit*, p. 47. [N. A.]

[43]Que incluía os filhos de Thráin II: Thorin (Escudo-de-carvalho), Frerin e Dís. Thorin era então um jovem pelo cômputo dos Anãos. Soube-se depois que escaparam mais do Povo sob a Montanha do que se esperava inicialmente; mas a maioria destes foi às Colinas de Ferro. [N. A.]

APÊNDICE A

mal, agora que seu mestre estava desperto, levando-o à loucura e à destruição. Da Terra Parda, onde morava então, rumou para o norte com Nár, e atravessaram o Passo do Chifre-vermelho e desceram até Azanulbizar.

Quando Thrór chegou a Moria, o Portão estava aberto. Nár lhe implorou que tomasse cuidado, mas ele não lhe deu atenção e caminhou para dentro, altivo como um herdeiro que retorna. Mas não voltou. Nár ficou por perto, escondido, durante muitos dias. Certo dia ouviu um grito alto e um toque de corneta e um corpo foi jogado para fora, sobre os degraus. Temendo que fosse Thrór, ele começou a se esgueirar para perto, mas veio uma voz do interior do portão:

"Vamos, barbudinho! Podemos ver você. Mas não é preciso ter medo hoje. Precisamos de você como mensageiro."

Então Nár se aproximou e descobriu que era de fato o corpo de Thrór, mas a cabeça fora cortada e estava de rosto para baixo. Ao se ajoelhar ali, ouviu risadas-órquicas nas sombras, e a voz disse:

"Se os mendigos não esperam na porta, mas se esgueiram para dentro e tentam roubar, é isso que fazemos com eles. Se alguém do seu povo espetar sua barba imunda aqui dentro outra vez, vão ter a mesma sorte. Vá e diga isso a eles! Mas se a família dele quiser saber quem é o rei aqui agora, o nome está escrito no rosto dele. Eu escrevi! Eu o matei! Eu sou o mestre!"

Então Nár virou a cabeça e viu, marcado na testa em runas-anânicas, de modo que ele pudesse lê-lo, o nome AZOG. Esse nome ficou marcado em seu coração e nos de todos os Anãos depois disso. Nár agachou-se para pegar a cabeça, mas a voz de Azog[44] disse:

"Deixe cair! Vá embora! Aqui está seu pagamento, barba de mendigo." Um saquinho se chocou contra ele. Continha algumas moedas de pouco valor.

Chorando, Nár fugiu pelo Veio-de-Prata abaixo; mas uma vez olhou para trás e viu que Orques haviam saído do portão e estavam retalhando o corpo e jogando os pedaços aos corvos negros.

---

[44]Azog era pai de Bolg; ver *O Hobbit*, p. 51. [N. A.]

Esse foi o relato que Nár trouxe de volta a Thráin; e quando havia chorado e arrancado a barba, ele fez silêncio. Por sete dias ficou sentado sem dizer palavra. Então ergueu-se e disse: "Isto não pode ser suportado!" Esse foi o começo da Guerra dos Anãos e dos Orques, que foi longa, mortífera e combatida, em sua maior parte, em lugares profundos sob a terra.

Thráin imediatamente mandou mensageiros levando o relato ao norte, leste e oeste; mas levou três anos para os Anãos reunirem suas forças. O Povo de Durin juntou toda a sua hoste, e uniram-se a eles grandes forças enviadas das Casas de outros Pais; pois aquela desonra ao herdeiro do Mais Velho de sua raça os enchia de fúria. Quando estava tudo pronto, assaltaram e saquearam um a um todos os baluartes dos Orques que conseguiram encontrar de Gundabad até o Lis. Ambos os lados foram impiedosos, e houve morte e feitos cruéis no escuro e no claro. Mas os Anãos eram vitoriosos graças à sua força, às suas armas sem par e ao fogo de sua ira, ao caçarem Azog em todos os covis sob as montanhas.

Por fim todos os Orques que fugiam diante deles reuniram-se em Moria, e a hoste dos Anãos que os perseguia chegou a Azanulbizar. Esse era um grande vale que se estendia entre os braços das montanhas em redor do lago de Kheled-zâram e pertencera outrora ao reino de Khazad-dûm. Quando os Anãos viram na escarpa o portão de suas antigas mansões, emitiram um grande grito como trovão no vale. Mas uma grande hoste de inimigos estava disposta nas encostas acima deles, e pelos portões derramou-se uma multidão de Orques que fora retida por Azog como último recurso.

De início a sorte desfavoreceu os Anãos; pois era um dia escuro de inverno sem sol, e os Orques não hesitaram, e eram em número superior ao dos inimigos e ocupavam o terreno mais alto. Assim começou a batalha de Azanulbizar (ou Nanduhirion, na língua élfica), ante cuja lembrança os Orques ainda estremecem e os Anãos choram. O primeiro assalto da vanguarda liderada por Thráin foi rechaçado com perdas, e Thráin foi empurrado para uma mata de grandes árvores que ainda cresciam não longe de Kheled-zâram. Ali tombaram seu filho Frerin, seu parente Fundin

APÊNDICE A

e muitos outros, e Thráin e Thorin foram ambos feridos.[45] Em outros pontos a batalha se voltava para lá e para cá, com grande matança, até que finalmente a gente das Colinas de Ferro ganhou o dia. Chegando tarde e descansados ao campo, os guerreiros em cota de malha de Náin, filho de Grór, atravessaram os Orques até a própria soleira de Moria, gritando "Azog! Azog!", enquanto derrubavam com as picaretas todos os que estavam no caminho.

Então Náin se pôs de pé diante do Portão e gritou com grande voz: "Azog! Se estás dentro, vem para fora! Ou o jogo no vale está muito violento?"

Diante disso Azog saiu, e era um grande Orque com uma enorme cabeça protegida com ferro, e no entanto ágil e forte. Com ele vieram muitos semelhantes, os combatentes de sua guarda e, quando enfrentaram a companhia de Náin, ele se voltou para Náin e disse:

"O quê? Mais um mendigo às minhas portas? Preciso marcar você também?" Com essas palavras investiu contra Náin, e combateram. Mas Náin estava meio cego de fúria e também muito cansado da batalha, enquanto que Azog estava descansado, cruel e cheio de astúcia. Logo Náin deu um grande golpe com toda a força que lhe restava, mas Azog disparou para o lado e chutou a perna de Náin, de modo que a picareta se estilhaçou na pedra onde ele estivera, mas Náin tropeçou para diante. Então Azog, com ímpeto rápido, lhe golpeou o pescoço. Seu colar de malha resistiu ao gume, mas o golpe foi tão pesado que o pescoço de Náin se quebrou, e ele caiu.

Então Azog riu e ergueu a cabeça para soltar um grande berro de triunfo; mas o grito morreu em sua garganta. Pois viu que toda a sua hoste no vale estava desbaratada e que os Anãos iam para cá e para lá abatendo à vontade e que os que lhes conseguiam escapar fugiam para o sul, guinchando enquanto corriam. E junto a ele todos os soldados de sua guarda jaziam mortos. Virou-se e fugiu de volta ao Portão.

---

[45]Dizem que o escudo de Thorin se fendeu, e ele o jogou fora e cortou com o machado um ramo de carvalho e o segurou na mão esquerda para desviar os golpes dos inimigos ou empunhando-o como maça. Desse modo obteve seu nome. [N. A.]

1528

Aos saltos, subiu os degraus atrás dele um Anão de machado rubro. Era Dáin Pé-de-Ferro, filho de Náin. Bem diante das portas ele apanhou Azog e ali o matou e lhe cortou a cabeça. Isso foi considerado um grande feito, pois nessa época Dáin era apenas um garoto pelo cômputo dos Anãos. Mas uma longa vida e muitas batalhas estavam diante dele, até que finalmente tombou, velho, mas ereto, na Guerra do Anel. Porém, por muito que fosse intrépido e repleto de ira, dizem que ao descer do Portão tinha o rosto cinzento, como alguém que sentiu grande medo.

Quando finalmente a batalha estava vencida, os Anãos restantes se reuniram em Azanulbizar. Tomaram a cabeça de Azog, lhe enfiaram na boca a bolsa de dinheiro miúdo e depois a levantaram em uma estaca. Mas não houve banquete nem canção naquela noite; pois seus mortos estavam além da contagem do pesar. Nem metade deles, ao que dizem, ainda era capaz de ficar em pé ou tinha esperança de cura.

Não obstante, pela manhã Thráin estava diante deles. Tinha um olho cegado além da cura e estava manco por causa de um ferimento na perna; mas disse: "Bom! Temos a vitória. Khazad-dûm nos pertence!"

Mas responderam: "Podes ser o Herdeiro de Durin, mas mesmo com um só olho deverias enxergar mais claramente. Travamos esta guerra por vingança e vingança obtivemos. Mas ela não é doce. Se isto é vitória, então nossas mãos são demasiado pequenas para segurá-la."

E os que não eram do Povo de Durin disseram também: "Khazad-dûm não era a casa de nossos Pais. O que é para nós, senão uma esperança de tesouro? Mas agora, se tivermos de partir sem as recompensas e os veregildos que nos são devidos, quanto mais depressa voltarmos às nossas próprias terras, mais contentes havemos de ficar."

Então Thráin se voltou para Dáin e questionou: "Mas certamente minha própria gente não me desertará?" "Não", afirmou Dáin. "Tu és o pai de nosso Povo, e sangramos por ti e o faremos de novo. Mas não entraremos em Khazad-dûm. Tu não entrarás em Khazad-dûm. Somente eu olhei através da sombra do Portão. Além da sombra ela ainda te aguarda: a Ruína de Durin. O mundo

APÊNDICE A

precisa mudar e precisa chegar outro poder que não o nosso, antes que o Povo de Durin caminhe outra vez em Moria."

Assim foi que, após Azanulbizar, os Anãos se dispersaram outra vez. Mas primeiro, com grande labuta, desnudaram todos os seus mortos, para que não viessem Orques e obtivessem ali grande estoque de armas e cotas de malha. Dizem que cada Anão que partiu daquele campo de batalha estava curvado sob pesado fardo. Então armaram muitas piras e queimaram todos os corpos de sua gente. Houve grande derrubada de árvores no vale, que desde então continuou sem vegetação, e a fumaça da incineração foi vista em Lórien.[46]

Quando os fogos terríveis estavam reduzidos a cinzas, os aliados partiram para suas próprias terras, e Dáin Pé-de-Ferro conduziu o povo de seu pai de volta às Colinas de Ferro. Então, junto à grande estaca, Thráin disse a Thorin Escudo-de-carvalho: "Alguns diriam que esta cabeça foi comprada a alto preço! Pelo menos demos por ela o nosso reino. Voltarás comigo à bigorna? Ou implorarás teu pão em portas altivas?"

"À bigorna", respondeu Thorin. "Pelo menos o martelo manterá os braços fortes até que possam voltar a empunhar ferramentas mais afiadas."

Assim Thráin e Thorin, com o que restava de seu séquito (entre os quais estavam Balin e Glóin), voltaram à Terra Parda, e logo depois mudaram-se e vagaram em Eriador, até finalmente se estabelecerem no exílio no leste das Ered Luin, além do Lûn. Era de ferro a maioria dos objetos que forjaram nesses dias, mas prosperaram de certo modo, e seu número aumentou lentamente.[47] Mas, como Thrór dissera, o Anel precisava de ouro para gerar

---

[46]Tais modos de lidar com os mortos pareciam aflitivos aos Anãos, pois eram contrários ao seu uso; mas fazer tumbas como as que costumavam construir (já que depositam os mortos apenas na pedra, não na terra) teria levado muitos anos. Voltaram-se, portanto, ao fogo, para não deixarem sua gente às feras, às aves ou aos Orques carniceiros. Mas os que tombaram em Azanulbizar foram honrados na lembrança, e até este dia um Anão diz com orgulho sobre algum de seus antepassados: "ele foi um Anão queimado", e isso basta. [N. A.]

[47]Tinham muito poucas mulheres. Dís, filha de Thráin, estava ali. Era a mãe de Fíli e Kíli, que nasceram nas Ered Luin. Thorin não tinha esposa. [N. A.]

ouro, e desse metal precioso, ou de qualquer outro, eles tinham pouco ou nada.

Sobre esse Anel algo pode ser dito aqui. Os Anãos do Povo de Durin acreditavam que era o primeiro dentre os Sete que fora forjado; e dizem que foi dado ao Rei de Khazad-dûm, Durin III, pelos próprios artífices-élficos e não por Sauron, apesar de, sem dúvida, seu poder maligno estar nele, visto que ajudara a forjar todos os Sete. Mas os possuidores do Anel não o mostravam nem falavam dele, e raramente o entregavam a não ser que estivessem à morte, de modo que os demais não sabiam com certeza onde ele se encontrava. Alguns pensavam que ele ficara em Khazad-dûm, nas tumbas secretas dos reis, se estas não tivessem sido descobertas e saqueadas; mas entre a família do Herdeiro de Durin acreditava-se (erroneamente) que Thrór o usara quando temerariamente voltara ali. O que fora feito dele depois eles não sabiam. Não foi encontrado no corpo de Azog.[48]

Ainda assim pode muito bem ser, como os Anãos acreditam agora, que Sauron tenha descoberto graças às suas artes quem possuía esse Anel, o último a permanecer livre, e que os singulares infortúnios dos herdeiros de Durin fossem em grande medida devidos à sua malícia. Pois os Anãos haviam demonstrado que eram indomáveis por esse meio. O único poder que os Anéis exerciam sobre eles era inflamar-lhes os corações com cobiça de ouro e objetos preciosos, de modo que, se esses lhes faltassem, todas as outras boas coisas lhes pareciam pouco proveitosas e ficavam repletos de ira e desejo de vingança contra todos os que os privavam. Mas desde o começo foram feitos com um molde capaz de resistir muito inabalavelmente a qualquer dominação. Apesar de poderem ser mortos ou abatidos, não podiam ser reduzidos a sombras escravizadas por outra vontade; e pela mesma razão suas vidas não eram afetadas por qualquer Anel, para viverem mais ou menos por causa dele. Tanto mais Sauron odiava os possuidores e desejava despojá-los.

---

[48]p. 383. [N. A.]

APÊNDICE A

Portanto, talvez tenha sido em parte devido à malícia do Anel que Thráin, após alguns anos, se tornou inquieto e descontente. A ânsia do ouro estava sempre em sua mente. Por fim, quando não conseguia mais suportá-la, voltou seus pensamentos a Erebor e resolveu voltar para lá. Nada disse a Thorin do que tinha no coração; mas, com Balin, Dwalin e alguns outros, ele se ergueu, se despediu e partiu.

Pouco se sabe do que lhe aconteceu depois. Agora parece que, assim que partira com poucos companheiros, foi caçado pelos emissários de Sauron. Lobos o perseguiram, Orques o atocaiaram, aves malignas ensombraram sua trilha, e quanto mais se esforçava para rumar ao norte, mais infortúnios se opunham a ele. Chegou uma noite escura quando ele e os companheiros estavam vagando nas terras além do Anduin, e uma chuva negra os forçou a tomarem abrigo sob a beira de Trevamata. Pela manhã ele desaparecera do acampamento, e os companheiros o chamaram em vão. Buscaram-no por muitos dias, até que finalmente, desistindo da esperança, partiram e, após algum tempo, retornaram a Thorin. Só muito depois ficou-se sabendo que Thráin fora apanhado vivo e levado aos fossos de Dol Guldur. Ali foi atormentado, lhe tiraram o Anel e ali por fim ele morreu.

Assim Thorin Escudo-de-carvalho se tornou o Herdeiro de Durin, mas herdeiro sem esperança. Quando Thráin se perdeu, ele tinha noventa e cinco anos, um grande anão de postura altiva; mas parecia contente em ficar em Eriador. Ali labutou por muito tempo, comerciou e ganhou a fortuna que conseguiu; e seu povo aumentou graças a muitos do Povo de Durin vagante, que ouviram de sua morada no oeste e vieram ter com ele. Agora tinham belos salões nas montanhas, estoque de bens e seus dias não pareciam tão difíceis, porém nas canções falavam sempre da Montanha Solitária lá longe.

Os anos se passaram. As brasas no coração de Thorin voltaram a se inflamar enquanto ele remoía as injustiças de sua Casa e a vingança contra o Dragão que ele herdara. Pensava em armas, exércitos e alianças quando seu grande martelo ressoava na forja; mas os exércitos estavam dispersos, e as alianças, rompidas, e os machados de seu povo eram poucos; e uma grande ira sem esperança o queimava enquanto batia o ferro rubro na bigorna.

Mas finalmente ocorreu por acaso um encontro entre Gandalf e Thorin que mudou toda a sorte da Casa de Durin, e, ademais, levou a outros fins maiores. Certa feita[49] Thorin, voltando ao oeste de uma viagem, passou a noite em Bri. Ali também estava Gandalf. Estava a caminho do Condado, que não visitara por uns vinte anos. Estava cansado e pensava em descansar ali por algum tempo.

Entre muitas preocupações, ocupava-lhe a mente o estado perigoso do Norte; pois já sabia então que Sauron planejava a guerra e pretendia, assim que se sentisse forte o bastante, atacar Valfenda. Mas, para resistir a alguma tentativa do Leste de reconquistar as terras de Angmar e os passos setentrionais das montanhas, só havia então os Anões das Colinas de Ferro. E além deles estendia-se a desolação do Dragão. Esse Dragão Sauron poderia usar com efeito terrível. Então como se poderia obter o fim de Smaug?

Foi justamente quando Gandalf estava sentado, ponderando essas coisas, que Thorin se postou diante dele e disse: "Mestre Gandalf, conheço-te apenas de vista, mas agora me aprazeria falar contigo. Pois ultimamente vieste muitas vezes aos meus pensamentos, como se me mandassem buscar-te. Deveras eu o teria feito se soubesse onde te encontrar."

Gandalf fitou-o com espanto. "Isso é estranho, Thorin Escudo-de-carvalho", respondeu ele. "Pois também eu pensei em ti; e apesar de estar a caminho do Condado, estava pensando que esse é também o caminho para teus salões."

"Chama-os assim se quiseres", comentou Thorin. "São apenas um pobre alojamento no exílio. Mas lá serias bem-vindo se viesses. Pois dizem que és sábio e sabes mais que qualquer outro sobre o que se passa no mundo; e tenho muita coisa em mente e me agradaria teu conselho."

"Irei," disse Gandalf, "pois creio que compartilhamos ao menos uma inquietação. O Dragão de Erebor está em meu pensamento e não creio que ele esteja esquecido pelo neto de Thrór."

---

[49]Em 15 de março de 2941. [N. A.]

APÊNDICE A

Está contada alhures a história que resultou desse encontro: do estranho plano que Gandalf fez para ajudar Thorin, e de como Thorin e seus companheiros partiram do Condado na demanda da Montanha Solitária que alcançou grandes fins inesperados. Aqui só se recordam as coisas que dizem respeito diretamente ao Povo de Durin.

O Dragão foi morto por Bard de Esgaroth, mas houve batalha em Valle. Pois os Orques assaltaram Erebor assim que ouviram falar do retorno dos Anãos; e foram liderados por Bolg, filho daquele Azog que Dáin matou na juventude. Nessa primeira Batalha de Valle, Thorin Escudo-de-carvalho foi mortalmente ferido; e morreu e foi depositado em uma tumba sob a Montanha com a Pedra Arken sobre o peito. Ali também tombaram Fíli e Kíli, filhos de sua irmã. Mas Dáin Pé-de-Ferro, seu primo, que veio em seu auxílio das Colinas de Ferro e era também seu herdeiro de direito, tornou-se então o Rei Dáin II, e o Reino sob a Montanha foi restaurado, exatamente como Gandalf desejara. Dáin demonstrou ser um grande e sábio rei, e os Anãos prosperaram e se fortaleceram outra vez em seus dias.

No fim do verão daquele ano (2941), Gandalf finalmente convencera Saruman e o Conselho Branco a atacarem Dol Guldur, e Sauron recuou e foi a Mordor, para ali estar a salvo, como pensava, de todos os inimigos. Assim foi que, quando a Guerra finalmente chegou, o ataque principal se voltou para o sul; mas mesmo assim Sauron, com a mão direita estendida ao longe, poderia ter provocado grande mal no Norte se o Rei Dáin e o Rei Brand não estivessem em seu caminho. Bem assim Gandalf falou depois a Frodo e Gimli, quando moraram juntos por algum tempo em Minas Tirith. Pouco antes haviam chegado a Gondor notícias de eventos longínquos.

"Entristeci-me com a queda de Thorin", disse Gandalf; "e agora ouvimos que Dáin tombou, outra vez combatendo em Valle, ao mesmo tempo em que combatíamos aqui. Eu chamaria isso de grave perda, se não fosse uma maravilha que, na sua idade avançada, ele ainda conseguia empunhar o machado com o vigor que dizem que tinha, em pé sobre o corpo do Rei Brand diante do Portão de Erebor até a escuridão cair.

1534

A LINHAGEM DOS ANÃOS

de Erebor como foi
desenhada por Gimli, filho
de Glóin, para o Rei Elessar.

DURIN, O IMORTAL
(Primeira Era)

*DURIN VI
1731–1980†

*NÁIN I
1832–1981†

*THRÁIN I
1934–2190

*THORIN I
2035–2289

*GLÓIN
2136–2385

*ÓIN
2238–2488

*NÁIN II
2338–2585

*DÁIN I
2440–2589†

BORIN
2450–2711

*THRÓR
2542–2790†

FRÓR
2552–2589†

GRÓR
2563–2805

FARIN
2560–2803

*THRÁIN II
2644–2850†

NÁIN
2665–2799†

FUNDIN
2662–2799†

GRÓIN
2671–2923

*THORIN II
Escudo-de-
-carvalho
2746–2941†

FRERIN
2751–2799†

DÍS
2760

*DÁIN II
Pé-de-Ferro
2767–3019†

BALIN
2763–2994†

DWALIN
2772–3112

ÓIN
2774–2994†

GLÓIN
2783–Q.E. 15

FÍLI
2859–2941†

KÍLI
2864–2941†

*THORIN III
Elmo-de-Pedra
2866

GIMLI
Amigo-dos-Elfos
2879–3141
(Q.E. 120)

(DURIN VII
e Último)

Fundação de Erebor, 1999.
Dáin I é morto por um dragão, 2589.
Retorno a Erebor, 2590.
Saque de Erebor, 2770.
Assassinato de Thrór, 2790.
Convocação dos Anãos, 2790–93.
Guerra dos Anãos e dos Orques, 2793–99.

Batalha de Nanduhirion, 2799.
Thráin sai vagando, 2841.
Morte de Thráin e perda de seu Anel, 2850.
Batalha dos Cinco Exércitos e morte de Thorin II, 2941.
Balin vai a Moria, 2989.

˙Os nomes dos que foram considerados reis do Povo de Durin, no exílio ou não, estão assim marcados. Dentre os demais companheiros de Thorin Escudo-de-carvalho na jornada a Erebor, Ori, Nori e Dori também eram da Casa de Durin e parentes mais remotos de Thorin: Bifur, Bofur e Bombur descendiam de Anãos de Moria, mas não eram da linhagem de Durin. Para †, ver p. 1467.

APÊNDICE A

"Porém as coisas poderiam ter acontecido de modo bem diverso e bem pior. Quando pensais na grande Batalha da Pelennor, não esqueçais as batalhas em Valle e a valentia do Povo de Durin. Pensai no que poderia ter sido. Fogo de dragão e espadas selvagens em Eriador, noite em Valfenda. Poderia não haver Rainha em Gondor. Agora poderíamos esperar retornar da vitória aqui apenas para ruína e cinzas. Mas isso foi evitado — porque encontrei Thorin Escudo-de-carvalho certa tardinha da beira da primavera em Bri. Um encontro casual, como dizemos na Terra-média."

Dís era filha de Thráin II. É a única anão mulher cujo nome aparece nestas histórias. Foi dito por Gimli que existem poucas anões mulheres, provavelmente não mais que um terço de todo o povo. Raramente saem, exceto em grande necessidade. Na voz e na aparência, e nos trajes quando precisam viajar, são tão semelhantes aos anãos homens que os olhos e ouvidos de outros povos não conseguem distingui-los. Isso deu origem à tola opinião entre os Homens de que não há anões mulheres, e de que os Anãos "crescem da pedra".

É por causa da escassez de mulheres entre eles que a gente dos Anãos cresce devagar e está em perigo quando não têm moradias seguras. Pois cada Anão só toma uma esposa ou marido na vida, e são ciumentos como em todos os assuntos relativos aos seus direitos. O número de anãos homens que se casa é, na verdade, menos que um terço. Pois nem todas as mulheres tomam maridos: algumas não desejam nenhum; outras desejam um que não podem ter e, portanto, não querem outro. Quanto aos homens, grande número também não deseja se casar, já que está ocupado com seus ofícios.

Gimli, filho de Glóin, é renomado, pois foi um dos Nove Caminhantes que partiram com o Anel; e ficou em companhia do Rei Elessar por toda a Guerra. Foi chamado de Amigo-dos-Elfos por causa do grande apreço que se formou entre ele e Legolas, filho do Rei Thranduil, e por causa de sua reverência pela Senhora Galadriel.

Após a queda de Sauron, Gimli levou para o sul parte do povo dos Anãos de Erebor e tornou-se Senhor das Cavernas Cintilantes. Ele e seu povo fizeram grandes obras em Gondor e Rohan. Para Minas Tirith forjaram portões de *mithril* e aço para substituir aqueles quebrados pelo Rei-bruxo. Seu amigo Legolas também levou para o sul Elfos de Verdemata, e habitaram em Ithilien, e essa se tornou outra vez a mais bela região de todas as terras ocidentais.

Mas, quando o Rei Elessar entregou sua vida, Legolas finalmente seguiu o desejo de seu coração e zarpou pelo Mar.

Aqui segue-se uma das últimas anotações no Livro Vermelho

Ouvimos dizer que Legolas levou consigo Gimli, filho de Glóin, por causa de sua grande amizade, maior que qualquer outra entre Elfo e Anão. Se isso for verdade, então é deveras estranho: que um Anão esteja disposto a deixar a Terra-média por qualquer amor, ou que os Eldar o recebam, ou que os Senhores do Oeste o permitam. Mas dizem que Gimli também foi por desejo de rever a beleza de Galadriel; e pode ser que ela, poderosa entre os Eldar, tenha obtido essa graça para ele. Mais não se pode dizer desse assunto.

Apêndice B

O CONTO DOS ANOS

(cronologia das terras ocidentais)

A *Primeira Era* terminou com a Grande Batalha, em que a Hoste de Valinor rompeu Thangorodrim[1] e derrotou Morgoth. Então a maior parte dos Noldor retornou para o Extremo Oeste[2] e habitou em Eressëa à vista de Valinor; e muitos dos Sindar também atravessaram o Mar.

A *Segunda Era* terminou com a primeira derrota de Sauron, serviçal de Morgoth, e com a tomada do Um Anel.

A *Terceira Era* chegou ao fim na Guerra do Anel; mas só se considerou que a *Quarta Era* fora iniciada quando Mestre Elrond partiu, e chegara a época do domínio dos Homens e do declínio de todos os demais "povos falantes" da Terra-média.[3]

Na *Quarta Era*, as eras anteriores costumavam ser chamadas de *Dias Antigos*; mas esse nome era atribuído corretamente apenas aos dias antes da expulsão de Morgoth. As histórias desse tempo não estão registradas aqui.

A Segunda Era

Estes foram os anos sombrios para os Homens da Terra-média, mas os anos da glória de Númenor. Dos eventos da Terra-média os registros são poucos e breves, e suas datas são frequentemente incertas.

No começo dessa era ainda permaneciam muitos dos Altos Elfos. A maioria deles habitava em Lindon, a oeste das Ered Luin; mas

---

[1] p. 350. [N. A.]
[2] p. 863; *O Hobbit*, pp. 189–90. [N. A.]
[3] pp. 1386–87. [N. A.]

antes da construção da Barad-dûr muitos dos Sindar passaram para o leste, e alguns estabeleceram reinos nas florestas distantes, onde seu povo era na maioria de Elfos Silvestres. Thranduil, rei no norte de Verdemata, a Grande, era um deles. Em Lindon, ao norte do Lûn, habitava Gil-galad, último herdeiro dos reis dos Noldor no exílio. Era reconhecido como Alto Rei dos Elfos do Oeste. Em Lindon, ao sul do Lûn, habitou por algum tempo Celeborn, parente de Thingol; sua esposa era Galadriel, a maior das mulheres élficas. Era irmã de Finrod Felagund, Amigo-dos-Homens, outrora rei de Nargothrond, que deu a vida para salvar Beren, filho de Barahir.

Mais tarde alguns dos Noldor foram a Eregion, no oeste das Montanhas Nevoentas e perto do Portão-oeste de Moria. Fizeram isso porque souberam que o *mithril* fora descoberto em Moria.[4] Os Noldor eram grandes artífices, e menos hostis aos Anãos que os Sindar; mas a amizade que se formou entre o povo de Durin e os artífices-élficos de Eregion foi a mais próxima que já houve entre as duas raças. Celebrimbor foi Senhor de Eregion e o maior dos seus artífices; ele descendia de Fëanor.

Ano

1	Fundação dos Portos Cinzentos e de Lindon.
32	Os Edain chegam a Númenor.
c. 40	Muitos Anãos, deixando suas antigas cidades nas Ered Luin, vão a Moria e aumentam sua população.
442	Morte de Elros Tar-Minyatur.
c. 500	Sauron começa a se agitar novamente na Terra-média.
521	Nascimento de Silmariën em Númenor.
600	As primeiras naus dos Númenóreanos aparecem ao largo das costas.
750	Eregion é fundada pelos Noldor.
c. 1000	Sauron, alarmado pelo poderio crescente dos Númenóreanos, escolhe Mordor como a terra para construir um baluarte. Inicia a construção de Barad-dûr.
1075	Tar-Ancalimë torna-se a primeira Rainha Governante de Númenor.

---

[4]p. 447. [N. A.]

APÊNDICE B

1200	Sauron tenta seduzir os Eldar. Gil-galad recusa-se a tratar com ele; mas os ferreiros de Eregion são convencidos. Os Númenóreanos começam a construir portos permanentes.
c. 1500	Os artífices-élficos instruídos por Sauron alcançam o píncaro de sua habilidade. Começam a forjar os Anéis de Poder.
c. 1590	Os Três Anéis são terminados em Eregion.
c. 1600	Sauron forja o Um Anel em Orodruin. Completa a Barad-dûr. Celebrimbor percebe os desígnios de Sauron.
1693	Começa a Guerra dos Elfos e Sauron. Os Três Anéis são escondidos.
1695	As forças de Sauron invadem Eriador. Gil-galad envia Elrond a Eregion.
1697	Eregion é devastada. Morte de Celebrimbor. Os portões de Moria são fechados. Elrond recua com o remanescente dos Noldor e funda o refúgio de Imladris.
1699	Sauron invade Eriador.
1700	Tar-Minastir manda uma grande frota de Númenor a Lindon. Sauron é derrotado.
1701	Sauron é expulso de Eriador. As Terras Ocidentais têm paz por longo período.
c. 1800	Mais ou menos a partir desta época, os Númenóreanos começam a estabelecer domínios nas costas. Sauron estende seu poderio para o leste. A sombra se abate sobre Númenor.
2251	Morte de Tar-Atanamir. Tar-Ancalimon toma o cetro. Começam a rebelião e a divisão dos Númenóreanos. Por volta desta época, os Nazgûl, ou Espectros-do-Anel, escravos dos Nove Anéis, aparecem pela primeira vez.
2280	Umbar se torna uma grande fortaleza de Númenor.
2350	Construção de Pelargir. Torna-se o principal porto dos Númenóreanos Fiéis.
2899	Ar-Adûnakhôr toma o cetro.
3175	Arrependimento de Tar-Palantir. Guerra civil em Númenor.
3255	Ar-Pharazôn, o Dourado, toma o cetro.
3261	Ar-Pharazôn zarpa e aporta em Umbar.

3262	Sauron é levado prisioneiro para Númenor; por volta de 3262–3310, Sauron seduz o Rei e corrompe os Númenóreanos.
3310	Ar-Pharazôn começa a construção do Grande Armamento.
3319	Ar-Pharazôn assalta Valinor. Queda de Númenor. Elendil e seus filhos escapam.
3320	Fundações dos Reinos no Exílio: Arnor e Gondor. As Pedras são divididas (p. 865). Sauron retorna a Mordor.
3429	Sauron ataca Gondor, toma Minas Ithil e queima a Árvore Branca. Isildur escapa descendo o Anduin e vai ter com Elendil no Norte. Anárion defende Minas Anor e Osgiliath.
3430	A Última Aliança de Elfos e Homens se forma.
3431	Gil-galad e Elendil marcham para o leste, rumo a Imladris.
3434	A hoste da Aliança atravessa as Montanhas Nevoentas. Batalha de Dagorlad e derrota de Sauron. Começa o cerco de Barad-dûr.
3440	Anárion é morto.
3441	Sauron é derrotado por Elendil e Gil-galad, que perecem. Isildur toma o Um Anel. Sauron desaparece e os Espectros-do-Anel vão para as sombras. Termina a Segunda Era.

A Terceira Era

Estes foram os anos minguantes dos Eldar. Por longo tempo estiveram em paz, usando os Três Anéis enquanto Sauron dormia e o Um Anel estava perdido; mas não tentaram nada de novo, vivendo na lembrança do passado. Os Anãos esconderam-se em lugares profundos, vigiando seus tesouros; mas, quando o mal começou a se agitar outra vez e os dragões reapareceram, um a um seus antigos tesouros foram saqueados, e eles se tornaram um povo vagante. Por muito tempo Moria permaneceu segura, mas sua população decaiu até que grande parte de suas vastas mansões se tornasse escura e vazia. A sabedoria e a duração da vida dos Númenóreanos também diminuiu à medida que se misturavam com Homens menores.

Quando haviam passado cerca de mil anos, e a primeira sombra caíra sobre Verdemata, a Grande, os *Istari* ou Magos apareceram na Terra-média. Mais tarde foi dito que vieram do Extremo Oeste

APÊNDICE B

e eram mensageiros enviados para contestar o poder de Sauron e para unir todos aqueles que tinham a vontade para lhe resistir; mas estavam proibidos de igualarem seu poder com poder ou de buscarem dominar os Elfos ou os Homens pela força e pelo temor.

Vieram, portanto, em forma de Homens, porém jamais foram jovens, mas só envelheciam devagar e tinham muitos poderes de mente e de mão. Revelavam a poucos seus nomes verdadeiros,[5] mas usavam os nomes que lhes davam. Os dois mais altos dessa ordem (na qual dizem que havia cinco) eram chamados pelos Eldar de Curunír, "o Homem de Engenho", e Mithrandir, "o Peregrino Cinzento", mas pelos Homens do Norte, Saruman e Gandalf. Curunír viajava com frequência para o Leste, mas morou finalmente em Isengard. Mithrandir era o de amizade mais próxima com os Eldar, vagava mormente no Oeste e jamais fez para si uma habitação duradoura.

Por toda a Terceira Era a guarda dos Três Anéis só era conhecida dos que os possuíam. Mas no final soube-se que inicialmente estavam de posse dos três maiores dentre os Eldar: Gil-galad, Galadriel e Círdan. Gil-galad, antes de morrer, deu seu anel a Elrond; Círdan, mais tarde, deu o seu a Mithrandir. Pois Círdan enxergava mais longe e mais fundo que qualquer outro na Terra-média e recebeu Mithrandir nos Portos Cinzentos, sabendo de onde vinha e aonde haveria de voltar.

"Toma este anel, Mestre," disse ele, "pois tua labuta será pesada; mas ele te sustentará na exaustão que tomaste sobre ti. Pois este é o Anel de Fogo, e podes com ele reacender os corações em um mundo que se torna gélido. Mas quanto a mim, meu coração está com o Mar, e habitarei junto às praias cinzentas até que zarpe a última nau. Esperarei por ti."

Ano

2   Isildur planta um rebento da Árvore Branca em Minas Anor. Entrega o Reino do Sul a Meneldil. Desastre dos Campos de Lis; Isildur e seus três filhos mais velhos são mortos.

---

[5]p. 960. [N. A.]

1542

O RETORNO DO REI

3	Ohtar leva os fragmentos de Narsil a Imladris.
10	Valandil torna-se Rei de Arnor.
109	Elrond casa-se com Celebrían, filha de Celeborn.
130	Nascimento de Elladan e Elrohir, filhos de Elrond.
241	Nascimento de Arwen Undómiel.
420	O Rei Ostoher reconstrói Minas Anor.
490	Primeira invasão dos Lestenses.
500	Rómendacil I derrota os Lestenses.
541	Rómendacil é morto em batalha.
830	Falastur inicia a linhagem dos Reis-Navegantes de Gondor.
861	Morte de Eärendur e divisão de Arnor.
933	O Rei Eärnil I toma Umbar, que se torna uma fortaleza de Gondor.
936	Eärnil perde-se no mar.
1015	O Rei Ciryandil é morto no cerco de Umbar.
1050	Hyarmendacil conquista o Harad. Gondor atinge o píncaro de seu poder. Por volta desta época, uma sombra se abate sobre Verdemata, e os homens começam a chamá-la de Trevamata. Os Periannath são mencionados pela primeira vez nos registros, com a vinda dos Pés-Peludos a Eriador.
c. 1100	Os Sábios (os Istari e os principais Eldar) descobrem que um poder maligno estabeleceu um baluarte em Dol Guldur. Supõe-se que seja um dos Nazgûl.
1149	Começa o reinado de Atanatar Alcarin.
c. 1150	Os Cascalvas entram em Eriador. Os Grados atravessam o Passo do Chifre-vermelho e se mudam para o Ângulo ou para a Terra Parda.
c. 1300	Seres malignos recomeçam a se multiplicar. Os Orques aumentam de número nas Montanhas Nevoentas e atacam os Anãos. Os Nazgûl reaparecem. Seu chefe vai a Angmar no norte. Os Periannath migram rumo ao oeste; muitos se estabelecem em Bri.
1356	O Rei Argeleb I é morto em batalha contra Rhudaur. Por volta desta época, os Grados deixam o Ângulo e alguns voltam às Terras-selváticas.
1409	O Rei-bruxo de Angmar invade Arnor. O Rei Arveleg I é morto. Fornost e Tyrn Gorthad são defendidas. A Torre de Amon Sûl é destruída.

APÊNDICE B

1432	Morre o Rei Valacar de Gondor e a guerra civil da Contenda-das-Famílias começa.
1437	Incêndio de Osgiliath e perda da *palantír*. Eldacar foge para Rhovanion; seu filho Ornendil é assassinado.
1447	Eldacar retorna e expulsa o usurpador Castamir. Batalha das Travessias do Erui. Cerco de Pelargir.
1448	Os rebeldes escapam e tomam Umbar.
1540	O Rei Aldamir é morto em guerra contra o Harad e os Corsários de Umbar.
1551	Hyarmendacil II derrota os Homens de Harad.
1601	Muitos Periannath migram de Bri e lhes é concedida terra além do Baranduin por Argeleb II.
c. 1630	Juntam-se a eles os Grados vindos da Terra Parda.
1634	Os Corsários assolam Pelargir e matam o Rei Minardil.
1636	A Grande Peste devasta Gondor. Morte do Rei Telemnar e de seus filhos. A Árvore Branca morre em Minas Anor. A peste se espalha para o norte e o oeste, e muitas partes de Eriador tornam-se desoladas. Além do Baranduin, os Periannath sobrevivem, mas sofrem grandes perdas.
1640	O Rei Tarondor remove a Casa do Rei para Minas Anor e planta um rebento da Árvore Branca. Osgiliath começa a cair em ruínas. Mordor permanece sem ser vigiada.
1810	O Rei Telumehtar Umbardacil retoma Umbar e expulsa os Corsários.
1851	Os ataques dos Carroceiros contra Gondor começam.
1856	Gondor perde seus territórios do leste, e Narmacil II tomba em batalha.
1899	O Rei Calimehtar derrota os Carroceiros em Dagorlad.
1900	Calimehtar constrói a Torre Branca em Minas Anor.
1940	Gondor e Arnor renovam as comunicações e formam uma aliança. Arvedui casa-se com Fíriel, filha de Ondoher de Gondor.
1944	Ondoher tomba em batalha. Eärnil derrota o inimigo em Ithilien do Sul. Ganha então a Batalha do Acampamento e expulsa os Carroceiros para os Pântanos Mortos. Arvedui reivindica a coroa de Gondor.
1945	Eärnil II recebe a coroa.
1974	Fim do Reino do Norte. O Rei-bruxo invade Arthedain e toma Fornost.

O RETORNO DO REI

1975	Arvedui afoga-se na Baía de Forochel. As *palantíri* de Annúminas e Amon Sûl se perdem. Eärnur leva uma frota a Lindon. O Rei-bruxo é derrotado na Batalha de Fornost e perseguido até a Charneca Etten. Ele desaparece do Norte.
1976	Aranarth assume o título de Chefe dos Dúnedain. Os legados de Arnor são entregues à guarda de Elrond.
1977	Frumgar conduz os Éothéod para o Norte.
1979	Bucca de Pântano torna-se primeiro Thain do Condado.
1980	O Rei-bruxo vai a Mordor e ali reúne os Nazgûl. Um Balrog aparece em Moria e mata Durin VI.
1981	Náin I é morto. Os Anãos fogem de Moria. Muitos dos Elfos Silvestres de Lórien fogem para o sul. Amroth e Nimrodel perdem-se.
1999	Thráin I chega a Erebor e funda um reino-anânico "sob a Montanha".
2000	Os Nazgûl emergem de Mordor e sitiam Minas Ithil.
2002	Queda de Minas Ithil, mais tarde conhecida por Minas Morgul. A *palantír* é capturada.
2043	Eärnur torna-se Rei de Gondor. É desafiado pelo Rei-bruxo.
2050	O desafio é renovado. Eärnur cavalga até Minas Morgul e se perde. Mardil torna-se o primeiro Regente Governante.
2060	O poder de Dol Guldur cresce. Os Sábios receiam que possa ser Sauron reassumindo sua forma.
2063	Gandalf vai a Dol Guldur. Sauron recua e se esconde no Leste. Começa a Paz Vigilante. Os Nazgûl permanecem quietos em Minas Morgul.
2210	Thorin I deixa Erebor e ruma ao norte, às Montanhas Cinzentas, onde se reúne agora a maior parte dos remanescentes do Povo de Durin.
2340	Isumbras I torna-se o décimo terceiro Thain, o primeiro da linhagem Tûk. Os Velhobuques ocupam a Terra-dos-Buques.
2460	Termina a Paz Vigilante. Sauron retorna com força aumentada a Dol Guldur.
2463	Forma-se o Conselho Branco. Por volta desta época, Déagol, o Grado, encontra o Um Anel e é assassinado por Sméagol.

APÊNDICE B

2470   Por volta desta época Sméagol-Gollum se esconde nas Montanhas Nevoentas.

2475   Renova-se o ataque a Gondor. Osgiliath é arruinada definitivamente e sua ponte de pedra é quebrada.

c. 2480   Os Orques começam a construir baluartes secretos nas Montanhas Nevoentas para bloquearem todas as passagens para Eriador. Sauron começa a povoar Moria com suas criaturas.

2509   Celebrían, viajando para Lórien, é emboscada no Passo do Chifre-vermelho e recebe um ferimento envenenado.

2510   Celebrían parte por sobre o Mar. Orques e Lestenses assolam Calenardhon. Eorl, o Jovem, conquista a vitória do Campo de Celebrant. Os Rohirrim estabelecem-se em Calenardhon.

2545   Eorl tomba em batalha no Descampado.

2569   Brego, filho de Eorl, termina o Paço Dourado.

2570   Baldor, filho de Brego, entra pela Porta Proibida e se perde. Por volta desta época, os Dragões ressurgem no extremo Norte e começam a afligir os Anãos.

2589   Dáin I é morto por um Dragão.

2590   Thrór retorna a Erebor. Seu irmão Grór vai às Colinas de Ferro.

c. 2670   Tobold planta "erva-de-fumo" na Quarta Sul.

2683   Isengrim II torna-se o décimo Thain e começa a escavação de Grandes Smials.

2698   Ecthelion I reconstrói a Torre Branca em Minas Tirith.

2740   Os Orques renovam suas invasões de Eriador.

2747   Bandobras Tûk derrota um bando de Orques na Quarta Norte.

2758   Rohan é atacada pelo oeste e pelo leste e invadida. Gondor é atacada por frotas dos Corsários. Helm de Rohan refugia-se no Abismo de Helm. Wulf toma Edoras.

2758–59 O Inverno Longo segue-se. Há grande sofrimento e perda de vidas em Eriador e Rohan. Gandalf vem em auxílio do povo do Condado.

2759   Morte de Helm. Fréaláf expulsa Wulf e inicia a segunda linhagem dos Reis da Marca. Saruman fixa residência em Isengard.

O RETORNO DO REI

2770 Smaug, o Dragão, desce sobre Erebor. Valle é destruída. Thrór escapa com Thráin II e Thorin II.

2790 Thrór é morto por um Orque em Moria. Os Anãos se reúnem para uma guerra de vingança. Nascimento de Gerontius, mais tarde conhecido como Velho Tûk.

2793 A Guerra dos Anãos e dos Orques começa.

2799 Batalha de Nanduhirion diante do Portão Leste de Moria. Dáin Pé-de-Ferro retorna às Colinas de Ferro. Thráin II e seu filho Thorin vagam rumo ao oeste. Estabelecem-se no Sul das Ered Luin além do Condado (2802).

2800–64 Orques do Norte perturbam Rohan. O Rei Walda é morto por eles (2861).

2841 Thráin II parte para revisitar Erebor, mas é perseguido pelos serviçais de Sauron.

2845 Thráin, o Anão, é aprisionado em Dol Guldur; o último dos Sete Anéis é tomado dele.

2850 Gandalf volta a entrar em Dol Guldur e descobre que seu mestre é de fato Sauron, que está reunindo todos os Anéis e buscando notícias do Um e do Herdeiro de Isildur. Encontra Thráin e recebe a chave de Erebor. Thráin morre em Dol Guldur.

2851 O Conselho Branco se reúne. Gandalf incita um ataque contra Dol Guldur. Saruman prevalece sobre ele.[6] Saruman começa a procurar perto dos Campos de Lis.

2872 Belecthor II de Gondor morre. A Árvore Branca morre e não se consegue encontrar rebento. A Árvore Morta é mantida de pé.

2885 Agitados por emissários de Sauron, os Haradrim atravessam o Poros e atacam Gondor. Os filhos de Folcwine de Rohan são mortos a serviço de Gondor.

2890 Bilbo nasce no Condado.

2901 A maior parte dos habitantes remanescentes de Ithilien deserta devido aos ataques dos Uruks de Mordor. O refúgio secreto de Henneth Annûn é construído.

---

[6]Mais tarde torna-se evidente que Saruman, àquela altura, começara a desejar possuir o Um Anel para si e esperava que ele haveria de se revelar, buscando seu mestre, se Sauron fosse deixado em paz por algum tempo.

APÊNDICE B

2907	Nascimento de Gilraen, mãe de Aragorn II.

2907   Nascimento de Gilraen, mãe de Aragorn II.

2911   O Fero Inverno. O Baranduin e outros rios congelam. Lobos Brancos invadem Eriador vindos do Norte.

2912   Grandes enchentes devastam Enedwaith e Minhiriath. Tharbad fica arruinada e deserta.

2920   Morte do Velho Tûk.

2929   Arathorn, filho de Arador dos Dúnedain, casa-se com Gilraen.

2930   Arador é morto por Trols. Nascimento de Denethor II, filho de Ecthelion II, em Minas Tirith.

2931   Aragorn, filho de Arathorn II, nasce em 1º de março.

2933   Arathorn II é morto. Gilraen leva Aragorn a Imladris. Elrond o recebe como filho adotivo e lhe dá o nome de Estel (Esperança); sua ascendência é ocultada.

2939   Saruman descobre que os serviçais de Sauron estão fazendo buscas no Anduin perto dos Campos de Lis e que, portanto, Sauron soube do fim de Isildur. Ele fica alarmado, mas nada diz ao Conselho.

2941   Thorin Escudo-de-carvalho e Gandalf visitam Bilbo no Condado. Bilbo se depara com Sméagol-Gollum e encontra o Anel. O Conselho Branco se reúne; Saruman concorda com um ataque a Dol Guldur, visto que agora deseja evitar que Sauron procure no Rio. Sauron, tendo feito seus planos, abandona Dol Guldur. Batalha dos Cinco Exércitos em Valle. Morte de Thorin II. Bard de Esgaroth mata Smaug. Dáin das Colinas de Ferro torna-se Rei sob a Montanha (Dáin II).

2942   Bilbo volta ao Condado com o Um Anel. Sauron volta em segredo para Mordor.

2944   Bard reconstrói Valle e torna-se Rei. Gollum deixa as Montanhas e começa sua busca pelo "ladrão" do Anel.

2948   Nasce Théoden, filho de Thengel, Rei de Rohan.

2949   Gandalf e Balin visitam Bilbo no Condado.

2950   Nasce Finduilas, filha de Adrahil de Dol Amroth.

2951   Sauron declara-se abertamente e reúne poder em Mordor. Começa a reconstrução de Barad-dûr. Gollum volta-se para Mordor. Sauron manda três dos Nazgûl para reocuparem Dol Guldur.

O RETORNO DO REI

Elrond revela a "Estel" seu verdadeiro nome e ascendência e lhe entrega os fragmentos de Narsil. Arwen, recém-retornada de Lórien, encontra Aragorn nas matas de Imladris. Aragorn sai para o Ermo.

2953 Última reunião do Conselho Branco. Eles debatem os Anéis. Saruman finge ter descoberto que o Um Anel desceu o Anduin para o Mar. Saruman retira-se para Isengard, que toma para si, e fortifica-a. Visto que tem ciúme e medo de Gandalf, ele põe espiões para observar todos os seus movimentos; e nota seu interesse pelo Condado. Logo começa a manter agentes em Bri e na Quarta Sul.

2954 O Monte da Perdição volta a irromper em chamas. Os últimos habitantes de Ithilien fogem atravessando o Anduin.

2956 Aragorn encontra Gandalf e sua amizade começa.

2957–80 Aragorn empreende suas grandes jornadas em sua vida errante. Como Thorongil, serve disfarçado tanto a Thengel de Rohan como a Ecthelion II de Gondor.

2968 Nascimento de Frodo.

2976 Denethor casa-se com Finduilas de Dol Amroth.

2977 Bain, filho de Bard, torna-se Rei de Valle.

2978 Nascimento de Boromir, filho de Denethor II.

2980 Aragorn entra em Lórien e ali reencontra Arwen Undómiel. Aragorn lhe dá o anel de Barahir, e comprometem-se na colina de Cerin Amroth. Por volta desta época Gollum alcança os confins de Mordor e trava conhecimento com Laracna. Théoden torna-se Rei de Rohan. Nascimento de Samwise.

2983 Nascimento de Faramir, filho de Denethor II.

2984 Morte de Ecthelion II. Denethor II torna-se Regente de Gondor.

2988 Finduilas morre jovem.

2989 Balin deixa Erebor e entra em Moria.

2991 Éomer, filho de Éomund, nasce em Rohan.

2994 Balin perece, e a colônia dos Anãos é destruída.

2995 Nascimento de Éowyn, irmã de Éomer.

c. 3000 A sombra de Mordor alonga-se. Saruman ousa usar a *palantír* de Orthanc, mas é apanhado em armadilha

APÊNDICE B

por Sauron, que tem a Pedra de Ithil. Torna-se traidor do Conselho. Seus espiões relatam que o Condado está sendo vigiado de perto pelos Caminheiros.

3001 Banquete de despedida de Bilbo. Gandalf suspeita que seu anel seja o Um Anel. A vigilância sobre o Condado é redobrada. Gandalf busca notícias de Gollum e pede ajuda de Aragorn.

3002 Bilbo torna-se hóspede de Elrond e se estabelece em Valfenda.

3004 Gandalf visita Frodo no Condado e volta a fazê-lo a intervalos durante os quatro anos seguintes.

3007 Brand, filho de Bain, torna-se Rei em Valle. Morte de Gilraen.

3008 No outono, Gandalf faz sua última visita a Frodo.

3009 Gandalf e Aragorn renovam sua caçada de Gollum a intervalos durante os oito anos seguintes, procurando nos vales do Anduin, em Trevamata e em Rhovanion até os confins de Mordor. Em algum ponto desses anos, o próprio Gollum se aventurou a entrar em Mordor e foi capturado por Sauron. Elrond manda buscar Arwen e ela retorna a Imladris; as Montanhas e todas as terras a leste estão se tornando perigosas.

3017 Gollum é libertado de Mordor. É aprisionado por Aragorn nos Pântanos Mortos e trazido a Thranduil, em Trevamata. Gandalf visita Minas Tirith e lê o rolo de Isildur.

OS GRANDES ANOS

3018

Abril

12 Gandalf chega à Vila-dos-Hobbits.

Junho

20 Sauron ataca Osgiliath. Por volta da mesma época Thranduil é atacado e Gollum escapa.

Dia do Meio-do-Ano Gandalf encontra-se com Radagast.

Julho

4 Boromir parte de Minas Tirith.

10 Gandalf é aprisionado em Orthanc.

Agosto

Todas as pistas de Gollum são perdidas. Crê-se que por volta desta época, caçado pelos Elfos e pelos serviçais de Sauron, ele se refugiou em Moria; mas quando finalmente descobriu o caminho para o Portão-oeste não conseguiu sair.

Setembro

18 Gandalf escapa de Orthanc nas primeiras horas da madrugada. Os Cavaleiros Negros atravessam os Vaus do Isen.

19 Gandalf chega a Edoras como mendigo e recusam-lhe a entrada.

20 Gandalf consegue entrar em Edoras. Théoden manda-o embora: "Toma qualquer cavalo, mas vai-te antes que o dia de amanhã envelheça!"

21 Gandalf encontra Scadufax, mas o cavalo não o deixa chegar perto. Ele segue Scadufax por grande distância sobre os campos.

22 Os Cavaleiros Negros chegam ao Vau Sarn ao anoitecer; expulsam a guarda de Caminheiros. Gandalf alcança Scadufax.

23 Quatro Cavaleiros entram no Condado antes do amanhecer. Os demais perseguem os Caminheiros para o leste e depois voltam para vigiar o Caminho Verde. Um Cavaleiro Negro chega à Vila-dos-Hobbits ao cair da noite. Frodo deixa Bolsão. Gandalf, tendo domado Scadufax, cavalga partindo de Rohan.

24 Gandalf atravessa o Isen.

26 A Floresta Velha. Frodo vai ter com Bombadil.

27 Gandalf atravessa o Griságua. Segunda noite com Bombadil.

28 Os Hobbits são capturados por uma Cousa-tumular. Gandalf chega ao Vau Sarn.

29 Frodo chega a Bri à noite. Gandalf visita o Feitor.

APÊNDICE B

30 Criôncavo e a Estalagem em Bri são atacados às primeiras horas da madrugada. Frodo deixa Bri. Gandalf chega a Criôncavo e alcança Bri à noite.

Outubro

1   Gandalf deixa Bri.
3   Ele é atacado à noite no Topo-do-Vento.
6   O acampamento ao pé do Topo-do-Vento é atacado à noite. Frodo é ferido.
9   Glorfindel deixa Valfenda.
11 Ele expulsa os Cavaleiros da Ponte do Mitheithel.
13 Frodo atravessa a Ponte.
18 Glorfindel encontra Frodo ao anoitecer. Gandalf chega a Valfenda.
20 Fuga atravessando o Vau do Bruinen.
24 Frodo recupera-se e desperta. Boromir chega a Valfenda à noite.
25 Conselho de Elrond.

Dezembro

25 A Comitiva do Anel deixa Valfenda ao anoitecer.

3019

Janeiro

8   A Comitiva chega a Azevim.
11, 12 Neve em Caradhras.
13   Ataque dos Lobos nas primeiras horas da madrugada. A Comitiva chega ao Portão-oeste de Moria ao cair da noite. Gollum começa a rastrear o Portador-do-Anel.
14   Noite no Salão Vinte e Um.
15   A Ponte de Khazad-dûm e a queda de Gandalf. A Comitiva chega a Nimrodel tarde da noite.
17   A Comitiva chega a Caras Galadhon ao entardecer.
23   Gandalf persegue o Balrog até o pico de Zirakzigil.
25   Ele derruba o Balrog e fica desacordado. Seu corpo jaz no pico.

Fevereiro

15 O Espelho de Galadriel. Gandalf retorna à vida e jaz em transe.
16 Adeus a Lórien. Gollum, escondido na margem oeste, observa a partida.
17 Gwaihir leva Gandalf a Lórien.
23 Os barcos são atacados à noite perto de Sarn Gebir.
25 A Comitiva passa pelas Argonath e acampa em Parth Galen. Primeira Batalha dos Vaus do Isen; Théodred, filho de Théoden, é morto.
26 Rompimento da Sociedade. Morte de Boromir; sua trompa é ouvida em Minas Tirith. Meriadoc e Peregrin são capturados. Frodo e Samwise entram na parte oriental das Emyn Muil. Aragorn parte em perseguição dos Orques ao anoitecer. Éomer ouve falar da descida do bando de Orques das Emyn Muil.
27 Aragorn alcança o penhasco oeste ao nascer do sol. Éomer, contrariando as ordens de Théoden, parte do Eastfolde por volta da meia-noite para perseguir os Orques.
28 Éomer alcança os Orques logo na beira da Floresta de Fangorn.
29 Meriadoc e Pippin escapam e encontram Barbárvore. Os Rohirrim atacam ao nascer do sol e destroem os Orques. Frodo desce das Emyn Muil e encontra Gollum. Faramir vê o barco funeral de Boromir.
30 O Entencontro começa. Éomer, voltando a Edoras, encontra Aragorn.

Março

1 Frodo inicia a travessia dos Pântanos Mortos ao amanhecer. O Entencontro continua. Aragorn encontra Gandalf, o Branco. Eles partem rumo a Edoras. Faramir deixa Minas Tirith em missão a Ithilien.
2 Frodo chega ao fim dos Pântanos. Gandalf chega a Edoras e cura Théoden. Os Rohirrim cavalgam para o oeste contra Saruman. Segunda Batalha dos Vaus do Isen. Erkenbrand é derrotado. O Entencontro termina à tarde. Os Ents marcham sobre Isengard e lá chegam à noite.

APÊNDICE B

3   Théoden refugia-se no Abismo de Helm. A Batalha do Forte-da-Trombeta começa. Os Ents completam a destruição de Isengard.

4   Théoden e Gandalf partem do Abismo de Helm rumo a Isengard. Frodo chega aos morros de escória à beira da Desolação do Morannon.

5   Théoden chega a Isengard ao meio-dia. Negociação com Saruman em Orthanc. Um Nazgûl alado passa sobre o acampamento em Dol Baran. Gandalf parte com Peregrin rumo a Minas Tirith. Frodo esconde-se à vista do Morannon e parte ao crepúsculo.

6   Aragorn é alcançado pelos Dúnedain nas primeiras horas da madrugada. Théoden parte do Forte-da-Trombeta rumo ao Vale Harg. Aragorn parte mais tarde.

7   Frodo é levado por Faramir a Henneth Annûn. Aragorn chega ao Fano-da-Colina ao cair da noite.

8   Aragorn toma as "Sendas dos Mortos" ao raiar do dia; ele chega a Erech à meia-noite. Frodo deixa Henneth Annûn.

9   Gandalf chega a Minas Tirith. Faramir deixa Henneth Annûn. Aragorn parte de Erech e chega a Calembel. Ao crepúsculo Frodo chega à estrada de Morgul. Théoden chega ao Fano-da-Colina. A treva começa a fluir vinda de Mordor.

10   O Dia sem Amanhecer. A Convocação de Rohan: os Rohirrim cavalgam desde o Vale Harg. Faramir é salvo por Gandalf fora dos portões da Cidade. Aragorn atravessa o Ringló. Um exército do Morannon toma Cair Andros e penetra em Anórien. Frodo passa pela Encruzilhada e vê a hoste de Morgul partindo.

11   Gollum visita Laracna, mas, vendo Frodo adormecido, quase se arrepende. Denethor envia Faramir a Osgiliath. Aragorn chega a Linhir e atravessa para Lebennin. Rohan Oriental é invadida pelo norte. Primeiro ataque a Lórien.

12   Gollum leva Frodo à toca de Laracna. Faramir recua aos Fortes do Passadiço. Théoden acampa sob Min-Rimmon. Aragorn expulsa o inimigo rumo a Pelargir. Os Ents derrotam os invasores de Rohan.

13   Frodo é capturado pelos Orques de Cirith Ungol. A Pelennor é invadida. Faramir é ferido. Aragorn chega a Pelargir e captura a frota. Théoden está na Floresta Drúadan.

14	Samwise encontra Frodo na Torre. Minas Tirith é sitiada. Os Rohirrim, liderados pelos Homens Selvagens, chegam à Floresta Cinzenta.
15	Nas primeiras horas o Rei-bruxo rompe os Portões da Cidade. Denethor incinera-se em uma pira. As trompas dos Rohirrim são ouvidas ao cantar do galo. Batalha da Pelennor. Théoden é morto. Aragorn ergue o estandarte de Arwen. Frodo e Samwise escapam e começam sua jornada para o norte ao longo do Morgai. Batalha sob as árvores em Trevamata; Thranduil rechaça as forças de Dol Guldur. Segundo ataque a Lórien.
16	Debate dos comandantes. Do Morgai, Frodo olha o Monte da Perdição por sobre o acampamento.
17	Batalha de Valle. O Rei Brand e o Rei Dáin Pé-de-Ferro tombam. Muitos Anãos e Homens se refugiam em Erebor e são sitiados. Shagrat leva a capa, a cota de malha e a espada de Frodo a Barad-dûr.
18	A hoste do Oeste marcha desde Minas Tirith. Frodo chega à vista da Boca-ferrada; ele é alcançado por Orques na estrada de Durthang a Udûn.
19	A Hoste chega ao Vale Morgul. Frodo e Samwise escapam e começam sua jornada ao longo da estrada à Barad-dûr.
22	O anoitecer terrível. Frodo e Samwise deixam a estrada e se voltam para o sul, para o Monte da Perdição. Terceiro ataque a Lórien.
23	A Hoste sai de Ithilien. Aragorn dispensa os covardes. Frodo e Samwise lançam fora as armas e o equipamento.
24	Frodo e Samwise fazem sua última jornada ao sopé do Monte da Perdição. A Hoste acampa na Desolação do Morannon.
25	A Hoste é cercada nas Colinas-de-Escória. Frodo e Samwise chegam às Sammath Naur. Gollum apodera-se do Anel e cai nas Fendas da Perdição. Queda de Barad-dûr e desaparecimento de Sauron.

Após a queda da Torre Sombria e o desaparecimento de Sauron, a Sombra se ergueu dos corações de todos os que se opunham a ele, mas o medo e o desespero recaíram em seus serviçais e aliados. Três vezes Lórien fora assaltada de Dol Guldur, mas, além da valentia

APÊNDICE B

do povo élfico daquela terra, o poder que ali residia era demasiado grande para ser derrotado por quem quer que fosse, a não ser que o próprio Sauron lá tivesse chegado. Apesar de serem causados graves danos às belas matas das fronteiras, os assaltos foram repelidos; e quando a Sombra passou, Celeborn se revelou e conduziu a hoste de Lórien, atravessando o Anduin em muitos barcos. Tomaram Dol Guldur, e Galadriel derrubou seus muros e expôs seus poços, e a floresta foi purificada.

Também no Norte houvera guerra e maldade. O reino de Thranduil foi invadido, e houve longa batalha sob as árvores e grande ruína de fogo; mas no final Thranduil obteve a vitória. E no dia do Ano Novo dos Elfos, Celeborn e Thranduil se encontraram em meio à floresta; e renomearam Trevamata como *Eryn Lasgalen*, a Floresta das Verdefolhas. Thranduil tomou por seu reino toda a região setentrional até as montanhas que se erguem na floresta; e Celeborn tomou toda a mata meridional abaixo dos Estreitos e chamou-a de Lórien Oriental; toda a ampla floresta entre essas regiões foi dada aos Beornings e aos Homens-da-floresta. Mas, após a passagem de Galadriel, em poucos anos Celeborn se cansou de seu reino e foi a Imladris para habitar com os filhos de Elrond. Na Verdemata os Elfos Silvestres permaneceram imperturbados, mas em Lórien demoraram-se tristemente apenas alguns poucos do povo de outrora, e não havia mais luz nem canção em Caras Galadhon.

Ao mesmo tempo em que os grandes exércitos sitiavam Minas Tirith, uma hoste dos aliados de Sauron que há muito tempo vinha ameaçando as fronteiras do Rei Brand atravessou o Rio Carnen, e Brand foi obrigado a recuar para Valle. Ali teve o auxílio dos Anãos de Erebor; e travou-se uma grande batalha no sopé da Montanha. Durou três dias, mas ao final foram mortos tanto o Rei Brand quanto o Rei Dáin Pé-de-Ferro, e os Lestenses conquistaram a vitória. Mas não conseguiram tomar o Portão, e muitos, tanto Anãos como Homens, se refugiaram em Erebor e lá resistiram ao cerco.

Quando vieram notícias das grandes vitórias no Sul, o exército setentrional de Sauron se encheu de desespero; e os sitiados irromperam e os desbarataram, e os que restavam fugiram para o Leste e não perturbaram mais Valle. Então Bard II, filho de Brand, se tornou Rei em Valle, e Thorin III Elmo-de-Pedra, filho de Dáin, se tornou Rei sob a Montanha. Enviaram seus embaixadores à coroação do Rei Elessar; e seus reinos permaneceram depois disso, enquanto duraram, como amigos de Gondor; e estiveram sob a coroa e a proteção do Rei do Oeste.

OS PRINCIPAIS DIAS DA QUEDA DE BARAD-DÛR ATÉ O FIM DA TERCEIRA ERA[7]

3019

Registro do Condado (R.C.) 1419

Março

27   Bard II e Thorin III Elmo-de-Pedra expulsam o inimigo de Valle.

28   Celeborn atravessa o Anduin; inicia-se a destruição de Dol Guldur.

Abril

6   Encontro de Celeborn e Thranduil.

8   Os Portadores-do-Anel são homenageados no Campo de Cormallen.

Maio

1   Coroação do Rei Elessar; Elrond e Arwen partem de Valfenda.

8   Éomer e Éowyn partem para Rohan com os filhos de Elrond.

20   Elrond e Arwen chegam a Lórien.

27   A escolta de Arwen deixa Lórien.

Junho

14   Os filhos de Elrond encontram a escolta e levam Arwen a Edoras.

16   A escolta de Arwen e companhia partem para Gondor.

25   O Rei Elessar encontra o rebento da Árvore Branca.

1º Lite   Arwen chega à Cidade.

Dia do Meio-do-Ano   Casamento de Elessar e Arwen.

---

[7] Os meses e dias são dados de acordo com o Calendário do Condado. [N. A.]

APÊNDICE B

Julho

18   Éomer retorna a Minas Tirith.

22   A escolta funeral do Rei Théoden parte.

Agosto

7   A escolta chega a Edoras.

10   Funeral do Rei Théoden.

14   Os convidados se despedem do Rei Éomer.

15   Barbárvore liberta Saruman.

18   Frodo e companhia chegam ao Abismo de Helm.

22   Eles chegam a Isengard; despedem-se do Rei do Oeste ao pôr do sol.

28   Eles alcançam Saruman; Saruman se dirige para o Condado.

Setembro

6   Frodo e companhia param à vista das Montanhas de Moria.

13   Celeborn e Galadriel partem, os demais rumam para Valfenda.

21   Frodo e companhia retornam a Valfenda.

22   Centésimo vigésimo nono aniversário de Bilbo. Saruman chega ao Condado.

Outubro

5   Gandalf e os Hobbits deixam Valfenda.

6   Frodo, Sam, Pippin, Merry e Gandalf atravessam o Vau do Bruinen; Frodo sente o primeiro retorno da dor.

28   Frodo, Sam, Pippin, Merry e Gandalf chegam a Bri ao cair da noite.

30   Eles deixam Bri. Os "Viajantes" chegam à Ponte do Brandevin ao escurecer.

Novembro

1   Os hobbits são presos em Sapântano.

2   Os hobbits chegam a Beirágua e incitam o povo do Condado.

3   Batalha de Beirágua e Desaparecimento de Saruman. Fim da Guerra do Anel.

3020

R.C. 1420: O Grande Ano de Fartura

Março

13   Frodo adoece (no aniversário de seu envenenamento por Laracna).

Abril

6   O mallorn floresce no Campo da Festa.

Maio

1   Samwise casa-se com Rosa.

Dia do Meio-do-Ano Frodo renuncia ao cargo de prefeito e Will Pealvo é restaurado ao cargo.

Setembro

22   Centésimo trigésimo aniversário de Bilbo.

Outubro

6   Frodo adoece outra vez.

3021

R.C. 1421: O Último da Terceira Era

Março

13   Frodo adoece outra vez.

25   Nascimento de Elanor, a Bela,[8] filha de Samwise. Neste dia começou a Quarta Era no registro de Gondor.

Setembro

21   Frodo e Samwise partem da Vila-dos-Hobbits.

22   Encontram-se com a Última Cavalgada dos Guardiões dos Anéis na Ponta do Bosque.

29   Chegam aos Portos Cinzentos. Frodo e Bilbo partem para além do Mar com os Três Guardiões. O fim da Terceira Era.

Outubro

6   Samwise retorna a Bolsão.

EVENTOS POSTERIORES QUE DIZEM RESPEITO

AOS MEMBROS DA SOCIEDADE DO ANEL

R.C.

1422 Com o início deste ano começou a Quarta Era na contagem dos anos do Condado; mas os números dos anos do Registro do Condado foram continuados.

---

[8]Ela se tornou conhecida como "a Bela" por causa de sua formosura; muitos diziam que ela parecia mais uma donzela-élfica que uma hobbit. Tinha cabelos dourados, o que era muito raro no Condado; mas duas outras filhas de Samwise também os tinham, e da mesma forma muitas dentre as crianças nascidas naquela época. [N. A.]

APÊNDICE B

1427 Will Pealvo renuncia. Samwise é eleito Prefeito do Condado. Peregrin Tûk casa-se com Diamantina de Frincha Longa. O Rei Elessar publica um édito de que os Homens não podem entrar no Condado e torna-o uma Terra Livre sob a proteção do Cetro do Norte.

1430 Nasce Faramir, filho de Peregrin.

1431 Nasce Cachinhos d'Ouro, filha de Samwise.

1432 Meriadoc, chamado de Magnífico, torna-se Mestre da Terra-dos-Buques. Grandes presentes lhe são enviados pelo Rei Éomer e pela Senhora Éowyn de Ithilien.

1434 Peregrin torna-se o Tûk e Thain. O Rei Elessar transforma o Thain, o Mestre e o Prefeito em Conselheiros do Reino do Norte. Mestre Samwise é eleito Prefeito pela segunda vez.

1436 O Rei Elessar cavalga rumo ao norte e se aloja por algum tempo junto ao Lago Vesperturvo. Vem à Ponte do Brandevin e ali saúda seus amigos. Dá ao Mestre Samwise a Estrela dos Dúnedain, e Elanor se torna dama de honra da Rainha Arwen.

1441 Mestre Samwise torna-se Prefeito pela terceira vez.

1442 Mestre Samwise, com sua esposa e Elanor, cavalgam a Gondor e ali permanecem por um ano. Mestre Tolman Villa age como Prefeito substituto.

1448 Mestre Samwise torna-se Prefeito pela quarta vez.

1451 Elanor, a Bela, casa-se com Fastred de Ilhaverde nas Colinas Distantes.

1452 O Marco Ocidental, das Colinas Distantes até as Colinas das Torres (*Emyn Beraid*),[9] é acrescentado ao Condado por dádiva do Rei. Muitos hobbits mudam-se para lá.

1454 Nasce Elfstan Lindofilho, filho de Fastred e Elanor.

1455 Mestre Samwise torna-se Prefeito pela quinta vez.

1462 Mestre Samwise torna-se Prefeito pela sexta vez. A seu pedido, o Thain nomeia Fastred Guardião do Marco Ocidental. Fastred e Elanor passam a residir em Sob-as-Torres nas Colinas das Torres, onde seus descendentes, os Lindofilhos das Torres, moraram por muitas gerações.

---

[9] pp. 45, 1481 (nota 23). [N. A.]

1463 Faramir Tûk casa-se com Cachinhos d'Ouro, filha de Samwise.

1469 Mestre Samwise torna-se Prefeito pela sétima e última vez, tendo em 1476, no fim de seu mandato, noventa e seis anos de idade.

1482 Morte da Senhora Rosa, esposa de Mestre Samwise, no Dia do Meio-do-Ano. Em 22 de setembro, Mestre Samwise parte de Bolsão. Chega às Colinas das Torres e é visto pela última vez por Elanor, a quem dá o *Livro Vermelho,* mais tarde guardado pelos Lindofilhos. Entre eles é transmitida a tradição vinda de Elanor, de que Samwise passou pelas Torres, rumou para os Portos Cinzentos e atravessou o Mar, o último dos Portadores-do-Anel.

1484 Na primavera deste ano veio uma mensagem de Rohan à Terra-dos-Buques de que o Rei Éomer desejava ver mais uma vez o Mestre Holdwine. Na época Meriadoc era velho (102 anos), mas ainda saudável. Aconselhou-se com seu amigo, o Thain, e logo depois eles entregaram seus bens e cargos aos filhos, partiram atravessando o Vau Sarn e não foram mais vistos no Condado. Ouviu-se dizer depois que Mestre Meriadoc chegou a Edoras e esteve com o Rei Éomer antes que este morresse naquele outono. Então ele e o Thain Peregrin foram a Gondor e passaram naquele reino os breves anos que ainda lhes restavam até morrerem e serem sepultados em Rath Dínen entre os grandes de Gondor.

1541 Neste ano,[10] em 1º de março, ocorreu finalmente o Passamento do Rei Elessar. Dizem que os leitos de Meriadoc e Peregrin foram postos ao lado do leito do grande rei. Então Legolas construiu uma nau cinzenta em Ithilien, navegou descendo o Anduin e atravessou o Mar; e com ele, dizem, foi Gimli, o Anão. E quando esse navio passou, veio o fim, na Terra-média, da Sociedade do Anel.

---

[10] 120 da Quarta Era (Gondor). [N. A.]

Apêndice C

ÁRVORES GENEALÓGICAS

Os nomes dados nestas Árvores são apenas uma seleção dentre muitos. A maioria é de convidados da Festa de Despedida de Bilbo, ou então ancestrais diretos deles. Os convidados da festa estão em negrito. Alguns outros nomes de pessoas envolvidas nos eventos relatados também são dados. Adicionalmente, fornecem-se algumas informações genealógicas acerca de Samwise, fundador da família *Jardineiro*, mais tarde famosa e influente.

Os números após os nomes são as datas de nascimento (e morte, nos casos em que esta está registrada). Todas as datas estão dadas de acordo com o Registro do Condado, calculado desde a travessia do Brandevin pelos irmãos Marcho e Blanco no Ano 1 do Condado (1601 da Terceira Era).

BALBO BOLSEIRO ⚭ BERILA BOFFIN
1167

MUNGO ⚭ LAURA
1207-1300 FOSSADOR

FASTOPLH ⚭ VIOLETA
BOLGER   1212

PONTO ⚭ MIMOSA
1216-1311 BUNCE

LARGO ⚭ TANTA
1220-1312 CORNETEIRO

LILI ⚭ TOGO
1222-1312 BONCORPO

RUDIGAR ⚭ BELBA
BOLGER   1256-1356

BODO ⚭ LINDA
PÉ-SOBERBO 1262-1363

HILDIGRIM ⚭ ROSA
TÛK   1256

POLO

FOSCO ⚭ RUBI
1264-1360 BOLGER

BUNGO ⚭ BELADONA
1246-1326 TÛK

[ODO
PÉ-SOBERBO]
1304-1405

BINGO ⚭ CHICA
1264-1363 ROLIÇO

DORA
1302-1406

DUDO
1311-1409

LONGO ⚭ CAMÉLIA
1260-1350 SACOLA

BILBO
1290
DE BOLSÃO

FALCO
ROLIÇO-
BOLSEIRO
1303-1399

POSCO ⚭ GOIVITA
1302   CACHOPARDO

DROGO ⚭ PRÍMULA
1308-1380 BRANDEBUQUE

[OLO]
1346-1435

WILIBALD ⚭ PRISCA
BOLGER   1306

FRODO
1368

OTHO ⚭ LOBÉLIA
SACOLA-   JUSTA-
BOLSEIRO CORREIA
1310-1412

FILIBERT ⚭ PAPOULA
BOLGER   1344

PORTO
1348

GRIFO ⚭ MARGARIDA
BOFFIN   1350

LOTHO
1364-1419

PONTO
1346

MILO ⚭ PEÔNIA
COVAS   1350

MERIADOC →

[SANCHO]
1390

PEREGRIN →

[MOSCO]   [MIRTA]
1387   1393

[VÁRIOS
BONCORPOS]

[MORO]   [MINTO]
1391   1396

BOLSEIRO DA VILA DOS HOBBITS

ANGÉLICA
1381

Bolgers do Vau Budge

GUNDOLFO BOLGER 1131–1230 ⚭ ALFRIDA DA BAIXADA

GUNDAHAR 1174–1275 ⚭ DINA DIGGLE
RUDOLPH 1178 ⚭ CORA BONCORPO
GUNDAHAD 1180

GUNDABALD 1222 ⚭ SÁLVIA BRANDEBUQUE

THEOBALD 1261 ⚭ NINA PESPERTO

WILIBALD 1304–1400 ⚭ PRISCA BOLSEIRO

WILIMAR 1347   **HERIBALD** 1351   **NORA** 1360

FASTOLPH 1210 ⚭ VIOLETA BOLSEIRO

(VÁRIOS DESCENDENTES)

MARMADOC BRANDEBUQUE ⚭ ADALDRIDA 1218

RUDIBERT 1260 ⚭ AMETISTA CORNETEIRO

FOSCO ⚭ RUBI 1264

[DROGO]

[**FRODO**]

ADALBERT 1301–1397 ⚭ GERDA BOFFIN

FILIBERT 1342–1443 ⚭ **PAPOULA ROLIÇO-BOLSEIRO**

ADALGAR 1215–1314

RUDIGAR 1255–1348 ⚭ BELBA BOLSEIRO

HERUGAR 1295–1390 ⚭ JASMINA BOFFIN

ODOVOCAR 1336–1431 ⚭ **ROSAMUNDA TÚK**

FREDEGAR 1380

[**MERIADOC**] ⚭ **ESTELA** 1385

BUFFO BOFFIN ⚭ HERA BEMBOM

BOSCO
1167–1258

BASSO
1169
Dizem que
se fez ao mar
em 1195

BRIFO
1170
(mudou-se
para Bri
em 1210)

BERILA
1172 ⚭ BALBO
BOLSEIRO

[LARGO]

[MUNGO]

[LAURA] ⚭ [BILBO]

[FRODO]

OTTO, o GORDO
1212–1300 ⚭ LAVANDA FOSSADOR

BLANCO
JUSTA-CORREIA ⚭ PRÍMULA
1265

OTHO
SACOLA-BOLSEIRO ⚭ [LOBÉLIA]
1318–1420

[LOTHO
SACOLA-BOLSEIRO]

[BRUNO
JUSTA-CORREIA]
1313–1410

SEREDIC ⚭ HILDA
BRANDEBUQUE 1354

HUGO
JUSTA-CORREIA
1350

HUGO
1254–1345 ⚭ DONAMIRA TÚK

UFFO
1257 ⚭ SAFIRA TEXUGO

ROLLO
1260 ⚭ DRUDA COVAS

ADALBERT ⚭ GERDA
BOLGER 1304–1404
Q. V.

GRUFFO
1300–1399

GRIFO ⚭ MARGARIDA
1346 BOLSEIRO

TOSTO
1388

(VÁRIOS
DESCENDENTES)

JAGO
1294–1386

HERUGAR ⚭ JASMINA
BOLGER 1297

VIGO
1337–1430

[FREDEGAR]

FOLCO
1378

BOFFINS DA BAIXADA

Tûks de Grandes Smials

(décimo main da linha dos Tûk)
1020–1122

★ Isumbras III
1066–1159

Bandobras
(Berratouro)
1104–1206

Muitos descendentes incluindo os Tûk
do Norte da Frincha Longa

★ Ferumbras II
1101–1201

★ Fortimbras I
1145–1248

Gerontius, ⚭ Adamanta
o Velho Tûk   Roliço
1190–1320

★ Isengrim III
1232–1330
(sem filhos)

Hildigard
(morreu jovem)

Hildigrim ⚭ Rosa
1240–1341   Bolseiro

Adalgrim
1280–1382

Isembard
1247–1346

Flambard
1287–1389

Adelard
1328–1423

★ Isumbras IV
1238–1339

★ Fortimbras II
1278–1380

★ Ferumbras III
1316–1415
(solteiro)

Hildibrand
1249–1334

Sigismond
1290–1391

Isembold
1242–1346

(muitos
descendentes)

Hildifons
1244
(saiu numa
jornada
e nunca
mais voltou)

Bungo ⚭ Beladona
Bolseiro   1252–1334

Hugo ⚭ Donamira
Boffin   1256–1348

Ferdinand
1340

[Bilbo]

Ferdibrand
1383

Gorbadoc ⚭ Mirabela
Brandebuque 1260–1360
Q. v.

[Seis filhos]

[Prímula] ⚭

Isengar
1262–1360
(disse que
"se fez ao mar"
em sua
juventude)

[Frodo]

Odovacar ⚭ Rosamunda
Bolger   1336

[Fredegar]
1380

Everard
1380

Reginard ⚭ Duas filhas
1369

[Meriadoc] ⚭ [Estela]
1385

Saradoc ⚭ Esmeralda
Brandebuque 1336

Paladin II ⚭ Eglantina
1333–1434   Ladeira

Três filhas

★ Peregrin I ⚭ Diamantina
1390   da Frincha Longa
                1395

Pervinca
1385

Pimpinela
1379

Pérola
1375

★ Faramir I ⚭ Cachinhos D'ouro,
1420   filha de mestre Samwise

BRANDEBUQUES DA TERRA-DOS-BUQUES

GORHENDAD VELHOBUQUE DO PÂNTANO, c. 740, começou a construção da *Mansão do Brandevin* e mudou o nome da família para *Brandebuque*.

GORMADOC "CAVAFUNDO" 1134–1236 ⚭ MALVA TEIMÃO

MADOC "NUCALTIVA" 1175–1277 ⚭ HANNA VALEOURO

MARMADOC "IMPERIOSO" 1217–1310 ⚭ ADALDRIDA BOLGER

SADOC 1179

MARROC — (muitos descendentes)

DOIS FILHOS

GUNDABALD BOLGER ⚭ SÁLVIA 1226

(vários descendentes)

GORBADOC "CINTOLARGO" 1260–1363 ⚭ MIRABELA TÚK

(DUAS FILHAS)

ORGULAS 1268

GORBULAS 1308

MARMADAS 1343

DODINAS

DINODAS

DROGO BOLSEIRO ⚭ PRÍMULA 1320–1380

[FRODO] BOLSEIRO

MERIMAS 1381

MENTA 1383

MELILOTA 1385

RORIMAC "PAI-D'OURO" (VELHO RORY) 1302–1408 ⚭ MENEGILDA OIRO

SARADAS 1308–1407

RUFUS COVAS ⚭ ASFODÉLIA 1313–1412

[MILO COVAS] 1347 ⚭ [PEÓNIA BOLSEIRO]

AMARANTA 1304–1398

MERIMAC 1342–1430

SEREDIC 1348 ⚭ HILDA JUSTA-CORREIA

BERILAC 1380

DODERIC 1389

ILBERIC 1391

CELIDÓNIA 1394

SARADOC "ESPALHA-OURO" 1340–1432 ⚭ ESMERALDA TÚK

MERIADOC "O MAGNÍFICO" 1382 ⚭ ESTELA BOLGER 1385

ÁRVORE GENEALÓGICA de MESTRE SAMWISE

(mostrando também o surgimento das famílias *Jardineiro da Colina* e *Lindofilho das Torres*)

Nesta árvore aparecem as grafias: Gamgi, Gamgi, Gamgigi, Gamigi e Gampsi. [N. T.]

1160

WISEMAN GAMPSI 1200
(mudou-se para o Campo-da-Corda)

HOLMAN, DA MÃO-VERDE, DA VILA DOS HOBBITS 1210

COTTAR 1220

HOB GAMIGI O CORDOEIRO ("VELHO GAMIGI") 1246

SORVEIRA 1249

HALFRED MÃO-VERDE 1251 (JARDINEIRO)

ERLING 1254

ROSA 1262 & COTMAN 1260

CARL 1263

ANDWISE CORDOEIRO DO CAMPO-DA-CORDA ("ANDY")

HOBSON (CORDOEIRO GAMIGI) 1285–1384

HOLMAN MÃO-VERDE 1292

HOLMAN ("HOM COMPRIDO") DE BEIRÁGUA 1302

ANSON 1331

HAMFAST (HAM GAMGI), O FEITOR 1326–1428

CAMPÁNULA BONFILHO

MAIANA 1328

HALFRED DE SOBREMONTE 1332

TOLMAN VILLA ("TOM") 1341–1440 & LILI CASTANHO

HAMSON 1369 (foi ter com seu tio, o cordoeiro)

HALFRED 1369 (mudou-se para a Quarta Norte)

MARGARIDA 1372

MAIANA 1376

SAMWISE (JARDINEIRO) 1380

CALÊNDULA 1383 & TOLMAN (TOM) 1380

HALFAST 1372

BOWMAN (NICK) 1386

CARL (FESSOR) 1389

WILCOME (RISONHO) 1384

ELANOR, A BELA 1421 & FASTRED DE ILHAVERDE

FRODO JARDINEIRO 1423

ROSA 1425

MERRY 1427

PIPPIN 1429

CACHINHOS D'OURO 1431 & FARAMIR I, FILHO DO THAIN PEREGRIN I

HAMFAST 1432

MARGARIDA 1433

PRÍMULA 1435

BILBO 1436

RUBI 1438

ROBIN 1440

TOLMAN (TOM) 1442

HOLFAST JARDINEIRO 1462

HARDING DA COLINA 1501

WILCOME ("WILL") 1346

ROSA 1384

MARGARIDA 1433

Mudaram-se para o Marco Ocidental, uma região recém-colonizada (dádiva do Rei Elessar) entre as Colinas Distantes e as Colinas das Torres. Deles descendem os *Lindofilhos das Torres*, Guardiões do Marco Ocidental, que herdaram o Livro Vermelho e fizeram diversas cópias, com várias notas e adições posteriores.

Apêndice D

CALENDÁRIO DO CONDADO
PARA SER USADO EM TODOS OS ANOS

(1) *Posiule*					(4) *Luzal*					(7) *Poslite*					(10) *Cerrinverno*			
IULE 7	14	21	28		1	8	15	22	29	LITE 7	14	21	28		1	8	15	22	29
1	8	15	22	29	2	9	16	23	30	1	8	15	22	29	2	9	16	23	30
2	9	16	23	30	3	10	17	24	—	2	9	16	23	30	3	10	17	24	—
3	10	17	24	—	4	11	18	25	—	3	10	17	24	—	4	11	18	25	—
4	11	18	25	—	5	12	19	26	—	4	11	18	25	—	5	12	19	26	—
5	12	19	26	—	6	13	20	27	—	5	12	19	26	—	6	13	20	27	—
6	13	20	27	—	7	14	21	28	—	6	13	20	27	—	7	14	21	28	—

(2) *Lodal*					(5) *Trimunge*					(8) *Erval*					(11) *Seival*			
—	5	12	19	26	—	6	13	20	27	—	5	12	19	26	—	6	13	20	27
—	6	13	20	27	—	7	14	21	28	—	6	13	20	27	—	7	14	21	28
—	7	14	21	28	1	8	15	22	29	—	7	14	21	28	1	8	15	22	29
1	8	15	22	29	2	9	16	23	30	1	8	15	22	29	2	9	16	23	30
2	9	16	23	30	3	10	17	24	—	2	9	16	23	30	3	10	17	24	—
3	10	17	24	—	4	11	18	25	—	3	10	17	24	—	4	11	18	25	—
4	11	18	25	—	5	12	19	26	—	4	11	18	25	—	5	12	19	26	—

(3) *Glorial*					(6) *Prelite*					(9) *Rital*					(12) *Preiule*			
—	3	10	17	24	—	4	11	18	25	—	3	10	17	24	—	4	11	18	25
—	4	11	18	25	—	5	12	19	26	—	4	11	18	25	—	5	12	19	26
—	5	12	19	26	—	6	13	20	27	—	5	12	19	26	—	6	13	20	27
—	6	13	20	27	—	7	14	21	28	—	6	13	20	27	—	7	14	21	28
—	7	14	21	28	1	8	15	22	29	—	7	14	21	28	1	8	15	22	29
1	8	15	22	29	2	9	16	23	30	1	8	15	22	29	2	9	16	23	30
2	9	16	23	30	3	10	17	24 LITE	2	9	16	23	30	3	10	17	24 IULE

Dia do Meio-do-Ano
(Sobrelite)

Todos os anos começavam no primeiro dia da semana, sábado, e terminavam no último dia da semana, sexta-feira. O Dia do Meio-do-Ano, e nos Anos Bissextos o Sobrelite, não tinham nome de dia da semana. O Lite antes do Dia do Meio-do-Ano era

APÊNDICE D

chamado de 1º Lite, e o posterior, de 2º Lite. O Iule do final do ano era 1º Iule, e o do começo era 2º Iule. O Sobrelite era um dia de festejos especiais, mas não ocorreu em nenhum dos anos importantes da história do Grande Anel. Ocorreu em 1420, o ano da famosa colheita e do verão maravilhoso, e as comemorações naquele ano, ao que se diz, foram as maiores nas lembranças e nos registros.

OS CALENDÁRIOS

O Calendário do Condado diferia do nosso em vários aspectos. O ano, sem dúvida, tinha o mesmo comprimento,[1] pois, por longínquos que aqueles tempos sejam agora considerados em anos e vidas de homens, não eram muito remotos de acordo com a memória da Terra. Foi registrado pelos Hobbits que não tinham "semana" quando eram ainda um povo errante e, apesar de terem "meses", governados mais ou menos pela Lua, seu registro de datas e seus cálculos do tempo eram vagos e inexatos. Nas terras ocidentais de Eriador, quando haviam começado a se assentar, adotaram o Registro dos Reis, dos Dúnedain, que era remotamente de origem eldarin; mas os Hobbits do Condado introduziram diversas alterações menores. Esse calendário, ou "Registro do Condado", como o chamavam, acabou sendo adotado também em Bri, exceto pelo uso, no Condado, de contar como Ano 1 aquele da colonização do Condado.

Muitas vezes é difícil descobrir, a partir de antigos contos e tradições, informações precisas sobre coisas que as pessoas conheciam bem e consideravam evidentes em seu próprio tempo (como os nomes das letras, ou dos dias da semana, ou os nomes e comprimentos dos meses). Mas, devido ao seu interesse geral pela genealogia e ao interesse pela história antiga que os eruditos entre eles desenvolveram após a Guerra do Anel, os hobbits do Condado parecem ter-se ocupado bastante com datas; e chegaram a montar tabelas complicadas que mostravam a relação de seu próprio sistema com os outros. Não tenho habilidade nestes assuntos e posso ter cometido muitos erros; mas, de qualquer maneira, a cronologia dos anos cruciais R.C. 1418, 1419 está tão cuidadosamente

---

[1] 365 dias, 5 horas, 48 minutos e 46 segundos. [N. A.]

1576

exposta no *Livro Vermelho* que não pode haver grande dúvida sobre dias e épocas nesse ponto.

Parece claro que os Eldar da Terra-média — que, como observou Samwise, tinham mais tempo à disposição — calculavam em períodos longos, e a palavra quenya *yén*, muitas vezes traduzida por "ano" (pp. 531–32), significa na realidade 144 dos nossos anos. Os Eldar preferiam calcular em múltiplos de seis e doze, na medida do possível. Um "dia" do sol era chamado de *ré* e calculado de um pôr do sol ao outro. O *yén* continha 52.596 dias. Para fins rituais, não práticos, os Eldar observavam uma semana, ou *enquië,* de seis dias; e o *yén* continha 8.766 dessas *enquier,* calculadas continuamente por todo o período.

Na Terra-média os Eldar observavam também um período breve, ou ano solar, chamado de *coranar,* ou "ronda-do-sol", quando era considerado mais ou menos astronomicamente, mas normalmente chamado de *loa,* ou "crescimento", (especialmente nas terras no noroeste), quando se consideravam primariamente as mudanças sazonais da vegetação, como era usual entre os Elfos em geral. O *loa* era subdividido em períodos que poderiam ser considerados meses longos ou estações curtas. Sem dúvida eles variavam nas diferentes regiões; mas os Hobbits só forneceram informações a respeito do Calendário de Imladris. Nesse calendário havia seis dessas "estações", cujos nomes em quenya eram *tuilë, lairë, yávië, quellë, hrívë, coirë,* que podem ser traduzidos por "primavera, verão, outono, desvanecimento, inverno, agitação". Os nomes em sindarin eram *ethuil, laer, iavas, firith, rhîw, echuir.* O "desvanecimento" também era chamado de *lasse-lanta,* ou "queda-das-folhas", ou em sindarin *narbeleth*, "míngua-do-sol".

Lairë e *hrívë* continham 72 dias cada um, e os demais, 54 cada. O *loa* começava com *yestarë*, o dia imediatamente anterior a *tuilë*, e terminava com *mettarë*, o dia imediatamente após *coirë*. Entre *yávië* e *quellë* inseriam-se três *enderi,* ou "dias-medianos". Isso produzia um ano de 365 dias que era suplementado dobrando os *enderi* (acrescentando 3 dias) a cada doze anos.

Não é certo como lidavam com as inexatidões resultantes. Se o ano era então do mesmo comprimento que agora, o *yén* seria demasiado longo em mais de um dia. O fato de haver inexatidão

APÊNDICE D

é demonstrado por uma nota nos Calendários do *Livro Vermelho*, dizendo que no "Registro de Valfenda" o último ano de cada terceiro *yén* era abreviado em três dias: a duplicação dos três *enderi* que devia ocorrer naquele ano era omitida; "mas isso não ocorreu em nosso tempo". Sobre o ajuste de inexatidóes remanescentes não há registro.

Os Númenóreanos alteraram esses arranjos. Dividiram o *loa* em períodos mais curtos, de comprimento mais regular; e aderiram ao costume de começar o ano no meio do inverno, que fora usado na Primeira Era pelos Homens do Noroeste dos quais descendiam. Mais tarde também passaram a usar a semana de 7 dias e calcula-vam o dia desde um nascer do sol (do mar oriental) até o próximo.

O sistema númenóreano, conforme usado em Númenor, em Arnor e Gondor até o fim dos reis, foi chamado de Registro dos Reis. O ano normal tinha 365 dias. Era dividido em doze *astar*, ou meses, dez dos quais tinham 30 dias, e dois tinham 31. Os *astar* longos eram os que ficavam de um e outro lado do Meio-do-Ano, aproximadamente nosso junho e julho. O primeiro dia do ano era chamado de *yestarë*, o dia mediano (183º) era chamado de *loëndë*, e o último dia, de *mettarë*; esses 3 dias não pertenciam a nenhum mês. A cada quatro anos, exceto no último ano do século (*haranyë*), dois *enderi*, ou "dias-medianos", tomavam o lugar do *loëndë*.

Em Númenor, o cálculo começou na S.E. 1. O déficit causado pela subtração de 1 dia do último ano do século só era ajustado no último ano de um milênio, deixando um déficit milenar de 4 horas, 46 minutos e 40 segundos. Este acréscimo foi feito em Númenor na S.E. 1000, 2000, 3000. Após a Queda, na S.E. 3319, o sistema foi mantido pelos exilados, mas deslocou-se muito devido ao começo da Terceira Era com uma nova numeração: S.E. 3442 tornou-se T.E. 1. Fazendo de T.E. 4 um ano bissexto, em vez de T.E. 3 (S.E. 3444), foi introduzido mais 1 ano curto de apenas 365 dias, cau-sando um déficit de 5 horas, 48 minutos e 46 segundos. Os acrésci-mos milenares foram feitos com 441 anos de atraso: em T.E. 1000 (S.E. 4441) e T.E. 2000 (S.E. 5441). Para reduzir os erros assim causados e o acúmulo dos déficits milenares, Mardil, o Regente, promulgou um calendário revisado que teria efeito a partir de T.E. 2060, após uma adição especial de 2 dias a 2059 (S.E. 5500), que concluiu 5½ milênios desde o início do sistema númenóreano. Mas isso ainda deixava cerca de 8 horas de déficit. Hador acrescentou 1 dia a 2360, apesar de a deficiência ainda não ter atingido totalmente essa grandeza. Depois disso não foram mais feitos ajustes. (Em T.E. 3000, com a ameaça de guerra iminente, tais assuntos foram negligenciados.) Pelo fim da terceira Era, depois de mais 660 anos, o Déficit ainda não tinha chegado a 1 dia.

O Calendário Revisado introduzido por Mardil foi chamado de Registro dos Regentes e acabou sendo adotado pela maior parte dos usuários da língua westron, exceto pelos Hobbits. Os meses eram todos de 30 dias, e introduziram-se 2 dias exteriores aos meses: 1 entre o terceiro e o quarto mês (março, abril) e 1 entre o nono e o décimo (setembro, outubro). Esses 5 dias exteriores aos meses, *yestarë*, *tuilérë*, *loëndë*, *yáviérë* e *mettarë*, eram feriados.

Os Hobbits eram conservadores e continuaram usando uma forma do Registro dos Reis adaptada para se adequar aos seus próprios costumes. Seus meses eram todos iguais e tinham 30 dias cada um; mas eles tinham 3 Dias Estivais, que no Condado se chamavam Lite ou Dias-de-Lite, entre junho e julho. O último dia do ano e o primeiro do ano seguinte eram chamados de Dias-de-Iule. Os Dias-de-Iule e os Dias-de-Lite permaneceram exteriores aos meses, de forma que 1º de janeiro era o segundo dia do ano, não o primeiro. A cada quatro anos, exceto no último dia do século,[2] havia quatro Dias-de-Lite. Os Dias-de-Lite e os Dias-de-Iule eram os principais feriados e épocas de festejo. O Dia-de-Lite adicional era acrescentado após o Dia do Meio-do-Ano, e, assim, o 184º dia dos Anos Bissextos era chamado de Sobrelite e era um dia de diversão especial. No total, a Época-de-Iule durava seis dias, incluindo os três últimos e os três primeiros dias de cada ano.

O povo do Condado introduziu uma pequena inovação própria (que acabou sendo adotada também em Bri), que chamaram de Reforma-do-Condado. Achavam irregular e inconveniente o deslocamento dos nomes dos dias da semana em relação às datas, de um ano para o outro. Assim, na época de Isengrim II, convieram que o

---

[2]No Condado, onde o Ano 1 correspondia a T.E. 1601. Em Bri, onde o Ano 1 correspondia a T.E. 1300, era o primeiro ano do século. [N. A.]

dia extra que interferia na sucessão não deveria ter nome de dia da semana. Depois disso, o Dia do Meio-do-Ano (e o Sobrelite) passou a ser conhecido apenas pelo nome e não pertencia a nenhuma semana (p. 257). Como consequência dessa reforma, o ano sempre começava no Primeiro Dia da semana e terminava no Último Dia; e a mesma data, em qualquer dado ano, tinha o mesmo nome de dia da semana em todos os demais anos, de forma que o povo do Condado não se preocupava mais em registrar o dia da semana em suas cartas ou seus diários.[3] Achavam isso bem conveniente em casa, mas nem tão conveniente quando chegavam a viajar além de Bri.

Nas notas anteriores, bem como na narrativa, usei nossos nomes modernos tanto para os meses como para os dias da semana, apesar de, logicamente, nem os Eldar, nem os Dúnedain, nem os Hobbits fazerem isso. A tradução dos nomes em westron pareceu ser essencial para evitar confusão, enquanto que as implicações sazonais de nossos nomes são mais ou menos as mesmas, pelo menos no Condado. Parece, porém, que se pretendia que o Dia do Meio-do-Ano correspondesse tanto quanto possível com o solstício de verão. Nesse caso, as datas do Condado estavam de fato uns dez dias adiantadas em relação às nossas, e nosso Dia do Ano Novo correspondia mais ou menos ao 9 de janeiro do Condado.

Em westron, os nomes em quenya dos meses normalmente foram mantidos, assim como os nomes latinos agora são amplamente usados em outros idiomas. Eram: *narvinyë, nénimë, súlimë, víressë, lótessë, nárië, cermië, úrimë, yavannië, narquelië, hísimë, ringarë*. Os nomes em sindarin (usados apenas pelos Dúnedain) eram: *narwain, nínui, gwaeron, gwirith, lothron, nórui, cerveth, urui, ivanneth, narbeleth, hithui, girithron*.

Nessa nomenclatura, porém, os Hobbits, tanto do Condado como de Bri, divergiam do uso em westron e aderiam a seus

---

[3]Pode-se notar, observando um Calendário do Condado, que o único dia da semana em que não começava nenhum mês era a sexta-feira. Assim, tornou-se uma expressão jocosa no Condado dizer "na sexta-feira, dia primeiro" quando se fazia referência a um dia que não existia, ou a um dia em que poderiam ocorrer eventos muito improváveis como porcos voando ou (no Condado) árvores caminhando. A expressão completa era "na sexta-feira, dia primeiro de cerrestio". [N. A.]

próprios e antiquados nomes locais, que parecem ter obtido na antiguidade dos Homens dos vales do Anduin; seja como for, nomes semelhantes se encontravam em Valle e Rohan (ver as notas sobre as línguas, pp. 1609–10, 1617–18). Os significados desses nomes, criados pelos Homens, tinham em regra sido esquecidos havia muito tempo pelos Hobbits, mesmo nos casos em que originalmente sabiam o que queriam dizer; e como consequência, as formas dos nomes ficaram muito obscurecidas.

Os nomes do Condado estão expostos no Calendário. Pode-se notar que *trimunge* era muitas vezes escrito *triamojo*. Em Bri os nomes diferiam; eram *gelal, lodal, glorial, brotal, trimunge, lite, os dias estivais, pradal, erval, segal, invernal, seival* e *iule. Gelal, brotal* e *iule* eram também usados na Quarta Leste.[4]

A semana dos Hobbits foi tomada dos Dúnedain, e os nomes eram traduções daqueles dados aos dias no antigo Reino-do-Norte, que por sua vez derivavam dos Eldar. A semana de seis dias dos Eldar tinha dias dedicados a, ou nomeados conforme: as Estrelas, a Sol, o Lua, as Duas Árvores, o Céu e os Valar (ou Poderes), nessa ordem, sendo o último dia o principal da semana. Seus nomes em quenya eram *elenya, anarya, isilya, aldúya, nenelya* e *valanya* (ou *tárion*); os nomes em sindarin eram *orgilion, oranor, orithil, orgaladhad, ormenel* e *orbelain* (ou *rodyn*).

Os Númenóreanos mantiveram as dedicações e a ordem, mas alteraram o quarto dia para *aldëa* (*orgaladh*), com referência apenas à Árvore Branca, de que se cria ser descendente Nimloth, que crescia na Corte do Rei em Númenor. Também, como desejavam um sétimo dia e eram grandes navegantes, inseriram um "Dia do Mar", *eärenya* (*oraearon*), após o Dia do Céu.

Os Hobbits assumiram esse arranjo, mas os significados de seus nomes traduzidos logo foram esquecidos, ou não receberam mais atenção, e as formas foram muito reduzidas, especialmente na

---

[4]Em Bri era um chiste falar do "cerrinverno no Condado (lamacento)", mas, de acordo com o povo do Condado, invernal era uma alteração em Bri do nome mais antigo, que originalmente se referia ao encerramento ou à completude do ano antes do inverno e descendia de épocas anteriores à adoção plena do Registro dos Reis, quando seu ano novo começava após a colheita. [N. A.]

APÊNDICE D

pronúncia cotidiana. A primeira tradução dos nomes númenórea-nos provavelmente foi feita dois mil anos ou mais antes do final da Terceira Era, quando a semana dos Dúnedain (a componente de seu registro mais cedo adotada pelos demais povos) foi assumida pelos Homens do Norte. Assim como aconteceu com seus nomes dos meses, os Hobbits aderiram a essas traduções apesar de alhures, na área do westron, se usarem os nomes em quenya.

Não foram conservados muitos documentos antigos no Condado. No final da Terceira Era o resquício de longe mais notável era a Pele Amarela, ou Anuário de Tuqueburgo.[5] Seus registros mais antigos parecem ter começado pelo menos novecentos anos antes da época de Frodo; e muitos são citados nos anais e nas genealogias do *Livro Vermelho*. Nestes, os nomes dos dias da semana constam em formas arcaicas, sendo estas as mais antigas: (1) *aster-dies*, (2) *sol-dies*, (3) *luna-dies*, (4) *arbor-dies*, (5) *cælo-dies*, (6), *aquo-dies*, (7) *nobili-dies*. Na linguagem da época da Guerra do Anel tinham se tornado *astres, soles, lues*, árbores, *celes, aques, nobles*.

Também traduzi estes nomes para os nossos próprios, naturalmente começando por domingo e segunda-feira, que correspondem ao *soles* e *lues* da semana do Condado, e renomeando os demais em ordem. Deve-se notar, porém, que as associações dos nomes eram bem diferentes no Condado. O último dia da semana, a sexta-feira (nobles), era o principal, dia feriado (após o meio-dia) e de banquetes ao anoitecer. Assim, o sábado corresponde mais proximamente à nossa segunda-feira, e a quinta-feira, ao nosso sábado.[6]

Podem ser mencionados alguns outros nomes que se referem ao tempo, mas que não eram usados em cálculos precisos. As estações normalmente mencionadas eram *tuilë*, primavera, *lairë*, verão, *yávië*, outono (ou colheita), *hrívë*, inverno; mas elas não tinham definições exatas, e *quellë* (ou *lasselanta*) também era usado para a parte final do outono e o começo do inverno.

---

[5]Registrando nascimentos, casamentos e mortes nas famílias Tûk, bem como assuntos como vendas de terras e diversos eventos do Condado. [N. A.]
[6]Portanto, na canção de Bilbo (pp. 242–44) usei sábado e domingo em vez de quinta-feira e sexta-feira. [N. A.]

O Eldar davam especial atenção ao "crepúsculo" (nas regiões setentrionais), especialmente como tempos de desvanecimento e aparição das estrelas. Tinham muitos nomes para esses períodos, sendo os mais usuais *tindómë* e *undómë*; o primeiro referia-se mormente ao período próximo do amanhecer, e *undómë*, ao entardecer. O nome em sindarin era *uial*, que podia ser definido como *minuial* e *aduial*. No Condado costumavam ser chamados de *matinturvo* e *vesperturvo*. Ver Lago Vesperturvo como tradução de Nenuial.

O Registro do Condado e suas datas são os únicos que têm importância na narrativa da Guerra do Anel. Todos os dias, meses e datas do *Livro Vermelho* estão traduzidos em termos do Condado, ou igualados a eles nas notas. Portanto, em todo *O Senhor dos Anéis,* os meses e dias se referem ao Calendário do Condado. Os únicos pontos em que as diferenças entre ele e o nosso calendário são importantes para a história no período crucial, o final de 3018 e o início de 3019 (R.C. 1418, 1419), são estes: outubro de 1418 tem apenas 30 dias, 1º de janeiro é o segundo dia de 1419, e fevereiro tem 30 dias; de modo que 25 de março, a data da queda da Barad-dûr, corresponderia ao nosso 27 de março, se nossos anos começassem no mesmo ponto sazonal. No entanto, a data era 25 de março tanto no Registro dos Reis como no dos Regentes.

O Novo Registro foi iniciado no Reino Restaurado em T.E. 3019. Representou um retorno ao Registro dos Reis adaptado para se ajustar a um início na primavera, como o *loa* eldarin.[7]

No Novo Registro o ano começava em 25 de março pelo estilo antigo, comemorando a queda de Sauron e os feitos dos Portadores-do-Anel. Os meses mantiveram seus nomes anteriores, e agora começavam por *víressë* (abril), mas se referiam a períodos que em geral começavam cinco dias mais cedo que antes. Todos os meses tinham 30 dias. Havia 3 *enderi,* ou dias-medianos, (o segundo dos quais era chamado de *loëndë*), entre *yavannië* (setembro) e *narquelië* (outubro), que correspondiam a 23, 24 e 25 de setembro pelo estilo antigo. Mas em homenagem a Frodo, 30 de *yavannië*,

---

[7]Porém na verdade o *yestarë* do Novo Registro ocorria mais cedo que no Calendário de Imladris, em que correspondia mais ou menos a 6 de abril do Condado. [N. A.]

que correspondia ao 22 de setembro anterior, seu aniversário, foi declarado festival, e o ano bissexto era acertado duplicando essa festividade, chamada de *Cormarë,* ou Dia-do-Anel.

Considerou-se que a Quarta Era começou com a partida do Mestre Elrond, que ocorreu em setembro de 3021; mas para fins de registro no Reino o ano 1 da Quarta Era foi aquele que começou, de acordo com o Novo Registro, em 25 de março de 3021, pelo estilo antigo.

Esse registro, no decurso do reinado do Rei Elessar, foi adotado em todas as suas terras, exceto no Condado, onde o calendário antigo foi mantido e prosseguiu o Registro do Condado. O ano 1 da Quarta Era, portanto, chamou-se 1422; e, na medida em que os Hobbits deram alguma atenção à mudança de Era, afirmavam que ela começou em 2 Iule de 1422, e não no mês de março anterior.

Não há registro de que o povo do Condado comemorasse 25 de março ou 22 de setembro; mas na Quarta Oeste, especialmente na região em torno da Colina da Vila-dos-Hobbits, surgiu o costume de festejos e danças no Campo da Festa, quando o tempo permitia, em 6 de abril. Alguns diziam que era o aniversário do velho Sam Jardineiro, outros diziam que era o dia em que a Árvore Dourada floriu pela primeira vez em 1420, e outros, que era o Ano Novo dos Elfos. Na Terra-dos-Buques, a Trombeta da Marca era tocada ao pôr do sol todos os dias 2 de novembro, e, em seguida, acendiam fogueiras e faziam banquetes.[8]

---

[8]Aniversário da primeira vez em que foi tocada no Condado, em 3019. [N. A.]

Apêndice E

ESCRITA E GRAFIA[1]

I

PRONÚNCIA DE PALAVRAS E NOMES

O westron, ou fala comum, foi inteiramente traduzido em equivalentes em português. Todos os nomes de Hobbits e suas palavras especiais devem ser pronunciadas de acordo: por exemplo, *Bolger* tem o *g* de *rugir*, e *mathom* rima com *fathom* [em inglês].

Na transcrição das grafias antigas, tentei representar os sons originais (na medida em que podem ser determinados) com razoável precisão e produzir ao mesmo tempo palavras e nomes que não pareçam desajeitados em letras modernas. O quenya, ou alto-élfico, foi grafado tão semelhante ao latim quanto seus sons o permitiam. Por esse motivo preferiu-se o *c* ao *k* em ambas as línguas eldarin.

Os seguintes pontos podem ser observados pelos que se interessam por tais detalhes.

CONSOANTES

C   sempre tem o valor de *k*, mesmo antes de *e* e *i*: *celeb* "prata" deve ser pronunciado como *keleb*.

CH   só é usado para representar o som ouvido em *bach* (em alemão ou galês), não o do português *chapéu*. Exceto no final das palavras e antes de *t*, esse som era reduzido a *h* na fala de Gondor, e essa mudança foi reconhecida em alguns nomes, como *Rohan, Rohirrim*. (*Imrahil* é um nome númenóreano.)

---

[1]No original esta seção se refere ao idioma inglês e a seus sons. Na presente tradução, foi adaptada — seguindo os princípios do autor — para a língua portuguesa e sua fonologia, com explicações sobre a fonética alheia quando estas se fazem necessárias. Inserções especiais do tradutor estão entre colchetes [ ]. [N. T.]

APÊNDICE E

DH representa o *th* sonoro do inglês *these, clothes*. [É um som de *z* pronunciado com a ponta da língua tocando os dentes superiores.] Normalmente relaciona-se com *d*, como em síndarin *galadh*, "árvore", comparado com quenya *alda*; mas às vezes deriva de *n+r*, como em *Caradhras*, "Chifre-vermelho", de *caran-rass*.

F representa *f*, exceto no final das palavras, onde se usa para representar o som de *v* (como no português *vão*): *Nindalf, Fladrif*.

G só tem o som de *g* como em *gato, gota*; *gil* "estrela", em *Gildor, Gilraen, Osgiliath*, começa como *guiar* em português.

H isolado, sem outra consoante, tem o som de *h* em *house, behold* em inglês. A combinação *ht* em quenya tem o som de *cht*, como no alemão *echt, acht* [semelhante ao *ch* de *Bach*, aspirado no fundo da garganta]: por exemplo, no nome *Telumehtar* "Órion".[2] Ver também CH, DH, L, R, TH, W, Y.

I inicialmente, antes de outra vogal, tem o som consonantal de *y* em *Yara*, apenas em sindarin: como em *Ioreth, Iarwain*. Ver Y.

K usa-se em nomes retirados de línguas não élficas, com o mesmo valor de *c*; assim, *kh* representa o mesmo som que *ch* no órquico *grishnákh*, ou no adûnaico (númenóreano) *adûnakhôr*. Sobre o anânico (khuzdul), ver a seção "Nota", p. 1591.

L representa mais ou menos o som do *l* inicial em português, como em *ler*. No entanto, era em certo grau "palatalizado" [assemelhado ao *lh* do português] entre *e, i* e uma consoante, ou em posição final após *e, i*. (Os Eldar provavelmente transcreveriam as palavras portuguesas *mal, sol* como *maol, sóul*.) LH representa esse som quando é surdo (normalmente derivado do *sl-* inicial). No quenya (arcaico) ele se escreve *hl*, mas na Terceira Era usualmente se pronunciava como *l*.

NG representa o *ng* de *manga*, exceto em posição final, onde soava como na palavra inglesa *sing* [em que o som do *g* é

---

[2]Normalmente chamado em sindarin de *Menelvagor* (p. 143), quenya *Menelmacar*. [N. A.]

apagado e pronuncia-se apena o *n*]. Este último som também ocorria inicialmente em quenya, mas foi transcrito *n* (como em *Noldo*), de acordo com a pronúncia da Terceira Era.

PH tem o mesmo som que *f*. Usa-se *(a)* quando o som de *f* ocorre no final de uma palavra, como em *alph* "cisne"; *(b)* quando o som de *f* é relacionado com ou derivado de *p*, como em *i-Pheriannath* "os Pequenos" (*perian*); *(c)* no meio de algumas poucas palavras onde representa um *ff* longo (de *pp*), como em *Ephel* "cerca exterior"; e *(d)* em adûnaico e westron, como em *Ar-Pharazôn* (*pharaz* "ouro").

QU foi usado para *cw* [o som de *qu* no português *quatro*], uma combinação muito frequente em quenya, apesar de não ocorrer em sindarin.

R representa um *r* vibrante [como no português *caro*] em todas as posições; o som não se perdia antes de consoantes (como no inglês *part* [que na variedade europeia do inglês costuma ser pronunciado como *paht*]). Dizem que os Orques e alguns Anãos usavam um *r* posterior ou uvular [semelhante ao *rr* do português *carro*], um som que os Eldar consideravam desagradável. RH representa um *r* surdo (usualmente derivado de um *sr-* inicial mais antigo). Era grafado *hr* em quenya. Ver L.

S é sempre surdo, como no português *sou, quis*; o som de *z* não ocorria no quenya ou no sindarin contemporâneos. SH, que ocorre em westron, anânico e órquico, representa sons semelhantes ao *ch* português.

TH representa o *th* surdo do inglês *thin, cloth*. [É um som de *s* pronunciado com a ponta da língua tocando os dentes superiores.] Ele se tornara *s* em quenya falado, apesar de ainda ser grafado com uma letra diferente; como em quenya *Isil* e sindarin *Ithil*, "Lua".

TY representa um som provavelmente semelhante ao português *teatro* [quando pronunciado com duas sílabas: *tya-tro*, não *te-a-tro*]. Derivava mormente de *c* ou de *t+y*. O som do *ch* inglês [*tch*], que era frequente em westron, normalmente era usado em seu lugar por falantes desse idioma. Ver HY em Y.

V tem o som do *v* português, mas não se usa em posição final. Ver F.

APÊNDICE E

W   tem o som do *w* inglês [em português, a semivogal *u* de *quatro*]. HW é um *w* surdo, como no inglês *white* (na pronúncia do norte). Não era um som inicial incomum em quenya, por muito que não pareçam ocorrer exemplos neste livro. Tanto *v* como *w* são usados na transcrição do quenya, a despeito da assimilação de sua grafia ao latim, visto que ambos os sons, de origens distintas, ocorriam na língua.

Y   é usado em quenya para a consoante [semivogal] *y*, como no português *Yara*. Em sindarin *y* é vogal (ver seção a seguir). HY tem a mesma relação com *y* que HW com *w*, e representa um som semelhante ao que se costuma ouvir nas palavras inglesas *hew*, *huge* [*hy*]; o *h* do quenya *eht*, *iht* tinha o mesmo som. O som do *ch* português, que era comum em westron, frequentemente era usado em seu lugar pelos falantes desse idioma. Ver TY acima. HY normalmente derivava de *sy-* e *khy-*; em ambos os casos as palavras cognatas em sindarin têm *h* inicial, como em quenya *Hyarmen* e sindarin *Harad*, "sul".

Note que consoantes escritas duas vezes, como *tt*, *ll*, *ss*, *nn*, representam consoantes longas, "duplas". No final de palavras de mais de uma sílaba elas normalmente se tornavam breves: como em *Rohan* de *Rochann* (arcaico *Rochand*).

Em sindarin as combinações *ng*, *nd*, *mb*, que eram especialmente favorecidas nas línguas eldarin em um estágio mais primitivo, sofreram várias mudanças. *mb* tornou-se *m* em todos os casos, mas ainda valia como consoante longa para fins de acento tônico (ver a seção "Acento Tônico", pp. 1590–91), e assim se grafa *mm* em casos onde de outra forma a acentuação poderia ser duvidosa.[3] *ng* permaneceu inalterada, exceto em posição inicial ou final, onde se transformou na simples nasal (como no inglês *sing* [o som nasal sem a pronúncia do -*g*]). *nd* tornou-se normalmente *nn*, como em *Ennor*, "Terra-média", *Endóre* em quenya; mas permaneceu como *nd* no final de monossílabos plenamente tônicos como *thond*, "raiz"

---

[3]Como em *galadhremmin ennorath* (p. 343), "regiões enredadas em árvores da Terra-média". *Remmirath* (p. 143) contém *rem*, "malha", em quenya *rembe*, + *mîr*, "joia". [N. A.]

(ver *Morthond,* "Raiz Negra"), e também antes de *r*, como em *Andros,* "Espuma-longa". Este *nd* também se vê em alguns nomes antigos que derivam de um período anterior, como *Nargothrond, Gondolin, Beleriand.* Na Terceira Era o *nd* final em palavras compridas tornara-se *n* derivado de *nn*, como em *Ithilien, Rohan, Anórien.*

VOGAIS

Para as vogais usam-se as letras *i, e, a, o, u* e (apenas em sindarin) *y.* Na medida em que isso pode ser determinado, os sons representados por essas letras (à exceção de *y*) eram de tipo normal, porém sem dúvida muitas variedades locais escaparam à percepção.[4] Isto é, os sons eram aproximadamente os representados por *i, e, a, o, u* nas palavras portuguesas *fim, mês, par, pôr, luz*, independentemente de serem curtos ou longos.

Em sindarin *e, a, o* longos tinham a mesma qualidade das vogais curtas, pois haviam derivado delas em época comparativamente recente (já que *é, á, ó* mais antigos haviam mudado). Em quenya *é* e *ó* longos eram, quando pronunciados corretamente, como pelos Eldar, mais tensos e mais "fechados" que as vogais curtas.

Apenas o sindarin, entre os idiomas contemporâneos, possuía o *u* "modificado", ou frontal, mais ou menos como o *u* do francês *lune.* Era em parte uma alteração de *o* e *u*, em parte derivava de ditongos *eu, iu* mais antigos. Para esse som usou-se *y* (como no antigo inglês): como em *lŷg* ,"serpente", em quenya *leuca*, ou em *emyn,* plural de *amon*, "colina". Em Gondor esse *y* normalmente se pronunciava como *i.*

As vogais longas estão normalmente marcadas com "acento agudo", assim como em algumas variedades da escrita fëanoriana.

---

[4]Uma pronúncia bastante corriqueira de *é* e *ó* longos como *ei* e *ou*, mais ou menos como no português *sei, vou*, tanto em westron como na reprodução de nomes em quenya por falantes do westron, é evidenciada por grafias como *ei, ou* (ou seus equivalentes nas escritas contemporâneas). Mas tais pronúncias eram consideradas incorretas ou rústicas. Naturalmente eram usuais no Condado. Portanto, aqueles que pronunciam *yéni únótime,* "anos-longos incontáveis", como é natural em inglês (ou seja, mais ou menos como *yêini unôutimi*), errarão pouco mais que Bilbo, Meriadoc ou Peregrin. Dizem que Frodo demonstrava grande "habilidade com sons estrangeiros". [N. A.]

APÊNDICE E

Em sindarin, as vogais longas em monossílabos tônicos são marcadas com circunflexo, já que nesses casos tendiam a ser especialmente prolongadas;[5] assim como em *dûn,* comparado com *Dúnadan.* O uso do circunflexo em outros idiomas, como adûnaico ou anânico, não tem significado especial, e se usa meramente para marcá-los como línguas estrangeiras (como ocorre com o *k*).

O *e* final nunca é mudo nem mero sinal de vogal longa como em inglês. Para assinalar este *e* final, ele frequentemente (mas não consistentemente) é grafado *ë*.

Os grupos *er, ir, ur* (finais ou diante de consoante) não devem ser pronunciados como no inglês *fern, fir, fur* [com vogal surda diante do *r*], e sim como em português *certo, vir, curto*.

Em quenya *ui, oi, ai* e *iu, eu, au* são ditongos (isto é, são pronunciados em uma só sílaba). Todos os demais pares de sílabas são dissilábicos. Isso muitas vezes se indica grafando *ëa (Eä), ëo, oë*.

Em sindarin os ditongos são escritos *ae, ai, ei, oe, ui* e *au*. Outras combinações não são ditongos. Escrever o *au* final como *aw* está de acordo com o costume do inglês, mas de fato não é incomum em grafias fëanorianas.

Todos estes ditongos[6] eram "decrescentes", ou seja, acentuados no primeiro elemento, e se compunham das vogais simples agregadas. Assim, *ai, ei, oi, ui, au, eu* devem ser pronunciados respectivamente como os ditongos das palavras portuguesas *pai, sei, dói, fui, mau, meu*.

Não há nada em português que corresponda exatamente a *ae, oe*; esses ditongos podem ser pronunciados como *ai, oi*.

ACENTO TÔNICO

A posição do "acento" ou da sílaba tônica não está marcada, visto que nas línguas eldarin em questão o seu lugar é determinado

---

[5]Assim também em *Annûn,* "pôr do sol", *Amrûn,* "nascer do sol", sob a influência das palavras cognatas *dûn,* "oeste", e *rhûn,* "leste". [N. A.]

[6]Originalmente. Mas *iu* em quenya, na Terceira Era, costumava ser pronunciado como ditongo crescente, como *yu* no nome *Yuri*. [N. A.]

1590

pela forma da palavra. Em palavras de duas sílabas ele recai, em praticamente todos os casos, na primeira sílaba. Em palavras mais longas ele recai na penúltima sílaba, sempre que esta contiver uma vogal longa, um ditongo, ou uma vogal seguida de duas (ou mais) consoantes. Quando a penúltima sílaba contém (como costuma acontecer) uma vogal curta seguida de apenas uma (ou nenhuma) consoante, o acento recai na sílaba anterior àquela, a terceira a contar do fim. Palavras desta última forma são preferidas nas línguas eldarin, especialmente em quenya.

Nos exemplos seguintes a vogal tônica está marcada por letra maiúscula: *isIldur*, *Orome*, *erEssëa*, *fËanor*, *ancAlima*, *elentÁri*, *dEnethor*, *periAnnath*, *ecthElion*, *pelArgir*, *silIvren*. Palavras do tipo *elentÁri*, "rainha-das-estrelas", raramente ocorrem em quenya quando se tem a vogal *é*, *á*, *ó*, a não ser que (como neste caso) sejam palavras compostas; são mais comuns com as vogais *í*, *ú*, como *andÚne*, "pôr do sol, oeste". Elas não ocorrem em sindarin, exceto em palavras compostas. Note que *dh*, *th*, *ch* em sindarin são consoantes simples e representam letras simples nas escritas originais.

NOTA

Em nomes retirados de outras línguas que não as eldarin, a intenção é que os valores das letras sejam os mesmos, caso não estejam especialmente descritos acima, exceto no caso do anânico. Em anânico, que não possuía os sons acima representados por *th* e *ch* (*kh*), *th* e *kh* são aspirados, isto é, *t* ou *k* seguidos de um *h*, mais ou menos como nas palavras inglesas *backhand*, *outhouse*.

Onde ocorre *z*, o som pretendido é do *z* português. *gh*, na língua negra e em órquico, representa uma "fricativa posterior" (que está para *g* assim como *dh* está para *d*): como em *ghâsh* e *agh*.

Os nomes "externos" ou Humanos dos Anãos receberam formas setentrionais, mas os valores das letras são aqueles descritos. É assim também no caso dos antropônimos e topônimos de Rohan (onde não foram modernizados), exceto que aí *éa* e *éo* são ditongos, que podem ser representados [porém na mesma sílaba] pelo *ea* de *teatral* e pelo *eo* de *teologia*; *y* é o *u* modificado. As formas modernizadas são facilmente reconhecidas e devem ser pronunciadas como em inglês. São em sua maioria topônimos.

APÊNDICE E

II

ESCRITA

As escritas e letras usadas na Terceira Era eram todas, em última análise, de origem eldarin, e nessa época já eram de grande antiguidade. Haviam alcançado a etapa do pleno desenvolvimento alfabético, porém ainda estavam em uso modos mais antigos em que só as consoantes eram denotadas por letras plenas.

Os alfabetos eram de dois tipos principais, de origem independente: as *tengwar,* ou *tîw*, aqui traduzidas por "letras"; e as *certar,* ou *cirth*, traduzidas por "runas". As *tengwar* foram criadas para escrita com pincel ou pena e, no seu caso, as formas quadradas das inscrições derivavam das formas manuscritas. As *certar* foram criadas e mormente usadas apenas para inscrições riscadas ou entalhadas.

As *tengwar* eram mais antigas; pois tinham sido elaboradas pelos Noldor, o clã dos Eldar mais habilidoso em tais assuntos, muito tempo antes de seu exílio. As mais antigas letras eldarin, as *tengwar* de Rúmil, não eram usadas na Terra-média. As letras posteriores, as *tengwar* de Fëanor, eram em grande medida uma invenção nova, apesar de deverem algo às letras de Rúmil. Foram trazidas à Terra-média pelos Noldor exilados e assim tornaram-se conhecidas entre os Edain e Númenóreanos. Na Terceira Era, seu uso se espalhara praticamente na mesma área em que era conhecida a fala comum.

As *cirth* foram primeiramente criadas em Beleriand pelos Sindar e por muito tempo só foram usadas para inscrever nomes e breves memoriais em madeira ou pedra. Devem a essa origem suas formas angulares, muito semelhantes às runas de nosso tempo, apesar de diferirem destas nos detalhes e terem um arranjo totalmente diverso. As *cirth*, em sua forma mais antiga e mais simples, espalharam-se rumo ao leste na Segunda Era e tornaram-se conhecidas por muitos povos, aos Homens, aos Anãos e até aos Orques, e todos os alteraram para servirem aos seus propósitos e conforme sua habilidade, ou falta dela. Uma de tais formas simples ainda era usada pelos Homens de Valle, e outra semelhante, pelos Rohirrim.

Mas em Beleriand, antes do final da Primeira Era e parcialmente pela influência das *tengwar* dos Noldor, as *cirth* foram rearranjadas e prosseguiram em seu desenvolvimento. Sua forma mais rica e mais ordenada era conhecida como Alfabeto de Daeron, visto que a tradição élfica dizia que fora inventado por Daeron, o menestrel e mestre-do-saber do Rei Thingol de Doriath. Entre os Eldar, o Alfabeto de Daeron não desenvolveu formas verdadeiramente cursivas, já que os Elfos adotaram para a escrita as letras fëanorianas. Na verdade, os Elfos do Oeste, em sua maior parte, desistiram por completo do uso das runas. No país de Eregion, porém, o Alfabeto de Daeron continuou em uso e dali passou para Moria, onde se tornou o alfabeto mais favorecido pelos Anãos. Permaneceu sempre em uso entre eles e passou com eles para o Norte. Por isso foi muitas vezes chamado, em tempos posteriores, de *Angerthas Moria,* ou "Longas Fileiras de Runas de Moria". Assim como ocorria com sua fala, os Anãos usavam as escritas que eram correntes, e muitos escreviam com habilidade as letras fëanorianas; mas para seu próprio idioma eles aderiam às *cirth* e desenvolveram formas manuscritas à pena para elas.

(i)

AS LETRAS FËANORIANAS

A tabela mostra, no modo formal para livros manuscritos, todas as letras que se usavam comumente nas terras ocidentais na Terceira Era. O arranjo é o mais usual na época e o mesmo em que se costumava então recitar as letras pelos seus nomes.

Esta escrita não era na origem um "alfabeto": isto é, uma série arbitrária de letras, cada uma com seu próprio valor independente, recitada em uma ordem tradicional que não tem relação com suas formas nem com suas funções.[7] Era, isso sim, um sistema de sinais consonantais, de formas e estilo semelhantes, que podia ser adaptado à vontade ou conveniência para representar as consoantes de idiomas observados (ou inventados) pelos Eldar. Nenhuma das letras tinha valor fixo por si; mas certas relações entre elas foram sendo gradativamente reconhecidas.

O sistema continha vinte e quatro letras primárias, 1–24, arranjadas em quatro *témar* (séries), tendo cada uma seis *tyeller* (graus).

---

[7]A única relação de nosso alfabeto que pareceria inteligível aos Eldar é a existente entre P e B; e a separação dessas letras entre si, e de F, M, V, lhes teria parecido absurda. [N. A.]

APÊNDICE E

AS TENGWAR

	I	II	III	IV
1	1	2	3	4
2	5	6	7	8
3	9	10	11	12
4	13	14	15	16
5	17	18	19	20
6	21	22	23	24
	25	26	27	28
	29	30	31	32
	33	34	35	36

Havia também "letras adicionais", das quais 25–36 são exemplos. Destas, 27 e 29 são as únicas letras estritamente independentes; as restantes são modificações de outras letras. Havia também um certo número de *tehtar* (sinais) de usos variados. Estes não aparecem na tabela.[8]

---

[8]Muitos deles aparecem nos exemplos no frontispício e na inscrição da p. 102, transcrita na p. 365. Eram usados principalmente para expressar sons vocálicos, que em quenya eram normalmente considerados modificações da consoante que acompanhavam; ou para expressar mais brevemente algumas das mais frequentes combinações de consoantes. [N. A.]

Cada uma das *letras primárias* era formada de uma *telco* (haste) e um *lúva* (arco). As formas vistas em 1–4 eram consideradas normais. A haste podia ser elevada, como em 9–16; ou reduzida, como em 17–24. O arco podia ser aberto, como nas Séries I e III; ou fechado, como em II e IV; e em cada caso podia ser duplicado, por exemplo, em 5–8.

A liberdade teórica de aplicação tinha sido modificada pelo costume, na Terceira Era, até o ponto em que a Série I era geralmente aplicada à série dental ou do *t* (*tincotéma*), e a II, às labiais ou série do *p* (*parmatéma*). A aplicação das Séries III e IV variava de acordo com os requisitos dos diferentes idiomas.

Em línguas como o westron, que fazia muito uso de consoantes[9] como nosso *tch*, *dj*, *ch*, a Série III normalmente se aplicava a estas; nesse caso a Série IV se aplicava à série normal do *k* (*calmatéma*). Em quenya, que possuía além da *calmatéma* uma série palatal (*tyelpetéma*) e uma labializada (*quessetéma*), as palatais eram representadas por um diacrítico fëanoriano que denotava "*y* seguinte" (normalmente dois pontos inferiores), enquanto que a Série IV era a do *kw*.

No âmbito destas aplicações gerais, também se observavam comumente as relações seguintes. As letras normais, Grau 1, eram aplicadas às "oclusivas surdas": *t*, *p*, *k* etc. A duplicação do arco indicava a adição de "sonoridade": assim, se 1, 2, 3, 4 = *t*, *p*, *tch*, *k* (ou *t*, *p*, *k*, *kw*), então 5, 6, 7, 8 = *d*, *b*, *dj*, *g* (ou *d*, *b*, *g*, *gw*). A elevação da haste indicava a abertura da consoante para uma "fricativa": assim, assumindo os valores acima para o Grau 1, o Grau 3 (9–12) = *th*, *f*, *ch*, *tch* (ou *th*, *f*, *kh*, *khw/hw*), e o Grau 4 (13–16) = *dh*, *v*, *j*, *gh* (ou *dh*, *v*, *gh*, *ghw/w*).

O sistema fëanoriano original também possuía um grau com hastes estendidas, tanto acima como abaixo da linha. Este normalmente representava consoantes aspiradas (por exemplo, *t+h*, *p+h*, *k+h*), mas podia representar outras variantes consonantais requeridas. Estas não eram necessárias nos idiomas da Terceira Era que usavam essa escrita; mas as formas estendidas eram muito usadas como variantes (mais claramente diferenciadas do Grau 1) dos Graus 3 e 4.

---

[9] Aqui a representação dos sons é a mesma empregada na transcrição e descrita acima, exceto que aqui *tch* representa o *ch* do inglês *church*; *dj* representa o som do *dj* português em *adjunto*, e *j* o som ouvido em *jato*. [N. A., adaptada]

APÊNDICE E

O Grau 5 (17–20) era normalmente aplicado às consoantes nasais: assim, 17 e 18 eram os sinais mais comuns para *n* e *m*. De acordo com o princípio observado anteriormente, o Grau 6 deveria então ter representado as nasais surdas; mas, visto que tais sons (exemplificados pelo *nh* galês ou pelo *hn* do inglês antigo) ocorriam muito raramente nas línguas em questão, o Grau 6 (21–24) era mais frequentemente usado para as consoantes mais fracas, ou "semivocálicas", de cada série. Ele consistia das formas menores e mais simples entre as letras primárias. Assim, 21 era frequentemente usada para um *r* fraco (não vibrante), que ocorria originalmente em quenya, sendo considerada no sistema desse idioma como a consoante mais fraca da *tincotéma*; 22 era amplamente usada para *w*; quando a Série III era usada como série palatal, o uso comum de 23 era como *y* consonantal.[10]

Já que algumas das consoantes do Grau 4 tendiam a se enfraquecer na pronúncia e a se aproximar ou se confundir com as do Grau 6 (como descrito acima), muitas destas últimas deixaram de ter função clara nas línguas eldarin; e foi destas letras que derivaram em grande parte as que expressavam as vogais.

NOTA

A grafia padrão do quenya divergia da aplicação das letras descrita acima. O Grau 2 era usado para *nd*, *mb*, *ng*, *ngw*, todas frequentes, uma vez que *b*, *g*, *gw* só apareciam nessas combinações, enquanto que para *rd*, *ld* se usavam as letras especiais 26, 28. (Para *lv*, não para *lw*, muitos falantes, especialmente os Elfos, usavam *lb*: isso era escrito com 27+6, já que *lmb* não podia ocorrer.) De modo semelhante, o Grau 4 era usado para as combinações extremamente frequentes *nt*, *mp*, *nk*, *nqu*, visto que o quenya não possuía *dh*, *gh*, *ghw* e para *v* usava a letra 22. Ver os nomes das letras em quenya, pp. 1599–600.

As letras adicionais. A número 27 era universalmente usada para *l*. A número 25 (na origem uma modificação de 21) era usada para

---

[10] A inscrição no Portão-oeste de Moria dá o exemplo de um modo, usado para a grafia do sindarin, em que o Grau 6 representava as nasais simples, mas o Grau 5 representava as nasais duplas ou longas, muito usuais em sindarin: 17 = *nn*, mas 21 = *n*. [N. A.]

o *r* vibrante "pleno". As números 26 e 28 eram modificações destas. Usavam-se com frequência para as formas surdas de *r* (*rh*) e *l* (*lh*) respectivamente. Mas em quenya eram usadas para *rd* e *ld*. 29 representava *s*, e 31 (com curva duplicada) *z* naqueles idiomas que necessitavam dele. As formas invertidas, 30 e 32, apesar de estarem disponíveis para serem usadas como sinais separados, eram mormente usadas como meras variantes de 29 e 31, conforme a conveniência da escrita; por exemplo, eram muito usadas quando acompanhadas de *tehtar* sobrepostos.

A número 33 era originalmente uma variante que representava alguma variedade (mais fraca) de 11; seu uso mais frequente na Terceira Era era para simbolizar *h*. 34 usava-se mais (quando era usada) para o *w* surdo (*hw*). 35 e 36, quando usadas como consoantes, eram mormente aplicadas a *y* e *w*, respectivamente.

As vogais. Estas eram, em muitos modos, representadas por *tehtar*, normalmente colocados acima de uma letra consonantal. Em línguas como o quenya, em que a maioria das palavras terminava em vogal, o *tehta* era posto acima da consoante precedente; naquelas como o sindarin, em que a maioria das palavras terminava em consoante, era posto acima da consoante seguinte. Quando não havia consoante presente na posição requerida, o *tehta* era posto sobre o "portador curto", uma de cujas formas comuns era de uma letra *i* sem ponto. Os *tehtar* realmente usados nas diversas línguas como sinais de vogais eram numerosos. Os mais comuns, normalmente aplicados a (variedades de) *e*, *i*, *a*, *o*, *u*, estão exibidos nos exemplos dados. Os três pontos, mais usuais para *a* na escrita formal, eram grafados de formas diversas em estilos mais rápidos, sendo muitas vezes empregada uma forma semelhante a um circunflexo.[11] O ponto único e o "acento agudo" eram frequentemente usados para *i* e *e* (mas em alguns modos para *e* e *i*). As curvas eram usadas para *o* e *u*. Na inscrição do Anel, a curva aberta à direita é usada

---

[11]Em quenya, em que o *a* era muito frequente, seu sinal vocálico muitas vezes era totalmente omitido. Assim, para *calma*, "lâmpada", podia-se escrever *clm*. Isso seria naturalmente lido como *calma*, visto que *cl* não era uma combinação inicial possível em quenya e *m* nunca ocorria em posição final. Uma leitura possível era *calama*, mas tal palavra não existia. [N. A.]

APÊNDICE E

para *u*; mas no frontispício ela representa *o*, e a curva aberta à esquerda é para *u*. A curva para a direita era preferida e a aplicação dependia da língua em questão: na língua negra *o* era raro.

Vogais longas eram normalmente representadas pondo o *tehta* no "portador longo", em que uma das formas comuns era a de uma letra *j* sem ponto. Mas para o mesmo fim, os *tehtar* podiam ser duplicados. No entanto, isso só se fazia frequentemente com as curvas e, às vezes, com o "acento". Dois pontos eram usados mais comumente como sinal de um *y* seguinte.

A inscrição do Portão-oeste ilustra um modo de "escrita plena", com as vogais representadas por letras separadas. Todas as letras vocálicas usadas em sindarin são mostradas. O uso da número 30 como sinal de *y* vocálico pode ser notado; também a expressão de ditongos pondo o *tehta* de *y* seguinte sobre a letra da vogal. O sinal de *w* seguinte (necessário para expressar *au*, *aw*) era neste modo a curva do *u* ou uma modificação dela. Mas os ditongos eram muitas vezes escritos por extenso, assim como na transcrição. Nesse modo, o comprimento da vogal era normalmente indicado pelo "acento agudo", que nesse caso se chamava *andaith,* "marca longa".

Além dos *tehtar* já mencionados havia diversos outros, usados mormente para abreviar a escrita, especialmente pela expressão de combinações consonantais frequentes, sem escrevê-las por extenso. Entre eles, uma barra (ou um sinal semelhante ao til) posta sobre uma consoante era frequentemente usada para indicar que esta era precedida pela nasal da mesma série (como em *nt*, *mp* ou *nk*); um sinal semelhante posto embaixo, porém, era mormente usado para mostrar que a consoante era longa ou duplicada. Um gancho descendente ligado ao arco (como em *hobbits*, a última palavra do frontispício) era usado para indicar um *s* seguinte, especialmente nas combinações *ts*, *ps*, *ks* (*x*), que eram preferidas em quenya.

É claro que não havia "modo" para representar o inglês [nem o português]. Um modo foneticamente adequado poderia ser criado a partir do sistema fëanoriano. O breve exemplo no frontispício não tenta exibir isso. É, isso sim, um exemplo do que um homem de Gondor poderia produzir, hesitando entre os valores das letras familiares em seu "modo" e a grafia tradicional de nosso idioma. Pode-se notar [no frontispício original das edições em língua inglesa] que um ponto inferior (um de cujos usos era representar vogais fracas e obscuras) é ali empregado na grafia do *and* átono, mas é também usado em *here* para o *e* final mudo; *the, of,* e *of the* são expressos por abreviaturas (*dh* estendido, *v* estendido, e este último com um traço inferior).

Os nomes das letras. Em todos os modos, cada letra e sinal tinha um nome; mas esses nomes eram criados para se adequarem ou descreverem os usos fonéticos em cada modo particular. No entanto, muitas vezes considerava-se desejável, especialmente ao descrever os usos das letras em outros modos, ter um nome para cada letra como forma em si. Para esse fim empregavam-se comumente os "nomes plenos" em quenya, mesmo quando se referiam a usos particulares do quenya. Cada "nome pleno" era uma palavra real em quenya que continha a letra em questão. Era, se possível, o primeiro som da palavra; mas quando o som ou a combinação expressa não ocorria em posição inicial, ela se seguia imediatamente a uma vogal inicial. Os nomes das letras da tabela eram (1) *tinco,* "metal", *parma,* "livro", *calma,* "lâmpada", *quesse,* "pena"; (2) *ando,* "portão", *umbar,* "destino", *anga,* "ferro", *ungwe,* "teia de aranha"; (3) *thúle* (*súle*), "espírito", *formen,* "norte", *harma,* "tesouro" (ou *aha,* "raiva"), *hwesta,* "brisa"; (4) *anto,* "boca", *ampa,* "gancho", *anca,* "mandíbulas", *unque,* "cova"; (5) *númen,* "oeste", *malta,* "ouro", *noldo* (antigo *ngoldo*), "alguém do clã dos Noldor", *nwalme* (antigo *ngwalme*), "tormento"; (6) *óre,* "coração (mente interior)", *vala,* "poder angélico", *anna,* "dádiva", *vilya* (antigo *wilya*), "ar, céu"; *rómen,* "leste", *arda,* "região", *lambe,* "língua", *alda,* "árvore"; *silme,* "luz das estrelas", *silme nuquerna,* (*s* invertido); *áre,* "luz do sol" (ou *esse,* "nome"), *áre nuquerna; hyarmen,* "sul", *hwesta sindarinwa, yanta,* "ponte", *úre,* "calor". Quando existem variantes, isso se deve ao fato de que os nomes foram dados antes de certas mudanças afetarem o quenya conforme falado pelos Exilados. Assim, a número 11 era chamada de *harma* quando representava a aspirada *ch* em todas as posições, mas quando esse som se tornou a aspiração *h* em posição inicial[12] (apesar

---

[12]Para a aspiração *h,* o quenya usava originalmente uma simples haste elevada sem arco, chamada *halla,* "alto". Ela podia ser posta diante de uma consoante para indicar que esta era surda e aspirada; o *r* e o *l* surdos eram normalmente expressos desse modo e são transcritos *hr, hl.* Mais tarde, 33 foi usada para o *h* independente, e o valor de *hy* (seu valor mais antigo) foi representado pelo acréscimo do *tehta* de *y* seguinte. [N. A.]

APÊNDICE E

de permanecer em posição medial) foi inventado o nome *aha. áre* era originalmente *áze*, mas quando esse *z* se fundiu com 21, o sinal foi usado em quenya para o *ss,* muito frequente nesse idioma, e o nome *esse* foi dado a ele. *hwesta sindarinwa,* ou *hw,* "élfico-cinzento", era assim chamado porque em quenya 12 tinha o som de *hw,* e não eram necessários sinais distintos para *chw* e *hw.* Os nomes das letras mais amplamente conhecidos e usados eram 17 *n,* 33 *hy,* 25 *r,* 10 *f: númen, hyarmen, rómen, formen* = oeste, sul, leste, norte (ver sindarin *dûn* ou *annûn, harad, rhûn* ou *amrûn, forod*). Essas letras comumente indicavam os pontos O, S, L, N, mesmo em línguas que usavam termos bem diferentes. Nas Terras Ocidentais, eram mencionados nesta ordem, começando pelo oeste e de frente para ele: *hyarmen* e *formen,* na verdade, significavam região da esquerda e região da direita (o contrário do arranjo de muitas línguas humanas).

(ii)

AS *CIRTH*

O *Certhas Daeron* foi originalmente inventado para representar somente os sons do sindarin. As *cirth* mais antigas eram as números 1, 2, 5, 6; 8, 9, 12; 18, 19, 22; 29, 31; 35, 36; 39, 42, 46, 50; e uma *certh* variando entre 13 e 15. A alocação dos valores não era sistemática. As números 39, 42, 46, 50 eram vogais e assim permaneceram em todos os desenvolvimentos posteriores. As números 13, 15 eram usadas para *h* ou *s,* conforme 35 fosse usada para *s* ou *h.* Essa tendência à hesitação na aplicação de valores para *s* e *h* continuou em arranjos posteriores. Nos caracteres que consistiam em uma "haste" e um "ramo", 1–31, caso o ramo ficasse apenas de um lado, esse lado normalmente era o direito. O contrário não era infrequente, mas não tinha significado fonético.

A extensão e elaboração deste *certhas* chamou-se, em sua forma mais antiga, de *Angerthas Daeron*, visto que os acréscimos às antigas *cirth* e sua reorganização eram atribuídos a Daeron. Porém os principais acréscimos, a introdução de duas novas séries, 13–17 e 23–28, foram na verdade mais provavelmente invenções dos Noldor de Eregion, uma vez que eram usados para representar sons não encontrados no sindarin.

No rearranjo do *Angerthas* são observáveis os seguintes princípios (evidentemente inspirados pelo sistema fëanoriano): (1) o acréscimo de um traço ao ramo acrescentava "sonoridade"; (2) a inversão da *certh* indicava a abertura para "aspirada"; (3) a colocação do ramo de ambos os lados da haste acrescentava sonoridade e nasalização. Esses princípios eram levados a cabo com regularidade, exceto em um ponto. No sindarin (arcaico) era necessário um sinal para o *m* aspirado (ou *v* nasal), e, como a melhor forma de proporcionar isto era uma inversão do sinal de *m*, a número 6 reversível recebeu o valor de *m*, mas a número 5 recebeu o valor de *hw*.

A número 36, cujo valor teórico era *z*, era usada na grafia do sindarin e do quenya para *ss*: ver a 31 fëanoriana. A número 39 era usada para *i* ou *y* (consoante); 34, 35 eram usadas indiferentemente para *s*; e 38 era usada para a sequência frequente *nd*, apesar de sua forma não estar claramente relacionada com as dentais.

Na Tabela de Valores, os da esquerda são, quando separados por —, os valores do *Angerthas* mais antigo. Os da direita são os valores do *Angerthas Moria* anânico.[13] Os Anãos de Moria, como se pode ver, introduziram diversas mudanças não sistemáticas nos valores, bem como certas *cirth* novas: 37, 40, 41, 53, 55, 56. O deslocamento dos valores deveu-se principalmente a duas causas: (1) a alteração dos valores de 34, 35, 54 respectivamente para *h*, ' (o início nítido ou glotal de uma palavra com vogal inicial que aparecia em khuzdul), e *s*; (2) o abandono das números 14, 16, em cujos lugares os Anãos puseram 29, 30. O consequente uso de 12 para *r*, a invenção de 53 para *n* (e sua confusão com 22); o uso de 17 como *z* para acompanhar 54 em seu valor *s*, e o consequente uso de 36 como *ŋ*, e da nova *certh* 37 para *ng*, também podem ser observados. As novas 55, 56 eram originalmente uma forma de 46 dividida ao meio, e eram usadas para vogais [surdas, átonas] como as que se ouvem no inglês *butter*, frequentes em anânico e westron. Quando eram fracas ou evanescentes, muitas vezes se reduziam a um mero traço sem haste. Este *Angerthas Moria* está representado na inscrição tumular.

---

[13]Aqueles entre ( ) são valores encontrados apenas no uso élfico; * marca *cirth* usadas somente por Anãos. [N. A.]

APÊNDICE E

O ANGERTHAS

1602

Valores

1	p	16	j	31	l	46	e
2	b	17	nj—z	32	lh	47	ĕ
3	f	18	k	33	ng—nd	48	a
4	v	19	g	34	s—h	49	ā
5	hw	20	kh	35	s—'	50	o
6	m	21	gh	36	z—ŋ	51	ð
7	(mh) mb	22	ŋ—n	37	ng*	52	ö
8	t	23	kw	38	nd—nj	53	n*
9	d	24	gw	39	i (y)	54	h—s
10	th	25	khw	40	y*	55	*
11	dh	26	ghw,w	41	hy*	56	*
12	n—r	27	ngw	42	u	57	ps*
13	d	28	nw	43	ū	58	ts*
14	tch	29	r—dj	44	w		+h
15	ch	30	rh—j	45	ü		&

APÊNDICE E

Os Anãos de Erebor usavam uma modificação adicional desse sistema, conhecida como o modo de Erebor e exemplificada no *Livro de Mazarbul*. Suas principais características eram: o uso de 43 como *z*; de 17 como *ks* (*x*); e a invenção de duas novas *cirth*, 57, 58, para *ps* e *ts*. Também reintroduziram 14, 16 para os valores *dj, j*; mas usavam 29, 30 para *g, gh*, ou como meras variantes de 19, 21. Essas peculiaridades não estão incluídas nesta tabela, exceto pelas *cirth* ereborianas especiais 57, 58.

Apêndice F

I

OS IDIOMAS E POVOS DA TERCEIRA ERA

A língua representada pelo português,[1] nesta história, era o *westron* ou "fala comum" das Terras Ocidentais da Terra-média na Terceira Era. No decurso dessa era ela se tornara o idioma nativo de quase todos os povos falantes (exceto dos Elfos) que habitavam nos limites dos antigos reinos de Arnor e Gondor; isto é, ao longo de todas as costas desde Umbar, rumo ao norte, até a Baía de Forochel, e para o interior até as Montanhas Nevoentas e a Ephel Dúath. Também se espalhara para o norte subindo o Anduin, ocupando as terras a oeste do Rio e a leste das montanhas até os Campos de Lis.

À época da Guerra do Anel, ao final da era, esses ainda eram seus limites como idioma nativo, apesar de grandes trechos de Eriador estarem então desertos e de poucos Homens habitarem nas margens do Anduin entre o Lis e Rauros.

Alguns dos antigos Homens Selvagens ainda espreitavam na Floresta Drúadan em Anórien; e nas colinas da Terra Parda permanecia um remanescente de um povo de outrora, os antigos habitantes de grande parte de Gondor. Eles se aferravam às suas próprias línguas; enquanto que nas planícies de Rohan já morava um povo do Norte, os Rohirrim, que haviam chegado àquela terra uns quinhentos anos antes. Mas o westron era usado como segunda língua de intercâmbio por todos os que ainda mantinham seu próprio idioma, mesmo pelos Elfos, não somente em Arnor e Gondor, mas em todos os vales do Anduin, e a leste até as beiras mais remotas de Trevamata. Mesmo entre os Homens Selvagens

---

[1]No original essa língua é o inglês, que, pelo processo de tradução, foi "substituído" pela língua portuguesa. [N. T.]

APÊNDICE F

e os Terrapardenses, que evitavam outros povos, havia alguns que sabiam falá-lo, por muito que cometessem erros.

DOS ELFOS

Nos remotos Dias Antigos, os Elfos se dividiram em dois ramos principais: os Elfos-do-oeste (os *Eldar*) e os Elfos-do-leste. Era deste último grupo a maioria da Gente-élfica de Trevamata e Lórien; mas suas línguas não aparecem nesta história, em que todos os nomes e palavras élficos são de forma *eldarin*.[2]

Duas das línguas *eldarin* se encontram neste livro: o alto-élfico, ou *quenya,* e o élfico-cinzento, ou *sindarin*. O alto-élfico era uma antiga língua de Eldamar além do Mar, a primeira a ser registrada por escrito. Não era mais uma língua de nascença, mas tornara-se por assim dizer um "latim dos Elfos", ainda usada para cerimônias e para elevados temas de saber e canção pelos Altos Elfos, que haviam retornado em exílio à Terra-média ao final da Primeira Era.

O élfico-cinzento era na origem aparentado com o *quenya*; pois era a língua daqueles Eldar que, chegando às praias da Terra-média, não passaram além do Mar, mas demoraram-se nas costas no país de Beleriand. Ali seu rei foi Thingol Capa-gris de Doriath, e, no longo crepúsculo, sua língua mudara com a mutabilidade das terras mortais e se afastara muito da fala dos Eldar de além-Mar.

Os Exilados, habitando entre os mais numerosos Elfos-cinzentos, tinham adotado o *sindarin* para uso diário; e essa era portanto a língua de todos os Elfos e Senhores-élficos que aparecem nesta história. Pois todos eles eram de raça eldarin, mesmo quando o povo que governavam pertencia às gentes menores. A mais nobre de todos era a Senhora Galadriel da casa real de Finarfin, irmã de Finrod Felagund, Rei de Nargothrond. Nos corações dos Exilados, o anseio pelo Mar era uma inquietação que jamais poderia ser

---

[2]Em Lórien, nesse período, falava-se sindarin, porém com "sotaque", já que a maioria do seu povo era de origem silvestre. Esse "sotaque" e seu próprio conhecimento limitado do sindarin induziram Frodo ao erro (como é destacado no *Livro do Thain* por um comentarista de Gondor). Todas as palavras élficas citadas no Livro II, capítulos 6, 7, 8, são de fato sindarin, e também a maior parte dos topônimos e antropônimos. Mas *Lórien, Caras Galadhon, Amroth, Nimrodel* são provavelmente de origem silvestre, adaptados ao sindarin. [N. A.]

tranquilizada; nos corações dos Elfos-cinzentos ela dormitava, mas uma vez despertada não era possível aplacá-la.

DOS HOMENS

O *westron* era uma fala dos Homens, apesar de enriquecida e suavizada sob influência élfica. Era originalmente a língua dos que os Eldar chamavam de *Atani,* ou *Edain,* "Pais de Homens", em especial os povos das Três Casas dos Amigos-dos-Elfos que rumaram para o oeste até Beleriand na Primeira Era e auxiliaram os Eldar na Guerra das Grandes Joias contra o Poder Sombrio do Norte.

Após a derrota do Poder Sombrio, em que Beleriand foi na mor parte submersa ou rompida, foi concedido aos Amigos-dos-Elfos o prêmio de que também eles, assim como os Eldar, poderiam atravessar o Mar rumo ao oeste. Mas, visto que o Reino Imortal lhes estava proibido, foi apartada para eles uma grande ilha, a mais ocidental de todas as terras mortais. O nome dessa ilha era *Númenor* (Ociente). Portanto, a maioria dos Amigos-dos-Elfos partiu e habitou em Númenor, e ali se tornaram grandes e poderosos, navegantes de renome e senhores de muitas naus. Eram belos de semblante, e altos, e a duração de suas vidas era o triplo das dos Homens da Terra-média. Esses eram os Númenóreanos, os Reis de Homens, a quem os Elfos chamavam *Dúnedain.*

Só os *Dúnedain,* entre todas as raças dos Homens, conheciam e falavam uma língua élfica; pois seus antepassados haviam aprendido o idioma sindarin, e eles a repassaram aos filhos como tema de saber, pouco mudando com a passagem dos anos. E seus homens sábios também aprendiam o quenya alto-élfico, o estimavam acima de todas as demais línguas e fizeram nele nomes para muitos lugares de fama e reverência e para muitos homens de realeza e grande renome.[3]

---

[3]São em quenya, por exemplo, os nomes *Númenor* (ou em forma plena *Númenóre*) e *Elendil, Isildur, Anárion* e todos os nomes reais de *Gondor*, incluindo *Elessar* "Pedra-Élfica". A maior parte dos nomes dos demais homens e mulheres dos Dúnedain, como *Aragorn, Denethor, Gilraen* são de forma sindarin, e frequentemente eram os nomes de Elfos ou Homens relembrados nas canções e histórias da Primeira Era (como *Beren, Húrin*). Alguns poucos são de forma mista, como *Boromir.* [N. A.]

Mas a fala nativa dos Númenóreanos continuou sendo, na maior parte, seu idioma ancestral de Homens, o adûnaico, e a ele seus reis e senhores voltaram nos dias posteriores de sua altivez, abandonando a fala-élfica, exceto pelos poucos que ainda se atinham à antiga amizade com os Eldar. Nos anos de seu poderio, os Númenóreanos haviam mantido muitas fortalezas e portos nas costas ocidentais da Terra-média, para auxílio às suas naus; e um dos principais era Pelargir, junto às Fozes do Anduin. Ali falava-se adûnaico e, misturado a muitas palavras dos idiomas dos homens menores, ele se transformou na fala comum, que dali se espalhou ao longo das costas entre todos os que tinham negócios com Ociente.

Após a Queda de Númenor, Elendil conduziu os sobreviventes dos Amigos-dos-Elfos de volta às costas do noroeste da Terra-média. Ali já moravam muitos que tinham sangue númenóreano, no todo ou em parte; mas poucos dentre eles recordavam a fala élfica. Assim, no total, desde o início os Dúnedain eram em número muito mais reduzido que os homens menores entre os quais viviam e a quem governavam, já que eram senhores de longa vida e grande poder e sabedoria. Portanto, usavam a fala comum em seus negócios com outros povos e no governo de seus amplos reinos; mas ampliaram a língua e enriqueceram-na com muitas palavras tiradas dos idiomas-élficos.

Nos dias dos reis númenóreanos, essa fala westron enobrecida se estendeu por toda a parte, mesmo entre os seus inimigos; e foi cada vez mais usada pelos próprios Dúnedain, de modo que, à época da Guerra do Anel, a língua-élfica só era conhecida por pequena parte dos povos de Gondor e falada diariamente por menos ainda. Estes moravam mormente em Minas Tirith, nas herdades adjacentes e na terra dos príncipes tributários de Dol Amroth. Porém quase todos os topônimos e antropônimos no reino de Gondor eram de forma e significação élficas. Alguns tinham origem esquecida, mas sem dúvida descendiam dos dias antes que as naus dos Númenóreanos singrassem o Mar; entre estes estavam *Umbar*, *Arnach* e *Erech*; e os nomes de montanhas *Eilenach* e *Rimmon*. *Forlong* também era um nome do mesmo tipo.

A maior parte dos Homens das regiões do norte das Terras Ocidentais descendia dos *Edain* da Primeira Era ou de seus parentes próximos. Portanto, suas línguas eram aparentadas ao adûnaico, e algumas ainda preservavam uma semelhança com a fala comum. Eram desse tipo os povos dos vales superiores do Anduin: os Beornings e os Homens-da-floresta de Trevamata Ocidental; e mais ao norte e a leste os Homens do Lago Longo e de Valle. Das terras entre o Lis e a Carrocha vinha o povo que em Gondor era conhecido por Rohirrim, Mestres de Cavalos. Ainda falavam sua língua ancestral e nela davam novos nomes a quase todos os lugares de sua nova terra; e chamavam a si mesmos de Eorlings, ou Homens da Marca-dos-Cavaleiros. Mas os senhores desse povo usavam livremente a fala comum e a falavam de modo nobre, à maneira de seus aliados em Gondor; pois em Gondor, de onde provinha, o westron ainda mantinha um estilo mais gracioso e antiquado.

Era totalmente diversa a fala dos Homens Selvagens da Floresta Drúadan. Também diversa, ou só remotamente aparentada, era a língua dos Terrapardenses. Estes eram o resto dos povos que tinham morado nos vales das Montanhas Brancas em eras passadas. Os Mortos do Fano-da-Colina eram seus parentes. Mas nos Anos Sombrios outros se haviam mudado para os vales meridionais das Montanhas Nevoentas; e dali alguns haviam penetrado nas terras vazias que se estendiam ao norte, até as Colinas-dos-túmulos. Deles descendiam os Homens de Bri; mas muito antes eles se haviam tornado súditos do Reino do Norte de Arnor e adotado a língua westron. Só na Terra Parda os Homens dessa raça mantinham sua antiga fala e seus costumes: um povo secreto, hostil aos Dúnedain e que odiava os Rohirrim.

Da sua língua nada aparece neste livro, exceto o nome *Forgoil* que davam aos Rohirrim (e que, ao que diziam, significava Cabeças-de-Palha). *Dunland* e *Dunlending*[4] eram os nomes que os Rohirrim lhes davam, pois eram morenos de pele e tinham cabelos escuros; portanto, não há conexão entre a palavra *dunn* nesses nomes e a palavra élfico-cinzenta *Dûn*, "oeste".

DOS HOBBITS

Os Hobbits do Condado e de Bri tinham nessa época, provavelmente durante um milênio, adotado a fala comum. Usavam-na à

---

[4] *Terra Parda* e *Terrapardenses,* na língua traduzida dos Rohirrim. [N. T.]

APÊNDICE F

sua própria maneira, livre e despreocupadamente; porém os mais eruditos entre eles ainda dominavam um idioma mais formal quando a ocasião o exigia.

Não há registro de nenhuma língua peculiar aos Hobbits. Nos dias de outrora parece que sempre usaram as línguas dos Homens junto aos quais ou entre os quais viviam. Assim, adotaram depressa a fala comum depois de entrarem em Eriador e, na época em que se estabeleceram em Bri, já haviam começado a esquecer seu idioma anterior. Este era evidentemente uma língua dos Homens do Anduin superior, aparentada com a dos Rohirrim; porém os Grados meridionais parecem ter adotado uma língua aparentada com o terrapardense antes de rumarem para o norte e chegarem ao Condado.[5]

De tudo isto ainda restavam alguns vestígios, na época de Frodo, em palavras e nomes locais, muitos dos quais se assemelhavam bastante aos encontrados em Valle ou Rohan. Os mais notáveis eram os nomes dos dias, dos meses e das estações; diversas outras palavras da mesma espécie (como *mathom* e *smial*) também estavam ainda em uso comum, enquanto que outros se conservavam nos topônimos de Bri e do Condado. Os nomes pessoais dos Hobbits também eram peculiares, e muitos provinham dos dias de outrora.

Hobbit era o nome que o povo do Condado costumava aplicar a toda a sua gente. Os Homens os chamavam de *Pequenos,* e os Elfos, de *Periannath.* A origem da palavra *hobbit* fora esquecida pela maioria. Porém, parece que foi inicialmente um nome dado aos Pés-Peludos pelos Cascalvas e Grados e que era uma forma degradada de uma palavra mais plenamente preservada em Rohan: *holbytla,* "escavador-de-tocas".

DE OUTRAS RAÇAS

Ents. O povo mais antigo que sobrevivia na Terceira Era eram os *Onodrim,* ou *Enyd. Ent* era a forma de seu nome na língua de Rohan. Eram conhecidos dos Eldar nos dias de outrora e, de fato,

---

[5]Os Grados do Ângulo, que retornaram às Terras-selváticas, já haviam adotado a fala comum; mas *Déagol* e *Sméagol* são nomes na língua dos Homens da região próxima ao Lis. [N. A.]

1610

era aos Eldar que os Ents atribuíam, não sua língua, mas sim o desejo da fala. A língua que produziram era diversa de todas as outras: lenta, sonora, aglomerada, repetitiva, na verdade prolixa; formada de uma multiplicidade de matizes de vogais e diferenças de tom e qualidade que os próprios mestres-do-saber entre os Eldar não haviam tentado representar por escrito. Só a usavam entre si; mas não tinham necessidade de mantê-la em segredo, pois nenhum outro conseguia aprendê-la.

Os próprios Ents, porém, tinham habilidade em idiomas, aprendendo-os depressa e jamais os esquecendo. Mas preferiam a língua dos Eldar e tinham predileção pelo antigo idioma alto-élfico. As estranhas palavras e nomes que os Hobbits registram no uso de Barbárvore e de outros Ents são élficos, portanto, ou fragmentos de fala-élfica alinhados à moda dos Ents.[6] Alguns são em quenya, como *Taurelilómëa-tumbalemorna Tumbaletaurëa Lómëanor*, que pode ser vertido como "Florestamuisombreada-fundovalenegro Fundovaledemata Terraobscura", com o que Barbárvore queria dizer, mais ou menos: "há uma sombra negra nos vales profundos da floresta". Alguns são em sindarin: como *Fangorn,* "barba-(de)--árvore", ou *Fimbrethil*, "faia-delgada".

Orques e a língua negra. Orque é a forma do nome que outras raças davam a esse povo imundo, tal como era na língua de Rohan. Em sindarin era *orch*. Era relacionada, sem dúvida, à palavra *uruk* da língua negra, porém, em regra, esta era aplicada somente aos grandes orques-soldados que nessa época irromperam de Mordor e Isengard. As espécies menores eram chamadas, especialmente pelos Uruk-hai, de *snaga*, "escravo".

Os Orques foram gerados primeiro pelo Poder Sombrio do Norte nos Dias Antigos. Diz-se que não tinham língua própria, mas tomavam o que podiam dos outros idiomas e o pervertiam ao próprio gosto; porém só produziram jargões brutais, que mal bastavam mesmo para suas próprias necessidades, a não ser para

---

[6]Exceto quando os Hobbits parecem ter feito uma tentativa de representar murmúrios e chamados mais breves emitidos pelos Ents; *a-lalla-lalla-rumba-kamanda-lindor-burúme* tampouco é élfico e é a única tentativa existente (provavelmente muito inexata) de representar um fragmento de entês verdadeiro. [N. A.]

APÊNDICE F

maldições e insultos. E essas criaturas, repletas de malícia, que odiavam até sua própria gente, rapidamente desenvolveram tantos dialetos bárbaros quanto havia grupos ou assentamentos da sua raça, de forma que sua fala órquica de pouco lhes servia no intercâmbio entre tribos diferentes.

Assim ocorria que, na Terceira Era, os Orques usavam para a comunicação entre um e outro grupo a língua westron; e de fato muitas das tribos mais antigas, como as que ainda persistiam no Norte e nas Montanhas Nevoentas, tinham há muito tempo usado o westron como idioma nativo, porém de modo a torná-lo pouco menos detestável que o órquico. Nesse jargão *tark*, "homem de Gondor", era uma forma degradada de *tarkil*, uma palavra do quenya usada em westron para alguém de ascendência númenóreana (ver p. 1299).

Diz-se que a língua negra foi inventada por Sauron nos Anos Sombrios e que ele desejara transformá-la na língua de todos os que o serviam, mas fracassara nesse intento. Da língua negra, no entanto, derivavam muitas das palavras que na Terceira Era eram de uso corrente entre os Orques, como *ghâsh*, "fogo", mas após a primeira derrota de Sauron, essa língua, em sua forma antiga, foi esquecida por todos, exceto pelos Nazgûl. Quando Sauron se reergueu, ela se tornou mais uma vez o idioma de Barad-dûr e dos capitães de Mordor. A inscrição do Anel era na antiga língua negra, enquanto que a imprecação do Orque de Mordor na p. 665 era na forma mais degradada em uso entre os soldados da Torre Sombria, cujo capitão era Grishnákh. Nesse idioma, *sharkû* significa *ancião*.

Trols. Trol foi usado para traduzir o sindarin *Torog*. Em seus começos, na remota penumbra dos Dias Antigos, eram criaturas de natureza obtusa e informe, e não tinham mais linguagem que as feras. Mas Sauron fizera uso deles, ensinando-lhes o pouco que podiam aprender e aumentando sua inteligência com maldade. Assim, os Trols tomaram dos Orques tanta linguagem quanto conseguiam dominar; e nas Terras Ocidentais os Trols-de-Pedra falavam uma forma degradada da fala comum.

Mas, no final da Terceira Era, uma raça de Trols não antes vista surgiu no sul de Trevamata e nas bordas montanhosas de Mordor. Eram chamados de Olog-hai na língua negra. Ninguém duvidava

1612

de que Sauron os tivesse gerado, mas não se sabia de qual origem. Alguns afirmavam que não eram Trols, e sim Orques gigantescos; mas os Olog-hai eram, na natureza do corpo e da mente, bem diversos até dos maiores da raça dos Orques, aos quais muito superavam em tamanho e poder. Eram Trols, mas repletos da vontade maligna de seu mestre: uma raça cruel, forte, ágil, feroz e matreira, porém mais dura que pedra. Ao contrário da raça mais antiga do Crepúsculo, eram capazes de suportar o Sol enquanto a vontade de Sauron os dominasse. Falavam pouco, e o único idioma que conheciam era a língua negra de Barad-dûr.

Anãos. Os Anãos são uma raça à parte. Dos seus estranhos começos, e por que são ao mesmo tempo similares e diversos dos Elfos e dos Homens, conta *O Silmarillion*; mas dessa história os Elfos menores da Terra-média não tinham conhecimento, enquanto que os contos dos Homens posteriores estão confusos com lembranças de outras raças.

São na maior parte uma raça rija e obstinada, secreta, laboriosa, que guarda a lembrança das injúrias (e dos benefícios), apreciadores da pedra, das gemas, mais das coisas que assumem forma sob as mãos do artífice que daqueles que vivem por sua vida própria. Porém não são maus por natureza, e poucos jamais serviram ao Inimigo de livre vontade, não importa o que tenham alegado as histórias dos Homens. Pois os Homens de outrora só cobiçavam sua fortuna e o trabalho de suas mãos, e houve inimizade entre as raças.

Mas na Terceira Era ainda se encontrava amizade próxima, em muitos lugares, entre Homens e Anãos; e era conforme a natureza dos Anãos que, viajando, labutando e comerciando em todas as terras, como faziam após a destruição de suas antigas mansões, usassem as línguas dos Homens entre os quais habitavam. Porém em segredo (um segredo que, ao contrário dos Elfos, não revelavam de bom grado, mesmo aos amigos) usavam sua própria língua estranha, pouco mudada pelos anos; pois ela se tornara mais uma língua de saber que uma fala do berço, e eles a cultivavam e vigiavam como um tesouro do passado. Poucos de outras raças conseguiram aprendê-la. Nesta história ela só aparece nos nomes de lugares que Gimli revelou aos companheiros e no grito de

APÊNDICE F

batalha que ele pronunciou no cerco do Forte-da-Trombeta. Este, pelo menos, não era secreto, e fora ouvido em muitos campos desde que o mundo era jovem. *"Baruk Khazâd! Khazâd ai-mênu!"*, "Machados dos Anãos! Os Anãos estão sobre vós!"

No entanto, o nome do próprio Gimli e os nomes de toda a sua gente são de origem do Norte (dos Homens). Seus próprios nomes secretos e "internos", seus nomes verdadeiros, os Anãos jamais revelaram a ninguém de outra raça. Nem mesmo os inscrevem em seus túmulos.

II

DA TRADUÇÃO

Na apresentação da matéria do *Livro Vermelho*, como uma história para ser lida por pessoas de hoje em dia, todo o ambiente linguístico foi traduzido, na medida do possível, em termos de nossa própria época. Apenas os idiomas alheios à fala comum foram deixados em sua forma original; mas eles aparecem principalmente nos nomes de pessoas e lugares.

A fala comum, como idioma dos Hobbits e de suas narrativas, foi inevitavelmente transformada no português moderno.[7] Nesse processo, a diferença entre as variedades observáveis no uso do westron foi amenizada. Foi feita certa tentativa de representar as variedades por variações no tipo de português empregado; mas a divergência entre a pronúncia e as expressões idiomáticas do Condado e a língua ocidental nas bocas dos Elfos ou dos elevados homens de Gondor era maior do que está mostrado neste livro. Na verdade, os Hobbits falavam mormente um dialeto rústico, enquanto que em Gondor e Rohan se usava uma língua mais antiquada, mais formal e mais concisa.

Pode-se observar um ponto da divergência, uma vez que, apesar de ser importante, ele demonstrou ser impossível de representar. A língua westron fazia uma distinção nos pronomes da segunda pessoa (e muitas vezes também nos da terceira), independentemente

---

[7]No original, a língua-destino dessa tradução era o inglês moderno; nesta versão, o português assume o papel do inglês como idioma do leitor. [N. T.]

do número, entre formas "familiares" e "respeitosas".[8] Porém, uma das peculiaridades do uso do Condado era que as formas respeitosas haviam caído em desuso coloquial. Elas só persistiam entre os aldeões, especialmente na Quarta Oeste, que as usavam como afetuosas. Esse era um dos fatos mencionados quando o povo de Gondor falava da estranheza da fala dos Hobbits. Peregrin Tûk, por exemplo, em seus primeiros dias em Minas Tirith usava o familiar com pessoas de todos os níveis, incluindo o próprio Senhor Denethor. Isso pode ter divertido o idoso Regente, mas deve ter admirado seus servidores. Sem dúvida esse uso livre das formas familiares ajudou a disseminar o rumor popular de que Peregrin era uma pessoa de altíssimo nível em seu país de origem.[9]

Notar-se-á que Hobbits como Frodo e outras pessoas como Gandalf e Aragorn nem sempre usam o mesmo estilo. Isso é proposital. Os mais eruditos e hábeis dentre os Hobbits tinham algum conhecimento da "linguagem livresca", como a chamavam no Condado; e notavam e adotavam rapidamente o estilo dos que encontravam. Em todo caso, era natural que gente bastante viajada falasse mais ou menos à maneira daqueles entre os quais se encontravam, em especial no caso de homens que, como Aragorn, muitas vezes se esforçavam para ocultar sua origem e seus afazeres. Porém, naqueles dias todos os inimigos do Inimigo reverenciavam o que era antigo, não menos na linguagem do que em outros assuntos, e se compraziam nisso de acordo com seu conhecimento. Os Eldar, que acima de tudo eram hábeis com as palavras, dominavam muitos estilos, apesar de falarem mais naturalmente de um modo mais próximo à sua própria fala, que era ainda mais antiquada que a de

---

[8]Na tradução para o português, grande parte dessa distinção semântica foi resolvida pelo contraste entre *você* (familiar) e *tu /vós* (cerimonioso), dependendo de quem fala e com quem fala. Com isso, a nota seguinte deixa de ser significativa para a versão portuguesa. [N. T.]

[9]Em um ou dois lugares tentou-se aludir a essas diferenças através de um uso inconsistente de *thou* [o antigo pronome familiar inglês da 2ª pessoa do singular]. Visto que agora esse pronome é incomum e arcaico, ele foi empregado principalmente para representar o uso de linguagem cerimoniosa; mas uma mudança de *you* para *thou, thee* [do atual pronome comum da 2ª pessoa para o familiar] às vezes pretende mostrar, já que não há outro modo de fazê-lo, uma mudança significativa das formas cerimoniosas, ou normais entre homens e mulheres, para as familiares. [N. A.]

Gondor. Também os Anãos falavam com habilidade, adaptando-se prontamente à companhia, apesar de sua expressão parecer um tanto rude e gutural para alguns. Mas os Orques e os Trols falavam como queriam, sem apreço pelas palavras nem pelas coisas; e sua língua era de fato mais degradada e imunda do que a mostrei. Não imagino que alguém deseje uma representação mais fiel, apesar de os modelos serem fáceis de encontrar. Mais ou menos o mesmo tipo de fala ainda pode ser encontrado entre os que têm espírito-órquico: monótona e repetitiva com ódio e desprezo, afastada do bem há demasiado tempo para reter até mesmo o vigor verbal, exceto aos ouvidos daqueles aos quais só o que é esquálido soa vigoroso.

Uma tradução desse tipo, naturalmente, é usual por ser inevitável em qualquer narrativa que trate do passado. Ela raramente vai mais longe. Mas fui além dela. Também traduzi todos os nomes em westron conforme seus significados. Quando aparecem neste livro nomes ou títulos em português, isso indica que nomes na fala comum eram correntes à época, ao lado ou em vez de nomes em línguas estranhas (usualmente élficas).

Os nomes em westron eram, em regra, traduções de nomes mais antigos: como Valfenda, Fontegris, Veio-de-Prata, Praia-comprida, O Inimigo, a Torre Sombria. Alguns diferiam no significado: como Monte da Perdição para *Orodruin*, "montanha ardente", ou Trevamata para *Taur e-Ndaedelos*, "floresta do grande temor". Alguns eram alterações de nomes élficos: como Lûn e Brandevin, derivados de *Lhûn* e *Baranduin*.

Talvez esse procedimento necessite de defesa. Pareceu-me que apresentar todos os nomes em suas formas originais obscureceria uma característica essencial da época, tal como era percebida pelos Hobbits (cujo ponto de vista eu mormente me preocupei em preservar): o contraste entre uma língua generalizada, tão comum e habitual para eles como o português para nós, e os remanescentes vivos de idiomas muito mais antigos e respeitáveis. Todos os nomes, se fossem meramente transcritos, pareceriam igualmente remotos aos leitores modernos: por exemplo, se o nome élfico *Imladris* e a tradução em westron *Karningul* tivessem ambos permanecido inalterados. Mas referir-se a Valfenda como Imladris era como se agora falássemos de Winchester como Camelot, exceto que a identidade era certa, enquanto que em Valfenda ainda residia um senhor de renome muito mais antigo do que seria Artur, caso ainda fosse rei em Winchester hoje em dia.

Os nomes do Condado (*Sûza*) e de todos os demais lugares dos Hobbits, portanto, foram aportuguesados. Isso raramente foi difícil, visto que tais nomes eram comumente compostos de elementos semelhantes aos que se usam em nossos topônimos portugueses mais simples; palavras ainda correntes como *colina* ou *campo*, ou então um pouco alteradas, como *vila*. Mas alguns derivavam, como já se observou, de antigas palavras hobbits que não estavam mais em uso, e estas foram representadas por palavras semelhantes, como *toca*, "habitação", ou *grã*, "grande".

No entanto, no caso das pessoas, os nomes dos Hobbits do Condado e de Bri eram peculiares naquela época, notadamente no hábito que se estabelecera, alguns séculos antes daquele tempo, de ter nomes de família herdados. A maior parte desses nomes tinha significados óbvios (e na linguagem corrente derivavam de apelidos jocosos, de topônimos ou — especialmente em Bri — de nomes de plantas e árvores). A tradução destes apresentou poucas dificuldades; mas restavam um ou dois nomes mais antigos de significado esquecido, e contentei-me em aportuguesá-los na grafia: como Boffin por *Bophîn*.

Tratei os prenomes dos Hobbits, na medida do possível, do mesmo modo. Às meninas, os Hobbits costumavam dar nomes de flores ou joias. Aos meninos, usualmente davam nomes que não tinham nenhum significado na língua cotidiana; e alguns de seus nomes femininos eram semelhantes. São desse tipo Bilbo, Bungo, Polo, Lotho, Tanta, Nina e assim por diante. Há muitas semelhanças inevitáveis, mas acidentais, com nomes que temos ou conhecemos hoje em dia: por exemplo, Otho, Odo, Drogo, Dora, Cora e similares. Mantive esses nomes, apesar de normalmente tê-los aportuguesado alterando as terminações, visto que nos nomes dos Hobbits, *a* era uma terminação masculina, e *o* e *e* eram femininas.

Porém, em algumas famílias antigas, especialmente nas de origem Cascalva, como os Tûks e os Bolgers, era costume dar prenomes altissonantes. Já que a maioria destes parece ter sido retirada de lendas do passado, dos Homens assim como dos Hobbits, e que muitos, apesar de já não terem significado para os Hobbits, eram bem similares aos nomes dos Homens do Vale do Anduin, ou de Valle, ou da Marca, eu os transformei nesses nomes antigos, mormente de origem franca e gótica, que ainda são usados por nós ou encontrados em nossas histórias. Desse modo, pelo menos preservei o contraste, muitas vezes cômico, entre os prenomes e os sobrenomes, do qual os próprios Hobbits estavam bem conscientes. Nomes de origem clássica foram usados raramente; pois os equivalentes mais próximos do latim e do grego no saber do Condado eram as línguas élficas, e estas eram pouco usadas pelos Hobbits na nomenclatura. Poucos deles, em qualquer época, conheciam as "línguas dos reis", como as chamavam.

Os nomes dos habitantes da Terra-dos-Buques eram diferentes dos do restante do Condado. O povo do Pântano e seus descendentes além do Brandevin eram peculiares de muitas maneiras, como foi dito. Foi da antiga língua dos Grados do sul, sem dúvida, que eles herdaram muitos dos seus nomes esquisitíssimos. Deixei estes normalmente inalterados, pois, se agora são estranhos, já eram estranhos na sua época. Tinham um estilo que talvez sintamos vagamente ser "celta".

Visto que a sobrevivência de vestígios do idioma mais antigo dos Grados e dos Homens de Bri se assemelhava à sobrevivência dos elementos celtas na Inglaterra, eu às vezes imitei estes últimos em minha tradução. Assim, Bri, Archet e [Floresta] Chet são modelados em relíquias da nomenclatura britânica, escolhidas conforme o sentido: *bree*, "colina", *chet*, "mata". Mas somente um nome pessoal foi alterado deste modo. Meriadoc foi escolhido para se ajustar ao fato de que o nome abreviado desse personagem, Kali, significava "alegre" em westron [como Merry em inglês], apesar de ser na verdade a abreviatura do nome Kalimac da Terra-dos-Buques, já sem significado.

Não usei nomes de origem hebraica ou similar em minhas transposições. Nada nos nomes dos Hobbits corresponde a esse elemento em nossos nomes. Nomes curtos como Sam, Tom, Tim, Mat eram comuns como abreviaturas de nomes verdadeiros dos Hobbits, como Tomba, Tolma, Matta e similares. Mas Sam e seu pai, Ham, chamavam-se de fato Ban e Ran. Eram abreviaturas de *Banazîr* e *Ranugad*, apelidos na origem, que significavam "semissábio, simples" e "fica-em-casa"; mas, uma vez que eram palavras decaídas do uso coloquial, elas permaneceram como nomes tradicionais em certas famílias. Por isso tentei conservar essas características usando Samwise e Hamfast, modernizações dos nomes ingleses antigos *samwís* e *hámfæst*, que tinham sentido bem próximo.

Tendo chegado a esse ponto em minha tentativa de modernizar e familiarizar o idioma e os nomes dos Hobbits, vi-me envolvido em um processo adicional. Pareceu-me que as línguas dos Homens aparentadas com o westron deveriam ser transformadas em formas aparentadas com o inglês. Desse modo, fiz a língua de Rohan semelhante ao antigo inglês, já que era aparentada (mais de longe) com a fala comum e (muito de perto) também com a antiga língua dos Hobbits setentrionais e era arcaica em comparação com o westron. No *Livro Vermelho* está anotado em diversos lugares que, quando os Hobbits ouviam a fala de Rohan, eles reconheciam muitas palavras e sentiam que o idioma era próximo ao deles, de modo que pareceu absurdo deixar os nomes dos Rohirrim e suas palavras registradas em um estilo totalmente estrangeiro.

Em diversos casos modernizei as formas e as grafias de topônimos de Rohan; mas não fui consistente, pois segui os Hobbits. Eles alteravam do mesmo modo os nomes que ouviam, se fossem compostos de elementos que reconhecessem ou se fossem similares a topônimos do Condado; mas deixaram muitos intactos, assim como eu fiz, por exemplo em *Edoras,* "as cortes". Pela mesma razão, alguns nomes pessoais também foram modernizados, como Língua-de-Cobra.[10]

Esta assimilação também proporcionou um modo conveniente de representar as peculiares palavras hobbits locais que eram de origem setentrional. Elas receberam as formas que as palavras inglesas perdidas poderiam ter se tivessem chegado até os nossos dias. Assim, *mathom* pretende lembrar o antigo inglês *máthm*, e dessa forma representar a relação da palavra hobbit real *kast* com *kastu*, na língua dos Rohirrim. Similarmente, *smial* (ou *smile*), "escavação", é uma forma provável para uma descendente de *smygel* e

---

[10]Este procedimento linguístico não implica que os Rohirrim se assemelhassem muito aos antigos ingleses em outros aspectos, na cultura ou na arte, nas armas ou nos modos de guerrear, exceto de um modo geral devido às suas circunstâncias: um povo mais simples e primitivo vivendo em contato com uma cultura mais elevada e venerável e ocupando terras que outrora foram parte do domínio desta. [N. A.]

APÊNDICE F

representa a relação da palavra hobbit *trân* com o a língua dos Rohirrim *trahan*. *Sméagol* e *Déagol* são equivalentes inventados do mesmo modo para os nomes *Trahald*, "que escava, se insinua", e *Nahald*, "secreto", nas línguas do Norte.

A língua de Valle, ainda mais setentrional, só se vê neste livro nos nomes dos Anãos que vieram daquela região e, portanto, usavam o idioma dos Homens dali, assumindo nomes "externos" nessa língua. Pode-se observar que neste livro, assim como em *O Hobbit*, é usada a forma *anãos*, apesar de o plural mais comum para anão ser anões. [Em inglês o plural de *dwarf* é *dwarfs*, não o *dwarves* usado pelo autor.] Deveria ser *dwarrows* (ou *dwerrows*), se o singular e o plural tivessem percorrido seus próprios caminhos ao longo dos anos, assim como temos *man* [homem] e *men* [homens], ou *goose* [ganso] e *geese* [gansos]. Mas não falamos mais de anãos com a mesma frequência que de homens, ou mesmo de gansos, e as lembranças entre os Homens não têm sido frescas o bastante para guardarmos um plural especial para uma raça que já foi abandonada aos contos populares, onde pelo menos se conserva uma sombra da verdade, ou finalmente a histórias absurdas em que eles se tornaram meras figuras divertidas. Mas na Terceira Era ainda se vislumbra algo do seu antigo caráter e poder, mesmo que já um pouco apagado; aqueles são descendentes dos Naugrim dos Dias Antigos, em cujos corações arde ainda o antigo fogo de Aulë, o Ferreiro, e estão latentes as brasas de seu longo rancor contra os Elfos; e em cujas mãos vive ainda a habilidade no labor com pedras que ninguém ultrapassou.

Foi para assinalar isso que me aventurei a usar a forma *anãos*, e talvez removê-los um pouco das histórias mais bobas destes dias recentes. *Ananos* teria sido melhor; mas só usei essa forma no nome *Covanana*, para representar o nome de Moria na fala comum: *Phurunargian*. Pois este significava "Cova-dos-Anãos", e mesmo assim já era uma palavra de forma antiquada. Mas Moria é um nome élfico, e dado sem apreço; pois os Eldar, apesar de na necessidade, em suas amargas guerras com o Poder Sombrio e seus serviçais, serem capazes de construir fortalezas subterrâneas, não eram por opção habitantes de tais lugares. Eram amantes da terra verde e das luzes do firmamento; e Moria, em seu idioma, significava o Abismo Negro. Mas os próprios Anãos, e pelo menos este nome nunca foi mantido em segredo, a chamavam *Khazad-dûm*, a

1620

Mansão dos Khazâd; pois esse é seu próprio nome para sua própria raça, e tem sido desde que Aulë lho deu quando foram feitos nas profundas do tempo.

Elfos foi usado para traduzir tanto *Quendi*, "os falantes", o nome alto-élfico de toda a sua espécie, e *Eldar*, o nome dos Três Clãs que buscaram o Reino Imortal e ali chegaram no começo dos Dias (exceto apenas pelos *Sindar*). De fato, essa palavra antiga era a única disponível e outrora servia para se aplicar àquelas lembranças desse povo que os Homens preservavam ou aos produtos das mentes humanas, não totalmente diversos. Mas ela minguou, e a muitos pode agora sugerir fantasias delicadas ou tolas, tão diferentes dos Quendi de outrora quanto borboletas são diversas de falcões — não que algum dos Quendi jamais possuísse asas corpóreas, tão pouco naturais para eles como para os Homens. Eram uma raça elevada e bela, os Filhos mais velhos do mundo, e entre eles os Eldar eram como reis, os que agora se foram; o Povo da Grande Jornada, o Povo das Estrelas. Eram altos, de pele clara e olhos cinzentos, apesar de terem as madeixas escuras, exceto na casa dourada de Finarfin;[11] e suas vozes tinham mais melodias que qualquer voz mortal que se ouça agora. Eram valorosos, mas é aflitiva a história dos que retornaram em exílio à Terra-média; e apesar de ter-se cruzado com a sina dos Pais, em tempos remotos, a sina deles não é a dos Homens. Seu domínio passou há muito tempo, e habitam agora além dos círculos do mundo e não retornam.

Nota sobre três nomes: *Hobbit*, *Gamgi* e *Brandevin*.

Hobbit é uma invenção. Em westron a palavra usada, quando de fato havia alguma referência a esse povo, era *banakil*, "pequeno". Mas naquela época o povo do Condado e de Bri usava a palavra *kuduk*, que não se encontrava alhures. Meriadoc, porém, registra de fato que o Rei de Rohan usava a palavra *kûd-dûkan*, "habitante-de-toca". Uma vez que, como já se observou, os Hobbits falavam outrora um idioma muito aparentado com o dos

---

[11]Estas palavras que descrevem caracteres de rosto e cabelos aplicavam-se, de fato, apenas aos Noldor. [N. E.]

APÊNDICE F

Rohirrim, parece provável que *kuduk* fosse uma forma desgastada de *kûd-dûkan*. Esta última eu traduzi, por razões explicadas, por *holbytla*;[12] e *hobbit* fornece uma palavra que poderia muito bem ser uma forma desgastada de *holbytla*, se esse nome tivesse ocorrido em nossa antiga linguagem.

Gamgi. De acordo com uma tradição familiar descrita no *Livro Vermelho*, o sobrenome *Galbasi*, ou *Galpsi* em forma reduzida, vinha da aldeia de *Galabas*, cujo nome se supunha popularmente derivar de *galab-*, "caça",[13] e um antigo elemento *bas-*, mais ou menos equivalente ao nosso *wick, wich*.[14] *Gamwich* (pronunciado como *Gammidge*), portanto, pareceu ser uma representação bem adequada [em inglês]. No entanto, ao reduzir *Gammidgy* para *Gamgi*, representando *Galpsi*, não foi pretendida nenhuma referência à conexão de Samwise com a família Villa,[15] por muito que um chiste desse tipo fosse bem hobbitesco, caso houvesse motivo na língua deles.

Na verdade, *Cotton* representa *Hlothran*, um nome de aldeia bastante comum no Condado, derivado de *hloth*, "habitação ou toca de dois cômodos", e *ran*(*u*), um pequeno grupo de tais moradias numa encosta de colina. Como sobrenome, pode ser uma alteração de *hlothram*(*a*), "morador de chalé".[16] *Hlothram*, que traduzi por Cotman, era o nome do avô do Fazendeiro Villa.

Brandevin. Os nomes hobbits deste rio eram alterações do élfico *Baranduin* (tônica em *and*), derivado de *baran,* "pardo dourado", e *duin,* "(grande) rio". Brandevin pareceu uma corrupção natural de *Baranduin* em tempos modernos. Na verdade, o nome hobbit mais antigo era *Branda-nîn,* "Água-fronteiriça", que seria

---

[12]"Escavador-de-tocas" em inglês antigo. [N. T.]

[13]Em inglês, *game*. [N. T.]

[14]Terminação comum de topônimos ingleses, do inglês antigo *wīc*, "lugar fortificado". [N. T.]

[15]Em inglês, *gamgee* é uma espécie de algodão (*cotton*); mas o nome *Cotton* que foi traduzido por *Villa* em português é de outra origem, como explicado no parágrafo seguinte. [N. T.]

[16]Em inglês, "chalé" é *cottage*. [N. T.]

1622

representado mais corretamente por Riacho-da-Divisa; mas graças a um chiste que se tornara habitual, referindo-se mais uma vez à sua cor, nessa época o rio costumava ser chamado de *Bralda-hîm,* "cerveja inebriante".

Porém deve-se observar que, quando os Velhobuques (*Zaragamba*) mudaram seu nome para Brandebuque (*Brandagamba*), o primeiro elemento queria dizer "terra fronteiriça", e Buque-Divisa seria mais próximo. Somente um hobbit muito audacioso teria ousado chamar o Mestre da Terra-dos-Buques de *Braldagamba* quando ele estivesse ouvindo.

Índice Remissivo

Compilado por Christina Scull & Wayne G. Hammond

Esta lista foi compilada independentemente da preparada por Nancy Smith e revisada por J.R.R. Tolkien para a segunda edição (1965) de *O Senhor dos Anéis*, e ampliada nas impressões posteriores; mas o resultado final faz referência ao índice remissivo anterior para resolver questões de conteúdo e para preservar as ocasionais notas e "traduções" acrescentadas por Tolkien [aqui indicadas em colchetes]. Também nos referimos ao índice remissivo que o próprio Tolkien começou a preparar durante o ano de 1954, mas que deixou inacabado após lidar apenas com os topônimos. Ele pretendia, como disse em seu prefácio original de *O Senhor dos Anéis*, fornecer "um índice remissivo de nomes e palavras estranhas com algumas explicações"; mas logo ficou evidente que um tal trabalho seria demasiado longo e custoso, facilmente um breve volume isolado. (A lista manuscrita de topônimos de Tolkien influenciou os índices remissivos de seu filho Christopher em *O Silmarillion* e *Contos Inacabados* e também é referida em *The Lord of the Rings: A Reader's Companion* [O Senhor dos Anéis: Guia de Leitura] desses autores.)

Por muito tempo os leitores têm-se queixado de que o índice remissivo original é demasiado curto e fragmentado para ser usado a sério. Na presente obra dão-se citações mais abrangentes para nomes de pessoas, lugares e objetos, e palavras incomuns (inventadas), mencionadas ou aludidas no texto (isto é, excluindo os mapas); e há uma única sequência principal de verbetes, agora precedida por uma lista de poemas e canções conforme seus primeiros versos, e uma lista de poemas e frases em línguas que não o português (fala comum). Não obstante, apesar de este novo índice remissivo ser muito ampliado em comparação com seu antecessor, foram necessárias algumas limitações à sua extensão para que pudesse se encaixar confortavelmente após os Apêndices. Assim, não foi possível indexar em separado ou fazer referências cruzadas a todas as variações de todos os nomes em *O Senhor dos Anéis* (e existem milhares), e tivemos que ser especialmente seletivos ao indexarmos os Apêndices D a F, concentrando-nos naqueles nomes ou termos que aparecem no texto principal, e ao subdividirmos os verbetes por aspecto.

Os elementos primários dos verbetes foram normalmente escolhidos de acordo com a predominância em *O Senhor dos Anéis*, mas às vezes com base em familiaridade ou facilidade de referência: assim, o predominante *Nazgûl* em vez de *Espectros-do-Anel* ou de *Cavaleiros Negros*, ainda menos frequente, e o predominante e familiar *Barbárvore* em vez de *Fangorn*, com referências cruzadas dos termos alternativos (que nos parecem) mais importantes. Nomes de baías, pontes, vaus, portões, torres, vales etc., incluindo "Baía", "Ponte" etc., normalmente estão registrados no elemento principal: por exemplo, *Belfalas, Baía de* em vez de *Baía de Belfalas*. Nomes de batalhas e montanhas estão registrados diretamente: por exemplo, *Batalha de Beirágua*, *Monte da Perdição*. Com uma exceção (Rosa Villa), as hobbits casadas estão indexadas nos sobrenomes dos maridos, com referências cruzadas seletivas vindas dos nomes de solteira.

I. Poemas e canções

A canção que comece! Juntos cantemos 196

À carga, à carga, Cavaleiros de Théoden! 1210

À carga, à carga, Cavaleiros de Théoden! 760

A Dwimordene, a Lórien 756

A Elbereth Gilthoniel (outro poema) 1038

A Elbereth Gilthoniel 343

A Estrada segue sempre avante (três poemas) 35, 73, 1408

A Isengard! Pode Isengard cercado estar com pedra e tocha 718

A! Elbereth Gilthoniel! 1461

Adeus vamos dar ao fogo e ao lar! 175

Ai! laurië lantar lassi súrinen! 531–32

Altas naus e altos senhores 863

Ao Sol nas terras do Ocidente 1303

Aqui acaba a terra de Tom: não passo a divisa 228

As folhas abrem na Primavera, na folha a seiva resta 707–08

Bim, bão! balalão! badala, carrilhão! 192

Busca a Espada partida 354

Canta o conto das Coisas Viventes! 690

Cantai agora, povo da Torre de Anor 1377

Cinzento qual rato 929

Com furor, com furor, com rufar de tambor: ta-runda runda runda rom! 717

Com furor, com furor, com trompa e tambor: ta-rūna rūna rūna rom! 717

Como prata correm os rios do Celos ao Erui 1259

Da dúvida, da treva, dia nascente 1223

Da dúvida, da treva, dia nascente 1393

De folhas canto, folhas d'ouro, e folhas d'ouro vêm 525

Despertem, bons rapazes! Despertem sem ter medo! 222

Do Fano-da-Colina na fria manhã 1163

Dom Tom Bombadil gosta de chacota 199, 221

Donzela élfica houve outrora 482–83

ÍNDICE REMISSIVO

Eärendil foi um navegante 338–41
Ei! cante o banho no fim do dia 168–69
Ei! Vem, alazão! Que caras são estas? 196
Ei! Vem, balalão! alazão! Docinho! 192
Ei! venham! Oi, venham! Aonde vão vagar? 224
Em tardes cinzentas no Condado 508
Ents como árvores, com os anos dos montes 849
Escuta os cornos que cantam nas colinas 1225
Esta era minha tarefa: colher lírios d'água 201

Frios são alma, mão e osso 222

Gil-galad foi um Elfo-rei 278
Gondor! Gondor, entre os Montes e o Mar! 635

Há fogo rubro na lareira 137–38
Hô! Hô! Hô! à garrafa eu vou 154

Legolas Verdefolha, no bosque a contento 741
Longas as folhas, verde a grama 286–87

Não rebrilha tudo que é ouro 257, 356
Nem ferro achado, nem árvore abatida 794
Neve-alva! Neve-alva! Clara Dama! 140
Nos salgueirais de Tasarinan caminhei na Primavera 697
Numa estalagem, velha estalagem 242–44

Ó clara como água! Do salgueiro ramo esguio! 198
O frio, duro chão 894
O mundo era jovem, verde a montanha 445–47
Ó Orofarnë, Lassemista, Carnimírië! 716
Ó vós que vagais na terra sombria 183
Ó! Tom Bombadil, Tom Bombarqueiro! 211, 221
Onde estão os Dúnedain, Elessar, Elessar? 741
Onde o cavalo e o ginete? Onde a trompa a soar? 748

Para o Mar, para o Mar! Já chama a gaivota 1368
Por Rohan, sobre brejo e campo, onde longa cresce a grama 629–30

Quando o hálito negro desce 1246
Quando o inverno vibra o açoite 389

Saia daí, velho Fantasma! Suma à luz do sol! 222
Sem muito lamento! Magno era o morto 1218
Sentado junto ao fogo eu penso 396–97
Ser criado fiel e do dono a ruína 1220
Sobre a terra se estende treva longa 1135

Três Anéis para os élficos reis sob o céu 103
Trol senta sozinho na pedra do caminho 304–06

Vão saltando, amiguinhos, pelo Voltavime! 194
Vida longa aos Pequenos! Louvai-os com grande louvor! 1364
Virando a esquina espera quieto 1461
Vivo, não respira 895

II. Poemas e frases em idiomas que não a fala comum

A Elbereth Gilthoniel…(variantes) 343, 1038
A laita te, laita te! Andave laituvalmet! 1364
A! Elbereth Gilthoniel! 1461
Ai na vedui Dúnadan! Mae govannen! 308
Ai! laurië lantar lassi súrinen 531–32
Aiya Eärendil Elenion Ancalima! 1027
Aiya elenion ancalima! 1312
A-lalla-lalla-rumba-kamanda-lind-or-burúmë 692
Annon edhellen, edro hi ammen! 434
Arwen vanimelda, namárië! 498
Ash nazg durbatulûk… 365

Baruk Khazâd! Khazâd ai-mênu! 534, 1614

Conin en Annûn! Eglerio! 1364
Cormacolindor, a laita tárienna! 1364
Cuio i Pheriain anann! Aglar'ni Pheriannath! 1364

Daur a Berhael, Conin en Annûn! Eglerio! 1364

Elen síla lúmenn' omentielvo 141–42
Ennyn Durin Aran Moria 432
Ernil i Pheriannath 1117
Et Eärello Endorenna utúlien… 1382

Ferthu Théoden hál! 767

Galadhremmin ennorath 1588 (cf. 343)
Gilthoniel A Elbereth! 1038, 1312

Khazâd ai-mênu! 784

Laurelindórenan lindelorendor
  malinornélion ornemalin 695

Naur an edraith ammen! 412, 424
Naur dan i ngaurhoth! 424
Noro lim, noro lim, Asfaloth! 313

O Orofarnë, Lassemista, Carnimírië! 716
Ónen i-Estel Edain, ú-chebin estel anim
  1509

Taurelilómëa-tumbalemorna
  Tumbaletaurëa Lómëanor 467, 1611

Uglúk u bagronk sha pushdug
  Saruman-glob búbhosh skai 665

Westu Théoden hál! 761

Yé! utúvienyes! 1387

III. Pessoas, lugares e objetos

Abantesma [em Rohan, obra de
  necromancia, espectro] 1214
Abismo de Helm (o Abismo) 772–810
  passim, 822–24, 841–42, 852, 860–61,
  867–68, 1135–36, 1138, 1394,
  1395–97, 1535–37; cavernas do *ver*
  Cavernas Cintilantes de Aglarond; *ver*
  também Garganta do Abismo; Riacho
  do Abismo; Muralha do Abismo
Adorn 1514, 1519
Adrahil 1500, 1548
Adûnaico 1471, 1472, 1586, 1587, 1590,
  1608
Adûnakhôr 1586
Aeglos [Sincelo], Lança de Gil-galad 350
Aglarond *ver* Cavernas Cintilantes de
  Aglarond
Água, o 71–2, 129–130, 144–46,
  1315–17, 1441–42, 1446
Águias 374, 391, 420, 541–43, 635–37,
  730–31, 1283, 1357, 1376–78; *ver*
  também Gwaihir, o Senhor-dos-Ventos;
  Landroval; Meneldor
Akallabêth 1470
Alameda da Balsa 162, 164
Alameda Sul 1432
Aldalómë 697

Aldamir 1475, 1544
Aldor, o Velho 1394, 1518, 1522
Alfabetos *ver* Escrita e grafia
Alfirin 1259
Alto-élfico *ver* Quenya
Altos Elfos *ver* Eldar: Noldor
Aman (Reino Abençoado, Terras Imortais,
  Reino Imortal, Extremo Oeste, o
  Oeste, Praia do Oeste, Terra do Oceano
  etc.) 95, 207, 324 , 352, 483, 515,
  516, 960, 1368, 1391, 1464, 1468,
  1470, 1473, 1476, 1510, 1514, 1538,
  1541–42, 1607, 1621; *ver também*
  Eressëa; Valimar; Valinor
Amandil 1471
Ambaróna 697
Amigo-dos-Elfos, epíteto aplicado a
  Aragorn 486; Beren 387; Elendil
  286; Frodo 142, 146, 198, 386;
  Hador 387, 971; Húrin 387;
  Túrin 387; Amigos-dos-Elfos de
  Númenor 1607–08; Três Casas dos
  Amigos-dos-Elfos 1607
Amlaith 1474
Amon Dîn (Dîn) 1090, 1200, 1203, 1204,
  1205, 1388, 1392
Amon Hen (Morro da Visão, Morro do
  Olho) 548, 554–57, 562, 564, 568,
  629, 920, 926; assento no (Assento da
  Visão) 563, 564, 568
Amon Lhaw (Morro da Audição) 554,
  556, 563, 564, 571; assento no 564
Amon Sûl *ver* Topo-do-Vento
Amroth 483–84, 1545; nome 1606;
  porto de Amroth 483, 1255; morro
  de *ver* Cerin Amroth; *ver também* Dol
  Amroth
Anânico *ver* Anãos: idioma dos
Anãos 38,40, 46, 48–9, 54, 67, 68, 71,
  82, 93, 107–09, 117–18, 230, 232,
  236, 237, 246, 285–86, 332,335, 366,
  386, 393, 403, 415, 419–22, 429,
  430, 445, 447, 450, 469, 483, 487,
  492, 503, 507–08, 529, 533, 632,
  644–45, 657–58, 689–91, 739, 770,
  782–783, 783–84, 799, 889, 960,
  1036–37, 1261, 1395, 1487–93, 1534,
  1535 *passim*, 1622–23; Povo de Durin
  (gente, filhos, raça) 346–47, 446–47,
  502, 739–40, 800–01, 1467–70;
  Khazâd 782, 784; Barbas-longas
  1536–37; Naugrim 1623; Sete Pais
  dos 1536–37; em *O Hobbit* 52–4, 56,
  88–90, 303–05, 308–10, 331–32;
  portas-anânicas, portões 430, 431,

ÍNDICE REMISSIVO

433; reis, senhores, antepassados dos
Anãos 102, 103, 105, 347–49, *ver
também nomes de reis individuais,
como, por exemplo,* Durin; *anãos* vs.
anões 1622–23; idioma dos (anânico,
khuzdul) 405–06, 434–35, 783–84,
1592–608; nomes 1613, 1622; relação
com os Elfos 365–66, 428–30
Anãos das Colinas de Ferro 1533
Anãos de Erebor (Povo de, ou sob
a Montanha) 332–33, 346–47,
1383–84, 1536; *ver também* Erebor
Anãos de Moria 346, 451, 1535, 1601; *ver
também* Moria
Anardil 1475
Anárion 350, 352, 553, 971, 1473, 1475,
1482, 1483, 1491, 1501, 1502,
1541; herdeiros, Casa de (Linhagem
Meridional) 959, 1232, 1475, 1485;
nome 1607
Anborn 966, 979–85 *passim*, 988
Ancalagon, o Negro 116
Ancião na Porta dos Mortos 1156–57
Anduin (Grande Rio, o Rio, Rio de
Gondor) 40, 48, 105, 112, 352, 354,
359, 360, 364, 368, 370, 383, 391,
400, 403, 475, 480, 481, 484, 491,
493, 498, 518–71 *passim*, 623, 626–31
passim, 633, 635, 639, 645, 653, 655,
658, 667, 675, 684, 706, 726, 731,
732, 821, 871, 872, 889, 919, 922,
923, 928, 931, 934, 945, 946, 949,
955, 956, 978, 996, 1010, 1093, 1563,
1573, 1111, 1112, 1113, 1146, 1158,
1169, 1170, 1174, 1180, 1181, 1187,
1191, 1205, 1212, 1217, 1222–26
passim, 1231, 1257–63 *passim*, 1267,
1272, 1279, 1280, 1367, 1368, 1369,
1379, 1386, 1397, 1442, 1485–90
passim, 1496, 1497, 1498, 1499, 1512,
1513, 1532, 1541, 1548, 1556, 1557,
1561, 1605, 1610; fozes, delta do
(Ethir [desaguamento] Anduin) 350,
412, 562, 628, 946, 1121, 1222, 1261,
1262, 1484, 1608; fontes do 1511
Anduin, Vale(s) do [planícies banhadas
pelo Anduin de Lórien ao Ethir; os
"vales inferiores" ao sul de Rauros;
ao norte de Lórien ficavam os "vales
superiores"] 40, 880, 1168, 1191,
1272, 1317, 1386, 1485, 1493,
1496, 1512, 1550, 1581, 1605,
1609, 1618–19; Homens do Vale do
1512
Andúnië, Senhores de 1471, 1482

Andúril (Chama do Oeste, a Espada, a
Espada Reforjada) 394, 397, 462, 464,
528, 650, 737, 751–52, 782, 787,
1134, 1224, 1265, 1269, 1382; *ver
também* Narsil
Anéis de Poder (Grandes Anéis,
anéis-élficos) 98–100, 109–11, 114–5,
349–50, 359–60, 364–5, 817–9; anéis
menores 98–99; Três Anéis (dos Elfos)
103, 105–6, 114–5, 349–50, 353–4,
359–64, 383–5, 515–7, 1387–9,
1405, 1467–70; *ver também* Narya,
Nenya, Vilya; Sete Anéis (dos Anãos)
102–5, 114–5, 347–9, 359–60, 361–3,
383–4, 517; Nove Anéis (dos Homens
Mortais) 102–5, 114–5, 359–63, 517;
ver também Artífices-élficos: de Eregion
Anéis-élficos *ver* Anéis de Poder
Anel de Barahir 1495–1500, 1515–7
Anel, Comitiva (Companheiros) do *ver*
Comitiva do Anel
Anel, o (Um Anel, o Um, Grande
Anel, Anel de Poder, Anel Regente,
Anel-Mestre, Anel do Inimigo, etc.)
51–6, 76–84, 88–90, 96–122 *passim,*
134–5, 138–9, 172–4, 209–11,
220–21, 240–1, 245–7, 257–60,
166–8, 284–5, 292–296, 308–310,
319–27 *passim,* 331–2, 335–7,
347–65 *passim,* 366–8, 372–3, 377–87
passim, 391–5, 399–401, 418–22,
440–2, 448–50, 478–9, 514–7, 520–2,
557–80 *passim,* 624–5, 679–80,
698–700, 723–5, 730–6 *passim,*
737–9, 891–3, 899–901, 908–11,
913–4, 917–9, 952–4, 961–3, 969–70,
973–6, 979–81, 989–91, 1004–10
passim, 1017–8, 1041–6 *passim,*
1090–1, 1175–9, 1191–2, 160–7,
1288–93 *passim,* 1296–8, 1300–2,
1306–8, 1315–9, 1338–56 *passim,*
1390–1, 1407–8, 1455–7, 1460–2,
1474–8, 1531; Ruína de Isildur
351, 354, 356, 945, 950, 958, 961,
1106–7; Anel de Isildur 105–6, 358–9,
361–4, 393; chamado de *Precioso*
por Gollum (e por Frodo e Sam ao
mencioná-lo a ele), Bilbo e Isildur
52–55, 79–81, 80–2, 109–11, 363–4,
884–93, 899–901, 905–6, 908–10,
981–8 *passim,* 924–6, 981–8 *passim,*
1018–21, 1031–3, 1049–55; inscrição
(escrita de fogo) 102–3, 891–893;
Guerra do *ver* Guerra do Anel
Anfalas *ver* Praia-comprida

Angamaitë 1489
Angband 288
Angbor, Senhor de Lamedon 1259, 1261, 1267
Angerthas Daeron 1600–01
Angerthas Moria 1593, 1601
Angmar 42, 226, 277, 298, 1219, 1477, 1478, 1479,1490, 1492, 1493, 1494, 1512, 1533, 1543; Senhor de *ver* Rei-bruxo
Angrenost *ver* Isengard
Ângulo, em Lothlórien 492
Ângulo, entre o Fontegris e o Ruidoságua 1477–78, 1543
Aniversário de Bilbo e de Frodo *ver* Bolseiro, Bilbo
Ann-thennath 288
Annúminas 352, 864, 1473, 1481, 1482, 1545; palantír de 864, 1481; cetro de (cetro de Arnor) 1388, 1482, 1503, 1509
Ano Novo 1363; dos Elfos 1561, 1584
Anor, chama de 470
Anórien (Terra do Sol) 1090, 1093, 1114, 1163, 1187, 1204, 1268, 1270, 1392, 1487, 1498, 1554, 1589, 1605; Anórien do Leste 1199
Anos Amaldiçoados 1143
Anos de Trevas 103, 365
Anos Sombrios 646, 1031, 1094, 1136, 1152, 1155, 1201, 1260, 1523, 1538, 1636
Antigas Palavras e Nomes no Condado 61–2
Arador 1475, 1502, 1548
Ar-Adûnakhor "Senhor do Oeste" 1471, 1472, 1540
Araglas 1474
Aragorn I 1475, 1483
Aragorn II, filho de Arathorn II (Passolargo, herdeiro de Elendil e Isildur, Capitão, Chefe, Senhor dos Dúnedain de Arnor, Capitão da Hoste do Oeste, chefe dos Caminheiros, Rei dos Númenóreanos, Rei de Gondor e das Terras do Oeste, Senhor da Árvore Branca, etc.) 55, 56, 113, 240–01, 245–312 *passim*, 321–25 *passim*, 330, 335, 337, 342, 343, 346, 355, 356, 357, 361, 364, 366, 375, 377, 378, 389–570 *passim*, 623–65 *passim,* 671, 676, 714, 721–805 *passim,* 815–35 *passim*, 838, 846, 848, 851, 859, 860, 861, 862, 867, 924–25 , 944, 945, 951, 960, 969, 973, 1011, 1098, 1099, 1107, 1124–46 *passim*, 1153–56 *passim*, 1162, 1172, 1178, 1223–25, 1241–81 *passim*, 1288, 1357, 1359, 1365–66 *passim*, 1378–1402 *passim*, 986–90 *passim*, 993–4, 995, 1005, 1034, 1039, 1043–4, 1047, 1050, 1055–63 *passim*, 1070, 1071, 1079, 1080, 1088–98 *passim*, 1573, 1112, 1133, 1134; (o) Dúnadan 308, 335, 337, 342, 356, 650, 819, 1507; Elessar [nome dado a Aragorn em Lórien e adotado por ele como Rei] 55, 528, 553, 650, 741, 1146, 1223, 1243, 1273, 1382, 1383, 1388, 1389, 1392, 1475, 1476, 1483, 1488, 1522, 1535, 1536, 1537 1557, 1560, 1561, 1584, 1607, *ver também* Pedra-Élfica *após*; Elessar Telcontar 1475; Pedra-Élfica 1127, 1254, 1271, 1381, 1391, 1401; Envinyatar, o Renovador 1243; Estel 1502, 1503, 1504, 1507, 1508, 1509, 1511, 1548, 1549; Canela-Comprida 181; Passolargo [usado em Bri e por seus companheiros hobbits] *frequentemente, especialmente* 156–239; Passolargo Pandilheiro 181; Telcontar 1243; Thorongil [águia da estrela] 1499, 1500, 1549; Pé-de-Vento 436; como curador 198–9, 335–6, 545, 860, 862–71, 952, 956, 958, 960, 966, 967; nomes 1607; dos filhos de Lúthien 876; um dos Três Caçadores 420, 491; seu estandarte feito por Arwen 775, 778, 789, 847, 848, 861, 877, 887, 891, 948, 953, 968, 1061, 1057, 1061, 1062, 1094
Aragost 1474
Arahad I 1474, 1481
Arahad II 1474
Arahael 1474, 1481
Aranarth 1474, 1480, 1481, 1502, 1545
Arantar 1474
Aranuir 1474
Araphant 1474, 1490, 1492
Araphor 1474, 1478
Arassuil 1475
Arathorn I 1475
Arathorn II 1475, 1502, 1548; *ver também* Aragorn II, filho de Arathorn II
Araval 1474
Aravir 1474
Aravorn 1474
Araw *ver* Oromë
Archet 230, 254, 270, 272, 273, 1414; nome 1618
Arciryas 1492

ÍNDICE REMISSIVO

Arcos de Pedra, Ponte dos 41–4; *ver também* Ponte do Brandevin
Areias, sobrenome 237
Argeleb I 1474, 1477–78, 1543
Argeleb II 42, 1474, 1478, 1544
Ar-Gimilzôr 1471
Argonath (Pilares dos Reis, Portão dos Reis, Portões de Gondor, os Portões, sentinelas de Númenor) 356, 383, 548, 551, 552, 629, 639, 1003, 1099, 1158, 1486, 1553
Argonui 1475
Ar-Inziladûn *ver* Tar-Palantir
Arnach *ver* Lossarnach
Arnor (Reino-do-Norte, Terras do Norte, etc.) 41, 42, 277, 298, 350, 352, 363, 819, 864, 865, 1219, 1225, 1243, 1381, 1473–83 *passim*, 1491, 1492, 1493, 1508, 1509, 1522, 1541, 1543, 1544, 1560, 1574; Reino no Exílio 1474, 1541; calendário de 1576, 1581; Altos Reis de 1474–76; idioma de 1474, 1476–83, 1605, 1609; palantír de 1544; cetro de *ver* Annúminas; Estrela do Reino-do-Norte *ver* Elendilmir
Arod 657, 488, 742–43, 745, 749, 815, 1141, 1392
Ar-Pharazôn, "o Dourado" 1471, 1472, 1473, 1482, 1488, 1540, 1541, 1587
Ar-Sakalthôr 1471
Artamir 1490
Artemísia, sobrenome 237–39
Artemísia, Sr. 246–47
Arthedain 1474, 1477–79, 1492, 1544
Artífices *ver* Artífices-élficos
Artífices-élficos, na Primeira Era 437–39; de Eregion 98, 349, 365, 15507–61; em Valfenda 393, 394
Arvedui "Último-rei" 42, 1135, 1474, 1475, 1479–81, 1490–92, 1544–45
Arvegil 1474, 1483
Arveleg I 1474, 1478, 1543
Arveleg II 1474
Arvernien 338
Árvore Branca, de Gondor (Árvore de Prata, a Árvore) 351–53, 361–63, 635–37, 863–64, 922–23, 961–62, 1097–98, 1167–68, 1222–23, 1376–78, 1387–89, 1390–91, 1504, 1511–13, 1515–1517, 1536–37, 1560–61, 0 *passim*, 1560–61, 1580–82; Nimloth [flor branca] 1387–89, 1474–78, 1580–82; *ver também* Árvore Seca

Árvore Branca, de Valinor *ver* Telperion
Árvore da Festa 70–1, 72–5, 1446–48
Árvore de Prata *ver* Telperion; Árvore Branca
Árvore dos Altos Elfos 431
Árvore Dourada *ver* Laurelin
Árvore Seca (Árvore Morta) [relíquia morta da Árvore de Gondor] 1097–98, 1194–95, 1376–78, 1387–89, 1396–98; *ver também* Árvore Branca, de Gondor
Árvore, a *ver* Árvore Branca
Árvores, Duas *ver* Laurelin; Telperion
Arwen (Senhora, a Senhora de Valfenda, etc.) 330, 333, 337, 343, 498, 529, 1127, 1223, 1388–95 *passim*, 1401, 1468, 1504–11 *passim*, 1547, 1549, 1550, 1555, 1557, 1560; Vespestrela 330, 529, 1388, 1391, 1392, 1483, 1505; Rainha Arwen 1390, 1391, 1392, 1560; Rainha de Elfos e Homens 1509; Undómiel [cf. *Undómë* 1583] 330, 1389, 1504, 1507, 1508, 1543, 1549; lembrada, aludida por Aragorn 298, 498, 529, 1138; dádiva a Frodo (passagem para o Oeste) 1391–92; presente para Frodo (gema branca) 1391, 1456; estandarte que fez para Aragorn *ver* Aragorn II
Ar-Zimrathôn 1471
Asëa aranion ver Athelas
Asfaloth 308, 310–15 *passim*, 323–25
Assento da Audição *ver* Amon Lhaw
Assento da Visão *ver* Amon Hen
Astro vermelho no Sul 390–2
Atanatar I 1475
Atanatar II Alcarin, "o Glorioso" 1475, 1482, 1483, 1485, 1543
Atani *ver* Edain
Athelas (*asëa aranion, folha-do-rei*) [uma erva de cura] 294, 477, 478, 1244–51 *passim*
Aulë, o Ferreiro 1620–21
Aves, como espiãs 275–76, 404–06, 417, 627, 1114
Azanulbizar *ver* Vale do Riacho-escuro; Batalha de Nanduhirion (Azanulbizar)
Azevim *ver* Eregion
Azog 1526–31 *passim*, 1534

Bain, filho de Bard, Rei de Valle 332, 1549, 1550
Baixada, a 135–37, 1573–74
Balchoth 1496, 1497
Baldor 1155, 1156, 1394, 1518, 1546

1630

O RETORNO DO REI

Balin, filho de Fundin 332, 335, 347, 383, 420, 449, 450, 451–53, 462, 503, 1530, 1532, 1535, 1548, 1549; túmulo de 450, 451, 463–64

Balrog (Ruína de Durin, ruína dos Elfos) 447, 470–71, 503, 545, 738–39, 969, 1524, 1545, 1552

Balsa de Buqueburgo (a Balsa) 126, 129, 150–62 *passim*, 164–66

Balsa *ver* Balsa de Buqueburgo

Banquete do Quintal 91

Barad-dûr (Torre Sombria, Fortaleza de Sauron, Lugbúrz, Grande Torre, a Torre, etc.) 93, 103, 328, 352, 360, 361, 363, 394, 420, 503, 563, 627, 667, 674, 675, 678, 731, 733, 810, 821, 845, 853, 859, 865, 866, 872, 914, 916, 925, 926, 943, 946, 1031, 1048–53 *passim*, 1189, 1263–65, 1266, 1277, 1279, 1291, 1292, 1294, 1298, 1317, 1322, 1334, 1335, 1339, 1341, 1344, 1348, 1354, 1358, 1377, 1381, 1431, 1482, 1483, 1498, 1508, 1517, 1539, 1540, 1541, 1548, 1555, 1583, 1612, 1612; hostes da *ver* Sauron; nome (Torre Sombria) 1616; *algumas vezes usada como sinônimo de* Sauron

Barahir, neto de Faramir 56

Barahir, pai de Beren 288, 1468, 1480; *ver também* Beren, filho de Barahir; Anel de Barahir

Barahir, regente 1476

Baranduin *ver* Brandevin

Barazinbar (Baraz) *ver* Caradhras

Barba-de-Bode, Harry 232–35, 249–50, 262–64, 1411–13, 1414–15

Barba-de-Bode, sobrenome 238

Barbárvore 687–717 *passim*, 719–20, 729–30, 735, 736, 737, 812, 813, 815, 816, 821, 822, 827, 828, 829, 832, 834, 836, 847, 849, 850, 851, 1103–05, 1396; Fangorn 690, 704, 814, 736, 1396, 1399; nome 691; Mais-velho 1400; mais velho ser vivo 736, 813–14

Barbas-longas *ver* Anãos

Bard de Esgaroth (Bard, o Arqueiro) 332, 1534, 1548, 1549

Bard II de Valle 1557

Bardings *ver* Valle, Homens de

Batalha das Travessias do Erui 1488, 1544

Batalha de Azanulbizar *ver* Batalha de Nanduhirion

Batalha de Beirágua 1445, 1453, 1558, 1625; Rol da 1445

Batalha de Dagorlad (Grande Batalha) 350, 905, 961, 1482, 1084

Batalha de Fornost 1493, 1545

Batalha de Nanduhirion (Azanulbizar) 1527, 1535, 1547

Batalha de Valle, 2941 da Terceira Era *ver* Batalha dos Cinco Exércitos

Batalha de Valle, 3019 da Terceira Era 1555

Batalha do Acampamento 1490–91, 1544

Batalha do Campo de Celebrant 753, 971, 1393, 1512, 1514, 1546

Batalha do Campo de Gondor *ver* Batalha dos Campos de Pelennor

Batalha do Forte-da-Trombeta 779–92, 1554

Batalha do Pico, isto é, Celebdil 739–40

Batalha dos Campos de Pelennor 1182, 1187, 1207–26, 1263, 1317, 1509, 1520–22, 1536, 1554–55

Batalha dos Cinco Exércitos (de Valle) 51, 99, 332, 420, 1534, 1535, 1548

Batalha dos Verdescampos 43, 1445

Batalhas dos Vaus do Isen 803–05, 1553

Bebidas-de-ent 698–700, 709–12, 816–19, 834–35, 1399–1401

Beirágua 64–5, 68, 70, 71, 72, 88, 94, 129, 511, 1337, 1344; Lagoa de 1344, 1429–30; *ver também* Batalha de Beirágua

Belecthor I 1476

Belecthor II 1476, 1498, 1547

Beleg 1474

Belegorn 1476

Belegost 1523

Beleriand (Terras do Norte, Terra-do-Norte) 288, 341, 432, 1029, 1479, 1589, 1592–93, 1606

Belfalas 41, 1090, 1094, 1113, 1222

Belfalas, Baía de 484, 536

Belo Povo *ver* Elfos

Béma *ver* Oromë

Beorn 332

Beornings 332, 521–22, 562, 646, 1512, 1556; biscoitos de mel dos 521; terra dos 562; idioma dos 1609

Beregond, filho de Baranor (Beregond da Guarda) 1107–16, 1119, 1122, 1168, 1169–71, 1172, 1182, 1194–95, 1228–36 *passim*, 1248, 1253, 1271, 1282, 1384; *ver também* Bergil, filho de Beregond

Beregond, regente 1476, 1497–98

Beren, filho de Barahir (Beren Uma-Mão) 286–88, 387, 394, 1016, 1031, 1037,

ÍNDICE REMISSIVO

1361, 1468, 1480, 1503, 1505, 1539; nome 1607; Beren e Lúthien, balada de 394
Beren, regente 1476, 1497, 1517
Bergil, filho de Beregond 1119–22, 1239, 1247, 1270–71
Berilo, uma pedra-élfica 297
Berratouro *ver* Tûk, Bandobras
Berúthiel, Rainha, gatos da 439
Bibliotecas 56–62, 361–63, 394–95, 1582–84
Bifur 332, 1535
Bill, pônei 269, 270, 272, 279, 295, 300, 302, 303, 310, 398–99, 404, 408, 411, 416, 422, 427–28, 429–30, 434, 436–37, 441, 1411, 1417, 1418, 1422, 1423, 1460
Blanco 42, 1562
Bob 236, 244, 268, 269, 1412
Boca de Sauron (Lugar-Tenente da Torre, Mensageiro) 1276–83 *passim*
Boca-ferrada (Carach Angren) 1319, 1328–31, 1333–34, 1336–37
Boffin, Basso 1567
Boffin, Bosco 1567
Boffin, Briffo 1567
Boffin, Buffo 1567
Boffin, Donamira *nascida* Tûk 1567, 1569
Boffin, Druda *nascida* Covas 1567
Boffin, família 48, 73, 74, 76, 84, 88, 101, 1567; nome 1617
Boffin, Folco 92, 124, 125, 1567
Boffin, Griffo 1563, 1567
Boffin, Gruffo 1567
Boffin, Hera *nascida* Bembom 1567
Boffin, Hugo 1567, 1569
Boffin, Jago 1567
Boffin, Lavanda *nascida* Fossador 1567
Boffin, Margarida *nascida* Bolseiro 1563, 1567
Boffin, Otto, "o Gordo" 1567
Boffin, Rollo 1567
Boffin, Safira *nascida* Texugo 1567
Boffin, Sr. 94
Boffin, Tosto 1567
Boffin, Uffo 1567
Boffin, Vigo 1567
Bofur 332, 1535
Bolg 1526, 1534
Bolger, Adalbert 1565, 1567
Bolger, Adalgar 1565
Bolger, Alfrida 1565
Bolger, Ametista *nascida* Corneteiro 1565
Bolger, Belba *nascida* Bolseiro 1563, 1565
Bolger, Cora *nascida* Boncorpo 1565

Bolger, Dina *nascida* Diggle 1565
Bolger, família 73, 74, 76, 84, 88, 101, 1565; nome 1585; nomes na 1617
Bolger, Fastolph 1563, 1565
Bolger, Filibert 1563, 1565
Bolger, Fredegar "Fofo" 92, 124, 125, 166–80 *passim*, 265, 1452, 1565, 1567, 1569
Bolger, Gerda *nascida* Boffin 1565, 1567
Bolger, Gundabald 1565, 1571
Bolger, Gundahad 1565
Bolger, Gundahar 1565
Bolger, Gundolpho 1565
Bolger, Heribald 1565
Bolger, Herugar 1565, 1567
Bolger, Jasmina *nascida* Boffin 1565, 1567
Bolger, Nina *nascida* Pesperto 1565
Bolger, Nora 1565
Bolger, Odovacar 1565, 1569
Bolger, Papoula *nascida* Roliço-Bolseiro 1563, 1565
Bolger, Prisca *nascida* Bolseiro 1563, 1565
Bolger, Rosamunda *nascida* Tûk 1565, 1569
Bolger, Rudibert 1565
Bolger, Rudigar 1563, 1565
Bolger, Rudolph 1565
Bolger, Sálvia *nascida* Brandebuque 1565, 1571
Bolger, Theobald 1565
Bolger, Violeta *nascida* Bolseiro 1563, 1565
Bolger, Wilibald 1563, 1565
Bolger, Wilimar 1565
Bolinho-de-Farinha *ver* Pealvo, Will
Bolsão 54, 63–98 *passim*, 118–28 *passim*, 133, 135, 166, 167, 171, 173, 253, 257, 276, 376, 389, 448, 999, 1305, 1422, 1424, 1425, 1429, 1432, 1436, 1440, 1441, 1442, 1446–57 *passim*, 1465, 1551, 1561
Bolseiro, Angélica 85, 1563
Bolseiro, Balbo 1563, 1567
Bolseiro, Beladona *nascida* Tûk 1563, 1569
Bolseiro, Berila *nascida* Boffin 1563, 1567
Bolseiro, Bilbo 37–46 *passim*, 50–6 *passim*, 63–101 *passim*, 108–25 *passim*, 132–37 *passim*, 141, 142, 144, 159–60, 167–75 *passim*, 209, 219, 240, 241, 242, 256, 278, 298, 303, 304, 306, 307, 326–27, 331–38 *passim*, 341–48 *passim*, 356–57, 358, 359, 364, 379, 385–90 *passim*, 394–98, 400, 409, 411, 448, 451, 467, 477, 508, 509, 513, 539, 557, 567,

1632

687, 887, 921, 973, 1016, 1041, 1042, 1283, 1303, 1366, 1367, 1385, 1390, 1404–09 *passim*, 1446, 1459, 1462, 1463, 1467, 1482, 1547, 1548, 1550, 1558, 1563, 1567, 1589; aniversário, festas de aniversário 54, 63–4, 68–77, 82, 84–6, 91–2, 93, 121, 124–25, 240, 389, 1405, 1459, 1462; livro, diário *ver* Livro Vermelho do Marco Ocidental

Bolseiro, Bingo 1563

Bolseiro, Bungo 1563, 1569

Bolseiro, Camélia *nascida* Sacola 1563

Bolseiro, Chica *nascida* Roliço 1563

Bolseiro, Dora 85, 1563

Bolseiro, Drogo 65–6, 85, 1563, 1565, 1571; *ver também* Bolseiro, Frodo, filho de Drogo

Bolseiro, Dudo 1563

Bolseiro, família 48, 73, 74, 76, 84, 101, 396, 1563; nome 114

Bolseiro, Fosco 1563, 1565

Bolseiro, Frodo, filho de Drogo (Portador-do-Anel, Sr. Sotomonte, o Pequeno, etc.) 39, 50, 53, 54, 56, 64–5, 66, 73, 75–571 *passim*, 623–25, 630, 631, 640, 651, 659, 664, 672, 676, 714, 724, 731, 759, 829, 871–1055 *passim*, 1090–91, 1098, 1149, 1154, 1168, 1173–74, 1178, 1179, 1276, 1278, 1282, 1287, 1288, 1289, 1290, 1294, 1296, 1297, 1301, 1302, 1304–69 *passim*, 1383, 1385, 1386, 1389, 1390–92, 1403–64 *passim*, 1534, 1549–59 *passim*, 1563–71 *passim*, 1583, 1615; Daur 1364; e a história do Anel da Perdição (Frodo dos Nove Dedos) 1017, 1360–61, 1365

Bolseiro, Goivita *nascida* Cachopardo 1563

Bolseiro, Largo 1563, 1567

Bolseiro, Laura *nascida* Roliço 1563, 1567

Bolseiro, Longo 1563

Bolseiro, Mimosa *nascida* Bunce 1563

Bolseiro, Mungo 1563, 1567

Bolseiro, Polo 1563

Bolseiro, Ponto, o jovem 1563

Bolseiro, Ponto, o velho 1563

Bolseiro, Porto 1563

Bolseiro, Posco 1563

Bolseiro, Prímula *nascida* Brandebuque 65, 1563, 1569, 1571

Bolseiro, Rubi *nascida* Bolger 1563, 1565

Bolseiro, Tanta *nascida* Corneteiro 1563

Bombadil, Tom 192–215 *passim*, 221–29 *passim*, 234, 249, 270, 314, 379–80,

700, 1026, 1419, 1464, 1551; Forn 379; Iarwain Ben-adar 379, 380; 1586; Orald 379; O mais velho 208, 379; casa de (sob o morro) 192, 195, 197–200, 215, 221, 1464

Bombur 332, 1535

Boncorpo, família 72–4, 75–7, 1563

Boncorpo, Lili (Bolseiro) 1563

Boncorpo, Togo 1563

Borda do Sul 1413

Borgil 143

Borin 1524, 1535

Boromir, filho de Denethor II (Capitão, Alto Guardião da Torre Branca, dos Nove Caminhantes, etc.) 346, 353, 355, 356, 357–58, 362, 366, 369–70, 375, 381, 382–83, 385, 393, 397–568 *passim*, 623–31 *passim*, 638, 646, 648, 650, 652, 653, 661, 664, 665, 724, 732, 759, 820, 829, 943–44, 950–57, 958, 959, 961, 962, 969, 970, 972, 973–75, 1092, 1098, 1099–1102, 1573, 1113, 1115, 1116, 1157, 1172–80 *passim*, 1235, 1496, 1501, 1549, 1551, 1552; nome 1607; trompa de *ver* Trompa de Boromir

Boromir, regente 1476, 1496, 1497

Brand, filho de Bain, Rei de Valle 332, 348–49, 1534, 1550, 1555, 1556, 1557

Brandebuque, Adaldrida *nascida* Bolger 1565, 1571

Brandebuque, Amaranta 1571

Brandebuque, Berilac 1571

Brandebuque, Celidônia 1571

Brandebuque, Dinodas 1571

Brandebuque, Doderic 1571

Brandebuque, Dodinas 1571

Brandebuque, Esmeralda *nascida* Tûk 77, 1569, 1571

Brandebuque, Estela *nascida* Bolger 1565, 1569, 1571

Brandebuque, família 46, 65–6, 73–6, 88, 123, 155, 159, 164–65, 167, 177, 231, 266, 1253, 1571; nome 1623; curiosidade da 855; Senhor da Mansão (Senhor da Terra-dos-Buques), isto é, chefe da família 41, 47, 165, 176

Brandebuque, Gorbadoc "Cintolargo" 66, 1569, 1571

Brandebuque, Gorbulas 1571

Brandebuque, Gormadoc "Cavafundo" 1571

Brandebuque, Hanna *nascida* Valeouro 1571

ÍNDICE REMISSIVO

Brandebuque, Hilda *nascida* Justa-Correia 1567, 1571
Brandebuque, Ilberic 1571
Brandebuque, Madoc "Nucaltiva" 1571
Brandebuque, Malva *nascida* Teimão 1571
Brandebuque, Marmadas 1571
Brandebuque, Marmadoc "Imperioso" 1565, 1571
Brandebuque, Marroc 1571
Brandebuque, Melilota 75, 1571
Brandebuque, Menegilda *nascida* Oiro 1571
Brandebuque, Menta 1571
Brandebuque, Meriadoc, "Merry", filho de Saradoc 38–40, 48–9, 61–2, 87–8, 91–4, 122–25, 129–30, 155–57, 162 *passim*, 248–49, 255–57, 260–318 *passim*, 319–20, 324–27, 328–29, 331, 345–46, 388–569 *passim*, 624–27, 650–51, 653–54, 656–58, 660–63, 664–65, 668–739 *passim*, 765–67, 812–38 *passim*, 845–59 *passim*, 862–63, 944–46, 1098–99, 1099–101, 1117–118, 1121–123, 1124–133 *passim*, 1147–165 *passim*, 1199–205 *passim*, 1208–211, 1213–21 *passim*, 1237–41, 1243–45, 1250–58 *passim*, 1270–72, 1282–83, 1287–88, 1366–68, 1368–69, 1374–75, 1376–78, 1381–82, 1386–87, 1391–92, 1394–95, 1395–97, 1399 *passim*, 1464–66, 1467–70; Holdwine da Marca 1395; trompa de *ver* Trompa da Marca; nome 1622
Brandebuque, Merimac 1571
Brandebuque, Merimas 1571
Brandebuque, Mirabela *nascida* Tûk 1569, 1571
Brandebuque, Orgulas 1571
Brandebuque, Rorimac "Pai-d'Ouro", "Velho Rory" 77, 86, 1571
Brandebuque, Sadoc 1571
Brandebuque, Saradas 1571
Brandebuque, Saradoc "Espalha-Ouro" 811, 1569, 1571
Brandebuque, Seredic 1571
Brandevin (Baranduin) 42, 45, 65, 66, 132, 145, 164–66, 185, 194, 213, 231, 241, 260, 266, 308, 409, 519, 1316, 1416, 1421, 1441, 1477, 1544, 1548, 1562, 1618, 1621; nome 1616, 1621, 1622; vale do 213
Bregalad *ver* Tronquesperto
Brego, filho de Eorl 758, 1155–56, 1394, 1518, 1546

Brejo dos Rostos Mortos *ver* Pântanos Mortos
Bri (região de Bri, gente de Bri, habitantes de Bri) 41, 47, 56, 228–57 *passim*, 260–71 *passim*, 273, 275, 277, 280–81, 321, 337, 368, 369, 373, 376–78, 398, 467, 818, 823, 1252, 1406, 1413–18 *passim*, 1429, 1431, 1477, 1533, 1536, 1543–44, 1549, 1551–52, 1558, 1579; calendário de 1576, 1579–81; vigia do Portão 1411; Hobbits de (Povo Pequeno) 47, 229–41 *passim*, 246, 1414; Homens de (Povo Grande) 229, 230–39 *passim*; idioma, dialeto de 238, 1609–10; nomes em 1617–18; topônimos em 1609–10; Portão-sul de 232, 262, 272, 1410–11; Portão-oeste de 232, 262, 263, 1414; "estranho como notícias de Bri" 929
Bronco 224
Bruinen (Ruidoságua) 281, 297, 298, 311, 315, 326, 343, 345
Bruinen, Vau do (Vau de Valfenda) 281, 297, 300, 306, 312–15, 320, 322, 324, 325–26, 359, 378, 391, 400, 1410, 1552, 1558
Brytta *ver* Léofa
Bucca do Pântano 1481
Bundushathûr (Shathûr) [Cabeça-de-Nuvem] *ver* Fanuidhol
Buqueburgo 56, 123, 127, 135, 148, 154, 165, 167, 175, 194
Buraqueiro, sobrenome 237–39

Cabeça-de-Nuvem *ver* Fanuidhol
Cachoeira da Escada 426
Cair Andros (Andros) 1174, 1180, 1184, 1187, 1270, 1275, 1174, 1180, 1184, 1270, 1275, 1369, 1377–78, 1554, 1589
Cajados, presentes de Faramir 992–93, 1034–35, 1040–41
Calacirya [ravina de luz] 532
Calembel 1146, 1146
Calenardhon (*posteriormente* Rohan) 970–72, 1487–93, 1503–04, 1509–11, 1534–35
Calendários 56, 1575–84
Calenhad 1090, 1165
Calimehtar, filho de Narmacil II 1503–04
Calimehtar, irmão de Rómendacil II 1475
Calimmacil 1492
Calmacil 1471, 1485
Câmara de Mazarbul [Registros] 452–62 *passim*, 503

Câmaras de Fogo *ver* Sammath Naur
Caminheiros *ver* Dúnedain
Caminho do Norte *ver* Estrada do Oeste
Caminho Verde (Estrada Norte) 49–51, 231–32, 235–36, 239, 249–50, 366–68, 376–77, 390–92, 1414, 1415, 1430–31; encruzilhada do Caminho Verde 232–33
Caminho-élfico, desde Azevim 426, 427, 430
Campo Alagado *ver* Nindalf
Campo da Festa 70–1, 76–8, 83–4, 1455, 1584
Campo-da-Corda 882
Campo-dos-Túmulos 747, 1393
Campos da Ponte 177
Campos de Lis 105–07, 351, 364, 391, 1561; Desastre dos 105–06, 350–52, 1478–87, 1561
Cão de Sauron *ver* Lobos
Capas-élficas *ver* Elfos
Capitães do Oeste 1263, 1267, 1274–81 *passim*, 1330–31, 1334, 1339, 1344, 1349, 1357, 1358, 1370–71, 1372–74
Capitão do Porto de Umbar 1512–14
Capitão Negro *ver* Rei-bruxo
Carach Angren *ver* Boca-ferrada
Caradhras, o Cruel (Barazinbar, Baraz, Chifre-vermelho) 402–03, 406–17 *passim*, 422, 447, 473, 503, 969, 1081, 140506, 1537, 1561, 1585–92; passo de *ver* Portão do Chifre-vermelho
Caras Galadhon (Cidade dos Galadhrim, Cidade das Árvores) 495, 497, 499–502, 504, 510, 523, 546–47, 701, 740, 1526–157, 1560–61; nome 1622
Caras, assim chamados por Gollum, *ver* Lua; Sol
Carchost *ver* Torres dos Dentes
Cardolan 1487–95
Carl, filho de Cottar 1573
Carn Dûm 223, 226, 1507–09
Carnen (Rubrágua) 1536–37,
Carnimírië 716
Carrapicho, Cevado (Cevada) 228, 234–62 *passim*, 267–71 *passim*, 321, 377, 1406, 1412–18 *passim*
Carrapicho, família 48
Carroceiros 1504, 1505, 1534–35
Carrocha 1531–34; Vau da 332
Casa de Húrin *ver* Regentes
Casa dos Regentes, tumbas 1191–92, 1194–97, 1228–29
Casa dos Reis (Casas dos Mortos) 1384–86, 1509, 1529–31, 1531–34

Casa(s)-de-ent 699, 715, 717–19
Casadelfos 341, 968, 972, 1368, 1517–25; *ver também* Doriath
Casa-mathom (museu) 43–5, 54, 448
Casas de Cura 1235–58 *passim*, 1370, 1371–72, 1374–75, 1379, 1381–82; Curadores 1235–36, 1239, 1271, 1371, 1372; mestre-das-ervas da 1243–45, 1246–47, 1250–51; Diretor das 1252–54, 1370–72, 1372–74, 1374–75, 1379
Casas dos Mortos *ver* Casa dos Reis
Casas–de–Condestáveis 1425–26, 1427–29, 1441–42, 1453
Casca-de-Pele (Fladrif) 702–05, 717, 1585–92
Cascalvas 40–4, 45, 1543, 1610; nomes 1617
Castamir, o Usurpador 1478–87, 1503–04
Cavaleiro Branco *ver* Gandalf
Cavaleiros de Rohan *ver* Rohirrim
Cavaleiros Negros *ver* Nazgûl
Cavalga-lobos 656–57, 775, 805
Cavalo branco, emblema de Rohan *ver* Rohan
Cavernas Cintilantes de Aglarond 799–801, 867–68, 1127–29, 1368–69, 1395–97; Senhor das *ver* Gimli
Celduin *ver* Rio Rápido
Celebdil, o Branco (Pico-de-Prata, Zirakzigil, Zirak) 402, 473, 739–40, 1358–60, 1405, 1560
Celeborn, o Sábio (Senhor de Lothlórien, Senhor dos Galadhrim, etc.) 57, 499–509 *passim*, 518, 519, 525–31 *passim*, 661, 694–95, 972, 976, 979, 981, 982, 985, 1063, 1082, 1085, 1094, 1095, 1389, 1392–94, 1396–98, 1401, 1402, 1405, 1531–34, 1538–50; um dos Grandes 1396–98
Celebrant, Campo do [planície entre o Veio-de-Prata e o Limclaro] 1502, 1534–35; *ver também* Batalha do Campo de Celebrant
Celebrant, rio (Veio-de-Prata, Kibil-nâla) [curso-de-prata] 391, 403, 453, 475–76, 481, 484, 490–91, 495, 503, 523–24, 531, 540, 546, 1534–35, 1536–37
Celebrían 529, 1482, 1543, 1546
Celebrimbor 349, 363, 431, 1540
Celebrindor 1474
Celepharn 1474
Celos 1259
Cemendur 1475

ÍNDICE REMISSIVO

Ceorl 773
Cerco de Barad-dûr 1560–61
Cerin Amroth 496–98, 1507, 1510, 1511, 1549
Cerrestio 1580
Cerrinverno 1575, 1579–80, 1581
Certar *ver* Cirth
Certhas Daeron *ver* Runas de Daeron
Charcoso *ver* Saruman
Charneca Etten 295–97, 378, 391, 1491–94
Chefe, o *ver* Sacola-Bolseiro, Lotho
Chifre-vermelho *ver* Caradhras
Cidade Alta *ver* Cidadela de Gondor
Cidade dos Galadhrim (Cidade das Árvores) *ver* Caras Galadhon
Cidade Guardada *ver* Minas Tirith
Cidade Morta *ver* Minas Morgul
Cidade, a *ver geralmente* Minas Tirith
Cidade-do-lago *ver* Esgaroth
Cidadela das Estrelas *ver* Osgiliath
Cidadela de Gondor (Cidade Alta) 1094–95, 1097, 1106, 1108, 1109, 1112, 1116, 1121, 1122, 1167, 1168, 1171, 1176, 1184, 1185, 1186, 1191, 1192, 1194, 1227, 1228, 1236, 1238, 1242, 1250; portão da Cidadela 1096, 1171, 1193, 1194, 1228, 1234; Pátio (Praça) da Fonte 1096, 1097, 1104; Guardas da *ver* Guardas da Cidadela; Salão dos Reis (da Torre, Salão da Torre) 1166, 1182, 1242; Pátio Alto 1096; *ver também* Torre Branca
Ciranda-saltitante 75
Círdan, o Armador 346, 351, 380, 1464, 1487–98
Ciril 1146, 1259; vaus do 1146
Cirion 678, 1496–97, 1512–13, 1522
Cirith Gorgor (Passo Assombrado) 526, 915, 919, 1274, 1275, 1281
Cirith Ungol [Passo da Aranha] (Passo Alto, Passo Inominável) 925, 988, 989, 1015, 1030, 1174, 1178, 1349–51, 1368, 1507–09, 1561; Fenda de 1030, 1043–44, 1288–89; torre de 1014, 1018, 1033, 1043, 1047, 1055 *passim*, 1319, 1321–23, 1325–27, 132830; *ver também* Escada Reta; Escada Tortuosa
Cirth *ver* Runas
Ciryandil 1484, 1502
Cisne, como emblema *ver* Dol Amroth
Cisnefrota, rio 1403–05
Cisnes negros 536
Clareira da Fogueira 181, 182
Colina Buque 164, 166

Colina da Morte 806, 1129
Colina de Barbárvore 687–90, 691–93, 724–29
Colina, a (Colina da Vila-dos-Hobbits) 63–5, 67–8, 70–1, 88–90, 95–6, 126–27, 129, 135–37, 159–61, 376–77, 507–08, 512–14, 1446, 1448, 1451, 1453–54, 1584
Colina-Bri 272, 1411, 1414
Colinas Brancas 45–7, 51–2, 1429, 1463
Colinas da Torre (Emyn Beraid) 46–8, 139–40, 864–65, 1495–98; Palantír das 864–65, 1495–98; *ver também* Torres Brancas
Colinas de escória 1275–76, 1560–61
Colinas de Ferro 0536–537, 1560–61
Colinas Distantes 42, 43–5, 1464–65, 1560
Colinas do Norte 351–53, 1416, 1493, 1494–95, 1507–09
Colinas do Vento 274–76, 278, 284–85, 286, 1491–94
Colinas dos faróis, faróis 1090, 1113, 1165
Colinas Verdes (Terra das Colinas Verdes), do Condado 129–30, 1435–37, 1444–46, 1460–62
Colinas Verdes, de Gondor *ver* Pinnath Gelin
Colinas-dos-túmulos (região das Colinas) 185, 195, 205, 207, 211, 212–29 *passim*, 233, 249, 269, 376, 661, 1219, 1419, 1420, 1478, 1479, 1609; Tyrn Gorthad 1478, 1479, 1543; portão-norte das 217
Comando, palavra de 466
Comitiva do Anel 393, 397, 508, 518–29 *passim*, 531–57 *passim*, 562–65 *passim*, 565, 567, 624, 626, 631, 654, 654, 730, 731–33, 733–35, 827, 871–872, 872, 880, 950, 951, 956, 958, 969, 1041, 1107, 1108, 11245, 1368; Companheiros do Anel (Companheiros) 1386, 1391, 1392; Sociedade 56, 556, 957, 960, 1386–87, 1464, 1561; Sociedade do Anel 1399–401, 1561
Companhia Branca 1384
Companhia Cinzenta 741, 1129, 1136, 1139–46 *passim*
Companhias Errantes 146–47
Condado, o (país, terra dos Pequenos) 38 *passim*, 54–6, 57, 61–2, 63 *passim,* 209–10, 218–19, 227–43 *passim*, 250–52, 253–54, 255–57, 258–60, 261, 266–68, 276–78, 281–84, 298–300,

1636

312–14, 321–22, 324–25, 326–28, 331–32, 335–36, 337, 344, 358–59, 360–61, 364–76 *passim*, 378–80, 385–87, 393–94, 409–10, 447–48, 451–52, 463–64, 477–78, 493–494, 497–98, 507–08, 509, 512–14, 545–47, 557–59, 566–67, 700–01, 812, 835, 849–50, 876–78, 882–83, 926–27, 930, 933–35, 943–44, 986–88, 1027–29, 1037–38, 1041–42, 1090–91, 1098–99, 1101–03, 1107–08, 1112–13, 1115–17, 1119–21, 1124–25, 1131–33, 1148–49, 1167–68, 1170–71, 1172–74, 1252–54, 1270–71, 1278–79, 1302–03, 1311–12, 1347–48, 1355–56, 1366–68, 1381–82, 1390–91 *passim*, 1395–97 *passim*, 1401–02, 1406, 1487–502 *passim*, 1536–37 *passim*, 1560–62, 1576–77; calendário do *ver* Registro do Condado; relógios no 940–42; feriados no 51–2, 1457–58, 1584; Marcos do 49–51; Serviço de Mensageiros 51–2; nome 1622; ordenamento do 49; nomes pessoais no 1622–23; Mestre-Correio 51–2; Serviço do Correio Rápido 1427 registros no 56–62, 1582–84; povoamento do 40, 41–4; maneira do Condado, conselho 1407–08; povo do Condado, hobbits do Condado 61–2, 231–32, 232–33, 239–40, 260–61, 385–87, 508–09, 1131–33, 1148–49, 1270–71, 1433–34, 1495–98, 1560–61 etc.; historiadores do Condado 1446; Tribunal do Condado 49; Tropas do Condado 49; Guarda 51–2; "certo como conversa do Condado" 930; *ver também* Terra-dos-Buques; Beirágua; Quarta Leste; Quartas; Colinas Verdes; Vila-dos-Hobbits; Hobbits; Pântanos do Norte; Quarta Norte; Quarta Sul; Pedra das Três Quartas; Terra-dos-Tûks; Quarta Oeste; Marco Ocidental; etc.

Condestáveis 51–2, 1425–30 *passim*, 1435, 1453; Primeiro Condestável 51–2

Conselho Branco (Conselho dos Sábios) 94–5, 99, 100, 105–06, 359–60, 360–61, 369–70, 372–73, 380–81, 504–05, 853–55, 863–64, 1407–08, 1509–11, 1537, 1536–37, 1560–61 *passim*

Conselho de Elrond (o Conselho) 53, 320, 344, 345–87, 388, 399, 521, 556,

559, 561, 701, 950, 951, 962, 1041, 1046, 1081

Conselho dos Sábios *ver* Conselho Branco

Conselho, de Denethor 1179

Contenda-das-Famílias 1485, 1502, 1503, 1509

Conto de Aragorn e Arwen, O 61–2, 1515–34

Conto dos Anos, O 61–2, 1538–61

Cordoeiro, Andwise "Andy" 882

Cormallen, campo de 1361–69 *passim*,1379, 1430, 1560

Corneteiro, família 72–4, 74–5, 75–7, 101–02

Corneteiro, Tobold (Tobold, o Velho, Velho Toby) 48–9, 813–14

Coroa de Durin 446, 475

Coroa de Ferro 1017–18, 1469–72

Coroa de Gondor (Coroa de Prata, Coroa Branca, coroa alada, coroa de Elendil) 352, 635, 962

Córrego do Tronco 153

Corsários de Umbar 1113, 1222, 1503–04, 1509–11, 1512–14, 1535–37, 01560–1561,

Corte do Rei, Númenor 1580–82

Cortina, a *ver* Henneth Annûn

Corvos *ver* Aves, como espiãs

Costa(s) de Cá *ver* Terra-média

Cottar, ancestral dos Villas 1573

Cousa(s)-tumular(es) (Cousas) 207, 208, 211, 219–22, 224, 225, 277, 379, 1551

Cousas *ver* Cousas-tumulares

Covamiúda, Robin 1425–26, 1427–29

Covanana *ver* Moria

Covas, Asfodélia *nascida* Brandebuque 1571

Covas, família 73, 74, 76

Covas, Milo 85, 1563, 1571

Covas, Minto 1563

Covas, Mirta 1563

Covas, Moro 1563

Covas, Mosco 1563

Covas, Peônia *nascida* Bolseiro 1563, 1571

Covas, Rufus 1571

Cram 521

Crebain 405; *ver também* Aves, como espiãs

Crepúsculo, do Oeste 1526–27, 1529–31

Cricôncavo 123, 126, 149, 166, 168, 176, 177, 190, 265, 266, 376, 378, 1424, 1456, 1457, 1552

Curadores *ver* Casas de Cura

Curunír *ver* Saruman

ÍNDICE REMISSIVO

Dádiva dos Homens (Sina dos Homens) 1472, 1527, 1531–34

Daeron 1592, 1593, 1600, 1627,

Dagorlad (Planície da Batalha) 872, 901, 961, 1158; *ver também* Batalha de Dagorlad

Dáin I 1535, 1546, 1636

Dáin II "Pé-de-Ferro" 332, 347–49, 1268

Damrod 946, 948, 957, 958, 963, 964

Déagol 106, 109, 111, 1545; nome 1610, 1620, 1636

Demanda 117–18, 122, 385, 478, 504–05, 518, 532, 554, 580, 625, 640, 962, 969, 1042, 1046, 1306, 1346, 1356, 1358; de Bilbo e Thorin, isto é, de Erebor 52–6; do Monte da Perdição 399

Denethor I 1476, 1496

Denethor II, filho de Ecthelion II (Senhor e Regente de Gondor, de Minas Tirith, da Cidade, da Torre de Guarda, da Torre Branca, Regente do Alto Rei, etc.) 355, 357, 362, 364, 565, 624, 628–29, 650, 751, 868, 944, 946, 953, 956, 957, 960, 961, 987, 1091, 1092, 1095, 1098–1117 *passim*, 1122–23, 1157–59, 1164–95 *passim*, 1207, 1227, 1228, 1229–35, 1241, 1242, 1253, 1263, 1264, 1282; nome 1622

Dentes de Mordor *ver* Torres dos Dentes

Déor 1394, 1518

Déorwine 1219, 1225

Dernhelm *ver* Éowyn

Derufin 1121, 1226

Dervorin 1121

Descampado de Rohan 644, 660–61, 1165, 1208–10, 1396–98, 1534–35

Desfiladeiro de Rohan 369, 407, 419, 527–29, 656, 713, 744, 803, 971, 1280, 1401–02

Desolação de Smaug 333

Desolação do Morannon 1554, 1555

Dia de Durin 446, 495

Dia do Meio-do-Ano 1575, 1579

Dias Antigos 38, 61–2, 230, 286–89, 341–42, 350, 371, 393, 431, 438, 450, 494, 495, 503, 663, 737–39, 971, 1487–93, 1523, 1529–31, 1538

Dias de Privação 43

Dias Errantes 40

Dias Recentes 371

Dias Sombrios 487

Dimholt 1141, 1152, 1155

Dior, herdeiro de Thingol 288–89, 350

Dique de Helm (o Dique) 645–46, 775–76, 777, 779–80, 792, 793–94, 795–97, 798, 808–10, 1129, 113133, 1135–36, 1537

Diretor das Casas de Cura *ver* Casas de Cura

Divisas do Norte, de Lothlórien 522–23

Doispé, Papai 64–5

Dol Amroth 1094, 1144, 1264; estandarte de 1121, 1185, 1186, 1217, 1254, 1281; homens de 1281, 1283; cavaleiros-do-cisne de 1185, 1186, 1196, 1223, 1268; cisne de prata, emblema 1217, 1281; nau branca e cisne de prata, emblemas 1121; [combinados como uma nau com proa em forma de cisne] 1254; *ver também* Adrahil; Finduilas; Imrahil, Príncipe de Dol Amroth; Lothíriel

Dol Baran 853

Dol Guldur 360, 367, 369, 383, 420, 498, 926, 1031

Domínio dos Homens 1387, 1538

Domo das Estrelas *ver* Osgiliath

Dori 332, 1535

Doriath (Reino de Thingol) 288, 350, 1031, 1468, 1593, 1606; élfico lar 286

Dorthonion (Orod-na-Thôn) 697

Dragão Verde, O 94–5, 122–23, 228–29, 1427–29, 1430

Dragões 67, 94, 104, 116, 118, 120, 150, 155, 172, 430, 503, 1037, 1090; *ver também* Ancalagon, o Negro; Scatha, a Serpe; Smaug

Duas Árvores de Valinor *ver* Laurelin; Telperion

Duas Sentinelas *ver* Sentinelas

Duilin 1121, 1225

Duinhir 1121

Dúnedain (Homens do Oeste) na Segunda Era e na Terceira Era 1622–23, na Terceira Era: de Arnor (do Norte, Caminheiros), exceto aqueles que se juntaram a Aragorn no Sul 41, 42, 45, 48, 230, 232, 239, 240, 274, 280, 282, 284, 322, 330, 355, 357, 389, 391, 782, 864; aqueles do Norte que se juntaram a Aragorn no Sul 741, 1127–46 *passim*, 1219, 1224, 1268, 1270, 1281; Chefes dos Dúnedain 1498; Dúnedain de Cardolan 1491–94, 1495; Dúnedain de Gondor (do Sul, de Ithilien, Caminheiros) 943, 946, 947, 952, 953, 957, 965–68, 975, 984 *passim*; calendário dos *ver* Registro dos Reis; *ver também* Númenóreanos; Estrela dos Dúnedain

1638

Dúnhere 1150, 1154, 1225
Durin I, "o Imortal" 445–47, 799, 1535;
emblema de [sete estrelas sobre uma
coroa e uma bigorna, possuía oito
raios, representando a Ursa Maior]
431, 1223; herdeiros, Casa de 1535
Durin III 1531; Portas de *ver* Moria
Durin VI 1535
Durin VII e Último 1535
Durthang 1329, 1335, 1555
Dwalin 332, 1532, 1535
Dwimorberg, a Montanha Assombrada
1139–41, 1142, 1151–56 *passim*; *ver
também* Porta dos Mortos; Sendas dos
Mortos
Dwimordene *ver* Lothlórien

Eärendil, o Marinheiro 289, 338, 342,
350, 1469–70; a estrela 514, 530,
1470; o Porta-Chama de Ociente 341
Eärendil, rei de Gondor 1475
Eärendur 1474, 1477, 1543
Eärnil I 1484, 1500–02, 1502, 01560–61
Eärnil II 1487–93, 1504–05, 1505–07,
1507–09, 1509, 1514–15, 1531–34,
01560–61
Eärnur 959, 970–72, 1382, 1492,
1505–09, 1514–15, 01536–37,
01560–61
Eastemnet 427, 505
Eastfolde 1160
Ecthelion I 1487–93, 1611–13
Ecthelion II (Senhor de Gondor) 1487–93,
1512–14, 1526–27; *ver também*
Denethor II, filho de Ecthelion II
Edain (Atani, Pais dos Númenóreanos)
972, 973, 1469–73, 1502, 1554,
1613–16, 01622–23; Três Casas
dos Homens (de Amigos-dos-Elfos)
970–72; Primeira Casa dos 1469–72;
Terceira Casa dos 1469–72;
antepassados dos 1495; uniões de
Eldar e Edain 1469–72; *ver também*
Númenóreanos
Edoras 375, 658–60, 737 *passim* 752–54,
764–65, 767, 768–70, 771, 773,
789, 795, 801, 804, 812, 852, 867,
1089–90, 1124, 1129, 1130, 1136,
1147, 1149, 1161, 1162, 1164, 1181,
1393, 1395, 1397, 1534–37 *passim*,
1560 *passim*, 1561; nome 1619; *ver
também* Meduseld
Egalmoth 1487–93
Eilenach 1090, 1199; nome 1622
Eirado (*talan*) 485–87, 487, 489–90,
490–91, 497–98, 500–01, 539, 546

Elanor, flor 495–97, 497, 498, 523–24,
526–27, 1458–60, 1526–27, 1531–34
Elbereth (Gilthoniel) 139–40, 147,
293–95, 341–42, 344, 532–34, 544,
1038, 1307–08, 1309, 1311–12, 1462;
Varda, a Inflamadora, a Rainha das
Estrelas 531–32 [Elbereth, rainha-das-
-estrelas; Rainha das Estrelas (*Elentári*);
Gilthoniel (= Tintallë), *inflamadora*:
título encontrado somente após o seu
nome; chamada (em quenya) de *Varda*,
a excelsa]
Eldacar, de Anor 1478–87
Eldacar, de Gondor (Vinitharya) 1478–87,
1503, 1504, 1534–35
Eldamar (Semprenoite) 341, 342, 525,
863–64, 1622–23
Eldar (Altos Elfos, da Alta Linhagem,
Elfos-do-oeste), exceto se específica
ou claramente Noldor 46–8, 139,
323–24, 430–31, 493–94, 1464
passim, 1517–25, 1526, 1531–34,
1535, 1537 *passim*, 1576–77,
1579–80, 1582, 1583–84, 1592–608,
1608–611, 1613–618, 1622–623
passim, 1622–623; Povo da Grande
Jornada 1622–623; Povo das Estrelas
1622–623; Noldor (Elfos do Oeste,
os Sábios-élficos, Senhores dos Eldar,
Exilados) [seguidores de Fëanor]
141–42, 289, 323–24, 402, 405,
863–64, 1469–72, 1538–50, 1561,
1613–16, 1616–18, 1622–23;
reis dos 1539, *ver também* Elfos de
Eregion; Sindar (Elfos-cinzentos)
1538, 1550–61, 1613–16, 1622–23;
árvore, como emblema 430–31; uniões
de Eldar e Edain 1469–72; Eldar e
"crepúsculo" 1582–84
Eldarion 1529–31
Elendil [Amigo-dos-Elfos *ou* Amante-das-
-Estrelas] de Ociente (o alto) 49–51,
61, 105–06, 110–11, 277–78, 297–98,
349, 358 *passim*, 361–63, 519–21,
528–29, 553–54, 650–51, 654–56,
657, 751 752–54, 859–60, 863–64,
865–867, 922–23, 950–51, 952,
970–72, 1097–98, 1378–79, 1382–83,
1473, 1493 *passim*, 1495–98, 1502,
1503–04, 1505–07, 1525–26,
1527–29; coroa de *ver* Coroa de
Gondor; Pedra de Elendil *ver* Palantír;
emblemas de [Sete Estrelas de Elendil
e seus capitães, possuíam cinco pontas,
originalmente representavam a única

ÍNDICE REMISSIVO

estrela nos estandartes de cada uma das sete naus (de 9) que levavam uma palantír; em Gondor as sete estrelas foram dispostas em torno de uma árvore de flores brancas, sobre a qual os Reis colocaram uma coroa alada] 393–94, 863–64, 1097–98, 1222–23, 1241–42, 1364–66, 1383–84, 1509–11; herdeiros, Casa, linhagem de 297–98, 355–56, 528–29, 959–61, 1241–42, 1389, *ver também* Aragorn II; libré dos herdeiros de 1097; nome 1622; nome usado como grito de guerra 472, 623–24, 786–77; reinos de 1505–07; estrela de *ver* Elendilmir; espada de *ver* Narsil

Elendilmir (Estrela de Elendil, Estrela do Reino do Norte, Estrela do Norte) [de diamante, possuía cinco pontas, representava a Estrela de Eärendil] 226, 1223, 1242, 1381, 1382–83, 1498–500

Elendur 1474

Elenna, Ilha de *ver* Númenor

Elessar (Aragorn) *ver* Aragorn II

Elessar (Pedra-Élfica, joia) 339, 342–44, 528, 1242, 1243–45, 1278, 1382, 1401

Elfhelm 804, 1199, 1200, 1206, 1208, 1210, 1212, 1268, 1381–82

Elfhild 1521

Élfico-cinzento *ver* Sindarin

Elfos (Primogênitos, Gente Antiga, Povo Antigo, Raça Antiga, Gente-élfica, etc.) 38–48 *passim*, 67, 92–4, 95, 105, 107, 114, 120, 122–23, 132, 138 *passim*, 150, 153, 173–74, 175, 207, 209–10, 225, 230, 260–61, 278–80, 285, 289, 296, 310–12 *passim*, 341, 344, 350, 352, 354–55, 365, 371, 380 *passim*, 389, 393, 399–401, 402, 414, 421, 428–30, 448, 479, 483, 490, 495, 498, 499 *passim*, 509, 515–20 *passim*, 527, 530, 539, 559, 561–63, 631–32, 649–50, 657–58, 663, 684–85, 690, 691, 695, 701, 705, 719–20, 736–37, 752, 755, 799–800, 828–29, 884–85, 889, 891, 905, 936, 943, 959–61, 964, 970, 972, 973, 981, 989–90, 1027, 1031, 1036–37, 1038, 1256, 1299, 1306, 1307–08, 1312, 1336–37, 1340, 1388, 1401–02, 1407, 1464, 1469, 1492, 1495–98, 1505–07; *Elfos* como nome de Quendi 1621; Belo Povo 96, 122, 141, 1257; barcos dos 5231–27,

531 *passim*, 556–68, 580, 627–32 *passim*, 954, 955–65; broches feitos por 522, 637, 656, 672, 683, 820, 954, 1278–79, 1315–17, 1457–58; capas, mantos dos 522, 524, 543, 627–30, 637, 640–42, 657, 681–83, 722, 727–29, 755, 812, 901, 926–27, 954, 1009, 1033, 1040, 1167, 1242, 1278, 1307, 1308–10, 1315–17, 1336, 1341–43, 1344, 1366–68, 1457; calendário dos 1576–84 *passim*; Reis-élficos 102, 286–89; Senhores-élficos 104, 289–91, 383; menestréis-élficos 333, 1517–25; idiomas dos *ver* Idiomas élficos; saber-élfico 103, 972–73; magia-élfica 509, 511, 512; e memória 532–34; e luar, luz do sol 497–98; nomes 1622; Ano Novo 1584; relação com os Anãos 365–66, 428–30; montar à maneira-élfica 658–60, 862–63; corda feita pelos 523–24, 878–83, 890–93, 1343–44; anseio pelo mar dos 1256; estações dos 1576; visão-élfica 640, 645, 771; sono e sonhos-élficos 644; habilidade de correr sobre a neve 414–16; canção-élfica 344, 531; experiência do tempo 545, 1576; Companhias Errantes 146–47; escrita *ver* Escrita-élfica; *ver também* Eldar (Altos Elfos); Elfos de Eregion; Elfos de Lothlórien; Elfos de Trevamata; Elfos Silvestres (Elfos-da-floresta); Última Aliança de Elfos e Homens

Elfos de Eregion 401–02, 402–05, 428–30, 1538–50, 1550–61; *ver também* Artífices-élficos

Elfos de Lothlórien 483–85, 531; Galadhrim (Povo-das-árvores) 484, 496, 497–98, 499–500, 504, 507–08, 522, 528, 529; Elfos Silvestres de Lórien 1560; Cidade dos Galadhrim *ver* Caras Galadhon

Elfos de Trevamata (Elfos do Norte, Povo da Floresta) 363–64, 365–66, 388–90, 481, 485–86, 501–03, 1383–84

Elfos Silvestres (povo silvestre, Elfos-da-floresta, Elfos-do-leste) Silvestres 112–14, 115–17, 402–04, 479–82, 649–50, 1545, 1560–61; idioma dos 481–82, 485–86; *ver também nomes de Elfos Silvestres (ex.: Haldir)*

Elfos-cinzentos *ver* Eldar

Elfos-da-floresta *ver* Elfos

Elfos-do-oeste *ver* Eldar

O RETORNO DO REI

Elfwine, o Belo 1522
Elladan, filho de Elrond 62, 329–31,
337–39, 389–90, 392, 1126–31,
1134–36, 1141, 1144, 1223, 1241,
1254, 1263, 1268, 1270, 127–78,
1280–82, 1366–68, 1386–1387, 1389,
1392–94, 1395–97, 1472, 1498–500,
1515–17, 1517–25
Elrohir, filho de Elrond 62, 329–31,
337–39, 389–90, 392, 1126–31,
113–36, 1145, 1223, 1241, 1254,
1263, 1265–67, 1269, 1270, 1276–78,
1280–82, 1366–68, 1386, 1389,
139–94, 1395–97, 1472, 1498–500,
1515–17, 1517–25
Elrond, o Meio-Elfo (Senhor de Valfenda)
62, 122, 257, 286–89, 289–91,
298–300, 311–13, 319–401 *passim*,
412, 422, 428, 486, 501–03, 512–14,
515–17, 520–22, 532–34, 559, 565,
661, 663, 665, 700, 824–26, 864,
936, 951, 972, 992, 1010–12, 1037,
1045, 1126–28, 1130, 1134–36, 1222,
1238, 1241–45, 1254, 1263–71,
1276–78, 1280–82, 1366–68, 1386,
1389–97, 1405–09, 1462 *passim*,
1463, 1467–70, 1472–73, 1495–98,
1498–500, 1515–531, 1538–50,
1550–61; Conselho de *ver* Conselho
de Elrond; casa de (*ver* Valfenda) 346,
400, 394, 1389, 1390, 1408; filhos de
ver Elladan; Elrohir
Elros Tar-Minyatur 1469, 1473, 1550–61
Elwing, a Branca 289, 339–41, 350–52,
1469–72
Emyn Arnen 1093, 1384
Emyn Beraid *ver* Colinas das Torres
Emyn Muil 526–27, 536, 542, 547, 549,
552, 565–66, 580, 633, 635–38, 642,
731, 734, 737, 745, 818–20, 871–93,
934, 959, 1032, 1106–07, 1274, 1351,
1387–89, 1503, 1504–05, 1536–37;
Muralha Leste de Rohan [os penhascos
ocidentais das Emyn Muil] 649, 656
Emyn Uial *ver* Vesperturvo, Colinas de
Encanto de Morgul 354–55
Encruzada 1436, 1437, 1443
Encruzilhada (do Rei Caído) 932, 999,
1002–04, 1168, 1270–75
Enedwaith 1548
Entágua 526, 633, 640–46 *passim*, 654,
672–73, 680–82, 684, 695–700
passim, 724, 743–44, 747, 828, 955,
1165, 1537; vale do 548, 637
Entencontro (Encontro) 709–12, 713–20,
820–21, 1553

Entês *ver* Ents: idiomas dos
Ents 663, 689–91, 691, 695, 700–20
passim, 736–39, 794–95, 802, 813,
816–35 *passim*, 837, 843–45, 847–52
passim, 1368–69, 1395–401 *passim*,
1420, 1560–61, 1622–23; Onodrim
(Enyd) 663, 736–37, 1622–23;
pastores das árvores 695, 736–37,
801–03; Entinhos 705, 709–12, 1399;
Entezelas 705; Entesposas 700, 705,
717, 720, 849, 1401–02; idioma dos
(entês) 691, 700–03, 705–09, 709–12,
713, 719–20, 1622–23; lembrados em
canções ou contos infantis 705–12,
736–37, 801–04; Sombra da Mata 842
Éomer, filho de Éomund (Éomer Éadig,
Terceiro Marechal da Marca-dos-
-Cavaleiros *ou* da Marca, *posteriormente*
Rei Éomer, Rei da Marca) 649–60
passim, 662–63, 684–85, 749–51,
755–89 *passim*, 793–94, 794–95,
803–04, 804–05, 812, 837–38,
839–42, 860–61, 1125–26, 1129–31,
1131–33, 1139–41, 1148–49,
1152–57 *passim*, 1160–61, 1161–63,
1164–65, 1167–68, 1199–211 *passim*,
1217–25 *passim*, 1236, 1241–42,
1242–43, 1243–45, 1247–48,
1248–50, 1250–51, 1256–57,
1264–69 *passim*, 1276–78, 1368–69,
1372–74, 1378–79, 1379–81,
1381–82, 1384v86, 1390–97 *passim*,
1536–37
Éomund 657–58, 1536–37; *ver também*
Éomer, filho de Éomund; Éowyn, filha
de Éomund
Éored [uma tropa de Cavaleiros de Rohan]
653–54, 656–57, 1199, 1209, 1211,
1391
Eorl, o Jovem (senhor dos Homens dos
Éothéod, Rei da Marca) 646–49,
653–54, 654–56, 748–49, 754–55,
758–60, 786–87, 801–03, 1384–86,
1392–94, 1394–95, 1395–97,
1509–11, 1531–35; Casa de [dinastia]
763, 767, 768, 840, 842, 1138, 1139,
1155, 1251; casa de [paço] 867; casa
de [ambos], isto é, paço e dinastia
842–43, 1248–50; senhores da Casa
de *ver* Théoden: casa de; Juramento
de 1509–11, 1511–13; Filhos de Eorl
(Eorlingas) *ver* Rohirrim
Éothain 651–54, 658–60
Éothéod 1531–34, 1535
Éowyn, filha de Éomund (Senhora de
Rohan, *posteriormente de* Ithilien, a

1641

ÍNDICE REMISSIVO

Senhora Branca de Rohan) 754–55, 757–58, 764–70 *passim*, 1129–30, 1135–41, 1152–53, 1153–56, 1160–61, 1161–63, 1214–21 *passim*, 1237–54 *passim*, 1257–58, 1370–82 *passim*, 13847–86, 13947–95, 13957–97; disfarçada como Dernhelm 1162–64, 1164–65, 1199–200, 1208–15 *passim*, 1395–97; Senhora do Braço-de-Escudo 1522

Ephel Dúath (Montanhas de Sombra, Montanhas Sombrias, Montanhas Assombradas, divisas, muralhas de Mordor) 351–53, 360–61, 409–10, 562–65, 909–11, 915–16, 919–20, 922–23, 923–24, 932–33, 933–35, 935–36, 946, 989–90, 995–97, 1000–999, 1004–05, 1010–15, 1022–23, 1031, 1038–40, 1040–41, 1046–48, 1113–14, 1160–61, 1271–72, 1272–74, 1290, 1291–93, 1313, 1315–17, 1317–19, 1321–23, 1328–30, 1347–48, 1387–89, 1512–14

Era Obscura 140

Eradan 1487–93

Erebor (Montanha Solitária, local do reino-anânico) 52–4, 71–2, 133–34, 331–32, 332–33, 346–47, 398–99, 486–87, 529–31, 767–68, 1255–56, 1263–64, 1267–68, 1383–84, 1399–401, 1536–37 *passim*, 1545–47, 1549, 1555, 1556, 1604; Povo de *ver* Anãos de Erebor; portão de 1534; Grande Salão de 1524–25; chave de 1547; Reino de Dáin 1268; Reis sob a Montanha 51

Erech 1135, 1258, 1554; nome 1622; Colina de 1136, 1145; Pedra de *ver* Pedra de Erech

Ered Lithui (Montanhas de Cinza) 901–02, 909–11, 915–16, 916–17, 919–20, 1280–82, 1323–24, 1329, 1336–37, 1502; muralhas montanhosas de Mordor 901, 909–11

Ered Luin *ver* Montanhas Azuis

Ered Mithrin 1534

Ered Nimrais *ver* Montanhas Brancas

Eregion (Azevim) 98, 349–50, 363–64, 365, 401–07 *passim*, 426–27, 428–30, 431–33, 1405–06, 1487–93, 1616–18; escrita-élfica de 3633; Elfos de *ver* Elfos: de Eregion; estrada desde, até Moria 424, 426, 428; *ver também* Artífices-élficos

Erelas 1090, 1165

Eressëa 352, 1368, 1495–98, 1538, 1611–13; Ilhas do Oeste 1526; Última Ilha 1368; Porto dos Eldar em 1472

Erestor 346, 379, 381, 384, 1389

Eriador 40, 41, 61–2, 263, 1487–93, 1494–95, 1498–500, 1511–13, 1527–29, 1536, 1550–61, *passim*, 1576

Erkenbrand, senhor de Westfolde 768–70, 775–76, 776–77, 77–79, 792, 793–94, 79–97, 804–05

Erling, filho de Holman "da mão verde" 67

Ermo, o 119–20, 250–52, 258–60, 293–95, 311–13, 33536, 337–39, 389–90, 1560–61

Erui 1259; Travessias do 1503–04, 1560–61; *ver também* Batalha das Travessias do Erui

Erva-de-fumo (folha) 48-51, 813; Nicotiana 48–9; (doce) galenas 49–51, 1252; erva-do-homem-do-oeste 1252; *ver também variedades de erva-de-fumo (ex.:* Folha do Vale Comprido*)*

Erva-do-homem-do-oeste ver Erva-de-fumo

Escada do Riacho-escuro 403, 473, 486,

Escada Interminável 741

Escada Reta 924–26, 1012, 1049–51, 1051–52

Escada Tortuosa 924–26, 1012–14, 1049–51, 1052

Escada, a, junto a Moria 426–27, 428, 429, 430

Escadaria do Norte *ver* Escadaria, a, junto a Rauros

Escadaria, a, junto a Rauros (Escadaria do Norte) 547–48, 565–66

Escadarias, as, de Cirith Ungol *ver* Escada Reta; Escada Tortuosa

Escári 1452

Escrita do Rei *ver* Findegil

Escrita e grafia, na Terra-média 41–4, 1585–623; *ver também* Escrita élfica; Runas; Tengwar; escrita *em nomes de povos (ex.:* Anãos*)*

Escrita-élfica (letras) 102–03, 363–64, 431–33, 451–52, 453; letras fëanorianas (escrita) 1611–13, 1616–18, 1618–22, 1623; *ver também* Runas; Tengwar

Escuridão (de Mordor, da Tempestade de Mordor) 361, 970, 997–1000, 1123, 1146, 1163, 1169, 1174, 1181, 1203, 1228, 1258; Escuridão Inescapável 1376; Dia sem Amanhecer 1554, 1636

Esgalduin (Rio dos Elfos) 286, 289
Esgaroth (Lago Longo) 75–7, 111–13, 332–33
Espada que foi partida *ver* Narsil
Espadas *ver nomes de espadas individuais (ex.:* Ferroada*)*; do túmulo 225–27, 290, 292–93, 394–95, 463, 626–27, 677–79, 820–21, 1024–26, 1027–29, 1029–30, 1034–35, 1037–38, 1040–41, 1101–03, 1129–30, 1293–95, 1210–11, 1216–17, 1218–20, 1278–79, 1282–83, 1366–68, 1368–69; derrete 1218–20
Espectros *ver* Nazgûl
Espectros-do-Anel *ver* Nazgûl
Espelhágua (Kheled-zâram) 402–04, 446, 447–48, 448–50, 451–52, 452–53, 473–74, 475, 503–04, 532–34, 799–800
Espelho de Galadriel 509–15, 52931, 1040, 1418–19, 1446
Espinheiro, Tom 1414–15
Estalagem Abandonada, A 281
Estrada da Colina 127, 1446–48
Estrada da Vila-dos-Hobbits 1429–30, 1575–76
Estrada de Beirágua 64, 1443
Estrada de Morgul (caminho de Morgul) 1313–14, 1319, 1323–24
Estrada de Sauron 1348
Estrada de Tronco 1461
Estrada do Oeste (Caminho do Norte), de Minas Tirith a Rohan 697–98, 820–21
Estrada do Sul, em Ithilien 988–89, 1001–03
Estrada dos Homens-dos-cavalos 1203
Estrada Leste-Oeste (Estrada Leste, Estrada Velha, a Estrada, etc.) 43, 66, 67, 71, 84, 107, 109, 113, 114, 133, 136, 137, 138, 146–52 *passim*, 248–49, 260–61, 261–63, 271–72, 272–315, *passim*, 335–36, 377–78, 399–401, 1419–20, 1423–25, 1425–26, 1444–46; Grande Estrada 1487–93, 1491–94;
Estrada Norte *ver* Caminho Verde
Estrada Sul 119
Estrada Velha *ver* Estrada Leste-Oeste
Estrada, como ideia 82–3, 131–4, 405–6, 1407–8
Estradas *ver nomes de estradas (ex.:* Estrada Leste-Oeste*)*
Estrado 230, 232–33, 238, 272, 1414
Estrela de Elendil *ver* Elendilmir
Estrela do Sul 48–9
Estrela dos Dúnedain 1130–31, 1512–14, 1560

Estrelas, como emblemas *ver* Arnor; Durin; Elendil; Fëanor
Ethir Anduin *ver* Anduin: fozes do
Everholt, grande javali de 1519
Exército do Oeste *ver* Hoste do Oeste
Exilados *ver* Elfos: Noldor; Númenóreanos
Extremo Oeste *ver* Aman

Fala comum (idioma comum, língua comum, westron etc.) 41, 102, 288, 481, 486, 501, 507, 648, 665, 735, 748, 751, 945, 1117, 1201–02, 1324–28, 1366–68, 1579 *passim*, 1614, 1619, 1622–23 *passim*; nomes na 1622–23
Falastur 1475, 1484, 1543
Fangorn, o Ent *ver* Barbárvore
Fano, no Monte Mindolluin 1386–87, 1389
Fano-da-Colina (Forte) 762, 768, 789, 852, 1130, 1132, 1136, 1137, 1142, 1144, 1149–63 *passim*, 1201, 1215, 1249, 1252, 1258, 1262, 1264; nome 1622; Escada do Forte 1156
Fano-da-Colina, Mortos do *ver* Mortos, os
Fanos, em Minas Tirith 1229–32, 1384–86; *ver também* Casa dos Reis; Casa dos Regentes
Fanuidhol, o Cinzento (Bundushathûr, Shathûr, Cabeça-de-Nuvem) 401–02, 402–04, 473–74, 1405–06
Faramir, filho de Denethor (Capitão de Gondor, da Torre Branca, Senhor, *posteriormente* Regente de Gondor, da Cidade, etc.) 61-2, 353–54, 354–55, 943–96 *passim*, 1009–10, 1012, 1015–17, 1029–30, 1034–35, 1099–1101, 1106–07, 1114–15, 1115—17, 1168–97 *passim*, 1227–28, 1229–36, 1239–48 *passim*, 1252–54, 1271–72, 1272–74, 1310–11, 1321–23, 1341–43, 1371–86 *passim*, 1390–97 *passim*, 1514–17; Senhor de Emyn Arnen 1487–93; Príncipe de Ithilien 1384, 1392–94, 1394–95
Faramir, filho de Ondoher 1504–05
Farin 1535
Fastred, de Ilhaverde 1560
Fastred, filho de Folcwine 1511–13
Fastred, morto na Batalha dos Campos de Pelennor 1225–26
Fëanor anor 431, 864, 864, 1467–72, 1550–61, 1611–13, 1613–16; letras *ver* Escrita élfica; Estrela da Casa de Fëanor [de prata, possuía oito pontas] 304; *ver também* Eldar

ÍNDICE REMISSIVO

Feira Livre 52, 1457
Feitor, o *ver* Gamgi, Hamfast
Felagund *ver* Finrod Felagund
Felaróf (Ruína do Homem) 653–54, 748–49, 1535
Fen Hollen (Porta Fechada, a Porta do Regente) 1194–95, 1195–97, 1228–29, 1235–36
Fenda(s) da Perdição (Fogo da Perdição, o Fogo, abismo da Perdição) 116, 117, 122, 382, 384, 565, 566, 900, 936, 976, 1041; *ver também* Sammath Naur
Fengel 1394, 1520
Fenmark 1163, 1165
Fero Inverno 266, 409, 1548
Ferroada (punhal élfico), espada 52–4, 54–6, 76–8, 394–95, 395–97, 397–98, 437–39, 453–62, 462–63, 463–64, 478–79, 489–90, 540–42, 555–56, 886–87, 943–44, 1027–29, 1029–30, 1033–34, 1036–37, 1037–38, 1040–41, 1045–46, 1046–48, 1053–55, 1055, 1287–88, 1293–95, 1295296, 1296–98, 1300–02, 1303–04, 1307–08, 1326–28, 1343–44, 1366–68, 1368–69, 1406–07
Fiéis, os *ver* Númenóreanos
Filha do Rio *ver* Fruta d'Ouro
Fíli 1534, 1535
Fim do Mundo 341
Fim, o 361
Fimbrethil (Pé-de-Vara) [Bétula-esbelta] 704, 705, 720; nome 1622
Fim-da-Sebe 165, 185
Finarfin 1606, 1621
Findegil, escriba do Rei 56, 62
Finduilas de Dol Amroth 1374–75, 1514–15
Finglas *ver* Mecha-de-Folha
Finrod Felagund (Amigo-dos-Homens) 1495–98, 1539, 1606; Casa de 141
Fíriel 1490–91, 1544
Firienfeld 1152
Fladrif *ver* Casca-de-Pele
Flecha Vermelha 1157, 1181, 1206–8
Flói 321
Floresta Chet 41, 230, 273, 277, 1411; nome 1618
Floresta Cinzenta 1207, 1392
Floresta de Fangorn (Floresta Ent) 405–06, 526–29, 536–37, 633–34, 640–42, 642–44, 644–45, 656–57, 657–58, 660–63 *passim*, 672–85 *passim*, 686–739, 743–44, 799–800, 800–01,

801–03, 808–10, 815–16, 818–20, 820–21, 821–23, 847–49, 849–50, 851–52, 1131–33, 1395–97, 1399; nome (Fangorn) 1622; Extremidade Leste 695
Floresta Dourada *ver* Lothlórien
Floresta Drúadan 1199, 1200, 1203, 1392, 1554, 1605, 1609
Floresta Ent *ver* Floresta de Fangorn
Floresta Firien 1163, 1519; alusão à 1164–65
Floresta Velha 65, 165, 170, 176–77, 179–95 *passim*, 203–05, 206, 212–13, 214, 227–28, 232–33, 266, 319, 379, 663, 695, 700, 1419, 1422, 1491–94; *ver também* Clareira da Fogueira
Floresta Vigia 850
Focinhudo 224
Fogo Secreto 471–72
Fogos de artifício 68, 71–4, 508, 509
Foice, a (Ursa Maior) 262–64
Folca 1394, 1519
Folcred 1520
Folcwine 1394, 1498, 1517, 1519, 1520, 1547
Folde 1163, 1165
Folha da Quarta Sul 835
Folha do Vale Comprido 48–9, 817–19, 1253
Folha *ver* Erva-de-fumo
Folha-do-rei ver Athelas
Fontegris (Mitheithel) 295–97, 308–10, 377–78, 390–92, 1491–94, 1494–95; nome 1622; Ponte do Mitheithel *ver* Última Ponte
Fora (Forasteiros), em relação a Bri ou ao Condado 51–2, 231–32, 236–37, 1414–15
Fora, de onde veio o Senhor Sombrio 207–09
Forlond *ver* Portos Cinzentos
Forlong, o Gordo, Senhor de Lossarnach 1120, 1225, 1226
Fornost (Fornost Erain, Norforte dos Reis, Fosso dos Mortos, cidade-do-norte) 41–4, 45, 49–51, 351–53, 1134–35, 1416, 1493, 1494–95, 1507–09; última batalha em *ver* Batalha de Fornost
Forochel 1494; *ver também* Lossoth
Forochel, Baía de 1545, 1605
Forochel, Cabo de 1479
Forodwaith 1479
Forte *ver* Fano da Colina
Forte-da-Trombeta (o Forte) 773–92

passim, 795, 797, 808–10, 841–42,
1126–36 *passim*, 1223–24, 1264–65,
1535–37; portões do Forte-da-
Trombeta 780–82; *ver também* Batalha
do Forte-da-Trombeta
Fossador, família 72–4, 75, 77
Fossador, Laura 72–4
Fosso Branco 1427
Fosso dos Mortos *ver* Fornost
Fram 1534, 1535
Frár 453
Frasco de Galadriel (cristal-de-estrela,
vidro da Senhora) 529–31, 639–41,
1009–10, 1010–12, 1017–18,
1026–30, 103334, 1037–38,
1038–40, 1041, 1042–44, 1287–88,
1294, 1307–08, 1311–12, 1313–14,
1326–28, 1343, 1352–53, 1363–65
Fréa 1394, 1518
Fréaláf Hildeson 1394, 1516, 1517, 1519
Fréawine 1394, 1514, 1518
Freca 1514, 1515
Frerin 1525, 1527, 1535
Frincha Longa 1560
Fronteiros 50, 95
Frór 1524, 1535
Frota negra (velas negras, naus negras)
1222–23, 1231, 1243, 1261, 1288
Frumgar 1513, 1545
Fruta d'Ouro (Filha do Rio) 192–93,
194, 195–02, 204, 205–07, 207–10,
212–14, 225, 228
Fundin 1527, 1535; *ver também* Balin,
filho de Fundin

Galabas 1573
Galadhrim *ver* Elfos de Lothlórien
Galadriel (Senhora de Lórien, de
Lothlórien, dos Elfos, dos Galadhrim,
da Floresta Dourada, da Floresta, a
Senhora, Senhora-élfica, etc.) 61–2,
486–87, 491–534 *passim*, 545,
639–42, 649–50, 656–57, 658, 701,
731–33, 740, 741–43, 751–52,
756–57, 770, 824–26, 882–883,
954–955, 972â€"974, 1010–1012,
1017–1018, 1026–1027, 1037–1038,
1040, 1042–44, 1127–29, 1242–43,
1258–60, 1294, 1307–08, 1311–12,
1315–17, 1319, 1326–28, 1343,
1352–53, 1363–65, 1389, 1392, 1392,
1396–98, 1399–401, 1402, 1403,
1405, 1453, 1454–56, 1462, 1463,
1464, 1526–27, 1531–34, 1538–1550;
Senhora que não morre 956; Senhora

da Magia 956; Rainha Galadriel 799;
Feiticeira da Floresta Dourada 756;
Senhora Branca 973; bainha para
Andúril dada de presente a Aragorn
572, 754; cinto dado de presente a
Boromir 528, 629, 954–55; cabelo
dado de presente a Gimli 529–31,
532–34, 537–39, 741–43; arco e
flechas dados de presente a Legolas
528–29, 544–45, 735–36, 751–52;
cintos dados de presente a Merry e
Pippin 529; caixa dada de presente
a Sam 528–29, 1343–44, 1363–65,
1453–56, 1462; magia de 511; Espelho
de *ver* Espelho de Galadriel; Frasco de
ver Frasco de Galadriel
Galathilion [a Árvore dos Altos Elfos, que
se originou da mais velha das Duas
Árvores dos Valar, Telperion e Laurelin]
1387–89
Galdor 346, 358–60, 365, 367, 380, 381
Galenas ver Erva-de-fumo
Gamgi, Bilbo 1573
Gamgi, Calêndula 1337, 1573
Gamgi, Campânula *nascida* Bonfilho 1573
Gamgi, Elanor 1459, 1463, 1465, 1483,
1559, 1560, 1561, 1573
Gamgi, família 126–27; nome 1622
Gamgi, Frodo 1463, 1573
Gamgi, Halfast 95, 96, 1573
Gamgi, Halfred, de Sobremonte 1573
Gamgi, Halfred, filho de Hamfast 1573
Gamgi, Hamfast (o Feitor, Velho Gamgi)
64–8, 70, 87, 119, 126–29, 134–37,
376, 509–11, 512–14, 517, 878,
883, 899, 901, 916, 944, 973, 1000,
1338, 1418, 1439, 1442, 1453, 1455,
1458–60, 1573; Ranugad (Ran) 1618;
nome 1622; e batatas (papas) 62, 65,
939, 1442
Gamgi, Hamfast, filho de Samwise 1573
Gamgi, Hamson 1573
Gamgi, Hobson "Cordoeiro" 882 1573
Gamgi, Maiana 1573
Gamgi, Margarida, filha de Hamfast 1573
Gamgi, Margarida, filha de Samwise 1573
Gamgi, Merry 1463–64, 1573
Gamgi, Pippin 1463–64, 1573
Gamgi, Prímula 1573
Gamgi, Robin 1573
Gamgi, Rosa, esposa de Samwise *ver* Villa,
Rosa
Gamgi, Rosa, filha de Samwise 1464, 1573
Gamgi, Rubi 1573
Gamgi, Samwise (Sam, Filho de Hamfast,
Mestre Samwise, Sam Jardineiro, etc.)

ÍNDICE REMISSIVO

55, 56, 64, 68, 94–9 *passim*, 102, 112, 117–319 *passim*, 320, 321, 224–31 *passim*, 333–35, 336, 337–39, 342–44, 345, 346, 386–580 *passim*, 623, 624–25, 631–32, 658–60, 700–01, 715–17, 723–25, 731–33, 829–31, 853–55, 871–1055 *passim*, 1148–49, 1153–55, 1172–75, 1178–80, 1278–79, 1287–1356 *passim*, 1148–49 *passim*, 1153–55, 1172–75, 1178–80, 1278–79, 1287–1356, 1360–69 *passim*, 1381 *passim*, 1386, 1387, 1391, 1392; Banazîr 1136; Berhael 1364; nome 1622
Gamgi, Tolman "Tom" 1573
Gamling, o Velho 776, 777, 779, 784, 787, 789, 793
Gampigi, Hob, "o Cordoeiro", "Velho Gamigi" 1573
Gampigi, Sorveira 1573
Gampsi, Wiseman 1573
Gandalf, o Cinzento (Mithrandir, Capa--cinzenta, Peregrino Cinzento, Errante Cinzento, Gandalf, o Branco, o Sábio, Cavaleiro Branco, Líder da Comitiva, etc.) 49–51, 52–4, 54–6, 67–72 *passim*, 77–84 *passim*, 87–127, *passim*, 133, 134, 135, 137, 144–46, 147, 149, 150, 170–72, 173–80 *passim*, 209–11, 218, 219, 220, 221, 232–33, 252–64 *passim*, 274–76, 278–80 *passim*, 286–89 291, 293, 295, 303–13 *passim*, 319–37 *passim*, 344, 345–46, 355–89 *passim*, 391–478 *passim*, 501–21 *passim*, 553–54, 556–57, 559, 565, 624–25, 627–30, 653, 656, 661–63, 664, 676, 691–94, 700–01, 726–76 *passim*, 789–816 *passim*, 818–20, 824–826, 828, 831–68, 887 *passim*, 818–20, 824–26, 828, 829, 831–68, 887, 920–22, 926, 930, 959–62, 969, 972, 976, 979–82, 984, 991, 1000, 1001, 1010–12, 1041, 1089–109 *passim*, 1114–119, *passim*, 1123, 1124, 1125, 1127–29, 1133, 1149–51, 1153–55, 1157–59, 1166–98 *passim*, 1217, 1227–40 *passim*, 1242–57 *passim*, 1261–74 *passim*, 1276–83 *passim*, 1337, 1355–69 *passim*, 1381 1383, 1384, 1386–89, 1391–92, 1396–99, 1402–20 *passim*, 1448, 1464–65, 1512–15, 1526, 1537; Tolo Cinzento 1191, 1232; Incánus, Olórin, Tharkûn 959–61; Láthspell 755; Corvo da Tempestade 755, 1332; voz de 563, 731

Garganta de Tarlang 1146
Garganta-do-Abismo (a Garganta) 775, 776, 782, 791, 797, 800, 801, 803, 806, 863, 867, 1127, 1129, 1133, 1136
Garra 156, 157, 159
Gelo Estreito (= Helcaraxë) 339
Gente Antiga *ver* Elfos
Gente-élfica *ver* Elfos
Ghân-buri-Ghân (Homem Selvagem) 1200–08, 1210, 1392
Ghâsh 466
Gildor Inglorion 141–49 *passim*, 173–76, 201, 209, 261, 311–13, 853–55, 1462, 1585–92
Gil-galad 105, 277–80, 286–89, 350, 351, 363, 1469, 1474, 1538–61 *passim*
Gilraen 1515–29 *passim*, 1561, 1586; nome 1622
Gilrain 1259
Gilthoniel *ver* Elbereth
Gimli, filho de Glóin (filho de Durin) 346, 393, 397–569 *passim*, 624–63 *passim*, 721–804, *passim*, 812–13, 815–21 *passim*, 831–33, 835–41 *passim*, 846–47, 847–50, 867, 944–46, 963–65, 1124, 1126–46 *passim*, 1148–49, 1153–55, 1161–63, 1223, 1255–64 *passim*, 1267, 1270, 1276–78, 1366–68, 1369, 1386–87, 1392–94, 1395–97, 1399–401, 1467–70, 1536–37 *passim*, 1561, 1622; Portador-do-Cacho 741; um dos Três Caçadores 631, 723
Glamdring 398, 438, 461, 471, 752, 1415
Glanduin 1487–93
Glebafava 155
Gléowine 1393
Glóin, filho de Gróin 331–35, 345–46, 346–50, 358, 359 365, 383, 384–85; *ver também* Gimli, filho de Glóin
Glóin, filho de Thorin I 1535
Glorfindel (Senhor-élfico) 310–18 *passim*, 320–31 *passim*, 346, 380, 381, 384–85, 393–94, 1389, 1507–09
Gobelins *ver* Orques
Golasgil 1123
Goldwine 1394
Gollum (Sméagol, Fugido, Fedido, etc.) 52, 53, 54, 81, 100–99, 106–17 *passim*, 358, 360–68 *passim*, 373–75, 389, 390–92, 440–42, 443–44, 448–50, 478–79, 489–90, 495–97, 537–44 *passim*, 555, 565, 679–80, 680–82, 873, 883–942 *passim*, 947–49, 963,

1646

966–67, 978–1035 *passim*, 1041, 1049–52, 1179, 1310, 1316, 1327, 1339–41, 1343–44, 1345, 1349–56 *passim*; nome (Sméagol) 1464, 1473; debate de Sméagol-Gollum 911–14

Gomo *ver* Naith de Lórien

Gondolin 350, 446, 504, 1469, 1608–11

Gondor (Reino do Sul, Sul, terras do Sul, etc.) 41, 48–51, 56, 61–2, *passim*, 366–68, 380–83 *passim*, 397–98, 419, 472, 479–81, 518–19, 520, 549, 551–53, 556–57, 565–66, 626–27, 630, 634–37, 646–49, 649–50, 51, 654–56, 663, 703, 704–05, 748–49, 751, 755–56, 759, 767–68, 773–75, 819, 863–65, 880, 915, 919–20, 934, 946, 947–49, 954–55, 956, 959, 961, 970–73, 978–79, 987, 988, 989, 992–93, 995–97, 1003, 1015, 1037–38, 1089–107, 1112–23, 1133–34, 1135–36, 1152 *passim*, 1157 *passim*, 1163, 1164–65, 1172–74, 1175–79, 1186, 1191, 1201, 1204, 1205, 1210–11, 122125, 1235–36, 1239, 1242, 1252 *passim*, 1256, 1261, 1267, 1268–69, 1270–71, 1273, 1277, 1279, 1282, 1291, 1363, 1369, 1370, 1379–82, 1387, 1390–91, 1394, 1406–07, 1408, 1415, 1430–31, 1467, 1474–94, 1498–515, 1526–27, 1534–37 *passim*; Reino no Exílio 1478–87; Petroterra 1225, 1511–13; nomes 1622; calendário, registro de 1467–70, 1576–77; Cidade de Gondor *ver* Minas Tirith; Conselho de 1504–05; Coroa de *ver* Coroa de Gondor; Mensageiros *ver* Mensageiros de Gondor; Campos de *ver* Pelennor; Reis, Reis–Navegantes de 859–60, 1478–87, 1534–35; idioma de 1219–21, 1536–37, 1585–92, 1608–11; Senhores de *ver* Regentes; Homens de (gente, povo, raça, etc.) 49–51, 382, 548, 655, 658–60, 915, 920, 958, 970–73, 975, 1093, 1197–98, 1201–03, 1220, 1221–22, 1261–63, 1279–80, 1357–58, 1366–68, 1371–72, 1379–81, 1382, 1391–94; Menestrel de 1367; Exército Setentrional de 1504–05, 1534–35; palantír de 863–64; feudos meridionais 1093, 1223–24; tumbas de *ver* Fanos; guardiões de Gondor no Oeste (em Orthanc) 810; escrita em 1622; limites orientais 654–56; Fronteira Norte

957; Gondor Meridional 1503–04; *ver também* Anórien; Colinas dos faróis; Ithilien; Minas Tirith; etc.

Gorbag 1045–55 *passim*, 1290, 1294, 1297–1300, 1309, 1317

Gorgoroth 352, 563, 915, 923, 976, 1008, 1014, 1282, 1291, 1292, 1321, 1323–24, 1329, 1338, 1348, 1360–61

Gothmog 1221

Grã-Cava 43, 45–7, 66, 239, 240, 395, 448, 1436, 1440, 1452; casa-mathom de 43–5, 54, 448; Prefeito de *ver* Pealvo, Will

Grados 40, 45, 105, 1491–95; nomes 1622

Gram 1394

Grande Batalha, no final da Primeira Era 1538–50

Grande Cerco 1051

Grande Inimigo *ver* Morgoth

Grande Joia *ver* Silmaril(s)

Grande Perigo 1463

Grande Ponte *ver* Ponte do Brandevin

Grande Portão da Cidade *ver* Minas Tirith

Grande Portão *ver* Moria

Grande Rio *ver* Anduin

Grande Sinal 1006–09, 1050

Grande Treva, de Morgoth 695, 701–03, 719–20

Grandes Guerras [contra Morgoth e Sauron] 700–01

Grandes Navios, númenóreanos 701–03

Grandes Smials (Grande Casa dos Tûks) 46–8, 56, 61–2, 686–87, 1436, 1437–38

Grandes Terras *ver* Terra-média

Grandes, os 38–40, 385–87

Granja Velha 1446

Gríma, filho de Gálmód *ver* Língua-de-Cobra

Grimbeorn, o Velho 331–32

Grimbold [um marechal que se distinguiu nas batalhas nos Vaus do Isen, comandou a Ala-esquerda e tombou na batalha de Pelennor] 804, 1208, 1210–11, 1225

Grimslade 1225

Griságua (Gwathló) 295–97, 391, 405–06, 527, 1403–05, 1415–16, 1487–93, 1491–94, 1502

Grishnákh 66669, 673–68 *passim*, 722–23, 723–25, 820, 1592–608

Grond, aríete 1197

Grond, Martelo do Mundo Ínfero, maça de Morgoth 1197

ÍNDICE REMISSIVO

Gruta da Nascente 697–98, 820–21
Guarda-Cerca, Hob 1421–22, 1423, 1425
Guardas da Cidadela (de Minas Tirith)
1095–98, 1110–12, 1117–18,
1119–21, 1156–57, 1270–71,
1364–66, 1381–86 *passim*; libré dos
1097, 1167–68, 1172–74, 1227–28,
1228–1229, 1242–43, 1364–66,
1368–69, 1381–82, 1430–31
Guardiões do Marco Ocidental 56–7
Guardiões *ver* Valar
Guerra das Grandes Joias 1622–23
Guerra do Anel 61–2, 321, 666–68,
674–76, 1460–62, 1467, 1472–73,
1514–15, 1517, 1529 etc.
Guerra dos Anãos e Orques 1511–1513,
1536–37
Guerra dos Elfos e Sauron 1550–61
Gundabad 1527
Guthláf 1210, 1218, 1225
Gúthwine (espada de Éomer) 780–82
Gwaihir, o Senhor-dos-Ventos 202–03,
373–76, 388–89, 730–31, 740,
1357–63 *passim*
Gwathló *ver* Griságua

Hador dos Cabelos-dourados, o Amigo-
-dos-Elfos 386–87, 970–72; Casa de
Hador 1469
Hador, regente 1487–93, 1577–79
Halbarad 1125–33 *passim*, 1136, 1141,
1146, 1224
Haldir 486–503 *passim*, 507, 522–24,
539, 879
Haleth, filho de Helm 1535, 1537
Halifirien 1090, 1165
Hálito Negro (Sombra Negra) 262, 368,
1240, 1245, 1246, 1254
Hallas 1487–93
Háma, capitão da Guarda do Rei 751–52,
754, 756–64 *passim*, 768–70, 773–75,
796, 841–42
Háma, filho de Helm 1535–37
Harad (Sul) 356–58, 946, 949, 1114–15,
1173, 1197–98, 1511–13, 1608–11;
Haradwaith 1502; Terras-do-Sol 930;
portos de 562; reinos de, no Extremo
Sul 946–47; reis de 1502; homens de
ver Haradrim
Haradrim (povo, homens, povos de Harad)
353–54, 947, 970–72, 1158, 1172–74,
1181, 1212, 1217, 1221, 1258–60,
1261, 1273–75, 1358–60, 1383, 1502,
1503, 1504, 1505, 1511–13; campeão
dos 1187–88; chefe (a serpente

negra) 1213, 1216, 1217; homens
semelhantes a meio-trols do Extremo
Harad 1221–22, 1223–24; Homens do
Harad Próximo 1504–05; Sulistas 946,
948, 966, 1213, 1221, 1224, 1245,
1369, 1407; Sulista morto 947–49;
Homens Tisnados 1158–60; Tisnados
930, 949
Harding, de Rohan 1224–25
Harlond *ver* Portos Cinzentos
Harlond, cais de Minas Tirith 1092–94,
1221–23, 1224, 1261–63, 1267–68
Harnen 1502
Hasufel 658, 660–61, 721–22, 743, 745,
749, 770, 789, 815, 1124
Haudh in Gwanûr 1511–13
Helm "Mão-de-Martelo" 777–79, 790–92,
1394–95, 1511–13 *passim*, 1535–37;
trompa de 789, 790, 1392–94
Helmingas *ver* Westfolde: homens de
Henneth Annûn, Janela do Poente (cortina
da Janela, Cortina) 965–66, 977–82
passim, 993–94, 994–96, 1172–74,
1275, 1368–69, 1511–13
Herefara 1225
Herion 1487–93
Herubrand 1225
Herugrim (espada de Théoden) 760–62,
763, 764
Hild 1537
Hirgon 1157, 1158, 1160, 1207
Hirluin, o Alvo 1123, 1221–22, 1224–25
Hithlain [fio-de-névoa] 523–24
Hobbit, O 37–9, 52–6
Hobbits (Povo Pequeno) 37–80 *passim*,
83–96 *passim*, 100, 101, 105–10
passim, 118, 123, 126, 129, 130–31,
155–57, 159, 176–77, 177–78, 207,
378–80, 421, 651, 691, 713, 725, 813,
849–50, 1108–112 *passim*, 1494–95,
1576, 1622; Pequenos 486, 493, 561,
651, 666, 677, 944, 957, 974, 1099,
1172, 1381; Holbytla(n) 812, 1217,
1622; Periain, Periannath (sing. *Perian*)
56–7, 1118–19, 1167–68, 1238–40,
1252–54, 1273–75, 1381–82; e
arquitetura, ofício da construção 45,
46, 47, 48; e barcos, água 46–8, 64–7,
165–66, 519–21; calendário dos *ver*
Registro do Condado; personalidade,
aparência 37–41; educação, saber
37–9, 38–40, 40–1, 46–8, 51–2, 56,
100–99, 863–64; paixão por histórias
de família 65, 813–14; comidas e
bebidas 38–40, 70–5, 91–2, 169–70,

1648

815–17 etc.; aversão a alturas 487–89; Hobbits-em-armas 49; idioma dos 38–40, 41–4, 1608–11; lendas, histórias dos 812–14, 1044–45, 1107–08; e cogumelos 169–70; nomes de raça 1592–1608; nomes de Hobbits 1585; costume de presentes 38–40, 43–5, 71–2; fumo 48–51, 813, 817–20, *ver também* Erva-de-fumo; firmeza 45–7, 323–24, 466–67; escrita (letras) 41; *ver também* Bri; Cascalvas; Pés-Peludos; Mathom; Condado, o; Grados; etc.

Holbytla(n) *ver* Hobbits

Holman "da mão verde" 64–5, 65–7

Homem da Lua 241–46

Homens (Povo Grande, Homens Mortais) 37–48 *passim*, 102–03, 105, 135, 144, 158–59, 169–70, 192–93, 207–09, 226, 228–29, 230–32, 234, 237, 239, 285, 289, 289–91, 320–22, 323–24, 329–31, 341, 350, 351, 370, 393, 400, 414, 421, 450, 501, 507–08, 520, 550, 559, 561, 631–32, 646, 657–58, 663, 679, 689–91, 695, 700–01, 702, 704–05, 706, 709, 748, 756 *passim*, 782, 795, 799, 803, 808, 809, 816, 823, 824, 834, 842, 864, 888–90, 928, 933, 948, 956, 961, 966–76, 980, 982, 989, 993, 995–97, 1030–32, 1187, 1256, 1324, 1399, 1500, 1502, 1506, 1529–31, 1536, 1538, 1560; alfabetos dos 1616–18; calendário dos 1576–77, 1580–82; domínio dos 1387, 1538; falham, mas a semente brota 1256–57; idiomas dos 434–35, 449–50, 719–20, 1622–23, *ver também* Adûnaico, Fala comum; nomes dos 1128, 1135; *ver também* Terrapardenses; Dádiva dos Homens; Haradrim; Última Aliança de Elfos e Homens; Númenóreanos; Rohirrim; *e nomes de lugares habitados por Homens (ex.:* Gondor*)*

Homens das Colinas *ver* Terrapardenses; Rhudaur

Homens das Montanhas *ver* Mortos, os

Homens das Neves de Forochel *ver* Lossoth

Homens do Chefe *ver* Rufiões

Homens do Crepúsculo *ver* Rohirrim

Homens do Rei (Númenóreanos Negros) *ver* Númenóreanos

Homens Selvagens (Woses) 1200, 1201, 1203, 1206, 1392–94; *ver também* Ghân-buri-Ghân

Homens Selvagens, da Terra Parda *ver* Terrapardenses

Homens-árvores 94–6

Homens-da-floresta, de Trevamata 112–14;

Homens-Púkel 1152, 1201

Horn, Cavaleiro de Rohan 1224–25

Hoste Cinzenta *ver* Mortos, os

Hoste de Sombra *ver* Mortos, os

Hoste de Valinor 1538

Hoste do Oeste, contra o Rei-bruxo 1507–09

Huor 1469

Huorns 719–20, 792–98 *passim*, 801–03, 806–08, 808–10, 821–33 *passim*, 837–38; treva dos 771–73

Húrin de Emyn Arnen, regente 1487–93, 1509; Casa de *ver* Regentes

Húrin I, regente 1487–93

Húrin II, regente 1487–93

Húrin, da Primeira Era 386–87; nome 1622

Húrin, o Alto, Guardião das Chaves 1221, 1371–72, 1381–82, 1383–84

Hyarmendacil "Vitorioso-do-Sul" (Ciryaher) 1478–87, 1502, 1560–61

Hyarmendacil II (Vinyarion) 1478–87, 1560–61

Iarwain Ben-adar *ver* Bombadil, Tom

Idiomas dos homens *ver* Homens: idiomas dos

Idiomas eldarin *ver* Idiomas élficos

Idiomas élficos (élfico, idioma, fala, língua élfica), geral ou não especificada e incerta 61–2, 143–44, 434–35, 691, 705–09, 709–12, 1592–608, 1616–18; idiomas eldarin (quenya e sindarin) 1473–74, *passim*, 1585–618, 1622; língua silvestre (da floresta), sotaque 481–82, 485–86; *ver também* Quenya (Alto-élfico); Sindarin (Élfico-cinzento); Valinoreano

Idiomas, da Terra-média 434–35; *ver também* idioma(s) *em nomes de povos (ex.:* Anãos*) e nomes de idiomas individuais ou de grupos de idiomas (ex.:* Adûnaico*;* Idiomas élficos*)*

Idril Celebrindal 1469

Ilmarin 341, 525

Imlad Morgul *ver* Vale Morgul

Imladris *ver* Valfenda

Imloth Melui 1247, 1381

Imrahil, Príncipe de Dol Amroth (o Príncipe, Senhor de Dol Amroth) 1092–94, 1123, 1147–48, 1168–70, 1180–81, 1185–87, 1187–88, 1191–92, 1219–29 *passim*, 1235–36,

ÍNDICE REMISSIVO

1241–48 *passim*, 1255–56, 1257, 1263–64, 1265–68, 1269, 1271–72, 1276–78, 1279, 1280–82, 1368–69, 1381–82, 1392–94, 1395–97, 1536–37, 1585–92; nome 1585
Incánus *ver* Gandalf
Ingold 1091, 1187
Inimigo Inominável *ver* Sauron
Inimigo, o *ver* Morgoth; Sauron
Inominável, o *ver* Sauron
Inverno Longo 43–5, 1511–13, 1535–37
Ioreth 1240, 1243, 1246, 1247, 1381, 1592–608
Iorlas 1119–21
Isen 419, 772, 804, 806, 808, 822, 827, 834, 1401, 1416, 1535, 1535–37
Isen, Vaus (Travessias) do 771–72, 773–75, 775–76, 795–97, 800–08 *passim*, 822–24, 841–42, 862–63, 1124–26, 1535–37; fozes do 1511–13; *ver também* Batalhas dos Vaus do Isen
Isengard 202–03, 369, 373, 419, 562, 627, 633, 639, 654, 656–57, 667, 674, 680, 685, 700–05 *passim*, 713, 717, 719, 724, 733–36, 737–39, 744, 762–63, 765, 772, 775, 779, 781, 783, 789, 792, 794, 800, 806–37, 843–46, 848, 851, 852, 860, 864, 866, 926–27, 1091, 1569–05, 1114, 1124, 1280, 1395–98, 1403, 1429 *passim*, 1431, 1448, 1511–13, 1514, 1535–37; Angrenost 702; criaturas de 785; emblema de (mão branca) de 656–57, 666–68, 670–72, 702–04, 780–82, 809–10; portões de 800, 809–10; Senhor de *ver* Saruman; Anel (círculo) de 373–75, 809–12; Isengardenses *ver* Orques; *ver também* Orthanc; Mão Branca; Vale do Mago
Isengrim II 1579
Isildur, filho de Elendil 105, 109–10, 110–11, 349–59, 361–63 *passim*, 364–65, 393–94, 553–54, 650, 922, 950–51, 951–52, 961–62, 970–72, 1009–10, 1133–34, 1135–36, 1145–46, 1258–60, 1260–61, 1382, 1474–78, 1478–87, 1487–13, 1498–500, 1504–05, 1514–15, 1515–17; nome 1622; rolo de 361–64
Istari *ver* Magos
Ithildin [lua-estrela] 430–31, 447–48
Ithilien 353, 933–36, 943, 946, 963, 965, 967, 989, 994, 1004, 1093, 1096, 1110–12, 1114, 1173, 1174, 1177, 1272, 1291, 1341–43, 1361, 1369,

1379, 1384, 1503–04, 1504–05, 1509–1514 *passim*, 1537, 1560, 1608–11; *ver também* Ithilien do Sul
Ithilien do Sul 1093, 1257, 1504–05
Iule 1453, 1575, 1579
Ivorwen 1515–17

Janela do Olho 1348
Jardineiro, família 1562, 1573
Jardineiro, Frodo 1573
Jardineiro, Holfast 1573
Jardins da Batalha 1454
Jogo de adivinhas 52–55, 107–9
Joias, Três *ver* Silmarils
Juncal 165
Juramento de Eorl *ver* Eorl, o Jovem: Juramento de
Justa-Correia, Blanco 1567
Justa-Correia, Bruno 1567
Justa-Correia, família 73, 74, 76, 101, 1452
Justa-Correia, Hugo 85, 1567
Justa-Correia, Prímula *nascida* Boffin 1567

Khand 1221, 1504–05
Khazâd *ver* Anãos
Khazad-dûm *ver* Moria
Kheled-zâram *ver* Espelhágua
Khuzdul *ver* Anãos: idioma dos
Kibil-nâla *ver* Celebrant

Lã-de-Cardo, sobrenome 237–39
Ladeira, sobrenome 238
Ladeira, Willie 1414
Lagduf 1299
Lago Longo *ver* Esgaroth
Lago-sombra 341
Lamedon 1123, 1146, 1224, 1258, 1258; Senhor de *ver* Angbor
Lança de Gil-galad *ver* Aeglos
Landroval 1357, 1361
Laracna (Ela, Nobre Senhora, a Vigia) 912–13, 926–27, 989–90, 1024–40 *passim*, 1044–55 *passim*, 1289, 1291–92, 1293–95, 1297–99, 1327; toca de (Torech Ungol) 924–26, 1012–14, 1015, 1020–35 *passim*, 1044, 1046–48, 1287–88, 1289, 1304–06
Lassemista 717, 717–19
Laurelin (Árvore Dourada) 524–26, 864–65, 926–27, 1467–70; uma das Duas Árvores de Valinor 1469–72
Laurelindórenan *ver* Lothlórien
Lebennin 419, 1093, 1113, 1114–115,

1650

1180, 1222, 1224, 1257, 1259, 1261, 1380

Lebethron 993, 1381

Lefnui 1535–37

Legolas Verdefolha 346–47, 365–66, 388–89, 391–93, 397–569 *passim*, 624–63 *passim*, 716–804 *passim*, 812–38 *passim*, 847–49, 849–50, 944–46, 1124–25, 1126–49 *passim*, 1153c55, 1223–24, 1255–64 *passim*, 1270–71, 1273–75, 1276–78, 1366–69 *passim*, 1386–87, 1392–94, 1395–97, 1399–401, 1536–37, 1560–61; um dos Três Caçadores 631–32, 724–26

Lembas (pão-de-viagem) [*lenn-mbass* "pão-de-jornada"] 520–22, 523, 640–42, 644–45, 677–79, 681–83, 684, 687–88, 722–25, 816–17, 872–73, 896–98, 899–901, 936–37, 1015–17, 1310–11, 1317–19, 1322, 1328–30, 1331, 1339–41

Léod 1534, 1535

Léofa (Brytta) 1394–95, 1536–37

Leste, longínquo (Terras Orientais) 1114, 1506

Lestenses (povo do Leste) 354, 561–65, 971, 1221, 1224, 1270, 1273, 1281, 1358–60, 1369, 1383, 1500–02, 1503, 1504–05

Limclaro 1267–68, 1509–11, 1534–35

Lindir 342

Lindofilho, Elfstan 1560

Lindofilhos do Marco Ocidental (das Torres) 1560–61

Lindon (terra élfica) 1493, 1494–95, 1505–07, 1507–09, 1538–50, 1550–61

Língua Negra (idioma de Mordor) 102, 363, 365, 1591, 1598, 1611–13

Língua *ver* Naith de Lórien

Língua(s)-élfica(s) *ver* Idiomas élficos

Língua-de-Cobra (Gríma, filho de Gálmód) 654–56, 657, 749, 754–67 *passim*, 775, 794–95, 810–12, 831–35 *passim*, 838–39, 847, 867, 1133–34, 1149, 1248, 1398–99, 1403, 1449, 1451, 1613–16; nome 1622

Linhir 1259

Lite 51–2, 1575, 1579, 1580

Lithlad 915

Livro de Mazarbul 452–53, 503, 1604

Livro do Thain 5–62, 1622–23

Livro Vermelho do Marco Ocidental (livro, diário de Bilbo Bolseiro) 37, 39, 46, 54–6, 56–62, 76–9, 88–90, 173–4, 335–6, 384–7, 289–90, 394–7, 683–4, 1408–9, 1446, 1458–62, 1463–4, 1576–9, 1582–4

Livro Vermelho dos Periannath 56

Livros de Saber, em Valfenda 350, 394

Lobisomens 323

Lobo de Angband 289

Lobo, cão do Fazendeiro Magote 157, 158

Lobos 43, 155–57, 373, 391, 420–24, 434, 437, 487, 495, 562, 773, 803, 804, 809, 823, 831, 832, 969, 1415, 1498–1500; wargs 323, 420–24; lobos brancos 266, 409; Cão de Sauron 423; *ver também* Lobo de Angband

Lóni 453

Lórien Oriental 1556

Lórien *ver* Lothlórien

Lossarnach (Arnach) 1092–94, 1113–14, 1121–23, 1224–25, 1243–45, 1245–46, 1267–68, 1273–75

Lossoth (Homens das Neves de Forochel) 1494–95, 1495–98

Lothlórien (Lórien, Floresta Dourada, terra élfica, etc.) 329–31, 363–64, 38–381, 390–92, 402–04, 474–534 *passim*, 535–540 *passim*, 543–44, 544–45, 545–47, 550–51, 561–63, 565–66, 627–30, 637–38, 649–50, 654–56, 657–58, 694, 695–97, 700, 705–06, 722–23, 740–41, 751, 756–57, 853–55, 878–79, 879–80, 901–02, 955, 956–58, 963–65, 968–69, 969–70, 972–73, 973–74, 1026–27, 1040–41, 1041–42, 1167–68, 1242–43, 1255–56, 1315–17, 1336–37, 1389, 1395–97, 1396–98, 1405–06, 1406–14, 1407–08, 1458–60, 1491–94, 1498–500, 1517–25, 1526–27 *passim*, 1531–34 ; Flor-do-Sonho 694; Dwimordene [Vale da Ilusão, nome em Rohan para Lórien] 756–57; Egladil 492, 526; Laurelindórenan (Terra do Vale do Ouro Cantante) 693–94, 955, 1396–98; Elfos de (Galadhrim) *ver* Elfos: de Lothlórien; nome 1622; tempo em 505–07, 545–48, 741–43; *ver também* Lórien Oriental; Naith de Lórien; Divisas do Norte

Lua (Ithil) 978; e libré de Minas Morgul 1295–96, 1308–10; e o calendário do Condado 1576–77; nova após Lothlórien 540–42, 543, 545–48; Cara Branca, assim chamada por Gollum

ÍNDICE REMISSIVO

888–90, 906–08, 908–10, 981–82, 984
Lua do Caçador 391
Lugbúrz *ver* Barad-dûr
Lugdush 671, 677
Lûn (Lhûn), rio 41–4, 1487–93, 1494–95, 1507–09, 1536–37, 1538–50; nome 1622
Lûn, braço de mar de 1464–65
Lûn, Golf de 864–65, 1487–93, 1495–98
Lûn, Montanhas de *ver* Montanhas Azuis
Lúthien Tinúviel [Tinúviel = *rouxinol*] 286–291 *passim*, 317–18, 329–31, 350–52, 394–95, 1030–32, 1260–61, 1390–91, 1469–72, 1517–25, 1525–26; balada de Beren e Lúthien (Balada de Lúthien) 394, 1517–25

Mablung 946, 948, 949, 957, 958, 963, 1274
Machado de Durin 452
Macieira, Rowlie 1414
Macieira, sobrenome 238
Magia-élfica *ver* Elfos
Mago(s) [membro da Ordem dos Istari] 48, 50, 146–47, 559–60, 700–01, 703, 719–20, 752, 809–10, 845–46, 851–52, 853–56, 859, 976, 1105, 1175–77; Ordem 100, 362, 368, 843, 846, 1560–61; Istari 1560–61; Cinco Magos 845; *ver também nomes de Magos individuais (ex.:* Gandalf*); a palavra "mago" com frequência refere-se especificamente a Gandalf, e também é usada casualmente para referir-se a* [um mágico; qualquer pessoa à qual se atribuíam estranhos poderes; com desprezo; "magia": mágica do tipo popularmente atribuído aos Magos]
Magote, família 155–57, 159–62
Magote, Fazendeiro 154–163, 166–68, 169–70, 170–72, 209–10
Magote, Sra. 157–58, 161–63, 169–70
Mais Antiga das Árvores *ver* Telperion
Malbeth, o Vidente 1135, 1505–07
Mallor 1478–87
Mallorn (Árvore Dourada, pl. *mellyrn*) 475–77, 486, 494, 495–97, 497–98, 500–01, 523–24, 722, 1455, 1531–34, 1560–61, 1584
Mallos 1259
Malvegil 1478–87, 1491–94
Mansão do Brandevin 46, 55, 56, 66, 155, 157, 164–65, 166–67, 1571
Manwë (Rei Antigo) 341

Mão Branca, pilar da 809–10, 812, 851–52; como emblema *ver* Isengard
Mapas, mencionados 394–95, 402–04, 405–06, 1328–30
Mar Interior *ver* Núrnen; Rhûn, Mar de
Mar, o 38–40, 41–4, 46–8, 49, 95–6, 139–40, 141–42, 177–78, 205–07, 209, 220–21, 277–78, 295–97, 298–300, 321–22, 323–24, 326–28, 339–41, 349–50, 353–54, 360–61, 380, 419–20, 482–83, 485, 493–94, 495, 514–15, 517, 523–24, 526–27, 536–37, 545–47, 548, 561–63, 630–31, 635–37, 638, 695, 701–03, 705–06, 719–20, 739–40, 741–43, 748–49, 757–58, 812, 863–64, 865, 911–12, 913, 933–35, 954–55, 970–72, 973, 1003, 1092–94, 1112–13, 1114–15, 1122–23, 1144–45, 1168, 1201–03, 1210–11, 1219–21, 1222–23, 1224–25, 1239–41, 1256–57, 1258–60, 1261–63, 1306–07, 1319, 1368–69, 1379–81, 1382–83, 1387–89, 1402–03, 1406–07, 1442–44, 1454–56, 1464–65, 1469–78 *passim*, 1495–504 *passim*, 1512–14, 1515, 1526–27, 1529–31, 1534, 1535, 1536–37, 1538–50, 1560–61, 1560–61, 1577–79, 1622–23; Grande Mar 140, 141, 230, 494, 497–98, 546, 630, 812, 911–12, 1382, 1469–72; Mares Divisores 289, 289–91, 524–26, 865–67; Mares do Oeste 139–40, 446–47, 1462
Marca, a *ver* Rohan
Marca-dos-Cavaleiros *ver* Rohan
Marcas da erva-de-fumo do Corneteiro 817–19, 834–35
Marcho 42, 1562
Marco do Leste, do Condado 48
Marco do Oeste, do Condado 49–51
Marco Ocidental 49–51, 1560; *ver também* Livro Vermelho do Marco Ocidental
Mardil Voronwë, "o Resoluto" 959–61, 1099–101, 1487–93, 1509, 15–11, 1560–61, 1577–79
Mares Divisores *ver* Mar, o
Martelo do Mundo Ínfero *ver* Grond
Matas dos Trols 295–302 *passim*
Mathom 43, 61–2, 86, 1585
Mauhúr 678, 682
Mazarbul, Câmara de *ver* Câmara de Mazarbul
Mazarbul, Livro de *ver* Livro de Mazarbul

1652

Mearas 653–54, 743–44, 749, 1535
Mecha-de-Folha (Finglas) 702–05
Meduseld (Paço Dourado, casa de Eorl)
656–57, 658–60, 737–39, 743–44,
747–48, 751–70, 772–73, 793–94,
805, 842–43, 867–68, 1089–90, 1125,
1129–30, 1150, 1155, 1161–63,
1217–18, 1224–25, 1248–50,
1368–69, 1392–94, 1394–95,
1535–37
Meia-branca 224
Meio-do-Verão 51–2, 1389, 1457
Meio-Elfos (Peredhil) 559, 1469–73; *ver*
também Elrond, o Meio-Elfo
Melhores Smials 1454
Melian 1469–72
Mellon [amigo] 433–34
Meneldil 352, 362, 1478–87, 1504–05
Meneldor 1361
Meneltarma 1472–73
Menelvagor (Telumehtar, Órion) 143,
1586
Mensageiros de Gondor 1090–91,
1094–96, 1110–12, 1114–15,
1156–57, 1163, 1206
Mensageiros do Rei 1431
Merethrond, o Grande Salão de Banquetes
1391
Mestre-Correio, no Condado 51–2
Methedras (Última Montanha) 644–45,
695–97, 697–98, 713–15
Minalcar *ver* Rómendacil II Minardil
1478–87, 1504, 1509
Minas Anor, Torre do Sol (Poente)
351–53, 353–54, 361–63, 864–65,
961–62, 1271–72, 1376–78, 1378–79,
1474–78, 1500–02, 1503–04, 1509;
ver também o nome posterior Minas
Tirith
Minas de Moria *ver* Moria
Minas Ithil, Torre da Lua (Nascente)
351–54, 354–55, 864–65, 922–23,
923–24, 969–70, 988–90, 1004–05,
1271–72, 1384–86, 1474–78,
1507–09, 1514–15; Pedra-de-Ithil
(palantír) *ver* Palantír; *ver também o*
nome posterior Minas Morgul
Minas Morgul, Torre de Feitiçaria (Cidade
Morta, amaldiçoada torre) 353–54,
359–60, 562–65, 864–65, 923–24,
924–26, 988–89, 989–90, 1004–12,
1046–48, 1048–49, 1113–14,
1174–75, 1181–82, 1223–24,
1268–69, 1271–72, 1291–92, 1509;
hoste(s), legiões de (hoste de Morgul,

etc.) 1008, 1009, 1185, 1217–18,
1222, 1299–300; Rei de *ver* Rei-bruxo;
ver também o nome anterior Minas Ithil
Minas Tirith, Torre de Guarda (a Cidade,
Cidade-de-pedra, etc.) 56–7, 61–2,
353–58 *passim*, 361–63, 393–94,
505–07, 518–23 *passim*, 526–27,
527–29, 547–48, 548–49, 553–54,
555–56, 557–68 *passim*, 624–25, 630,
630–31, 634–35, 651–53, 653–54,
654–56, 731–33, 733–35, 748–49,
749–51, 758–62, 803–04, 867–68,
879–80, 944–46, 946–47, 950–51,
951–52, 956–63 *passim*, 969–70,
972–73, 986–88, 989–90, 1090–91,
1094–96, 1097, 1106–07, 1107–08,
1112–13, 1115–25, 1133–34,
1147–48, 1157–59, 1160–61,
1162–64, 1164–65, 1167–68,
1168–70, 1171–72, 1172–74,
1180–213 *passim*, 1217–23 *passim*,
1227–43 *passim*, 1247–48, 1251–64
passim, 1267–68, 1270–71, 1272–74,
1275, 1287–88, 1368–92 *passim*,
1395–97, 1398, 1460–62, 1511–13,
11514–15, 1529–31, 1531–34,
1536–37, 1560–61, *passim*, 1622,
16233; Cidade Guardada 1094;
Mundburg [Fortaleza-guardiã]748,
749, 1163, 1164–65, 1206–08,
1395–97; Sete Portões 1091; *ver*
também o nome anterior Minas Anor;
Capitães de 1105–06; Portão de
(Grande Portão, Portão de Gondor)
1092–94, 1094–96, 1095–97,
1112–14, 1118–23 *passim*, 1147,
1170–71, 1171–72, 1184–92 *passim*,
1197, 1198, 1212–13, 1217–18,
1224–25, 1227–28, 1229–32,
1235–36, 1237–38, 1241–242,
1267–68, 1381–82, 1386–87;
Senhor(es) de *ver* Regentes; homens
da Cidade (da Torre da Guarda)
505–07, 520–22, 522–23, 548–49,
1270–71, 1271–72, 1282; morros de
1225; palantír de (Pedra-de-Anor) *ver*
Palantír; Segundo Portão de 1195–97;
ver também Cidadela de Gondor; Casa
dos Reis; Casa dos Regentes; Casas de
Cura; Rua dos Lampioneiros (Rath
Celerdain); Rath Dínen (Rua Silente)
Minastan 1478–87
Mindolluin *ver* Monte Mindolluin
Minhiriath 1494–95
Min-Rimmon (Rimmon) 1089–90,
1164–65, 1201–03, 1379; nome 1622

ÍNDICE REMISSIVO

Miruvor 412, 418, 438

Mitheithel *ver* Fontegris

Mithlond *ver* Portos Cinzentos

Mithrandir *ver* Gandalf

Mithril [pratavera] 447, 448, 452–53,
1097–98, 1536, 1539; prata-de-Moria
447; colete (cota) de mithril 54–6,
394–97, 447–50, 477–78, 1040–41,
1278–79, 1293–95, 1315–17,
1366–68, 1368–69, 1406–07

Moinho, na Vila-dos-Hobbits 511–14,
1439–41, 1441–42, 1446–48,
1453–54

Moita de Hera, A 64–5, 122–23

Montanha Assombrada *ver* Dwimorberg

Montanha de Fogo *ver* Monte da Perdição

Montanha e a Floresta *ver* Erebor *e*
Lothlórien [*ou* Anãos e Elfos em geral]

Montanha Solitária *ver* Erebor

Montanhas Azuis (Ered Luin, Montanhas
de Lûn) 41, 93, 278, 696, 1476, 1479,
1523, 1530, 1583, 1539, 1547

Montanhas Brancas (Ered Nimrais,
Montanhas de Gondor, etc.) 351–53,
370, 375–76, 408, 483–85, 527–29,
537, 634–35, 637, 640–42, 743–44,
745–47, 771–72, 773, 863, 970–72,
978, 993, 1089–90, 1091, 1094,
1145–46, 1147–48, 1149–51, 1513,
1534–35

Montanhas Circundantes 1357

Montanhas de Cinza *ver* Ered Lithui

Montanhas de Gondor *ver* Montanhas
Brancas

Montanhas de Lûn *ver* Montanhas Azuis

Montanhas de Moria *ver* Moria,
Montanhas de

Montanhas de Shadow *ver* Ephel Dúath

Montanhas de Terror (= Ered Gorgoroth)
289, 1031

Montanhas Nevoentas (Montanhas de
Névoa) 40–1, 52–4, 105–06, 107,
213–14, 230–31, 250–52, 278–81,
285–86, 295–97, 301–02, 308–10,
325–27, 329–31, 331–32, 335–36,
345–46, 346–47, 359–60, 360–61,
369–70, 375, 391, 393–94, 399–409
passim, 418–19, 419–20, 420–22,
424–26, 426–27, 436–37, 472, 473,
478–79, 483–85, 485–86, 493–94,
499–500, 535–36, 562, 626–27,
644–45, 661–63, 672–73, 674–76,
684, 687–88, 695, 695–97, 704–05,
713–15, 736–37, 771–72, 806–08,
1280, 1401–02, 1454–56, 1487–93,

1491–94, 1498–1500, 1509–11,
1512, 1517–25, 1531–34, 1534–35,
1536–37, 1539

Montanhas Sombrias *ver* Ephel Dúath

Monte da Perdição (Orodruin, Amon
Amarth, Montanha de Fogo etc.)
117–18, 119–20, 349–50, 350–52,
353–54, 398–99, 405–06, 563,
565–66, 899–901, 926–27, 976,
1168–70, 1289–91, 1292, 1297–99,
1306–07, 1310–11, 1313–15, 1317,
1319, 1323–24, 1325, 1328–30,
1336–37, 1339–43, 1360–61,
1474–78, 1512–14, 1550–61, 1622;
nome (Orodruin) 1622; *ver também*
Fenda(s) da Perdição; Sammath Naur

Monte Mindolluin (Mindolluin) 868,
978–79, 1094–96, 1097, 1107–08,
1123, 1168–70, 1176–79, 1194–95,
1198, 1205–06, 1208–10, 1223–24,
1368–69, 1386–87, 1389, 1392–94

Monte Presa *ver* Orthanc

Monte Sempre-branco *ver* Oiolossë

Morannon [portão negro] (o Portão [ou
Portões] Negro de Mordor, portão de
Sauron) 350–52, 363–64, 526–27,
893, 901–02, 905–06, 908–10, 911,
913–20 *passim*, 923–24, 928–930,
931–32, 933, 936–37, 988–89, 990,
992–93, 1003, 1180–81, 1184–85,
1270–82 *passim*, 1330–31, 1336–37,
1358–60, 1375–76, 1376–78,
1504–05

Mordor (País Negro, Terra Negra, País
Sombrio, Terra da Sombra, Terra
Inominável, etc.) 92–5, 103, 113,
227–28, 254–56, 265–66, 277–78,
278–80, 289, 317–18, 323–24,
324–25, 328–29, 347–54 *passim*,
356–58, 359–66 *passim*, 372, 375,
382, 391–93, 394–95, 409–10,
462–63, 519–21, 526–27, 543–44,
548–49, 556, 560, 562–65, 566,
573, 580, 626–27, 631, 638–39,
650–51, 654–56, 676, 685, 701,
731, 733–35, 735–36, 752, 758–60,
772–73, 810–12, 841–42, 844, 847,
853, 860, 867–68, 871–72, 872–73,
879–880, 888–90, 901–02, 905–12
passim, 915–20 *passim*, 923–30 *passim*,
935–36, 953, 976, 988–89, 992–93,
1000, 1003, 1009–10, 1014–15,
1015–17, 1038–40, 1042–44, 1090,
1113–14, 1134–35, 1153–55,
1157–59, 1160–61, 1167–68,

O RETORNO DO REI

1178–80, 1188–90, 1197–98, 1223,
1236, 1241–42, 1258, 1261, 1263–64,
1267–68, 1268–69, 1272–82
passim, 1287–93 *passim*, 1297–99,
1300–02, 1307, 1311–12, 1314–23
passim,1326–33 *passim*, 1336–37,
1338–40, 1352, 1355–56, 1357, 1358,
1363–65, 1366–68, 1369, 1381–82,
1419–20, 1448–49, 1474, 1502,
1504, 1504–05, 1507–09, 1509–11,
1512–14, 1514–15, 1526–27,
1536–37, 1550–61; aliados de 1259,
ver também nomes de aliados (ex.:
Haradrim*)*; portões de *ver* Morannon;
hoste(s) de 1131–33, 1156–57,
1190–91, 1222–23, 1224, 1281,
1357–58; idioma de *ver* Língua negra;
escravos de 1176–79, 1384; muralhas
de *ver* Ephel Dúath, Ered Lithui; *ver
também* Escuridão; Nazgûl; Orques;
Sombra

Morgai 1290, 1291, 1314, 1319–25, 1329

Morgoth (Poder Sombrio do Norte,
Treva no Norte, o Grande Inimigo,
a Sombra) [Vala maligno, Inimigo
primordial] 1289, 503–04, 705–06,
719–20, 1310–11, 1467–70, 1472–73,
1494–95; serviçal de *ver* Sauron

Morgulduin 996, 1005–07, 1008

Moria (Minas de Moria, Khazad-dûm,
Abismo Negro, reino-anânico, salões
de Durin, etc.) 347, 349, 383–84,
402, 407–09, 418–19, 420, 425,
428–30, 431–33, 437–62 *passim*,
473–81, 487–89, 494–95, 502,
503–04, 507, 508–09, 519–21, 539,
541, 545, 561–63, 627, 653–54,
656, 666–68, 700–01, 739–40, 741,
783–84, 800–01, 817–19, 828–29,
926–27, 944–46, 950–51, 959–61,
969, 1106–07, 1337–38 *passim*,
1536–37, 1550, 1552, 1560–61
passim, 1560–61, 1616–18, 1622–23;
Covanana 402, 445; ponte de (Ponte
de Khazad-dûm, Ponte de Durin)
452, 467–72, 503–04, 508–09, 739;
portas de (Portas de Durin, Porta
élfica, portão de Azevim, Portão-
oeste) [entrada oeste para Moria,
feita por anãos, mas controlada pelo
encantamento de Celebrimbor]
420–40, 452–53, 1538–50; Primeira
profunda 468; Primeiro Salão 468,
469, 472; Grandes Portões (Portão
do Riacho-escuro, Portão-leste)

420–22, 444–46, 449, 451–52,
452–53, 453–62, 466–67, 467–69,
472, 473–74, 474–75, 477, 479–81,
1405–06; Senhor de 428–30; nome
1622; extremidade Norte (Vigésimo
primeiro salão) 452, 453; Segundo
Salão 467–71; Sétimo Nível de
453–62; Terceira profunda, arsenais
superiores 452, 453; Muralhas
de 426–30; *ver também* Livro de
Mazarbul; Câmara de Mazarbul; Anãos
de Moria

Moria, Montanhas de 473–74; *ver também*
Caradhras; Celebdil; Fanuidhol

Morro da Audição *ver* Amon Lhaw

Morro do Olho, da Visão *ver* Amon Hen

Morros (em Rohan) 641–47 *passim*, 655,
668

Morros Frios 1502

Morros *ver* Túmulos

Morthond (Raiz Negra) 1121–23, 1144,
1225, 1608–11; arqueiros de 1237;
planaltos de 1121

Mortos, os (Mortos do Fano-da-Colina,
povo esquecido, Hoste Cinzenta, Hoste
de Sombra, Mortos Insones, etc.) 741,
1134, 1135, 1144–46, 1155, 1156,
1258–62; Rei dos 1145, 1146, 1259,
1261; Homens das Montanhas 1136;
Perjuros 1135, 1146; *ver também* Porta
dos Mortos; Sendas dos Mortos

Mulher do Rio 192

Mûmak (pl. *mûmakil*) *ver* Olifante

Mundburg *ver* Minas Tirith

Mundo Antigo 503

Muralha do Abismo (a Muralha) 774–89
passim

Muralha Leste *ver* Emyn Muil

Muralha, possante (= Pelóri) 341–42

Muzgash 1299

Naith de Lórien (Língua, Gomo) 491–92,
495, 524–26, 527, 531–32

Náli 453

Nan Curunír (Vale do Mago, Vale de
Saruman) 719–20, 771–72, 806–08,
808–10, 818–20, 821–23, 829–31,
852–53

Nanduhirion *ver* Vale do Riacho-escuro

Nan-tasarion *ver* Tasarinan

Narchost *ver* Torres dos Dentes

Nardol 1090, 1165, 1205–06

Nargothrond 446, 504, 1495–98, 1539

Narmacil I 1484, 1500–02, 1503

Narmacil II 1478–87, 1504–05, 1507

1655

ÍNDICE REMISSIVO

Narsil (espada que foi partida, espada de
Elendil) [chama vermelha e branca]
257–58, 258–60, 350–52, 353,
354–55, 356–58, 383–84, 393–95,
650–51, 657–58, 752–54, 782–83,
944–46, 951–52, 969–70, 1133–34,
1223–24, 1498–1500, 1515–17;
reforjada 393–95, *ver também* Andúril
Narvi 431
Narya (O Terceiro Anel, o Anel de Fogo)
1464–65
Nau branca 1464
Nau, como emblema *ver* Dol Amroth
Nau-cisne 525, 526–27
Naugrim *ver* Anãos
Nazgûl (Espectros-do-Anel, Cavaleiros
Negros, Cavaleiros Cruéis, Homens de
Preto, os Nove, Nove Cavaleiros, Nove
Senhores, Mensageiros de Mordor,
Mensageiro Alado, Guinchadores,
etc.) 103–05, 126–27, 133–37,
138–39, 140, 141–42, 144–63, *passim,*
165–166, 169–70, 174–76, 177–78,
202–03, 209–10, 227–28, 233–35,
249–57 *passim*, 260–61, 263, 265–66,
268, 271–72, 274–76, 281–84,
285–86, 289–300 *passim*, 310–18
passim, 320–27 *passim*, 351–53, 354,
358–59, 360, 364–83 *passim*, 389–90,
392–93, 395–97, 398, 418–19,
544–45, 547, 667, 674, 700–01,
735–36, 739–40, 822–24, 857–59,
861, 866, 867–68, 906–14 *passim*,
927–28, 989–90, 1004–05, 1048,
1049, 1089–90, 1113–14, 1115–17,
1124–25, 1149–51, 1171, 1180–81,
1185, 1187–88, 1191–92, 1239–41,
1245–46, 1264–65, 1272–78 *passim*,
1299, 1308–10, 1311–12, 1315–19,
1325–28, 1343, 1353–63 *passim*,
1411–13, 1442–44, 1460–62,
1504–05, 1507–09, 1511, 1550–61
passim; grito dos 876–78, 879–80,
906–10, 1115–17, 1168–71, 1311–12,
1313–14, 1317–19, 1325–27; cidade
dos *ver* Minas Morgul; sombra dos
ver Hálito Negro; Senhor dos *ver* Rei-
-bruxo; montados em criaturas aladas
544–45, 666–68, 857–59, 860–61,
865–67, 906–10, 927–28, 1170–71,
1172, 1180–81, 1245–46, 1308–10,
1311–12, 1313–14, 1315–19,
1343–44, 1353–55, 1357–58; sentidos
dos 134–35, 284–85, 323–24, 908–10
Necromante *ver* Sauron

Neldoreth (Taur-na-neldor) 289, 697,
1517–25
Nen Hithoel 519, 553, 1503
Nenuial *ver* Vesperturvo, Lago
Nenya (o Anel de Diamante) 515–17,
545–47, 1405–06, 1462
Nicotiana ver Erva-de-fumo
Nimbrethil 338
Nimloth *ver* Árvore Branca
Nimrodel, cascatas do 482–83, 485,
487–89
Nimrodel, elfa 481–85 *passim*; Balada de
1191; nome 1622; povo de 1121, 1255
Nimrodel, Ponte do 481–82
Nimrodel, rio 479–82, 483–85, 486,
489–90, 491–92, 540–42
Nindalf (Campo Alagado) 526–27,
1585–92
Niphredil 496, 497, 1526–27, 1531–34
Niquebriques 274
Nob 235, 236, 252, 254, 256, 261, 262,
269, 271, 1412, 1417
Noite-Nada 339
Noldor *ver* Eldar
Noques 65
Norforte *ver* Fornost
Nori 332
Norte, o (Terra-do-Norte, etc.) 48–9,
231–32, 293–95, 321–22, 350–52,
356–58, 363, 380–81, 482–83,
527–29, 649–50, 799–800, 970–72,
1090–91; palantír do 1491–94,
1495–98; *ver também nomes de terras
no Norte da Terra-média (ex.:* Beleriand*)*
Nortistas 1485–88,1524
Nova Era 1397
Nove (Nove Cavaleiros, Nove Serviçais)
ver Nazgûl
Nove Anéis *ver* Anéis de Poder
Nove Caminhantes (Nove Companheiros)
ver Comitiva do Anel
Novo Registro 1584
Númenor (Ociente), reino insular 41–4,
61–2, 105–06, 289–91, 341–42,
349–50, 863–64, 968–69, 970–72,
972–73, 976, 1135–36, 1145–46,
1192–94, 1250–51, 1375–76,
1472–78, 1495–98, 1498–500,
1503–04, 1538–50, 1550–61; Elenna,
Ilha de 1472–73; Terra da Estrela
1504; calendário de *ver* Registro dos
Reis; Queda de (*"Akallabêth"*) 350,
1472–73, 1577–79; Reis e Rainhas de
289–91, 1472–73, 1474–78, 1504–05,
1531–34; Corte do Rei 1581; idiomas

1656

de 1622–23, *ver também* Adûnaico;
homens de *ver* Númenóreanos; nome
1622; Pedras-Videntes de *ver* Palantír
Númenóreanos Negros *ver* Númenóreanos
Númenóreanos, do reino insular
(Homens do Mar) 48–9, 705–06,
719–20, 972–73, 1504, 1613–16;
os Fiéis (Exilados) 1473–74, 1478;
Númenóreanos Negros (Homens
do Rei) 1276–78, 1500–02;
Númenóreanos que se tornaram
Nazgûl 989–90; na Terra-média após
a Queda (Reis de Homens, Homens
da raça ou do sangue de Númenor,
Ociente, etc.) 41-4, 105–06, 337–39,
349–50, 351–53, 353–54, 370–72,
383–84, 486–87, 560–61, 563,
731–33, 905–06, 922–23, 946–47,
959–61, 962–63, 969–72, 1106–07,
1171–72, 1191–92, 1201–03,
1291–92, 1379–81, 1504, 1509, *ver
também* Dúnedain; Pais dos *ver* Edain;
Governantes (Reis, Chefes) dos Reinos
no Exílio 230–31, 321–22, 1382–83,
1467–70, 1474–93, 1503, 1527–29;
obras dos Númenóreanos, de Ociente
especificamente mencionados *ver*
Minas Tirith; Orthanc; Assento da
Visão; Espadas, do túmulo
Núrnen, Lago (mar interior) 915–16,
1323–24, 1383–84

Ociente *ver* Númenor
Ohtar 351
Óin, filho de Gróin 332–33, 347–49,
452–53
Oiolossë (Monte Sempre-branco)531,
532, 534
Olho sem Pálpebra *ver* Olho, o
Olho, o (de Barad-dûr, de Mordor,
de Sauron, Grande Olho, Olho
sem Pálpebra, Olho Vermelho,
etc.) 514–15, 515–17, 562–65,
666–68, 674–76, 736–37, 820–21,
852–53, 873–75, 901–02, 909,
911–12, 923–24, 1049–51, 1264–65,
1265–67, 1272–74, 1288–89,
1339–41, 1348–50, 1353–55; Olho
Vermelho (Olho Maligno, o Olho),
como emblema 6273–30, 6733–74,
11873–1188, 1276–78, 1295–96,
1308, 1324–25; *algumas vezes usado
como sinônimo de* Sauron
Olifante (*mûmak*) 948–49, 966–67,
1172–74, 1197–98, 1217–18,

1219–21, 1222, 1223–24, 1237–38,
1341–43
Olog-hai *ver* Trols
Olórin *ver* Gandalf
Ondoher 1478–87, 1490, 1504–05, 1507
Onodrim *ver* Ents
Orcrist 398
Orelha-Alerta 224
Ori 332, 347, 452
Ornendil 1503–04
Orod-na-Thôn *ver* Dorthonion
Orodreth 1487–93
Orodruin *ver* Monte da Perdição
Orofarnë717, 719
Oromë (Araw, Béma) [um Vala] 1487–93,
1535; gado selvagem de Araw 1100,
1487–93
Orophin 486, 487–89, 490
Orques (gorgûn, yrch) 43–5, 107–09,
110, 111, 365–68, 422–23, 437,
447, 466, 485–86, 487, 556, 558,
624, 626, 630–44 *passim*, 646–63
passim, 664–87 *passim*, 689–91,
692, 713–15, 722–25, 849–50,
928–30, 943–44, 1037–38, 1100,
1115–17, 1132, 1324–28, 1368–69,
1396–98, 1491–94, 1515–17; gobelins
272–74, 478–79, 547, 664; de Cirith
Ungol, Minas Morgul 1045–48,
1055, 1287–99, 1304–14 *passim*;
de Durthang 1333–35; de Moria,
Montanhas Nevoentas 52–4, 54–6,
94–5, 105–06, 329–31, 419–20,
452–53, 462–64, 469–71, 472,
474–79 *passim*, 489–91, 494–95,
539–40, 561–63, 626–27, 634–35,
666–68, 669, 670–72, 673–74, 676,
677–79, 969–70, 1368–69, 1498–500,
1511–13, 1534–35, 1536–37 *passim*;
de Mordor (Sauron, Orques do Olho,
Inimigo) 323–24, 543–45, 548–49,
656–57, 666–68, 673–79 *passim*,
498, 604, 616, 619, 620, 621, 625,
628, 636, 637, 642, 651, 659, 665,
702, 713, 717, 724, 725, 742, 800,
820, 821, 822, 828–35 *passim*, 837,
839, 848, 883, 884, 885, 892, 921,
923, 924–26, 928–31 *passim*; Uruks
de Mordor 462–63, 464, 1049–51,
1335, 1509–11; Orques de Saruman
372–73, 375, 700–05 *passim*, 717,
719–20, 735–36, 765–67, 772–73,
775–800; Uruk-hai (Isengardenses,
com divisa da Mão Branca) 626–30,
634–35, 638–39, 656–57, 660–61,

665–83 *passim*, 789–92, 1403–05; alfabetos dos 1118; meio–orques 566; idiomas dos 445, 1114, 1117, 1131, 1134; feitos como escárnio dos Elfos 1616–18; lâminas envenenadas dos 823; e luz do sol 469–71, 474–75, 638–39; *ver também nomes de orques individuais (ex.:* Grishnákh*)*

Órquico *ver* Orques: idiomas dos

Orthanc (Mente Sagaz, Monte Presa) 1202–03, 368–69, 370, 372–73, 374, 561–63, 654, 656–57, 702–404, 713–15, 810–812, 813, 818 *passim*, 822–42 *passim*, 5843–50, 860, 864, 865, 926–27, 1134, 1188–90, 1398, 1402–03; perversidade de (fogo explosivo) 786, 787–90; chave(s) de 845, 850, 1511–13, 1537; Jardinárvore de 1396

Osgiliath (Cidadela das Estrela) 351–53, 354, 548–49, 562–65, 630, 864–65, 922, 931–32, 954–55, 969–70, 995–97, 1003, 1009–10, 1113–14, 1115, 1174–75, 1176–79, 1180, 1181, 1184–85, 1191, 1221–22, 1268, 1271, 1368–69, 1377, 1474–78, 1500–02, 1503, 1504, 1509–11; pontes de 518, 1093; Domo das Estrelas 864–65; vaus de 1092–94; palantír de *ver* Palantír; Torre do Domo de Osgiliath 1503; Osgiliath do Leste 1181

Ossir, Sete Rios de 697

Ossiriand 697

Ossofaia 826

Ostoher 1484

Outro-Mundo 339

Paço Dourado (Casa Dourada) *ver* Meduseld

País élfico *ver* Lindon; –Lothlórien

País Negro *ver* Mordor

Palantír [que vê ao longe, pl. *Palantíri*] (Pedras-Videntes, Sete Pedras) 863–68, 990–91, 992–93, 1090–91, 1097–98, 1569–05, 1236, 1263–64, 1474–78; Sete Pedras 1569–05; de Amon Sûl 864–65, 1491–94, 1495–98; de Annúminas 864–65, 1495–1498; de Arnor 1560; de Gondor 864; de Minas Ithil (de Isildur; Pedra-de-Ithil) 864–65, 1233–35, 1236, 1507–09, 1514–15; de Minas Tirith (de Anárion, Minas Anor; Pedra-de-Anor) 864–65, 1232–33, 1233–35, 1236, 1401–02, 1514–15; do Norte 493, 495; de

Orthanc (Pedra-de-Orthanc) 845–47, 853–68 *passim*, 926–27, 1089–90, 1133–34, 1178–80, 1264–65, 1401–02, 1537; de Osgiliath 864, 1503; das Colinas da Torre (Pedra de Elendil) 864–65, 1495–98; pedras de Númenor 990–91, 992–93

Pântano 45, 151, 151, 156, 164, 169, 877, 1170

Pântanos do Norte 94, 95

Pântanos dos Mosquitos 273–76, 276–78

Pântanos Mortos 364, 526, 871, 880, 883, 893, 894, 901–09, 914, 925, 955, 982, 1000, 1274, 1083, 1491, 1544, 1550, 1553; Brejo dos Rostos Mortos 904–05, 910

Pão-de-viagem *ver* Lembas

Papas (batatas) 64–5, 67–8, 939, 940, 1442–44

Parrudinho 224, 225, 227, 229, 269

Parth Galen 555, 569, 624, 627–32 *passim*, 944, 1124, 1368–1369

Passadiço 1093, 1168, 1271; Fortes do (torres da Guarda) 1093, 1168, 1181, 1182, 1560

Passo Alto *ver* Cirith Ungol

Passo Alto, nas Montanhas Nevoentas 331

Passo Assombrado *ver* Cirith Gorgor

Passo Inominável *ver* Cirith Ungol

Passo Morgul 1272, 1291

Passolargo *ver* Aragorn II

Passolargo, pônei 1460–62

Pátio Alto *ver* Cidadela de Gondor

Pátio da Fonte *ver* Cidadela de Gondor

Pausa do Silêncio 968–69, 1368–69

Paz Vigilante 1498–1500, 1509–11

Pealvo, Will (Prefeito de Grã-Cava, Bolinho-de-Farinha) 239–40, 241, 1426–27, 1439–41, 1452–53, 1457–58

Pé-de-Fogo 770

Pé-de-Vara *ver* Fimbrethil

Pedra Arken 1524, 1534

Pedra das Três Quartas 1428, 1454–56

Pedra de Durin 474

Pedra de Erech (Pedra Negra) [uma pedra de juramento (símbolo da soberania de Isildur)] 1134–35, 1135–36, 1142–46 *passim*, 1257–58, 1260–61; *ver também* Erech

Pedra Negra *ver* Pedra de Erech

Pedra-de-Anor *ver* Palantír

Pedra-de-Ithil *ver* Palantír

Pedra-de-Orthanc *ver* Palantír

Pedra-Élfica *ver* Aragorn II; Elessar (joia)

1658

O RETORNO DO REI

Pedras fincadas 215, 216–17
Pedras-Videntes *ver* Palantír
Peixe frito e fritas 940
Pelargir 1146, 1256–63 *passim*, 1267, 1288, 1387–89, 1500–02, 1503–04, 1512–14
Pele Amarela (Anuário de Tuqueburgo) 1582–84
Pelendur 1491, 1504–05, 1509
Pelennor [terra cercada] (Campos de Pelennor, Campos da Pelennor, Campo de Gondor) 1092–94, 1112–13, 1167–68, 1168–70, 1170–71, 1180–81, 1181–82, 1187–88, 1190–91, 1208–10, 1210–11, 1212–13, 1219–21, 1222–23, 1223–24, 1263–64, 1270–71, 1317–19, 1379–81, 1529–31; muralha da *ver* Rammas Echor; *ver também* Batalha dos Campos de Pelennor
Pequenos *ver* Hobbits
Pequenos, país dos *ver* Condado
Perca Dourada, A 150, 157
Perdição, Monte da *ver* Monte da Perdição
Peredhil *ver* Meio-Elfos
Peregrin, filho de Paladin *ver* Tûk, Peregrin
Peregrino Cinzento *ver* Gandalf
Periain *ver* Hobbits
Perjuros *ver* Mortos, os
Pé-Soberbo, Bodo 1563
Pé-Soberbo, família 72–4, 75–7
Pé-Soberbo, Linda *nascida* Bolseiro 1563
Pé-Soberbo, Odo 87, 88, 1563
Pé-Soberbo, Olo 1563
Pé-Soberbo, Sancho 87–8, 1563
Pés-Peludos 40, 45
Pesperto 1220
Pico-de-Prata *ver* Celebdil
Picorrijo 745–47, 1147, 1151
Pinnath Gelin [cristas verdes] 1123, 1146, 1221–22, 1224–25, 1379
Planície da Batalha *ver* Dagorlad
Poçalvo 1119–21
Poçapé, família 155–57
Poder Sombrio (do Norte) *ver* Morgoth
Poder Sombrio *ver* Sauron
Pônei Empinado, O (a Estalagem de Bri) 48–9, 228–29, 231–72 *passim*, 319–20, 466–67, 1411–13, 1414, 1416–18
Pôneis *ver nomes de pôneis individuais (ex.:* Bill*)*
Ponta do Bosque 130, 132, 133, 139, 150–55, 1316, 1425, 1436, 1444, 1461

Ponte de Durin *ver* Moria
Ponte do Brandevin (Ponte dos Arcos de Pedra, Grande Ponte) 42, 43, 68, 125, 129, 165–66, 176, 177, 231, 1420, 1421, 1424, 1425, 1483, 1558, 1560; casa da ponte 1427; Estalagem da Ponte 1423
Poros 1504–05, 1511–13; travessia do 1511–13
Porta dos Mortos (Porta Escura, Porta para as Sendas dos Mortos, Porta, Porta Proibida) 1135, 1140, 1141, 1155, 1156; *ver também* Mortos, os; Sendas dos Mortos
Porta Élfica *ver* Moria
Porta Escura *ver* Porta dos Mortos
Porta Fechada *ver* Fen Hollen
Porta Proibida *ver* Porta dos Mortos
Portão da Sebe *ver* Terra-dos-Buques
Portão de Azevim *ver* Moria
Portão de Helm (o Portão) 775, 776–77, 779, 792, 795–97
Portão de Mordor *ver* Morannon
Portão do Chifre-vermelho (Passo do Chifre-vermelho) 390–2, 402–7, 408, 417, 418, 503–504, 1405–6, 1498–500
Portão do Riacho-escuro *ver* Moria
Portão dos Reis *ver* Argonath
Portão Negro de Mordor *ver* Morannon
Portão-de-Baixo (portão inferior, Caminho-de-Baixo) 1046–48, 1049, 1052–53, 1287–88, 1295–96
Portão-leste, de Moria *ver* Moria
Portão-norte *ver* Terra-dos-Buques
Portão-oeste, de Moria *ver* Moria
Portões de Gondor *ver* Argonath
Portos Cinzentos 46–8, 61–2, 93, 95, 346, 358–59, 380–81, 404–05, 493–94, 1257–58, 1390–1391, 1463, 1464–65, 1469, 1492, 1498–1500, 1505–07, 1529–31, 1559, 1561, 1561; Forlond 1505–07; Harlond 1505–07; Mithlond 864, 1464–65
Portos *ver* Portos Cinzentos
Povo Antigo *ver* Elfos
Povo da Grande Jornada *ver* Eldar
Povo das Estrelas *ver* Eldar
Povo de Durin, raça *ver* Anãos
Povo Grande *ver* Homens
Povo Pequeno *ver* Hobbits
Povo-das-árvores *ver* Elfos de Lothlórien (Galadhrim)
Povo-élfico *ver* Elfos
Povos Livres (do Mundo, Povo Livre) 380, 391–93, 400, 689–91, 1366–68

ÍNDICE REMISSIVO

Povos Médios *ver* Rohirrim
Praga (Peste) 43–5, 1494–95, 1504, 1534–35
Praia-comprida (Anfalas) 419–20, 1121–23, 1504, 1622–623; nome 1622
Prata-de-Moria *ver* Mithril
Precioso *ver* Anel, o
Presa, cão do Fazendeiro Magote 157, 158
Primeira Era 1467, 1469, 1494–95, 1538, 1576–77, 1616–18
Primogênitos *ver* Elfos
Punhal de Morgul 290–91, 293–95, 299–301, 311–13, 323, 1408–09

Quarta Era 56–7, 1467, 1538, 1561, 1584
Quarta Leste 45, 49–51, 130, 151, 177, 231, 315, 1581
Quarta Norte 49–51, 94, 409, 932, 1446, 1456; *ver também* Batalha dos Verdescampos
Quarta Oeste 46–8, 49–51, 67, 239, 1584, 1622–23
Quarta Sul 48–9, 49–51, 86, 135, 536, 813, 1403, 1413, 1419, 1424, 1440, 1455
Quartas 49–51, 165, 337; *ver também* Quarta Leste; Quarta Norte; Quarta Sul; Quarta Oeste
Queda de Gil-galad, A 278–80
Quendi (Elfos) 1621
Quenya (alto-élfico, fala antiga, língua antiga, língua nobre, etc.) 142–43, 146–67, 531–32, 1243–46, 1478, 1577, 1580—605 *passim*, 1621–23

Rabinho 224
Raça Antiga *ver* Elfos
Radagast, o Castanho 368–70, 373–75, 390–92
Radbug 1298
Raiz Negra *ver* Morthond
Rammas Echor (Rammas) 1090–94, 1180–91 *passim*, 1199–2000, 1205–06, 1208–10, 1210–11, 1223–24, 1224–25, 1386–87, 1389
Raposa, pensando 130
Rath Celerdain *ver* Rua dos Lampioneiros
Rath Dínen (Rua Silente) 1095–97, 1194–97, 1198, 1229, 1235–6, 1382, 1389, 1291–92, 1529–31, 1561
Rauros (cascatas, cataratas de Rauros) 519–21, 526–27, 535, 547–48, 554, 557, 562, 565–66, 580, 626, 630, 630–31, 654–56, 944–46, 951, 955–56, 969–70, 1106–07, 1265

Regentes de Gondor (Regentes Governantes, Governantes da Cidade, Senhor da Cidade, de Gondor, etc.) [Regente do Alto Rei (título de governantes de Gondor)] 361–63, 786–87, 959–61, 970–72, 1103–05, 1191–92, 1194–95, 1224–25, 1236, 1241–42, 1267–68, 1271–72, 1272–74, 1487–93, 1509–17; *ver também nomes de Regentes individuais (ex.:* Denethor II*)*; estandarte de 1095–97, 1379–82, 1509; *ver também* Casa dos Regentes
Região das Colinas *ver* Colinas-dos-túmulos
Registro de Valfenda *ver* Valfenda: calendário de
Registro do Condado 42, 48–9, 820, 1287–88, 1363, 1467, 1560–61, 1562, 1575–77, 1579–84
Registro dos Regentes 1577–80, 1582–84
Registro dos Reis 1576–84 *passim*
Regras, as, leis antigas 49–51
Rei Antigo (Manwë) 341
Rei da Marca (Rohan) *ver* Éomer; Théoden; etc.
Rei das Montanhas 1136
Rei de Angmar *ver* Rei-bruxo
Rei dos Mortos *ver* Mortos, os
Rei Feiticeiro de Angmar *ver* Rei-bruxo
Rei-bruxo (rei feiticeiro de Angmar, Rei-espectro, chefe dos Espectros-do-Anel, Senhor dos Nazgûl, Senhor de Morgul, Capitão Negro, Capitão do Desespero, etc.) 43–5, 290–91, 292–93, 295, 317–18, 320–21, 368–69, 377–78, 1008–09, 1010, 1049–51, 1181–82, 1184–1185, 1187, 1188–90, 1191–92, 1197–98, 1210–11, 1212–13, 1213–17, 1218–20, 1221–22, 1227–28, 1236, 1238–40, 1247–48, 1250, 1265–67, 1291–92, 1317–19, 1326–28, 1492, 1494, 1496, 1505–11, 1534–35; grito do 1216–17, 1235–36; Abantesma 1214; criatura alada do 1213–14, 1217–18, 1219–21
Reino Abençoado *ver* Aman
Reino do Norte *ver* Arnor
Reino Reunido (restaurado) 56–7, 1584
Reis de Homens *ver* Númenóreanos
Reis sob a Montanha 52–4; *ver também* Erebor
Reis *ver em topônimos (ex.:* Gondor*) e em nomes de reis individuais (ex.:* Théoden*)*
Reis-Navegantes 1484, 1500–02

1660

Remmirath, as Estrelas Enredadas 143

Rhosgobel 368, 391

Rhovanion 1503–11 *passim*, 1535; reis de 1531–4

Rhudaur 297–8, 1487–93, 1491–5; Homens das Colinas de 1491–4; homens de 297–8

Rhûn 357, 1563; homens de 1359

Rhûn, Mar de (Mar Interior) 356–8, 1099–101, 1114–5, 1487–93, 1502, 1503

Riacho–de–Neve 745–47, 747–48, 1147, 1149–51, 1152, 1156, 1163, 1622–23; nome 1622

Riacho-do-Abismo 775, 785, 786, 793, 797

Riacho-do-portão *ver* Sirannon

Rimas do Saber 863–4

Rimmon *ver* Min-Rimmon

Ringló 1259

Rio da Floresta 519

Rio de Lis 391, 1494–95, 1509–11, 1531–34, 1536–37; nascentes do 391

Rio dos Elfos *ver* Esgalduin

Rio Rápido (Celduin) 1503

Rob 271–2

Rocha-da-Trombeta (Rocha) 775, 780–92 *passim*

Rocha-do-Espigão *ver* Tol Brandir

Rohan (Marca-dos-Cavaleiros [Riddena--mearc, *terra dos cavaleiros*], a Marca, etc.) 354, 375, 493–4, 527, 536–7, 561–3, 630, 633–8 *passim*, 640–2, 646–58 *passim*, 676, 684, 702, 713–5, 722, 724, 733–9 *passim*, 743, 747–51, 755–63 *passim*, 765–72 *passim*, 775, 780–2, 784, 786–90, 794, 820–4, 827, 835, 839–41, 852, 867, 880, 955, 963, 970, 1089–93, 1108, 1115, 1118, 1126, 1130, 1141, 1148, 1152, 1158, 1163–5, 1181, 1187, 1188, 1198, 1200–5, 1225, 1228, 1242, 1248–50, 1251, 1256, 1273–5, 1368, 1385, 1391–2, 1394–7, 1403–5, 1414, 1433, 1467–70, 1513, 1534–7, 1581, 1588, 1614; túmulos, morros de *ver* Campo-dos-Túmulos; Marca-oriental 654–6; Muralha Leste de 636, 656; Marcas Ocidentais 755; emblema de (cavalo branco, grande cavalo correndo livre *geralmente* sobre verde) 1161–3, 1212, 1222, 1280–2, 1364–6; cavalos de, características 375, 659–60, 677–9, 681–3, 1160, 1267; cavalos de, roubo ou tributo 375, 646–9, 654–6, reis,

senhores de 653, 1162–4, 1394; nome 1585, 1608; nomes em 1616; Cavaleiros, homens de *ver* Rohirrim; *ver também* Vales Orientais; Eastfolde; Desfiladeiro de Rohan; Abismo de Helm; Westfolde; Descampado de Rohan; etc.

Roheryn 1131, 1136

Rohirrim (Cavaleiros, homens de Rohan, hoste, cavaleiros da Marca, Cavaleiros de Théoden, etc.) [Cavaleiro: em Rohan (ridda), um cavaleiro da cavalaria treinada do rei] 375, 419, 536, 561–3, 633, 634, 635–7, 639–42, 645–54, 657, 661–3, 674–85 *passim*, 700–3, 721–3, 733–5, 747, 748, 760–2, 762, 770, 772–87 *passim*, 790–8 *passim*, 801–3, 804, 810–2, 822–4, 836, 937, 839–40, 841, 846, 851, 860, 879, 970–2, 972, 1092–4, 1117–18, 1117, 1124–39 *passim*, 1147–52 *passim*, 1156–68, 1178–1200, 1203–13 *passim*, 1217–23 *passim*, 1241–3, 1250, 1257, 1267–71, 1287, 1357, 1366–72, 1379–94, 1392–4, 1407, 1487–93, 1509–11; Eorlingas (Eorlings) 760–3, 768, 770, 773, 790–2, 1156, 1162–4, 1213, 1534; Forgoil, Cabeças-de-Palha 786; meninos-dos-cavalos (criadores de cavalos) 669, 673, 677–9; Senhores-de-cavalos (Homens-dos-cavalos) 375, 407–9, 536, 641, 747, 1201–6; Povos Médios, Homens do Crepúsculo 970–3; Homens do Norte 1212; ladrões do Norte 786; Filhos de Eorl 654, 656, 1159, 1208; Peles-brancas 670–9 *passim*; calendário dos 1580–2; trompas dos 684, 771, 789–92, 1198, 1218–23, 1227, 1392–7, 1509–11, 1535–7; idioma dos 748, 810–2, 970–2, 1352;

Roliço, família 73, 74, 76

Roliço-Bolseiro, Falco 1563

Rua do Bolsinho 65, 70, 86, 126, 128, 135, 512, 936, 1419, 1439, 1442, 1446, 1453

Rua dos Lampioneiros (Rath Celerdain) 1118–19, 1123

Rua Nova 1454

Rua Silente *ver* Rath Dínen

Ruidoságua *ver* Bruinen

Ruína de Durin *ver* Balrog

Ruína de Isildur *ver* Anel, o

Ruivão, o Moleiro 66–8, 94

ÍNDICE REMISSIVO

Ruivão, Ted 94–6, 119, 463, 1439, 1439–41
Rúmil 486, 487–9, 490, 491
Runas 68, 257, 280, 308–10, 339–41, 394, 446, 450, 451, 474, 528, 627, 754, 935, 1395; *ver também* Angerthas Daeron; Angerthas Moria; Runas de Daeron
Runas de Daeron (Certhas Daeron) 450, 1634, 1636, 1660

Saber das Ervas do Condado 48, 62
Sábios, os [os Magos e os Governantes dos Elfos] 38–40, 98–9, 100, 101–02, 105–06, 109–10, 111, 358–59, 360, 368–69, 370–72, 381–83, 384, 385–87, 887–88, 1184–185, 1460–62; *ver também* Conselho Branco
Sacola-Bolseiro, família (os S.-B.s) 63–7, 72–8, 86, 122–6, 130, 170–3, 376, 389
Sacola-Bolseiro, Lobélia *nascida* Justa-Correia 72, 84–90 *passim*, 122, 124–7, 1441
Sacola-Bolseiro, Lotho (o Chefe, Pústula) 122–7, 835, 1418
Sacola-Bolseiro, Otho 72, 86–8, 90, 122, 1563
Salão da Torre *ver* Cidadela de Gondor
Salão do Fogo *ver* Valfenda
Salão dos Reis (da Torre) *ver* Cidadela de Gondor
Salgueiro, Velho (Grande Salgueiro) 188–94, 201–02, 206–07
Salões do Rei-élfico, Trevamata 365, 799
Samambaia, Bill (Grandão do Chefe) 245–46, 250–52, 261–64, 269–71, 271–74, 294–96, 301–02, 321–22, 1411–13, 1414–15, 1416–18, 1422–23, 1429–30
Samambaia, sobrenome 237–39
Sangahyando 1504
Sapântano 1425, 1427
Sarn Gebir 519, 542, 543, 547, 548, 550, 735; caminho de varação 548–51
Saruman (Saruman, o Branco, Saruman, o Sábio, etc.) 100, 112–4, 360, 362, 366–76 *passim*, 378–80, 380, 382, 407–9, 419, 514, 627, 633, 642–44, 646, 653, 653–7, 661–72 *passim*, 680, 701, 702, 713–19 *passim*, 749, 762–6, 771–3, 776, 786, 794, 797, 800, 804–19, 821, 822–52 *passim*, 856–67 *passim*, 926, 1569–5, 1133, 1158, 1178, 817–9, 1252, 1279, 1298,
1398, 1403, 1419, 1430, 1448–51, 1511–14, 1537 *passim*; Saruman de Muitas Cores 371; Saruman Artífice-do-Anel 370–372; Charcoso 1430, 1439, 1441, 1448, 1451, 1453; matador de árvores 825; voz de (poder de persuasão) 824–6, 837–8, 838–47, 1398, 1449–51; hoste de *ver* Orques; Homens, a serviço de Saruman 656; traição de Isengard 1115–7; *ver também* Isengard; Orthanc; Mão Branca
Sauron (Senhor Sombrio, Inimigo, Sombrio, Mão Negra, Mestre Sombrio, Vil Mestre da Traição, Poder Sombrio, mãos escuras do Leste, Inominável, etc.) 92–4, 98–106 *passim*, 112–9 *passim*, 144–6, 172, 207–9, 220, 226, 257–61, 266, 285, 288, 290–301, 311–3, 320–5 *passim*, 328, 335, 347–54 *passim*, 256–8, 360, 361–9 *passim*, 370–6 *passim*, 378–85 *passim*, 390–8, 400, 410, 418–23, 491–4, 498, 503–7, 511–22 *passim*, 532–7, 547, 559–66 *passim*, 640–2, 645–6, 650–6 *passim*, 706, 719, 723–5, 730–9, 755, 803, 820, 841, 845, 848, 856–61 *passim*, 864, 866, 872, 880, 888–93, 901, 908–28 *passim*, 932–6, 944–7, 949–58 *passim*, 961, 966–74 *passim*, 989, 1009, 1014, 1017, 1018–21, 1031, 1041–53, 1092–4, 1099–1101, 1107, 1114, 1134, 1136, 1138, 1157–9, 1172–84 *passim*, 1188–92, 1198, 1205, 1212–4, 1228–36 *passim*, 1241–3, 1260–80 *passim*, 1291, 1292, 1317–9, 1223, 1328–30, 1333–5, 1338–44, 1348, 1353, 1358, 1363, 1370, 1377, 1381, 1399–1401, 1472–4, 1501, 1502, 1503–4, 1509–17 *passim*, 1526–31; Necromante 360; serviçais, hostes de 323, 347–9, 956–8, 1145, 1182–5, 1187; *ver também* Nazgûl, Orques; Senhor do Anel 328; sombra de 1358–60; escravos de 1343; trono de 1338; *ver também* Barad-dûr; Olho, o; Sombra
Scadufax 376, 378, 653–54, 676, 743, 745, 749, 755, 767–68, 770, 773, 775–76, 792, 794, 804, 828–29, 862, 867, 1090, 1091, 1095, 1108, 1110–12, 1118–19, 1124, 1150, 1172, 1185, 1198, 1227, 1228, 1245, 1392, 1412–14, 1415–16, 1420, 1464–65, 1535; nome 1622

1662

Scatha, a Serpe 1395, 1534–35; tesouro de 1535

Sebe Alta (Sebe) 16566, 17677, 17980, 180–81, 183, 206–07

Sebe *ver* Sebe Alta

Segunda Era 61–2, 349, 1467, 1474, 1538–61, 1613–18

Sem nome, seres (que roem o mundo) 739–40

Sempre-branco, Monte *ver* Oiolossë

Sempre-em-mente *ver* Simbelmynë

Semprenoite *ver* Eldamar

Sendas dos Mortos 741–43, 1127, 1132, 1134, 1136, 1153, 1155, 1159, 1223, 1248–50, 1257–60, 1262; *ver também* Mortos, os; Porta dos Mortos

Senhor da Marca (Rohan) *ver* Éomer; Théoden

Senhor da Terra-dos-Buques, da Mansão *ver* Brandebuque, família

Senhor de Barad-dûr *ver* Sauron

Senhor de Minas Tirith *ver* Denethor II; Regentes

Senhor de Morgul *ver* Rei-Bruxo

Senhor do Anel *ver* Sauron

Senhor dos Nazgûl *ver* Rei-bruxo

Senhor Sombrio *ver* Sauron

Senhora de Lothlórien (da Floresta Dourada, etc.) *ver* Galadriel

Senhora de Valfenda *ver* Arwen

Senhores da Cidade *ver* Regentes

Senhores-élficos *ver* Elfos

Sentinelas Silenciosas 923–24, 1009–10, 1049–51

Sentinelas, de Cirith Ungol (Duas Sentinelas) 1293–95, 1299–300, 1311–12

Serraferro 1152

Sete Anéis *ver* Anéis de Poder

Sete Estrelas *ver* Elendil: emblemas de

Sete Pedras *ver* Palantír

Shagrat (Capitão da Torre) 1045–55, 1288–89, 1290, 1293–303 *passim*, 1314–15, 1317–19, 1324–25, 1327

Sharkû 1448

Shathûr *ver* Fanuidhol

Silmariën 1472–73, 1505–07

Silmaril(s) (Joias, Grande Joia) 289, 339, 341–42, 394–95, 1017–18, 1026, 1360–61, 1468, 1469

Silmarillion, O 1469–72, 1622–23

Simbelmynë (sempre-em-mente) 747, 1143, 1537

Sina dos Homens *ver* Dádiva dos Homens

Sindar *ver* Eldar

Sindarin (élfico-cinzento) 337–39, 402–04, 433, 434–35, 481–82, 485–86, 810–12, 946–47, 1536–37, 1577, 1580–616 *passim*, 1618–23 *passim*, 1622–23 *passim*

Sirannon (Riacho-do-portão) 426; *ver também* Cachoeira da Escada

Siriondil 1478–87, 1505–07

Smaug, o Dourado (o Dragão) 52–4, 54–6, 332–33, 366–68, 1407–08; fogo de artifício 72–4

Sméagol *ver* Gollum

Smial(s) 46, 46, 1454; *ver também nomes de smials individuais (ex.:* Mansão do Brandevin*)*

Snaga [escravo] 673–74, 1296–300, 1302, 1303–06, 1307–08, 1310–11

Snawmana 770, 789, 790–92, 1131, 1161, 1210, 1213, 1216, 1220

Sob-as-Torres 56–7, 1560

Sobrecéu 866

Sobrelite 1575, 1579

Sobremonte 94

Sobrerriacho 1163

Sociedade do Anel (Sociedade) *ver* Comitiva do Anel

Sol, chamado de Cara Amarela por Gollum 895–96, 922–23, 930, 935–36, 947–49, 982–84

Sombra Negra *ver* Hálito Negro

Sombra(s) Alada(s) *ver* Nazgûl

Sombra, a, isto é, o recorrente e crescente poder do mal, especialmente de Sauron 103–05, 114–15, 254–56, 347–49, 375–76, 391–93, 483–85, 493–94, 495, 556–57, 562–65, 730–31, 872–73, 875, 992–93, 1114–15, 1117, 1147–48, 1167–68, 1176–79, 1306–07, 1321–23, 1339–41, 1361–63, 1374–75, 1376–78, 1379–81, 1392–94, 1504, 1526–27, 1527–29, 1529–31, 1531–34; *algumas vezes usada como sinônimo de* Sauron *ou* Mordor; *ver também* Morgoth

Sombras 1469

Sombrio (Mão Negra) *ver* Sauron

Sotomonte, de Estrado 1414–15

Sotomonte, sobrenome 237–39; *ver também* Bolseiro, Frodo

Sototemplo 1163

Stybba 1131, 1161, 1163

Sul, o, em relação aos habitantes do Norte 235–36, 237–39, 335–36, 366–68; estrangeiros do, em Bri 235–36, 237–39, 246–47, 250–52, 269–71,

ÍNDICE REMISSIVO

1429–30, *ver também* Sulista, estrábico; *ver também* Belfalas; Dol Amroth; Gondor; Harad etc.

Sulista, estrábico 237–39, 245–46, 250–52, 262–64, 269–72, 272–74, 822–24, 1429–30

Sulistas *ver* Haradrim

Sunlending *ver* Anórien

Tabaco *ver* Erva-de-fumo

Talan ver Eirado

Tambores, em Moria 453–72 *passim*; dos Homens Selvagens (Woses) 1199, 1200, 1206

Taniquetil (a Montanha) 341

Tar-Alcarin 1472–73

Tar-Aldarion 1472–73, 1474, 1505–07

Tar-Amandil 1472–73

Tar-Anárion 1472–73

Tar-Ancalimë 1472–73, 1474, 1505–07, 1550–61

Tar-Ancalimon 1472–73, 1550–61

Tarannon Falastur, "Senhor das Costas" 1478–87, 1500–02

Tar-Ardamin 1472–73

Tar-Atanamir 1472–73, 1474, 1550–61

Tar-Calmacil 1472–73

Tarcil 1478–87

Tarciryan 1478–87

Tar-Ciryatam 1472–73

Tar-Elendil 1472–73, 1508–07

Targon 1110

Tark(s) 1299, 1622–23

Tarmenel 341

Tar-Meneldur 1472–73, 1505–07

Tar-Minastir 1472–73, 1474, 1550–61

Tar-Minyatur *ver* Elros Tar-Minyatur

Tar-Míriel 1472–73

Tarondor 1478–87, 1504, 1560–61

Tarostar *ver* Rómendacil I

Tar-Palantir, "O de Visão Longínqua" (Ar-Inziladûn) 1472–73, 1474

Tar-Súrion 1472–73

Tar-Telemmaitë 1472–73

Tar-Telperiën 1472–73

Tar-Vanimeldë 1472–73

Tasarinan (Nan-tasarion [Vale dos Salgueiros]) 697, 1400

Tauremornalómë 697

Taur-na-neldor *ver* Neldoreth

Taur-nu-Fuin 289

Telchar 752

Telcontar *ver* Aragorn II

Telemnar 1478–87, 1504, 1560–61

Telperion (Árvore de Prata, Árvore Branca, Mais Antiga das Árvores) 864–65,

926–27, 1387, 1468; uma das Duas Árvores de Valinor 1069–72

Telumehtar Umbardacil 1478–87, 1504, 1560–61

Tengwar 68–9, 102–03, 1613–23

Terceira Era 39, 54, 56–7, 61–2, 358–59, 1383, 1387–89, 1463–64, 1467, 1509, 1534–35, 1536–37, 1538, 01560–61, 1582; início da 1577–79

Terra da Sombra *ver* Mordor

Terra Inominável *ver* Mordor

Terra Negra *ver* Mordor

Terra Oculta *ver* Lothlórien

Terra Parda 40, 379, 405, 773, 781; idioma da 786; homens da *ver* Terrapardenses; nome 1622; morros da Terra Parda 781

Terra-dos-Buques (habitantes da Terra-dos-Buques) 41, 48, 65, 66, 123–24, 126–27, 128, 136, 145, 156, 158, 160, 165–67, 176, 231, 233, 261, 265–66, 376; nomes 1622; Portão da (Portão da Sebe, Portão-norte) 176–77, 266–68, 1420, 1421; toque de trompa da 266, 1433–34; Senhor da *ver* Brandebuque, família

Terra-dos-Tûks 49–51, 129, 1437–38, 1443

Terra-élfica *ver* Lothlórien

Terra-média (mundo médio, terras mortais, etc.) 39, 43, 46–8, 61–2, 93, 139–40, 230–31, 289, 293–95, 321–22, 339–41, 341–42, 350, 359–60, 380–81, 384, 434–35, 477, 486–87, 494, 504, 529, 531–32, 736–37, 799–800, 803, 825, 842–43, 860–61, 865–67, 969–70, 972, 978–79, 1017–18, 1026–27, 1144, 1147–48, 1257, 1277, 1306–07, 1314–15, 1352–53, 1357–58, 1382–83, 1399–401, 1454–56, 1463–64, 1464–65 *passim*, 1467–93, 1498–500, 1500–02, 1504, 1517–25, 1527–29, 1529–31 *passim*, 1536–61, 1577, 1608–11, 1613, 1622–23; Grandes Terras 970; Costa(s) de Cá 341–42, 483, 526–27; nome 1608; ano solar na 1576–77; Oeste da 431, 1471

Terrapardenses (Homens da Terra Parda, povo terrapardense, moradores selvagens das colinas e pastores) 773, 775, 781, 782, 783, 786, 790, 792, 796, 1129; nome 1622

Terras Castanhas 536, 537, 684, 706, 1512

Terras Estrangeiras 1121–23; Capitães das 1119

1664

Terras familiares 50

Terras Imortais (Reino) *ver* Aman

Terras ocidentais (Oeste do Mundo, Oeste), isto é, o Oeste da Terra–média 231–32, 350–52, 364–65, 504–05, 1538–50, 1561, 1616–18, 1622–23; Oeste, o (povo livre do, homens do, filhos do, exército do, etc.), isto é, aqueles livres do, e que se opunham a Sauron 114–15, 353–54, 1135–36, 1236, 1270–71, 1280–82, 1366–68, 1376–78

Terras-de-Ninguém 526, 909

Terras-selváticas 40, 52–4, 105, 112, 112, 331, 361, 391, 400, 508, 542, 546, 549, 554, 701, 736–37, 1494–95

Terror alado *ver* Nazgûl

Texugo, família 73, 74, 76; nome 238

Thain [chefe] 43, 49, 1495–500

Thangorodrim 1017–18, 1469–72, 1536–37, 1536–37, 1538

Tharbad 40, 391, 527, 1487–93, 1560–61

Tharkûn *ver* Gandalf

Thengel 840, 1394, 1512–14, 1536–37, 1562; *ver também* Théoden, filho de Thengel

Théoden, filho de Thengel (Rei, Senhor da Marca, Senhor de Rohan, Senhor dos Rohirrim, Senhor-de-cavalos, Pai dos Homens-do-cavalos, Théoden Ednew, etc.) 373–75, 376, 650–58 *passim*, 735–36, 737–39, 743–44, 747–79 *passim*, 786–98 *passim*, 801–10 *passim*, 812–14 *passim*, 831–45 *passim*, 849–50, 851–52, 860–61, 867–68, 1094–96, 1097–98, 1099, 1103–05, 1108–09, 1124–33 *passim*, 1135–36, 1138, 1139–41, 1147–65 *passim*, 1167–68, 1181–82, 1199–21 *passim*, 1224–25, 1237–38, 1241–42, 1243, 1247–252 *passim*, 1263–64, 1318–19, 1370–71, 1372, 1384–86, 1390–98 *passim*, 1535, 01536–1537, 1536–37, 1560–61, *passim*, 1561; casa de (senhores da Casa de Eorl, da Casa Dourada) 773–75, 777–79, 791, 793–94, 95, 1129–130, 1161–63, 1208–10, 1217–18, 1220

Théodred 755–56, 768–70, 773, 841, 1536–37, 1560–61

Thingol Capa-gris 289, 289–91, 1469–72, 1525–26, 1538–50, 1616–18

Thorin II "Escudo-de-carvalho" 52–4, 331–32, 383–84, 394–95, 398–99, 447–48 *passim*, 0153–37

Thorondir 1487–1493

Thorondor 1357

Thorongil *ver* Aragorn II

Thráin I 1536

Thráin II, filho de Thrór (Herdeiro de Durin) 383–84, 420–22, 1536–37 *passim*, 1560–61

Thranduil 346, 366, 389, 501, 1368–69, 1536, 1539

Thrihyrne 772, 774, 863

Thrór 347, 383, 421, 1536–37; anel de 383

Tim, na canção do trol 303–08

Tinúviel *ver* Lúthien

Tirion 341, 525, 865

Tisnados (Homens Tisnasdos) *ver* Haradrim

Toca Municipal 239

Tocadeados 1425, 1427, 1436, 1437, 1438, 1442, 1452

Tocadura 1452

Tocas-dos-Texugos 1452

Tol Brandir (Rocha-do-Espigão) 526–27, 535–36, 547–48, 549, 553–59 *passim*, 563, 580, 630, 639–41, 654–56, 660–61, 908–10, 955–56

Tom Bombadil *ver* Bombadil, Tom

Tom, na canção do trol 303–10

Topo-do-Vento 40, 260, 272–84 *passim*, 289, 295, 299, 304, 311–13, 319, 378, 477, 1410, 1458, 1491–94; Amon Sûl 277, 378, 864, 1491–94, 1495–98; Palantír de Amon Sûl *ver* Palantír; Torre de Amon Sûl 185, 277–78, 1491–94

Toque de trompa da Terra-dos-Buques *ver* Terra-dos-Buques

Torech Ungol *ver* Laracna: toca de

Torre Branca, de Minas Tirith (Torre de Ecthelion) 630, 943–44, 1094–96, 1097, 1114–15, 1158–60, 1171–72, 1172–74, 1182–84, 1187–88, 1190–91, 1192–94, 1232–33, 1236, 1254, 1368–69, 1379–81, 1514–15, 1517

Torre da Lua (Nascente) *ver* Minas Ithil

Torre de Durin 739

Torre de Ecthelion *ver* Torre Branca, de Minas Tirith

Torre de Feitiçaria *ver* Minas Morgul

Torre do Sol (Poente) *ver* Minas Anor

Torre Sombria *ver* Barad-dûr

Torres Brancas (Torres-élficas) 46–8, 95–6, 381, 1464–65; *ver também* Colinas das Torres

ÍNDICE REMISSIVO

Torres dos Dentes (Carchost e Narchost, Dentes de Mordor) 915–16, 931–32, 1275–76, 1280–82, 1291–92, 1358
Torres-élficas *ver* Torres Brancas
Tostões 69, 269
Traduções do Élfico 61–2, 1407
Trem expresso, como analogia 72–74
Três Anéis *ver* Anéis de Poder
Três Caçadores (Aragorn, Gimli, Legolas) 631–32, 725
Três Casas dos Homens (os Amigos-dos-Elfos) *ver* Edain
Três Clãs 1622–23
Três Gentes 632
Trevamata (Grande Floresta, Floresta, etc.) 40–1, 94–5, 98–9, 103, 105–06, 110–11, 112, 133, 331–32, 346–47, 360, 363–64, 365–66, 367, 373–75, 389–90, 390–92, 475–77, 481, 528–29, 561–63, 649–50, 687, 700–01, 705, 724–26, 747–48, 779–80, 799–800, 847–49, 967, 978–79, 1030–32, 1114, 1255–56, 1383, 1399–401, 1502, 1509–11, 1531–34, 1534–35; Verdemata, a Grande 40, 1502, 1503, 1504, 1536–37, 1539; salões do Rei-élfico em 365–66, 799–800; Norte de Trevamata 346; Trevamata Meridional 498, *ver também* Lórien Oriental; *ver também* Homens-da-floresta
Trol-das-cavernas 462
Trols (Trols-de-pedra) 49–51, 94, 285–86, 298, 301–10 *passim*, 323–24, 326–28, 469, 719, 1358–1360; trol-das-cavernas 462–63; trols-da-colina 1282–83, 1515–17; canção do trol de Sam 303–10
Trols-da-colina *ver* Trols
Trols-de-pedra *ver* Trols
Trompa da Marca, dada a Meriadoc 1395–97, 1433–34, 1444–46, 1446–48, 1584
Trompa de Boromir 397–98, 471–72, 623, 624–25, 627–30, 630, 954–55, 955–58, 972–73, 1099–1101
Tronco 129, 136, 151, 156, 163, 165
Tronco Flutuante, O 1425
Trono, de Gondor (trono de ouro) 635–37, 1098–99, 1383–84
Tronquesperto (Bregalad) 715–20 *passim*, 813, 820–21, 825, 1396, 1398
Tùk, Adalgrim 1569
Tùk, Adamanta *nascida* Roliço 1569
Tùk, Adelard 84–6, 1569

Tùk, Bandobras, "Berratouro" 38–40, 43–5, 422–23, 1407–08, 1569, 1498–500
Tùk, Cachinhos d'Ouro *nascida* Gamgi 1463–64, 1569
Tùk, Diamantina, da Frincha Longa 1561, 1569
Tùk, Eglantina *nascida* Ladeira 1569
Tùk, Everard 74–5, 1569
Tùk, família 41–4, 46–8, 49, 72–4, 75–7, 78, 84–6, 231–32, 686–87, 855–56, 1252–54, 1435–37, 1442–44, 1446, 1569, 1582–84; nomes 1622; *ver também* Grandes Smials; Terra-dos-Tùks
Tùk, Faramir 1569,
Tùk, Ferdibrand 1569
Tùk, Ferdinand 1569
Tùk, Ferumbras (II) 1569
Tùk, Ferumbras (III) 1569
Tùk, Flambard 1569
Tùk, Fortinbras (I) 1569
Tùk, Fortinbras (II) 1569
Tùk, Gerontius, "o Velho Tùk" 64–5, 67–8, 91–2, 686–87, 1407–08, 1458–60, 1462, 1569
Tùk, Hildibrand 1569
Tùk, Hildifons 1569
Tùk, Hildigard 1569
Tùk, Hildigrim 1569
Tùk, Isembard 1569
Tùk, Isembold 1569
Tùk, Isengar 1569
Tùk, Isengrim (II) 48–9, 1569
Tùk, Isengrim (III) 30–40, 1569
Tùk, Isumbras (I) 1561
Tùk, Isumbras (III) 38–40, 1569
Tùk, Isumbras (IV) 1569
Tùk, O 51–2
Tùk, Paladin 1101–03, 1105–06, 1107–08, 1435–37, 1569; *ver também* Tùk, Peregrin, filho de Paladin
Tùk, Peregrin (I), "Pippin", filho de Paladin 38–40, 56–7, 61–2, 91–2, 94, 123 *passim*, 319–20, 324–25, 325–27, 328–29, 329–31, 345–46, 388–89, 390–92, 393–94, 394–95, 397–569 *passim*, 624–25, 626–27, 637–38, 650–51, 653, 656–57, 658, 660–61, 663, 664–720 *passim*, 721–22, 723–25, 727, 729–31, 731–33, 735–36, 737–39, 765–67, 812–35, 837–38, 845–46, 847–49, 849–50, 851–68, 944–46, 1089–123 *passim*, 1127–29, 1130, 1131–33, 1147–48,

1666

1149, 1153–55, 1166–80, 1181–85,
1187–88, 1190–91, 1192–97,
1199–200, 1203–05, 1227–36,
1237–40, 1242–45, 1247–48,
1250–54, 1255–56, 1257–58,
1270–71, 1276–78, 1279, 1282–83,
1287–88, 1366–68, 1369, 1381–82,
1386–87, 1391–92, 1399–401, 1402,
1403–05; Príncipe dos Pequenos 1168;
Thain 1560
Tûk, Pérola 1569
Tûk, Pervinca 1569
Tûk, Pimpinela 1569
Tûk, Reginard 1569
Tûk, Rosa *nascida* Bolseiro 1569
Tûk, Sigismond 1569
Tumbas *ver* Túmulos; Fanos; Casa dos
Reis; Casa dos Regentes
Tumladen 1113–14
Túmulo de Snawmana 1220
Túmulo dos Cavaleiros 804–08, 862,
1124–25
Túmulos (morros, tumbas) 206, 211,
218–23, 277, 1101; túmulo no qual
Frodo é aprisionado 219–22, 225,
290, 320, 1026, 1041, 1479; facas
dos *ver* Espadas; dos reis de Rohan
ver Campo-dos-Túmulos; *ver também*
Túmulo dos Cavaleiros
Tuneloso, sobrenome 237–39
Tuor 1469
Tuqueburgo 45–7, 61–2, 686, 1119–21,
1437, 1444–46, 1582
Turambar 1484, 1500–02
Turgon, regente 1487–93, 1511–13, 1514
Turgon, rei de Gondolin 1469–72
Túrin I, regente 1487–93
Túrin II, regente 1487–93, 1511–13
Túrin, da Primeira Era 386–87, 1036–37
Tyrn Gorthad *ver* Colinas-dos-túmulos

Udûn, chama de [inferno], isto é, morada
de Morgoth abaixo das Thangorodrim
471–72; [uma região de Mordor]
1330, 1333, 1334, 1360, 1560
Ufthak 7401053
Uglúk 665–85 *passim*, 701, 703, 820
Última Aliança de Elfos e Homens
277–78, 350, 351–53, 1291–92,
1474–78
Última Casa Hospitaleira *ver* Valfenda
Última Montanha *ver* Methedras
Última Nau 1487–93
Última Ponte (Ponte do Mitheithel) 297,
311–13

Última Praia *ver* Aman
Um Anel *ver* Anel, o
Umbar 946, 1114–15, 1259, 1473–74,
1500–02, 1503–04, 1509, 1511–13,
1514, 1550–61, 1622–23; frota
de 1260; nome 1622; *ver também*
Corsários de Umbar
Undómiel *ver* Arwen
Ungoliant 1031
Uno, O (= Eru, Ilúvatar) 1474–78,
1531–34
Ursa Maior *ver* Foice, a
Uruk-hai *ver* Orques
Uruks *ver* Orques
Urzal, Mat 1414–15
Urzal, sobrenome 237–39

Valacar 1485, 1502, 1503
Valandil 351, 357, 553, 1382, 1472–73,
1474, 1478–87
Valandur 1478–87
Valão 230, 270, 272
Valar, os (Autoridades, Guardiões do
Mundo, Senhores do Oeste, aqueles
que habitam além do Mar) 53–5,
380–81, 948–49, 1210–11, 1376–78,
1470, 1473–74, 1478, 1487–93,
1536–37, 1580–82; Interdição dos
1473, 1474–78; tronos dos 1383
Valarcano 709, 717
Vale Comprido 48, 49–51, 813, 1436
Vale das Carroças de Pedra 1201–03,
1205–06, 1287–88
Vale do Água 129, 137–38
Vale do Mago *ver* Nan Curunír
Vale do Morthond (Vale da Raiz Negra)
1121–23, 1144; homens do 1144–46
Vale do Riacho-escuro (Azanulbizar,
Nanduhirion) 402, 438, 449, 451,
453, 472, 484, 523 *passim*; *ver também*
Batalha de Nanduhirion
Vale do Ringló 1121
Vale Harg 1137, 1147, 1148–51, 1155
Vale Morgul (Imlad Morgul [Imlad =
vale fundo], Vale da Morte Viva, Vale
dos Espectros, etc.) 363–64, 992–93,
995–97, 1005–07, 1012–14, 1014–15,
1015–17, 1022–23, 1027, 1031–33,
1044–45, 1174–75, 1272, 1275–76,
1338–40, 1370, 1384, 1509–11
Vales Etten 300
Vales Orientais, de Rohan 795–97
Valfenda (Imladris, casa de Elrond,
Última Casa Hospitaleira) 41, 56–7,
122–3, 141–2, 144–6, 175, 252,

ÍNDICE REMISSIVO

257–8, 260, 268, 269–71, 280–6, 288–91, 295–7, 300, 310, 311–4, 319–46 *passim*, 351–5, 373, 378, 380–1, 385–404 *passim*, 412, 418, 428–30, 439, 481–2, 494–7, 507, 517, 559–60, 566–7, 653–4, 661–3, 676–7, 683–4, 700–1, 730–3, 743–4, 817–9, 854, 864–5, 934, 936–7, 943–6, 950–2, 969, 1037–8, 1041–2, 1134–5, 1138–9, 1255–6, 1328–30, 1361, 1389, 1390–1, 1395, 1303–8 *passim*, 1458–62, 1478, 1487–4, 1498–500, 1507, 1515–81; calendário de (Registro de Valfenda) 1577, 1584; nome 1622; Salão do Fogo 333–5, 394, 398–9, 1038

Valimar 532

Valinor 341, 1390, 1469, 1538

Valinoreano, idioma 1245–46

Valle 51, 71, 74, 112, 332, 333, 335, 348, 451, 521, 646,; calendário de 1580–82; idioma de 1622, 1623; Homens de (Bardings) 332, 521, 646; *ver também* Batalha de Valle; Batalha dos Cinco Exércitos

Varda *ver* Elbereth

Vardamir 1472–73

Variags de Khand 1221, 1223–24

Vau Budge 177, 1565

Vau Ent 653, 658

Vau Sarn 260, 1423–5, 1435–7, 1561

Veio-de-Prata *ver* Celebrant

Vela-de-Junco, sobrenome 237–9

Velha Hospedaria 1118

Velho Mundo, Noroeste do 38–40

Velho Salgueiro *ver* Salgueiro, Velho

Velho Toby 48–9

Velhobuque, família 49–51, 164–65, 1498–500; *ver também* Brandebuque, família

Velhobuque, Gorhendad 164–65

Velhos Vinhedos 86, 125

Verdemata, a Grande *ver* Trevamata

Verso do Anel v, 102–3; *ver também* Anel, o: inscrição

Vesperturvo, Colinas de (Emyn Uial) 1507–09

Vesperturvo, Lago (Nenuial) 351–53, 1415–16, 1500–02, 1507–09, 1582–84

Vespestrela *ver* Arwen

Vidugavia 1503

Vidumavi 1503

Vigia na Água 427–29, 434–37, 453

Vila do Bosque 129–30, 135–37, 142–43, 150–51, 154–55, 157–58

Vila-dos-Hobbits 45–7, 63–74, 91–2, 95–6, 122–23, 124–26, 127–29, 129–30, 131, 134–37, 146–47, 158–61, 169–70, 253–54, 335–36, 336–37, 358–59, 375–77, 507–08, 409–10, 698–700, 876–78, 1315–17, 1423–25, 1425–26, 1429–30, 1435–48 *passim*, 1453–54, 1454–56; pessoas da 1441

Villa, Bowman "Nick"1337, 1433, 1573

Villa, Calêndula *nascida* Gamgi 1573

Villa, Carl "Fessor" 1338, 1344–45, 1434, 1573

Villa, família 1455–57; nome 1622

Villa, Holman "Hom Comprido" 1573

Villa, Lili *nascida* Castanho 1573

Villa, Rosa "Rosinha" (*posteriormente* Rosa Gamgi) 1337–38, 1344–45, 1434–1435, 1442–44, 1455–57, 1458–60, 146364, 1573

Villa, Tolman "Tom", o jovem 1573

Villa, Wilcome 'Will' 1573

Villa, Wilcome "Risonho"1573

Vilya 1462

Vinitharya *ver* Eldacar

Visível e o Invisível 324

Voltavime 165, 185, 187, 188–92, 194, 201, 204, 213; vale do 185, 204

Vorondil, "o Caçador" 1099–101, 1487–93

Walda 1394

Wargs *ver* Lobos

Westemnet 656–57

Westfolde 773, 777, 788, 842, 1131, 1274; Vales de 867; homens de (Helmingas, povo de Westfolde, etc.) 778, 779–80, 784, 787–89, 793–94, 797–98, *ver também* Erkenbrand, senhor de Westfolde, Grimbold; Vale de 774, 775, 776–77

Widfara 1208–10

Windfola 1165, 1214

Woses *ver* Homens Selvagens

Wulf 1535, 1537

Zirakzigil (Zirak) *ver* Celebdil

1668

Poemas Originais

LIVRO V

2. A Passagem da Companhia Cinzenta

[A] p. 1135:   *Over the land there lies a long shadow,*
westward reaching wings of darkness.
The Tower trembles; to the tombs of kings
doom approaches. The Dead awaken;
for the hour is come for the oathbreakers:
at the Stone of Erech they shall stand again
and hear there a horn in the hills ringing.
Whose shall the horn be? Who shall call them
from the grey twilight, the forgotten people?
The heir of him to whom the oath they swore.
From the North shall he come, need shall drive him:
he shall pass the Door to the Paths of the Dead.

3. A Convocação de Rohan

[A] p. 1163:   *From dark Dunharrow in the dim morning*
with thane and captain rode Thengel's son:
to Edoras he came, the ancient halls
of the Mark-wardens mist-enshrouded;
golden timbers were in gloom mantled.
Farewell he bade to his free people,
hearth and high-seat, and the hallowed places,
where long he had feasted ere the light faded.
Forth rode the king, fear behind him,
fate before him. Fealty kept he;
oaths he had taken, all fulfilled them.
Forth rode The´oden. Five nights and days
east and onward rode the Eorlingas

POEMAS ORIGINAIS

> *through Folde and Fenmarch and the Firienwood,*
> *six thousand spears to Sunlending,*
> *Mundburg the mighty under Mindolluin,*
> *Sea-kings' city in the South-kingdom*
> *foe-beleaguered, fire-encircled.*
> *Doom drove them on. Darkness took them,*
> *horse and horseman; hoofbeats afar*
> *sank into silence: so the songs tell us.*

5. A Cavalgada dos Rohirrim

[A] p. 1210:   *Arise, arise, Riders of The´oden!*
          Fell deeds awake: fire and slaughter!
          spear shall be shaken, shield be splintered,
          a sword-day, a red day, ere the sun rises!
          Ride now, ride now! Ride to Gondor!

6. A Batalha dos Campos de Pelennor

[A] p. 1218:   *Mourn not overmuch! Mighty was the fallen,*
          meet was his ending. When his mound is raised,
          women then shall weep. War now calls us!

[B] p. 1220:   *Faithful servant yet master's bane,*
          Lightfoot's foal, swift Snowmane.

[C] p. 1223:   *Out of doubt, out of dark to the day's rising*
          I came singing in the sun, sword unsheathing.
          To hope's end I rode and to heart's breaking:
          Now for wrath, now for ruin and a red nightfall!

[D] pp. 1225–26: *We heard of the horns in the hills ringing,*
          the swords shining in the South-kingdom.
          Steeds went striding to the Stoningland
          as wind in the morning. War was kindled.
          There The´oden fell, Thengling mighty,
          to his golden halls and green pastures
          in the Northern fields never returning,
          high lord of the host. Harding and Guthla´f,
          Du´nhere and De´orwine, doughty Grimbold,
          Herefara and Herubrand, Horn and Fastred,
          fought and fell there in a far country:

1670

in the Mounds of Mundburg under mould they lie
with their league-fellows, lords of Gondor.
Neither Hirluin the Fair to the hills by the sea,
nor Forlong the old to the flowering vales
ever, to Arnach, to his own country
returned in triumph; nor the tall bowmen,
Derufin and Duilin, to their dark waters,
meres of Morthond under mountain-shadows.
Death in the morning and at day's ending
lords took and lowly. Long now they sleep
under grass in Gondor by the Great River.
Grey now as tears, gleaming silver,
red then it rolled, roaring water:
foam dyed with blood flamed at sunset;
as beacons mountains burned at evening;
red fell the dew in Rammas Echor.

8. As Casas de Cura

[A] p. 1246:   *When the black breath blows*
 and death's shadow grows
 and all lights pass,
 come athelas! come athelas!
 Life to the dying
 In the king's hand lying!

9. O Último Debate

[A] p. 1259:   *Silver flow the streams from Celos to Erui*
 In the green fields of Lebennin!
 Tall grows the grass there. In the wind from the Sea
 The white lilies sway,
 And the golden bells are shaken of mallos and alfirin
 In the green fields of Lebennin,
 In the wind from the Sea!

LIVRO VI

1. A Torre de Cirith Ungol

[A] p. 1303:   *In western lands beneath the Sun*
 the flowers may rise in Spring,

the trees may bud, the waters run,
the merry finches sing.
Or there maybe 'tis cloudless night
and swaying beeches bear
the Elven-stars as jewels white
amid their branching hair.

Though here at journey's end I lie
in darkness buried deep,
beyond all towers strong and high,
beyond all mountains steep,
above all shadows rides the Sun
and Stars for ever dwell:
I will not say the Day is done,
nor bid the Stars farewell.

4. O Campo de Cormallen

[A] p. 1364:

'Long live the Halflings! Praise them with great praise!
Cuio i Pheriain anann! Aglar'ni Pheriannath!
Praise them with great praise, Frodo and Samwise!
Daur a Berhael, Conin en Annu^n! Eglerio!
Praise them!
Eglerio!
A laita te, laita te! Andave laituvalmet!
Praise them!
Cormacolindor, a laita ta'rienna!
Praise them! The Ring-bearers, praise them with great praise!'

[B] p. 1368:

To the Sea, to the Sea! The white gulls are crying,
The wind is blowing, and the white foam is flying.
West, west away, the round sun is falling.
Grey ship, grey ship, do you hear them calling,
The voices of my people that have gone before me?
I will leave, I will leave the woods that bore me;
For our days are ending and our years failing.
I will pass the wide waters lonely sailing.
Long are the waves on the Last Shore falling,
Sweet are the voices in the Lost Isle calling,
In Eresse¨a, in Elvenhome that no man can discover,
Where the leaves fall not: land of my people for ever!'

5. O Regente e o Rei

[A] p. 1377:

Sing now, ye people of the Tower of Anor,
for the Realm of Sauron is ended for ever,
*   and the Dark Tower is thrown down.*

Sing and rejoice, ye people of the Tower of Guard,
for your watch hath not been in vain,
and the Black Gate is broken,
and your King hath passed through,
*   and he is victorious.*

Sing and be glad, all ye children of the West,
for your King shall come again,
and he shall dwell among you
*   all the days of your life.*

And the Tree that was withered shall be renewed,
and he shall plant it in the high places,
*   and the City shall be blessed.*

Sing all ye people!

6. Muitas Despedidas

[A] p. 1393:

Out of doubt, out of dark, to the day's rising
he rode singing in the sun, sword unsheathing.
Hope he rekindled, and in hope ended;
over death, over dread, over doom lifted
out of loss, out of life, unto long glory.

[B] p. 1408:

The Road goes ever on and on
*   Out from the door where it began.*
Now far ahead the Road has gone,
*   Let others follow it who can!*
Let them a journey new begin,
*   But I at last with weary feet*
Will turn towards the lighted inn,
*   My evening-rest and sleep to meet.'*

9. Os Portos Cinzentos

[A] p. 1461:

Still round the corner there may wait
*   A new road or a secret gate;*
And though I oft have passed them by,

POEMAS ORIGINAIS

> *A day will come at last when I*
> *Shall take the hidden paths that run*
> *West of the Moon, East of the Sun.*

[B] p. 1461:

> *A! Elbereth Gilthoniel!*
> *silivren penna mı´riel*
> *o menel aglar elenath,*
> *Gilthoniel, A! Elbereth!*
> *We still remember, we who dwell*
> *In this far land beneath the trees*
> *The starlight on the Western Seas.*

Nota sobre as Inscrições em *Tengwar* e em Runas e suas Versões em Português

Por Ronald Kyrmse

Nas edições originais, em inglês, das obras de J.R.R. Tolkien *O Hobbit, O Senhor dos Anéis, O Silmarillion* e *Contos Inacabados*, existem diversas inscrições — especialmente nos frontispícios — grafadas em *tengwar* (letras-élficas) e *tehtar* (os sinais diacríticos sobre e sob os *tengwar*, que indicam vogais, nasalização e outras modificações), ou então em runas. Nesta última categoria, é preciso destacar que em *O Hobbit* o autor usou runas anglo-saxônicas, ou seja, do nosso Mundo Primário, para representar as runas dos anões, assim como o idioma inglês representa a língua comum da Terra-média e o anglo-saxão representa a língua dos Rohirrim, mais arcaica que aquela. Nas demais obras, a escrita dos anões é coerentemente representada pelas runas anânicas, ou *cirth*, de organização bem diversa.

A seguir estão mostradas essas inscrições, traduzidas para o português (em coerência com o restante do texto das edições brasileiras) e suas transcrições para as escritas élficas ou anânicas usadas nos originais. Está indicada em cada caso a fonte usada para transcrever.

O processo pode ser resumido nas seguintes operações (exemplo para texto em *tengwar* no original):

Desta forma, temos as seguintes frases em inglês e traduzidas para o português, nas runas e em *tengwar*:

NOTA SOBRE AS INSCRIÇÕES EM *TENGWAR* E EM RUNAS

CAPA EM PORTUGUÊS:

O Senhor dos Anéis traduzido do Livro Vermelho

FRONTISPÍCIO SUPERIOR EM INGLÊS:

The Lord of the Rings translated from the Red Book

FRONTISPÍCIO INFERIOR EM INGLÊS:

*of Westmarch by John Ronald Reuel Tolkien: herein is set forth
the history of the War of the Ring and the Return of the King
as seen by the hobbits:-*

FRONTISPÍCIO SUPERIOR EM PORTUGUÊS:

do Marco Ocidental por John Ronald Reuel Tolkien: Aqui está contada

FRONTISPÍCIO INFERIOR EM PORTUGUÊS:

*a história da Guerra do Anel e do Retorno do Rei conforme
vista pelos hobbits:-*

1676

Nota sobre as Ilustrações

J.R.R. Tolkien: *Dust Jacket design for The Return of the King*.

A arte presente na capa desta edição foi feita em cima da original, desenhada por J.R.R. Tolkien, para a dust-jacket de O Retorno do Rei. Ela possui diversos elementos relacionados a Aragorn e aos Númenórianos, como a árvore de Gondor coroada pelas 7 estrelas, a Coroa Alada de Gondor no centro de um círculo ornamentado (referência ao Anel, presente em todas as capas) que, na verdade é o Trono de Gondor. as asas ao lado deste são, provavelmente, parte do trono, mesmo que não sejam mencionadas em sua descrição, no livro. Abaixo do trono está um colar contendo uma pedra verde, simbolizando o retorno do rei Elessar, Pedra-élfica.

Ao fundo, do lado esquerdo, como uma nuvem, está a sombra de Sauron com o braço erguido. Por ter sido pintada sobre papel escuro, este detalhe passa quase que desapercebido.

NOTA SOBRE AS ILUSTRAÇÕES

J.R.R. Tolkien: *Barad-dûr*.

Tolkien descreveu poucas vezes a torre de Sauron na história, portanto este desenho é valiosíssimo, mesmo que mostre apenas a base da grande torre de Sauron. Nele, podemos ver uma ponte, que leva à escada diante dos portões de Barad-dûr. Podemos perceber o enorme tamanho da construção tanto pelo tamanho da porta, quanto pelo tamanho das janelinhas entre as pedras. Pelo desenho acima (e também pela forma como Tolkien designava a torre em mapas), pode-se prever que ela possuía uma base quadrada e mantinha este formato conforme ia subindo.

Este livro foi impresso em 2022, na Ipsis,
para a HarperCollins Brasil. A fonte usada
no miolo é Garamond corpo 11.
O papel do miolo é pólen 70 g/m².